중국신화전설 1

中國神話傳說

中國神話傳說
by Yuan Ke(袁珂)

세계문학전집 16

중국신화전설 1

中國神話傳說

위앤커

전인초, 김선자 옮김

민음사

일러두기

1. 『중국신화전설』의 본문에는 원래 삽도가 들어가 있지 않으나, 독자의 이해를 돕기 위해 역자가 임의로 그림을 삽입했다. 본문 중에 들어간 그림은 대부분 위앤커(袁珂)의 『산해경교주(山海經校注)』의 것을 사용하였고, 한대(漢代)의 석각화(石刻畫)는 1984년 문물출판사(文物出版社)에서 간행된 우청떠(吳曾德)의 『한대화상석(漢代畫像石)』에서 사용하였다. 그 밖에도 1988년 대만상무인서관(臺灣商務印書館)에서 출판된 쉬찐슝(許進雄)의 『중국고대사회(中國古代社會)』, 그리고 1983년 제1권이 출간된 대북(臺北)의 『고궁문물(枯宮文物)』에서도 많은 도움을 받았다. 명대(明代)에 간행된 『회도삼교원류수신대전(繪圖三敎源流搜神大全)』에서도 몇 개를 골라보았다.(『수신대전(搜神大全)』은 1980년 대북(臺北) 연경출판사(聯經出版社)에서 출판되었음.)

2. 인명이나 지명 등의 고유명사는 우리말 발음으로 표기하였고 괄호 안에 원문을 넣었다.

반고(盤古)가 하늘과 땅을 갈라 놓음(개벽편 제2장)

여와(女媧)가 오색석(五色石)을 녹여 하늘을 메우는 모습(개벽편 제6장)

염제신농(炎帝神農)(황염편 제1장)

제준(帝俊)과 오색조(봉황)(요순편 제1장)

예(羿)가 하늘에 나타난 열 개의 태양을 쏘는 모습(예우편 제2장)

대우(大禹)와 응룡(應龍)(예우편 제6장)

공갑(孔甲)과 사문(師門)(하은편 제2장)

주문왕(周文王)과 강태공(姜太公)(하은편 제7장)

차례

제5부 하은편

2권 차례

제6부 주진편 13

제1부
개벽편
開闢篇

제1장
세상의 시작

묻노니, 아득한 옛날, 세상의 시작에 대하여 누가 전해 줄 수 있을까?

그때 천지가 갈라지지 아니하였음을 무엇으로 알아낼 수 있으랴.

모든 것이 혼돈 상태, 누구라서 그것을 분명히 할 수 있을까?

무엇이 그 속에서 떠다녔는지, 어떻게 확실히 알 수 있을까?

끝 모를 어둠 속에서 빛이 나타나니 어찌된 일일까?

음과 양의 두 기운이 서로 섞여서 생겨나니, 그 내력은 어디서 시작된 것인가?

둥근 하늘엔 아홉 개의 층이 있다는데, 그것은 누가 만든 것일까?

이러한 작업은 얼마나 위대한가? 누가 그 최초의 창조자였을까?

아득히 먼 2천3백 년 전, 우리들의 대시인 굴원은 그의 유명한 시편인 「천문(天問)」에서, 세계가 어떻게 시작되고 또 우주가 어떻게 만들어졌으며 누가 천지를 개벽한 사람인가 등에 관한 일련의 문제를 제시했다. 이러한 물음들에서 우리는 철학적 이치와 뒤섞여 있는 중국 고대신화·전설의 그림자를 찾아볼 수 있다. 그러나 그는 문제만 제시했을 뿐 해답은 내리지 않았고, 고대의 전적(典籍)에도 이 방면에 관한 설명들은 대개가 빠져 있어 2천 년 후에 태어난 우리가 이런 물음들을 통해 고대신화의 참모습을 파악한다는 것은 사실 매우 어려운 일이다.

신화와 비슷한 것으로 우언(寓言)이라는 것이 있는데, 「천문」보다 조금 이른 시기에 나온 『장자(莊子)』에 기록되어 있다. 그 내용은 다음과 같다. 남해의 천제(天帝)를 숙(儵)이라 하고, 북해의 천제는 홀(忽)이라 하며, 중앙의 천제는 혼돈(混沌)이라 한다. 숙과 홀은 자주 혼돈에게 놀러갔는데, 혼돈이 그들을 대접하는 것이 매우 은근하고도 치밀하였다. 어느 날 숙과 홀이 어떻게 하면 혼돈의 은덕에 보답할 수 있을까 하고 의논하기를, 「사람은 모두 다 눈·코·귀·입 등 일곱 개의 구멍이 있어 보고 듣고 음식을 먹고 하는데, 혼돈에게는 구멍이 하나도 없으니 뭔가 부족함이 있지. 우리가 가서 그를 위해 구멍을 몇 개 뚫어주는 것이 어떨까」라고 말하였다. 그래서 둘은 도끼와 끌 등을 가지고 가 혼돈에게 구멍을 뚫어주게 되었는데 하루에 하나씩 구멍을 뚫어 이레 만에 일곱 개의 구멍을 다 뚫게 되었다. 그러나 불쌍한 혼돈은 그의 친구들이 구멍을 뚫어주자 도리어 가엾게도 영원히 잠들어 버렸다. 익살스러운 이 우언은 천지개벽 신화의 개념을 지니고 있다. 즉, 혼돈이 숙과 홀——빠른 시간을 대표하는——에 의해 일곱 개의 구멍이 뚫려지자 혼돈

제강(帝江)

자신은 비록 죽게 되지만 혼돈의 뒤를 이어 우주와 세계가 탄생했던 것이다.

중국 고대신화에서 혼돈은 분명히 천신(天神)의 이름이다. 『산해경』「서차삼경(西次三經)」에 이르기를, 서쪽의 천산(天山)에 신령스런 새가 한 마리 살고 있었다고 한다. 그 모습이 꼭 누런 헝겊 주머니 같고, 한 덩어리 불꽃송이처럼 붉은데 다리가 여섯 개요, 날개가 네 개이고 눈·코·귀·입이 모두 없었다. 그러나 음악과 춤을 알았으며 이름을 제강(帝江)이라 하였다. 제강은 곧 제홍(帝鴻)이며 또 중앙 상제(上帝)인 황제(黃帝)인데, 『장자』의 우언에서는 직접 그를 중앙의 천제라 하였던 것이다. 혼돈이 황제의 아들이라고 하는 설도 있으나, 이는 아마 후대의 전설일 것이다.

혼돈이 천제이건 천제의 아들이건 간에, 자연으로 돌아가 무위로써 다스리는 것을 추구하는 도가(道家)들 말고는 아무도 이 흐리멍덩한 혼돈을 좋아하지 않았으므로 후세의 전설에서 혼돈은 추악하게 묘사되곤 한다. 예를 들어 『신이경(神異經)』에서

혼돈은 개와도 비슷하고 곰과 사람을 합친 형상과도 흡사한 야
수로 나타나는데, 눈이 있으나 보지 못하고 귀가 있어도 듣지
못한다고 했다. 그는 〈눈뜬 장님〉이기 때문에 스스로 길을 걷는
것은 몹시 힘들어했지만 다른 사람이 어디로 가는가 하는 것은
잘 알았다. 또 덕행이 있는 사람을 만나면 거칠게 대했지만, 제
멋대로 하는 악한을 만나면 고분고분 말을 잘 듣고 꼬리를 흔들
며 그에게 기대려들었다. 이런 비열한 성질은 실로 천성적인 것
으로 보통때 별일이 없으면 이놈은 자신의 꼬리를 물고 뱅뱅 돌
다가 하늘을 보고 껄껄 크게 웃었다고 한다. 이런 전설들을 보
면 어둠과 거의 동의어라 할 수 있는 혼돈에 대해 사람들이 좋
은 감정을 갖고 있지 않았다는 것을 알 수 있다.

　천지개벽에 관한 정식 신화는 한나라 초기의 『회남자(淮南
子)』에 나타난다. 그 내용을 간략하게 얘기해 보면 다음과 같다.

　옛날, 아직 천지가 생겨나지 않았을 때, 세계의 모습은 그저
어두운 혼돈뿐으로 어떠한 형상도 찾아볼 수 없었다. 그 혼돈
속에서 서서히 두 명의 대신(大神)이 나타났는데, 하나는 음신
(陰神)이요 다른 하나는 양신(陽神)으로, 둘은 혼돈 속에서 열
심히 천지를 만들어갔다. 후에 음양이 갈라지고 팔방(八方)의
위치가 정해져, 양신은 하늘을 관장하고 음신은 땅을 다스리게
되었으니, 이렇게 하여 우리들의 이 세계가 만들어지게 된 것
이다. 그러나 이 신화는 철학적 분위기가 농후하여 큰 흥미를
불러일으키지는 못한다.

　우리에게 비교적 흥미를 느끼게 하는 것은 다른 책에 기록되
어 있는 거령(巨靈)이라는 천신에 관한 신화이다. 그는 원기(元
氣)와 함께 태어났고 재주가 뛰어나 〈산천을 만들어내고 강물을
흐르게 하였다〉고 하니, 조물주의 자격을 갖고 있었다 하겠다.

그는 분수(汾水)의 하류에서 태어났다고 하는데, 본래는 강물의
신으로 화산(華山)에서 자신의 능력을 한번 과시하였었다.
즉, 황하를 가로막고 있는 화산을 〈손을 흔들고 발로 밀어내어
두 조각을 내서〉 황하가 곧바로 화산을 지나갈 수 있게 하였으
니, 그후로는 돌아서 흐를 필요가 없게 되었다. 지금도 화산에
는 거령이 산을 갈랐던 손과 발자국이 완연히 남아 있다고 한
다. 도가의 방사(方士)들은 아마도 이런 전설들에 의거해서 이
귀여운 강물의 신을 천지개벽의 조물주로 격상시켰을 것이다.
그리하여 본래의 소박한 신화는 이러한 조작과 수식을 거쳐 사
라져버리게 되었던 것이다.

　강물의 신 거령의 이야기를 하자니, 고대 전설에 나오는 홍
수를 다스렸던 게으름뱅이 거인 부부의 이야기가 생각난다. 하
늘과 땅이 막 생겨났던 그때 지상에는 홍수가 범람하였는데, 상
제(上帝)는 거인 박보(樸父)와 그의 아내를 함께 보내어 홍수를
다스리게 하였다. 이 한 쌍의 부부는 그 몸이 엄청나게 커서 키
가 천 리나 되었고 허리 둘레도 몸 길이와 대략 비슷했다. 통통
한 호박처럼 생긴 두 거인은 홍수를 다스린다는 이 어려운 일에
대하여 당연히 고민을 하였다. 그래서 그들은 너무 신경을 쓰지
않고 대충 일을 해치워 이 골치 아픈 일을 얼른 끝내 버리려 하
였다. 그 결과 그들이 물길을 터놓은 강들은 어떤 곳은 깊게 파
이고 어떤 곳은 얕게 파였으며, 또 막혀버린 곳도 있었고 물길
이 흐르지 못하게 된 곳도 있었다. 이렇게 모든 공정이 엉망진
창이 되어, 여러 해가 지난 뒤 대우(大禹)가 다시 한번 물길을
다스려야만 하게 되었다. 상제는 그들의 게으름에 크게 노하여
일을 그만두게 하고는, 실오라기 하나 걸치지 않은 벌거벗은
몸으로 어깨를 맞대고 동남쪽 황무지에 서 있게 하는 벌을 내렸

다. 그리하여 그들은 물도 못 마시고 먹지도 못했으며 추위와 더위에도 상관 없이 하늘에서 내리는 이슬만을 마시며 허기를 채울 수 있을 뿐이었다. 그들의 죄는 황하(黃河)의 물이 맑아지는 날에야 없어져 〈본래 직책으로 되돌아갈 수 있다〉고 한다. 그러나 황하의 물이 맑아지려면 바다와 강물이 그 흐름을 멈추어야 하는데 이런 일은 결코 있을 수 없는 불가능한 일이다. 그래서 이 게으른 부부는 별수없이 영원히 엉덩이를 드러내놓은 채 황무지에서 햇볕에 그을려야만 하게 된 것이다.

박보 부부의 이야기는 그 소박함이 고대신화 본래의 모습을 지니고 있다 하겠다. 강물을 다스린다는 두 사람의 행적에는 천지개벽을 주재하는 인물의 행적과 약간 비슷한 점이 있긴 하다. 그러나 기록되어 있는 이야기가 내용상 완전하지는 못한 것 같으며, 또 두 사람의 품행도 좋다고는 할 수 없어, 그들을 조물주나 인류의 조상으로 삼기에는 뭔가 부족한 감이 있다.

이 밖에도 〈귀모(鬼母)〉의 신화가 있다. 귀모는 남해의 소우산(小虞山)에 사는데 귀고신(鬼姑神)이라고도 한다. 호랑이 머리에 용의 발, 이무기의 눈썹에 교룡의 눈을 하고 있어 그 모습이 매우 괴이하다. 그녀는 재주가 무척 뛰어나서 하늘과 땅, 그리고 귀신을 낳을 정도이다. 그녀는 단번에 열 명의 귀신을 낳을 수 있으나 아침에 낳은 아기 귀신들을 저녁이 되면 간식으로 삼아 잡아먹어 버린다. 귀신을 낳는다는 그런 모습은 조물주와 비슷하기는 하지만 아쉽게도 그녀는 귀신이고 또 새끼를 잡아먹는 행위는 도무지 체면이 서지 않는 짓이니 결국엔 그저 〈귀모〉에 머물고 마는 것이다.

천지를 개벽한 인물을 또 찾아내자면 비교적 오래된 책인 『산해경』에 서술된 종산(鍾山)의 촉룡(燭龍)신을 생각해 낼 수

촉음(燭陰)

밖에 없다. 그는 사람의 얼굴에 뱀의 몸을 하고 있으며, 붉은 피부에 키는 천 리나 된다. 눈의 생김새가 특별한데 두 개의 올리브 열매처럼 세로로 서 있어 눈을 감으면 두 줄의 직선이 된다. 이 신의 재주 또한 뛰어나서, 눈을 한번 뜨기만 하면 이 세상은 낮이 되고 눈을 감으면 곧 대지에 밤이 내리게 된다. 입김을 불면 아리따운 구름이 가득 차고 눈발이 흩날리는 겨울이 되었다가도, 숨을 한번 들이쉬면 곧 태양이 이글거리고 쇠라도 녹일 듯이 뜨거운 여름이 된다. 그는 종산에 엎드려 먹지도 마시지도 않고 잠도 안 자며 숨도 쉬지 않는데, 한번 숨을 쉬게 되면 만 리 밖 먼 곳까지도 바람이 불게 된다. 그의 신통력은 또 구층 땅 속의 어둠까지 밝혀줄 수 있으니, 전설에 따르면 늘 초 하나를 입에 물고 북쪽 어두운 천문(天門)을 비춰준다고 한다. 그래서 사람들이 그를 〈촉음(燭陰)〉이라고도 부른다.

촉룡의 모습과 재주를 보면 조물주 자격이 상당히 있다고 하겠다. 그러나 다른 유명한 천신들처럼 인화(人化)되지 않았으니, 비록 모습이 기이하고 재주가 뛰어나다 해도 그를 조물주로 여기는 사람이 없어 그저 종산의 산신으로만 머물게 되어 그

처지가 불행하다 하겠다.

이상에서 언급한 것 외에 이름을 알 수 없는 창조자가 있는데, 그에 관해 이야기하자면 우선 〈인일(人日)〉이라고 하는 날에 대해 알아야 한다. 〈인일〉이라고 하는 것은 음력으로 정월 초이렛날을 일컫는다. 두보(杜甫)의 시에 나오는 구절, 〈초당에 인일이 되니 나 돌아가리〔草堂人日我歸乎〕〉에서의 〈인일〉이 바로 그날이다. 그러면 왜 정월 초이렛날을 〈인일〉이라고 부르게 된 것일까? 그것은 바로 천지창조 신화와 관계가 있다. 하늘과 땅이 처음으로 열리던 때, 이름을 알 수 없는 창조자가 정월 초하룻날부터 엿새 동안 차례로 닭과 개, 양과 돼지, 소와 말을 만들었는데 이레째 되던 날에 사람을 만들었다고 한다. 그래서 그날을 〈인일〉이라고 부르게 되었다. 이 창조자의 행위는 구약의 「창세기」에 나오는 여호와의 그것과 비슷하지만, 기록이 너무 간략하여 자세한 내용은 더 이상 알 수가 없다. 이것과 비슷한 전설로 재미있는 것이 하나 또 있는데 천지가 개벽되던 때 세 마리의 흰 까마귀가 온갖 새들을 번식시키는 일을 맡았다고 하는 내용이다. 이것 역시 원시 개벽 신화의 한 부분으로 우연히 전해져 내려오는 것이어서 간단하게 기록해 보았다.

제2장
반호와 반고

앞에서 언급한 인물들이 결국엔 모두 천지를 만들어내지 못한 것이라면 이 세상을 만든 것은 과연 누구란 말인가?

이것에 관해 말하기 전에 우선 이상하고 충성스런 개 한 마리가 어떻게 적을 죽이고 상을 받아 아름다운 공주를 아내로 삼았는가 하는 이야기를 해보기로 한다.

먼 옛날 고신왕(高辛王) 시절이었다. 어느 날, 황후가 갑작스레 귓병에 걸려 무려 3년간을 앓게 되었는데 백방으로 치료를 해보아도 별 효험이 없었다. 그러다가 귓속에서 금빛 벌레가 한 마리 튀어나왔는데, 그 모습이 꼭 누에와 같고 길이는 대략 세 치 정도였다. 그 벌레가 귓속에서 나오자마자 황후의 귓병은 금방 낫게 되었다.

황후는 이상하다고 생각하고는 그 벌레를 박[瓠] 속에 넣고 쟁반으로 덮어두었다. 그러자 그 쟁반 속의 벌레가 어느 날 갑자기 한 마리 개로 변하였는데, 온몸이 찬란하게 오색으로 반짝거렸다. 그리고 쟁반[盤]과 박 속에서 나왔다고 하여 〈반호

(盤瓠))라고 이름지어졌다. 고신왕은 이 개를 보고 매우 기뻐하여 늘 곁에 두고 잠시도 떠나지 못하게 하였다.

그때 갑자기 방왕(房王)이 반란을 일으키니, 고신왕이 국가의 존망을 걱정하여 〈방왕의 머리를 베어 바치는 자가 있다면 공주를 그에게 주리라〉 하고 여러 신하들에게 이야기하였다. 그러나 신하들은 방왕의 군사력이 강해 이긴다는 것은 어려운 일이라고 여겨 아무도 생명을 건 모험을 하려 하지 않았다.

그런데 왕이 그 말을 한 바로 그날, 반호가 궁전에서 갑자기 사라졌다. 모두들 그 개가 어디로 갔는지 궁금해하며 며칠을 계속 찾았으나 그림자도 볼 수 없어 고신왕은 몹시 이상하게 생각했다.

반호는 그때 궁전을 떠나 곧바로 방왕의 군중으로 들어갔다. 그러고는 방왕을 보자 머리와 꼬리를 흔들어댔다. 방왕은 이 개를 보자 매우 흡족해하면서 둘레의 신하들에게 〈고신씨는 곧 망하리라! 그의 개까지도 내게로 투항해 오니 내가 이길 것이 뻔하지 않은가!〉라고 하였다. 그리고 성대하게 연회를 베풀어 이 좋은 징조를 기념하였다. 그날 저녁, 몹시 흥겨웠던 방왕은 잔뜩 취해 군중의 천막 안에서 잠이 들었다. 반호는 이 기회를 틈타 맹렬하게 방왕의 머리를 물고서 바람처럼 궁전으로 돌아왔다.

고신왕은 자신의 애견이 적의 머리를 물고 궁전으로 돌아온 것을 보고는 기쁨에 넘쳐 다진 고기를 그에게 많이 먹이도록 하였다. 그러나 반호는 코를 대고 킁킁 냄새만 맡아보고는 그냥 가버리는 것이었다. 고민스러운 듯이 방구석에서 잠만 자고 음식은 먹지 않으며 움직이지도 않았고 고신왕이 불러도 일어나지 않으며 그렇게 2, 3일을 보냈다.

고신왕은 걱정이 되어 생각 끝에 반호에게 물었다.

「나의 개야, 왜 음식도 먹지 않고 불러도 오지 않느냐? 공주를 아내로 맞아들이고 싶은데 내가 약속을 지키지 않아 화가 난 것이란 말이냐? 그건 내가 약속을 지키지 않는 것이 아니고, 개와 인간이 결혼을 할 수가 없기 때문이란 말이다!」

그 말을 마치자마자 반호는 곧 사람의 말을 하였다.

「임금님, 걱정 마세요. 임금님께서 저를 금으로 된 종 속에 넣어주시면 일곱 낮 일곱 밤이 지나서 사람으로 변할 수 있답니다」

고신왕은 이 말을 듣고 몹시 기이하게 여겼으나 결국은 반호를 황금으로 된 종 안에 넣어두고 그가 어떻게 변하는가 보기로 하였다.

하루, 이틀, 사흘…… 날은 지나 엿새째가 되었다. 결혼을 기다리고 있던 다정다감한 공주는 그가 굶어죽을까봐 걱정이 되어 살그머니 황금 종을 열어보았다. 그랬더니 반호의 몸은 사람으로 변해 있었고 머리만이 여전히 개의 모습이었는데, 공주가 열어보고 난 뒤로는 더 이상 사람의 모습으로 변하지 않았다.

그래서 반호는 황금 종 속에서 뛰어나와 외투를 걸치고 공주는 개 머리 모양의 모자를 쓰고 궁전에서 결혼식을 올렸다.

혼인을 하고 나서 반호는 아내를 데리고 남산(南山)으로 가 인적이 없는 깊은 산의 굴 속에서 살았다. 공주는 화려한 옷을 벗어던지고는 서민들의 옷을 입고 친히 일을 하여야 했는데도 원망의 말 한마디 하지 않았다. 반호는 매일 나가 사냥을 하여 그것으로 먹고 살았는데 부부는 화목하고 행복한 생활을 했다. 몇 년 후, 그들은 3남 1녀를 낳았는데 자식들을 데리고 집으로 돌아가 외할아버지와 외할머니를 만나보게 하였다.

그러고는 자식들에게 아직 성씨가 없으니 고신왕에게 성(姓)을 내려달라고 부탁했다. 그리하여, 큰아들은 태어나자마자 곧 접시에 담았으므로 성을 반(盤)이라 하였고, 둘째아들은 바구니에 담았으므로 남(藍)이라 했다. 셋째아들에게는 무슨 성을 내리는 것이 좋을까 하고 있는데 마침 하늘에서 우릉우릉 하는 천둥소리가 들려와 성을 뇌(雷)라 지었다. 딸은 자라서 어른이 되어 용감한 병사를 남편으로 삼으니, 남편의 성을 따라 종(鐘)이라 하게 되었다. 남, 뇌, 반, 종의 네 성씨는 이후 서로 결혼하며 자손이 번성하여 국족(國族)이 되니 모두들 반호를 그들 공동의 조상으로 모셨다.

이 이야기는 서로 비슷비슷한 내용들이 중국 남방의 요(瑤), 묘(苗), 여(黎) 족 사이에 전해지고 있다. 〈반호〉라는 두 글자는 음이 비슷한 〈반고〉라고 바뀌어 전해지기도 한다. 요족 사람들은 반고를 제사지낼 때에 매우 경건하여 그를 반왕(盤王)이라고 칭하는데 인간의 삶과 죽음, 수명, 부귀와 가난함 등을 모두 그가 주관하는 것이라고 여긴다. 또한 가뭄이 들 때마다 반왕에게 기우제를 올리고, 반왕의 형상을 만들어 모시고 밭길을 행진하며 곡식들을 살펴보게 하였다. 묘족에게도 「반왕서(盤王書)」라는 것이 있는데 구약의 「창세기」와 비슷한 것으로, 묘족 사람들 사이에서 노래로 불리어 전해지며 반왕을 여러 가지 문물, 도구의 제작자라고 일컫는 내용이다.

삼국시대 서정(徐整)이 지은 『삼오역기(三五歷記)』는 남방 민족의 〈반호〉 혹은 〈반고〉 전설을 수집하고, 거기에 고대 경전의 철리(哲理)적 성분과 자신의 상상력을 가미하여 천지를 개벽한 반고를 창조해 내서, 개벽 시대의 공백을 채우고 중화민족의 시조를 만들어내었다. 이렇게 하여 비로소 신화에서 천지의 개벽과 우주의 생성에 관한 문제에 대해 합리적 해답을 얻게 된 것이다.

하늘과 땅이 아직 갈라지지 않았던 시절, 우주의 모습은 다만 어둑한 한덩어리의 혼돈으로 마치 큰 달걀과 같은 것이었다. 우리들의 시조 반고가 바로 이 큰 달걀 속에서 잉태되었다. 그는 큰 달걀 속에서 태어나고 자라나 곤하게 잠자며 1만 8천 년을 지냈다. 어느 날 그가 잠에서 깨어나 눈을 떠보니, 아! 아무것도 보이지 않았고, 다만 보이는 것이라고는 흐릿한 어둠뿐이었다. 정말 사람의 마음을 심란하게 만드는 상황이었던 것이다.

그는 그 상황에 대하여 몹시 고민하다가 화가 나서는 어디선지 큰 도끼를 하나 갖고 와서 눈앞의 어두운 혼돈을 향해 힘껏 휘둘렀다. 들리는 것은 다만 산이 무너지는 듯한 와르르 소리뿐, 큰 달걀은 드디어 깨어지게 되었다. 그리고 그 속에 있던 가볍고 맑은 기운은 점점 올라가 하늘이 되었고, 무겁고 탁한 기운은 가라앉아 땅이 되었다. 뒤섞여 있어 갈라지지 않았던 하늘과 땅은 반고의 도끼질 한번 때문에 이렇게 갈라지게 되었던 것이다. 하늘과 땅이 갈라진 후, 반고는 그 하늘과 땅이 다시 붙을까봐 걱정이 되어 머리로는 하늘을 받치고, 다리로는 땅을 누르고 그 중간에 서서는 하늘과 땅의 변화에 따라 자신도 변화해 갔다. 하늘이 매일 한 길씩 높아지고 땅은 매일 한 길씩 낮아지니, 반고의 키도 역시 매일 한 길씩 자라났다. 이렇게 1만 8천 년이 지나니 하늘은 높아지고 땅은 낮아졌으며 반고의 키도 크게 자랐다. 반고의 키는 과연 얼마나 되었을까? 계산해 보니 9만 길이나 되었다고 한다. 이 거대한 거인이 마치 큰 기둥과 같이 하늘과 땅 사이에 버티고 서 있어서 하늘과 땅이 다시는 어두운 혼돈으로 합쳐지지 못하게 하였다.

그가 고독하게 그곳에 서서 하늘을 떠받치는 힘든 기둥 노릇을 한 지 얼마나 지났는지 모른다. 이제 하늘과 땅의 구조가 견고해져 다시는 하늘과 땅이 합쳐질까 봐 걱정하지 않아도 되게 되었을 때, 반고는 휴식이 필요해졌고 마침내는 인류와 마찬가지로 쓰러져 죽어갔다.

그가 죽어갈 때, 그의 몸에는 갑자기 큰 변화가 일어났다. 그의 입에서 새어 나온 숨결은 바람과 구름이 되었고 목소리는 우르릉거리는 천둥소리로 변했으며, 왼쪽 눈은 태양으로, 오른쪽 눈은 달로 변했다. 손과 발, 그리고 몸은 대지의 사극(四極)과 오방(五方)의 빼어난 산이 되었고, 피는 강물이 되었으며 핏줄은 길이 되었다. 살은 밭이 되었고, 머리카락과 수염은 하늘의 별로, 피부와 털은 화초와 나무로 변하였고, 이·뼈·골수 등은 반짝이는 금속과 단단한 돌, 둥근 진주와 아름다운 옥돌로 변했다. 쓸모없는 몸의 땀조차도 이슬과 빗물이 되었다. 말하자면 〈죽어서 변신한〉 반고는 그의 몸 전체로 이 새롭게 탄생한 세계를 더욱 풍부하고 아름답게 만들었던 것이다.

반고의 신통력과 변화에 대해서는 또 다른 여러 가지의 전설이 있다. 그가 울어서 흘린 눈물이 강물이 되고, 그가 토해 낸 숨은 기나긴 바람이 되며, 그가 낸 소리는 천둥소리가, 눈의 빛은 번개가 되었다고 한다. 또 일설에 의하면, 반고가 기뻐하면 햇빛이 빛나는 맑은 날이, 노하면 하늘에 겹겹이 구름 끼는 흐린 날이 되었다고도 한다. 더 특이한 기록으로는 반고가 용의 머리에 뱀의 몸뚱이를 하고 있고, 숨을 한번 들이쉬면 비바람이 몰아쳤으며 숨을 내쉬면 천둥 번개가 요란했다고 한다. 또 눈을 뜨면 밝은 낮이 되었다가도 눈을 감기만 하면 어두운 밤이 되었다 한다. 이러한 모습과 재주는 거의가 『산해경』에 기록된 종산의 촉룡신과 흡사하다.

  이렇게 여러 가지 다른 기록이 있어도 한 가지 같은 점이 있
으니 곧 천지를 개벽한 시조 반고에 대한 사람들의 존경과 숭배
심이다. 그래서 남해에는 3백 리에 달하는 반고묘(盤古墓)가 있
어 그 묘에 반고의 혼백을 모셔두고 있다고 전해진다(만일 그의
몸을 묻으려 했다면 이 묘를 갖고는 너무 작았을 것이다). 또 반
고국이라고 하는 나라도 있었는데, 이 나라 사람들은 모두 성
(姓)이 반고였다고 하는 이야기도 있다.

제3장
복희와 여와의 남매혼

하늘과 땅이 어떻게 생겨났는가 하는 문제에 대해서는 위에서 결국 해답을 얻게 되었다. 그러면 인류는 어떻게 해서 탄생한 것일까. 비교적 초기의 주장에 의하면, 인류의 탄생은 본편 제1장에서 서술했던 그 음과 양, 두 대신의 공로라고 한다. 그들이 하늘과 땅을 만든 뒤, 천지간에 남아 있던 혼탁한 기운으로 벌레와 물고기, 새와 사람을 만들었다고 하는데, 기체의 변화에 의해 인류와 만물이 탄생했다고 하는 이러한 학설은 아무도 믿는 사람이 없어 후대에 와서 소멸되어 버리고 별 영향을 끼치지 못하였다.

조금 후대에 나타난 주장으로는 위대한 반고가 죽어 변신할 때 그의 몸에서 생겨난 여러 가지의 벌레들이 변화해서 나타난 것이 인류라는 설이다. 그러나 이 주장은 반고의 위대성을 더해 주는 것이기는 하지만 인류의 자존심을 상하게 하기 때문에 결국엔 역시 전해 내려오지 않게 되고 말았다.

좀더 나중에 나타난 설로는, 반고에게 부인이 있었고 그녀가

아들을 낳아 인류가 번성해 내려왔다는 이야기가 있다. 이것은
합리적인 설명이긴 하지만 위대한 반고에 대한 인류의 환상을
깨는 것으로 대중의 지지를 받지 못해 역시 사라지고 말았다.

이 외에 또 독특하고 아름다운 이야기가 있다. 그것은 바로
하늘의 여러 신들이 함께 인류를 만들었다는 것이다. 그 이야기
에 의하면 황제(黃帝)가 인류의 남녀 성(性) 기관을 만들었고
상변(上騈)은 이목구비를 창조했으며, 상림(桑林)은 팔다리 등
사지를 만들었다고 한다. 그리고 우리가 곧 다시 이야기하게 될
여와(女媧)는 공동으로 인류를 창조해 내는 이 작업에서 무슨
일인가를 담당했던 것 같은데 도대체 무슨 일을 맡았었는지 우
리로서는 확실히 알 수가 없다.

〈여러 신들이 공동으로 인류를 창조했다〉고 하는 이 신화는
확실히 흥미가 있는 것이기는 하지만 고대의 전적에 기록된 내
용이 너무 간략하다. 그래서 위에 예를 든 네 명의 신들 중에서
황제나 여와에 대해서는 잘 알 수 있지만 상변과 상림이 어떤
모습의 신인지 조금도 알 수가 없으며, 그들이 힘을 합쳐서 인
류를 창조하던 구체적인 상황도 알 길이 없으니, 이런 이유로
해서 이 신화도 전해 내려오지 못했다.

이런 이야기들 말고 또 다른 색다른 주장이 나타났는데, 그
것은 바로 여와라는 여신이 혼자서 인류를 창조해 냈다는 것이
다. 사람들의 마음에 들었던 이 독특한 이야기가 결국엔 많은
사람들의 믿음을 얻어서 〈여와의 인류창조[女媧造人]〉라는 신화
가 전해지게 되었으니, 중국 신화라는 악기에 시적인 아름다움
이 풍부한 한 현(絃)이 생겨나게 된 것과 같았다.

여와 얘기를 하자면 다른 전설에 자주 등장하는 복희(伏羲)를
생각해 내지 않을 수 없다. 복희는 〈복희(宓犧)〉 혹은 〈포희(庖

복희여와(伏羲女媧), 남양 한화관(南陽 漢畫館), 오증덕, 한대화상석, 문물

犧)〉, 〈복희(伏戲)〉, 〈포희(包羲)〉, 〈포희(包犧)〉, 〈포희(炮犧)〉, 〈복희(虑戲)〉 등 여러 가지로 불리는데, 모두가 고대의 역사서에 기록된 복희의 다른 이름들이다. 복희는 우리의 조상들 중 아주 유명한 인물이다. 전설 속에서는 여와와 오누이가 되기도 하고 부부가 되기도 하는데, 이런 전설들은 그 유래가 오랜 것으로, 한(漢)나라 때의 석각(石刻) 그림들과 벽돌 그림들 그리고 서남 지방의 묘(苗)·요(瑤)·동(侗)·이(彝) 등 소수 민족들 사이에 전해지는 전설을 보더라도 그 사실을 알 수 있다.

한나라의 석각 그림과 벽돌 그림들 중에는 사람의 머리에 뱀의 몸을 한 복희와 여와의 그림이 자주 보인다. 이 그림들 속의 복희와 여와는 허리 윗부분은 사람으로 도포를 입고 모자를 쓰고 있으며, 허리 아랫부분은 뱀의 몸으로(어떤 때는 용의 모습을 하고 있기도 함), 두 개의 꼬리가 단단하게 얽혀 있다. 두 사

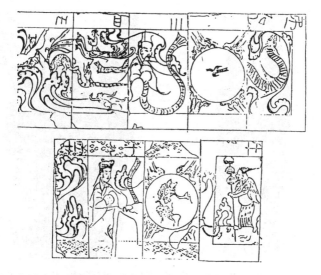

서한(西漢) 화상석(畵象石)의 복회 여와 그림, 낙양박물관 소장,
「낙양 서한복천추벽화묘발굴간보(洛陽西漢卜千秋壁畵墓發掘簡報)」, 문물

람의 얼굴은 바로 정면을 보고 있기도 하고 또는 서로 등지고
있기도 하다. 그림 속의 남자는 손에 기역자를 들고 있고 여자
는 컴퍼스를 들고 있다. 남자는 손으로 태양을 받들고 있고 여
자의 손에는 금빛 까마귀 한 마리가 들어 있기도 하며, 또 때로
는 여자가 달을 받들고 있고 그 달 속에 두꺼비가 들어 있기도
하다. 어떤 그림은 구름으로 장식되기도 했고, 공중에는 사람
의 머리에 뱀의 몸뚱이를 했고 날개를 가진 천사들이 날아다니
기도 한다. 또 때로는 두 사람 사이에 천진난만한 어린아이가
두 다리를 구부려 올리며 손으로 두 사람의 옷소매를 잡고 있
어, 마치 한 가족의 모습을 나타내는 한 폭의 아름다운 그림처
럼 보이기도 한다.

이러한 그림들을 보면 복회와 여와가 고대전설에서 한 쌍의

복희 여와, 남양 한화관, 한대화상석

천제와 복희 여와, 산동 기남 출토,
한대화상석

감숙 건곡(甘肅 乾
谷) 출토 채도, 인면
사신(人面蛇身) 용
무늬의 병

인면사신
골조(骨雕)

서한(西漢) 백화(帛畫)의 여와상. 중국에서 문신을 하는 습속은 용을 숭배하던
사상에서 비롯되었다. 용은 물 속에 사는 동물이기 때문에 물고기와 같은 신앙
계통에 속하며 수천 년간 용 숭배 예술로 이어져 왔다. 「상주시대의 상징예술
(商周時代的象徵藝術)」, 초과(楚戈), 고궁문물 제1권 9기, 1983. 12

부부였음은 의심의 여지가 없다. 즉, 이 그림들과 역사적 기록에 의하면 인류는 확실히 이 반인반수의 천신들로부터 번성해 내려온 것 같다. 또 그들은 시조신이었기 때문에 보호신이 되기도 했으니, 바로 그래서 옛날 사람들은 사당이나 묘에 복희와 여와의 그림을 그려 죽은 자를 보호하고 그들이 지하에서 행복을 누리도록 빌었던 것이다.

서남지방 묘, 요족의 민간에 전해 내려오는 전설은 더욱 재미있다. 복희와 여와는 이 민간전설에서 부부로 나타나는데 바로 친오누이가 부부가 되는 것이다. 이 전설은 지역마다 대개 다 비슷하다. 여기서는 광서(廣西) 융현(融懸) 나성(羅城)에 살고 있는 요족의 전설을 소개해 보기로 한다.

……금방이라도 큰비가 내릴 것만 같았다. 구름은 짙게 드리워져 있었고 바람은 거세며 천둥소리가 우릉우릉 하늘에서 울리고 있었다. 어린아이들은 모두 놀랐지만 사람들은 바깥에서 일을 해야 했기 때문에 평소와 다름없이 집 밖에서 일을 하고 있었다. 여름이면 늘 이런 소낙비가 내린다는 것을 잘 알고 있는 까닭이었다.

그때 한 남자가 역시 밖에서 일하고 있었다. 그는 시냇물에서 걷어다가 말려두었던 푸른 이끼를 나무 껍질로 만들어진 지붕 위에 깔았다. 이렇게 하면 큰비가 내려도 지붕이 새는 것을 막을 수 있었기 때문이었다.

남자가 지붕 위에 이끼를 덮는 동안 아직 열 살 정도밖에 되지 않은 그의 아들과 딸은 천진난만하게 집 바깥에서 놀며 아빠가 일하는 것을 보고 있었다. 남자는 지붕에 이끼 까는 일을 끝내고 내려와 아이들을 데리고 집 안으로 들어갔다. 그러자 갑자기 큰비가 내리기 시작하여, 아버지와 자식들은 창문을 꼭 닫

서안(西安) 반파(半坡)에서 출토된 채도를 보면 표면에 〈계(系)〉자 무늬가 새겨져 있다. 그 글자는 결승을 상징하는 것으로서 용이나 뱀의 형상을 하고 있는 고대의 신들이 꼬리가 얽혀 있는 모습으로 나타나는 것과 관계가 있다. 『주례(周禮)』에 나오는 〈교룡(交龍)〉이나 한나라 때의 〈복희 여와〉가 천지와 음양의 신을 대표한다. 「상주시대의 상징예술」

결승(結繩)과 용신(龍神)

고 따뜻한 집 안에서 가정의 즐거움을 누리고 있었다.

비는 점점 더 쏟아져 내리고 바람은 거세게 몰아쳤으며 우르릉거리는 천둥소리는 더욱 맹렬해져 갔다. 마치 하늘의 뇌공(雷公)이 노하여 인간세상에 자신의 위세를 떨쳐보려는 듯, 인간에게 큰 재해를 내리려는 듯했다.

이때 집 안에 있던 사내는 큰 재앙이 곧 닥치리라는 것을 예감이나 한 듯이 미리 만들어놓았던 쇠로 된 둥우리를 꺼냈다. 그리고 그것을 처마 밑에 놓고는 둥우리를 열어놓고 호랑이를 잡을 때 쓰는 쇠스랑을 손에 들고서 용감하게 그곳에 서서 누군가를 기다리고 있었다.

하늘의 먹장구름은 점점 짙어지고 우르릉거리는 천둥소리는 연이어 들려오는데, 처마 밑에 서 있는 그 용사는 매우 침착했고 또 조금도 두려워하지 않았다.

번개가 치고 이어 하늘이 무너져내리는 듯한 큰 우레소리가 들려왔다. 곧이어 푸른 얼굴의 뇌공이 손에 도끼를 들고 재빠르게 지붕 위에서 날아 내려왔다. 그의 등뒤에 달린 날개는 흔들거리고 눈에서는 사납게 빛나는 광채를 내뿜고 있었다. 처마 밑의 용사는 뇌공이 내려오는 것을 보고는 얼른 호랑이 잡는 쇠스랑을 휘둘러서 단번에 뇌공의 허리를 찔러 그를 쇠둥우리 속에 넣어서는 집 안으로 가지고 들어갔다.

「이제야말로 네가 내게 잡혔구나. 어디 네가 무슨 재주를 더 부릴 수 있나 볼까?」

남자는 쇠우리 속의 뇌공을 보고 웃으며 말했다. 뇌공은 상심하여 고개를 숙이고는 아무 말도 못했다. 사내는 그의 아이들에게 뇌공을 지키고 있으라고 했다. 처음에 아이들은 기이하게 생긴 푸른 얼굴의 뇌공을 보고 매우 놀랐으나 조금 지나자 익숙해져서 무서워하지 않게 되었다.

다음날 아침, 사내는 뇌공을 죽여 젓갈을 **담가 반찬으로** 만들려고 시내에 향료를 사러갔다. 집을 나서면서 그는 아이들에게 당부했다.

「기억해라, 절대로 그놈에게 물을 주어선 안돼」

사내가 떠나자, 뇌공은 쇠우리 속에서 거짓으로 신음하는 척하며 고통스런 모습을 지어보였다. 아이들이 달려와 그에게 왜 신음하느냐고 물었다. 뇌공이 말했다.

「목이 마르구나, 내게 물 한 그릇만 주겠니?」

그러자 계집애보다 나이가 좀더 먹은 사내아이가 말했다.

「아빠가 떠나실 때 당신에게 물을 주지 말라고 하셨기 때문에 물을 드릴 수가 없어요」

뇌공은 간절히 빌며 말했다.

「물 한 그릇이 안 된다면 한 잔이라도 좋다. 난 정말 몹시 목이 마르단다」

사내아이는 거절했다.

「안 돼요, 아빠가 아시면 혼난다구요」

뇌공은 매우 고집스럽게 계속 애걸했다.

「그렇다면 부엌에서 솥 닦는 솔이라도 가져와서 몇 방울만이라도 좀 주렴, 목말라서 정말 죽겠구나」

뇌공은 말을 끝내고는 눈을 감고 입을 벌린 채 기다리고 있었다. 나이가 좀 어린 계집아이가 뇌공이 이렇게 괴로워하는 걸 보고는 연민의 감정이 일어났다. 아빠가 하루 낮 하루 밤을 꼬박 쇠우리 속에 가두어두었는데 물 한 모금도 못 마시게 하다니, 정말 가엾다는 생각을 한 것이다. 그래서 오빠에게 말했다.

「오빠, 우리 저 사람에게 물 몇 방울만 주어봐요」

오빠 역시 그 말을 듣고는 그까짓 물 몇 방울이 뭐 대수랴 싶어 동생의 말에 따르기로 했다. 오누이는 부엌에 가서 솥 닦는 솔을 가지고 와서 물 몇 방울을 따라내어 뇌공의 입 속에 떨어뜨려 주었다. 뇌공은 물을 마시자 너무나 기뻐하며 오누이에게 고맙다는 인사를 하고는 말했다.

「얘들아, 고맙다! 내가 좀 나가야겠으니 너희들 잠깐만 이 집에서 나가 있으렴」

아이들은 당황하여 문 밖으로 뛰어나왔다. 땅이 무너지는 듯한 큰 소리를 들었을 뿐인데 뇌공은 이미 쇠우리를 뚫고 집 안에서 날아오르고 있었다. 뇌공은 자기 입 속에서 급히 이빨 하나를 뽑아 두 아이에게 주며 말했다.

「어서 이것을 땅 속에 심어라. 만일에 재난을 당하게 된다면 거기서 열린 열매 속에 숨으면 된다」

　말을 마치자마자 뇌공은 우르릉거리는 천둥소리와 함께 하늘로 날아가 버렸다. 아이들은 멍하니 하늘만 쳐다보고 있었다. 얼마 지나지 않아 향료를 사서 뇌공을 젓 담그려 했던 아빠가 집으로 돌아왔다. 쇠우리가 부서지고 뇌공이 도망쳐 버린 것을 보곤 깜짝 놀라, 급히 아이들을 불러 이유를 묻고 나서야 사정이 어떻게 된 것인지를 알게 되었다. 아빠는 굉장한 재난이 곧 닥쳐오리라는 것을 예감했다. 그래서 아무것도 모르는 아이들을 야단치지 않고 급히 재료를 준비해 밤낮을 가리지 않고 일을 하여 쇠로 된 배 한 척을 만들어 재난에 대비했다.

　두 아이도 뇌공이 준 이빨을 장난삼아 땅 속에 묻었다. 이빨을 심은 지 얼마 되지도 않았는데 이상하게도 진흙 속에서 부드러운 새싹이 솟아나왔다. 이 새싹은 눈에 보이게 쑥쑥 자라나서 단 하루 만에 꽃이 피고 열매를 맺었다. 다음날 아침 다시 가보니 그 열매는 이미 무척 커져서 엄청나게 큰 조롱박이 되어 있었다. 오누이는 집으로 돌아와 톱을 가지고 가서 조롱박의 뚜껑을 따보았다. 그 조롱박 속에는 놀랍게도 셀 수 없이 많은 이빨들이 빽빽하게 들어 있었다. 그러나 아이들은 두려워하지 않고 그 이빨들을 모두 파내 버리고 조롱박 속으로 기어들어가 보았다. 그것은 두 아이가 숨기에 꼭 알맞은 크기여서, 아이들은 조롱박을 조용한 곳으로 끌고가 그곳에 숨겨두었다.

　사흘째가 되자 아빠의 쇠로 된 배도 다 만들어졌다. 바로 그때 날씨가 갑자기 변하기 시작하였다. 사방에서 스산한 바람이 불기 시작하고 어두운 하늘에서 미친 듯이 비가 쏟아져 내렸다. 땅에는 물이 넘쳐 홍수가 나서 야생마같이 들끓는 물이 언덕을 뒤덮고 높은 산을 휘감으니, 들과 집, 숲과 마을 모두가 망망

대해로 변했다.

「얘들아!」

비바람 속에서 아빠가 소리쳤다.

「어서 숨어라! 뇌공이 홍수를 일으켜서 복수하러 온다!」

두 아이는 급하게 조롱박 속에 숨었고 아빠는 자신이 만든 쇠배 속에 숨어, 높게 넘실거리는 파도를 타고 이리저리 표류하게 되었다.

홍수는 갈수록 심해져 그 물길이 하늘까지 닿았다. 쇠배를 탄 용사는 비바람과 미친 듯한 파도 속에서 침착하게 그의 배를 조종해 하늘의 문에까지 이르게 되었다. 그가 뱃머리에 선 채 그 문을 두드리자 탕탕 치는 소리가 아홉 층 하늘을 울렸다.

「빨리 문을 열어라, 나 좀 들어가야겠다. 나를 들어가게 해줘!」

그는 바깥에서 지치지 않고 소리쳤으며 주먹으로 하늘의 문을 시끄럽게 두드렸다. 문 안에 있던 천신(天神)들은 두려워서 급히 수신(水神)에게 명을 내렸다.

「빨리 물을 빼라!」

수신이 명령대로 행하니, 순식간에 비바람이 멈추고 홍수가 끝나 갑작스레 대지에는 마른 땅이 나타나게 되었다. 홍수가 끝나 물이 빠질 때 용사가 탄 배는 높은 하늘에서부터 그대로 떨어졌는데, 쇠로 만들어진 배가 단단했기 때문에 땅에 떨어지자마자 그만 산산조각이 나고 말았다. 뇌공과 용감하게 싸웠고 또 뇌공을 잡아 가두기도 했던 이 무명의 용사는 가엾게도 그의 배와 운명을 함께 하여 역시 죽어버렸다.

그러나 조롱박 속에 숨었던 그의 두 아이는 죽지 않았는데, 그것은 조롱박이 부드러워 탄성이 있었기 때문이었다. 그들이 공중에서 떨어질 때 몇 번 톡톡 튀어오르기만 했을 뿐, 다

조롱박 속에 숨은 복희(伏羲)와 여와(女媧)

친 데는 한 군데도 없었다.

하늘까지 차오르던 홍수가 한바탕 휩쓸고 지나가자 대지 위에 살던 인류는 모두 죽어버리고 두 아이만 남게 되었으니 그들이 인류의 유일한 생존자였던 것이다. 그들 둘에게는 본래 이름이 없었는데 조롱박 속에서 살아남았다고 하여 이름을 〈복희(伏羲)〉라 하게 되었다. 〈복희〉란 〈포희(匏瓠)〉, 즉 〈호로(葫蘆)〉를 뜻한다. 그래서 남자아이는 〈복희가(伏羲哥)〉, 여자아이는 〈복희매(伏羲妹)〉라 했으니, 바로 〈조롱박 오빠〉, 〈조롱박 누이〉라는 뜻이다.

그리하여 비록 대지에 인류가 사라져버리기는 했으나, 이 한 쌍의 용감한 젊은이는 열심히 일하며 즐겁고 걱정 없이 살아가고 있었다. 그런데 그때만 해도 하늘과 땅의 거리가 그리 멀리 떨어져 있지 않았고 하늘의 문이 늘 열려 있었기 때문에, 오누이는 손에 손을 잡고 하늘사다리를 타고서 하늘나라에 가서 놀곤 했다.

시간은 유수같이 흘러 어느덧 그들은 모두 어른이 되었다. 오빠는 동생과 결혼하고 싶어했으나 동생은 원하지 않았다.

「우리가 어떻게 결혼을 해요? 우리는 친형제잖아요」

동생은 늘 이렇게 말했다. 그러나 오빠가 자꾸자꾸 원하니까 동생도 거절만 할 수가 없어서 오빠에게 말했다.

「오빠, 저를 쫓아오세요, 저를 잡을 수 있다면 오빠와 결혼하겠어요」

그래서 오빠와 동생은 큰 나무를 가운데에 두고 빙빙 돌며 도망치고 쫓아가고 하게 되었다. 동생은 민첩하고 재빨라 오빠가 아무리 쫓아가도 잡을 수가 없었다. 그러자 오빠는 꾀를 내었다. 동생을 쫓아가는 척하다가 갑자기 몸을 돌리니 무방비 상

태에서 숨만 몰아쉬던 동생은 그만 오빠의 품 안으로 들어오게
되었다. 그리하여 둘은 결국 결혼하여 부부가 되었다.

  부부가 된 지 얼마 되지 않아 동생은 둥근 공처럼 생긴 살덩
어리를 하나 낳게 되어 부부는 기이하다고 생각하며 이 살덩어
리를 잘게 다져 종이로 쌌다. 이 물건을 가지고 하늘사다리를
타고 하늘나라에 가서 놀려는 것이었다. 그런데 중간쯤 올라갔
을 때 갑자기 바람이 몰아쳤다. 그 바람에 종이가 찢겨 잘게 다
진 살덩어리들이 사방으로 흩어졌는데, 그것들이 땅에 떨어져
모두 사람이 되었다. 나뭇잎 위에 떨어진 것은 엽(葉)씨 성을
갖게 되었고 나무 위에 떨어진 것은 목(木)씨 성을 갖는 등, 살
덩어리들이 떨어진 곳의 사물 이름을 성으로 삼게 되었던 것이
다. 이렇게 하여 세상에는 인류가 다시 생겨나게 되었다. 복희
부부는 인류를 다시 만든 시조가 되었는데, 반고가 인류의 시
조가 되었던 것과 비슷해서 복희가 반고일 가능성이 있다는 주
장도 있다.

제4장

세상의 중심과 불의 기원

앞에서 인류의 기원과 복희·여와 두 사람이 함께 등장하는 신화를 대략 서술했다. 이제 한민족 고대의 전설에 의해 두 사람에 관한 신화를 나누어서 이야기해 보기로 한다(왜냐하면 진(秦)과 한(漢) 이전 고서의 기록에서 복희와 여와는 아무 연관이 없었기 때문이다). 먼저 복희에 관한 신화를 이야기하고, 다음 장에서 여와에 대한 신화를 서술해 보기로 한다. 여와의 신화는 인류의 기원 문제에 대해 원만한 대답을 해줄 수 있을 것이다.

지금 남아 있는 복희에 관한 신화는 그리 많지가 않다. 그래서 우리는 다만 그에 관련된 단편적인 자료들을 모아서 이야기해 볼 수밖에 없다.

중국 서북쪽 수천만 리 되는 곳에 〈화서씨(華胥氏)의 나라〉라고 하는, 극락이라 부를 만한 나라가 있었다. 그 나라는 어찌나 멀리 있는지, 우리가 걸어서든 혹은 차나 배를 타고서든 결코 갈 수가 없는 곳이고 다만 〈마음으로만 갈 수 있는〉 나라였다. 그곳에는 정부나 지도자가 없고, 일반 백성들도 욕망이나 욕심이 없이 모든 것을 자연에 따르기 때문에, 사람들의 수명이 길었고 모두 아름답고도 즐거운 생활을 하고 있었다. 그곳 사람들은 물 속에 들어가도 빠질 염려가 없었고, 불 속에 들어가도 타 버리지 않았다. 또 공중에서도 땅을 딛은 듯이 걸을 수 있었으며, 구름과 안개도 그들의 시선을 가리지는 못했다. 그리고 천둥소리까지도 그들이 다른 것을 듣는 것을 방해하지는 못하였다. 그러니 이 나라 백성들은 실로 인간과 신의 중간쯤 되는 사람들로 땅 위의 신선들이라 할 만했다.

이 낙원에 이름은 없고 그저 〈화서씨〉라고만 불리는 소녀가 있었다. 하루는 그녀가 동쪽에 있는, 나무가 우거지고 경치가 아름다운 〈뇌택(雷澤)〉이라는 호숫가에 가서 놀고 있었다. 그녀는 우연히 뇌택가에 찍혀 있는 한 거인의 발자국을 보게 되었다. 이상하기도 하고 재미있기도 해서 소녀는 자신의 발로 거인의 발자국을 밟아보았는데, 밟자마자 기이한 느낌이 들었다. 그러자 곧 임신을 해서 사내아이를 낳게 되었으니, 그가 곧 〈복희〉였다.

그러면 호숫가에 찍혀 있던 발자국의 임자는 도대체 누구였을까? 고서에는 아무런 기록이 없다. 그러나 뇌택의 주신(主神)은 우리가 알고 있듯이 뇌신으로, 사람의 머리에 용의 몸뚱이를 한 반인반수(半人半獸)의 천신이다. 이 발자국이 뇌신의 것이 아니라면 누구의 것이겠는가. 전설에 의하면 복희는 〈사람의 얼굴에 뱀의 몸〉을 가졌다거나 혹은 〈용의 몸에 사람의 머리〉를 하고 있다고 하는 것으로 보아 복희와 뇌신의 혈통 관계를 짐작할 수 있으니, 복희는 뇌신의 아들임에 틀림이 없다.

만일 복희가 천신과 인간 낙원의 여인 사이에서 태어난 아들이라면 복희 역시 충분한 신성(神性)을 지녔을 것임엔 의심의

여지가 없다. 그가 하늘사다리를 따라 마음대로 하늘을 오르내
렸다는 사실은 그의 신성을 증명하는 것이다. 앞장에서 우리는
이미 복희와 그의 누이가 하늘사다리를 타고 하늘에 올라갔다
는 이야기를 하였는데, 하늘사다리가 도대체 무엇인지 우리 머
릿속에는 확실한 개념이 떠오르지 않는다. 그러므로 이제 하늘
사다리에 대해 이야기해 보자.

　하늘사다리란 물론 인공적으로 만들어진 사다리가 아니며, 우
리들이 담을 올라갈 때 사용하는 그런 모양의 사다리도 아니다.
하늘사다리에는 두 가지 종류가 있는데, 하나는 산이요 또 하
나는 나무이니, 모두가 인간의 힘을 빌리지 않고 저절로 생겨
난 것들이다. 고대인들의 사고는 비교적 단순하고 소박하였으
므로 신인(神人)이나 선인(仙人)들이 〈하늘을 오르내릴〉 수 있
는 것은 〈구름이나 안개를 타고서〉가 아니라, 산이나 나무 같은
것을 타고 한 걸음 한 걸음 착실하게 기어올라갔다고 생각했던
것이다. 물론 이것도 간단한 일은 아니었을 것이다. 우선 하늘
과 통할 수 있는 산이나 나무가 어느 곳에 있어서 하늘로 올라
갈 수 있는가를 알아내는 식견이 있어야 했다. 그 다음으로
는, 기어올라갈 수 있는 재주가 있어야 했다. 예를 들어, 곤륜
산 같은 곳이 신들의 도시라서, 그 산꼭대기가 하늘과 바로 통
하는 곳이라는 사실은 누구나 알고 있다. 그러나 미안스럽게도
곤륜산 아래에는 약수(弱水)의 깊은 물이 휘돌아 있고, 그 바깥
쪽에는 불꽃이 이글거리는 큰 산이 막혀 있어서 그곳에 오른다
는 것은 정말 어려운 일이었다. 다른 하늘사다리에도 이것과 비
슷한 장애물들이 있었을 것이다. 그래서 고서에 기록되기를, 하
늘사다리를 따라 마음대로 하늘을 오르내릴 수 있는 것은 신인
(神人)과 선인(仙人), 그리고 무사(巫師)들뿐이라고 하였다. 그

러나 물론 더욱 오랜 옛날, 하늘로 가는 길이 아직 통해 있던 시절에는 용감하고 지혜로운 많은 백성들이 하늘사다리를 따라 자유자재로 하늘과 땅을 오르내렸을 것인데, 이 점에 대해서는 지금 자세히 얘기할 필요가 없겠다.

여러 산 중에서 하늘사다리의 역할을 했던 곳으로는 위에서 언급한 곤륜산 말고도 화산(華山) 청수(靑水) 동쪽의 조산(肇山)이 있는데, 선인 백고(柏高)가 이 산을 통해 하늘로 올라갔다고 한다. 또 서방 황야에 등보산(登葆山)이 있었는데, 무사들이 이곳을 통해 하늘나라에 올라갔다고 한다. 그들은 하늘을 오르내리며 신들의 뜻을 인간에게 전하고, 또 인간의 마음을 신들에게 알리는 일을 했다.

한편 나무들 중에서 하늘사다리의 성질을 가진 것은 우리가 아는 바로는 건목(建木) 하나뿐이다. 그 밖에 북쪽 바다 밖에 있다고 하는 삼상(三桑)이나 심목(尋木), 또 동쪽 바다 밖의 부상(扶桑)과 서방 황야의 약목(若木) 등이 모두 수십, 수천 길 또는 천 리 높이나 되는 큰 나무들이긴 하지만, 하늘사다리의 성질을 지니고 있었는지는 고서에 명확한 기록이 없어 뭐라 단정지어 말하기 어렵다. 다만 건목만이 하늘사다리의 성격을 갖고 있었던 유일한 나무라고 할 수 있다. 건목은 서남쪽 〈도광의 들판(都廣之野)〉에 있었다. 그곳은 천지의 중심이었다고 하는데, 유명한 신녀(神女)인 소녀(素女)가 바로 거기서 태어났다. 그곳은 정말 좋은 땅으로, 온갖 곡식이 저절로 자라나서 여름 겨울 할 것 없이 언제나 거둬들일 수 있었고, 그곳에서 자라나는 쌀이며 수수·콩·보리 등은 모두 깨끗하고 윤기가 있으며 기름기가 돌았다. 또 난(鸞)새가 노래부르고 봉황은 춤을 추었으며, 온갖 새와 짐승들이 모여들었다. 나무와 풀들은 사시사철 늘 푸르렀고, 대나무처럼 마디가 있는 〈영수(靈壽)〉라는 나무는 향기롭고 아름다운 꽃을 피웠으며 나무의 견고한 줄기로는 노인의 지팡이를 만들 수도 있었다. 그곳이야말로 지상의 낙원이라 할 만했다. 지금의 사천성(四川省) 성도(成都)가 바로 그곳이라고 주장하는 사람도 있는데, 지리적 방향과 그 묘사된 경치 등으로 보건대 그럴 가능성도 있긴 하다.

하늘사다리의 성질을 가진 길고 긴 건목은 바로 이 낙원의 한가운데에서 자라났다. 낙원이 세상의 중심에 있었으니 이 하늘사다리야말로 세상의 중심, 그 중앙에 자리하고 있었던 것이다. 그래서 정오가 되어 태양이 바로 그 꼭대기에서 비칠 때에는 한 점 그림자조차 보이지 않았으며, 또 이곳에서 한바탕 큰 소리를 쳐도 목소리는 곧 허공에서 스러져버리고 사면 팔방에서 조그만 메아리조차 들리지 않았다. 건목은 또 그 모습이 기이하게 생겼다. 가늘고 길게 뻗은 나뭇가지는 하늘을 찌를 듯이 솟아 있고 잔가지가 없었으며, 다만 나무의 맨 꼭대기에만 가지가 굽이굽이 뻗어나와 우산과 같은 모양을 하고 있었고 뿌리도 역시 얼키설키 얽혀 있었다. 또 이상한 것은 그 나무의 줄기를 잡아당기면 부드럽게 끊임없이 나무 껍질이 벗겨지는데, 그 모습이 마치 갓끈과도 같았고 노란 뱀 같기도 했다.

세상의 한가운데에 있던 이 하늘사다리는 사방의 천제(天帝)들이 하늘에 오르거나 땅으로 내려올 때 사용하던 계단이었는데, 그들은 구름 속으로 솟은 이 가늘고 긴 나무를 타고 오르내렸다(물론 재주가 있어야만 했다). 복희도 역시 이 나무를 타고 하늘을 오르내렸는데 아마도 어쩌면 가장 먼저 이 나무를 기어 올라간 사람이었을지도 모른다. 이것 하나만으로도 그의 신력을 증명하기에는 충분하다.

고대의 신화, 전설에서 복희는 동방의 상제이다. 그를 보좌하는 신으로는 목신(木神)인 구망(句芒)이 있는데, 구망은 손에 컴퍼스를 들고 있고, 동방 상제 복희와 함께 공동으로 봄을 주관한다. 구망은 사람의 얼굴에 새의 몸을 하고 있는데, 얼굴은 네모지고 흰색의 옷을 입고 있으며 늘 두 마리의 용을 몰고 다녔다. 그는 서방 상제인 소호(少昊) 금천씨(金天氏)의 아들이라고도 하는데, 이름은 〈중(重)〉이고 동방 상제의 보좌신 역할을 하고 있다. 사람들이 그를 〈구망〉이라고 부르는 이유는, 봄에 나뭇가지에 새눈이 나거나 싹이 돋을 때 그 싹이 꼬부라져 있고〔句〕 또 까끄라기〔芒〕가 돋아 있기 때문이다. 그러므로 〈구망〉이라는 두 글자는 봄과 생명을 상징한다고 할 수 있다.

전해지는 이야기로, 춘추시대 진(秦)나라의 목공(穆公)은 현명한 왕이었다고 한다. 그는 지혜로운 신하들을 등용하여 쓸 줄 알았는데, 다섯 장의 양가죽을 바치고 초나라 사람의 손에서 백리해(百里奚)를 구해 내어 국가의 중임을 맡겼던 적이 있다. 또 백성들을 매우 사랑하여, 도망친 그의 말을 잡아먹은 기산(岐山)의 야인(野人)들을 용서해 주었는데, 후에 이 사람들이 목공의 은혜에 감동하여 그를 도와 진(晋)나라 군대를 쳐부수고 진나라의 왕 이오(夷吾)를 포로로 잡는 공을 세웠다. 상제는 목공이 이렇게 덕이 있는 것을 보고는 나무의 신이자 봄의 신인 구망을 시켜 목공에게 19년의 수명을 보태주도록 하였다고 한다. 이 상제가 바로 동방 상제 태호(太昊) 복희(伏羲)임은 두말할 나위가 없을 것이다.

복희에게는 〈복비(宓妃)〉라고 하는 예쁜 딸이 있었다. 그런데 그녀가 낙수(洛水)를 건너다가 그만 물에 빠져 죽어 낙수의 여신이 되었다. 시인들은 그녀의 아름다움에 대하여 최고의 예찬과 칭송을 보냈다. 그녀에 관한 이야기는 「예우편」 제3장에서 자세히 서술하도록 하겠다.

인류에 대한 복희의 공헌은 지대하다. 역사서에서는 복희가 팔괘를 그렸다고 기록되어 있다. ☰ 건(乾)은 하늘을 대표하고 ☷ 곤(坤)은 땅을 대표하며, ☵ 감(坎)은 물을, ☲ 이(離)는 불을, 그리고 ☶ 간(艮)은 산을, ☳ 진(震)은 천둥, ☴ 손(巽)은 바람, ☱ 태(兌)는 늪을 나타낸다. 팔괘의 이 부호들은 세상 만물의 여러 가지 상황을 포괄한다. 인류는 이것들을 가지고 일상 생활에서 발생하는 일들을 기록할 수 있었다. 또 복희는 노끈을 짜서 그물을 만들어 고기 잡는 법을 백성들에게 가르쳤다고 전해진다. 그의 신하 망씨(芒氏)도 복희의 방법에 따라 새 잡는 그물을 만들어 사람들에게 새 잡는 법을 가르쳤다고 한다. 이러한 발명들은 인류의 생활을 개선하는 데 큰 도움을 주었다.

그런데 인류에 대한 복희의 가장 큰 공헌은 아마도 불씨를 인류에게 가져다 준 일일 것이다. 불이 있음으로 해서 인간은 동물의 익은 고기를 먹게 되어 위장병이나 배탈이 나지 않게 되었다. 불을 발견해 낸 사람에 대해서 사서(史書)에는 수인씨(燧人氏)의 이름으로 기록되어 있는데, 어떤 기록에는 복희로 되어 있기도 하고 황제의 이름으로 기록되어 있기도 하다. 이런 기록들을 보면 최초로 불을 취해 온 사람에 대해서는 옛부터 정설이 없었음을 알 수 있다. 복희가 〈포희(庖羲)〉 혹은 〈포희(炮犧)〉라고 불렸다는데, 그 뜻은 〈희생물[犧]들을 부엌[庖]에 채운다〉 또는 〈날고기를 익힌다〉라는 의미라고 한다. 이런 목적을 달성하려면 불이 있어야만 했을 것이니, 〈포희(炮犧: 동물의 고기를 굽는다는 뜻)〉의 발명은 곧 불의 발견을 뜻하는 것이다. 수인이

나무를 비벼 불을 일으킨 것도 그 목적이 바로 〈포희(炮犧)〉에 있었다. 신화 속에서 복희는 뇌신의 아들이며 또한 봄을 다스리는 동방의 상제였으니, 수목의 생장과 밀접한 관계가 있는 셈이다. 바로 여기에서 우리는 다음과 같은 문제를 생각해 볼 수 있다. 즉, 번개가 나무에 떨어진다면 어떤 광경이 벌어질까? 말할 것도 없이 타오르기 시작해 작열하는 큰 불이 일어나게 될 것이다. 직책을 연결지어 생각해 본다면 아주 간단하게 〈불〉이라는 개념을 끌어낼 수 있다. 그래서 불의 발견은 수인보다는 복희에게 돌리는 것이 더 타당할 것 같다. 물론 복희가 일으킨 불은 뇌우가 지난 뒤 숲에서 타오르는 천연적인 불이었을 것이다. 그리고 나서 수인이 나타나 나무를 비벼 불을 일으켰는데, 이 불은 삼림에서 발생했던 자연적인 불 이후에 발견된 것으로 보아야 한다.

나무를 비벼 불을 일으킨 것에 대해 신화에 포함시킬 만한 재미있는 전설이 하나 있다.

아주 먼 옛날, 서쪽 머나먼 곳에 〈수명국(遂明國)〉이라는 나라가 있었다. 이 나라에는 태양이나 달의 빛이 미치지 않았는데, 해가 보이지 않으니 낮과 밤을 알 수가 없었다. 그런 이 나라에 〈수목(遂木)〉이라고 하는 나무가 있었다. 이 나무는 어찌나 큰지 뿌리와 줄기, 이파리가 구불구불 1만 경(頃)이나 되는 지역을 뒤덮고 있었다.

오랜 세월이 흐른 뒤에 어떤 총명하고 지혜로운 사람이 천하를 떠돌아다니다가 아주 멀리 가게 되었는데 얼마나 멀리 갔는지 해와 달도 보이지 않을 지경이었다. 마침내 그 사람은 수명국에 도착하여 1만 경이나 뻗어나간 수목 밑에서 잠시 쉬고 있었다. 이치적으로 말해 보자면 수명국은 본래 해가 없는 어두운 나라였으므로 넓은 수풀 속도 분명히 어둠뿐이어야 하는데, 그곳은 결코 그렇지가 않았다. 대삼림의 이곳저곳에 아름답게 빛나는 불빛이 보였으니, 진주나 보석처럼 반짝이는 광채가 그렇게도 찬란하여 사방을 환하게 비춰주고 있었던 것이다. 평생 해를 보지 못하고 사는 수명국의 백성들은 이 찬란하고 아름다운 불빛 속에서 일하고 쉬었으며 밥을 먹고 잠을 잤다. 총명하고 지혜로운 이 사람은 불빛이 도대체 어디서 나오는 것인지 찾아가 보았다. 마침내 수리처럼 생기고 긴 발톱에 검은 등, 그리고 하얀 배를 지닌 큰 새들이 짧고 단단한 부리로 그 나무의 줄기를 쪼는데(아마 나무 속의 벌레를 잡아먹으려는 것이었으리라), 새들이 나무를 쪼아댈 때마다 그 찬란한 빛이 나타나는 것을 알았다. 지혜로운 그 사람은 이 광경을 보며 불현듯 불을 취할 수 있는 방법을 깨달았다. 그래서 수목의 나뭇가지들을 꺾어다가 작은 가지로 큰 가지를 뚫어 비벼대니 과연 불빛이 생겨나는 것이었다. 그러나 수목을 비빌 때 생겨난 그 불은 빛만 있었을 뿐, 불꽃은 일어나지 않았다. 그 뒤 그는 다른 나무를 사용하여 불을 피워보려 했다. 수목을 비비는 것보다 힘이 좀더 들긴 했지만, 계속 비벼대니 마침내 연기가 나고 불이 붙어 나무가 불타 올랐다. 그때서야 그는 진정한 의미의 불을 얻게 되었던 것이다. 그후 그는 자기 나라로 돌아가 나무를 비벼 불을 얻어내는 방법을 백성들에게 가르쳐주었다. 이렇게 하여 불의 쓰임새가 퍼져나가게 되니, 이제 인간들은 불이 필요하면 언제라도 곧 불을 얻을 수 있게 되었다. 천연적인 우레로 불을 얻으려고 기다릴 필요가 없었고 사시사철 그 불씨가 꺼질까봐 걱정하며 지키고 있을 필요도 없게 되었다. 사람들은 나무를 비벼 불을 얻어내는 방법을 발견해 낸 이 사람에게 감사하는 마음으로 그를 〈수인(燧人)〉이라 불렀으니, 〈수인〉이란 곧 〈불을 얻어낸 사람〉이란 뜻이다.

제5장
늠군과 염수의 여신

한편 복희의 후손들은 사람들이 알고 있는 대로 서남쪽의 파국(巴國)에 있었다. 전해지는 이야기로는, 복희가 함조(咸鳥)를 낳았고 함조는 승리(乘釐)를, 승리는 후조(後照)를 낳았는데, 후조가 바로 파국의 시조가 되었다고 한다. 파국은 건목이 있는 곳에서 멀지 않은 지역에 있는데, 근처에 유황신씨(流黃辛氏) 혹은 유황풍씨(流黃豐氏)라는 나라가 있었다. 이 나라는 주변 3백 리가 모두 산과 물로 둘러싸여 있고 속세와 멀리 떨어져 있어서, 깨끗한 들판이 마치 신선세계와도 같았다고 하는데, 파국의 경치가 바로 이 나라와 흡사하지 않았을까.

파국, 엄밀하게 말하자면 파족(巴族)의 선조 중에 늠군(廩君) 또는 무상(務相)이라고 불리는 영웅적인 인물이 있었다. 어떤 학자들은 그가 복희의 후손이라고도 하는데, 그에 관한 이야기가 무척 흥미로워 여기에서 한번 서술해 볼까 한다.

늠군은 남방의 무락종리산(武落鍾離山)에 살았다. 그의 본래 이름은 무상이었으며 파씨(巴氏) 씨족의 아들이었다. 그 산에는 이들 외에도 번씨(樊氏)·심씨(瞫氏)·상씨(相氏)·정씨(鄭氏) 일족들이 함께 살고 있었는데 그들 네 씨족이 모두 검은 동굴에 살고 있는 데 반해 파씨 일족만은 붉은 동굴에 거주하고 있었다. 이 다섯 씨족에게는 그들 모두를 통솔하는 우두머리가 없었기 때문에 각자 그들이 믿는 귀신들을 섬기고 있었다. 그래서 서로 조금도 양보하려 하지 않았으며 별것 아닌 작은 일을 가지고도 피투성이가 되도록 싸우곤 했다.

그렇게 오랜 세월이 흘러갔다. 사람들은 그런 식으로 계속 싸우다가는 애꿎은 인명만 희생되고 후손조차 남길 수 없게 될지도 모른다는 위기의식을 느끼게 되었다. 그래서 마침내는 다섯 씨족의 노인들이 모여 대책을 숙의하기에 이르렀다. 각 씨족이 이미 각자 자신들의 신을 섬기며 살고 있어 누구에게도 예속되기를 원치 않는 바에야 다른 방법이 없었다. 각각 자기 씨족의 대표자를 뽑아서 그들끼리 시합을 하게 한 뒤, 우승하는 자를 모두의 우두머리로 삼는 것이었다. 그렇게 하면 서로가 서로를 죽이는 일은 일어나지 않을 터였다. 이 의견에 모두들 동의하였고 각자 자기의 씨족들에게 이런 취지를 설명하였다. 마침내 씨족마다 대표를 하나씩 선발하여 약속한 날 한자리에 모여 재주를 겨루게 되었다.

파씨 일족은 무상(즉 훗날의 늠군)을 대표로 뽑았고 다른 씨족들도 각자 그들의 대표를 선출했다. 시합이 시작되는 날이 되자 모두들 준비를 마치고 그들의 대표를 모시고서 위풍당당하고도 요란스럽게 산꼭대기로 올라갔다.

첫번째 시합은 칼 던지기였다. 대표들은 산 위에 일렬로 서서 단검을 들고 그것을 건너편 절벽의 동굴을 향해 던졌다. 다른 칼들이 모두 중간에서 힘없이 떨어지는데 유독 무상의 칼만은 새처럼 날아가 동굴 꼭대기에 멋있게 박혔다. 다섯 씨족의 사람들이 그것을 보고 환호성을 올리며 신이 나서 동굴로 달려갔다.

두번째 시합은 무늬를 새긴, 흙으로 만든 배를 타는 일이었다. 사람들은 먼저 진흙으로 만들어서 무늬를 새겨넣은 배를 준비해 두었다. 그 배를 타고 강을 지나되 가라앉지 않게 하는 자를 우두머리로 삼는다는 것이었다. 모두들 배를 타고 강으로 나아갔다. 배는 중간쯤에도 나아가지 못한 채 무너지고 부서져 강물 속으로 가라앉아버렸다. 그러나 무상이 탄 배만은 물줄기를 따라 순조롭게 나아가 아주 오랫동안 물 위에 떠 있어도 아무 일이 없었다.

두 가지 시합에서 무상이 모두 우승을 하였으니 더 이상 다른 말이 필요 없었다. 다섯 씨족의 사람들이 무상을 그들의 지도자로 받들었으니 그가 바로 〈늠군〉이었다.

늠군이 지도자가 된 뒤 이들 통일된 대 부족은 눈부신 발전을 하였다. 인구도 나날이 늘어나 본래 그들이 살던 동굴은 이제 비좁게 되었고 산 위의 동물이나 야생 식물들도 그들이 먹기에는 아주 부족하였다. 그래서 늠군은 그들 부족을 이끌고 신천지를 찾아나서기로 하였다.

늠군은 이전에 그가 탔었던 그 기이한 진흙 배를 탔고 다른 사람들은 보통 나무 배를 타고서 길을 떠났다. 이수(夷水)를 따라 흘러내려가 며칠이 지나자 그들은 염수(鹽水)가 지나가는 염양(鹽陽) 지방에 도착하게 되었다. 사람들은 배에서 내려 그곳에 천막을 쳤다. 며칠 쉬고 나서 다시 출발할 예정이었던 것이다.

그때 염수에는 총명하고도 아름다운 여신이 살고 있었다. 그녀는 영웅적 인물인 늠군을 보고서 사랑하는 마음을 품게 되어 그에게 간절히 말했다.

「제가 살고 있는 이곳은 땅이 무척 넓어요. 물고기와 소금도 풍부하게 난답니다. 당신의 부족과 함께 이곳에서 사세요, 더 이상 다른 곳으로 가시지 말아요」

늠군은 그녀의 뜻을 이해했다. 그리고 그 역시 그녀를 사랑하게 되었다. 그러나 그는 그녀의 부탁에 대답을 해줄 수가 없었다. 그곳은 그녀가 말하는 것처럼 풍족한 땅은 아니었기 때문에 그들 부족의 새로운 정착지로서 그리 이상적인 곳이 못 되었던 까닭이다.

그러나 사랑에 눈이 먼 여신은 자신의 애정으로 그를 묶어두려고 밤마다 늠군이 자는 곳에 몰래 들어가 있다가 새벽이 되면 빠져나오곤 했다. 그리고 작은 날벌레로 변해 하늘을 날아다녔다. 산과 물의 정령들이 그러한 그녀의 모습을 보고 가슴이 아파 함께 작은 날벌레로 변해 그녀와 같이 하늘에서 춤을 추었다. 날벌레는 갈수록 많아졌고 마침내는 햇빛까지 가릴 정도로 많아졌다. 하늘을 빽빽하게 채우는 그 날벌레들 때문에 세상이 온통 암흑천지로 변해 버렸다.

늠군은 그의 부족들을 이끌고 그곳을 떠나려 하였지만 기세등등한 날벌레들 때문에 떠날 수가 없었다. 그것들이 그들을 둘러싸 동서남북을 분간할 수가 없는데 어떻게 길을 떠날 수가 있었겠는가. 이런 상황이 7일간 계속되었다. 늠군은 그것이 염수의 여신이 장난치는 것임을 알고 있었다. 그래서 수차례 그녀에게 그러지 말라고 충고를 하였다. 그러나 이 말괄량이 여신은 자기의 연인을 떠나지 못하게 하려고 짐짓 못 들은 체했다. 늠군은 더 이상 어쩔 도리가 없었다. 그는 자신의 머리카락을 한

오라기 뽑아 그녀에게 전하게 했다.

「늠군께서 이 머리카락을 여신께 전하라고 하십니다. 당신과 평생을 함께 하겠다는 정표라고 하시더군요. 이것을 늘 품에 간직하시랍니다. 절대로 잃어버리시면 안 된다는군요」

여신은 그것이 계책인 줄도 모르고 기뻐하며 그 말대로 했다.

다음날 새벽, 그녀는 또 작은 날벌레로 변해 다른 벌레들과 함께 허공에서 윙윙거리며 날아다니고 있었다. 늠군의 그 머리카락도 바람에 휘날리고 있었다.

늠군은 그 모습을 자세히 들여다보았다. 그러고는 비가 많이 내릴 때 맑아지기를 기원하는 〈양석(陽石)〉 위에 올라가 활을 당겨 그 머리카락이 있는 곳을 향해 화살을 날렸다. 작은 신음소리가 들리고 하늘에 갑자기 빛이 번쩍 하더니 화살을 맞은 여신의 모습이 나타났다. 창백한 안색에 두 눈을 꼭 감은 그녀는 힘없이 염수 위로 떨어졌고 동쪽으로 흐르는 물줄기를 따라가다가 서서히 강물 속으로 가라앉았다. 그 순간 셀 수도 없이 많았던 날벌레들은 흔적도 없이 사라져버렸고 그들의 눈앞에는 상쾌하고도 아름다운 하늘과 들판이 펼쳐졌다. 모두들 신이 나서 소리를 지르며 춤을 추었다. 그러나 늠군은 묵묵히 그 양석 위에 서 있었다. 그는 활을 든 손을 축 늘어뜨린 채 무심하게 흘러가는 염수를 멍하니 바라다보고 있었다.

강물을 따라 흘러내려가던 그들이 도착한 곳은 참으로 이상한 분위기가 감도는 곳이었다. 골짜기가 아주 깊었고 물이 구비구비 흐르고 있었으며 수풀이 우거진 것이 마치 거대한 동굴처럼 음산했다. 이런 광경을 보고 사람들은 조용해지기 시작했다. 늠군도 한마디 내뱉었다.

「정말 재수가 없군! 우리가 떠나온 그 동굴도 좁아서 떠난 것인데 지금 또다시 이따위 동굴로 들어오게 되다니……」

그러나 늠군의 그 말이 채 끝나기도 전에 옆에 솟아 있던 높은 절벽이 무너져내렸다. 그리고 그 안에서 세 길 넓이의 돌계단이 나타났다. 그 돌계단은 끝없이 이어져 아주 높은 곳까지 연결되고 있었다. 생각지도 않았던 이런 사태에 접하게 되니 본래 신통력을 지니고 있었던 늠군조차도 멍해질 수밖에 없었다. 잠시 후 정신을 수습한 늠군은 부족들을 이끌고 그 돌계단을 오르기 시작했다. 그리고 꼭대기까지 올라가 사방을 둘러보았다.

그곳엔 광활하고도 비옥한 들판이 펼쳐져 있었다. 거대한 숲이 있었고 아름다운 꽃들이 피어 있었으며 들판엔 비단결같이 푸른 풀들이 깔려 있었다. 그 사이로는 작은 새와 짐승들이 즐겁게 뛰놀고 있었으니 그야말로 그들 부족이 살기에 꼭 알맞는 이상적인 곳이었다.

다시 자세히 보니 멀지 않은 곳에 길이는 한 길, 넓이는 다섯 자 정도의 큰 바위가 눈에 띄었다. 늠군과 각 부족의 대표들이 그 바위 위에 앉아 도시를 세울 계획을 짜게 되었다. 늠군은 그들과 이야기를 하며 도시를 세우는 데 필요한 지출을 계산하느라 작은 대나무 조각들을 바위 위에 늘어놓았다. 그런데 참으로 기이한 일이 벌어졌다. 그 대나무 조각들이 마치 바위 위에 뿌리를 내린 것처럼 붙어서 떨어지지를 않는 것이었다. 그것은 어쩌면 늠군의 조상, 동방 천제 복희의 계시인지도 몰랐다. 안심하고 그곳에 자리를 잡아 살라는, 영원히 그곳을 떠나지 말라는.

그래서 늠군은 그의 백성들과 함께 그곳에 장엄하고도 웅장한 도시를 세웠고 그 도시를 이성(夷城)이라 이름지었다. 그들

의 자손들도 그곳에 자리하여 번성해 갔으니 훗날 그들은 중국
서남방의 강대한 민족──파족(巴族)이 되었다.

제6장
여와의 인류 창조

복희와 늠군에 대해서 적지 않은 이야기를 했는데, 이제 다시 여와에게로 돌아가보자.

여와(女媧)라는 이름은 『초사』의 「천문편」에 처음으로 보인다. 그런데 「천문」에서는 밑도 끝도 없는 질문 하나를 던지고 있다. 그 질문은 〈여와의 몸은 누가 만든 것일까?〉라는 것이다. 이 문제는 사실 참 특이한 것인데 그 의미는 아마도 〈여와가 다른 사람의 몸을 창조해 냈다면 그 여와의 몸은 또 누가 만들었을까〉 하는 의미일 것이다. 『초사』에 주해를 단 왕일(王逸)은 다른 전설에 근거해서 여와의 형상에 대해 설명했는데, 여와는 사람의 머리에 뱀의 몸을 하고 있다고 했다. 이것은 무량사(武梁祠)에 그려져 있는 화상(畵像)과 같은 것이지만 아깝게도 여와의 성별에 대해서는 설명하지 않았다. 그래서 우리는 어쩔 수 없이 최초로 만들어진 중국의 자전(字典)을 들춰볼 수밖에 없는데, 자전에서는 〈와(媧)〉자를 이렇게 해석하고 있다.

〈와(媧)는 옛날의 신성한 여인으로서 만물을 창조하고 길러

낸 사람이다.〉

여기서 그녀가 여성인 천신(天神)이라는 것을 확실히 알 수 있다. 이 천신은 재주가 무척이나 뛰어났는데 그 중에서도 그녀의 최대 작품은 인류 창조와 하늘 메우기였을 것이다. 먼저 그녀가 인류를 만들어낸 이야기를 해보기로 하자.

천지가 개벽한 이래, 대지에는 산과 냇물이 있게 되었고 초목이 우거졌으며 새와 짐승들, 벌레와 물고기들까지 생겨났지만 아직 인류만은 없었다. 그리하여 세상은 여전히 황량하고 적막하였다. 이 황량하고 고요하기만 한 땅 위를 거닐던 대신(大神) 여와는 마음속으로 너무나 고독하다고 생각하며, 천지간에 뭔가를 더 만들어넣어야 생기가 돌 것 같다고 느꼈다.

생각 끝에 여와는 몸을 굽혀 땅에서 황토를 파내었다. 그리고 그것을 물과 섞어 둥글게 빚어 인형과 같은 작은 모양을 만들었다. 이것을 땅에 내려놓자 희한하게도 곧 살아 움직이는 것이었다. 그러고는 꽥꽥 소리치며 즐겁게 뛰놀았는데 그가 곧 〈인간〉이라는 것이었다. 인간의 체구는 비록 작았으나 신이 친히 만든 것이었기 때문에 그 모습은 말할 것도 없이 신을 닮았다. 그리고 날아다니는 새나 기어다니는 짐승들과는 달리 우주를 다스릴 만한 기개가 있어보였다. 여와는 그녀 자신의 이 아름다운 창조품에 매우 만족해하며, 계속해서 손으로 물을 섞어 황토를 반죽하여 수없이 많은 남자와 여자를 만들어내었다. 벌거벗은 인간들은 모두 여와를 둘러싸고 뛰놀며 즐거워하다가 혼자서, 혹은 무리를 지어 흩어져 갔다.

그 모습을 보며 기쁨과 놀라움을 느낀 여와는 작업을 계속해 나갔다. 그녀는 살아서 움직이는 인간을 언제라도 그녀의 손에서 땅에다 내려놓을 수 있었고, 또 주위에서 인간들이 웃고

인류를 창조한 여와(女媧)

떠드는 소리를 늘 들을 수 있게 되었다. 그래서 여와는 이제 더
이상 쓸쓸하고 고독하지 않았다. 그녀가 만들어낸 자식들이 이
세상에 존재하게 되었기 때문이다.

그녀는 영리하고 총명한 이 작은 생물들을 대지에 가득 차게
하고 싶었다. 그러나 대지는 너무나 넓었다. 오랫동안 작업을
했음에도 불구하고, 뜻을 이루기도 전에 그녀는 너무 지쳐서
더 이상 일을 해나갈 수가 없었다. 그래서 드디어 여와는 줄 하
나를 구해다가——아마도 절벽에 늘어져 있던 덩쿨을 손에 걸
리는 대로 가져온 것이리라——진흙탕 속에 넣고는 누런 진흙
물을 적셔서 땅을 향해 한바탕 휘둘렀다. 그러자 진흙물이 방울
방울 떨어지고, 떨어진 방울들이 모두 소리치며 즐겁게 뛰어
노는 인간으로 변하였다. 이 방법은 과연 간단했다. 줄을 한번
휘두르기만 하면 한꺼번에 많은 사람들이 생겨났으니, 얼마 되
지 않아 대지는 인간으로 가득 차게 되었다.

지상에 인류가 존재하게 되니, 이제 여와는 자신의 작업을
끝내도 좋게 되었다. 그러나 그녀는 어떻게 하면 인류를 계속
생존시켜 나갈 수 있을 것인가 하는 문제를 생각하였다. 인류는
죽어야만 하게 되어 있는데, 한 무리가 죽고 나면 새로 또 한
무리를 만들어야 한다는 것은 너무나 골치 아픈 일이었다. 그래
서 여와는 남자와 여자를 짝지워서 스스로가 그들의 자손을 만
들어내고 키우는 책임을 지도록 하였다. 인류는 이렇게 하여 이
어져 내려와 나날이 더욱 많아지게 된 것이다.

여와는 인류를 위하여 혼인제도를 만들어내었다. 남녀를 서
로 짝지어 주는 인류 최초의 중매인이 되니, 후대의 사람들은
여와를 고매(高媒)로 추앙하였다. 고매라는 것은 신매(神媒), 즉
혼인의 신이라는 뜻이다. 사람들이 이 혼인의 신에게 제사를 올

릴 때는 그 의식(儀式)이 매우 성대하였다. 교외에 제단을 쌓고 사당[神廟]을 세워 〈태뢰(太牢)〉의 예(돼지·소·양 등 세 가지 제물을 모두 갖춰 제사 지내는 것)로 그녀를 모셨다. 또 해마다 음력 2월이 되면 여와를 모신 사당 근처에서 성대한 잔치를 베풀어 온 나라 안의 남녀들이 서로 만나서 즐겁게 놀도록 해주었다. 그러다가 남녀 쌍방의 뜻이 서로 맞으면 별다른 의식(儀式)이 필요 없이 자유롭게 결혼하여, 달과 별이 빛나는 하늘을 장막으로 삼고 푸른 풀이 깔린 대지를 침대로 삼을 수 있었으니, 누구도 그들의 행동에 간섭할 수가 없었다. 이런 것을 일컬어 〈하늘이 맺어준 짝[天作之合]〉이라고 하였다. 성대한 잔치 기간 동안에는 신을 모시는 아름답고 신기한 음악과 춤이 있어서 남녀 모두가 즐겁게 실컷 놀 수 있었다. 또 결혼은 했으나 아이가 없는 사람들도 다투어 사당에 찾아와 신께 아이를 점지해 달라고 빌었으므로 혼인의 신은 삼신할머니 노릇까지 하게 되었다. 이런 고매를 모시는 장소는 나라마다 달랐다. 송(宋)나라는 상림(桑林)이라는 숲속에 모셨고 초(楚)나라는 운몽(雲夢)이라는 물가에 모시기도 했는데, 공통점은 모두 경치가 **아름다**운 곳에 모셨다는 점이다. 신단 위에는 보통 돌을 하나 **세워놓**았는데 사람들은 이 돌을 매우 공경하였다. 그것의 의미를 완전히 알 수는 없지만 아마도 원시시대 인류의 생식기 숭배 습속의 유풍(遺風)이라 할 수 있을 것이다.

여와가 인류를 창조하고 그들을 위해 혼인제도를 만든 뒤 오랫동안 별다른 일이 일어나지 않았다. 그러던 어느 해, 우주에는 갑자기 크나큰 변동이 일어났다. 신들의 나라에 무슨 변란이 생겨서였는지, 아니면 새롭게 만들어진 천지가 아직 그리 단단하게 고정되지 않아서였는지 그 이유는 확실히 알 수가 없었다.

하늘의 한쪽 귀퉁이가 무너져내려 보기 싫은 구멍이 크게 뚫려버렸고 땅도 가로 세로로 갈라터져 어둡고 깊은 틈이 생겼다. 이런 엄청난 변화 때문에 수풀에는 맹렬하게 타오르는 산불이 일어났고 땅 속에서는 거대한 물줄기가 솟아올라 홍수가 터지니 그 물길은 하늘까지 닿을 듯하여 대지는 그만 드넓은 바다처럼 변해 버렸다. 인류는 이런 상황에서 살아갈 수가 없었다. 뿐만 아니라 그때 숲속에서 뛰쳐나온 각종 맹수와 사나운 새들도 사람들을 습격했다. 세상에는 마치 한 폭의 지옥도를 방불케 하는 일들이 벌어지고 있었던 것이다.

여와는 자신이 만들어낸 인간들이 이런 비참한 재앙을 당하는 것을 보고 너무나 마음이 아팠다. 그래서 그녀는 하늘과 땅의 부서진 곳을 수리하는 힘든 작업을 시작했다. 이 일은 정말 방대하고도 힘든 일이었다. 그러나 자애로운 인류의 어머니 여와는 그녀가 사랑하는 인간들의 행복을 위하여 힘들고 어려운 것을 조금도 마다하지 않고 용감하게 이 중책을 짊어졌다.

여와는 우선 큰 강에서 오색 돌들을 많이 골라내었다. 그리고 불을 피워 오색 돌을 녹여 아교 상태의 액체로 만든 후 이 액체로 보기 흉하게 뚫린 하늘의 구멍을 메웠다. 자세히 뜯어보면 조금 다르기는 했지만 멀리서 보면 원래 모습과 대체로 비슷하게 되었다. 여와는 수리를 끝내 놓은 하늘이 다시 무너질까봐 두려웠다. 그래서 큰 거북이 한 마리를 잡아 네 발을 잘라서 그 것을 하늘기둥으로 삼았다. 그리고 그것을 대지의 사방에 세워서 인류의 머리 위에 천막처럼 하늘을 지탱할 수 있게 하였다. 기둥은 상당히 탄탄하여 다시는 하늘이 무너질 염려가 없게 되었다.

그런 뒤 여와는 중원(中原)에서 악명이 높던 검은 용을 죽였

여와보천(女媧補天)

으며 여러 맹수와 흉조들을 쫓아내어 인류가 다시는 짐승들의
해를 입지 않게 해주었다. 또 갈대잎을 태워 재로 만들어 쌓아
서 하늘까지 닿은 홍수를 막았다. 그리하여 거대한 그 재앙은
결국 위대한 여와의 손으로 평정이 되었으니, 그녀의 후손들은
마침내 죽음에서 벗어나 구원을 얻게 되었던 것이다.

　여와가 숱한 고생 끝에 하늘을 수리하고 땅을 모두 평평하게
메워 재앙은 끝나게 되었다. 인류는 다시 평온한 생활을 영위해
나갈 수 있게 되었고 대지에도 다시 즐거움이 감돌게 되었다.
봄 여름 가을 겨울의 사계절이 차례대로 돌아오니, 더워야 할
때 덥고 추워야 할 때 추워 조금도 어긋남이 없었다. 그때에는
사나운 맹수들은 이미 죽어버렸고, 살아남은 짐승들은 점차 온
순하게 변하여 인간들과 친구가 되었다. 사람들은 아무런 생각
도 없이, 또 아무런 걱정도 없이 신나게 살아갔으니, 때로 스
스로를 말이나 소라고 여길 정도였다. 들판에는 저절로 자라난

먹을 것들이 지천으로 널려 있어, 근심하거나 힘쓰지 않아도 먹을 것이 충분했다. 먹고 남은 음식물들을 길가에 그냥 놓아두어도 가져가는 사람이 없었다. 그들이 아기를 낳으면 나뭇가지 위의 새집 속에 넣어두었는데, 바람이 불면 새집이 흔들려서 마치 천연적으로 설치해 둔 요람과도 같았다. 호랑이나 표범의 꼬리를 잡아당기며 놀 수도 있었고, 큰 뱀의 몸뚱이를 밟아도 아무런 해를 입지 않았다. 바로 후대의 사람들이 이상적인 것으로 여겼던 태고의 〈황금시대〉였던 것이다.

여와는 그녀의 자손들이 잘 지내는 것을 보고 매우 흡족해했다. 일설에 의하면 그녀는 또 〈생황(笙簧)〉이라는 악기를 만들었다고 한다. 생황은 생(笙)이라고도 하며, 황(簧)은 생 안에 들어 있는 얇은 이파리 모양의 물건인데 그것이 있어서 생을 불면 소리가 나게 된다고 한다. 이 악기의 모양은 봉새의 꼬리와 같았고 13개의 대롱이 반으로 자른 조롱박 안에 꽂혀 있었다. 여와가 그것을 그녀의 자손들에게 선물로 주니, 그때부터 인간의 생활은 더욱 유쾌하게 되었다. 그러고 보니 위대한 여와는 창조의 여신일 뿐 아니라 음악의 여신이기도 했던 것이다.

여와가 만든 생은 지금도 중국 서남지방의 묘(苗)·동(侗)족 사람들이 불고 있다. 그것은 〈노생(蘆笙)〉이라 하는데 만드는 방법이 고대의 생황과 약간 다를 뿐이다. 고대의 생황은 조롱박(복희와 여와가 조롱박 속에 숨어 홍수를 피했다는 전설과 물론 관계가 있다)을 사용해서 만들었는데, 지금은 속을 파낸 나무를 사용하고 대롱도 몇 개가 줄었지만, 그래도 대체로 옛날의 흔적을 간직하고 있다. 노생을 부는 얘기를 하니, 묘·동족 사이에서 성행하는 잔치가 생각난다. 노생은 바로 젊은 남녀들의 순박한 애정과 밀접한 관계가 있는 것이다. 해마다 춘삼월이 되어

복숭아꽃과 배꽃이 피는 때, 날씨가 맑고 구름 한점 없이 달빛
이 아름다운 밤을 택한다. 사람들은 밭이랑 근처 호숫가에 평평
한 공터 한 군데를 미리 골라두고 그곳을 〈월장(月場)〉이라 칭
한다. 잔칫날, 잘 차려입은 젊은 남녀들이 월장에 모여 끊어질
듯 이어지는 듣기 좋은 소리의 노생을 불어대며 빙글빙글 돌고
노래하며 춤추는데, 그것을 〈도월(跳月)〉이라 한다. 때로 두 사
람이 짝이 되어 춤을 추기도 하며, 남자가 노생을 불며 앞에서
인도하면 여자는 방울을 흔들며 뒤를 따라 너울너울 춤을 추면
서 밤이 새도록 피곤한 줄을 모른다. 그러다가 남녀 쌍방이 서
로 뜻이 맞으면 손에 손을 잡고 사람들 틈을 떠나 비밀스런 곳
으로 갔다. 이런 춤은 고대의 젊은 남녀들이 고매의 사당 앞에
서 춤추고 노래하던 것과 얼마나 비슷한가! 생이라는 악기의 창
조는 이렇게 애정, 그리고 혼인과 밀접한 관련을 맺고 있는 것
이다.

여와가 인류를 만들어내는 자신의 작업을 끝낸 뒤 마침내 휴
식을 취하게 되었다. 이 휴식을 우리는 〈죽음〉이라고 하지만, 여
와의 죽음은 그냥 사라져버리는 죽음이 아니라 반고처럼 우주
의 다른 사물로 변화하는 것이었다. 예를 들어 『산해경』에 다음
과 같은 기록이 있다. 즉, 여와의 창자가 열 사람의 신인(神人)
으로 변하여 율광(栗廣)의 들판에 사는데, 그들의 이름을 〈여와
의 창자〔女媧之腸〕〉라고 한다는 내용이다. 여와의 창자가 열 사
람의 신인으로 변했다는 데에서 우리는 그녀의 몸 전체가 얼마
나 사람들을 놀라게 할 만한 것들로 변하였는지 상상해 볼 수
있다.

또 다른 이야기에 의하면 여와는 결코 죽은 것이 아니라고
한다. 인류를 만들어내는 작업을 끝내고 나서 여와는 우레소리

를 내는 수레[雷車]를 타고 비룡(飛龍)을 몰면서 하늘로 올라갔다고 전해진다. 그때 하얀 용이 수레의 앞에서 길을 열었으며 뒤에서는 날아다니는 뱀이 따라갔는데, 황금빛 구름이 그녀의 수레를 감쌌고, 세상의 모든 귀신들이 수레 뒤를 요란스럽게 따라왔다고 한다. 이렇게 용을 타고 구름을 이끌고서 아홉 층 하늘 꼭대기까지 계속 올라가 그녀는 하늘나라 문으로 들어갔다. 그곳에서 여와는 천제를 뵙고 그동안 그녀가 했던 일을 간단하게 보고했다고 한다. 그후 그녀는 하늘나라에서 조용하게 은둔자처럼 살아갔는데, 자신의 공로를 내세우려 하지도 않았고 또 명성을 얻으려 노력하지도 않았다. 그녀는 모든 공로를 다 대자연에 돌리고, 자기 자신은 그저 자연의 섭리에 따라 인류를 위하여 작은 노력을 했을 뿐이라고 여겼다 한다. 바로 이러한 점 때문에 그 후손인 인간들은 〈공로가 위로는 구천(九天)에, 아래로는 황천(黃泉)에 이르는〉, 겸손하고 위대한 인류의 어머니 여와에게 감사하며 그녀를 영원히 자신들의 가슴속에 새겨놓았던 것이다.

제1장
서방 천제 소호

　여와의 뒤를 이어 대신(大神)이 하나 나타났으니, 그가 바로 태양의 신 염제(炎帝)이다. 염제는 그의 현손(玄孫)인 불의 신 축융과 함께 남쪽 1만 2천 리가 되는 지역을 다스렸는데, 그가 바로 남방의 상제였던 것이다. 일설에 의하면 염제는 본래 황제(黃帝)와 동모이부(同母異父)의 형제인데 각기 천하를 반씩 나누어 다스렸다고도 한다. 그런데 그때 황제는 어진 정치를 펼쳤으나 염제가 따르지 않아 후에 탁록(涿鹿)의 들판에서 서로 한 바탕 싸우게 되었는데, 그 전쟁이 어찌나 격렬했던지 병사들이 흘린 피 때문에 싸울 때 썼던 낭아봉(狼牙棒)까지도 둥둥 떠다닐 정도였다고 한다. 그러나 이 전설은 그리 믿을 만하지는 못하다. 탁록의 전쟁에 대해서는 「황염편」에서 다시 이야기하기로 한다. 다만 염제와 황제가 형제라는 설은 비교적 신빙성이 있다고 할 수 있다. 다른 책들에도 이러한 기록이 보이기 때문이다.
　그러나 이제 여기에서 이야기하고자 하는 것은 전욱(顓頊)에 관한 내용이다. 일찍이 공공(共工)과 한바탕의 대전투를 벌인

바 있는 전욱은 황제(黃帝)의 증손이라고 할 수 있다. 그는 북
방의 천제였다가 후에 중앙 천제 노릇을 하기도 했다. 그러한
전욱에 관해 이야기하기 전에 우선 그의 숙부이자 서방의 천제
인 소호(少昊)에 관해 언급해 보아야겠다.

그는 본래 동방에 새들의 왕국을 세웠으며 후에 서방 천제가
된 인물이다. 서방 천제 소호의 탄생은 좀 특이하다. 그의 어머
니 황아(皇娥)는 본래 천상의 선녀로서 하늘나라 궁전에서 부지
런히 옷감을 짜는 일을 하고 있었다. 그녀는 때로 깊은 밤까지
도 옷감 짜는 일을 했는데, 일하기가 피곤하면 뗏목을 타고 은
하수에 가서 놀다가 물길을 거슬러 올라가, 서쪽 바닷가에 있
는 궁상(窮桑)나무 아래에까지 가곤 하였다. 궁상이라는 것은
높이가 만 길이나 되는 큰 뽕나무인데, 이파리는 단풍잎처럼
붉고 열매는 크고 탐스러웠으며 보랏빛으로 투명하게 빛났는데
1만 년에 한번씩 열매가 열렸다. 그 열매를 먹으면 천지의 수명
보다도 더 오래 살 수 있었다고 한다. 황아는 바로 이 뽕나무
밑에 와서 노는 것을 좋아하였다. 그때 세속을 떠난 듯한 분
위기의 수려한 용모를 지닌 한 소년이 나타났다. 그는 스스로
를 백제(白帝)의 아들이라 칭하였는데——사실 그는 새벽에 동
쪽 하늘에서 빛나는 계명성(啓明星), 즉 금성이었다——, 하늘
에서 그 물가로 내려와 거문고를 타고 노래를 부르며 황아와 즐
겁게 놀았다. 그들은 점차 마음이 통하여 서로 사랑하게 되었
고, 너무 즐겁게 노느라 집에 돌아가는 것도 잊어버릴 정도였
다. 소년은 황아가 은하에서부터 타고 온 뗏목에 뛰어올라 노를
저어 달빛 일렁이는 바다를 함께 떠돌았다. 그들은 계수나무 가
지로 배의 돛을 만들었다. 그리고 향기로운 풀을 계수나무 끝에
매어 깃발로 삼았으며 옥뻐꾸기 한 마리를 새겨 돛 끝에 달아

바람의 방향을 알아내었다. 왜냐하면 뻐꾸기는 사시사철의 풍
향을 알아낼 수 있는 능력이 있었기 때문이다. 훗날 돛이나 지
붕 위에 〈상풍오(相風烏)〉라는 새의 모양을 달아놓는 풍습은 바
로 그 옥뻐꾸기가 전해져 내려오며 변한 것이다.

두 사람은 어깨를 맞대고 뗏목 위에 앉아 오동나무로 만든
거문고를 뜯었다. 황아는 거문고에 기대앉아 노래를 불렀는데
황아가 다 부르고 나면 소년이 불러 그녀의 노래에 화답하였다.
그렇게 서로 번갈아 노래를 부르니 즐겁기 그지없었다. 그후 황
아가 아들을 하나 낳았는데 그가 바로 소호, 즉 궁상씨(窮桑氏)
였으니, 그는 두 사람의 애정의 결정이었던 것이다.

신의 아들인 소호는 자란 뒤에 동쪽 바다 밖에 나라를 세웠
는데, 그곳은 소호지국(少昊之國)이라 불렸다. 그 위치는 대략
귀허가 있는 곳, 즉 우리가 본편의 맨 마지막 장에서 이야기하
게 될 다섯 개의 신산(神山)이 있는 바로 그곳이다.

그가 세운 이 나라가 다른 나라와 다른 점은 그의 신하와 각
료들이 모두 가지각색의 새라는 것이다. 다시 말해 소호의 나라
는 곧 새들의 왕국이었다. 그 관리들 중에는 제비〔燕子〕·때까
치〔伯勞〕·종달새〔鷃雀〕와 금계(錦鷄) 등이 있었는데 그들은 각
각 일년 사 계절의 때를 관장하였고 봉황이 다시 그들을 통솔하
였다. 또 다섯 가지 새가 있어 국정을 담당하였는데, 집비둘기
〔鶻鳩〕·수리〔鷟鳥〕·뻐꾸기〔布穀〕·매〔鷹鳥〕·산비둘기〔鶻鳩〕
등이 그것이다. 집비둘기는 날씨가 흐려 비가 쏟아질 듯하면 마
누라를 둥우리 바깥으로 내쫓고, 비가 그치고 나서 날씨가 맑
아지면 다시 그녀를 불러들였다고 한다. 그래서 그가 이렇게 마
누라를 다스리는 것을 보면 분명히 부모에게 효도를 다할 것이
라고 여겨 그에게 교육을 맡게 하였다. 수리는 그 모습이 위엄

있고 성품이 용맹하여 병권(兵權)을 맡게 되었다. 뻐꾸기는 뽕나무 위에서 일곱 마리의 아들을 기르는데 매일 그들에게 먹이를 줄 때마다 아침에는 큰아들부터 차례대로 주고 저녁에는 제일 어린것부터 순서대로 주어 그 마음씀이 공평했다. 그래서 그에게는 건축 일을 맡겨 사람들에게 집을 지어주고 물길을 트게 하였는데, 그렇게 함으로써 분배가 공평치 못하다고 불평하는 일을 없게 하려 함이었다. 매도 위풍당당하고 용감하였으며 사사로움이 없이 굳건했기 때문에 그에게는 법률과 형벌을 관장하게 하였다. 산비둘기라는, 꼬리가 짧고 검푸른 빛의 작은 새는 하루 종일 지지배배 울어대었기 때문에 그에게는 조정의 언론을 담당하게 하였다. 그 밖에도 또 다섯 종류의 꿩이 있어 각각 목공 · 금속공 · 도공 · 피혁공 · 염색공의 일을 맡게 하였다. 또 아홉 가지의 콩새〔鳸鳥〕에게는 농업의 파종과 수확을 담당케 하였다.──이 새의 나라 조정에서 국사를 논할 때는 얼마나 재미있었겠는가. 오색찬란한 깃털이 막 날리는 것만 보일 뿐, 뭐라 하는지 알아들을 수 없이 모두들 재잘거리는 소리만 들릴 뿐이었으리라. 그러한 온갖 새들의 왕인 소호가 조정의 한가운데에 앉는데, 고서에 명확한 기록이 없기 때문에 그의 모습이 어떠했는지는 확실히 알 수가 없다. 그러나 〈지(鷙: 사나운 새)〉라는 그의 이름으로 추측해 보건대 아마 송골매 종류의 용맹스러운 새였을 것 같다. 그렇게 용감한 새였기 때문에 그의 종족들을 이끌고 동방에 이러한 새들의 왕국을 세울 수 있었을 것이다. 고서에는 그가 〈새들의 이름으로 관직의 명칭을 정했다〉고 하여 관직을 맡은 이 새들은 모두가 사람이라고 하는 설이 있는데 믿을 만한 것은 못 된다.

　그가 동방 새들의 왕국에서 임금 노릇을 하고 있을 때였다.

그의 조카, 즉 우리가 다음 장에서 이야기할 북방 천제이자 한 때는 중앙 상제였던 전욱이 이곳에 그를 만나러 와서는 그가 국정을 다스리는 것을 도와주게 되었다. 이 소년에게는 많은 재주가 있었으나 아직은 나이가 어렸기 때문에 뭔가 갖고 놀 수 있는 장난감이 필요했다. 그래서 아저씨 뻘인 소호는 조카를 위하여 특별히 거문고[琴]와 큰 거문고[瑟]를 만들어 그에게 주었다. 후에 전욱이 다 커서 어른이 되어 자기 나라로 돌아가게 되니 이 거문고들은 쓸모가 없게 되었다. 그래서 소호는 그것을 동해 바깥의 깊은 골짜기에 던져버렸다. 그런데 이상하게도 달 밝은 고요한 밤, 푸른 바다에 파도가 없는 날이면 그 골짜기 깊은 곳에서 한줄기 유장하고 아름다운 거문고소리가 울려 나오는 것이었다. 그 소리는 아주 오래도록 계속 울려서, 배를 타고 바다를 지나던 어떤 사람이 우연히도 파도소리 속에서 그 신비한 음악소리를 들을 수 있었다고 한다.

소호가 동방에 나라를 세우고 나서 오랜 세월이 흐른 뒤 그는 서방에 있는 그의 고향으로 돌아가게 되었다. 돌아갈 즈음에 그는 새의 몸에 사람의 얼굴을 한 〈중(重)〉이라는 아들을 동방 천제 복희의 신하로 남겨두었는데 그가 바로 나무의 신 구망이었다. 그리고 소호는 〈해(該)〉라고 하는 또 다른 아들을 그의 신하 금신(金神) 욕수(蓐收)로 삼아 함께 서방으로 가서 천제가 되어 서방 1만 2천 리를 다스렸다.

그러나 그들 부자의 실제 직무는 비교적 한가로웠던 것 같다. 소호는 장류산(長留山)에 살면서 서쪽으로 지는 태양의 빛이 정상인가 아닌가를 살피는 것이었고, 욕수도 장류산 근처의 유산(泑山)에 살면서 대략 아버지와 비슷한 일을 했다. 태양이 서쪽으로 넘어갈 때 그 모습은 크고도 둥글며 노을이 온 하늘을

욕수(蓐收)

붉게 물들인다. 그래서 소호는 〈원신(員神)〉이라고도 하며, 욕수 역시 〈붉은 빛〔紅光〕〉이라고도 불리는데, 이 이름들에서부터 한 폭의 장엄하고도 아름다운 낙일(落日)의 모습을 상상할 수 있으리라.

또 전해지는 얘기로는, 대지의 서쪽 끝 서해 바닷가, 소호의 어머니와 그녀의 애인이 함께 노닐었던 그 거대한 뽕나무 꼭대기에 연꽃처럼 선홍빛으로 타오르는 태양이 일렬로 늘어서서 매달려 있다고 한다. 이 태양들은 매일 돌아가면서 차례대로 하나씩 하늘로 떠오르고, 또 돌아와서는 휴식을 취하곤 했다고 한다. 그들이 뿜어내는 찬란한 빛이 대지를 비춰주었다는데, 그것은 얼마나 사람들을 매혹시키는 장면이었을까! 지는 햇빛을 늘 살펴야만 했던 소호와 욕수는 이 아름다운 광경을 매일 볼 수 있었던 것이다.

욕수는 이 밖에도 하늘나라의 형벌을 관장하였다. 춘추(春秋)

시대에 〈괵(虢)〉이라고 하는 작은 나라가 있었고, 그 나라에 〈추(醜)〉라는 이름의 왕이 있었다. 그가 어느 날 저녁 이상한 꿈을 꾸었는데, 꿈속에서 종묘의 서쪽 계단에 위풍당당하게 서 있는 신인(神人)을 보게 되었다. 그 신은 사람의 얼굴에 호랑이의 발톱을 하고 온몸에 하얀 털이 났으며 손에는 큰 도끼를 들고 있었다. 국왕 추는 그를 보는 순간 온몸이 얼어붙는 듯하여 몸을 돌려 도망쳤다. 그때 그 신이 큰 목소리로,

「도망치지 말거라! 천제께서 내게 명령을 내리셨는데, 진(晉)나라 군대가 당신의 도읍지로 치고 들어오게 하라 하셨다」라고 말하는 걸 듣게 되었다. 국왕 추는 말문이 막혀 급히 절만 꾸벅꾸벅하다가 잠자리에서 놀라 깨어났다. 아무리 생각해도 꿈이 그리 좋은 것 같지 않아 급히 태사(太史) 은(囂)을 불러다가 이 꿈이 좋은 것인지 나쁜 것인지를 자세히 말해 보라 하였다.

태사 은은 곰곰이 생각하고 나서 말했다.

「왕께서 말씀하신 꿈속의 신은 그 형상으로 추측해 보건대 아마 욕수임에 틀림없는 것 같습니다. 욕수는 하늘나라 형벌의 신인데 왕께서 꿈속에 그를 보셨다면 조심하십시오! 왜냐하면 군주의 길흉화복은 그가 정치를 어떻게 하느냐에 달린 것이기 때문입니다」

사실 그때 국왕 추의 정치는 엉망이었다. 태사 은이 좋은 말을 해주기만을 바라고 있던 국왕은 이와 같은 직언을 듣고는 영 마음이 불편하였다. 그래서 화가 난 나머지 태사를 감옥에 가두어버렸다. 그리고 만조백관들에게 자신의 그 괴이한 꿈을 축하하라고 명령을 내렸다. 우둔한 국왕은 이렇게 함으로써 화를 복으로 바꿀 수 있다고 믿었던 것이다.

괵나라의 대부(大夫)인 주지교(舟之僑)는 자기 나라의 왕이 이토록 어리석은 것을 보고는 탄식을 금치 못하며 자기 가족들에게 말했다.

「내가 전에 이 나라가 곧 망할 거라고 하는 말을 수많은 사람들로부터 들었는데, 그 말이 틀리지 않는 것임을 지금에야 알겠다. 우리의 국왕이 얼마나 어리석은지 좀 보아라. 자기가 이상한 꿈을 꾸었으면 왜 그런 꿈을 꾸었는가를 잘 생각해 보아 경계로 삼아야 할 것이거늘, 오히려 사람들에게 그 별난 꿈을 축하하라고 하다니——그건 바로 큰 나라가 우리를 침략해 올 것을 축하하라는 말이 아니겠느냐. 게다가 이렇게 태평을 가장하여 곧 닥치려는 재앙이 없어진 척하고 있으니 이 얼마나 한심한 행동이란 말이냐. 여기 이렇게 앉아서 나라가 망하는 꼴을 보고 있느니 차라리 이 기회에 멀리 가버리는 것이 나을 것 같구나!」

총명한 주지교는 그리하여 자기 가족들을 이끌고 진(晋)나라로 도망쳐 버렸다. 그후 6년이 지난 뒤, 진나라의 헌공(獻公)이 우(虞)나라의 길을 빌려 괵나라에 침입해 오니 괵나라는 과연 망했고 우나라 역시 곧 멸망하게 되었다.

형벌의 신인 욕수는 괵나라의 멸망이라는 이 사건에 있어서 정직하고도 사심 없이 괵나라 임금에 대한 천제의 징벌을 수행했으니, 과연 소호의 뛰어난 아들 중의 하나라 할 만했다. 또 그가 행했던 이 일은 나무의 신이자 태양의 신인 그의 형 구망이 맡았던 일과 서로 다른 듯하면서도 통하는 점이 있기도 하다.

소호의 자손들 중에는 이 밖에도 또 유명한 인물들이 있다. 〈반(般)〉이라는 아들은 활과 화살을 만들어내었으며, 〈배벌(倍伐)〉이라는 아들은 남방 계리지국(季釐之國)의 민연(緡淵)이라는 곳에 쫓겨가 살게 되어 민연의 주신(主神)이 되었다고 한다. 또 북방 바다 밖에 일목국(一目國)이라는 나라가 있었는데 이 나라 사람들은 생긴 것이 몹시 이상해 단 한 개의 눈이 얼굴의 한가운데에 붙어 있었다고 한다. 그들 역시 소호의 후손들이다. 그 밖에도 요임금 시절에 요임금을 도와 국정을 담당했던 고요(皐陶), 우임금 때 우임금의 치수(治水)를 도왔던 백익(伯益), 그리고 분수(汾水)의 신인 대태(臺駘)도 모두 소호의 후예라 한다. 〈열 개의 손가락도 그 길이가 모두 다르다〉라는 속담이 있다. 즉 소호의 자손들이 모두 훌륭했던 것만은 아니었으니 불초한 자손들도 있었던 것이다. 〈궁기(窮奇)〉는 바로 소호의 가장 대표적인 불초한 자손이다. 그는 호랑이처럼 생긴 맹수인데 겨드랑이 밑에 날개가 달려 있어 하늘을 날아다닐 수 있었다. 또 사람들의 말을 알아들어서 하늘을 날아다니다가는 쏜살같이 내려와 사람들을 잡아먹곤 했다. 그런데 그가 사람을 잡아먹는 방법은 좀 기이하였다. 즉 어떤 두 사람이 싸우고 있는 모습을 보면 그 두 사람 중에서 정직하고 이치에 맞는 말을 하는 사람을 잡아먹었다. 또 누가 성실하다고 하면 그의 코를 잘라 먹었고, 누가 나쁜 짓을 많이 한다고 하면 그에게는 오히려 동물들을 잡아다가 주었다고 한다. 그는 이렇게 이해할 수 없는 이상한 괴물이었던 것이다.

그러나 어떤 책의 기록을 보면 궁기는 이 정도로 못된 인물은 아니었던 것 같다. 그 기록을 보기로 하자. 옛날에 사람들은 납일(蠟日)──즉 음력 12월 8일──전날이 되면 황제의 궁정에서 성대한 의식을 거행하였다. 그것을 대나(大儺)라고 하였는데 그 의식을 거행함으로써 요괴나 마귀들을 쫓아버리려 하였던 것이다. 그 의식은 먼저 환관들의 가족 중에서 열 살 이상

방상씨(方相氏), 하남(河南) 밀현(密縣), 타호정(打號亭) 출토 한대화상석

열두 살 이하의 어린이 120명을 뽑는 일에서부터 시작된다. 그들은 〈진자(侲子)〉라고 하였는데, 머리에 붉은 두건을 쓰고 검은 옷을 입는다. 그리고 손에는 커다란, 흔드는 북을 들고 북을 둥둥 흔들어 치며 방상씨(方相氏)의 뒤를 따라갔다. 방상씨란 위풍당당한 귀신들의 왕으로 사람이 그의 모습으로 분장을 한다. 머리에는 큰 가면을 쓰고 금박으로 만들어 붙인 네 개의 눈은 번쩍번쩍 빛을 발한다. 등에는 곰가죽을 두르고 검은 옷에 붉은 치마를 입는다. 그리고 오른손에는 창, 왼손에는 방패를 들고 맨 앞에 서서 길을 인도한다. 뒤에서는 털가죽을 걸치고 뿔을 단 열두 가지 괴이한 형상의 짐승 모양을 한 사람들이 방상씨를 따라간다. 이 열두 가지 동물들 중에 바로 궁기가 들어 있는데, 그의 직책은 〈등근(騰根)〉이라고 하는 동물과 함께 인류에게 해를 끼치는 〈고(蠱)〉를 잡아먹는 일이었다. 고라는 것은 대부분이 강한 독성을 지니고 있는 벌레인데 그 종류가 매우 많다. 도마뱀〔蜥蜴〕·거머리〔馬蝗〕·쇠똥구리〔蜣螂〕·금잠(金蠶) 등의 벌레들이 그것에 속한다. 가끔 나쁜 사람들이 전문적으로 그것들을 길러 사람들에게 해를 끼쳤다고도 한다. 그들은 여러

가지 벌레들을 상자 안에 함께 집어넣어 서로 잡아먹게 한 다음, 최후에 남아 있는 한 마리를 〈고〉로 삼아 사람들을 해치게 했던 것이다. 궁기와 등근의 임무는 바로 인간들에게 해를 끼치는 이놈들을 없애버리는 것이었다. 방상씨의 무리들이 행진을 할 때, 환관들과 궁정 안에서 잡다한 일을 맡아서 하는 집사들이 사악한 것을 없애버리는 바로 이 무리들을 이끌고는 떠들썩하게 황제의 궁원을 왔다갔다했다. 그때 환관들이 먼저 노래를 부르면 아이들이 따라하였는데, 그 중에 요괴들을 깜짝 놀라게 하는 이상하고도 위엄 있는 노래가 하나 있었다. 그 가사의 내용은 다음과 같다.

요괴들아, 마귀들아,
네놈들이 감히 올 수가 없지,
우리에겐 열두 명의 신인(神人)들이 있으니까.
그들은 모두가 용맹스러워!
사람을 해치는 놈들을
조금도 가차없이 모조리 없애버린단다——
너희들의 보잘것없는 몸뚱이를 태워버리고,
손과 발도 몽땅 뽑아버릴거야.
너희들 몸뚱이를 난도질하고,
오장육부를 끄집어낼거야.
알았으면 어서 도망쳐라,
조금만 늦으면 우리 밥이 될 테니까!

노래를 다 부르고 나면 방상씨와 열두 짐승들은 함께 춤을 추는데, 모두가 소리치고 환호하며 궁전 뜰의 앞뒤를 세 바퀴

돈다. 그러고 나서 횃불을 피워 들고 역귀를 대전(大殿) 문 밖
으로 쫓아내는데, 문 밖에 있던 천여 명의 수비병들이 횃불을
받아 황궁의 문 밖으로 전달하면, 그곳에 기다리고 있던 오영
(五營)의 말탄 군인 천여 명이 이 횃불을 받아들고 얼른 말을
달려 성 밖 낙수(洛水)로 가서 모조리 낙수에 던져넣었다 한다.
이렇게 하면 요귀들이 횃불과 함께 물에 씻겨 내려간다고 믿었
기 때문이다. 그런 뒤에야 사람들은 모두들 안심하고 돌아가 잠
을 잘 수 있었다고 한다. ──이런 풍속을 통해 보면 소호의 불
초 자손인 궁기도 사실 그렇게 나쁘지만은 않았던 것 같은
데, 때로는 사람들에게 이런 좋은 일도 했던 것이다.

제8장
북방 천제 전욱

소호와 거의 동시에 나타난 대신은 북방 천제 전욱(顓頊)이
다. 그는 황제의 증손자인데, 『산해경』에 다음과 같이 기록되어
있다. 황제의 아내 〈뇌조(雷祖)〉——즉, 양잠을 발명해 낸 〈유
조(嫘祖)〉——가 〈창의(昌意)〉를 낳았다. 그런데 창의가 하늘나
라에서 죄를 범해 인간 세상으로 쫓겨나 약수(若水: 지금의 사
천성 지방에 있음)에 가서 살게 되었는데, 그곳에서 〈한류(韓
流)〉를 낳았다. 한류의 생김새는 무척 특이했는데 긴 목에 아주
작은 귀, 사람의 얼굴에 돼지의 입을 하고 있었다. 그리고 기린
의 몸에 두 다리는 한데 붙어 있었으며 발은 돼지의 발이었다.
그 한류가 요자씨(淖子氏)의 딸 〈아녀(阿女)〉를 아내로 맞아들
여 전욱을 낳았다. 전욱도 아마 조금은 그의 아버지의 모습을
닮았을 것이다.

소호가 동방 바다 밖에 새들의 왕국을 세웠을 때 나이 어린
전욱이 그곳에 놀러갔던 적이 있다. 그때 그는 숙부인 소호를
도와 국정을 돌보았는데, 커서 어른이 되자 중국으로 다시 돌

아와서 북방의 천제가 되었다. 전욱의 신하로는 바로 우리가 제 11장에서 이야기하게 될 바다의 신이자 바람의 신인 우강(禹强)이 있었다. 우강은 〈현명(玄冥)〉이라고도 하는데, 연배로 치자면 전욱의 아버지 뻘이 된다. 그러나 우강은 능력이 뛰어난 조카 밑에서 충직하게 일하며 조금도 불평함이 없었다. 그들 숙부와 조카 두 사람은 북방의 얼음과 눈으로 뒤덮인 차가운 들판을 함께 다스렸으니, 그곳 역시 1만 2천 리나 되었다.

중앙의 천제는 본래 황제인데 그는 신들의 나라의 최고 통치자이다. 그가 별 걱정 없이 평온하게 상제 노릇을 하고 있을 때, 갑자기 〈치우(蚩尤)〉가 묘족(苗族) 사람들을 거느리고 나타나 한바탕 말썽을 부렸다(이 이야기는 다음편에서 자세히 서술할 것임). 그래서 여러 해에 걸친 전쟁을 치른 끝에 드디어 치우를 없애고 난이 평정되었으나, 황제는 심기가 영 불편하였고 상제라는 이 직책에 싫증을 느끼게 되었다. 그때 마침 증손자인 전욱이 일처리를 능력 있게 해내는 것을 보고는 중앙 천제의 귀한 자리를 잠시 전욱에게 내어주어 그를 대신해서 신권(神權)을 행사하게 하였다.

전욱은 중앙 상제의 자리에 오른 뒤에 세상을 다스리는 통치 능력을 과시하였는데, 과연 그의 증조부보다 뛰어났다.

그가 가장 먼저 행한 큰 작업은 대신(大神) 〈중(重)〉과 〈려(黎)〉를 보내어 하늘과 땅의 통로를 끊어버린 일이다.

물론 전욱 이전에도 하늘과 땅은 이미 갈라져 있긴 했으나 그래도 아직은 서로 통할 수 있는 길이 있었다. 그 길이라는 것이 바로 우리가 앞에서 이야기한 바 있는 하늘사다리이다. 하늘사다리는 본래 신인(神人)과 선인(仙人), 그리고 무사(巫師)들을 위해 만들어진 것이긴 했다. 그러나 인간 세상의 용감하고

치우(蚩尤), 한대화상석각

지혜로운 많은 사람들도 그들의 지혜와 용맹성을 이용하여 역시 하늘사다리를 올라 하늘나라에까지 곧바로 가게 되었다. 그래서 춘추시대 초나라의 소왕(昭王)이 대부(大夫) 관사보(觀射父)에게 이렇게 물었던 일이 있다고 한다.

「내가 주서(周書)에 기록된 걸 보니까 중과 려가 하늘과 땅의 통로를 끊어 사람들이 서로 왔다갔다하지 못하게 했다고 하는데, 이것을 어찌 해석해야 하오. 만일 중과 려가 하늘과 땅 사이의 통로를 끊어버리지 않았다면 인간 세상의 사람들도 하늘에 올라갈 수 있었다는 얘기가 아니오?」

이런 천진난만한 질문이 바로 고대신화의 본래 모습을 설명해 주고 있다. 바로 그랬다. 그 당시엔 하늘과 땅 사이에 서로 왕래할 수 있는 길이 있었다. 그래서 사람들은 그들에게 고통스러운 일이 생기면 직접 하늘로 올라가 신께 호소하였고 신들도 마음대로 인간 세상에 와서 놀 수 있었으니, 인간과 신의 구별이 그렇게 엄격한 것이 아니었다.

그러나 불행한 사건이 일어났다. 고서의 기록에 따르면, 하늘나라에 사는 〈치우(蚩尤)〉라고 하는 못된 신이 하늘과 땅을 마음대로 왕래할 수 있는 이 기회를 이용하여 몰래 인간 세상으로 내려와, 사람들을 선동하여 함께 반역을 도모하려 하였다. 그때 남방의 묘족 사람들은 완고하여 그를 따르려 하지 않았다. 그러자 치우는 여러 가지 잔혹한 형벌을 만들어내어 묘족 사람들이 자기를 따를 것을 종용했다. 처음에는 버티던 묘족 사람들도 오랜 시간이 지나자 더 이상 이런 형벌들을 견디어낼 수가 없었다. 또 치우는 좋은 일을 한 사람들에게는 벌을 내리고 나쁜 짓을 한 자들에게는 상을 주었다. 이렇게 악을 조장하는 분위기 속에서 묘족 사람들은 점차 본래의 선량한 성품들을 잃어가게 되었다. 그래서 결국에는 모두가 치우를 따라 난을 일으키게 되었는데, 그들의 성품이 일단 변하니까 처음부터 치우를 추종했던 무리들보다 더욱 못되게 변하였다. 그들은 치우를 도와 상제의 자리를 빼앗으려 하였던 것이다. 이렇게 되니 숱하게 많은 선량한 백성들이 그들로 인한 피해를 맨 먼저 입게 되었다. 그래서 무고하게 살해된 원혼들이 상제인 황제에게 가서 자신들의 억울함을 호소하였다. 황제가 사람을 보내어 진상을 조사해 보니, 묘족의 행패가 이루 말할 수 없이 심한 것을 알게 되었다. 선량한 백성들을 보호하기 위하여 마침내 황제는 하늘나라의 장수와 병사들을 모아 인간 세상으로 보내어 묘족들을 토벌하게 하였다. 결국 치우는 피살되고 묘족들도 죽임을 당하여, 얼마 남지 않은 묘족의 유민(遺民)들도 부족을 형성할 만큼은 못 되게 되었으니, 이렇게 하여 상제는 〈하늘에서 내리는 토벌〉을 끝냈던 것이다.

전욱이 황제의 뒤를 이어 상제가 된 후 이 난리가 주는 교훈을 곰곰이 생각해 보았다. 신과 인간 사이에 명확한 구별이 없이 섞여 산다는 것이 장점보다는 단점이 더 많은 것 같았다.

앞으로도 제2의 치우가 나타나 사람들을 선동하여 그에게 대항하지 않으리라는 보장이 없었다. 그래서 그는 그의 손자인 대신 중과 려를 보내어 하늘과 땅의 통로를 끊어버렸으니, 인간들은 하늘로 올라갈 수 없게 되었고 신들도 지상으로 내려올 수 없게 되었다. 비록 자유로움을 희생해야 하긴 했지만 그래도 우주의 질서와 안전은 도모할 수 있었으니, 이것은 모두가 인정하는 좋은 방법이었던 것이다. 그때부터 대신 중은 전적으로 하늘을 관장하게 되었고 려는 지상을 관장하였다.

지상을 담당하게 된 려는 땅 위에 내려오자 곧 〈열(噎)〉이라고 하는 아들을 낳았다. 열은 사람의 얼굴을 하고 있었으나 팔이 없고 두 다리가 머리 위에 달려 있었다. 그는 대황(大荒) 서쪽 끝의 일월산(日月山) 위에 있는 오거천문(吳姬天門) —— 바로 태양과 달이 들어가는 곳—— 에 살았는데, 그의 아버지를 도와 해와 달, 그리고 별들의 운행을 관리하였다고 한다. 그는 염제의 7대손인 열명과 마찬가지로 시간의 신이었던 것이다. 이렇게 하여 신과 인간은 더 이상 뒤섞이지 않게 되고 음양에는 순서가 있게 되었으며 인간 세상과 하늘나라가 모두 평안함을 얻게 되었다.

하늘과 땅의 교류가 끊긴 후, 하늘나라의 신들은 그런대로 가끔씩 몰래 지상에 내려올 수 있었으나 지상의 인간들은 다시는 하늘로 올라갈 수 없었으니, 인간과 신들 간의 거리는 졸지에 멀어지게 되었다. 신은 아득히 높은 구름 위에 존재하면서 인간들이 바치는 희생물과 제사를 받았지만, 인류는 고통과 재난 속에서 살아가야 했다. 그러나 신들은 들은 체도 하지 않았고 인간들은 그저 눈물을 삼키며 살아가는 수밖에 없었다.

신과 인간 사이의 거리감은 지상에도 영향을 미쳐, 인간과 인간들 사이도 점차 멀어지게 되었다. 어떤 사람들은 높은 지위를 향해 기어올라가 지상의 통치자로 군림했지만 대부분의 사람들은 밑에 깔려서 그들 소수인들을 위한 노예로 전락했다. 그리하여 인간 세상에는 온갖 불행이 생겨나게 되었고, 대지에는 점차 어두운 그림자가 드리워지게 되었다.

그러나 소위 상제였던 전욱은 인간 세상 사람들의 고통에 대하여 별 관심이 없었던 것 같다. 지금 전해지는 역사서에서 그가 백성들을 생각했다는 별다른 기록을 찾아낼 수 없기 때문이다. 다만 몇몇 전설들을 통해 그가 상당히 예법(禮法)을 따졌다는 것만을 알 수 있을 뿐이다. 전해지는 이야기에 의하면 그는 남자를 중시하며 여자를 경시하는 법률을 정했었다고 한다. 즉 부녀자들이 길에서 남자를 만나면 얼른 길을 양보해야 했다. 만일 그렇게 하지 않으면 그녀를 사거리에 끌고 가 종을 치고 경(磬)을 두드리며 무당들에게 한바탕 푸닥거리를 하게 하여 그녀 몸에 끼어 있는 요기를 쫓아내게 하였다. 재수없이 걸려 불행하게도 이런 수모를 겪어야 했던 여인들은 스스로 경각심을 높이게 되었다. 그리하여 길에서 남자를 만나기만 하면 마치 귀신을 본 것처럼 얼른 뒤돌아서서 도망쳤다고 한다. 이런 법을 만든 자들은 그런 방법으로 여인들을 억압할 수 있다는 것이 정말 재미있는 일이라고 여기며 의기양양해했다. 또 전설에 의하면 당시 어떤 오누이가 결혼하여 부부가 된 일이 있다고 한다. 전욱은 화가 치솟아 패륜을 행한 이 남녀를 공동산(空洞山) 깊은 곳으로 유배 보내었다. 먹을 것은 없고, 그리하여 추위와 굶주림에 지친 오누이는 서로 꼭 껴안은 채 깊은 산 속에서 죽고 말았다고 한다. 후에 우연히 신조(神鳥) 한 마리가 날아와——아마 바다의 신이자 바람의 신인 우강이었으리라——불쌍하게 죽은 이 연인들을 보고는 불사의 풀을 물어다가 그들의 몸을 덮어주었다. 그러자 7년이 지난 뒤 그들은 모두 부활하였다. 그러나 다시 살아난 그들은 몸이 한데 붙어버려 두 개의 머리에 네 개의 팔이 달린 괴상한 모습이 되어 있었다. 그후 그들이 낳은 자손들도 모두 이런 생김새를 하고 있었다고 하는데, 그들이 모여 부족을 이룬 것이 바로 몽쌍씨(蒙雙氏)였다고 한다.

이렇게 질서와 예법을 중시하는 상제에 대하여 사람들은 그렇게 좋은 감정을 가질 수 없었던 모양이다. 전설에 등장하는 그의 불초한 자식들이 다른 상제들보다 많기 때문이다. 그에게는 세 명의 아들이 있었는데 태어나자마자 모두 죽어버렸다고 한다. 그 중 하나는 강수(江水)에 살면서 학질 귀신이 되어 학질균을 세상에 퍼뜨렸다고 하는데, 사람들이 그 균에 닿기만 하면 곧 오한과 발열이 나는 학질을 앓게 되었다고 한다. 또 한 아들은 약수(若水)에 가 살면서 도깨비[魍魎]가 되었는데, 이 도깨비는 어린아이의 모습을 하고 있고 붉은 눈에 길다란 귀, 검은 데 붉은 빛이 감도는 몸을 하고 있었다. 또 칠흑같이 검은 머리카락을 갖고 있었으며 사람 목소리를 잘 흉내내어 사람들을 미혹시켰다. 또 다른 아들은 잡귀가 되어 사람들의 집 구석에 살며 부스럼병 등을 걸리게 하고 또 아기들을 놀라게 했다. 이 세 귀신들은 모두 사람들을 해롭게 하는 놈들이며 또 모두가 앞장에서 서술한 바 있는 방상씨가 내쫓으려 했던 역귀에 속하는 것들이다. 궁정에서 역귀를 내쫓는 일이 성대한 의식이었듯이 민간에서도 그러했다. 농촌 사람들은 해마다 음력 12월 8일이 되면 모두 세요고(細腰鼓)를 두드리며 금강역사(金剛力士)의 분장을 하고 머리에 귀신 탈을 쓴 남자의 뒤를 따랐는데, 이 의식은 바로 인류에게 질병을 가져다주고 화를 불러일으키는 그 잡귀들을 먼 곳으로 쫓아내려는 것이었다.

이 밖에도 전욱에게는 〈도올(檮杌)〉이라고 하는 아들이 있었는데 흉악하기 짝이 없는 놈이었다. 그는 〈오한(傲狠)〉혹은 〈난훈(難訓)〉이라고도 불리는데 이 이름들만 보아도 그의 위인됨을 알 수 있다. 도올은 맹수로서 호랑이처럼 생겼으나 호랑이보다 훨씬 크고 온몸이 긴 털로 뒤덮여 있는데 그 털 길이가 두 자나 되었다. 또 사람의 얼굴에 호랑이의 발, 돼지의 입을 하고 있으며 이빨부터 꼬리까지의 길이가 한 길 여덟 자나 되었다고 한다. 야만적이고 흉악한 그가 발작을 일으키면 황야에서 제멋대로 나쁜 짓을 했는데 정말로 막을 방법이 없었다고 한다.

이 밖에도 이름이 알려지지 않은 아들이 하나 있었는데 빼빼 마른 데다가 성질도 괴팍하여 부잣집 아들이면서도 늘 다 떨어진 옷을 입고 멀건 죽만 먹고 다녔다. 그러다가 정월 말일께 어느 골목길에선가 쓰러져 죽고 말았다. 그가 죽고 나자 사람들은 서둘러 죽을 끓이고 낡은 옷을 내놓아 골목길에서 그에게 제사를 지냈는데 그것을 〈송궁귀(送窮鬼)〉라고 하였다. 당나라 때의 문호 한유(韓愈)가 쓴 「송궁문(送窮文)」의 첫머리에도 〈궁귀에게 세 **번** 읍하고 고하노니(三揖窮鬼而告之)〉라는 구절이 나오는 것으로 보아 이 풍습은 그 유래가 상당히 오래된 것이라 여겨진다. 그리고 그 내용을 보아 사람들이 전욱의 이 괴상한 아들에 대해 그리 좋은 감정을 갖고 있지 않았음이 분명하다.

그 외에 또 천제소녀(天帝少女), 야행유녀(夜行遊女), 혹은 고확조(姑獲鳥)라고 불리는 이상한 새가 있었다. 그 새는 낮에는 숨어 있다가 밤이 되면 나타나 날아다녔는데, 깃털을 몸에 걸치면 새가 되어 날 수 있었고 깃털을 벗으면 여인으로 변했다. 이 새에게는 아들이 없었다. 그래서 그녀는 다른 사람의 아

이를 데려다 기르기를 좋아했는데 마음에 드는 아이가 있으면
자기 목의 핏방울을 아이의 옷에 흘려 표시를 해두었다가 나중
에 꾀를 내어 그 아이를 유괴해 오곤 했다. 이 새는 머리가 아
홉 개가 있어서 구두조(九頭鳥), 혹은 귀거(鬼車), 귀조(鬼鳥)라
고 하였다. 본래는 머리가 열 개였다는데 개에게 물려 머리가
하나 떨어져나갔다고도 한다. 그리고 그 상처에서는 늘 피가 났
는데 사람들은 그 피가 묻을까봐 두려워서 밤에 그 새의 소리가
나기만 하면 개를 짖게 하고 불을 꺼서 그 새가 얼른 지나가 버
리게 했다.

이 구두조를 〈천제소녀〉라고 하기는 하지만 여기서의 〈천제〉
가 반드시 전욱을 가리키는 것이라고 확신할 수는 없다. 다만
일단 그것을 전욱의 이름 아래에 적어두기로 한다.

전욱의 자손들 중에 이렇게 흉한 자들이 많이 있기는 했지만
궁선(窮蟬)이라고 하는 아들은 사람들과의 관계가 그런대로 괜
찮았다. 그는 바로 집안의 부뚜막신이었다. 부뚜막신은 해마다
음력 섣달 스무사흘, 혹은 스무나흗날이 되면 하늘에 올라가
천제께 각 집안의 상황을 고해 바치곤 했다. 사람들은 그가 천
제께 나아가서 자신들을 나쁘게 말할까 봐 걱정이 되어 그날만
되면 그에게 제사를 지내주었다. 떡과 과일, 생선들 외에 한 가
지 색다른 음식을 제수로 올렸는데 그것이 바로 〈엿〔膠牙糖〕〉이
었다. 부뚜막신이 이 엿을 먹으면 입이 딱 들러붙어서 천제께
말을 할 때 우물거리며 정확한 발음을 할 수 없게 되니 결국은
말하는 사람이나 듣는 사람이나 그냥 흐지부지 끝내게 되고 마
는 것이었다. 이것이야말로 총명한 인간들이 부뚜막신의 입을
막기 위해 만들어낸 기발한 방법이었다.

그런데 궁선이라고 불리는 이 부뚜막신은 도대체 어떻게 생

겼을까? 조금도 어려울 것 없다. 그것은 바로 부뚜막 위에 자주 보이는 붉은 껍질을 한 매미 모양의 벌레였으니까. 사람들은 그 것을 〈부뚜막 위의 말〔灶馬〕〉, 혹은 〈바퀴벌레〉라고 부른다. 사천(四川)지방에서는 〈기름을 훔치는 할매〔偸油婆〕〉라고 하기도 한다. 『장자(莊子)』 「달생편(達生篇)」에 보이는 〈부엌에 부엌신이 있다(灶有髻)〉라는 구절 역시 이것을 일컫는 말이다.

다른 천제와 마찬가지로 전욱의 자손들도 매우 번성했다. 남방의 황야에 계우국(季禺國), 전욱국(顓頊國)이 있었으며 서방 황야에는 숙사국(淑士國), 북방 황야에는 숙촉국(叔歜國)과 중변국(中輻國)이 있었는데, 모두가 전욱의 자손들이 번성해 이루어진 나라들이다. 그 밖에도 서방 황야에 삼면일비(三面一臂)라는 부족이 살고 있었는데 그 부족 사람들은 모두 얼굴이 세 개이고 팔이 하나였다. 그들은 모두 장생불사할 수 있었다고 하는데 역시 전욱의 자손들이다.

전욱의 자손들 중 〈팽조(彭祖)〉는 매우 유명한 인물이다. 팽조는 전욱의 현손이다. 그의 아버지인 〈육종(陸終)〉은 귀방씨(鬼方氏)의 딸인 〈여회(女嬇)〉를 아내로 맞아들였다. 여회가 3년 동안이나 임신을 하고 있었는데도 아이가 태어나지 않았다. 그래서 할 수 없이 칼로 왼쪽 겨드랑이 밑을 가르니 그곳에서 세 명의 아이들이 나왔다. 또 오른쪽 겨드랑이 밑을 가르니 거기서도 아들 셋이 나왔는데, 팽조는 바로 이 아이들 중의 하나였다. 그의 성은 전(錢)이었고 이름은 갱(鏗)이라 했다. 그는 요순시대부터 주(周)나라 초기까지 8백여 년을 살았다고 하는데 그래도 죽을 때는 스스로의 단명함을 탄식했다고 한다. 그의 수명이 어떻게 해서 그토록 길 수 있었을까? 그가 천제의 자손이라는 것이 이유 중의 하나가 될 수도 있겠지만 천제의 자손이라고 해서 모두 그렇게 장수할 수 있었던 것은 아니다. 그런데도 그가 이렇게 오래 살 수 있었던 데는 분명히 다른 이유가 있을 것이다. 전설에 의하면 은(殷)나라 말기에 팽조는 이미 7백67세였는데도 그 모습이 그리 늙어보이지 않았다고 한다. 은나라 왕은 팽조가 장수하는 것을 부러워하여 팽조에게 궁녀를 보내어서 장수의 비결을 물어보게 하였다. 그러자 팽조는 다음과 같이 말했다.

「장수의 비결이야 당연히 있겠지. 그러나 내 견문이 좁아 그 이유를 설명해 낼 수가 없군. 내 얘기를 좀 해볼까. 내가 아직 태어나기도 전에 나의 아버지는 이미 돌아가셨지. 나를 길러주시던 어머니도 내가 세 살 때 돌아가셨어. 그렇게 나 혼자 고아가 되어 이 세상에 남았는데, 후에 견융(犬戎)의 난리를 만나 서역(西域)으로 떠돌아다니며 백년을 보냈지. 내가 젊었을 때부터 지금까지 모두 49명의 아내가 세상을 떠났고 54명의 아이들이 요절했어. 그러니 내가 지내온 인생에 우환이 적었다고 할 수는 없겠지. 그런 것들이 모두 내 정신에 타격을 주었단 말이야. 게다가 나는 어렸을 때 원래 몸이 약했는데 그 뒤에도 그리 섭생을 잘 하지 못했지. 봐, 난 지금도 이렇게 말랐잖아. 난 이제 머지않아 세상을 떠날 것이야, 그러니 그런 내가 무슨 장수의 비결을 일러줄 수 있겠느냐」

말을 마치고 나서 팽조는 한숨을 내쉰 뒤 홀연히 어디론가 사라져버렸다. 그러고 나서 다시 70여 년이 지난 뒤였다고 한다. 어떤 사람이 유사국(流沙國) 서쪽의 변방에서 〈머지않아 세상을 떠날〉 그 팽조를 보았는데, 낙타를 타고 천천히 가고 있었다 한다. 이렇게 팽조가 장수의 비결을 말하려고 하지 않았기 때문에 사람들은 별별 추측을 다 했다. 그가 장수할 수 있었던

것은 늘 계지(桂芝)라는 약을 먹었기 때문이라고 하는 사람도
있고, 또 어떤 사람은 그가 일종의 심호흡운동을 했기 때문이
라고도 하는데 둘 다 모두 사실과는 거리가 멀다. 그가 장수할
수 있었던 실제 이유는 바로 그가 아주 맛있는 꿩탕을 끓이는
재주가 있었기 때문이다. 팽조가 이 맛있는 꿩탕을 천제께 만들
어 바치니 그 맛에 감탄한 천제가 하도 기뻐서 그에게 8백 년의
수명을 부여했다고 한다. 그러나 포부가 컸던 팽조는 그 수명을
다 살고 죽어가면서까지도 속상해하며 아직 살 만큼 다 살지도
못했는데 젊은 나이에 죽는다고 여겼다나.

〈노동(老童)〉과 〈태자장금(太子長琴)〉도 전욱의 자손 중에서
비교적 유명한 편에 속한다. 노동은 전욱의 아들인데 말하는 목
소리가 마치 종을 치고 경을 두드리는 소리처럼 음악적 느낌이
있었다. 태자장금은 노동의 손자인데 서북 바다 밖의 요산(榣
山)에 살았으며 여러 가지 아름다운 노래들을 만들어내었다고
한다.

이들의 이러한 천부적 음악성은 전욱이 음악을 좋아했던 것
과 밀접한 관계가 있다. 사실 상제로서의 전욱은 그리 이상적
인물은 아니었다. 그러나 그는 음악에 대해서만은 상당히 높은
감상력을 지닌, 표준적인 〈음악 애호가〉였다. 그가 어린 시절
동방 바다 밖 새들의 왕국에 손님으로 가 있을 때, 그가 들었던
온갖 새들의 높고 낮은 아름다운 노랫소리가 이미 그에게 깊은
음악적 세례를 받게 해주었던 것이다. 게다가 후에 그의 숙부인
소호가 특별히 거문고들을 만들어주어 연주하며 갖고 놀게 해
서 그의 음악에 대한 애정을 길러주었다. 그가 상제가 된 뒤에
는 휘이 불어오는 바람소리가 마치 악기소리 같다고 느껴 그 소
리 듣는 것을 좋아했다. 그러더니 하늘의 비룡들에게 바람의 노

랫소리를 흉내내어 사면 팔방의 바람의 노래를 짓게 하였는
데, 그 음악을 〈승운지가(承雲之歌)〉라 하였다. 그리고 그 음악
들을 잠시 물러나 있는 증조부인 황제에게 바쳐 그의 환심을 사
려 했다. 이렇게 음악을 만드는 데 신이 나자 이번에는 저파룡
(猪婆龍)을 불러 대표로 음악을 연주하게 했다. 저파룡은 입이
작은 악어처럼 생겼는데 몸 길이는 대략 한두 길쯤 되고 네 개
의 다리가 있었으며 등과 꼬리는 모두 두껍고 딱딱한 비늘로 뒤
덮여 있었다. 성품이 게으르고 잠자는 것을 좋아하여 늘 눈을
감고는 피로를 푸는 것처럼 하고 있었으나 누가 건드리기만 하
면 곧 화를 벌컥 내었다. 물론 그는 음악에 대해서는 문외한이
었다. 그러나 상제의 명령을 어길 수는 없는 일이었다. 그래서
그는 얌전히 거대한 몸을 뒤척여 상제의 궁전에 드러누워서는
툭 튀어나온 희고 반짝거리는 뱃가죽을 자신의 꼬리로 두드려
댔다. 둥둥둥— 소리는 정말 아름다웠다. 전욱은 그 소리를 듣
고는 무척 기뻐하며 그를 하늘나라의 악사로 임명했다. 저파룡
이 배를 두드리는 이 일은 그렇게 재주가 필요한 게 아니었는데
도 그의 명성은 순식간에 세상에 퍼져나갔다. 그리고 이 동물의
가죽이 음악적 성질을 지니고 있다는 것을 사람들이 알게 되자
불행하게도 저파룡과 그의 종족, 그리고 후손들까지 모두 큰
재앙을 당하게 되었다. 사람들이 그들을 잡아 가죽을 벗겨 북을
만들었던 것이다. 맑게 울리는 그 북소리는 이상하게 힘이 있어
전쟁 때나 제사 때, 또 그냥 놀 때에도 이 북은 없어서는 안 되
는 물건이 되었다. 그리하여 저파룡들은 나날이 줄어들게 되었
다고 한다.

　다른 천제들과 마찬가지로 전욱도 죽었고, 또 죽은 뒤에 기
이한 변화가 일어났다. 북쪽에서 큰 바람이 불어올 때 그 바람

때문에 땅 속의 샘물들이 땅 위로 솟아올라오는데, 이때 뱀이 물고기로 변화한다. 죽었던 전욱도 뱀이 물고기로 변화하는 이때에 물고기의 몸에 붙어 부활했다고 한다. 부활한 전욱의 몸은 반은 사람의 모습에 반은 물고기의 모습이었다고 한다. 이 이상한 생물은 어부(魚婦)라고 했는데, 물고기가 그의 아내가 되어 생명을 구해 주었다는 의미이다. 주나라 민족의 시조인 후직(后稷)도 그 비슷한 변화를 겪었다. 그는 무덤 속에서 부활하였는데 몸의 반쪽이 물고기 형태였다고 한다.

제4장
산천의 기이한 동식물들

전욱이 대신 중과 려에게 명하여 하늘과 땅의 통로를 끊게 한 이후 신과 인간 사이의 거리가 멀어지게 되었다는 이야기는 앞에서도 했다. 그 영향은 인간 세상에까지 미쳐 얼마 지나지 않아 사람과 사람 사이에도 거리가 생기게 되었다. 극히 적은 수의 사람들만이 높은 곳을 향해 올라갈 수 있었고 대부분의 많은 사람들은 낮은 곳으로 떠밀려 내려갔다. 즉 높은 지위를 향해 기어올라간 자들이 지상의 새로운 신으로 대두된 것이다. 이때에는 물론 그리스 신화에 나오는, 천제가 인간에게 불행을 안겨주는 판도라의 상자 같은 것은 없었지만 그래도 인간 세상에는 이미 여러 가지 불행들이 발생하고 있었다. 인간이 생각하기에 그들에게 재해를 가져다준다고 느껴지는 괴상한 새와 짐승들은 나날이 많아져 갔고, 수풀과 물가에는 힘있는 신령들이 셀 수도 없이 늘어만 갔다. 그리하여 인간은 늘 근심과 공포 속에서 살아가야 했으며 세상에는 이미 빛과 그림자가 한덩어리로 뒤섞여 있게 되었다.

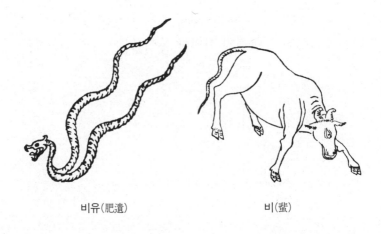

비유(肥遺)   비(蜚)

　전설에 따르면 〈비유(肥遺)〉라는 뱀이 있었는데 그 뱀은 다리
가 여섯 개에 네 개의 날개가 달려 있었다고 한다. 그 뱀이 하
늘로 날아오르는 모습을 사람들이 보게 되면 아주 큰 가뭄이 들
게 되었다고 한다. 또 소처럼 생기고 호랑이 무늬가 있는 〈영령
(軨軨)〉이라는 짐승이 있었는데 그것이 이 세상에 출현하면 대
홍수가 일어났다. 그리고 또 소처럼 생긴 데다가 머리가 하얗고
눈이 하나밖에 없으며 꼬리가 뱀처럼 생긴 〈비(蜚)〉라는 동물이
있었다. 그놈이 강물을 지나가면 곧 물이 말라버리고 풀밭을 지
나가면 풀들이 메말라버리게 되었다고 하는데, 그 동물이 나타
나기만 하면 천하에 큰 전염병이 돌았다고 한다. 그 밖에 또
〈필방(畢方)〉이라는 새가 있었다. 학처럼 생긴 데다가 몸은 푸
른색이었고 부리는 흰색이었으며 다리가 하나밖에 없었다. 그
새가 보이는 곳에는 어디든지 이상한 화재가 발생했다. 그리고
〈산여(酸與)〉라는 새가 있었는데 뱀처럼 생기고 날개가 네 개에
눈이 여섯 개, 그리고 다리가 셋이었다. 그 새가 나타나는 곳에
는 반드시 무서운 일이 일어났다고 한다. 또 〈시랑(豺狼)〉이라

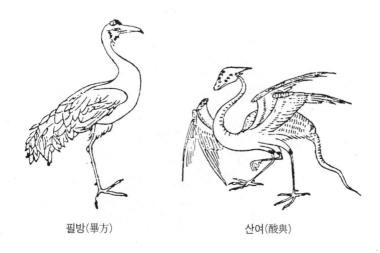

필방(畢方)   산여(酸與)

는, 여우처럼 생기고 꼬리가 하얀색이며 귀가 길다란 동물이
보이는 곳에는 전쟁이 일어났다. 그리고 또 사람의 얼굴에 길고
긴 머리카락을 늘어뜨린 오색조가 있었는데 그 새들이 어느 나
라엔가 나타나 그곳에 머물게 되면 그 나라는 반드시 멸망하게
되었다고 한다. ──이렇게 인간에게 재해를 가져다주는 괴상한
새와 짐승들은 어느 곳에나 모두 존재해 인간들의 생활을 고통
스럽게 했으니, 그 동물들은 바로 고통의 상징이었다.

　물론 이상하게 생기긴 했지만 사람들에게 해를 끼치지 않는
동물들도 있긴 했다. 그 동물들은 다음과 같은 것들이다. 남방
순산(洵山)에 〈환(羬)〉이라는 야생 동물이 사는데 그 형상이 양
을 닮았으나 입이 없었다. 더욱 이상한 것은 별 수단을 다 동원
해도 그놈을 죽일 수 없었다는 점이다. 또 남해의 바깥에는 〈쌍
쌍(雙雙)〉이라는 괴상한 동물이 살고 있었는데 그것은 푸른빛을
띤 세 마리 짐승이 한데 붙어서 된 동물이었다. 그리고 북방 천
지지산(天池之山)에 〈비토(飛兎)〉라는 작은 짐승이 사는데, 토

쌍쌍(雙雙)

끼처럼 생겼지만 쥐의 머리를 하고 있었고 등에 난 털을 날개로
삼아 하늘을 날아다녔다고 한다.

　이 밖에 인간에게 해를 끼치지 않을 뿐 아니라 오히려 이익
을 주는 생물들도 있었는데 그것들은 대부분 약재(藥材)로 쓰였
다. 예를 들어 날개가 네 개 달리고 눈이 하나이며 개의 꼬리를
하고 있는 〈효(囂)〉라는 새가 있었는데 이것을 먹으면 복통을
치료할 수 있었다고 한다. 또 잉어처럼 생겼으나 닭의 발이 달
려 있는 〈초어(鯈魚)〉를 먹으면 종양을 없앨 수 있었다고 한다.
〈박이(薄訑)〉라는 짐승은 양처럼 생긴 데다 아홉 개의 꼬리가
달렸고 네 개의 눈이 등뒤에 붙어 있었다고 하는데 그놈의 껍질
을 벗겨 몸에 지니고 다니면 겁이 없어졌다고 한다. 또 꿩처럼
생긴 〈당호(當扈)〉라는 동물은 얼굴 양쪽에 달린 수염을 이용해
날아다녔다고 하며 그것을 먹으면 눈이 흐릿해지는 것을 막을
수 있었다. 그 밖에 발에 딱딱하게 박혀 있는 티눈을 치료할 수

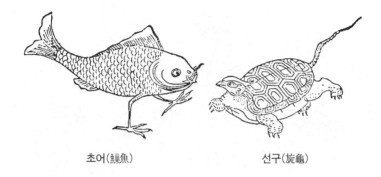

초어(鰰魚)   선구(旋龜)

있는 〈선구(旋龜)〉, 먹으면 천둥 번개도 무서워하지 않게 되는 〈비어(飛魚)〉, 또 빨리 달릴 수 있게 해주는 〈성성(狌狌)〉, 그리고 악몽을 꾸지 않게 해주며 동시에 사악한 것들을 막아낼 수 있는 〈기도(鵁鶋)〉 등이 있다. 이처럼 약재가 되는 귀한 동물들은 많았으나 다만 쉽게 구할 수 없는 점이 아쉬웠다.

그 다음으로는 사람을 잡아먹는 짐승들을 보자. 이런 짐승은 그리 많지는 않은데, 북산(北山)의 〈저회(諸懷)〉와 〈포악(抱鸮)〉, 서산(西山)의 〈궁기(窮奇)〉, 남산(南山)의 〈고조(蠱雕)〉, 동산(東山)의 〈갈저(猲狙)〉와 〈기작(鵙雀)〉, 중산(中山)의 〈서거(犀渠)〉 등이 그것이다. 이들은 모두 생김새가 괴이하고 성질들이

비어(飛魚)

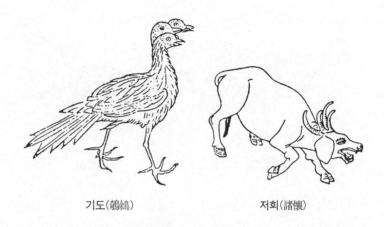

기도(鶀鵨鳥)   저회(諸懷)

난폭하며 가끔 어린아이가 우는 듯한 울음소리를 내었는데, 사람들이 이 동물들을 만나면 그저 죽는 수밖에 다른 도리가 없었다.

　이런 동물들에 비하면 이곳저곳에서 자라는 식물들은 사랑스러웠고 또 인류에게 큰 도움을 주기도 했다. 소실산(小室山)에는 〈제휴(帝休)〉라는 나무가 있는데 다섯 개의 가지가 마치 길이 뻗어 있는 것처럼 바깥쪽으로 구부러져 있었다. 그 나무의 이파리는 버드나무의 잎 같고 노란 꽃이 피며 열매는 검은색이었다. 그런데 이 꽃과 열매를 함께 달여 마시면 마음이 편안해지고 화를 잘 내지 않게 되었다고 한다. 중곡산(中曲山)에는 〈회목(懷木)〉이라는 나무가 있었는데 생김새는 팥배나무[棠梨]와 비슷했고 이파리는 둥글며 열매는 붉었는데 그 열매가 모과(木瓜)만큼이나 컸다고 한다. 이 열매를 먹으면 힘이 세어져서 나무를 뽑고 산을 밀쳐 엎을 수도 있었다고 한다. 소형산(少陘山)에서 자라는 〈강초(崗草)〉라는 풀은 줄기가 붉고 하얀 꽃이 피며 잎은 해바라기 같았고 산포도 같은 열매가 열렸다. 사람들이 이 열매를 먹으면 똑똑해졌다고 한다. 대괴산(大騩山)에는 〈낭독초(狼毒草)〉라는 풀이 자라는데 시초(蓍草)처럼 생겼으나 털이 잔뜩 돋아 있고 푸른 꽃이 피며 흰색의 열매가 열린다. 이 풀을 달여 먹으면 수명이 짧은 것을 두려워하지 않게 되었고 또 위장병을 치료할 수 있었다. 이 밖에도 종기를 치료할 수 있는 죽산(竹山)의 〈황관(黃雚)〉, 부은 것을 내리게 하는 풍산(豐山)의 〈양도(羊桃)〉, 추운 것을 겁내지 않게 되는 민산(敏山)의 〈계박(薊柏)〉, 그리고 물고기를 잡을 때 독물로 쓰이는 간산(葌山)의 〈망초(芒草)〉 등 가짓수가 하도 많아서 일일이 열거할 수 없을 정도이다.

각 지방에는 또 이상하고도 괴상한 일들이 있었다. 웅산(熊山)에는 곰의 동굴이 있었는데 그곳에는 늘 기이한 신인(神人)들이 드나들었다 한다. 이 동굴은 여름이면 저절로 열리고 겨울이 되면 닫혔는데 그 동굴이 겨울에 열려 있으면 세상에는 반드시 큰 전쟁이 일어났다고 한다.

나중에 다시 이야기하게 될 경보신(耕父神)이 사는 풍산(豐山)에는 아홉 개의 종이 있었는데 해마다 서리가 내리면 저절로 웅웅거리는 소리를 내었다고 한다. 또 조서동혈산(鳥鼠同穴山)에는 도(䳔)라는 새가 살았는데 생김새는 메추라기[沙雞]와 비

조서동혈(鳥鼠同穴)

슷했으나 메추라기보다는 좀 작았고 깃털은 노란색에 검은빛을
띠고 있었다. 또 돌(鷬)이라는 쥐가 있었는데 이 쥐는 보통 집
쥐와 비슷했고 다만 꼬리가 조금 짧았다. 그런데 이 새와 쥐는
산 위에 대략 서너 자 정도 깊이의 굴을 파고 함께 사이 좋게
굴 속에서 살았다. 새는 바깥에서 먹을 것을 구해 왔고 쥐는 굴
속에서 집안일을 돌보았으니 마치 사이 좋은 부부와도 같았다.
새끼를 낳으면 그 새끼가 클 때까지 함께 길렀다고 한다.

　수풀이나 물가에 사는 귀신들을 얘기해 보자면 거의가 모두
흉악하다고 말할 수 있다. 사람들이 그들과 부딪치게 되면 대부
분 무서워하게 되었으니 선량한 귀신은 드물었다. 조양지곡(朝
陽之谷)의 수신(水神)인 천오(天吳)에게는 사람처럼 생긴 여덟
개의 머리가 달려 있었고 또 여덟 개의 다리와 열 개의 꼬리를
갖고 있었다. 그리고 호랑이의 몸뚱이를 하고 있었으며 털 빛깔
은 푸른색에 노란빛이 감돌았다고 한다. 교산(騎山)의 산신 타
위(鼍圍)는 사람의 얼굴을 하고 있었으며 양의 뿔에 호랑이 발
톱을 하고 늘 저수(雎水)와 장수(漳水)의 깊은 물 속에서 놀았
다고 한다. 그놈이 물 속을 드나들 때에는 몸에서 반짝거리는
빛이 났다. 이것들은 모두 사람들과 그리 친했던 것 같지가 않
다. 광산(光山)에 사는 계몽신(計蒙神)은 사람의 몸에 용의 머
리를 하고 있는 괴물로서 장연(漳淵)에 사는데, 그것이 물 속을
드나들 때에는 광풍과 폭우를 동반했다. 평봉지산(平逢之山)에
사는 교충신(驕蟲神)은 사람의 몸을 하고 있으나 목에는 두 개
의 머리가 달렸으며 벌이나 전갈 같은 독충들의 대장이었다. 그
리고 머리 두 개가 바로 벌집이어서 꿀벌들이 그 속에 꿀을 모
아두었다고 한다. 사람들은 이놈을 보아도 멀리멀리 도망쳤다.
앞에서 얘기한, 풍산의 청냉지연(淸冷之淵)에서 노닐며 물 속에

천오(天吳)

드나들 때 빛을 내뿜는 바로 그 경보신이 나타난 나라는 반드시 멸망했다고 한다. 또 요수(瑤水)에 살며 소처럼 생긴 데다가 여덟 개의 다리와 두 개의 머리 그리고 말의 꼬리를 갖고 있는 이름없는 천신은 그가 나타나는 곳마다 전쟁이 발생했다. 이러했기 때문에 사람들은 더욱 두려워서 감히 그들을 건드리지 못했던 것이다.

이렇게 흉악한 여러 귀신들 중에도 마치 판도라의 상자에 남아 있던 〈희망〉처럼, 길신(吉神) 〈태봉(泰逢)〉과 착하고 작은 천제 〈제대(帝臺)〉가 있어 사람들에게 얼마간의 위안과 희망을 주었다.

고서의 기록이 그리 많지 않아 제대에 관한 이야기도 우리가 아는 것은 넉넉하지 못하다. 다만 몇몇 유적을 통해 그의 위인됨과 행적을 추측해 볼 수 있을 뿐이다. 그가 활동했던 범위는 그리 넓지가 않았다. 그저 중원 일대 몇 군데의 작은 산들로 길신 태봉이 살던 곳과 가깝다고 할 만했으며, 대체로 모두가 지금의 하남성(河南省)의 범위를 넘지 않았다. 예를 들어 휴여산

(休輿山)이라는 곳을 보자. 그 산 위에는 오색 찬란한 아름다운 돌이 있었다. 그리고 그 돌에는 영험한 기운이 있어 사람들이 그 돌을 가지고 집으로 돌아가 달여먹으면 요괴나 마귀의 유혹을 받지 않을 수 있었다고 한다. 휴여산에서 멀지 않은 곳에 고종산(鼓鍾山)이라는 산이 있는데 전설에 따르면 제대가 바로 이곳에서 종을 치고 북을 두드려 각 지방의 신령들에게 잔치를 베풀었다고 한다. 이 산에서 조금 먼 곳에 고전산(高前山)이 있었다. 그 산꼭대기에는 맑고 차가운 샘물이 흘러내렸는데 그것을 제대의 샘물[帝臺之漿]이라 했다. 사람들이 그 찬 샘물을 마시면 가슴이 아프지 않게 되었다고 한다. 이런 유적들을 통해 보건대 제대는 분명히 이 지역을 관할하던 작은 천제였을 것이고, 또 인자하며 온화한 성품이 주(周) 목왕(穆王) 때의 서언왕(徐偃王)을 좀 닮았다고도 하겠다. 비록 인간 세상을 떠나 멀리 갔으나 지상에 제대의 샘물이라는 그의 애정을 남겨두었으니까.

길신 태봉은 화산(和山: 東首陽山)의 주신(主神)이다. 그의 모습은 사람처럼 생겨 별달리 이상한 점이 없었으나 몸의 뒤쪽에 호랑이 꼬리가 달려 있었다. ──혹은 참새 꼬리라고도 하는데, 우리가 생각하기에는 새의 꼬리가 그에게 더 어울릴 것 같다. 그렇게 하면 본래의 착한 그의 모습에 조금은 익살스런 맛을 더해 줄 수 있기 때문이다. 그의 신통력은 하늘과 땅을 감동시켜 구름과 비를 마음대로 불러일으킬 수 있었다. 그래서 한번은 비바람을 불러일으켜 하(夏)나라 때의 우둔한 왕인 공갑(孔甲)이 사냥을 할 때 길을 잃도록 만든 적이 있었다. 이 일에 대해서는 다음에 자세히 이야기하기로 하고 지금은 우선 태봉과 진(晉) 평공(平公)에 관한 이야기를 해보기로 한다. 춘추시대에 진나라의 평공이 저명한 음악가인 사광(師曠)과 함께 마차를 타

태봉(泰逢)

고 회수(澮水)로 놀러가는 중이었다. 그때 갑자기 여덟 마리의 말이 끄는 수레를 타고 달려오는 사람이 있었는데, 수레가 가까이 다가오더니 어떤 사람이 뛰어내려 진 평공의 마차 뒤를 따라오는 것이었다. 평공이 뒤를 돌아다보니 그의 모습이 좀 이상하게 보였다. 어째서 들고양이의 몸에 여우의 꼬리가 달려 있는 것일까? 마음속으로 좀 두려워하며 사광에게 저것이 도대체 무슨 괴물이냐고 물었다. 그를 본 사광이 대답했다.

「저 사람의 모습을 보니 아마 수양산의 산신인 길신 태봉인 것 같습니다. 얼굴이 벌건 것을 보니 곽태산(霍太山) 산신이 사는 곳에 가서 술마시고 돌아오는 것 같군요. 지금 회수에서 그를 만나다니, 정말 축하드립니다. 공(公)께 곧 좋은 일이 일어날 것입니다」

이 이야기를 보면 길신 태봉이 사람들에게 복을 내려주는 역할을 했다는 것을 알 수 있다. 그래서 그에 대한 사람들의 감정은 줄곧 좋은 것이었다. 태봉은 화산 부근의 부산(莧山) 남쪽에 머무는 것을 좋아했는데 그가 그 산을 드나들 때마다 몸 둘레에 늘 눈부신 빛이 따랐다고 한다. 그러나 이 빛은 악신 경보가 내뿜던 그런 음산한 빛이 아니라 상서로운 빛이었던 것이다. 이 빛은 또한 중국의 선량한 백성들의 희망의 빛이었을 것이니, 넘어진 사람들은 이 빛에 기대어 일어날 수 있었고 또 고난 속에서 몸부림치는 사람들도 계속 헤어나려고 애쓸 수 있었을 것이다. 그러나 솔직하게 말하자면 그 빛은 너무 약했던 감이 있다. 지금의 우리에게는 이미 더욱 빛나는 희망의 빛이 있으므로 그런 연약한 빛은 이제 소용이 없게 되었다.

제1마장
공공과 전욱의 전쟁

여와가 하늘과 땅을 고치는 작업을 끝낸 뒤, 오랫동안 세상에는 별다른 사건이 일어나지 않았다. 그러나 이러한 평화는 신들의 세계에 전쟁이 발생함으로 해서 깨져버리고 말았다. 전쟁은 신들 중에서도 우두머리급에 속하는 천신들 사이에서 일어났다. 고서의 기록에 의하면 한쪽은 수신(水神) 공공(共工)임이 분명하지만 다른 한쪽에 대해서는 여러 가지 설이 있다. 여와시대의 축융(祝融)이라는 의견도 있고 신농(神農), 고신(高辛), 혹은 전욱(顓頊)이라는 주장도 있는데 그것들을 고찰해 보면 전욱이라는 설이 비교적 신빙성이 있는 것 같다. 왜냐하면 전욱에 관한 기록이 가장 빠른 것일뿐더러 그 내용도 전반적으로 상세하기 때문이다.

수신 공공은 본래 염제의 후손인 화신(火神) 축융의 아들이다. 그는 사람의 얼굴에 뱀의 몸을 하고 있었으며 머리카락이 붉었다. 당시 세계의 형세를 보면 육지가 전체의 3할을 차지하고 있었고 바다와 강, 늪지 등이 7할에 달했다. 수신 공공은 바

로 이렇게 우세한 물의 힘을 빌려 천하를 제패하고자 했다. 황
제와 염제의 전쟁에서도 공공은 물을 이용해 염제를 많이 도와
주었는데, 이것에 대해서는 「황염편(黃炎篇)」에서 다시 이야기
하기로 하자.

공공에게는 상류(相柳)와 부유(浮游)라고 하는 두 명의 신하
가 있었다. 상류는 상요(相繇)라고도 하였는데 역시 사람의 얼
굴에 뱀의 몸을 하고 있었으며 온몸이 푸른색이었다. 머리가 아
홉 개 달렸는데 그 머리로 아홉 군데의 산에 있는 먹이를 동시
에 먹어치웠다. 부유라고 하는 신하는 본래 어떻게 생겼는지 알
수가 없다. 다만 그가 죽은 후 붉은 곰으로 변해 진(晉)나라 평
공(平公)의 방에 들어가 병풍 뒤에 숨어서 머리를 내밀어 방 안
을 기웃거리니 그것을 본 평공이 소스라치게 놀라 병이 나게 되
었다는 이야기가 전해진다. 공공에게는 또 이름이 없는 아들이
하나 있었는데, 그는 동짓날에 죽어서 역귀로 변하여 사람들을
괴롭히곤 했다. 이 귀신은 그 무엇도 두려워하지 않았는데 붉은
팥만은 무서워했다. 사람들은 총명하게도 그의 이 습성을 알고
는 해마다 동짓날이면 팥죽을 쑤어서 그를 쫓아버리려 하였는
데, 그는 팥죽을 보면 곧 멀리멀리 도망쳤다고 한다. 이렇게 공
공 주변에 있는 인물들은 모두 나쁜 자들뿐이었지만 유독 수
(修)라는 아들만이 착했다. 그는 성격이 조용하여 혼자 사는 것
을 좋아했고 달리 특별한 취미도 없었다. 다만 이곳저곳 떠돌아
다니기를 좋아하여 명산대천을 구경하며 다녔는데, 수레나 배
로, 혹은 걸어서 갈 수 있는 곳이라면 어디든지 거침없이 돌
아다녔다. 사람들의 그에 대한 감정은 상당히 괜찮은 편이어
서, 그가 죽은 뒤 그를 조신(祖神)으로 섬겼는데, 조신이란 곧
여행의 신이라는 뜻이다. 옛날에 사람들이 집을 떠나 여행을 하

게 될 때에는 언제나 먼저 조신에게 제사를 올렸는데 그것을 조
도(祖道) 혹은 조전(祖餞)이라 했다. 이때에는 술자리를 베풀어
집 떠나는 사람을 배웅했는데, 신령의 보호를 받아 가는 길 내
내 편하라는 의미였다. 이 밖에 후토(后土)라고 하는 유명한 아
들이 또 있었는데 그는 유명(幽冥) 세계의 통치자로 이름이 나
있다. 그에 관해서는「황염편」에서 자세히 서술하기로 한다.

　공공과 전욱의 이 전쟁은 황제와 염제 간에 일어났던 전쟁의
연속이었는데 염제의 후예인 공공과 황제의 후손인 전욱은 싸
우지 않으면 안 되는 상황에 이르고 있었다. 표면적으로 그것은
최고신의 자리를 놓고 다투는 것으로 보였지만 사실은 그것이
아니었다. 공공이 군사를 일으킨 것은 황제에게 패한 염제를 위
해서였다. 치우(蚩尤)와 형천(刑天)의 뒤를 이어 염제 대신 복
수를 하려는 것이었다.

　사실 전욱은 우주를 다스리는 동안 여러 차례에 걸쳐 폭정을
행한 바 있었다. 그 중 가장 심했던 것은 해와 달, 그리고 별들
을 모조리 북쪽 하늘에 묶어놓아 그 자리에서 영원히 꼼짝 못하
게 한 일이었다. 그 일 때문에 세상의 한쪽에서는 늘 눈이 부셔
어찌할 바를 몰라했고 또 다른쪽에서는 눈앞의 손가락조차도
안 보이는 어둠에 빠져 있어야 하는 사태가 발생했다. 사람들은
생활하기에 불편했을 뿐 아니라 고통스럽기까지 했다. 이렇게
전횡을 일삼던 전욱은 세상 사람들뿐 아니라 하늘나라의 신
들, 특히 자신에게 반대하는 신들도 잔혹하게 억눌렀다. 북방
의 수신 공공도 그 억압의 대상이었다. 황제와의 전쟁에서 패한
염제의 후손이었기 때문에 그는 당연히 억압을 받아야만 했던
것이다. 그러나 공공은 더 이상 억압을 받으며 살고 싶지 않았
다. 또한 황제에게 패했던 자신의 조상 염제가 당했던 치욕을

전욱에게 되돌려주고 싶었다. 그래서 그는 하늘나라에서 압박
받는 다른 신들을 암암리에 모이게 해서 자신이 맹주가 되었다.
그리고 마침내는 염제의 부하들까지 모아 난을 일으켰다. 전욱
의 통치를 뒤집어엎고 상제의 자리를 빼앗으려는 것이었다.

　신들의 나라에서 벌어진 이 전쟁은 무척이나 치열했다. 그
상황을 물론 자세히 알 수는 없다. 그러나 아마 공공의 신하인
상류와 부유, 전욱의 아들들, 그리고 전욱의 속신인 우강(禺强)
까지도 이 전쟁에 참여했음은 분명한 것 같다. 그들은 하늘나라
에서부터 싸우기 시작해 지상까지 내려오게 되었다. 대지의 서
북쪽, 부주산(不周山) 기슭에 이르러서도 그들의 싸움은 그칠
줄을 몰랐다.

　부주산은 마치 거대한 기둥처럼 솟아오른 이상한 산이다. 구
름을 뚫고 높이 솟아 있는 그 산에는 나무 한 그루 자라지 않았
고 오직 누르스름한 암석으로만 뒤덮여 있었다. 그 산이 마치
기둥 같다고 말했는데 그것은 사실이었다. 그 산은 하늘을 떠받
치는 기둥이었으니, 전욱이 우주를 다스리는 데 있어서 중요한
부분이었던 것이다. 어쩌면 그것은 예전에 여와가 하늘을 받쳐
놓으려고 잘랐던 거대한 거북이의 다리 하나가 변해서 된 산인
지도 모른다. 어쨌든 양편 군대는 이 산 아래에 와서도 승부를
가리지 못한 채 계속 싸우고 있었다.

　공공은 자신이 당장 승리할 수 없다는 사실에 갑자기 참을
수 없이 화가 났다. 그래서 분한 김에 부주산을 맹렬하게 받아
버렸다. 공공은 신들의 나라에서도 키가 크고 힘이 세기로 소문
이 나 있었다. 그런 그가 부주산을 힘껏 들이받으니 부주산은
우르릉거리는 소리와 함께 순식간에 무너져버렸다. 하늘을 떠
받치고 있던 거대한 기둥이 부러지니 우주에는 크나큰 변화가

부주산(不周山)에 머리를 부딪치는 공공(共工)

일어났다. 서북쪽 하늘이 기울어지면서 원래 전욱이 북쪽 하늘에 고정시켜 놓았던 태양과 달, 별들이 그 자리에 그대로 있을 수 없게 되었다. 그것들은 묶여 있던 끈을 풀고 기울어진 하늘을 따라 서쪽으로 달려갔다. 이렇게 해서 늘 대낮이던 곳과 늘 어두운 밤이던 곳이 없어지고 오늘날 우리가 보는 천체의 운행이 이루어지게 된 것이다. 한편 산이 무너지는 크나큰 진동 때문에 동남쪽 땅이 꺼져내려 깊고 깊은 골짜기가 생겼는데 모든 강물이 다 그쪽을 향해 흘러가니 결국엔 바다가 되고 말았다.

전욱이 다스리던 우주는 공공의 노기 때문에 이렇게 부서지고 변화하였다. 이 사건은 물론 여와 시대의 평화로움을 깨뜨리기는 했지만 전욱이 통치하던 시대의 그 음산하고 생기 없는 분위기를 몰아내는 계기가 되었다. 이후로 이렇게 변한 천지를 다시 고치는 신이 나타나지 않으니, 지금 우리가 살고 있는 세상은 바로 그때의 모습 그대로이다.

그런데 부주산이라는 산 이름은 본래 있었던 이름이 아니라 공공과 전욱의 전쟁 이후에 생긴 이름이라고 한다. 공공이 화가 나서 이 산을 받아 무너뜨리는 바람에 산의 형태가 부서져 온전하지 못하게 되었다고 하는 데에서 〈부주(不周)〉라는 이름이 생겨났다고 하는 것이다. 상당히 일리가 있는 말이라 여겨진다. 한편 고서의 기록에 따르면 부주산 기슭에는 두 마리의 누런색 짐승이 있어서 그 산을 지켰다고 한다. 또 한서수(寒暑水)라고 하는 물이 산꼭대기에서부터 흘러내려왔는데 반은 차갑고 반은 뜨거운 물이며 그 물의 서쪽에는 습산(濕山)이, 동쪽에는 막산(幕山), 우공공공국산(禹攻共工國山) 등이 있었다고 한다. 모두가 부주산과 관련된 흥미로운 이야기들이다.

사람들은 이러한 공공을 기념하기 위하여 대황 북쪽 들판과 북방 해외에 각각 공공대(共工臺)라고 하는 것을 세웠다. 대황 북쪽의 공공대는 계곤산(系昆山) 위에 있으며 황제의 딸 발(魃)이 묵은 적이 있는 곳이다. 북방 해외에 있는 공공대는 우(禹)가 상류를 죽인 곳의 동쪽에 있으며 심목국(深目國)의 서쪽에 위치하고 있다. 공공대는 사각형 모양인데 각 모서리마다 호랑이 색깔의 뱀이 지키고 있으며 그 뱀의 머리는 모두 남쪽을 향하고 있다. 이 공공대는 모두 북쪽에 있어서 활 쏘는 사람들은 감히 북쪽을 향해 화살을 날리지 않았다고 하는데 그것은 그런 행위가 공공의 위엄을 상하게 할까봐서였다고 한다. 이런 것으로 보아 우리는 사람들의 마음속에 남아 있는 공공의 모습이 어떠한 것인지 조금은 짐작해 볼 수 있다.

제11장
용백국 거인과 다섯 개의 신산

공공이 부주산에 부딪쳐 그 진동으로 대지의 동남쪽에 깊은 구멍이 뚫렸다. 그래서 시냇물이며 강물들이 모두 그쪽으로만 흐르니 그곳은 그대로 넓은 바다가 되고 말았다.

바다는 사람들의 환상을 불러일으키기에 알맞는 곳이다. 하늘의 구름이나 노을 빛깔에 따라 늘 다른 빛을 띠는 넓고 끝없는 바다를 보고 사람들은 그 속에 특이하고도 아름다운 것들이 들어 있으리라는 생각을 했다. 후대의 전설에 바다 용왕의 궁전, 진주조개의 요정과 용녀, 그리고 거북의 정령과 뱀 같은 괴물들의 이야기가 있는데, 그 이야기들은 여기서 언급할 필요가 없고 우선 거대한 게와 인어라는 재미있는 동물에 관한 전설을 간단히 이야기해 보겠다.

바닷속에 사는 이 큰 게는 크기가 천 리나 된다고 한다. 물론 이 게를 본 사람은 드물다. 비교적 합리적인 설에 의하면 게 한 마리가 수레 하나에 가득 찼다고 한다. 이렇게 크다는 사실만으로도 볼 만하다고 할 수 있는데, 사람들은 여기서 만족하

지 않고 전설 하나를 더 만들어내었다. 그 이야기는 다음과
같다.

옛날에 한 장사꾼이 있었는데 배를 타고 다른 나라로 가서
장사를 하게 되었다. 몇 날 며칠을 갔는지 알 수가 없었는데, 아
득히 넓은 바다에서 갑자기 작은 섬을 발견하게 되었다. 섬에는
나무들이 푸르고 빽빽하게 가득 들어차 있었다. 장사꾼은 그것
을 보고 너무나 기뻐서 선원들에게 배를 섬에 대도록 하고 함께
섬으로 올라갔다. 그리고 섬 기슭에 배를 매어놓고는 기슭에서
나뭇가지를 베어 불을 피우고 점심밥을 만들기 시작했다. 그때
였다. 밥을 짓고 있는데 갑자기 그 작은 섬이 움직이더니 나무
들이 모두 가라앉기 시작하는 것이었다. 사람들은 놀라서 정신
없이 배로 뛰어들어가 배를 매어두었던 줄을 끊고는 목숨을 걸
고 열심히 배를 저어 가라앉아가는 작은 섬을 떠났다. 그런데
자세히 보니 그 작은 섬은 등 껍데기를 불에 데어서 아파하는
한 마리의 거대한 게였다고 한다.

인어에 관한 전설은 더 흥미롭다. 초기의 기록에 의하면 인
어는 〈능어(陵魚)〉라고도 하며 사람의 얼굴에 물고기의 몸을 하
고 있고 손과 발이 있어 사람과 비슷했다고 한다. 그것은 우리
가 앞으로 「예우편」에서 이야기하게 될 여무(女巫)가 타고 다녔
던 용어(龍魚)와 같은 동물이다. 이 반인반어(半人半魚)의 동물
은 본래 성질이 매우 포악했는데 후세 전설에서는 그것을 미화
시켰다. 인어에 관해서는 다음과 같은 이야기가 있다.

남해에 〈교인(鮫人)〉이라고 하는 인어들이 살았다. 그들은 바
닷속에 살고 있기는 했지만 자주 베틀에 앉아 옷감을 짜곤 했
다. 그래서 바다에 파도가 없는 깊고 고요한 밤, 별빛과 달빛만
이 흐르는 밤에 바닷가에 서 있으면 간혹 깊은 바닷속에서 들려

인어(人魚)

오는, 부지런한 교인들이 옷감 짜는 소리를 들을 수도 있다고 했다. 이 교인들은 사람과 같이 감정이 있어서 울기도 했는데, 울 때마다 눈에서 흐르는 눈물방울이 모두 빛나는 진주로 변했다고 한다. 또 어떤 이야기는 다음과 같이 전하고 있다. 바다 인어의 모습은 사람과 거의 비슷해서 눈썹이며 눈, 코, 입, 손과 발 등이 모두 있고 남녀 불문하고 모두가 매우 아름다웠다. 피부가 옥돌처럼 희고 머리카락은 말총 같았으며 키는 5, 6척이나 되는데, 술을 조금만 마시면 몸이 복숭아꽃 같은 분홍빛이 되어 더욱 아리따웠다고 한다. 그래서 바닷가에서 아내나 남편을 잃은 주민들은 그들을 잡아다가 연못 속에 기르며 자신의 아내나 남편으로 삼았다고 한다.

또 이런 이야기도 있다. 어떤 사람이 조선(朝鮮)에 외교관으로 가게 되었는데, 가는 도중에 바닷가 모래밭에 누워 있는 여인을 보게 되었다. 그 여인의 팔꿈치에는 불꽃처럼 붉고 긴 털이 나 있었는데, 아마도 그것 역시 인어였을 것이라는 이야기이다.

위에 열거한 인어에 관한 전설들은 안델센의 유명한 동화 「인어공주」에 묘사된 인어와 거의 비슷하다. 이런 종류의 전설로 몇 가지를 더 예로 들 수도 있는데, 이런 것을 보면 넓은 바다가 우리에게 전해 주는 상상력은 동서고금을 막론하고 모두 비슷한 점이 있는 것 같다.

바로 그 넓은 바다가 상상력을 키워주기 때문에 고대인들은 강물이 밤낮없이 흘러 바다로 들어가는 것을 보고 걱정을 하게 되었다. 바다가 아무리 넓다고는 하지만 혹시 넘치게 되는 날은 없을까? 만일 바닷물이 넘쳐버린다면 어떻게 해야 할까? 이 골치 아픈 문제에 해답을 내리기 위하여 이러한 전설이 생겨났다. 즉, 발해(渤海)의 동쪽 몇억 만 리 되는지 알 수 없는 곳에 큰 골짜기가 있는데, 이 골짜기는 얼마나 깊은지 끝을 알 수 없었다. 그곳의 이름을 〈귀허(歸墟)〉라고 했다. 세상의 모든 강물과 바닷물이 모두 이곳으로 흘러들어도 귀허의 물은 늘 보통 상태를 유지하고 있어 늘지도 줄지도 않았다. 그래서 사람들은 비로소 마음을 놓게 된 것이다.──아하! 알고 보니 이렇게 끝이 없이 깊은 골짜기가 있어 여기저기서 흘러드는 물들을 모두 받아들일 수 있었으니, 그렇다면 걱정할 필요가 하나도 없는 것이로구나.

귀허에는 다섯 개의 신산(神山)이 있다. 대여(岱興) · 원교(員嶠) · 방호(方壺) · 영주(瀛州) · 봉래(蓬萊)가 바로 그것이다. 그 산들은 높이와 둘레가 각각 3만 리나 되고 산과 산의 거리도 보통 7만 리나 되며, 산꼭대기의 평평한 곳도 9천 리나 되었다고 한다. 산 위에는 황금으로 지은 궁전이 있었는데, 백옥으로 난간이 만들어져 있고 신선들이 사는 곳이었다고 한다. 그곳에 사는 새와 짐승들은 모두 하얀 빛깔이었으며 곳곳에 진주와 아름다운 옥이 열리는 나무가 자라고 있었다. 그 나무들에 꽃이 피어 열매를 맺으면 예쁜 옥과 진주가 열렸는데, 그 맛이 기가 막히게 좋았고 또 그것을 먹으면 죽지 않고 영원히 살 수 있었다

고 한다. 그곳에 사는 선인(仙人)들도 대부분 하얀 옷을 입었으
며 등에는 작은 날개가 달려 있어서, 넓은 바다 위 푸른 하늘을
새처럼 자유롭게 날아다녔다고 한다. 그들은 그렇게 다섯 개의
신산 사이를 왔다갔다하면서 그들의 친지와 친구들을 만나러
다녔다. 신산에 사는 선인들의 생활은 이렇게 즐겁고도 행복한
것이었다.

　그들이 그렇게 즐겁고 행복한 생활을 하는 중에도 한 가지
고민이 있었다. 바로 이 다섯 개의 신산이 넓은 바다에 떠 있어
서 그 아래쪽에 버틸 수 있는 뿌리가 없었기 때문이다. 보통때
는 괜찮았으나 일단 바람이 불어 파도가 치기만 하면 정처없이
떠다녀야 하는 것이었다. 이것은 선인들이 서로 왕래하는 데 있
어서 불편하기 이를 데 없는 일이었다. 이미 다 왔다고 생각했
는데 갑자기 더 멀어지고, 어느 지점에 그 산이 있으리라 여겼
는데 막상 가보면 또 어디로 갔는지 알 수가 없어 찾으러 다녀
야 했다. 이건 정말 힘들고 골치 아픈 일이었다. 선인들은 이런
고생을 겪고 나서 서로 의논하여 몇 명의 대표를 천제에게 파견
해 그들의 고통을 호소하게 했다. 천제가 마음속으로 이 일을
헤아려보니 그리 작은 문제가 아니었다. 만일 파도가 세게 몰아
쳐서 뿌리 없는 신산들이 북극으로 떠내려가 깊은 바닷속에 가
라앉아 선인들이 살 곳을 잃게 된다면 정말 큰일이 아닐 수 없
었다. 그래서 천제는 북해의 해신(海神) 우강(禺强)에게 명하여
선인들을 위한 좋은 방법을 강구해 보라고 하였다.

　바다의 신 우강은 천제의 친손자였으며 또한 바람의 신이었
다. 그가 바람의 신으로 나타날 때는 사람의 얼굴에 새의 몸을
하고 있으며, 귀에는 푸른 뱀을 걸고 다리로는 두 마리의 푸른
뱀을 밟고 있는 위풍당당한 천신으로 나타난다. 그는 거대한 두

날개를 퍼덕여 매우 강한 바람을 일으키는데, 그 바람에는 많은 역병의 균이 실려 있어서 사람들이 그 바람을 맞으면 병이 나서 죽었다고 한다. 그러나 그가 바다의 신으로 나타날 때는 모습이 무척이나 선량해진다. 그때 그는 능어처럼 물고기의 몸을 하고 있고 손발이 달려 있으며 두 마리의 용을 타고 다닌다고 한다. 그런데 그가 왜 물고기의 몸을 하고 있는 것일까? 그 이유는 그가 본래 북쪽 넓은 바다에 사는 물고기였기 때문이다. 이 물고기는 〈곤(鯤)〉이라고 하였는데 〈곤〉은 그 크기가 몇천 리나 되는지 알 수 없을 정도로 큰 고래였다고 한다. 그 물고기는 몸을 한번 뒤척이기만 하면 〈붕(鵬)〉이라고 하는 큰 새로 변했다고 한다. 그 새는 아주 사납고 큰 봉새〔鳳〕로서 등 넓이만 해도 몇천 리에 달하는 거대한 새였다. 그 새가 노하여 하늘을 향해 날아오르기라도 하면 그 검은 두 개의 날개가 마치 하늘에 드리워져 있는 먹구름과도 같았다고 한다. 해마다 겨울이 되어 바다의 물길이 움직일 때, 그도 북해에서 남해로 날아간다. 그때 그는 물고기에서 새로, 즉 바다의 신에서 바람의 신으로 변한다. 휙휙 불어와 들판을 스쳐 지나는, 뼈에 스며드는 그 차가운 북풍은 바로 큰 새로 변한 바다의 신 우강이 불어제끼는 바람인 것이다. 그가 거대한 새로 변하여 북해에서 날아오를 때, 보라! 한번의 날갯짓에 3천 리에 걸친 파도가 일어나고, 폭풍을 따라 구름 속 9만 리까지 치솟아오르는 모습을……! 그렇게 하여 반 년을 날아 목적지인 남해에 이르면 그때서야 내려앉아 잠시 휴식을 취한다. 바로 이 바다의 신이자 바람의 신인 우강이 천제의 명령을 받고 여러 선인들의 거주지를 위한 좋은 방법을 생각해 내려 하는 것이다.

바다의 신은 감히 게으름을 부릴 수가 없었다. 그래서 급히 열다섯 마리의 크고 검은 거북이들을 귀허로 보내어 다섯 개의 신산을 등에 지고 있으라고 하였다. 한 마리가 산 하나를 등에 지고 있으면 다른 두 마리는 아래에서 지키고 있으면서 6만 년에 한번씩 교대로 돌아가며 산을 지고 있게 하였다. 신산을 등에 진 거북들은 이 일을 하는 데 있어서 그렇게 성실하지는 않았다. 산을 등에 지고 있다가 때로 기분이 나면, 푸르른 바다에서 손에 손을 두드리며 다같이 즐겁게 춤을 추곤 하였다. 이런 쓸데없는 장난은 신산에서 사는 선인들을 좀 속상하게 만들기도 했지만, 이전에 바람만 불면 섬이 떠다니던 것에 비하면 뭐 그리 대단한 일은 아니었다. 선인들은 모두 기뻐하며 행복하고 편안하게 몇만 년을 보냈다. 그러던 어느 해, 용백국(龍伯國)의 거인 하나가 무의식적으로 저지른 장난 때문에 선인들은 또 한 차례의 재앙을 겪어야 했다.

용백국은 본래 거인의 나라로 곤륜산 북쪽 몇만 리나 되는지 알 수 없는 곳에 있는데, 이 나라 사람들은 모두 용의 종족이기 때문에 〈용백〉이라고 했다. 그곳에 살고 있던 한 거인이 할일이 없어 심심하고 답답해하다가, 낚싯대를 메고 동쪽 바다 밖 넓은 곳으로 낚시질을 하러 갔다. 그는 바다에 두 발을 내딛고 몇 발짝 걷지도 않아서 곧 귀허의 신산이 있는 곳에 도착했고, 다시 몇 발짝 더 걸어 다섯 개의 신산을 한바퀴 돌 수 있었다. 그러다가 그곳에서 낚싯대를 던지니, 오랫동안 음식물을 먹지 못한 굶주린 거북이 여섯 마리가 줄줄이 걸려 올라왔다. 그는 어찌된 연유인지 생각해 보지도 않고 그 거북이들을 등에 지고는 집을 향해 달려갔다. 얼른 집에 가서 거북이 등껍질로 점을 쳐볼 생각을 하며. 용백국 거인의 낚시질 때문에 대여와 원교, 두 신산은 북극으로 떠내려가 깊은 바닷속에 가라앉고 말았다. 그

리고 수많은 신선들은 급히 이사하느라 상자며 이불들을 들고
공중을 날아다니면서 한바탕 진땀을 흘려야 했다.

천제는 이 일을 알고서 불같이 화를 내었다. 그래서 그의 위
대한 신력(神力)으로 용백국의 땅을 아주 작게 줄여버리고 용백
국 사람들의 몸도 있는 대로 작게 해서 그들이 다시는 여기저기
서 말썽을 부리지 못하게 하였다. 오랜 시간이 흐른 뒤 이 나라
사람들의 키는 작아질 대로 작아졌는데, 그래도 인간들이 보기
에 그들의 키는 아직 수십 길이나 되었다나.

그리하여 귀허에 있는 신산 중 두 개가 가라앉아버리고 세
개가 남았는데, 봉래·방장(방호)·영주의 세 산은 그 검고 큰
거북이들이 아직도 등에 잘 지고 있다고 한다. 용백국 거인들에
얽힌 그 사건 이후, 거북이들은 확실히 성실하고 조용해져서
신산을 계속 잘 지고 있어서 다시는 무슨 일이 일어났다는 이야
기가 들리지 않았다.

그러나 용백국 거인이 말썽을 부린 뒤, 바다 위 신산들의 이
야기가 널리 알려졌다. 그래서 육지에 사는 인간들은 멀지 않은
바다에 아름답고 신비로운 산들이 있다는 것을 알게 되어 모두
들 그곳에 가서 구경하고 싶어했다. 그랬는데 마침 바닷가에서
고기를 잡던 어떤 부부가 탄 배가 풍랑을 만나 우연히 신산 부
근에 가게 되어 그 신산에 올라가게 되었다. 그곳의 선인들은
소박하고 부지런한 어부 부부를 잘 대접해 주고 나서 선풍(仙
風)을 불게 해 그들을 안전히 그들의 작은 배로 돌아가게 해
주었다. 그래서 인간들 사이에서는 선산(仙山)에 관한 이야기들
이 더욱 흥미롭게 퍼져가고 있었는데, 그 이야기들 중에는 선
산에 사는 선인들이 죽지 않고 오래 살 수 있는 약을 가지고 있
다는 말도 있었다. 이런 소문들이 흘러흘러 임금이나 황제들의

귀에 들어가게 되었다. 부귀와 권위가 넘쳐나고 인간 세상의 즐거움을 모두 누려본 제왕들에게 있어서 유일한 두려움은 죽음의 신이 갑자기 다가와 그 모든 것을 앗아가는 것이었다. 그래서 선산에 죽지 않아도 되는 좋은 약이 있다는 소문을 듣고는 모두들 탐을 내게 되었다. 그들은 돈을 아끼지 않고 큰 배를 만들어 충분한 식량을 준비하고 방사(方士)들을 바다로 내보내어 그 선산에 가서 불사약을 구해 오게 하였으니, 그들에게는 오직 이 세상에서 가장 귀한 보배를 구하려는 소망만 있을 뿐이었다. 전국(戰國)시대 제(齊)나라의 위왕(威王)과 선왕(宣王), 연(燕)나라의 소왕(昭王), 그리고 진(秦)나라의 진시황(秦始皇)과 한(漢)의 무제(武帝) 등, 모두가 그러한 쓸데없는 시도를 해보았다. 그러나 그들은 결국 모두가 보통 사람들과 마찬가지로 죽어갔고, 그 누구도 불사의 영약을 얻지 못했던 것이며 불사약은커녕 선산의 그림자가 어느 쪽에 있는지조차 보지 못했던 것이다. 그러니 가엾지 아니한가, 우둔하고 탐욕스런 그 귀인(貴人)들이!

불사약을 구하러 갔다가 돌아온 사람들 중에 어떤 이는 선산을 분명히 보았다고도 했다. 그것은 아득히 멀리 마치 하늘 가의 구름과 같이 보였다고 한다. 그런데 다가가 보면 몇 개의 선산들이 맑고 투명하게 바닷속에 가라앉아 있는 것을 볼 수 있었다고 하는데, 그곳의 누각과 선인들, 나무와 짐승들이 모두 또렷하게 보였다고 한다. 그런데 좀더 배를 가까이 하여보려고 하면 갑자기 한바탕 바람이 휘몰아쳐 배의 접근을 막는 통에 모두 그냥 돌아와야만 했으니, 선산의 근처에조차 갈 수 없었던 것이다. ──이것은 어쩌면 사실일는지도 모른다. 그러나 제왕 나으리들이 보낸 사신들을 선인들이 만나보려 하지 않았다는 것

은 아마 거짓말에 불과한 것일 수도 있다. 그것은 어쩌면 방사
들이 지어낸 숱하게 많은 아름다운 거짓말들 중의 하나일 뿐이
었는지도 모른다. 어쨌든 그 이후로 선산에 관해서는 전설만 무
성할 뿐 진실한 소식은 없게 되었다.

제2부
황염편
黄炎篇

제1장
남방 천제 염제

여기에서 주로 다룰 것은 황제(黃帝)와 염제(炎帝) 사이의 전쟁이다. 그러나 그 치열한 전투에 관해 이야기하기 전에 우선 그들 각자에 대해서 살펴보아야 하겠다.

먼저 염제 신농(神農)에 대해 이야기해 보기로 하자.

염제는 원래 자애로운 신이다. 그래서 어진 정치를 베푼 것으로 치자면 오히려 황제보다 훨씬 더 나았을지도 모른다. 그가 세상에 나타났을 때 대지에는 이미 인류가 번성하고 있었다. 그러나 자연계에서 나오는 음식물만으로는 모두가 배불리 먹기에 부족하였다. 그래서 인자한 염제는 곡식을 심어서 스스로의 힘으로 생활에 필요한 것들을 거둘 수 있는 방법을 인간에게 가르쳐주었다. 당시의 인간들은 공동으로 노동하고 서로 도우며 수확한 열매들을 모두 똑같이 나누어가졌기에 서로간의 감정이 마치 형제 자매처럼 가까웠다. 염제는 또 태양이 충분한 빛과 열기를 내뿜게 하여 오곡이 잘 자라게 하였으므로 그 이후로 인류는 먹고 입는 것을 더 이상 걱정하지 않아도 되게 되었다. 그래서 인류는 염제의 공덕에 감동하여 그를 〈신농(神農)〉이라고 불렀다. 전해지는 말로는 그가 소의 머리에 사람의 몸을 하고 있다고 한다. 그가 소의 머리를 하고 있다는 것은 아마 수천 년 동안 인류를 도와 밭을 갈아온 소처럼 농업에 대해서 특별한 공로가 있다는 사실을 의미하는 것이리라.

태양의 신이자 농업의 신인 염제가 막 태어났을 때 그가 태어난 곳의 둘레에서는 아홉 개의 샘이 저절로 솟구쳐올랐다고 한다. 이 샘들은 서로 이어져 있어서 한 군데에서 물을 길어올리면 다른 여덟 군데의 샘물도 흔들렸다. 또 그가 사람들에게 곡식 심는 법을 가르칠 때 하늘에서 숱하게 많은 곡식의 씨앗들이 떨어져 내렸는데, 그가 이 씨앗들을 모아 개간해 놓은 밭에 심으니 인류가 먹고 살 수 있는 오곡이 그때부터 생겨나게 되었다고 한다.

이런 이야기들 외에 더욱 아름다운 이야기가 하나 있다. 그 당시, 몸이 온통 붉은색인 새 한 마리가 살고 있었다. 그 새가 입에 아홉 개의 이삭이 달린 벼의 모를 물고 하늘을 날아다니다가 그 이삭들이 땅에 떨어지게 되었다. 염제가 그것을 주워서 밭에 뿌리니 크고 긴 곡식이 자라났는데, 사람들이 그 곡식을 먹으면 배가 불렀을 뿐 아니라 장생불사할 수 있었다고 한다. 이런 이야기들은 그 내용이 어떻든 간에 신농 시대의 사람들이 이미 야생의 곡물들을 인공적으로 기르는 방법을 습득하고 있었다는 사실을 의미하는 것이다.

염제는 농업의 신일 뿐 아니라 의약의 신이기도 했다. 태양이라는 것이 곧 건강의 원천이기 때문에 염제가 의약과도 관계가 있는 것 같다. 전설에 의하면 그에게는 〈자편(赭鞭)〉이라는 신기한 채찍이 있었다고 한다. 그가 그 채찍으로 여러 가지 약

초들을 후려치면, 그 약초들의 여러 가지 특성, 즉 독성이 있
는지 없는지와 한성(寒性)인지 열성(熱性)인지 등이 저절로 나
타나게 되었는데, 그는 이 약초들의 서로 다른 성질을 이용하
여 사람들의 병을 치료해 주었다. 또 다른 이야기에 의하면 신
농 황제는 온갖 약초들의 맛을 모두 보았다고 한다. 그래서 어
떤 때는 하루에 70번이나 약초에 중독되기도 했다. 또 어떤 민
간전설에서는 신농 황제가 약초를 맛보다가 독극성이 있는 단
장초(斷腸草)를 잘못 맛보아 그만 창자가 끊어지고 썩어버렸으
니, 인류를 위하여 그렇게 자신의 목숨을 희생했다고 한다. 지
금도 사람들은 담장이나 울타리에서 작은 노란색 꽃을 피우는
덩굴 식물을 보면 경계를 하는데, 그것이 바로 독성이 강하여
신농 황제를 죽인 일이 있다는 것을 알고 있기 때문이다. 이 전
설들이 서로 조금씩 다르긴 해도 사람들은 위대한 염제가 인류
를 위해 희생했다는 사실만은 잊지 않았다. 그래서 의약 방면에
있어서 신농의 업적에 관한 이야기가 전해질 때도 〈약초를 맛보
았다〉는 것과 〈약초에 채찍질을 했다〉는 두 가지 이야기가 함께
전해지고 있다. 지금도 산서성(山西省) 태원현(太原縣)의 부강
(釜岡)에는 신농이 약초의 맛을 볼 때 사용했던 솥이 남아 있다
고 한다. 또 성양산(成陽山)에서는 신농이 약초를 채찍질하던
곳을 찾을 수 있다고 하는데, 그 산은 〈신농원(神農原)〉 또는
〈약초산(藥草山)〉이라고 불리기도 한다.
　염제는 사람들의 의식(衣食)이 풍족해지기는 했으나 생활하
기에는 그래도 미흡한 점이 있다는 것을 알게 되었다. 그래서
시장을 만들게 하여 사람들끼리 서로 필요한 물건들을 교환하
게 하였다. 그런데 그때에는 시계도 없었고, 또 시간을 기록할
수 있는 수단도 달리 없었는데 물건을 교환하는 시간을 도대체

어떻게 정했던 것일까? 자신들의 일을 팽개쳐두고 종일토록 시장에서 기다리고만 있을 수는 없는 일이었을 테니까. 염제는 인간들에게 그 자신——혹은 자신이 관할하던 태양을 표준으로 삼게 하였다. 태양이 머리 위에 와 있을 때를 시장에서 교역하는 시각으로 정하고 그때가 지나면 파장하는 것으로 하였는데, 사람들이 그대로 시행해 보니까 정확하고도 간편하여 모두들 매우 기뻐하였다.

태양신 염제에 관한 신화는 지금 남아 있는 것이 그리 많지 않아 위에 언급한 몇 가지밖에 되지 않는데, 그것마저도 역사적 요소가 많이 가미되어 있다. 그러나 그의 자손들, 특히 그의 자식들에 관해서는 재미있는 신화들이 몇 가지 있다.

그에게는 백릉(伯陵)이라고 하는 손자가 있었다. 그는 인간 세상의 아름다운 여인, 즉 오권(吳權)의 아내인 아녀연부(阿女緣婦)와 사랑을 하게 된다. 그는 아녀연부와 관계를 맺게 되고, 그녀는 임신 3년 만에 고(鼓)·연(延)·수(殳) 세 아들을 낳는다. 수는 활을 쏘아 맞추는 과녁을 만들었고, 고와 연은 〈종(鍾)〉이라고 하는 악기를 만들어내었으며 여러 가지 노래도 지어냈다. 그래서 인간 세상에서 음악은 더욱 발전해 나가게 되었다. 지금 연과 수의 모습에 관해서는 전해지지 않으나 고는 머리가 뾰족하고 들창코였다고 한다. 그 밖에 인간 세상에는 호인지국(互人之國)이라는 나라가 있었다. 그 나라 사람들은 모두 사람의 얼굴에 물고기의 몸을 하고 있으니, 우리가 「개벽편」의 마지막 장에서 이야기했던 인어와 좀 비슷했다. 그러나 손만 있고 발은 없었으며 허리 아랫부분은 모두 물고기의 모습이었다고 한다. 그들은 구름을 타고 비를 거느리며 자유롭게 하늘과 땅을 오르락내리락했는데 그들이 바로 염제의 직계 자손들이라고 한다.

염제의 자손들 중에서 유명한 인물로는 앞에서 얘기한 불의 신 축융 외에도 물의 신 공공, 땅의 신 후토(后土)와 열두 달이라고 하는 세월을 낳았다는 시간의 신 열명(噎鳴) 등이 있다. 그에게 이렇게 유명한 자손들이 있는 것으로 보아 태양신 염제가 얼마나 뛰어나고 위대한 신이었는지 짐작해 볼 수 있다.

염제에게는 네 명의 딸이 있었다고 하는데 그 네 딸의 운명은 모두 각기 달랐다. 먼저 그 중 한 명에 관한 이야기를 해 보자.

그녀에게는 이름이 없었고 그냥 염제의 소녀(少女)라고만 전해진다. 다른 두 딸도 모두 〈소녀〉 혹은 〈계녀(季女)〉, 또는 그냥 〈여(女)〉라고 하는데, 〈계녀〉도 역시 〈소녀〉와 같은 뜻이기 때문에 누가 언니이고 누가 동생인지 확실히 알 수는 없다. 〈소녀〉라는 것은 보통 젊은 아가씨를 일컫는 말로서 막내딸만을 지칭한다고 할 수는 없다. 그러나 이런 것은 어쨌든 상관이 없고, 여기서는 염제의 이름없는 그 딸이 어떻게 해서 고대의 유명한 선인(仙人)을 따라가 함께 선인이 되었는지 알아보기로 하자.

그 선인의 이름은 적송자(赤松子)라고 하는데 염제 때 비를 다스리던 직책을 맡고 있다. 그는 늘 수옥(水玉), 즉 수정이라는 귀한 약을 먹으며 자신의 몸을 단련했다. 그렇게 신체를 단련해 가다가 특별한 재주 하나를 얻게 되었으니, 곧 큰 불 속에 뛰어들어 스스로를 태우는 것이었다. 맹렬하게 타오르는 불길 속에서 그의 몸은 연기를 따라 자유롭게 오르내리다가 결국에는 환골탈태(換骨脫胎)하여 선인이 되었다. 선인이 되자 그는 곤륜산으로 가서 서왕모가 살았던 동굴 속에서 살았다. 몸이 가벼웠던 그는 비바람이 칠 때마다 높은 산 깎아지른 듯한 절벽 위에서 비바람을 따라 오르락내리락했다. 한편 염제의 그 이름 없는 딸은 선인이 되는 것을 부러워하여 적송자를 따라 이곳까지 왔다. 그녀 역시 특이한 약을 먹고 불에 드나드는 수련을 통해 적송자와 함께 선인이 되어 그를 따라 아득히 먼 곳으로 떠났다고 한다.

염제의 또 다른 딸 역시 이름은 없고 그냥 〈적제녀(赤帝女)〉라고 기록되어 있는데, 이는 바로 〈염제녀(炎帝女)〉의 의미이다. 그녀도 신선의 도를 배워 남양(南陽) 악산(愕山)의 뽕나무 위에 살았다. 정월 초하루가 되자 그녀는 작은 나뭇가지들을 가져다가 나뭇가지 위에 집을 지었다. 열심히 일을 하여 정월 보름이 되니 집이 다 지어졌고 일단 집을 짓고 나자 다시는 나무 밑으로 내려오려 하지 않았다. 그녀는 흰 까치로 변하기도 했고 때로는 그냥 여인의 모습 그대로 있기도 했다. 이렇게 기이한 딸의 행동을 본 염제는 마음이 말할 수 없이 아팠다. 그래서 온 갖 수단을 다 동원하여 그녀를 내려오게 해보려 하였지만 아무 소용이 없었다. 마침내 그는 아예 나무 밑에 불을 지르기로 결심했다. 그렇게 하면 뜨거워서라도 내려올 것이었기 때문이다. 그러나 맹렬하게 타오르는 불길 속에서 나이 어린 그녀는 몸의 형체를 벗어버린 채 하늘로 올라가고 말았다. 그것은 마치 〈소녀〉가 적송자를 따라간 것과 같았는데, 다만 다른 점이 있다면 스스로 불 속에 뛰어든 것이 아니라 다른 사람이 지핀 불에 의해서라는 것뿐이었다. 그녀가 떠나고 난 뒤에 남은 그 뽕나무는 후일 〈제녀상(帝女桑)〉이라고 불리게 되었다. 이 제녀상은 바로 『산해경』「중차십경(中次十經)」에 보이는 선산(仙山)의 〈제녀상(帝女之桑)〉이다. 그 나무는 둘레가 자그마치 다섯 길이나 되는 거대한 뽕나무인데 가지가 사방으로 뻗어 있고 이파리 하나의 길이가 한 자나 되었다. 붉은색 무늬가 들어 있었으며 꽃은 노란색이었고 꽃받침은 푸른빛이었다. 나무의 굵기로 미루어보건대 높이가 적어도 백 길은 더 될 듯했으니 그야말로 거대한 나무였다. 염제의 딸이 이 뽕나무의 까치집에서 불에 타 하늘로 올라간 뒤, 세상에는 새로운 풍습이 하나 늘어났다. 해마다 정월 보름날이 되면 사람들은 나무 위의 까치집을 걷어내렸다. 그리고 그것을 불에 태운 뒤 그 재에 물을 부어서 누에 알을 담가두는 것이었다. 이렇게 하면 그 해에 알에서 깨어난 누에들이 실을 많이 토해 내고 그 실도 아주 품질이 좋게 된다고 했다. 이것은 염제의 딸과 관련된 신화일 뿐 아니라 뒤에서 이야기 하게 될 잠마(蠶馬) 신화와도 연관성이 있다.

염제에게는 요희(瑤姬)라고 하는 딸 하나가 또 있었다. 그런데 그녀는 막 시집갈 만한 나이가 되었을 때 결혼도 못한 채 그만 요절하고 말았다. 가슴속에 열정이 가득했던 이 소녀의 영혼은 고요지산(姑瑤之山)으로 가서 한 포기의 요초(瑤草)로 변했다. 이 요초는 이파리가 겹겹이 자라 매우 무성했는데, 노란색 꽃이 피고 나서 실새삼[兎絲] 열매 같은 열매가 열렸다. 그런데 누구든지 이 열매를 먹기만 하면 사람들에게서 사랑을 받았다고 한다.

천제는 요희가 일찍 죽은 것을 불쌍히 여겨 그녀를 무산(巫山)으로 보내어 무산의 구름과 비의 신으로 삼았다. 새벽이 되면 그녀는 아름다운 아침의 구름으로 변하여 자유롭고 한가하게 산고개와 골짜기를 떠다녔고, 저녁 무렵이 되면 한바탕 내리는 비로 변해서 산과 물을 향해 그녀의 애통함을 흩뿌리곤 했다. 그 뒤 전국시대 말기에 초나라 회왕(懷王)이 운몽(雲夢) 지

방을 여행하다가 〈고당(高唐)〉이라고 하는 큰 누각에서 머물게
되었다. 열정적이고 낭만적인 이 여신은 한낮인데도 고당으로
달려와, 막 낮잠을 즐기고 있는 회왕에게 그녀의 사랑을 고백
하는 것이었다. 잠에서 깨어난 회왕은 그 꿈이 기이하기도 하고
또 조금은 쓸쓸하기도 하여, 고당 근처에 그녀를 위한 사당을
짓고 사당의 이름을 〈아침의 구름[朝雲]〉이라고 지었다 한다.
훗날 회왕의 아들 양왕(襄王)이 궁정시인 송옥(宋玉)과 함께 이
곳을 여행하다가 아버지에 관한 이야기를 듣고는 부러움을 금
치 못했다. 양왕에게 그 이야기를 들려주고 난 저녁, 송옥은 그
와 비슷한 이상하고도 슬픈 꿈을 꾸게 되었고 다음날 아침 그는
그 이야기를 또 양왕에게 들려주었다. 양왕은 그 두 가지 이야
기로 작품을 만들어보라고 송옥에게 명하였고, 송옥은 그 명을
받들어 「고당부(高唐賦)」와 「신녀부(神女賦)」를 지었다. 훗날 문
학작품에 전고(典故)로 자주 인용되는 〈양왕몽(襄王夢)〉이라는
것은 고서의 기재 착오로 인한 오해인데, 초 양왕과 무산 신녀
는 아무런 관계도 없다.

　요희에 관해서는 또 다른 이야기가 전해지고 있다. 우임금이
치수를 할 때 도와주었다는 이야기가 바로 그것이다. 그 내용은
대략 다음과 같다.

　운화부인(雲華夫人)의 이름은 요희인데 서왕모(西王母)의 스
물세번째 딸이다. 신선의 도를 닦은 뒤 동해(東海)에서 돌아오
다가 무산(巫山)을 지나게 되었는데 무산의 협곡이 너무 아름다
워 떠나기가 싫어 머뭇거리고 있을 때였다. 그때 마침 우(禹)임
금도 치수를 하느라 무산 기슭에 머물고 있었다. 그런데 치수
작업중에 갑자기 거센 바람이 불어와 천지가 진동을 하고 돌덩
이가 날아다녀 더 이상 작업을 계속할 수가 없었다. 우임금은

생각 끝에 운화부인을 찾아가 도움을 청하였다. 부인은 그에게 귀신을 부리는 법술을 가르쳐주었고 또 그녀의 신하들인 광장(狂章)·우여(虞余)·황마(黃魔)·대예(大翳)·경진(庚辰)·동률(童律)을 보내어 우임금의 치수 작업을 돕게 하였다. 그러자 얼마 지나지 않아 바람은 가라앉았고 무산의 협곡을 뚫는 일도 순조롭게 진행되어 치수의 작업이 일단락되었다. 우임금은 운화부인에게 고맙다는 인사말을 하려고 그녀를 찾아갔다. 그러나 그가 높은 절벽 위에 서서 바라다보니 그녀는 이미 돌로 변해 있었다. 그런데 돌덩이였던 그녀가 순식간에 구름으로 변하는가 했더니 어느새 비로 변했고, 그런가 하면 또 용으로 변했다가 흰 학으로 변해 날아가는 등, 그야말로 변화무쌍했다. 그녀의 그런 변화를 보고 우임금은 그녀가 진짜 신선인지 의심스러워졌다. 그래서 동률에게 물었더니 그의 대답이 신기했다. 운화부인은 사람의 뱃속에서 태어난 것이 아니라 서화(西華) 소음(少陰)의 기(氣)가 모여 이루어진 인물이기 때문에 그렇게 변화무쌍한 것이라는 것이었다. 말하자면 〈인간 세상에 있을 때는 인간의 모습이지만 천지 만물 사이에 있을 때에는 바로 그 천지 만물의 모습이 된다〉는 이야기였다. 그 설명을 듣고서야 우임금은 의문이 풀렸다.

그는 두번째로 그녀를 찾아가 자신의 고마움을 표시했다. 그러자 깊은 산 속에 갑자기 아름다운 누각들이 나타났다. 사자가 입구를 지키고 있었으며 천마(天馬)가 길을 안내했다. 우임금이 천마를 따라가자 누각에서 운화부인이 잔칫상을 차려놓고 그를 맞이했다. 우임금은 고개 숙여 고마운 뜻을 전했고 운화부인은 따뜻하고도 세심하게 그를 대접했다. 그리고 잠시 후, 그녀는 시녀 능용화(陵容華)에게 붉은 옥으로 된 상자를 열게 하더니

그 안에서 치수의 비법이 적혀 있는 신기한 책을 꺼내어 우에게
주었다. 뿐만 아니라 경진과 우여에게 다시 우를 도와 치수 작
업에 참여하라고 명령을 내렸다. 우임금은 운화부인의 이러한
도움 덕분에 13년 동안 중국 땅을 뒤덮었던 홍수를 마침내 다스
릴 수 있게 되었다.

무산의 경치에 넋을 잃고 그곳에 머물러 있던 요희는 우임금
의 치수 작업을 도와준 연유로 해서 그곳 사람들과 좋은 사이가
되었다. 그래서 그때부터 무산에 눌러앉아 다시는 그곳을 떠나
지 않았다고 한다. 그렇게 무산에서 살게 된 그녀는 그날부터
날마다 높은 절벽 위에 올라가서 무산의 삼협(三峽), 즉 구당협
(瞿塘峽)·무협(巫峽)·서릉협(西陵峽) 등의 협곡 사이를 지나는
배들을 바라보고 있었다. 그 협곡은 자그마치 7백 리나 되는 물
길이었는데 그녀는 그곳을 오가는 배들과 그 안에 타고 있는 사
람들의 안전이 걱정스러웠던 것이다. 그래서 수백 마리의 신령
스런 까마귀들을 그곳으로 보내어 협곡 위에서 맴돌며 배들을
안전하게 이끄는 일을 하게 하였다. 삼협에 들어서는 배들은 그
까마귀들이 인도하는 대로 따라가 무사히 협곡을 지날 수 있었
던 것이다.

이렇게 높은 산꼭대기에서 매일 멀리 협곡을 바라다보던 그
녀는 시간이 지남에 따라 마침내 그 봉우리의 한 부분으로 변해
갔는데 그것이 바로 그 유명한 신녀봉(神女峰)이다. 그녀를 시
중들던 시녀들 역시 크고 작은 봉우리들로 변했으니 그것이 지
금의 무산 12봉이다. 그 봉우리들은 마치 그녀들이 여전히 그곳
에 서서 애틋한 마음으로 지나가는 배들을 위해 방향을 가리켜
주고 있는 듯이 보인다.

이 봉우리들은 깎아지른 듯이 높이 솟아 있으면서 빼어나게

아름다워 삼협을 지나는 사람들은 그것을 바라다보며 세속을
초월한 눈부신 아름다움을 지녔던 선녀들을 떠올린다. 신녀봉
을 바라보는 사람들은 또한 누구나 우임금을 도와 치수를 완성
하게 했던 요희를 생각해 낸다. 이리하여 옛날 전설에 나오던
요희, 초 회왕의 꿈속에 나타나 사랑을 호소하던 요희의 모습
은 신녀봉 전설에 밀려 사람들 마음에서 점점 사라져갔다.

　마지막으로 염제의 또 다른 딸 여와(女娃)에 관한 슬픈 이야
기가 하나 있다. 이 이야기는 앞에서 서술했던 두 가지 이야기
와는 성격이 전혀 다른 것으로, 영원히 사람들의 심금을 울려
주고 있다. 한번은 여와가 동해로 놀러갔는데, 불행하게도 바
다에 파도가 일어 그만 바닷속에 빠져죽어 영영 돌아오지 못하
게 되었다. 그녀의 영혼은 한 마리 새로 변하였는데, 그 모습이
까마귀와 비슷하였고 이름은 〈정위(精衛)〉라고 하였다. 그 새는
알록달록한 머리에 하얀 부리, 그리고 빨간 빛의 다리를 가지
고 있었으며 북쪽의 발구산(發鳩山)에 살았다. 그녀는 그녀의
젊은 생명을 앗아간 바다를 원망하며 입으로 서산(西山)의 작은
돌멩이와 나뭇가지들을 물어다가 동해에 던져넣어 그 넓은 바
다를 메워버리려고 하였다. 생각해 보라, 그렇게 작은 새 한 마
리가 파도가 넘실거리는 바다 위 높은 하늘에서 작고 마른 나뭇
가지와 돌멩이를 던져넣어 넓은 바다를 메운다는 것은 얼마나
비장한 느낌을 주는 일인가. 누구라도 우리는 그 요절해 버린
소녀를 가엾다고 생각할 것이며, 또한 그녀의 강한 의지를 존
경해 마지 않을 것이다. 그녀는 태양신의 딸로서 조금도 손색이
없었기에, 우리의 인상 속에 남아 있는 그녀의 모습은 태양과
마찬가지로 늘 새롭다. 그래서 진(晋)나라의 대시인 도연명은
그의 「독산해경시(讀山海經詩)」에서 〈정위가 작은 나무들을 물

어다가 푸른 바다를 메우려 한다(精衛銜微木, 將以塡滄海)〉고 노
래했는데, 이는 애도와 찬미의 분위기가 충분히 표현되어 있는
시 구절이라 할 수 있다. 이 새는 바닷가에서 갈매기와 짝이 되
어 새끼를 낳았다고 하는데, 암놈은 정위를 닮았고 수놈은 갈
매기를 닮았다. 지금도 동해에는 정위가 맹세했다고 하는 곳이
있는데, 바로 그곳에 빠져죽었기 때문에 절대로 그곳의 물을
마시지 않겠다고 맹세했던 것이라 한다. 그래서 정위는 〈서조
(誓鳥)〉 혹은 〈지조(志鳥)〉라고 하기도 하고 또 〈원금(寃禽)〉이
라고도 불린다. 민간에서는 〈제녀작(帝女雀)〉이라고도 한다. 전
해지는 이름이 이렇게 많은 것으로 보아 그녀가 사람들 가슴속
에서 얼마나 빛나게 살아 있는지 알 수 있다.

제2장
황제와 곤륜산

염제보다 조금 뒤에 나타난 대신이 바로 황제(黃帝)이다. 고서에는 〈황제(皇帝)〉라고도 기록되어 있는데 그것은 〈황천상제(皇天上帝)〉라는 의미이다. 황제의 〈제(帝)〉라는 글자는 『시경(詩經)』, 『서경(書經)』, 『역경(易經)』 그리고 갑골문(甲骨文)과 종정문(鐘鼎文)에도 나타나는데 본래는 상제(上帝)를 지칭하는 글자이다. 또 〈황(皇)〉자는 〈제(帝)〉의 형용사로서, 〈제〉의 빛나는 위대함을 나타내고 있다. 이러한 예는 『시경』에서 자주 볼 수 있는데, 「대아(大雅)편」, 「황의(皇矣)편」에 〈위대한 상제〔皇矣上帝〕〉라는 구절이 있고 「소아(小雅)편」, 「정월(正月)편」에도 〈위대한 상제〉라는 의미의 〈유황상제(有皇上帝)〉, 〈황황후제(皇皇后帝)〉라는 말이 보인다. 이것은 모두가 상제의 장엄하고 위대함을 찬미하는 말들이다. 본래 고대에는 나라의 군주를 〈제〉라고 부르지 않았다. 주(周)나라 때에 이르러서야 비로소 〈왕(王)〉이라 칭하기 시작했으며, 문왕(文王)·무왕(武王) 때부터 시작해 진(秦)나라에게 멸망당한 난왕(赧王)에 이르기까지 모두가 다만 〈왕〉으로 불려졌을 뿐이다. 그러던 것이 전국시대 말기에 이르면 야심에 찬 제후의 무리들이 스스로 〈왕〉이라 칭하였고 그것만으로도 부족해서 다투어 〈제〉라 칭하게 되었다. 그리하여 진(秦)은 서제(西帝), 조(趙)는 중제(中帝), 연(燕)은 북제(北帝)라 칭하였다. 후에 진나라의 시황(始皇)이 중국을 통일하게 되자 성품이 더욱 나빠져서는 〈황제(皇帝)〉라는 두 글자를 자신에게 갖다붙였다. 그래서 자칭 〈황천상제〉라 하였는데 그것이 후대에 계속 전해져 내려와 인간 세상 제왕의 통칭으로 변하게 된 것이다.

황제(黃帝)에 관해 이야기하자면, 먼저 그와 가장 밀접한 관련이 있는 곤륜산(昆侖山)에 대한 이야기부터 하여야 한다. 곤륜산에는 장엄하고도 아름다운 궁전이 있었다고 전해진다. 그곳이 바로 인간 세상에 있는 황제의 도시였으며 또한 그가 자주 와서 노니는 행궁(行宮)이었다. 이 궁전을 관리하는 것은 〈육오(陸吾)〉라고 하는 하늘나라의 신이었는데 그의 모습은 무척이나 위엄 있고 용맹스러워 보였다고 한다. 그는 사람의 얼굴에 호랑이의 몸과 발톱, 그리고 아홉 개의 꼬리를 갖고 있었다. 또한 그는 하늘나라의 아홉 부(部)를 관장하고 있었고 또 신들의 정원에 꽃과 나무를 심는 일도 담당하고 있었다. 그리고 육오 이외에도 붉은 빛의 봉황이 있어 궁전의 기물과 의복들을 관리하였다. 황제는 일을 하는 틈틈이 하늘에서부터 이곳으로 내려와 쉬는 것을 즐겼다.

황제는 그곳에서 쉬다가 흥이 나면 거기서 다시 동북쪽으로 4백 리쯤 떨어진 곳에 있는 괴강지산(槐江之山)으로 산보를 갔다고 한다. 이곳이 바로 그 유명한 〈현포(懸圃)〉이다. 〈현포〉는 〈평포(平圃)〉, 혹은 〈원포(元圃)〉라고도 불리는데 그곳은 인간

영초(英招)

세상에 있는 황제의 거대한 꽃밭이다. 〈현포〉라는 이름은 그 꽃
밭이 높은 곳에 자리하고 있어서 마치 구름 속에 걸려 있는 듯
하여 생겨난 것이다. 〈현포〉에서 다시 위로 더 가면 곧바로 하
늘나라에 닿았는데, 하늘나라에 올라갔던 복희의 이야기는 앞
에서 이미 서술한 바 있다. 이 꽃밭은 〈영초(英招)〉라고 하는
하늘나라의 신이 관리하고 있었다. 그는 말의 몸에 사람의 얼굴
을 하고 있었고 등에는 한 쌍의 날개가 달려 있었으며 온몸에는
호랑이 무늬가 있었다. 이 천신은 늘 공중을 날아 온 세상을 구
경하러 다니며 으르렁거리는 소리를 질러대었다고 한다.

　현포에 서서 사방을 바라다보면 경치가 정말 장관이었다. 그
곳에서 남쪽을 바라보면 곤륜산이 반짝이는 빛으로 뒤덮여 있
는 모습을 볼 수 있었는데 아마 아름답고 장엄한 천제의 행궁도
그 빛 속에서 나타났으리라. 서쪽을 보면 〈직택(稷澤)〉이라고
하는 큰 호수가 보였다. 은백색의 물이 하늘과 접해 있었고 사
방에는 빽빽한 초록의 수목들이 자라고 있었는데, 주(周) 민족
의 시조인 후직(后稷)의 신령이 있는 곳이라 했다. 북쪽으로 눈

을 돌리면 웅장하고 높은 제비산(諸毗山)이 솟아 있는 것을 볼
수 있었다. 그 산에는 괴귀이륜(槐鬼離侖)이 살고 있었으며, 산
꼭대기에는 용맹스러운 매〔鷹〕와 송골매〔鵰〕가 맴돌고 있었다.
다시 동쪽을 바라보면 그곳에도 항산(恒山)이 험준하고 높게 솟
아 있었다. 그 산은 어찌나 높은지 네 겹의 층을 이루고 있었고
궁귀(窮鬼)들이 끼리끼리 무리를 지어 사방에 살고 있었다. 항
산에도 역시 매와 송골매들이 살았다. 전설에 따르면 항산에는
큰 새가 한 마리 살고 있었다고 한다.──이것도 아마 매 종류
였으리라. 그 새가 네 마리의 새끼를 낳았는데 새끼들이 자라자
모두들 깃털이 풍부하고 날개가 튼튼해져 어미 곁을 떠나 각자
사방으로 날아가려 하였다. 어미새는 광야와 하늘이 그들의 집
이라는 것을 알았기 때문에 새끼들을 자기 둥우리에만 있으라
고 붙잡지는 않았다. 그저 슬피 울며 사방으로 흩어져 날아가는
사랑스런 새끼들을 배웅하는 것이었다. 이때 어미새가 우는 슬
픈 울음소리가 대지를 뒤흔들었다고 하니, 세상의 수많은 어머
니들이 멀리 떠나는 자식을 배웅할 때 우는 슬픈 소리와 다를
바 없었다고 한다. 현포를 둘러싼 사방의 풍경이 이렇게 장관이
었는데 현포의 아래쪽에도 속세의 풍진에 조금도 오염되지 않
은, 뼛속까지 스며드는 듯이 맑고 차가운 물이 흐르고 있었다.
이 물을 요수(瑤水)라 하였고 그 물은 곤륜산 부근의 요지(瑤
池)로 흘러들어갔다. 요수를 지키고 있는 것은 이름없는 천신이
었다. 그의 생김새는 소와 같았고 발이 여덟 개이며 두 개의 머
리에 말의 꼬리를 하고 있었다. 그는 마치 피리를 부는 것 같은
소리를 냈는데 그가 나타난 곳에는 늘 전쟁이 일어났다고 한다.
　그러면 다시 곤륜산 위의 모습에 대해 이야기해 보기로 하
자. 곤륜산 꼭대기의 사방에는 옥돌로 된 난간이 둘러쳐져 있고

각 방향마다 아홉 개의 우물과 아홉 개의 문이 있었다. 그 문 안에 들어가면 높게 솟은 천제의 궁전이 나타났는데 그 궁전은 다섯 개의 성과 열두 개의 누각이 합쳐져 이루어진 것이다. 거기에서 가장 높은 곳에는 길이가 네 길, 둘레가 다섯 아름이나 되는 큰 벼가 자라고 있었다. 그 벼가 자라는 곳의 서쪽에는 주수(珠樹) · 옥수(玉樹) · 선수(璇樹) 등 옥이 열리는 나무들이 있었고, 봉황과 난새가 살았는데 머리에 뱀을 두르고 발 밑에는 뱀을 밟고 있었으며 가슴에도 붉은 뱀을 휘감고 있었다. 그 벼의 동쪽에는 사당수(沙棠樹)와 낭간수(琅玕樹)가 있었다. 낭간수에는 진주처럼 아름다운 옥이 자라고 있었는데 그것은 그리도 귀한 것이었다. 그래서 황제는 특별히 눈이 밝고 세 개의 머리가 달린 〈이주(離朱)〉라는 사신을 보내어 낭간수 옆에 있는 복상수(服常樹)에서 그것을 지키게 하였다. 이주는 복상수 위에 누워 세 개의 머리로 돌아가며 잠자고 차례대로 깨어나 가을 하늘의 작은 터럭까지도 찾아낼 수 있는 밝은 눈으로 하루종일 밤낮없이 낭간수 옆의 상황을 살피고 있었다. 그러했으므로 아무리 하늘에 올라가는 재주가 있는 사람이라 할지라도 그 나무를 건드린다는 것은 어림 반푼어치도 없는 노릇이었다. 거대한 그 벼의 남쪽에는 강수(絳樹) · 수리(鶵) · 살모사(蝮蛇) · 머리가 여섯 개 달린 교룡(六首蛟), 그리고 시육(視肉)이라고 하는 매우 이상한 것이 있었다. 또 그 벼의 북쪽에는 벽수(碧樹) · 요수(瑤樹) · 주수(珠樹) · 문옥수(文玉樹) · 우기수(玗琪樹) 등이 자라고 있었는데 모두가 진주와 옥이 열리는 나무들이었다. 그 중에서 문옥수는 오색찬란한 옥이 열리는 나무였는데 빼어나게 아름다웠다고 한다. 또 불사수라는 나무가 있었는데 그 열매를 먹으면 장생불사할 수 있었다. 그리고 봉황과 난새도 살고 있었는데 모두 머리에 방패를 달고 있었다. 이 밖에도 맑고 향기로우며 달콤한 예천(醴泉)이라는 샘물이 있었는데 예천 둘레에는 가지가지 기이하고 신기한 초목들이 자라고 있었으니, 그곳은 요지와 함께 곤륜산의 명승지였다. 그러면 조금 전에 언급한 시육이라 하는, 무척이나 이상한 것에 대해 이야기해 보기로 하자.

시육이라는 것은 『산해경』의 도처에서 보인다. 경치가 아름다운 곳과 고대 유명한 제왕의 묘소가 있는 곳에는 늘 이것이 나타난다. 그것은 도대체 무엇일까? 그것은 본래 생물의 일종이다. 그러나 이 생물은 팔다리와 뼈가 없고 그저 순수한 살덩이만으로 이루어져 있었다. 소의 간처럼 생겼으며 가운데에 두 개의 작은 눈이 있었다. 이 기묘하게 생긴 생물은 인간들이 이상적으로 생각하는 식품이었다. 즉 그 고기를 한 입 베어먹으면 그 자리에 먹은 만큼 다시 생겨나 본래의 모습으로 회복되어 아무리 먹어도 없어지지 않았기 때문이다. 죽어서 지하에 누워 있는 위대한 선조들에 있어서 이것은 실로 이상적인 음식이었다. 이것이 있음으로 해서 조상들은 배고플 것을 조금도 염려하지 않아도 되었다. 또한 명승지에도 이런 귀한 식품이 있음으로 하여 여행자들의 호응이 더욱 커졌을 것이다. 따로 마른 양식을 들고 다녀야 하는 불편이 없어질 수 있었기 때문이다. 시육과 비슷한 생물에 대한 기록은 다른 책에서도 보인다. 월준국(越嶲國)에 초할우(稍割牛)라는 소가 있었다. 그 소의 몸에서 몇 근의 고기를 떼어내면 하루가 지난 뒤 다시 본래의 모습이 되었다고 한다. 이 소는 몸이 검은색이고 뿔이 가늘고 길었으며 대략 넉 자쯤 되었다. 그런데 그 소의 고기를 열흘에 한번씩은 베어내어야만 했는데 만일 그렇게 하지 않으면 그 소는 견딜 수 없어하며 죽고 말았다고 한다. 또 월지국(月支國)에는 꼬리에 특별히 살이 찐 양이 있었다. 그 꼬리는 무게가 열 근은 실히 되었으며 사람들이 그것을 잘라내어 음식을 만들면, 얼마 지나지 않아 똑같은 꼬리가 다시 생겨났다고 하니 정말 재미있는 이야기이다.

이런 기이한 생물들에 관한 이야기는 이제 그만하고 다시 곤륜산으로 돌아오자. 곤륜산은 정말 엄청나게 높은 산이었다. 산들이 첩첩이 겹쳐진 것이 마치 성곽과도 같았다. 곤륜산은 그렇게 아홉 층으로 솟아 있는데 산기슭부터 꼭대기까지의 높이가 1만 1천 리 114보 두 자 여섯 치라 한다. 그 아래에는 약수(弱水)의 깊은 물이 휘돌고 있으며 둘레에는 또 불꽃이 이글거리는 큰 산이 있었다고 한다. 그 산에는 영원히 불타버리지 않는 나무가 있었다. 그 나무는 밤낮으로 계속 타고 있었는데 폭풍이 몰아친다고 해서 더 맹렬하게 타오르지도 않았고 억수같이 비가 퍼붓는다고 해도 결코 꺼지지 않았다. 그 나무는 그렇게 맹렬한 기세로 타올라 찬란한 빛을 발하며 곤륜산 꼭대기 황제의 궁전을 비춰주었으니, 그 불빛은 산 위의 궁정에 별스런 아름다움과 장엄함을 더해 주었다. 그런데 그 큰 불 속에는 소보다 더 큰 쥐가 살고 있었다고 한다. 그 쥐는 몸무게가 천 근이나 되었고 털의 길이는 두 자나 되었다는데 그 털은 마치 누에가 토해 낸 명주실만큼이나 가늘었다고 한다. 이 쥐는 불 속에서만 살아서 온몸이 붉은색인데 일단 바깥으로 나오면 곧 눈처럼 새하얀 빛으로 변하였다. 그래서 그놈이 불에서 나왔을 때 얼른 물을 뿌리면 금방 죽어버렸다고 한다. 그렇게 해서 그놈의 털을 깎아 실을 자아내어 옷감을 짜서 옷을 지어 입으면 영원히 세탁할 필요가 없었다고 한다. 입다가 더러워지면 벗어서 불에 한번 태우기만 하면 곧 다시 새것처럼 하얗게 되었다고 하니, 사람

개명수(開明獸)

들은 그 옷감을 〈화완포(火浣布)〉라고 불렀다.

곤륜산 궁전의 대문은 곧바로 동쪽을 향해 있었다. 그 문을 개명문(開明門)이라 하였는데 떠오르는 태양의 빛을 받아들였다. 문 앞에는 개명수(開明獸)라는 신령스런 동물이 있었다. 몸집이 호랑이만하고 아홉 개의 머리가 달렸는데 그 머리가 모두 사람의 얼굴이었다. 그는 위풍당당하게 문 앞의 바위 위에 서서 온갖 신들이 모이는 이 궁성을 지키고 있었다.

이곳 이외에 청요지산(靑要之山: 지금의 河南省 新安縣에 있음)에도 황제의 행궁이 있었다. 청요지산의 행궁은 규모가 좀 작았지만 황제의 비밀 행궁이었고, 〈무라(武羅)〉라는 신이 그곳을 관리하고 있었다. 무라신은 사람의 얼굴에 몸에는 표범 무늬가 있었으며 허리가 가늘었고 이는 백옥처럼 흰빛이었다. 귀에는 금귀걸이를 달고 있었으며 우는 소리가 마치 패옥이 딩동거리는 소리와 같아서 무척 듣기가 좋았다. 이런 모습으로 보건대 그는 나쁜 신은 아니었던 듯하다. 이 무라신의 모습을 보면 저절로 『초사』에 나오는 〈산귀(山鬼)〉를 연상하게 된다. 『산해경』의 기록에 따르면 이곳은 특히 여자에게 알맞은 곳이었던 것 같다. 왜냐하면 근처에 몸은 푸른빛이고 분홍빛의 눈에 붉은빛의

꼬리를 갖고 있는 〈요(鴢)〉라는 새가 있었는데, 그 모습이 들오
리를 닮았으며 그것을 먹으면 아이를 낳을 수 있었다고 한다.
또 순초(荀草)라는 풀이 자라고 있었는데 네모나고 길쭉한 줄기
에 노란 꽃이 피었고 붉은 열매가 열렸다. 이 열매를 먹으면 얼
굴빛이 아름다워졌다고 한다. 이런 기록들을 보건대 무라신은
〈산귀〉와 같이 아리따운 여신임에 틀림없는 것 같다. 『초사』
「구가(九歌)」의 「산귀편」에 보면 그 아름다운 여신의 모습과 마
음을 묘사해 주고 있는 몇 구절이 있는데, 그 구절들 또한 무라
신의 모습을 나타내주는 것이라고 보아도 무방할 것이다. 그 내
용은 다음과 같다.

　　그 깊은 산 속에 한 여인이 살았지.
　　벽려(薜荔)풀 옷을 걸치고 이끼풀 띠를 둘렀다네.
　　그렇게도 다정한 그녀의 눈빛과 사랑스러운 미소,
　　성품은 자상했고 자태 또한 날렵했네.
　　붉은 표범 타고 가는 그녀의 뒤를 아름다운 너구리가 따라
갔지.
　　백목련을 수레로 삼고 계수나무로 깃발을 세웠네.
　　수레엔 향긋한 석란(石蘭), 두형(杜衡)풀이 향기를 흩뿌리
는데
　　아름다운 꽃 한 송이 꺾어 사랑하는 이에게 보내려 하네.
　　(들어보라, 그녀의 노랫소리가 그 얼마나 처량했는가를.)
　　──돌아가야 함조차 잊은 채로, 내 그대 위하여 망연히 여기
있어요.
　　나이 들어 이미 황혼, 누구라서 내게 아름다움을 다시 돌려줄
수 있을까.

무산(巫山)의 지초(芝草)라도 캐서 미모를 되찾아볼까 하나
산 속의 바윗돌은 첩첩하고 끝없이 얽힌 덩쿨이 어지러워요.
돌아가야 함조차 잊은 채로, 한탄하며 나는 그대를 원망해요.
그대는 지금도 날 생각하고 있는 건가요, 아니면 그럴 틈이
없는 건가요.

다른 책의 기록에 의하면 무라신은 서리의 신이라고도 한다.
또 그녀가 여성인 산신이라고도 하고 있는데 비록 그런 주장이
『산해경』에 나타난 묘사를 보고 억지로 끌어내온 이야기라고 해
도 그 견강부회의 유래가 이미 오래된 것이라면 전혀 근거가 없
는 이야기는 아닐 것이다.

곤륜산에서 그리 멀지 않은 곳에 있는 밀산(峚山)에서는 부드
러운 백옥이 난다. 이 백옥에서 마치 기름과도 같은 희고 윤기
흐르는 옥고(玉膏)가 나오는데 황제는 그것을 매일 먹었다고 한
다. 그리고 먹고 남은 옥고는 단목(丹木)을 키우는 데 쓰였다.
그렇게 5년을 키우면 단목에는 다섯 가지 빛깔의 향기로운 꽃
들이 피어났고 다시 다섯 가지 풍미의 신선한 과일들이 열렸다
고 한다. 황제는 이 옥고를 종산(鍾山)의 남쪽에 갖다가 심었는
데 후에 그곳에도 단단하고 윤기 흐르며 빛깔이 아름다운 옥이
났다고 한다. 그래서 그때부터 천지간의 모든 귀신들이 이 옥을
먹게 되었다. 사람들이 이 옥을 얻게 되면 그것으로 장신구를
만들어 몸에 지니고 다녔는데, 그렇게 하면 요귀들의 장난을
물리칠 수 있었다고 한다.

황제는 늘 곤륜산에 가서 노니는 것을 좋아했다. 그러다가
한번은 적수(赤水)를 지나 곤륜산에 갔는데, 돌아오는 길에 그
만 잠깐 실수로 가장 아끼던 검고 빛나는 보석을 적수 근처에

떨어뜨리고 말았다. 황제는 마음이 급해져 즉시 뛰어난 총명함을 지닌 〈지(知)〉라는 천신을 보내어 그 보석을 찾아오게 하였다. 명령을 받은 지가 적수 가로 가서 한바탕 뒤져보았으나 흔적조차 찾을 수 없었다. 하는 수 없이 그는 빈 손으로 돌아와 황제에게 결과를 보고하였다. 그러자 황제는 다시 곤륜산 복상수에 누워 낭간수를 지키는 천신 〈이주〉를 보내어 보석을 찾아보게 했다. 이주는 세 개의 머리와 여섯 개의 눈이 달려 있었고 또 그 눈들이 모두 유별나게 밝았는데도 역시 보석을 찾아내지 못하였다. 그래서 이번에는 힘이 무척 센 〈끽구(喫詬)〉라는 천신을 보냈다. 끽구도 그곳에 가서 둘러보았으나 구슬을 찾는다는 그 세밀한 작업에 있어서 그의 힘이라는 것은 아무 쓸모가 없는 것이었으므로 그 역시 실망한 채로 돌아올 수밖에 없었다. 황제는 어찌할 방도가 없었다. 그래서 마지막으로 신들의 나라에서 덜렁거리기로 소문난 천신 〈상망(象罔)〉을 보내어 찾아보게 하였다. 그는 명령을 받고는 여유만만하게, 조금도 신경 쓰지 않는 듯한 태도로 길을 떠나 적수에 오게 되었다. 그곳에 도착한 그는 몽롱한 두 눈으로 주위를 대충 한번 훑어보았는데, 하! 이게 웬일인가. 〈쇠로 된 신발이 닳아빠질 정도로 안 찾아가 본 곳이 없건만, 막상 찾아지려니 조금도 힘이 안 드네〉라는 말처럼, 그 검고 빛나는 보석이 풀더미 속에 얌전히 엎혀 있는 게 아닌가! 그는 허리를 굽혀 풀숲에서 구슬을 주워 여전히 여유만만하게 돌아와 그것을 황제에게 바쳤다.

황제는 이 덜렁거리기만 하던 천신이 가자마자 곧 구슬을 찾아오는 것을 보고는 감탄하여 말했다.

「정말 이상한 일이로다, 다른 신들이 찾아오지 못하는 것을 그대가 가자마자 금방 찾아오다니」

그래서 황제는 그가 가장 아끼는 이 구슬을 능력 있게 일 처리를 잘 해낸 상망에게 맡겨 보관하고 있으라고 하였다. 그러나 누가 알았을까. 〈능력 있고 일 잘하는〉 상망이 황제가 맡긴 보석을 역시 별 생각 없이 그의 큰 옷소매 속에 집어넣고는 매일 하던 대로 이리저리 돌아다닐 줄이야. 결국은 진몽씨(震蒙氏) 딸의 계책에 빠져 그녀에게 그 구슬을 빼앗기고 말았다. 이 소식을 들은 황제는 고민하던 끝에 상황을 조사해 보도록 한 뒤 천신을 보내어 그녀를 잡아오게 하였다. 진몽씨의 딸은 벌을 받을까 두려워하여 보석을 삼킨 채로 문천(汶川: 지금의 四川省에 있는 泯江)에 뛰어들어 버렸다. 후에 그녀는 말의 머리에 용의 몸뚱이를 한 기상(奇相)이라는 괴물로 변했는데, 문천의 수신이 되었다고 한다. 전해지는 이야기로는 후에 우(禹)가 홍수를 다스릴 때 문천에서부터 일을 시작했는데 그때 그녀가 우를 많이 도와주었다고 한다.

황제가 적수 가에 떨어뜨렸던 그 검은 보석에 대해서는 또 다른 이야기가 전해진다. 즉 그 보석은 결국 찾지 못했고 적수 가에는 빛나는 아름다운 나무가 한 그루 자라났다고 한다. 그 나무는 잣나무를 좀 닮았는데 나뭇잎이 모두 빛나는 진주였다. 그리고 나무의 양쪽에 대칭으로 두 개의 가지가 뻗어나와 본래 줄기와 함께 세 개가 되었는데 멀리서 바라보면 마치 혜성의 꼬리와도 같아 〈삼주수(三珠樹)〉라고 불렀다 한다.

제3장
중앙 상제 황제

황제는 중앙의 상제였으며 나머지 동서남북의 네 방향에도 각각 그곳을 주관하는 상제가 있었다. 사방의 상제에 대해서는 「개벽편」에서 이미 대략 소개를 하였는데, 여기서 그것을 다시 한번 종합해 보면 다음과 같다. 동방 상제는 태호(太皞)이고 그를 보좌하는 신은 목신(木神)인 구망(句芒)인데 손에는 컴퍼스를 들고 있고 봄을 관장한다. 남방 상제는 염제(炎帝)이며 보좌신은 화신(火神)인 축융(祝融)이다. 그는 손에 저울을 들고 있으며 여름을 주관한다. 서방 상제는 소호(少皞)이고 보좌신은 금신(金神)인 욕수(蓐收)이다. 욕수는 손에 기역자를 들고 있고 가을을 관장한다. 북방 상제는 전욱(顓頊)이며 보좌신은 수신(水神)인 현명(玄冥), 즉 해신(海神)이자 풍신(風神)인 우강(禺强)이며 손에는 저울추를 들고 있고 겨울을 관장한다. 황제는 하늘나라의 중앙에 살고 있는데 그의 보좌신은 토신(土神)인 후토(后土)이다. 후토는 손에 끈을 들고 있고 사면팔방을 모두 관리한다. 신들의 나라 모습이 이러했던 것을 보면 우주의 통치상황이 매우 완벽했으며 또한 상당히 이상적이었다고 할 수 있다.

황제의 생김새는 무척이나 이상했다. 전설에서는 황제가 네 개의 얼굴을 갖고 있었다고 한다. 정말 그러했다면 중앙 상제 노릇을 하고 있는 그로서는 매우 편리했을 것임에 틀림없다. 왜 냐하면 동서남북 사방을 동시에 살필 수 있었을 것이기 때문이다. 어느 곳에서 무슨 일이 일어나더라도 그의 눈길을 피할 수는 없었을 테니까.

그래서 감정적으로 사건을 일으키고 싸움질을 하여 유혈 사태로까지 이르는 천신들에 대해서 그는 가장 공평한 재판관이었다. 그가 재판관 노릇을 한 예로는 다음과 같은 이야기들이 있다. 종산(鍾山)의 산신 촉룡(燭龍)에게는 〈고(鼓)〉라고 하는 이름의 아들이 있었다. 그는 〈흠비(欽䲹)〉라는 천신과 함께 〈보강(葆江)〉 혹은 〈조강(祖江)〉이라는 천신을 곤륜산의 동남쪽에서 살해했다. 황제가 이 사실을 알고는 화를 내며 인간 세상으로 사람을 보내어 그들 둘을 종산 동쪽의 요애(瑤崖)에서 죽이게 하였다. 그렇게 하여 불쌍한 보강의 원수를 갚아주었던 것이다. 그러나 이 두 흉악한 천신들은 죽었음에도 불구하고 그들의 사악한 기가 꺾이지 않았다. 즉 〈흠비〉는 큰 물수리〔鶚〕가 되었는데 하얀 머리에 붉은 부리, 호랑이의 발톱을 하고 있었고 등에는 검은 반점이 있었다. 그 모습은 큰 수리〔雕〕와 비슷했으며 우는 소리는 신곡(晨鵠)을 닮았다. 그가 세상에 나타나면 그곳엔 늘 격렬한 전쟁이 일어났다고 한다. 〈고〉도 변하여 준조(鵕鳥)가 되었다. 생김새는 올빼미와 비슷했고 붉은 발에 흰 머리, 똑바로 뻗은 부리를 하고 있었으며 등에는 노란 반점이 있었다. 우는 소리는 큰 수리와 비슷했는데 그놈이 나타나는 곳에는 아주 심한 가뭄이 들었다고 한다.

황제가 재판관 노릇을 한 또 다른 예를 들어보기로 하자. 뱀의 몸에 사람의 얼굴을 한 천신 〈이부(貳負)〉에게 〈위(危)〉라는 신하가 있었다. 위라는 이름의 신하는 마음씨가 무척 고약했다. 그래서 그의 주인인 이부를 충동질하여 뱀의 몸에 사람의 얼굴을 한 또 다른 천신 〈알유(窫窳)〉를 함께 살해했다. 황제가 이 일을 알고는 즉각 명령을 내려 두 악인을 잡아다가 서방의 소속산(疏屬山)에 묶어두었다. 오른발에는 족쇄를 채우고 머리와 두 손을 함께 묶은 뒤 다시 산 위의 큰 나무에 꽁꽁 묶어서 그들의 죄를 다스렸다. 그렇게 몇천 년이 흐른 뒤에야 막혀 있던 동굴 안에서 그들이 발견되었다고 한다. 무고하게 살해된 알유를 불쌍히 여긴 황제는 그를 곤륜산으로 데리고 가게 했다. 그러고는 무팽(巫彭) · 무저(巫抵) · 무양(巫陽) · 무리(巫履) · 무범(巫凡)이라고 하는 여러 무사(巫師)들에게 불사약을 가져다가 알유를 다시 살려내라고 시켰다. 그 결과 알유는 정말로 되살아났다. 그러나 되살아난 그는 곤륜산 아래에 있는 약수의 깊은 물에 뛰어들어 사람을 잡아먹는 이상한 괴물로 변하여 완전히 본성을 잃었다고 한다. 그에 대해서는 「예우편」 제2장에서 다시 이야기하기로 한다.

존엄한 황제, 그는 신들의 나라의 최고 통치자였다. 그래서 누구든지 모두 그의 통치와 명령을 따라야만 했다. 황제 또한 귀신들의 나라도 다스렸는데, 그의 신하인 후토(后土)가 바로 귀신나라의 왕이었다.

황제는 〈신도(神荼)〉와 〈울루(鬱壘)〉 형제에게 인간 세상을 떠도는 귀신들을 다스리게 했다. 이 두 형제는 동해의 도도산(桃都山)에 살았다. 도도산 위에는 큰 복숭아나무가 있었는데 그 나무의 가지는 구불구불 뻗어 삼천 리나 되는 땅 위를 뒤덮

신도(神荼)와 울루(鬱壘), 명
간본(明刊本), 삼교원류수신
대전(三敎源流搜神大全)

신도와 울루, 남양한화관,
한대화상석

고 있었다. 그리고 나무의 맨 꼭대기에는 금계가 한 마리 서 있
었다. 그 금계는 태양이 솟아오를 때의 첫 햇살이 몸을 비출
때, 부상수(扶桑樹)의 옥계(玉鷄)가 우는 소리를 듣고 따라서
운다. 바로 이때 신도와 울루는 복숭아나무 동북쪽의 나뭇가지
사이에 있는 귀문(鬼門) 아래에 위풍당당하게 서서 인간 세상에
서 놀다가 돌아오는 각양각색의 크고 작은 귀신들을 조사했다
(귀신은 밤에만 나타날 수 있었고 닭 울음소리가 들리기 전에 돌아
와야 했다고 한다). 만일 그 귀신들 중에 유별나게 흉악하고 교
활하거나 또는 인간 세상에서 착한 사람들을 해친 귀신들이 돌
아오면 두 형제는 즉시 그들을 갈대 끈으로 꽁꽁 묶어 커다란
호랑이에게 먹이로 던져주었다. 그리하여 흉악한 귀신들은 점
차로 적어졌고 또 멋대로 굴지도 못하게 되었다. 그래서 후대
사람들은 해마다 섣달 그믐날 저녁이 되면 복숭아나무에 두 신
의 모습을 조각하였다. 그 두 신은 손에 갈대 끈을 들고 있는
신도와 울루를 나타내는 것이었는데 그것을 대문 양쪽에 두었
다. 또 문설주에는 큰 호랑이 한 마리를 그려 붙여 사악한 마귀
들을 막았다. 이렇게 하는 것이 복잡하다고 여겨지면 간편하게
하기 위해 두 형제의 그림을 문 위에 그리기도 했고 그들의 이
름만을 문에 쓰기도 했는데 그렇게 해도 효과는 같았다고 한다.
이들이 바로 민간에 전해져 내려오는 문신(門神)인 것이다. 또
다른 문신으로는 대장군의 모습에 손에는 무기를 든 〈진군(秦
軍)〉과 〈호수(胡帥)〉가 있다. 전설에 의하면 당(唐)나라의 태종
(太宗)이 병이 나자 몸이 약해져 귀신을 보게 되었다고 한다.
겁이 난 태종은 〈진숙보(秦叔寶)〉와 〈호경덕(胡敬德)〉 두 장수를
불러 자신이 자고 있는 방문을 지키게 하였는데, 그렇게 하였
더니 아무 일도 일어나지 않게 되었다. 그래서 그후 이 두 장군

문신(門神), 삼교원류수신대전

도 세가(世家)의 문신이 되었는데, 그들과 민간의 문신인 신도와 울루는 좀 다르다고 하겠다.

　신도·울루 신화와 비슷한 것으로는 남방 황야에 살고 있다는 열여섯 명의 신인(神人)에 관한 이야기가 있다. 그들은 모두 얼굴이 자그마했고 팔은 붉었으며 손과 손이 서로 연결되어 있었다. 그들은 그곳에서 황제를 위하여 밤을 밝히고 있었다고 한다. 아마도 그들은 밤에 귀신이나 요괴들이 나와서 말썽을 일으켜 어느 행궁에선가 단잠에 빠져 있을 늙은 황제를 놀라 깨어나게 할까봐 순찰을 돌고 있었던 것이리라. 날이 밝으면 그들은 사라졌고 어두워지면 다시 나타났으므로 사람들은 그들을 〈야유신(夜游神)〉이라고 불렀다. 황야에서 우연히 이들 손이 이어져 길다랗게 된 야유신을 만나게 되어도 사람들은 그들이 밤에 순시를 하고 있는 것임을 알았기 때문에 그리 이상하게 여기지 않았다고 한다.

황제가 한번은 곤륜산 동쪽에 있는 항산(恒山)으로 놀러간 적이 있었다. 그곳 해변가에서 우연히 〈백택(白澤)〉이라고 하는 신령스런 동물을 얻게 되었다. 이 동물은 사람의 말을 할 줄 알았고 무척이나 지혜롭고 총명하여 천지간에 있는 귀신들의 일을 모두 알고 있었다. 또한 수풀과 물가의 정기(精氣)나 그곳에 떠도는 영혼들이 변하여서 된 귀신이나 요괴들에 대해서도 훤히 알고 있었다. 즉 무슨 산의 정령이 기망상(夔罔象)인가, 용망량(龍罔兩)은 어떤 물의 정령인가, 또 도로의 정령인 작기(作器)와 무덤의 정령인 낭귀(狼鬼) 등에 대해서 그는 조금도 막히지 않고 말할 수 있었다. 우주의 통치자인 황제조차도 백택만큼 자세히 알지 못하는 것을 부끄러워했다고 한다. 그래서 황제는 사람을 시켜 백택이 이야기하는 가지가지의 괴물들을 그림으로 그리게 하고, 또 그 그림 옆에 설명을 달게 했는데 그것이 모두 1만 1천5백20종류가 되었다. 이때부터 황제는 이 요괴들을 관리하기가 한결 수월해졌다 한다.

다른 천제와 마찬가지로 황제에게도 많은 자손이 있었다. 그 중에는 신도 있었고 또 인간 세상의 민족(民族)도 있었다. 사람의 얼굴에 새의 몸을 하고 귀에는 두 마리의 누런 뱀을 걸친 바다의 신 우괵(禺虢)은 황제의 아들이었다. 우괵은 우경(禺京)을 낳았는데 그 역시 바다의 신이었으며 아버지와 함께 각각 동해와 북해를 관리하였다. 이 밖에도 하늘에서 식양(息壤)이라고 하는 천상의 흙을 훔쳐다가 인간들을 위하여 홍수를 다스린 대신 〈곤(鯀)〉은 황제의 손자였고 전욱은 황제의 증손이었으며, 하

늘과 땅의 통로를 끊은 중과 려는 황제의 5세손이었다. 그리고
견융(犬戎)과 북적(北狄), 묘족(苗族)과 모족(毛族) 등 변방의
민족들 역시 황제의 후손들이었다. 황제는 이렇게 사람과 신의
공통된 조상이었다. 인간들의 전설 속에서 그가 왜 그렇게 위
대한 존재로 나타나는 것인지 알 수가 있다. 전설에 따르면, 위
대한 황제가 한번은 천하의 귀신들을 태산(泰山)에 모이게 하였
다고 한다. 그때 그는 거대한 코끼리가 끌고 가는 수레를 타고
있었고 뒤에서는 여섯 마리의 교룡(蛟龍)이 따라오고 있었다.
필방조(畢方鳥)가 그 수레를 몰았는데 마치 학처럼 생겼고 사람
의 얼굴에 하얀 부리를 하고 있었다. 또 푸른색의 몸에 붉은
무늬가 있었으며 발은 단 한 개였는데, 우는 소리가 〈삐황, 삐
황!(畢方의 중국어 발음)〉해서 그런 이름이 붙었다고 한다. 그
새가 나타나는 곳에는 늘 괴이한 화재가 발생하곤 했다. 그 행
렬 중에서 치우는 호랑이와 이리떼를 이끌고 앞에서 길을 인도
했다. 그리고 뒤에서는 우사(雨師)와 풍백(風伯)이 따라가며 길
의 먼지를 깨끗이 닦아놓았다. —— 풍백의 이름은 〈비렴(飛廉)〉
이라고 한다. 머리는 참새처럼 생겼고 한 쌍의 뿔이 돋아 있었
으며 몸은 사슴과 비슷했다. 그리고 뱀의 꼬리를 하고 있었으며
몸에는 표범 무늬가 있었다. 우사는 〈평호(萍號)〉혹은 〈병예
(屛翳)〉라고 하였는데 무척 이상하게 생겼다. 생김새가 마치 누
에와 비슷했지만 몸이 작다고 해서 과소 평가할 수는 없었다.
그가 법술을 부리기만 하면 하늘 가득히 먹구름이 몰려와 눈깜
짝할 사이에 억수같이 비가 쏟아져 내렸기 때문이다. 그 밖에도
온갖 귀신들이 모두 황제의 뒤를 따라갔다. 이 귀신들 중에 어
떤 놈은 말의 몸에 사람의 얼굴, 또 어떤 놈은 새의 몸에 용의
머리를 하고 있었다. 그리고 사람의 얼굴에 뱀의 몸을 한 귀

신, 돼지 몸에 여덟 개의 발과 뱀 꼬리가 달린 귀신 등 가지각
색의 기괴한 모습들을 하고 있었다. 또 봉황이 하늘에서 날아다
녔고 땅에는 날개가 달린 신령스런 뱀인 등사(螣蛇)가 기어다녔
다고 하니, 황제의 행렬이 그 얼마나 성대하고 위엄이 있었는
가를 가히 상상해 볼 수 있을 것이다. 이때 황제는 너무나 즐거
워서 청각(淸角)이라는 음악을 지었다. 이 곡은 비장하고도 격
정적이어서 〈하늘과 땅을 움직이고 귀신을 감동시킬 만했다〉.

  춘추시대 진(晋)나라의 평공(平公)은 음악을 좋아하였다. 한
번은 그를 방문한 위(魏)나라의 영공(靈公)을 접대하기 위하여
시이(施夷)라는 누각에서 잔치를 베풀게 되었다. 그때 영공이
데리고 다니던 〈사연(師涓)〉이라는 악사가 청상(淸商)이라는 슬
픈 음악을 연주하였다. 그 음악을 듣고 난 평공은 그리 만족해
하지 않으며 자기의 악사인 사광(師曠)에게 물었다.

「청상이 가장 슬픈 음악은 아니겠지?」

사광이 대답했다.

「그것보다는 청징(淸徵)이라는 음악이 더 슬프답니다」

  그리하여 평공은 사광에게 청징을 연주해 보라 일렀다. 사광
이 거문고로 연주를 시작하였다. 그러자 열 마리의 검은 학이
남쪽에서 날아왔다. 그들은 무리를 지어 성문의 누각 위에 올라
가서는 목을 빼고 날개를 펼쳐 박자에 맞춰 노래하고 춤을 추었
다. 연회에 참석한 손님들은 모두가 즐거워했다. 그들 중에서도
평공은 가장 기뻐하며 술잔을 들어 사광에게 축수를 하였다. 그
러고 나서 또 물었다.

「이 청징이라는 곡이 가장 슬픈 음악이냐?」

사광이 대답했다.

「청징도 슬프긴 하지만 청각(淸角)만은 못하지요」

그러자 평공은 사광더러 청각을 연주해 보라고 하였다. 그러나 사광은 청각이라는 이 음악은 황제가 서태산(西泰山)에서 천하의 귀신들을 모이게 했을 때 쓰였던 것이라고 설명하였다. 그러므로 아무렇게나 함부로 연주할 수는 없다고, 그리하면 큰화를 불러일으킬지도 모른다고 대답했다. 그러나 평공은 사광에게 꼭 청각을 연주하라고 고집을 부렸다. 사광은 어찌할 수가 없어 거문고로 연주를 시작하였다. 그 곡을 막 연주하기 시작했을 때였다. 서북쪽에서 구름이 나타나더니 점차 하늘을 뒤덮는 것이었다. 다시 연주를 계속하자 휘이 바람이 일고, 그 바람에 뒤이어 우박 덩어리만큼이나 굵은 비가 쏟아지기 시작했다. 그래서 집의 기왓장들이 날아가고 누각에 걸어놓은 발과 휘장들이 갈래갈래 찢겼으며 또 상 위에 차려놓은 음식 접시와 국 그릇들이 바람에 날려와 머리에 부딪치는 것이었다. 손님들은 혼비백산하여 사방으로 도망쳤고 평공도 놀라 엉금엉금 기어 복도 모퉁이에 숨어서는 쉴새없이 덜덜 떨고 있었다. 그때부터 진나라에는 연달아 3년간 큰 가뭄이 들었고 평공은 자리에 누워 큰 병을 앓았다고 한다. 근본이 얕은 인간이 이러한 하늘나라의 음악을 듣기엔 아직 부족하다는 것을 말해 주는 이야기이다.

이상으로 황제의 존귀함과 그 위엄에 대한 이야기를 대충 해 보았다. 그러나 이러한 모든 것은 그가 중앙 천제가 되고 난 후의 이야기들이다. 중앙 천제가 되기 전에 그는 그의 형제인 염제, 특히 염제의 후손인 치우와 격렬한 전쟁을 치른 바 있다. 그 전쟁에서 승리한 후에야 그는 중앙 천제의 위치를 확고히 다질 수 있게 되었고 그리하여 드디어 신들의 나라에서 가장 높은 자리를 차지하게 되었던 것이다.

제4장
황제와 치우의 전쟁

황제시대에 일어난 큰 사건 중의 하나는 바로 황제와 치우의 전쟁이다. 앞에서 말했듯이 치우는 태산에서 한 무리의 호랑이와 이리떼를 거느리고 황제의 수레를 인도했었는데, 어쩌다가 갑자기 황제와 적대관계가 되었을까?

치우는 어떤 사람들에게는 하늘나라의 못된 신으로 비치기도 하지만 본래는 용맹스러운 거인족의 명칭이었다. 이 부족 사람들은 남방에 살았는데 염제의 자손이라고 한다. 고서의 기록에 의하면 치우에게는 모두 81명 혹은 72명의 형제가 있었다고 하는데 그 모습이 모두 유별나게 용맹스러워 보였다. 구리로 된 머리에 쇠로 된 이마, 그리고 동물의 몸을 하고 있으면서 사람의 말을 했다고 한다. 그 밖에 더욱 이상한 민간전설도 있다. 즉 치우는 〈사람의 몸에 소의 발굽을 하고 있고 눈이 네 개에 팔이 여섯 개〉라고도 하고, 또 머리에는 날카롭고 단단한 뿔이 돋아 있으며 귀 옆의 머리카락들이 마치 칼처럼 뻣뻣이 서 있다고도 했다. 또 치우에게는 여덟 개의 손과 다리가 있었다는 이야기도 있다. 이렇게 치우의 모습에 관한 전설은 다양하다. 그러나 어쨌든 우리는 치우가 신과 인간 사이에 속해 있는, 그리 평범하지는 않은 종족이었다는 것을 알면 된다. 그리고 우리에게 전해지는 여러 전설들 속의 인상을 종합해 보면 이 종족의 형상은 확실히 소와 비슷한데, 이런 모습으로 보건대 이 종족이 사람의 몸에 소의 머리를 가진 염제의 자손이라는 설이 거의 믿을 만한 것 같다.

치우는 형상만 기괴했던 것이 아니라 먹는 것도 이상스러웠다. 그는 모래나 돌, 쇳덩이 등을 밥으로 삼아 매일 먹었다. 또 그에게는 여러 가지 무기들을 만드는 재주가 있었다. 뾰족하고 날카로운 창, 커다란 도끼와 튼튼한 방패, 그리고 가볍고도 빨리 날아가는 활과 화살 등이 모두 그가 손으로 직접 만들어낸 것이다. 이 밖에도 그는 초인적인 신통력을 지니고 있었는데 이것에 대해서는 곧 이야기하게 될 것이다. 그의 재주가 이렇게 뛰어나고 보니 점차로 분수를 지키지 않게 되어 존귀한 상제의 자리를 찬탈해 자신이 한번 앉아보고자 하는 야심이 생겨나게 되었다. 황제가 서태산에서 천하의 귀신들을 모두 모이게 했을 때 물론 치우도 참가하여 복종의 뜻을 나타냈다. 그러나 겉으로는 그랬으나 속으로는 황제의 실력을 한번 염탐해 보려 한 것인지 어찌 알겠는가? 그곳에서 돌아온 뒤 그는 가만히 계산을 해 보았다. 황제의 위세가 물론 그리 대단치 않은 것이라고 할 수는 없었다. 그러나 황제의 위세 역시 그저 그런 것일 뿐, 막상 무력으로 한번 붙어본다면 자기가 꼭 진다고 할 수만은 없는 일이라고 여겨졌다.

그는 그의 할아버지인 염제, 인자하지만 겁이 많아 황제와의 싸움에서 패배했던 그 염제의 복수를 하고 싶었다. 그리고 중앙 천제의 자리를 빼앗아오고 싶었다.

사실 치우가 황제와 싸우기 이전에 염제와 황제 사이에는 규모가 그리 작지 않은 전쟁이 이미 있었다. 그 전쟁의 상황은 알수가 없지만 그들간의 알력, 서로가 다른 관념을 지니고 나름대로의 〈인도(仁道)〉를 펼치는 데 있어서의 불가피한 마찰이 결국엔 충돌을 일으키고 만 것이었다. 염제는 화공법을 썼다. 그에게는 불의 신인 축융이 있었고 또 그 자신이 태양신이었기 때문에, 불을 이용해 적을 궤멸시키는 것은 그 이상 더 쉬울 수없는 방법이었다. 그러나 황제는 뇌우(雷雨)의 신이었다. 그는 염제의 화공법을 조금도 염려하지 않았다. 비만 내리면 불 따위는 맥을 못 출 것이었기 때문이다. 게다가 황제는 신병(神兵)과 신장(神將)들을 거느리고 있었고 또 호랑이, 이리, 곰 등의 사나운 짐승들로 이루어진 용감한 선봉대가 있었다. 뿐만 아니라 수리, 매, 솔개, 사나운 산새 등이 공격의 깃발을 높이 들고 판천의 들판[阪泉之野]에 나아가 맹렬한 기세로 쳐들어가니 그 세력이 말할 수 없이 강대했다. 이러한 상황에 처하게 된 염제로서는 방어에만 급급했을 뿐 공격은 꿈도 꿀 수가 없었고 결국 승리는 황제에게로 돌아가고 말았다. 이 전쟁에서 염제가 포로로 잡혔다는 이야기도 있는데 그것은 어쩌면 너무 과장된 낭설일지도 모른다. 그러나 어쨌든 이 전쟁 이후로 염제가 남방으로 쫓겨가 그곳의 구석진 땅에서 천제의 명맥을 이어간 것만은 사실인 것 같다.

다시 치우 이야기로 돌아가보자. 치우는 황제에게서 떠나온 뒤 염제에게 황제의 상황을 보고했다. 지금 황제가 곁에서 보면 기세등등하고 대단한 것 같지만 사실은 그 모든 것이 허장성세에 불과하다, 별 것 아니니 지금 군사를 일으켜 다시 황제와 겨루어서 예전의 패배를 설욕하라고 열심히 이야기했다. 그러나 염제는 이미 늙어 기력이 쇠진한 상태였다. 지금 자신이 머물고 있는 땅에서 그냥 남방 천제 노릇에 만족하며 조용히 살아가고 싶은 생각뿐이었다. 또다시 황제와 패권을 다투는 모험을 하고 싶지 않았다. 뿐만 아니라 그는 전쟁이 일어나면 누가 승리하든지 그것은 차치하더라도 일반 백성들이 겪어야 하는 고통이 엄청나게 크다는 것을 알고 있었다. 자애로운 염제로서 그것은 참을 수 없는 일이었던 것이다. 그래서 그는 치우의 채근에도 대답을 하지 않은 채 입을 다물고 있었다.

치우는 염제가 병사를 일으킬 생각이 없음을 알고 자기 자신이 그 일을 하기로 결심했다. 그는 우선 복수의 칼날을 갈고 있던 자기의 형제들 7, 80명을 불러모았다. 그들은 이미 싸울 태세를 갖추고 있던 터였기 때문에 치우의 부름에 곧바로 응했다. 모두들 자신의 최선을 다할 각오로 모였고 치우의 지휘에 따르기로 결정했다.

치우는 또 남방의 묘족(또는 苗民)을 소집했다. 묘족은 본래 황제의 후손이었지만 황제의 사랑을 받지 못하고 있었다. 인간 세상에 있는 황제의 다른 후손들만큼 대우를 받지 못한다는 생각에 그들은 늘 원망의 마음을 품고 있었다. 게다가 치우가 몇 가지 형법(刑法)으로 그들을 협박하니, 원망과 공포심이 뒤범벅이 된 상태에서 치우를 따라 모반을 일으키는 수밖에 없었다.

이 밖에도 남방의 수풀과 물가에 사는 이매(魑魅), 망량(魍魎) 같은 귀신들도 치우의 편에 가담했다. 황제의 신하인 귀신들의 우두머리, 즉 신도(神荼)와 울루(鬱壘)의 삼엄한 감시에 염증을 느끼고 있던 괴신들이 치우의 소문을 듣고 달려온 것이었다. 그들 역시 치우를 도와 황제의 자리를 빼앗고자 했다.

드디어 치우는 염제의 이름을 빌려 스스로 〈염제〉라고 칭하고서 정식으로 반항의 깃발을 높이 올렸다. 그는 수많은 군사를 이끌고서 남방에서부터 위풍당당하게 진군하여 순식간에 고대의 유명한 전쟁터 탁록(涿鹿: 지금의 하북성 탁록현)에 도착했다.

탁록과 판천(阪泉)은 거리상으로 불과 몇 리 정도밖에 떨어져 있지 않으므로 동일한 지역이라고 보아도 무방하다. 곤륜산의 궁정에서 유유히 노닐며 태평한 세월을 보내고 있던 황제는 치우가 군사를 일으켜 바로 얼마 전에 자기가 염제를 물리쳤던 그곳, 탁록(즉 판천)으로 쳐들어왔다는 이야기를 듣고 깜짝 놀랐다. 뿐만 아니라 치우가 대담하게도 〈염제〉의 칭호를 사용하고 있다는 것은 바로 염제를 대신해 복수를 하고 중앙 상제의 자리를 빼앗겠다는 의지의 표현이었으니, 황제의 노여움은 말로 표현하기 어려울 지경이었다. 그러나 생각이 깊고 계산이 치밀한 황제는 〈도덕과 인의〉를 베푸는 데 뛰어났다. 고서의 기록에 의하면 그는 바로 그 인의와 도덕으로 치우를 감화시켜 〈마음을 공략하고〉 〈전쟁을 하되 피를 흘리지 않는〉 그런 방향으로 이끌어가고자 했다. 그러나 고집불통인 치우는 황제의 감화를 전혀 받아들이려 하지 않았고 결국 상황은 전쟁으로 귀착되고 말았다.

이 전쟁은 이루 말할 수 없이 격렬했다. 치우 쪽의 군대는 앞에서도 이야기했듯이 구리 머리에 쇠 이마를 한 7, 80명의 형제들과 묘족, 그리고 도깨비 등의 요괴들이었다. 황제의 군대로는 사방의 귀신들과 곰, 비휴(貔貅), 호랑이 등의 온갖 맹수들, 그리고 황제를 도와 싸우려 했던 인간 세상의 몇몇 부족들이 있었다. 그들은 그야말로 팽팽한 맞수로서 조금도 지지 않으려 했다.──이때 치우가 〈염제〉라는 호칭을 사용했기 때문에 황제와 치우의 이 전쟁을 황제와 염제 사이의 전쟁이라고 주장하는 사람도 있는데 그것은 틀린 견해이다.

전쟁이 시작되었다. 치우의 군대는 과연 강인하고 용맹스러웠다. 황제에게는 한 무리의 동물 돌격대가 있었고 사방의 귀신들과 또 인간 세상의 용감한 부족들이 와서 도와주었으나 그들은 모두 치우의 적수가 되지 못하였다. 그래서 연달아 몇 차례의 싸움에 패하게 되자 상황이 무척이나 난감해졌다.

고서의 기록에 의하면 치우에게는 비를 뿌리고 안개를 피우는 신기한 재주가 있었다고 하는데 바로 그 재주 때문에 황제의 군대는 진중에서 길을 잃고 헤매면서 꼼짝달싹할 수 없었다. 이제 치우가 짙은 안개를 피워 황제의 군대를 포위했던 상황을 한번 이야기해 보기로 한다.

어느 날, 양쪽 군대가 들판에서 한창 싸우고 있을 때였다. 치우가 무슨 법술을 부렸는지 온 하늘과 들판에 안개가 끼더니 황제와 그의 군대를 첩첩이 에워싸는 것이었다. 아득하게 희뿌연 안개 속에서 구리 머리에 쇠 이마를 하고 뿔이 달린 치우족들은 더욱 두려운 존재들이었다. 그들은 안개 속에서 나타났다 사라졌다 하면서 신출귀몰하게 황제의 군대를 베어넘겼으니, 황제의 군사들과 말들은 비명을 지르며 이리저리 내달았다.

「돌격! 돌격!」

황제는 손에 보검을 들고 전차 위에 서서 크게 소리쳤다.

「돌격! 돌격!」

사방의 귀신들도 황제를 따라 소리를 질렀으며, 호랑이는 울고 곰들도 포효하였다. 그들은 모두 생명을 위협하는 이 짙은 안개를 헤쳐나가려고 애를 썼다. 그러나 그렇게 한나절을 헤쳐나가도 눈앞엔 그냥 깊고 깊은 안개의 흰빛뿐이었다. 사방의 귀신들도, 황제도 어떻게 해볼 도리가 없었다. 눈앞에 펼쳐진 이 안개는 이미 안개가 아닌 거대한 흰 장막이 되어 하늘과 땅 모두를 휘감고 있는 것만 같았다.

황제가 걱정이 되어 얼굴을 잔뜩 찌푸리고 있을 때였다. 〈풍후(風后)〉라고 하는 그의 총명한 신하가 전차 위에서 두 눈을 살짝 감고 있는 것이 꼭 자고 있는 것처럼 보였다. 그 모습을 본 황제는 전세가 지금처럼 긴박하기 이를 데 없는 때에 어쩌면 그렇게도 마음 편하게 잘 수가 있느냐고 풍후를 힐책하였다. 그러자 풍후는 갑자기 눈을 뜨며 말했다.

「제가 자다니요. 저는 생각에 잠겨 있었습니다」

사실 그러했다. 이 신하는 정말로 골똘히 생각에 잠겨 있었다. 그는 북두칠성의 국자 모양의 손잡이가 왜 시간이 흐름에 따라 가리키는 방향이 달라지는 것일까 하는 문제를 생각하고 있었던 것이다. 만약 그런 물건을 하나 발명해 낼 수만 있다면 어떻게 돌려놓더라도 늘 일정한 방향을 가리키게 될 것이다. 한쪽 방향만 알게 된다면 나머지 세 방향이야 저절로 알게 될 것이니 그러면 문제는 해결되는 것이 아닌가? 그는 이렇게 생각에 생각을 거듭하다가 마침내 굉장히 좋은 방법을 하나 찾아내게 되었다. 즉시 그는 날랜 솜씨를 발휘하여 그 전쟁판에서 〈지남차(指南車)〉라는 수레를 뚝딱 만들어내어 황제에게 바쳤다. 이 수레의 맨 앞에는 쇠로 만든 작은 선인(仙人)이 붙어 있었다. 그는 손을 내밀고 있었는데 그 손이 늘 남쪽을 가리키고 있는 것이었다. 바로 이 지남차 덕분에 황제는 그의 군대를 이끌고 겹겹이 싸인 안개의 장막에서 빠져나올 수 있었다.

앞에서도 이야기했듯이 치우가 통솔하던 군대에는 온갖 도깨비들이 있었는데 이 요괴들에게는 기이한 소리를 내어 사람들을 홀리게 하는 재주가 있었다. 사람들이 그 괴상한 소리를 듣게 되면 멍청해져서는 지각을 잃어버리고 소리가 나는 방향으로 걸어가 결국엔 요괴들의 희생물이 되고 마는 것이었다. 그들은 대개 세 종류로 나뉘었다. 하나는 이매(魑魅)라고 하는데 사람의 얼굴에 동물의 몸을 하고 있었으며 네 개의 다리를 갖고 있었다. 다른 하나는 신괴(神塊)라고 하며 역시 사람의 얼굴에 동물의 몸을 하고 있었으나 손과 발이 각각 하나씩이었다. 그들은 마치 하품하는 것 같은 소리를 내었다. 마지막 한 종류는 망량(魍魎)이라고 한다. 그들은 세 살박이 어린아이같이 생겼으며 온몸이 검은데 붉은 빛을 띠고 있었다. 귀는 길다랗고 눈은 붉었으며 검은 머리카락을 갖고 있었다. 그리고 그들은 사람들의 말하는 소리를 배워서는 사람들을 홀리는 걸 좋아했다. 이 세 가지 요괴들은 모두가 상당히 골치아픈 놈들이었다. 황제의 병사 중 그놈들에게 홀린 자가 얼마나 되는지 알 수 없을 정도였으니 이는 전쟁의 형세에 매우 불리한 영향을 끼치는 일이 아닐 수 없었다. 그러나 후에 황제는 어디서 들었는지 이상한 소리를 내어 사람들을 홀리는 이놈들이 가장 무서워하는 것이 바로 용의 소리라는 것을 알아내었다. 그래서 병사들에게 소나 양의 뿔로 나팔을 만들어 낮고 가라앉은 듯한 용의 소리와 비슷한 소리를 내게 하였다. 이 소리가 굽이굽이 퍼져나가 전쟁터에 울려대니 치우가 이끌던 요괴들은 모두가 간담이 서늘해지고 취한 듯이 몽롱하게 되어 다시는 사람을 홀리는 짓들을 못하게 되었다. 바로 이 틈을 타서 황제의 군대가 진격해 들어가니 그때서야 비로소 작은 승리나마 얻어낼 수 있게 되었다.

황제에게는 응룡(應龍)이라고 하는 신룡(神龍)이 한 마리 있었다. 응룡에게는 한 쌍의 날개가 달려 있었고 흉리토구산(兇犁土丘山)의 남쪽에 살고 있었는데 물을 모으고 비를 내리게 할

응룡(應龍)

수 있는 능력을 갖고 있었다. 황제는 마음속으로 생각했다. 치우가 짙은 안개를 만들어낼 수 있다고 하지만 응룡이 큰비를 내리게 한다면 큰비가 설마 짙은 안개 따위를 못 당할까? 게다가 응룡이 오게 되면 그 요괴놈들도 재주를 부려볼 염두조차 못 내게 될 것이야. 그래서 황제는 응룡에게 사신을 보내어 전쟁터로 와서 그를 좀 도와달라고 하였다.

응룡은 그곳에 도착하자마자 곧 출정해 치우를 치려 하였다. 날개를 펼치고 하늘을 날며 구름을 몰아 비를 내리게 하려 하던 참이었다. 그러나 아직 준비를 끝내기도 전에 치우는 벌써 풍백(風伯)과 우사(雨師)를 불러왔다. 그러고는 〈먼저 공격하는 놈이 이기는〉 것이라는 식으로 맹렬하기 이를 데 없는 큰 비바람을 몰아치게 하였다. 이렇게 되고 보니 응룡으로서는 선무당이 진짜 무당을 만난 셈이 되어 재주를 부려볼 방법이 없게 되고 말았다. 그리고 미친 듯한 비바람이 황제의 진지로 몰아쳐오니 황제의 군대는 제대로 버티지도 못한 채 사방으로 흩어져버렸다.

야트막한 산꼭대기에 올라가 그 모습을 바라보고 있던 황제는 응룡이 이렇게 일을 잘 풀어나가지 못하는 것을 보고는 크게 실망하였다. 그래서 하는 수 없이 군대를 따라 함께 온 그의 딸을 불러 자신을 돕게 하였다. 황제의 딸은 이름을 〈발(魃)〉이라고 하였으며 계곤산(系昆山) 공공지대(共工之臺)에 살았다. 그녀는 늘 푸른 옷을 입고 있었는데 그리 예쁘지는 않았다. 일설에 의하면 대머리였다고도 한다. 그렇게 못생기긴 했지만 그녀의 몸 속에는 거대한 불덩어리가 들어 있어서 용광로보다도 더 뜨거웠다. 그래서 그녀가 전쟁터에 나타나자마자 미친듯이 휘몰아치던 폭풍우는 순식간에 흔적조차 찾을 수 없게 되었다. 그리고 하늘엔 이글거리는 태양이 떠올라 비 내리기 전보다 훨씬 더 더웠다. 치우의 형제들은 이런 모습을 보고 모두가 놀라워하였다. 응룡이 이 기회를 틈타 공격을 하였는데 전과가 그런대로 괜찮았으니, 치우 형제 몇 명과 묘족의 일부를 살해할 수 있

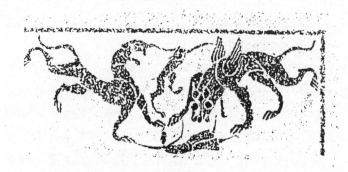

한나라 화상석에 보이는 귀식녀발도(鬼食女魃圖), 「당하침직창 한화상석묘의 발굴(唐河針織廠漢畵象石墓的發掘)」, 주도(周到)·이경화(李京華), 문물, 1973.6

었다.

그러나 불행하게도 천녀(天女) 발은 그녀의 아버지를 돕는 이 일에 너무 힘을 소모했기 때문인지, 아니면 사악한 마귀가 붙어서인지 그 일을 끝낸 이후로 하늘에 돌아가지 못하고 지상에 머물러 있어야만 하게 되었다. 그녀가 사는 곳에는 어디에나 높은 구름이 천 리에 걸쳐 있게 되어 한 방울의 빗물도 구경할 수가 없었다. 그녀가 끼치는 피해가 이렇게 컸기 때문에 사람들은 모두가 그녀를 몹시 미워하였고 그녀를 〈한발(旱魃)〉이라고 불렀다. 그리고 무슨 방법을 써서라도 그녀를 쫓아내려고만 하였다. 불쌍한 그녀는 늘 이렇게 사람들에게 쫓겨다니면서 그 어디서도 환영받지 못했다. 후에 주나라의 시조인 후직(后稷: 오곡의 신, 다음 장에서 자세히 이야기할 것임)의 손자 〈숙균(叔均)〉이 인간 세상에서 환영받지 못하는 한발의 모습을 황제에게 이야기해 주었다. 그때서야 비로소 황제는 그녀를 적수(赤水) 북쪽에 안주하게 해주었다. 그리고 그곳에서 꼼짝말고 있으라고, 아무데나 함부로 돌아다니지 말라고 명령을 내렸다. 그러나 이미 인간 세상의 이곳저곳을 돌아다니는 것에 습관이 된 한발은 한곳에 가만히 있지를 못하고 몰래 도망쳐 나와 늘 이리저리 돌아다녔다. 사람들은 그녀가 가져오는 가뭄의 피해를 입지 않을 수가 없게 되었다. 그러나 어쨌든 적수 북쪽이라는, 정착할 수 있는 공간이 생겼기 때문에 전보다는 좀 덜하였다. 사람들은 그녀를 쫓아내기 전에 먼저 물길을 잘 터놓고 도랑을 파낸 뒤 그녀에게 기도하였다.

「신이시여, 부디 적수 북쪽에 있는 그대의 집으로 돌아가주십시오」

이렇게 하면 그녀는 미안해하며 그녀의 집으로 돌아갔다고 하는데, 그러고 나면 그곳에는 모든 것들을 다시 살아나게 해 주는 단비가 흠뻑 내렸다고 한다.

치우에게는 또 하늘을 날고 험한 산을 넘나드는 재주가 있었다. 비록 이번 전쟁에서 몇몇 형제가 죽었고 묘족들도 좀 희생을 당하긴 했지만 남아 있는 무리와 장수들은 아직 안전하였고 그 기세도 여전히 높았다. 황제는 이 흉악한 반역의 무리에 대해 고민을 계속하며 뾰족한 해결 방법을 찾아내지 못하고 있었다. 게다가 전쟁이 오래 가게 되자 그의 군대도 사기가 점점 떨어지게 되었으니 마음속으로 은근히 걱정이 되지 않을 수 없었다.

그러던 중, 황제는 마침내 좋은 방법을 하나 찾아내었다. 그 묘안이란 바로 특별한 재료를 사용하여 특수한 북을 만들어서 그것을 울려 군대의 사기를 높인 뒤 적을 제압하는 방법이었다.

그때 동해의 유파산(流波山)에 〈기(夔)〉라고 하는 동물이 살고 있었다. 생김새가 소와 비슷했으나 뿔이 없었고 청회색의 몸에 발은 단 하나였다. 그는 자유자재로 바닷속을 드나들었는데 그가 물 속을 드나들 때에는 큰 폭풍우를 동반하였다. 또 눈으로는 햇빛이나 달빛 같은 빛을 발하였으며 동시에 입을 크게 벌

기(夔)

려 소리를 질렀는데 그 소리가 마치 천둥소리와 같았다고 한다. 발 하나 달린 이런 괴상한 짐승을 옛날 월(越)나라 사람들은 〈산소(山獟)〉라고 하였는데 사람의 얼굴에 원숭이의 몸을 하고 있었으며 사람의 말을 할 줄 알았다고 한다. 이런 묘사의 차이는 아마 전해지는 설들이 서로 달랐기 때문일 것이다. 어쨌든 〈기〉라는 이 동물은 불행하게도 황제의 눈에 띄었다. 황제는 사람들을 보내어 그를 잡아오게 해서 껍질을 벗겨 그 가죽을 말려서 북을 만들었다.

북이 생겼으니 자연히 북채가 필요하게 되었다. 황제는 북채 감으로 뇌택의 뇌신을 생각해 내었다. 뇌신은 〈뇌수(雷獸)〉라고도 하는데 용의 몸에 사람의 머리를 한 괴물이었다. 뇌수는 늘 아무런 걱정도 없이 자기의 배를 두드리며 뇌택에서 지내고 있었는데, 뇌수가 배를 한번씩 두드릴 때마다 크나큰 천둥소리가 울렸다고 한다. 옛날에 복희의 어머니인 화서씨가 그의 발자국

뇌신(雷神)

을 밟은 뒤 복희를 낳았다고 하는 이야기도 있거니와, 뇌신은 실로 유명한 대신(大神)이었다. 그러나 황제는 전쟁에 이기기 위하여 사람들을 보내서는 그를 잡아다가 아무런 설명 없이 그를 죽였다. 그리고 그의 몸속에서 가장 커다란 뼈를 꺼내어 북채로 삼았다.

이렇게 하여 북도 마련되었고 북채도 생기게 되었다. 황제는 뇌신의 뼈로 만든 북채를 들어 〈기〉의 가죽으로 만든 북을 두드렸다. 그 둘의 소리가 한데 어우러지니 우레소리보다도 더 컸다. 전설에 따르면 5백 리 밖에서도 그 소리가 들렸다고 한다.

이 북을 전차에 싣고 연이어 일곱 번을 두드리니 과연 산과 골이 함께 울려 천지가 진동하였다. 그 소리가 울리자 황제 쪽의 군대는 사기가 크게 올랐고 치우의 군대는 혼비백산하여 사기가 떨어져 옴짝달싹도 할 수가 없게 되었다. 귀를 멍하게 만드는 이 북소리 속에서 황제의 군대는 적들을 뒤쫓아 큰 승리를 거두었으니, 숱하게 많은 치우의 형제들과 많은 묘족들을 죽였다.

이번 전쟁에서 치우의 손실은 상당히 컸다. 남아 있는 인마(人馬)를 헤아려보니 반도 채 못 되었다. 만일 항복하지 않는다면 섬멸당할 것이 뻔했으므로 모두들 두려워하고 있었다. 그러나 항복한다는 것은 곧 치욕이었으므로 아무도 항복하려고 하지 않았다. 그때 어떤 자가 북방의 거인족인 과보(夸父)에게 도움을 청하자고 제의하였는데 이 제의가 대다수의 동의를 얻었으므로 즉시 북방으로 사람을 보내게 되었다.

제5장
과보와 치우의 죽음

과보족(夸父族)은 원래 대신(大神) 후토(后土)의 자손이다. 후토는 유명 세계(幽冥世界), 즉 유도(幽都)의 통치자이다. 유도는 북해에 있었으며 그곳에는 검은 빛의 새들과 뱀, 검은 표범과 호랑이, 그리고 털이 북실북실한 꼬리가 달린 검은 여우 등이 살고 있었다. 또 거기에는 대흑산(大黑山)이 있었는데 산 위에 오가는 사람들도 모두 검은 사람들이었다. 이곳은 이렇게 검은 빛의 나라였으므로 〈유도(幽都)〉라고 불렸다. 이 유도의 성문을 지키는 것이 바로 유명한 거인 토백(土伯)이다. 그는 호랑이의 머리에 세 개의 눈이 이마에 달려 있었으며 소처럼 생겼고 아홉 번 구부러지는 거대한 몸집을 하고 있었다. 그는 또 날카롭게 빛나는 한 쌍의 뿔을 흔들며 피로 물든 살찐 손가락을 펼치고는 비명을 지르며 이리저리 도망쳐 다니는 유도의 불쌍한 귀신들을 쫓아다니고 있었다. 이 얼마나 공포스러운 광경인가! 이런 모습만 보아도 우리는 유도의 왕인 후토가 얼마나 대단한 위엄을 지니고 있었는가를 추측해 볼 수 있다.

　과보족 사람들은 북방 대황(大荒)의 〈성도재천(成都載天)〉이라는 산 위에 살았다. 그들은 모두가 몸집이 엄청나게 큰 거인들이었다. 힘도 장사였으며 귀에는 두 마리의 누런 뱀을 걸치고 있었고 손에도 노란 뱀 두 마리를 쥐고 있었다. 그러나 성품은 그런대로 착하고 온순했다. 바로 그 부족의 한 사람이 어찌 보면 바보스럽기 이를 데 없다고도 할 수 있는 행동을 하였으니 그 이야기는 다음과 같다.

　바보스럽고도 고집스런 이 과보족의 거인은 자신의 능력을 헤아려보지도 않고 다만 태양을 쫓아가 보겠다는 마음만으로 태양과 달리기를 시작하였다. 들판에 서서 그는 길다란 다리를 들어올려 성큼 걸음을 내딛으며 바람처럼 달리기 시작했다. 서쪽으로 기울어져 가는 태양을 따라 순식간에 천 리를 넘게 달렸다. 이렇게 하여 그는 태양을 쫓아 우곡(禺谷)에까지 가게 되었다. 우곡이라는 곳은 우연(虞淵)으로, 시인 굴원이 「이소(離騷)」에서 노래했던 〈엄자산이 가까이 보이니 다가가지 말라(望崦嵫而勿迫)〉는 구절의 엄자산이 바로 그곳에 있었다. 즉 우곡은 태양이 지는 곳이었다. 그곳에 도착하니 새빨갛게 빛나는 불덩어리 하나가 그의 앞에 나타났다. 그리하여 과보는 그 찬란한 빛 속에 서 있게 되었다. 그는 환희에 차서 거대한 팔을 들어올려 빛나는 태양을 두 손으로 움켜잡으려 하였다. 그러나 그는 이미 꼬박 하루를 달려왔으므로 너무나 피곤했다. 게다가 태양의 열기가 그를 뜨겁게 달구어대니 가슴속이 답답하고 목도 말라 엎드려 황하(黃河)와 위수(渭水)의 물을 마시기 시작했다. 어찌나 목이 말랐던지 이 두 줄기 강물을 순식간에 모두 마셔버렸다. 그래도 목마름은 그치지 않았다. 그래서 그는 다시 북쪽을 향해 달리기 시작했다. 대택(大澤)의 물을 마시려는 것이었

거인 과보(夸父)가 태양을 따라 달리는 모습

다. 대택은 한해(瀚海)라고도 하는데 안문산(雁門山) 북쪽에 있었다. 그곳은 새들이 새끼를 낳고 또 털갈이도 하는 곳이었는데 사방 천 리나 되는 넓은 호수였다. 이곳의 물은 태양을 따라잡으려는 거인의 목마름을 해소시키기에 충분한 양이었다. 그러나 불쌍한 과보는 목적지에 다다르기도 전에 도중에 목이 말라 죽고 말았다. 그때 그는 마치 산이 무너지듯 쓰러졌는데 그가 쓰러질 때 대지와 산, 그리고 강물까지도 모두 커다란 소리를 내었다고 한다. 그는 죽을 때 손에 쥐고 있던 지팡이를 내던졌는데, 그 지팡이는 땅 위에 떨어지자마자 순식간에 푸른 잎이 무성하고 과실이 주렁주렁 매달린 복숭아숲으로 변하였다. 그 숲은 훗날까지도 빛을 쫓아가려는 사람들의 갈증을 풀어주었다. 그리하여 그들로 하여금 환한 햇빛이 아직 남아 있을 때 계속해서 앞으로 갈 수 있는 힘을 주었다.

과보가 죽은 뒤 인간 세상에 남아 있는 그의 흔적으로는 과보산이 있다. 과보산은 지금의 호남성 완릉현(沅陵縣)에 있는데 탱가산(撑架山)이라고도 한다. 산의 동쪽 자락이 도원현(桃源縣)과의 경계에까지 펼쳐져 있다. 그리고 그 산 위에는 〈품(品)〉자 모양의 거대한 바위 세 개가 있다. 민간에 전해지기로 이 바윗돌들은 과보가 태양과 경주를 할 때 배가 고파지자 커다란 솥을 가져다가 여기에 걸고 밥을 해먹었다고 하는 것이다. 이것은 분명히 선량한 백성들이 끌어다 붙인 이야기일 것이다. 북쪽으로 달려가 한해의 물로 목마름을 풀어보려 했던 과보가 남쪽으로 방향을 돌렸을 리도 없거니와 배가 고프다고 해서 갑작스레 솥을 가져다가 밥을 해먹었을 리도 없는 것이다. 그래서 이 이야기는 그리 신빙성이 없다고 하겠다. 비교적 초기의 전설에 의하면 과보산이 섬서성(陝西省)과 하남성(河南省) 사이에

거인 과보(夸父)가 강물을 마시는 모습

있다고 하는데 이 주장은 그런대로 믿을 만하다.

『산해경』에 주(注)를 단 학의행(郝懿行)의 설명에 의하면 과보산은 진산(秦山)이라고도 하였는데, 지금의 하남성 영보현(靈寶縣) 동남쪽에 있고 섬서성의 태화산(太華山)과 연결되어 있다고 했다. 산의 북쪽에는 수백 리에 달하는 드넓은 수풀이 있는데 그 숲의 대부분이 복숭아나무였다고 한다. 그 나무에 맛 좋은 복숭아들이 많이 열렸으므로 그 숲을 도림(桃林)이라고 하였는데, 그곳은 고대의 유명한 복숭아숲 요새였다. 과보산과 복숭아숲 요새가 이렇게 붙어 있다시피 한 것을 보면 과보의 유적도 당연히 여기에 있어야 할 것 같다.

옛날 주나라의 무왕(武王)이 은나라의 주(紂)를 토벌하여 천하를 평정하였다. 전쟁이 끝나자 쓸모없게 된 소와 말들을 모두 이 산 속에 풀어놓았으므로 이곳에는 들소와 야생마가 많았다. 이 야생마들은 모두가 전쟁터에서 수많은 전투를 치러낸 준마들의 후손이었으므로, 비록 길들이기 쉽지 않은 야성을 지니고 있었지만 영민하고 뛰어난 품성을 여전히 간직하고 있었다. 훗날 주 목왕(穆王) 때 조보(造父)라는 유명한 마부가 이곳에서 화류(驊騮)・녹이(綠耳)・도려(盜驪) 등의 훌륭한 말들을 구해 여행을 좋아하는 목왕에게 바쳤다. 목왕은 여덟 필의 준마가 끄는 수레를 타고 천하를 돌아다녔는데, 아득히 먼 곤륜산 서쪽에까지 가서 새나 짐승들과 무리지어 바윗굴 속에서 사는 서왕모를 만났다. 이 이야기는 여기에서 서술하지 않고 뒤에 가서 언급하기로 한다.

다시 본론으로 돌아가자. 치우족의 사신은 과보족을 찾아와 도움을 청하고자 하는 뜻을 밝혔다. 앞에서도 이미 이야기하였지만 과보족은 본래 후토(后土)의 자손이다. 그리고 그 후토는 바로 염제의 후손이다. 그러므로 따지고 보자면 과보도 역시 염제의 자손인 것이다. 치우가 염제의 패배를 설욕하기 위하여 황제와 싸우다가 힘이 부쳐 과보족에게 도움을 청하게 되었는데, 이것이야말로 정의를 실천하고 명예를 획득할 수 있는 절호의 기회였다. 그래서 대부분의 과보족이 찬성의 뜻을 나타내었고, 전열을 정비한 그들은 그 격렬한 전쟁판에 뛰어들게 되었다.

치우는 과보족의 도움을 얻게 되자 단번에 기세가 회복되었다. 불더미 속에 장작을 더 넣은 것처럼, 또 호랑이에게 날개가 달린 것처럼 황제의 군대와 세력이 비슷해져서 우열을 가리기 힘들 정도가 되었다.

그러나 황제로서는 과보족의 사람들이 전쟁에 가세했다는 사실이 고민스럽기 이를 데 없었다. 그래서 이러한 새 국면에 대응할 무슨 좋은 방법이 없을까를 생각하게 되었다. 그러고 있는데 다행스럽게도 사람의 머리에 새의 몸을 한 현녀(玄女)라는 부인이 나타났다. 그녀는 득도(得道)한 하늘나라의 여선인(女仙人)인데 황제를 찾아와서는 병법을 가르쳐주었다. 황제가 현녀의 병법을 전수받아 군대를 움직여 진을 치자 실로 그 변화를 예측할 수가 없었다. 게다가 또 곤오산(昆吾山)에서 나오는 불덩이처럼 붉은 구리를 구해 보검까지 만들었다. 이 보검은 다 만들어진 후에 푸른색으로 변하였는데 차가운 빛을 사방으로 뿜어내었고 또 수정처럼 투명하였다. 그 칼로 옥을 자르면 마치 진흙을 베는 것처럼 쉽게 잘라졌다고 한다. 이렇게 황제가 병법과 보검을 동시에 얻게 되니 군대의 사기가 순식간에 크게 올랐다. 치우와 과보가 용맹스럽긴 했다고 하나 그들이 지닌 것은 힘뿐, 황제의 꾀에 대적할 수가 없어 결국엔 패하고 말았다. 최후의 이 전투에서 치우와 과보족의 패잔병들은 황제 군대의 겹 겹이 쳐진 포위망에 갇히게 되었다. 그때 군중에서는 응룡이 그 의 위세를 자랑하며 하늘을 날아다니면서, 꽥꽥 소리만 지르며 도망조차 못하고 있는 치우족들을 하나하나 죽였다. 또 치우를 돕던 숱하게 많은 과보족도 살해하였다. 황제의 군대가 그렇게 포위망을 좁혀가니, 〈산을 무너뜨릴 만한 힘에 세상을 뒤덮을 정도의 기개(力拔山兮, 氣蓋世)〉를 지닌, 구리 머리에 쇠의 이 마를 한 치우의 우두머리는 그만 생포되고 말았다.

그러나 이 전쟁에서 그렇게 큰 공을 세운 응룡은 가련하게도 천녀 발(魃)처럼 사악한 기운에 오염되었다. 그리하여 다시는 하늘로 올라가지 못했는데, 그의 주인인 황제는 자기의 딸을 잊어버렸듯이 응룡 역시 잊어버렸다. 그래서 응룡은 하는 수 없 이 몰래 남방의 산에 가서 살았는데, 그렇기 때문에 지금도 남 쪽에는 비가 많이 내린다고 한다. 그러면 남방 말고 다른 지역 은 어땠을까? 북방에는 천녀 발이 살고 있는 데다가 하늘나라에 서 비를 관장하던 응룡마저 없어져 버리자 늘 가뭄에 시달려야 했다. 그래서 어떤 총명한 사람이 묘안을 생각해 내었다. 즉 매 번 가뭄이 들 때마다 사람들을 모아 응룡의 모습으로 분장을 하 게 하여 춤을 추면 곧 큰비가 내렸다고 한다.

한편 황제는 사로잡은 치우의 우두머리, 온갖 악의 원흉인 그를 도저히 용서할 수가 없었다. 그래서 즉시 탁록 지방에서 그를 죽였다. 그런데 치우를 죽일 때 그가 도망칠까 봐 손과 발 에 수갑과 족쇄를 채워 꼼짝 못하게 했다고 한다. 그리고 완전 히 숨이 끊어진 뒤에야 그의 몸에서 피 묻은 수갑과 족쇄를 풀 어내어 대황(大荒)에 버렸는데 그것들이 후에 단풍숲으로 변했 다고 한다. 그 나뭇잎은 선홍빛으로 마치 치우의 수갑 등에 묻

었던 핏자국과도 같아서, 지금까지도 치우의 원한을 말해 주고
있는 듯하다.

황제가 치우를 탁록 지방에서 죽였다는 이야기 이외에 또 다
른 전설도 있다. 즉 치우가 전쟁에서 지게 되어 후퇴를 거듭해
기주(冀州) 중부에까지 도망쳐 가게 되었다. 그곳에서 황제에게
잡혀 목이 떨어지게 되었는데, 머리와 몸뚱이가 분리되었기 때
문에 그곳을 〈해(解)〉라고 불렀다고 한다. 그곳이 바로 지금의
산서성(山西城) 해현(解縣)이다. 그 부근에 해지(解池)라고 하는
소금 연못이 있는데 둘레가 120리나 되고 연못 속의 소금물은
붉은 빛이다. 사람들은 그것이 바로 치우가 죽을 때 흘린 피라
고 한다. 그리고 잘려나간 그의 머리와 몸뚱이는 지금의 산동지
방으로 옮겨져 수장현(壽張縣)과 거야현(鉅野縣)의 두 군데에
각각 매장되었다. 그것은 두 개의 무덤을 따로 만들어놓아 그가
죽은 뒤에라도 나쁜 짓 하는 것을 막고자 함이었다. 수장현에
매장된 것은 아마 치우의 머리일 것인데 높이가 일곱 길이나 되
었다. 고대에 그 지방 주민들은 해마다 10월이 오면 치우에게
제사를 지냈다. 이때에 늘 붉은 빛의 안개 같은 것이 치우의 무
덤 위로 솟아올라 하늘 높이까지 치솟았다고 하는데 그 모습이
마치 하늘에 걸려 있는 깃발 같아 〈치우의 깃발(蚩尤旗)〉이라
불렸다고 한다. 그것을 본 사람들은 이 실패한 영웅이 자신의
패배를 인정하지 않고 아직도 여전히 분노하고 있어, 그 원한
맺힌 기운이 하늘로 치솟아오르는 것이라고 여겼다. 거야현의
치우묘에 매장된 것은 몸통 부분인데 〈견비총(肩髀冢)〉이라고도
한다. 크기는 수장현의 것과 비슷하지만 거기에 얽힌 특별한 이
야기는 별로 전해지지 않는다.

위에 서술한 것 외에 치우의 자취로는 다음과 같은 것들이

있다. 진(晉)나라 때 기주 지방에서 어떤 사람이 거대한 해골 조각을 발견하였는데 그것이 마치 구리나 쇠처럼 단단하였으므로 치우의 뼈라고 여겼다고 한다. 또 어떤 사람은 치우의 이빨 하나를 얻게 되었는데 두 치는 되게 길었고 어찌나 딱딱한지 별별 수단을 다 써봐도 부서지지 않았다고 한다.

한(漢)나라 때에 생겨난 〈각저희(角觝戲)〉는 진(晉)나라 때에 이르러 좀더 기교가 더해져 〈치우희(蚩尤戲)〉로 변한다. 치우희란, 사람들이 두셋씩 짝을 지어 머리에 쇠뿔을 달고 그것을 서로 맞대어 힘겨루기를 하는 놀이이다. 이 놀이는 치우가 전쟁터에서 적과 싸우는 모습을 흉내낸 것이라고 여겨진다.

치우희 말고 또 다른 종류의 이야기도 있다. 즉 은·주 시대의 제기(祭器)들에 새겨진 그림 속의 그 괴이한 동물이 치우라는 것이다. 이 기이한 동물에게는 무섭게 생긴 머리만 있었고 몸뚱이는 없었는데 머리의 양쪽에는 한 쌍의 날개가 달려 있었다. 그 날개가 마치 한 쌍의 귀와도 흡사해 사람들은 그것을 〈도철(饕餮)〉이라 불렀다. 도철이란 바로 끊임없이 먹는 것을 밝힌다는 뜻이다. 먹는 것을 그렇게 탐했기 때문에 최후에는 사람을 잡아먹던 그의 잘려진 목만 남게 되었던 것이다. 즉 어떤 책에 기록된 대로 〈사람을 잡아먹으려다가 먹지도 못하고 자기가 먼저 재앙을 당한〉 꼴이었다. 실패한 치우의 종말은 바로 이런 모습이었다. 황제는 치우의 목을 잘랐으며 후대의 임금들은 상상 속의 이 머리 모양을 제기 등에 새겨넣어 야심만만하여 분수에 맞지 않는 생각을 하려 하는 신하와 제후들이 경계로 삼게 했던 것이다. 그 짐승 머리의 양쪽에 달려 있던 귀처럼 생긴 날개는 아마도 치우의 등에 붙어 있었던 날개인 것 같은데, 치우는 바로 이 날개로 〈공중을 날아다니며〉 위세를 자랑했던 것이다. 그 밖에 또 어떤 책을 보면, 도철은 서남방의 황야에서 살던 모인(毛人)인데 머리에는 돼지 대가리를 쓰고 있었고 성품이 탐욕스럽고 못됐다고 한다. 그는 재물을 모을 줄만 알았지 쓰는 데는 벌벌 떨었으며, 일하기를 싫어하였고 다른 사람들이 땀흘려 일한 대가——즉 곡식 등을 약탈하였다. 그것들을 빼앗을 때에도 강한 자에게는 약하고 약한 자에게는 강했으니, 모여 있는 사람들의 무리를 보면 잽싸게 숨었다가 혼자 가는 사람을 보면 공격하였다고 한다. 그 모습이 물론 청동기에 그려진 도철과 좀 다르긴 했지만 성품만은 전설 속의 도철과 비슷했다. 그러므로 그 역시 역사 속의 유명한 악당 치우의 화신이라 할 수 있겠다.

황제는 치우에게 이기고 나서 흉악하기 이를 데 없는 그의 목을 베었지만 그래도 분이 풀리지 않았다. 그래서 치우를 따라 함께 난을 일으켰던 묘족들을 모조리 죽여 마음속의 울분을 삭여보려 하였다. 그러나 백성들을 모조리 죽여 없앨 수는 없는 것, 옛 시인이 묘사했던 대로 백성은 들판의 메마른 가을풀 같은 존재가 아닌가. 그 풀들이 비록 메말랐다고는 해도 들불로 태워도 없어지지 않는 것, 봄바람이 건듯 불기만 하면 눈 깜박할 사이에 온통 초록빛으로 되어버리는 것이 아니던가(백거이의 시: 離離原上草, 一歲一枯榮, 野火燒不盡, 春風吹又生). 그래서 나중에 황제 대신 중앙 상제 노릇을 했던 전욱은 남방 묘족의 기세가 점점 강해지는 것을 보고는, 그들이 또 상제의 자리에 영향을 끼치게 될까봐 염려하여 대신(大神) 중과 려를 보내어서 하늘과 땅의 통로를 끊어버리게 했다. 그러고는 베개를 높이 베고 아무 근심도 없는 듯했다. 그러나 훗날 인간 세상의 왕 노릇을 했던 상제의 아들인 〈천자(天子)〉들은 남방의 이 용감무쌍한 민족에 대응하기 위해서 걱정스런 나날을 보내야 했다. 어떤 천자는 덕화(德化)의 방법으로 그들을 감화시켜 보려 했고 또 어떤 천자는 어쩔 수 없이 병사를 일으켜 군대를 보내기도 했다. 인간 세상의 안위는 곧바로 신들의 나라의 안전과 연결되어 있었으므로 긴급한 시기에 이르면 상제는 자신이 나서서 하늘나라의 병사와 장수들을 보내어 남방의 묘족과 싸우게 하는 수밖에 없었다. 본래 묘족도 인간 세상의 다른 민족과 마찬가지로 신의 후예였다. 다만 애초에 황제가 치우를 평정할 때에 묘족에게 냉엄한 복수를 하였는데 그것이 지나칠 정도로 가혹했다. 그래서 그들은 대대손손 깊은 원한을 품고 있었다. 그리고 이렇게 피비린내 나는 투쟁의 이야기를 서술하는 데 역사의 많은 부분을 할애했지만, 이제는 〈수탉이 울기 시작하면 온 세상이 밝아진다〉는 말처럼 온갖 어두운 기억들은 모두 과거가 되었다.

제6장
우랑 직녀 이야기

황제는 치우를 살해한 뒤 전쟁에서의 승리를 축하하기 위하여 「강고곡(棡鼓曲)」이라는 음악을 만들어내었다. 이 음악은 〈뇌진경(雷震驚)〉, 〈맹호해(猛虎駭)〉, 〈영기후(靈夔吼)〉, 〈조악쟁(鵰鶚爭)〉 등의 10여 장으로 이루어져 있는데, 각 장의 명칭만 보아도 그 위용과 웅대함을 짐작할 수 있다. 게다가 잔치 때 쓰이는 〈강고(棡鼓)〉라는 거대한 북을 사용하여 그 곡을 연주하니 성대함이 이루 말할 수 없을 정도였다. 둥둥 울리는 이 북소리를 따라 전쟁에서 승리한 전사들은 개선의 노래를 불렀고, 또 대전(大殿)에서는 그 노래에 맞추어 승리를 상징하는 전쟁춤을 추었다. 대전의 중앙에 있는 상좌에 앉아 이 춤을 구경하는 황제의 마음이 그 얼마나 흡족한 것이었을는지 우리도 충분히 상상해 볼 수 있을 것이다.

이렇게 전승을 축하하는 음악을 울리며 모두가 즐거워하고 있을 때였다. 금상첨화격으로 말가죽을 걸친 잠신(蠶神)이 하늘에서 천천히 내려오는 것이었다. 그녀는 손에 두 타래의 실을 받쳐들고 있었는데, 한 타래는 황금처럼 노란빛이었고 또 한 타래는 순은처럼 빛나는 하얀색이었다. 그녀는 그것들을 황제께 바쳤다. 잠신은 본래 용모가 아름다운 소녀였는데 불쌍하게도 말가죽을 뒤집어쓰고 있었다. 그 말가죽은 소녀의 몸에 붙어 뿌리를 내린 것처럼 그녀의 몸과 한덩어리가 되어 어떻게 떼어 낼 도리가 없었다. 그리고 그녀가 말가죽의 양쪽 가장자리를 잡아당겨 자신의 몸을 감싸면 그 즉시 말 모양의 머리를 한 누에로 변하였다. 심지어는 그녀가 마음만 먹으면 끝없이 가늘고 긴, 빛을 발하는 실을 입에서 토해 낼 수 있었다. 북방의 황야에 높이가 백 길이나 되고 줄기만 있으며 가지는 없는 세 그루의 뽕나무가 있었다. 그녀는 그 뽕나무 가까운 곳에 있는 또 다른 큰 나무에 올라가서는 무릎을 꿇고 앉은 채 밤낮을 가리지 않고 실을 토해 냈다고 하니, 사람들이 그 황야를 〈실을 토해 내는 들판[歐絲之野]〉이라 불렀다. 그러면 본래 아름다웠던 이 소녀는 왜 말가죽을 두르고 누에로 변해 잠신이 된 것일까? 여기에는 다음과 같은 민간전설이 전해지고 있다.

먼 옛날에 어떤 사람이 살고 있었는데 그는 먼 길을 떠나 오랫동안 집에 돌아가지 못했다. 그의 집에는 다른 사람이라곤 없고 다만 어린 딸과 말 한 마리만이 있을 뿐이었다. 이 말은 소녀가 먹이를 주어 길렀다. 혼자 남은 어린 딸은 무척 쓸쓸해하며 늘 그녀의 아버지를 그리워했다. 그러던 어느 날 그녀는 마구간의 말에게 농담으로 말을 건넸다.

「말아! 네가 가서 우리 아버지를 모시고 돌아오기만 한다면 나는 네게 시집갈 텐데」

말은 그 말을 듣자마자 벌떡 일어서더니 고삐를 끊고 마구간을 뛰쳐나갔다. 그리고 들판을 가로질러서는 몇 날 며칠을 달려 소녀의 아버지가 있는 곳에 도착했다. 소녀의 아버지는 자기 집의 말이 천리 밖의 고향에서부터 달려온 것을 보고는 놀랍고도 기뻐서 말의 갈기를 잡고 몸을 날려 말등에 올라탔다. 그러나 말은 이상하게도 그가 달려온 방향만 바라보고 서서 목을 길게 빼고는 슬피 우는 것이었다. 아버지는 그 모습을 보며 생각했다. 이 말이 아득히 먼 집에서부터 달려와 이렇게 이상스런 짓을 하고 있으니 집에 무슨 일이 일어난 것이나 아닐까. 그래서 그는 즉시 그곳을 떠나 말을 타고 집으로 돌아왔다.

집에 도착하자 딸이 아버지에게 그간의 이야기를 했다.

「집에 무슨 일이 일어난 것이 아니라 그냥 아버지가 보고 싶다고 했는데 말이 사람의 마음을 헤아려서는 저 혼자 가서 아버지를 모시고 돌아왔군요」

아버지는 딸의 말을 듣고 나자 아무 할 말이 없어 그대로 집에서 지내게 되었다. 그리고 그 말이 그렇게도 총명하고 또 사람의 마음을 잘 이해한다는 것을 알고는 매우 기뻐서 전과 달리 가장 좋은 사료를 말에게 주었다. 그러나 말은 풍성한 음식도 마다하고 소녀가 마당에서 대문으로 드나들 때마다 신경질적이 되어 소리 지르고 날뛰는데, 한두 번만 그러고 마는 것이 아니었다.

아버지는 이 모습을 보자 괴이한 생각이 들어 딸에게 물었다.

「너 말 좀 해봐라. 저 말이 왜 너만 보면 그렇게 흥분해서 날뛰는 거냐?」

딸은 하는 수 없이 전에 말과 농담으로 했던 이야기를 아버지에게 사실대로 밝혔다. 이야기를 듣고 난 아버지는 얼굴 표정이 굳어져서 딸에게 말했다.

「아이구, 정말 창피스럽구나! 남들에게는 절대로 이런 말을 하지 말아라, 그리고 당분간 대문 밖으로 나가지 말거라」

아버지는 말을 사랑했으나 결코 말을 그의 사위로 삼을 수는 없는 일이었다. 그 말이 계속 이상한 짓을 하는 것을 막기 위해 아버지는 화살을 감춰가지고 마구간에서 말을 쏘아 죽였다. 그리고 그 껍질을 벗겨 뜰에 널어두었다.

마침 그날 아버지는 일이 있어 밖에 나가게 되었다. 아버지가 외출한 사이, 어린 딸은 옆집 친구들과 함께 뜰에 널려 말려지고 있는 말가죽 옆에서 놀고 있었다. 어린 딸은 그 말가죽을 보자 심술이 나서 발로 그것을 걷어차며 욕을 했다.

「이 못된 짐승아, 감히 인간을 네 마누라로 삼으려 하다니. 가죽이 벗겨진 꼴을 보니 정말 고소하구나. 너 이놈, 지금도⋯⋯」

채 말이 끝나기도 전에 그 말가죽은 땅바닥에서부터 갑자기 날아오르더니 소녀를 뒤집어씌웠다. 그러고는 뜰 밖으로 나가 바람처럼 몇 바퀴 돌고 나서 눈깜짝할 사이에 아득히 먼 들판 저쪽으로 사라져버렸다. 친구들은 눈앞에서 이런 사건이 벌어지는 것을 보고는 기절초풍하게 놀라 어쩔 줄 몰라했다. 그러나 누구도 그녀를 구할 생각은 못한 채 그녀의 아버지가 돌아오기만을 기다려 비로소 이야기를 하게 되었다.

딸 친구들의 이야기를 들은 아버지는 놀랍고도 이상하여 부근을 샅샅이 뒤져보았으나 딸의 그림자도 찾을 수가 없었다. 그런 일이 있은 뒤 며칠이 지났다. 아버지는 큰 나무의 나뭇잎 사이에서 온몸이 말가죽으로 둘러싸인 딸을 찾아냈으나 그녀는 이미 꿈틀꿈틀 움직이는 벌레 모양의 생물로 변해 있었다. 그 벌레는 말 모양의 머리를 천천히 흔들면서 입에서 희게 빛나며 길다랗고 가는 실을 토해 내 사방의 나뭇가지를 휘감는 것이었다. 호기심에 찬 사람들이 모여들어 그 광경을 보고는 실을 토해 내는 이 이상한 생물을 〈누에(蠶)〉라고 불렀으니, 그녀가 토해 낸 실이 그녀 자신을 휘감는다는 뜻이었다. 그리고 그 나무는 〈뽕(桑)〉이라 하였는데, 이 나무에서 어떤 사람이 젊은 목숨을 잃었다(喪)는 의미이다.

이것이 바로 누에의 기원에 관한 이야기이다. 어린 딸은 후에 잠신이 되었고 그 말가죽은 그녀의 몸에 붙어서 그녀와 영원히 갈라지지 않는 친밀한 반려자가 되었다고 한다.

황제가 치우에게 이기고 난 뒤, 잠신은 그녀가 토해 낸 실을 황제에게 바쳐 그의 승리를 축하하였다. 황제는 이 아름답고 희귀한 물건을 보자 크게 칭찬하며 사람들을 시켜 이 실로 옷감을 짜게 하였다. 그 실로 짜낸 비단은 가볍고 부드럽기가 하늘의 구름 같기도 하고 또 흐르는 물결 같기도 하여 그 이전의 모시나 삼베 등과는 비교할 수가 없을 정도였다. 황제의 신하인 백여(伯余)가 이 비단으로 옷을 만들었는데 황제 또한 그것으로 제왕의 예복과 모자를 만들어 착용했다. 황제의 부인인 유조(嫘祖)는 모든 여자들 중에서 가장 존귀한 하늘나라의 황후였는데 그녀도 친히 누에를 쳤다. 그래서 잠신이 황제에게 바친 것과 같이 아름다운 실을 토해 내게 해 그것으로 숱하게 많은, 구름과도 같고 흐르는 물과도 같이 가볍고 부드러운 비단을 짜냈다. 유조가 양잠을 시작하자 백성들도 뒤따라 시작하여 누에는 점점 많아지게 되었다. 그리하여 우리 조상들이 살았던 이 풍요로운 대지에 누에가 없는 곳 없이 퍼져나갔다. 이렇게 뽕을 따고 누에를 기르고 옷감을 짜고 하는, 시(詩)처럼 아름다운 작업은 중국 고대 부녀자들의 전문적인 일이 되었다. 그리고 이처럼 아름답고 시적인 작업에서부터 생활의 자유와 애정, 그리고 행복

을 추구하는 감동적인 이야기들이 생겨났으니 견우와 직녀의
이야기, 그리고 효자 동영(董永)과 칠선녀(七仙女)의 이야기가
바로 그것이다.

전해지기로 직녀는 천제의 손녀라고도 하고 왕모(王母)의 외
손녀라고도 하는데 그것은 아무래도 상관이 없다. 어쨌든 그런
선녀가 은하(銀河)의 동쪽에 살고 있었다. 그녀는 그곳에서 아
주 신기한 실을 베틀에 걸어 아름다운 빛깔의 옷감들을 첩첩이
짜내고 있었다. 그것은 시간과 계절의 변화에 따라 빛깔이 변하
는 옷감으로 〈천의(天衣)〉라고 하였는데 바로 하늘에게 바치는
옷이라는 뜻이었다. 하늘도 사람과 마찬가지로 옷을 입었던 것
이다. 물론 씻은 듯이 깨끗한 쪽빛의 하늘도 그 나름대로의 아
름다움이 있기는 했지만. 직녀 말고도 여섯 명의 젊은 선녀들이
이 작업을 함께 하고 있었는데 그녀들은 서로 자매였고 또 모두
가 하늘나라에서도 뛰어난 길쌈 솜씨들을 지니고 있었다. 직녀
는 그녀들 중에서도 가장 열심히 일하는 선녀였다.

그 맑고 야트막한 은하를 사이에 두고 인간 세상이 있었다.
그리고 그곳에 소를 치는 〈우랑(牛郞)〉이라는 젊은이가 살고 있
었다. 그는 일찍이 부모를 여의고 형수의 집에서 갖은 학대를
다 받고 있었다. 그러다가 그는 그 집에서 쫓겨나게 되었는데
형수는 늙은 소 한 마리를 그에게 주며 분가하여 스스로 독립하
라고 하였다.

그후 그는 늙은 소의 도움과 자신의 노력으로 황무지를 개간
하여 농사를 짓게 되었으며 또 집도 짓기 시작하였다. 그렇게
한두 해가 지나자 자그마한 집이 완성되었고 겨우 입에 풀칠을
하며 지낼 수 있게 되었다. 그러나 말할 줄 모르는 그 늙은 소
를 빼고 나면 차가운 공기만 감도는 집 안에 오직 그 혼자뿐이

었으므로 지내기가 무척 쓸쓸했다.

그러던 어느 날이었다. 소가 갑자기 사람의 말을 하는 것이었다. 소는 그에게 직녀와 다른 선녀들이 은하에 와서 목욕을 할 것이라고 했다. 그리고 그녀들이 목욕을 하고 있을 때 직녀의 옷을 감춰두면 그녀를 아내로 만들 수 있을 것이라고 일러주는 것이었다. 우랑은 깜짝 놀랐으나 결국엔 소가 일러준 말에 따르기로 했다. 그래서 그는 살그머니 은하가의 갈대숲 속에 숨어서 직녀와 다른 선녀들이 함께 나타나기만을 기다리고 있었다.

얼마 지나지 않아 직녀와 다른 선녀들이 은하에 나타났다. 그녀들은 하늘하늘하고 가벼운 옷들을 벗어놓고 맑은 물 속으로 들어갔다. 눈 깜짝할 사이에 푸른 물결 일렁이는 수면에 하얀 연꽃들이 피어난 것 같았다. 우랑은 갈대숲에서 뛰쳐나와 푸른 풀들이 깔려 있는 물가에 놓여진 선녀들의 옷더미 속에서 직녀의 옷을 집어들었다. 깜짝 놀란 선녀들은 황급히 자기의 옷을 찾아 입고는 나는 새들처럼 사방으로 도망쳤다. 그리하여 은하에는 도망칠 수 없게 된 불쌍한 직녀만이 남게 되었다. 우랑은 그녀가 만일 그의 아내가 되겠다고 대답만 해준다면 옷을 돌려주겠다고 말했다. 직녀는 머리카락으로 가슴을 가리고는 부끄러운 모습으로 고개를 끄덕이는 수밖에 없었다(사실 그녀는 좀 거칠기는 하지만 용감한 이 젊은이에게 일찌감치 마음이 끌렸던 것이었으리라!). 이렇게 하여 그녀는 정말로 우랑의 아내가 되었다.

결혼을 하고 난 뒤 우랑은 밭에 나가 농사를 짓고 직녀는 집에서 옷감을 짜며 서로 사랑하는 행복하고 즐거운 생활을 해나갔다. 그리고 얼마 되지 않아 아들과 딸을 하나씩 낳으니 모두가 귀여운 아이들이었다. 부부는 서로가 검은 머리 파뿌리가 될 때까지 백년 해로하며 함께 살 수 있으리라 여겼다. 그러나 뉘 알았으랴, 천제와 왕모가 이 일을 알고는 몹시 노하여 곧바로 천신을 보내어 직녀를 잡아오라 할 줄을……. 왕모는 천신이 일을 제대로 수행하지 못할까봐 저어하여 천신을 따라 함께 와서는 상황을 살폈다.

직녀는 남편, 그리고 아이들과 쓰라린 이별을 하고는 천신에게 잡혀 하늘나라로 돌아가는 신세가 되었다. 우랑은 사랑하는 아내가 떠나는 것을 보고 너무나 슬퍼 바구니에 아이들을 태워 어깨에 걸머지고 밤을 도와 그녀를 뒤쫓아갔다. 그는 본래 맑고 야트막한 은하를 건너 하늘나라에까지 따라갈 생각이었다. 그러나 은하에 이르고 보니 은하는 이미 흔적도 없이 사라져버린 뒤였다. 고개를 들어보니 짙은 남빛의 어두운 하늘에 한 줄기 은하가 여전히 맑고 투명하게 반짝이며 흐르고 있었다. 왕모가 법술을 부려 은하를 하늘로 옮겨간 것이었다. 은하는 그곳에 그렇게 흐르고 있었으나 하늘과 땅의 거리는 멀어 다시는 그곳에 가까이 갈 수 없었다.

우랑은 집으로 돌아와 아들 딸과 함께 가슴을 치며 소리쳐 울었으니, 아버지와 자식들은 한덩어리가 되어 통곡하였다. 그때였다. 소가 외양간에서 두번째로 사람의 말을 하는 것이었다.

「우랑, 우랑! 나는 이제 곧 죽을 거예요. 내가 죽거들랑 나의 가죽을 벗기세요. 그것을 당신 몸에 뒤집어쓰면 하늘나라에 갈 수 있게 될 겁니다」

늙은 소는 그 말을 마치자마자 그 자리에 쓰러져 곧 죽어버렸다. 우랑은 소의 말에 따라 그 가죽을 벗겼다. 그리고 아들과 딸을 바구니에 넣어 걸머지고 함께 하늘나라로 떠났다. 떠날 때 바구니 양쪽 무게의 균형을 잡기 위해, 그는 내키는 대로 거름 바가지 하나를 집어 바구니의 한쪽에 넣었다. 우랑은 하늘나라에 올라가 찬란한 뭇별들 사이를 바람처럼 스쳐 지났다. 드디어 은하가 멀리 바라다보였고 은하 건너편의 직녀도 보이는 듯했다. 우랑은 기쁨에 차서 그곳을 바라다보았고 아이들도 작은 손을 흔들며 기쁘게 외쳤다.

「엄마! 엄마!」

그러나 그들이 은하에 도착해 막 은하를 건너려 하던 때였다. 아득히 높은 공중에서 갑자기 한 여인의 커다란 손이 내려오는 것이었다. 그것은 바로 왕모의 손이었다. 그녀는 다급한 김에 머리에 꽂았던 비녀를 빼어 은하를 따라 금을 주욱 그었다. 그러자 맑고 야트막한 은하는 순식간에 물결이 험하게 출렁이는 깊은 강, 천하(天河)가 되고 말았다.

이렇게 깊은 강을 마주 대하고 보니 그저 험하게 휘돌아 흐르는 그 강물 같은 눈물만 흘리게 될 뿐 다른 방법이라고는 생각해 낼 수가 없었다.

「아빠, 우리 그 거름 바가지로 저 천하의 물을 다 퍼내요!」

어린 딸은 눈물을 닦으며 작은 눈을 크게 떴다. 그리고 천진스럽고도 고집스럽게 제의하는 것이었다.

「그래, 우리 저 강물을 모조리 퍼내자」

분노에 찬 우랑은 조금도 주저하지 않고 대답했다. 그리고 대답을 끝내자마자 곧 거름 바가지를 꺼내어 용감하게 한 바가지 또 한 바가지, 물을 퍼내기 시작했다. 우랑이 물을 퍼내다가 피곤해하면 연약한 어린 힘을 합하여 아이들이 아빠를 도왔다. 이렇게 강하고도 끈질긴 애정은 위엄으로 가득 찬 천제와 왕모의 차가운 심장을 녹였다. 그래서 그들은 해마다 7월 7일 저녁이 되면 우랑과 직녀를 서로 만날 수 있도록 허락해 주었다. 그리고 그들이 만날 때는 까치들이 와서 우랑과 직녀를 위해 강물 위에 다리를 놓아주게 했다. 그래서 그날이 되면 부부는 오작교에서 서로 만나 가슴속의 말을 나누게 되었다. 그러나 직녀는 우랑을 보기만 하면 눈물을 흘렸다. 이때 대지에는 가느다란 가랑비가 내렸는데 그것을 본 부녀자들은 모두가 동정어린 어조로 〈직녀님이 또 우시네!〉라고 말했다고 한다.

우랑과 그의 아이들은 이때부터 하늘나라에 살게 되었으나 천하(天河)를 사이에 두고 사랑하는 아내를 멀리서 바라다볼 수 있을 뿐이었다. 그들이 서로 그리워하는 마음 때문에 괴로워지면 교묘한 방법으로 서신을 교환하여 소식을 전하였다. 그 방법이란 바로 다음과 같은 것이었다. 가을날 하늘의 뭇별들 사이에서 지금도 우리는 비교적 커다란 두 개의 별을 바라볼 수 있는데, 하얀 비단을 깔아놓은 듯한 은하수 양쪽에서 반짝반짝 영롱하게 빛나고 있는 그것이 바로 견우성과 직녀성이다. 그리고 견우성 직녀성과 직선을 이루고 있는 작은 별 두 개는 그들의 아들과 딸이다. 그보다 조금 먼 곳에 네 개의 작은 별들이 사각형 모양으로 나란히 자리하고 있는데 그것이 바로 직녀가 견우에게 던져준 베틀 북이라고 한다. 또 직녀성에서 좀 떨어진 곳에는 세 개의 작은 별이 있는데 이등변삼각형 모양으로, 우랑이 직녀에게 던져준 소의 코뚜레라고 한다. 그들은 베틀 북과 코뚜레에 편지를 묶어서 던져 서로의 그리움을 전했던 것이다. 이처럼 그들의 애정은 바닷물이 마르고 바위가 다 닳아 없어질 때까지 식지 않는 강렬한 것이었다.

직녀의 이야기에 뒤이어 칠선녀와 동영의 이야기가 전해진다. 칠선녀 역시 하늘나라의 직녀인데, 직녀 자매들 중 가장 나이가 어린 선녀였다. 그녀는 하늘나라에서의 적막함을 견딜 수

일월(日月), 북두남두(北斗南斗), 우랑직녀(牛郎織女), 산동 역성(歷城), 효당
산(孝堂山)

우숙(牛宿), 여숙(女宿), 남양 한화관, 한대화상석

없어 몰래 인간 세상으로 내려갔다가 길에서 동영이라는 사람
을 만났다. 그는 아버지의 장례를 치르기 위해 자기 자신을 팔
아 부원외(傳員外) 집에 일을 하러 가는 중이었는데 칠선녀는
그를 보자 곧 사랑에 빠지게 되었다. 그래서 토지의 신에게 주
례를 부탁하고 늙은 홰나무에게 중매를 청하여 홰나무 그늘 아
래에서 동영과 결혼하였다. 결혼식을 올리고 난 뒤 부부는 함께
부원외 집에 일을 해주러 갔다. 그런데 계약서에 〈아무것도 걸
리는 것 없는 혼자〉라는 말이 씌어져 있었기 때문에 갑작스레
여자 하나를 데리고 함께 온 동영을 본 부원외는 그들을 같이
있게 할 수 없다고 거절하였다. 애원하고 다투고 한 끝에 결국
다음과 같이 합의를 하였다. 즉 동영 부부가 그날 저녁으로 비
단 열 필을 짜낸다면 본래 3년이던 고용살이를 100일로 줄여주
기로 했고, 만일 짜내지 못하면 3년에 3년을 더 보태 6년 간의
머슴살이를 하기로 하였다. 칠선녀는 얼른 그렇게 하겠다고 대

답했으나 동영은 몹시도 근심이 되었다.

그날 저녁, 고민하고 있는 동영을 먼저 가서 자라고 한 뒤, 칠선녀는 인간 세상으로 내려올 때 자매들이 그녀에게 선물한 난향(難香)이라는 향을 방 안에 피웠다. 그러자 하늘에 있던 선녀들이 그 향기를 맡고는 얼른 달려왔다. 그러고는 막내동생의 부탁을 듣고 모두 함께 일을 시작하였다. 하늘나라에서도 빼어난 길쌈 솜씨를 지닌 이 재주 많은 아가씨들은 날줄 씨줄을 재빠르게 짜넣으며 작업을 했는데, 정말로 하룻밤 사이에 화조(花鳥) 문양이 가득한 찬란한 비단 열 필을 짜내었다.

이튿날 부부가 이 비단을 주인에게 전하니 주인은 놀라움을 금치 못했다. 드디어 약속했던 100일이 되었다. 동영 부부는 주인에게 고별 인사를 하고 자기 집을 향해 떠났다. 이미 한 약속이 있었기 때문에 주인은 하는 수 없이 그들이 돌아가도록 놓아둘 수밖에 없었다. 집으로 가는 길에 칠선녀는 자신이 이미 임신했다는 것을 동영에게 이야기하였다. 동영은 그 말을 듣고 기쁜 일이 겹쳤다며 즐거워하였다. 그들은 견우 직녀처럼 작은 가정을 이루어 남편은 농사짓고 아내는 옷감을 짜는, 그런 부지런하고 행복한 생활을 꿈꾸었다. 그러나 그때 천제는 칠선녀가 몰래 인간 세상으로 내려갔다는 것을 알았다. 크게 노한 천제는 그 즉시 사신을 보내어 종과 북을 울려 칠선녀에게 천제의 명령을 전하게 했다.

「오시(午時) 삼각(三刻)까지 하늘로 돌아오거라. 만일 돌아오지 않는다면 하늘의 병사들을 보내어 잡아올 것이며 동영도 죽음을 면치 못하리라」

행복한 단꿈은 이렇게도 쉽게 깨져버리고 말았다. 칠선녀는 그녀의 남편이 해를 입을까 두려워 그들이 결혼했던 홰나무 아래에서 동영과 슬픈 이별을 하는 수밖에 없었다. 본래 동영이 부르면 곧 대답을 하던 그 홰나무 역시 지금은 아무리 불러도 대답을 하지 않았으니 그야말로 벙어리 나무가 되어버린 것 같았다. 사이 좋던 부부가 순식간에 이렇게 생이별을 하게 되었음은 큰 비극이 아닐 수 없었다. 그러나 칠선녀는 동영에게 〈내년에 벽도화(碧桃花)가 피는 날, 홰나무 아래에서 아이를 드리리다〉라는 약속을 하고는 동영이 기절해 버린 사이에 하늘나라의 사신을 따라 하늘로 가버렸다.

제1장
우공이산

 황제 시대 탁록 지방에서 일어났던 그 격렬한 전쟁에서 상고 시대의 거인족이었던 치우는 그 후대가 깨끗이 끊기고 말았다. 다만 과보족만이 조금 남아서 후에 과보국(夸父國), 즉 박보국(博父國)을 이루었다. 그리고 『열자(列子)』에서도 우리는 과보족과 관계가 있는 거인이 산을 옮긴 이야기를 찾아볼 수 있다.

 북산(北山)에 우공(愚公)이라는 노인이 살고 있었다. 그 노인의 나이는 이미 90여 세나 되었다. 그런데 그의 집이 태행산(太行山)과 왕옥산(王屋山) 등 거대한 두 산과 마주하고 있어서 드나들기가 여간 불편한 게 아니었다. 그래서 그는 집안 식구들을 모두 불러 의논을 하였다.

 「저 두 산은 정말이지 골치가 아파. 우리가 드나드는 길을 떡억 가로막고 있으니 말이야! 우리 그놈의 산들을 다른 곳으로 옮겨버리는 게 어때?」

 약간 바보스러운 듯한 우공의 자손들은 이구동성으로 〈좋습니다〉라고 말했다. 오직 우공의 아내만이 회의적이었는데 그녀는 비교적 이성적인 사고를 했으므로 식구들이 산을 옮기려 한다는 말을 듣고는 우공에게 얘기했다.

「그만둬요, 영감! 당신 같은 나이에는 괴보(魁父)처럼 작은 동산조차 옮기기 힘들 텐데 태행산이나 왕옥산과 같은 큰 산을 옮길 생각을 하다니요. 설사 당신이 옮길 수 있다고 해도 그렇지, 그 많은 진흙이며 돌덩이들은 다 어디에다 쌓아놓을 작정이유?」

그러자 우공의 바보스런 자손들이 말했다.

「발해(渤海)에 갖다 버리죠, 그러면 끝나는 거 아닙니까?」

모두가 찬성을 했으므로 산을 옮기는 일은 결정이 났다. 이왕 하기로 했으면 빨리 시작할 것, 그 즉시 작업이 시작되었다. 땅을 파낸 사람은 파내고 쓸어담는 사람은 쓸어담고, 모아놓은 진흙과 돌덩이들은 모두들 힘을 합쳐 발해 쪽으로 운반해 갔다. 그때 이웃에 사는 경성씨(京城氏)라는 과부에게 유복자가 하나 있었는데 막 이(牙)를 가는 나이의 어린아이였다. 그 아이는 사람들이 열심히 일하는 모습을 보고는 깡총깡총 달려와 그들의 일을 거들었다. 진흙을 발해로 가지고 가서 버리는 데 반 년이나 걸렸으므로 사람들은 갈 때 입은 두꺼운 솜옷이 얇은 옷으로 바뀔 때쯤이 되어서야 돌아왔다. 하곡땅의 지혜로운 노인(河曲智叟)은 그들이 이렇게 고생하는 것을 보고는 웃으며 우공을 가로막고 말했다.

「영감님, 숨 좀 돌리시오, 바람 앞에 곧 꺼질 불꽃 같은 나이의 당신 같은 노인네가 이 거대한 산들을 어떻게 옮길 수 있단 말이오?」

그러자 우공이 대답했다.

「자꾸 그러지 말게나. 당신의 식견은 저 과부나 그의 어린

아이만도 못하구먼. 당신은 이걸 모르고 있네. 내가 죽더라도 내게는 아들이 있고, 또 아들이 죽으면 손자가 있지. 손자는 또 아들을 낳을 게 아닌가? 우리가 이렇게 대대손손이 그 일을 해 나간다면, 그래, 저 산인들 평평해지지 않을 재주가 있을 것 같나?」

하곡의 지혜로운 노인은 더 이상 그에게 반박할 말을 찾을 수가 없었다. 그런데 뜻하지 않게도 이 이야기가 손에 뱀을 쥐고 있는 천신의 귀에까지 들어가게 되었다. 그는 우공이 정말 그렇게도 우직스럽게 밀고 나간다면 이 두 군데의 명산(名山)은 남아나지 못할 거라 생각하여 황급히 상제에게 이 일을 보고하였다. 이야기를 듣고 난 상제는 우공의 강한 의지와 정성에 감동하였다. 그래서 과아씨(夸娥氏)의 두 아들을 보내어 우공을 돕게 하였다. 과아씨의 두 아들은 우공의 집 문 앞에 있는 두 산을 등에 지고서 하나는 삭동(朔東)에, 다른 하나는 옹남(雍南)에 옮겨다 놓았다. 이렇게 하여 본래 함께 있던 두 산은 각각 남북으로 나뉘게 되었다. 그런데 이 이야기에 나오는 〈과아씨〉의 두 아들은 바로 〈과보씨(夸父氏)〉의 두 아들인 듯하다. 왜냐하면 그들은 똑같이 힘센 거인이며 또 〈아(娥)〉와 〈보(父)〉는 발음이 서로 비슷하기 때문에 이렇게 생각해 볼 수도 있을 것 같다. 그리고 산을 옮길 것을 주장하고 또 그것을 즉시 실행에 옮긴 우공의 정신과 기개 역시 태양을 쫓아가던 과보와 좀 닮은 데가 있다고도 할 만하다.

황제와 상제의 자리를 다투었던 자로는 위에서 얘기한 치우말고도 형천(刑天)이 있다. 형천은 본래 이름이 없는 거인이었는데 황제와 권좌를 다투다가 결국 황제에게 목이 잘리었기 때문에 〈형천〉이라는 이름을 얻게 되었다. 〈형천〉이라는 것이 바로 〈목이 떨어졌다〉라는 의미이기 때문이다.

형천은 염제 신농의 신하였다. 음악을 무척이나 좋아하였으며 염제가 우주를 통치할 때 염제를 위해 「부리(扶犁)」라는 음악을 지었다. 또한 「풍년(豐年)」이라는 시가도 지어 그것을 합쳐 「하모(下謀)」라 하였다. 그 노래의 제목만 보아도 당시 사람들이 얼마나 행복한 생활을 영위하고 있었는가를 알 수 있다.

그런데 새롭게 세력을 키워 나타난 황제가 강력한 무력으로 염제를 패퇴시키니, 염제는 남쪽 지방으로 쫓겨가 남방 상제 노릇을 하고 있어야 했다. 어질고 온화하기만 했던 염제는 분노를 삼킨 채 그냥 그곳에 머물며 다시금 황제와 싸워볼 생각은 조금도 하지 않고 있었다. 형천도 치우처럼 염제에게 병사를 일으켜 황제에게 대항해 볼 것을 권했지만 염제는 그냥 그 상황에 안주하려 할 뿐, 그의 권고를 들으려 하지 않았다. 물론 형천은 화가 머리끝까지 치밀어올랐다. 그러다가 치우가 거사를 하여 황제에게 대항하고 있다는 소식을 듣게 되니 그의 가슴속에서는 희망의 불꽃이 맹렬하게 타오르기 시작했다. 자기도 얼른 달려가 그 전쟁에 참여하고 싶었다. 그러나 염제는 그를 가지 못하게 막았다. 더구나 치우가 결국엔 패해 죽음을 당하고 말았다는 소식에 접하게 되자 그는 더 이상 참을 수가 없었다. 혼자서라도 달려가야 했다. 가서 황제와 한판 승부를 가려야 했다.

그는 슬며시 남방 하늘나라를 떠났다. 왼손에는 방패, 오른손에는 도끼를 들고서 기세등등하게 황제의 나라를 향해 달려갔다. 물론 그의 앞길은 험난했다. 황제의 나라를 지키는 수많은 수문장들과 싸워야 했지만 그들은 모두 그의 적수가 못 되었다. 파죽의 기세로 그는 마침내 황제의 궁전에 도착했다.

황제는 형천이 자기와 싸우기 위해 오고 있다는 이야기를 듣고 치밀어오르는 분노를 억제하기 어려웠다. 황제는 보검을 움켜쥐더니 바로 뛰쳐나가 형천과 싸우기 시작했다. 구름 속에서 그들은 각각 칼과 도끼를 든 채 목숨을 건 싸움을 벌였다. 긴 시간을 그렇게 싸웠지만 승부는 나지 않았고 어느새 그들은 인간 세상으로 내려와 서방의 상양산(常羊山) 부근에까지 이르게 되었다. 상양산은 본래 염제가 태어난 곳이었는데, 거기서 북쪽으로 멀지 않은 곳에 황제의 자손들이 모여 사는 헌원국(軒轅國)이 있었다. 헌원국 사람들은 사람의 얼굴에 뱀의 몸을 하고 있었고 꼬리가 머리를 휘감고 있었다. 황제와 형천은 각각 자기들의 근거지에 가까이 왔기 때문에 더욱 격렬하게 싸웠다. 그러다가 황제가 형천의 허를 찔러 갑자기 그의 목을 향해 칼을 내리쳤다. 작은 동산처럼 커다란 형천의 머리가 목에서 떨어져 나와 산기슭으로 굴러갔다.

형천은 자기의 머리가 없어진 것을 깨닫자 마음이 몹시 급해졌다. 그래서 오른손에 쥐고 있던 도끼를 왼손에 쥐고서 구부리고 앉아 땅을 더듬기 시작했다. 주위의 산을 모조리 더듬으며 그는 자신의 머리를 찾으려 했다. 하늘을 찌를 듯한 거대한 나무와 기암 괴석들도 형천의 손이 닿기만 하면 잘라지고 부서져 버렸다. 산에는 자욱한 흙먼지가 가득 차고 부러진 나무와 돌덩이들이 이리저리 굴러다녔다.

그 모습을 본 황제는 걱정이 되었다. 만일 형천이 자기의 머리를 찾아 다시 목에 붙이기라도 한다면 분명히 황제를 또 찾아올 것이니 그야말로 골치아픈 일이 될 것이었다. 그래서 황제는 보검을 들어 상양산의 가운데를 내리쳤다. 산이 반으로 갈라지니 깊은 골짜기가 생겼고 형천의 머리는 그 갈라진 틈으로 떨어져버렸다. 그리고 그 산은 다시 붙어 하나가 되었다.

땅에 쪼그리고 앉아 자기의 잘려진 머리를 찾던 형천은 잠시 동작을 멈추었다. 그는 마치 수천만 년 동안 그 자리에 있어온 것처럼 멍청하게 꼼짝도 않고 앉아 있었다. 그 모습이 꼭 거대한 산처럼 보일 지경이었다. 그는 자기 머리가 이미 땅 속에 묻혀 다시는 그것을 찾을 수 없음을 알았다. 보이지 않는 그의 적은 어쩌면 지금 자기의 앞에 서서 낄낄거리며 웃고 있을지도 모를 일이었다.

그는 이제 실패한 것일까? 아니, 그는 결코 지지 않았다. 적어도 그는 자신의 패배를 인정하지 않았다. 가만히 앉아 있던 그는 그 자리에서 벌떡 일어났다. 그리고 한손에는 도끼를, 또 한손에는 길다란 방패를 들고 하늘을 향해 휘두르기 시작했다. 눈앞에 있을 보이지 않는 적을 향해 죽음을 무릅쓴 결투를 계속하는 것이었다.

상반신을 벗은 형천은 자신의 젖꼭지를 눈으로, 커다란 배꼽

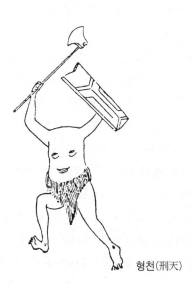

형천(刑天)

을 입으로 삼았다. 비록 머리가 잘렸을지언정 그의 몸이 머리를 대신할 수 있었던 것이다. 끊임없는 전의에 불타는 거인의 위용은 그야말로 대단한 것이었다. 가슴에 달린 두 눈에서는 분노의 검은 불꽃이 타오르는 듯했고, 배에 달린 큰 입에서는 적을 저주하는 말들이 튀어나오는 것 같았다. 그는 결코 진 것이 아니었다. 그저 그 음모의 칼날에 우연히 머리가 잘려진 것뿐이었다. 그는 절대로 지지 않았다. 그에게는 여전히 싸울 수 있는 힘과 용기가 있었다. 비록 그의 적인 황제가 일찌감치 그곳을 떠나 하늘나라로 돌아가버렸을지라도, 머리가 잘리어진 형천은 여전히 상양산 부근에서 무기를 휘두르며 싸우고 있었다. 몇천 년이 지난 뒤 진(晋)나라의 시인 도연명은 「독산해경시(讀山海經詩)」에서 〈형천이 방패와 도끼를 들고 춤을 추니, 용맹스런 기개가 여전히 나타나네(刑天舞干拓, 猛志固常在)〉라고 노래했다. 좌절을 당했음에도 불구하고 실패한 영웅이 끊임없이 분투하는 정신에 대해 쓴 그 내용이 과찬이라고 할 수만은 없을 것이다.

형천의 이야기와 같다고 할 수는 없어도 비슷한 것으로는 하경(夏耕)에 관한 이야기가 있다. 그러나 하경은 형천처럼 적극적이고 기개 있는 인물이 아니라 정신 상태가 그리 제대로 되어 있지 않은 자였기 때문에 형천과는 근본적으로 다르다(그에 대해서는 「하은편(夏殷篇)」에서 다시 자세히 언급하기로 한다).

황제와 염제가 판천에서 벌였던 한판 승부는 전쟁의 서막에 불과했고, 진짜 전쟁은 황제가 탁록에서 치우와 벌인 그 오랜 싸움이었다. 과보도 나중에 그 싸움판에 뛰어들었다. 『염철론(鹽鐵論)』「결화편(結和篇)」에 의하면, 〈헌원이 탁록에서 싸워 양역과 치우를 죽이고 상제가 되었다(軒轅戰涿鹿, 殺兩曍蚩尤而

爲帝)〉라는 구절이 보인다. 여기에 나오는 〈양역〉이 어떤 인물인가는 고서에 기록이 없기 때문에 자세히 알 수가 없다. 그러나 그 이름이 치우와 함께 거론된 것으로 보아 치우처럼 군사를 일으켜 황제에게 저항했던 영웅이 아닌가 여겨진다. 어쩌면 염제의 후손이거나 그의 신하일 것 같기도 한데, 고서의 기록이 너무 간략하여 이름을 제외하고는 아무것도 알 수가 없다. 형천이 혼자 황제를 찾아가 상제의 자리를 다투다가 목이 잘렸다고 하는 이야기는 바로 〈황제와 염제의 전쟁〉의 여파로 보면 될 것 같다.

그러나 여파라고는 하지만 그것이 아주 미미한 것은 아니었고 그것에 뒤이어 또 다른 반항의 물결이 일어났다. 치우와 과보의 뒤를 형천이 이은 것이 그것이었다면 전욱과 상제의 자리를 놓고 싸웠던 공공은 더 큰 반항자였다. 그에 관한 이야기는 「개벽편」에서 이미 서술한 바 있거니와 그 투쟁의 결과로 하늘이 기울고 땅이 꺼졌었다. 이 밖에도 우리는 『산해경』에서 아주 흥미로운 지명 두 개를 발견할 수 있는데 하나는 〈맹익지공전욱지지(孟翼之攻顓頊之池)〉, 다른 하나는 〈곤공정주지산(鮌攻程州之山)〉이다. 앞의 것에 대해서 곽박(郭璞)은 〈맹익은 사람의 이름이다(孟翼, 人姓名)〉라고 했고 뒤의 것에 대해서는 〈모두가 어떤 사건 때문에 붙은 이름이다(皆因其事而名物也)〉라고 설명하고 있다. 또한 학의행(郝懿行)은 뒤의 것에 대해 〈정주는 나라 이름이며 '우공공공국산'과 같은 종류의 것이다(程州, 蓋亦國名, 如禹攻共工國山之類)〉라 하고 있다. 사실 학의행이 〈공공국〉을 예로 들 것도 없이 〈정주가 나라 이름〉이라는 추론은 『산해경』 끝의 〈시주지국이라는 나라가 있다(有始州之國)〉라는 구절과 『산해경』 「대황동경」의 〈하주지국이 있다(有夏州之國)〉라는 구절만 보아도 성립될 수 있다. 또한 곽박이 〈맹익은 사람의 이름〉이라고 한 것이나 〈어떤 일로 인하여 이름이 붙은 것〉이라고 한 말도 모두 일리가 있다. 이 말은 바로 누군가가 상대방을 공략했던 사건 때문에 그 지방의 산이나 연못에 그런 이름이 붙게 되었다는 것을 뜻한다. 전욱이나 곤은 모두가 황제 계통의 인물들이기 때문에 맹익이나 정주 땅은 염제 계통이라고 상상해 볼 수 있다. 그들이 바로 어느 산 어느 연못 근처에선가 소규모의 전쟁을 벌였었기 때문에 이런 이름이 붙었을 것이니, 이것 역시 황제와 염제 전쟁의 여파라고 말할 수 있다. 한편 〈우공공공국산〉에 대한 곽박의 주를 보면 〈우가 그 나라를 공격하여 이 산에서 공공의 신하인 상류를 죽였다(言攻其國, 殺其臣相柳于此山)〉라고 되어 있는데, 이것은 황제와 염제 전쟁의 가장 외곽에서 일어난 여파라고 말할 수 있다. 이때가 되면 우는 이미 모두가 공인하는 정통적 영웅의 모습으로 나타나고 공공은 우에게 저항하는 악인의 이미지로 떠오르게 되는 것이다.

제8장
황제의 주변 인물들

　치우를 이긴 황제에 대하여 사람들은 여러 가지 이야기들을
만들어내었다. 황제와 그의 신하들이 발명해 낸 것들에 관한 전
설도 여러 가지가 있다. 우선 황제가 수레를 만들어서 헌원씨
(軒轅氏)라고 불린다고 하는 이야기가 있고 또 면류관을 만들었
다든가 밥을 짓는 솥이나 시루를 만들었다는 이야기도 있다. 또
한 새나 짐승들이 다니는 것을 보고 그것들을 잡기 위해 함정을
팠으며, 백성들에게 집짓는 법을 가르쳐주기도 했고 축구놀이
를 만들어내기도 했다는 이야기가 전해진다. 이것들이 모두 황
제 자신이 한 일이라면 그의 신하들이 발명해 내었다고 하는 것
은 더욱더 많다. 『세본(世本)』에 기록된 것만 보더라도 옹보(雍
父)가 절구를 만들었다든가 공고(共鼓)·화적(貨狄)이 배를 만
들었다고 하는 이야기 외에도 많은 기록이 있는데 그것은 다음
과 같다. 즉, 휘(揮)는 활을, 모이(牟夷)는 화살을, 호조(胡曹)
는 면류관을, 백여(伯余)는 의상을, 이(夷)는 북을, 윤수(尹壽)
는 거울을, 그리고 어측(於則)은 신을, 무팽(巫彭)은 의료기술

을, 무함(巫咸)은 동고(銅鼓)를 만들어내었으며 이 밖에도 영윤
(伶倫)은 악률을, 대요(大橈)는 갑자(甲子)를, 이수(隸首)는 산
수를, 용성(容成)은 조력(調歷)을, 저송창힐(沮誦蒼頡)은 글
을, 사황(史皇)은 그림을 만들어내었다고 하는 이야기들이 실려
있다. 이렇게 보면 중국 문화의 서광은 황제의 시대에 이미 찬
란하게 그 빛을 발하고 있었다고 할 수 있으며 또한 황제는 많
은 것들을 발명해 낸 고대의 만물박사였다고도 말할 수 있겠다.
  황제가 영윤을 시켜 악률을 만들게 한 데에는 신화에 가까운
이야기가 전해지고 있다. 영윤은 대하(大夏)의 서쪽에서 곤륜산
의 북쪽까지 가 해계(嶰溪)의 산골짜기에서 대나무를 우선 골라
내었다. 곧고 가운데가 빈, 두께가 고른 대나무에서 마디 하나
를 잘라내니 길이가 세 치 아홉 푼쯤 되었다. 그리고 그것을 불
어 소리를 내어 황종(黃鐘)의 율조로 삼았다. 그런 뒤 다시 비
율에 따라 열두 개의 대나무 관을 만들어 곤륜산 기슭으로 가서
봉황새의 울음소리에 맞춰 열두 가지의 서로 다른 율조를 만들
어내려 하였다. 마침내 봉황새가 울기 시작했다. 수컷이 여섯
가지 소리를 내고 암컷 역시 여섯 가지 소리를 내니 그 울음소
리의 높낮이가 황종의 율조에 잘 어울렸다. 그래서 황종의 율조
에 따라 봉황의 울음소리를 참고로 하여 열두 개 대나무 관의
길이를 다듬어 서로 다른 열두 가지 율조를 만들어내었다. 바로
이것이 영윤이 악률을 만든 과정이다.
  황제는 또한 영윤과 영장(榮將)에게 열두 개의 종을 만들게
하여 궁(宮)·상(商)·각(角)·치(徵)·우(羽)의 다섯 가지 소리
를 따라 「육영(六英)」과 「구소(九韶)」 등의 음악을 연주하게 하
였다. 특히 음력 2월 을묘일에, 태양이 규성(奎星)의 위치에 있
게 되는 시각에 열두 개의 그 종으로 성대한 음악을 연주하게

하였는데 그것을 「함지(咸池)」라 하였다. 〈함지〉는 본래 별자리 이름으로 〈하늘나라의 연못〉이라는 뜻인데, 황제의 음악 이름 으로도 쓰인다. 이 음악을 연주할 때에는 간단한 춤의 동작도 있었던 것으로 추측되는데 아마도 희극(戲劇)의 초기 형태를 갖 추고 있었던 것으로 보여진다. 전국시대 조간자(趙簡子)가 병이 나서 이레 낮과 밤을 누워 있었던 적이 있는데 그때 꿈속에서 「균천광악(鈞天廣樂)」이라는 음악을 들었다고 한다. 이 음악 역 시 황제 때의 음악인 「함지」가 변한 것이 아닌가 여겨진다. 그 음악을 연주할 때 총지휘자는 당연히 영윤이었다. 후대 사람들 은 그를 홍애선생(洪涯先生)이라고 부르기도 한다. 한나라 때 장형(張衡)이 쓴 「서경부(西京賦)」에 보면 당시의 서경인 장안 에서 어용백희(魚龍百戲)를 공연하는 장면이 나오는데, 가벼운 깃털 옷을 입은 홍애선생이 악단의 가운데에 서서 지휘를 하는 모습이 보인다. 이런 연유로 해서 훗날 연주자나 그들을 지휘 감독하는 사람들을 통틀어 영관(伶官)이라고 부른다. 바로 황제 시대에 영윤이 악률을 만들고 음악을 연주했던 데서 비롯된 명 칭인 것이다.

황제의 신하인 윤수가 거울을 만들어낸 데에도 재미있는 이 야기가 전해지고 있다. 황제가 왕옥산(王屋山)에서 서왕모를 만 날 때 윤수를 시켜 열두 개의 큰 거울을 만들게 했다고 한다. 그것으로 황제가 서왕모와 만나는 성대한 장면을 비추려 했던 것인데 일 년 열두 달 동안 매번 다른 거울을 사용했다. 또 다 른 전설에 의하면 황제가 주조했던 거울은 본래 열다섯 개의 비 교적 작은 거울이었다고 한다. 첫번째 거울의 지름이 한 자 다 섯 치였는데 달이 찼다가 기우는 것처럼 거울의 치수도 한 치씩 줄어들어 맨 마지막 거울은 지름이 한 치밖에 안 되었다. 당나라 초기에 왕도(王度)라는 사람이 수나라 말기의 후생(侯生)에게서 바로 그 거울 중의 여덟번째 거울을 얻었는데 지름이 여덟 치였고 거울 뒷면에는 물고기와 용, 봉황과 호랑이, 팔괘와 열두 별자리, 그리고 옛날 글자들이 정교하게 새겨져 있었다고 한다. 그는 이 거울을 얻은 뒤로 기이한 경험들을 많이 하였으며 그것으로 온갖 요괴와 귀신들을 비춰볼 수 있었다. 그래서 자신이 겪은 경험을 『고경기(古鏡記)』라는 소설로 써내었는데 훗날 이 소설이 바로 당대(唐代) 소설의 시초가 되었다.

무팽이 의술과 약을 발명해 낸 이후, 황제의 시대에는 세 명의 뛰어난 의사가 있었다고 전해진다. 그 중 첫번째가 유부(愈跗)이다. 그의 의술은 매우 뛰어났으며 완벽한 외과 수술을 할 수 있었다. 그는 탕약이라든가 침, 안마나 뜸질 등의 방법을 전혀 사용하지 않고 환자를 치료했다. 오장육부의 근원에 의거하여 직접 칼을 사용해 피부를 가르고 근육을 해부한 다음 혈맥을 묶고 나서 병이 난 골수와 뇌수 등을 짜낸다. 그리고 횡경막의 아래와 위에 위치한 고황에서 그것을 덮고 있는 것들을 손톱으로 걷어낸 뒤, 장이나 위, 그리고 심장이나 간, 비장이나 폐, 신장 등을 꺼내어 깨끗하게 씻어낸다. 그런 수술을 거치면 앓고 있던 환자의 몸과 마음이 완전히 새로워져 정상적인 상태로 회복이 되었다고 한다. 그래서 후대의 전설에서도 유부는 뛰어난 의술을 지닌 것으로 묘사되는데 그 능력이 출상중이던 상여에까지 미쳤다고 한다. 즉, 머지않아 매장될 시체가 그의 의술 덕분에 다시 살아나는 바람에 상여는 오던 길을 되돌아가야 했다는 것이다. 이런 이야기들로 짐작해 보건대 고대의 외과 의사였던 그의 재주가 상당히 훌륭했었음을 알 수 있다. 두번째로 유명한 의사는 뇌공(雷公)이다. 그의 의술과 사적에 관해서 알려진 바가 많지는 않다. 다만 황제가 그와 기백(岐伯) 두 사람에게 경맥에 관한 학술 토론을 명한 적은 있었다. 그리고 또 황제의 몸에 이상이 생겼을 때 그들 두 사람을 불러 맥을 짚어보고 진찰하게 하기도 하였다. 그 밖에 뇌공의 수하에 있던 한 인물, 약초를 캐는 사람에 관한 이야기가 전해지고 있는데 그 내용은 아래와 같다. 어느 날 뇌공이 약초 캐는 이에게 그를 대신해서 좋은 약초를 캐오라고 하였다. 그 사람은 산 속 깊이 들어갔다가 그만 길을 잃어 돌아올 수가 없게 되었다. 어찌된 연고인지 그는 그만 딱따구리로 변해 버렸고, 나무 줄기 위에 붙어서 길고도 뾰족한 부리로 나무 속에 숨어 있는 해충을 쪼아먹고 살게 되었다. 그는 이렇게 남은 자신의 생애를 딱따구리로 변한 채 보내게 되었는데 어떻게 보면 그것은 나무를 치료하는 의사라고도 할 만했다. 세번째 인물은 바로 기백이다. 그는 뇌공의 친한 동료였으며 함께 경맥에 대해 연구하기도 하였다. 황제는 그에게 여러 가지 나무와 풀들의 맛을 보고 어떤 식물이 어떤 병을 치료하는 데 효과가 있는가를 알아보라는 지시를 내렸다. 그 명령에 따라 지은 책이 바로 의학서인 『본초(本草)』와 『소문(素問)』이다. 기백은 이 밖에도 열두 마리의 흰 사슴이 끄는 수레를 타고 동해의 봉래산에도 갔다고 하는데, 그것은 아마도 신선과 불사의 약초를 찾아보라는 황제의 명령을 따르려 했음이 아닐까.

황제의 시대에 가장 유명했던 인물은 역시 〈사황(史皇)〉의 칭호를 갖고 있는 창힐(蒼頡)이었다. 그는 황제의 신하였다고 하는데 혹자는 그가 황제 이전의 또 다른 제왕이었다고 하기도 한다. 또 창힐사황이 한 인물이라고 하는 설과 창힐은 창힐, 사황은 사황이라고 하는 설이 있다. 후자를 주장하는 사람들에 의하면 창힐은 문자를 발명했고 사황은 그림을 만들어내었다고 하며 두 인물 사이엔 아무 관계도 없다고 한다. 이렇듯 여러 가지 학설이 있지만 최초의 문자가 그림의 형태였다는 점을 염두에 두고 생각해 보면 창힐과 사황을 동일 인물로 보는 것이 비교적 합리적일 것 같다. 그 밖에 창힐이 황제 이전의 제왕이었다거나 혹은 황제의 신하였다고 하는 이야기는 모두 신화 전설이므로 고찰해 볼 필요가 없다고 여겨진다.

한편 〈사황〉의 칭호를 지닌 창힐은 탄생부터가 범상치 않았다. 우선 그는 넓적한 용의 얼굴을 하고 있는 데다가 네 개의 눈에서는 광채가 뿜어져 나왔다. 아직 어린아이일 때부터 붓을 들고 여기저기 휘갈겼는데 가만히 바라보면 그것이 모두 나름대로의 의미를 지니고 있어 사람들이 그런 그의 행동을 미워하지 않았다. 커가면서 그는 머리를 써서 여러 가지 문제들에 대한 답을 구하곤 했다. 그로서는 천지만물의 변화가 참으로 신기한 것이어서 연구해 보아야 할 대상이었으니, 그는 늘 머리 들어 하늘의 별들을 살폈고 머리 숙여 땅 위의 모든 것들을 바라보았다. 거북이 껍질의 무늬, 새들의 깃털에 그려진 문양, 산의 능선과 시냇물의 완만한 흐름, 그런 대자연의 모습들을 늘 자신의 손바닥에 그려보았고 그런 과정을 거쳐 드디어 문자를 만들어내었다. 창힐이 문자를 발명해 낸 것은 그야말로 보통일이 아니었으니 하늘과 땅이 놀란 것도 무리는 아니었다. 하늘에서는 좁쌀이 빗방울처럼 쏟아져 내렸고 귀신도 놀라서 한밤중에 흐느껴우는 소리를 내었다. 사람들이 이제 자신들의 본분인 농사짓는 일을 소홀히 여기고 송곳 따위로 글자를 새기는 데만 몰두할 것이니 그렇게 되면 사람들이 먹을 양식이 없어지지 않겠는가. 그래서 우선 좁쌀비를 내리게 하여 앞으로 일어날 기근에 대비하려 함이었으니 그것이야말로 사람들에게 경고의 의미가 되는 것이었다. 또한 문자가 생기면 사람들은 그것을 사용해서 귀신들을 탄핵할 것이니 귀신들 역시 울지 않을 수 없었다. 이런 이야기들은 문자의 발명이 그야말로 〈천지를 놀라게 하고 귀신들까지 겁먹게 하는〉 굉장한 사건이었음을 설명해 주고 있다.

이상으로 황제와 그의 신하들이 발명한 것에 대한 이야기를 대충 해보았다. 그러나 사실 황제가 뭐 그리 시간이 남아돌아가서 그렇게 많은 발명들에 관심을 쏟을 수 있었으랴. 치우와의 전쟁에서 이긴 뒤 황제는 풍후(風后)와 상백(常伯) 두 신하에게 책과 보검을 짊어지게 하고서 표표히 각지를 떠돌아다니며 여행을 했을 뿐이었다. 청구(靑邱)라든가 동정(洞庭)·아미(峨眉)·왕옥(王屋) 등이 모두 그들이 지나다녔던 곳들이다.

그 중에서도 가장 흥미로웠던 것은 서방 대사막의 여러 가지 기이한 풍광이었을 것이다. 새벽에 그곳에 갔다가 저녁이면 돌아왔는데 순식간에 만 리를 다닐 수 있었던 셈이다. 그들은 신인(神人)이었기 때문에 비록 세상을 떠돌아다니긴 했어도 보통 사람과는 크게 다를 수밖에 없었다. 서방에 있는 그 대사막은 〈원류(洹流)〉라고도 했는데, 모래가 하도 미세하고 부드러워서 물이 흐르듯이 이동해 다녔다는 뜻이다. 그 사막은 발을 한 걸음 내딛기만 하면 밑으로 빠져들어갔다고 하는데 그 깊이를 헤아릴 수가 없었다. 『초사』「대초(大招)」를 보면 〈영혼이여 서방으로 가지 말라, 그곳엔 유사(流沙)가 끝없이 아득하게 펼쳐져 있으니〉라는 구절이 나온다. 거기에 나오는 〈유사〉가 바로 그 대사막일 것이다. 또 『서유기(西遊記)』에 나오는 사화상(沙和尙)이 사람을 잡아먹는 짓을 했던 8백 리 유사하(流沙河) 역시 그곳이리라. 그런 사막에 바람이 불어와 모래가 흩날려 시야가 마치 안개 낀 것처럼 흐릿해지면 숱하게 많은 날개 달린 용이며 물고기, 자라 등이 그 몽롱한 모래바람 속을 이리저리 날아다녔다고 한다. 보통사람들에게 그 광경은 두려운 것이었지만 신인들이 보기에는 그저 희한하고 신기한 구경거리였다. 유사에는 또 〈석거(石蕖)〉라고 하는 기이한 식물이 자라고 있었다. 그것은 말하자면 돌로 된 연꽃이었는데 딱딱하면서도 가벼웠다. 줄기 하나에 백여 개의 이파리가 달려 있었으며 천 년 만에 단한 송이의 꽃이 피어났다. 그 꽃의 청록색 이파리가 유사의 흐르는 모래 파도 위를 뒤덮은 채 바람에 흔들거리면 그 모습이 참으로 아름다웠다.

황제는 이렇게 이곳저곳 떠돌아다니면서도 한편으로는 사람들을 시켜 수산(首山)의 구리를 캐오게 해 형산(荊山) 기슭으로 옮겨 거대한 솥(鼎)을 주조하였다. 그것은 황제가 치우에게 이긴 기념으로 만든 것이었지 일부에서 주장하듯이 단약(丹藥)을 만들려고 한 것은 아니었다. 황제는 본래 천상의 상제이기 때문에 후세의 도사들처럼 연단(鍊丹)으로 수행(修行)할 필요가 없었던 것이다. 그러나 황제가 탁록에서 치우와 한바탕 큰 전쟁을 치르고 나서 치우를 죽인 뒤 인간 세상에 잠시 머물다가 하늘로 돌아갔기 때문에, 황제가 먼저 수도(修道)를 한 뒤에 신선이 되었다고 하는 사람들이 있는데 이것은 틀린 주장이다. 이것에 대해서는 자세히 설명할 필요가 없다.

한편 황제가 형산 기슭에서 만들기 시작한 그 솥(寶鼎)이 드디어 완성되었다. 솥을 만들 때에는 호랑이와 표범, 하늘의 날짐승들이 모여들어 화로를 지켰고, 화로의 불꽃을 지켰다. 이것은 상당히 거대한 솥으로 높이가 자그마치 한 길하고도 석 자

나 되었다. 용량 역시 곡식 열 섬을 담는 항아리보다도 더 컸
다. 솥의 둘레에는 구름을 뚫고 날아오르는 용의 모습이 조각되
었는데 그것은 아마도 응룡을 묘사한 것 같다. 또 사방의 귀신
과 온갖 동물들도 새겨졌다. 황제는 이 솥을 형산 기슭에 전시
하고 그곳에서 솥의 완성을 축하하는 잔치를 벌였다. 잔치에는
하늘나라의 신들과 사면팔방의 백성들이 모두 참가했다. 그야
말로 인간과 신들이 모두 모인 잔치로서 무척이나 떠들썩했다.

　잔치가 한창 성대하게 진행되고 있을 때였다. 갑자기 금빛
찬란한 비늘로 뒤덮힌 신룡(神龍) 한 마리가 구름 속에서 몸뚱
어리를 반쯤 내밀었다. 그리고 그의 턱수염을 솥 위에까지 늘어
뜨리는 것이었다. 황제는 자신을 데리고 하늘로 돌아가려는 사
자(使者)가 왔다는 것을 알았다. 그래서 자신과 함께 인간 세상
에 내려왔던 70여 명의 천신들과 같이 구름 속으로 들어가 신룡
의 등에 올라타고 천천히 높은 하늘로 올라갔다. 황제가 용을
타고 하늘로 올라가는 것을 보고 있던 인간 세상의 국왕과 백성
들은 황제와 함께 올라가려 했으나 모두가 다 용의 등에 올라
탈 수가 없었기 때문에 앞을 다투어 용의 수염을 붙잡았다. 용
의 수염은 이렇게 많은 사람들이 잡아당기는 통에 그만 땅바닥
으로 떨어지고 말았다. 그때 수염에 걸려 있던 황제의 활도 함
께 떨어졌다. 땅 위에 떨어져버린 국왕과 백성들은 서로 황제의
활을 잡으려 하고 또 용의 수염도 가지려고 비명을 지르며 울고
야단들이었다. 후에 그 활은 〈오호(烏號)〉라 불렸고 그것이 떨
어진 곳은 〈정호(鼎胡)〉라고 하였다. 〈정호〉란 〈솥 위의 용 수
염〉이라는 뜻이다. 어떤 책에는 〈정호(鼎湖)〉라고 되어 있는데
그것은 뜻이 잘 통하지 않는다. 사람들이 잡아당겨 뽑혀버린 용
의 수염은 후에 풀로 자라났다고 하는데 그것이 바로 지금의

〈용수초(龍鬚草)〉이다.

한편 황제가 연단 수행을 하여 신선이 되었다고 하는 황당무계한 전설 때문에 훗날 황제가 신선들과 교유를 가졌다거나 혹은 신선들이 황제를 위하여 일을 했다고 하는 이야기들이 생겨났다. 선인들 중에 가장 유명하기로는 광성자(廣成子)가 으뜸이다. 어느 날 황제가 친히 공동산(崆峒山)에 가 광성자를 만나 도(道)를 물었다. 두 사람 사이에 한동안 재미없고 무미건조한 철학적 이야기들이 오고간 뒤 광성자가 황제에게 말했다.

「제가 신체를 단련한 지 벌써 천이백 년이나 되었습니다. 어때요, 조금도 늙어보이지 않지요」

그 말을 듣자 황제는 자신의 온몸을 땅바닥에 엎드리게 하는 예로써 광성자를 대하며 감탄해서 말했다.

「광성자야말로 대자연과 한몸이 된 인물이라고 할 만하구나!」

그때 황제는 원구산(圓丘山)에 아주 귀한 선약이 있다는 말을 듣고 그것을 무척이나 손에 넣고 싶어했다. 그러나 그 산에 뱀이 많아 가서 약을 구하고 싶어도 뱀이 두려워 가지를 못하고 있었는데 광성자가 방법을 일러주었다. 웅황(雄黃)을 몸에 지니고 가면 뱀이 그 냄새를 맡고 멀리 도망갈 테니 그때 선약을 손에 넣으라는 것이었다.

황제가 치우와 싸울 때 광성자는 황제의 군사(軍師)였다. 기우(夔牛)의 가죽으로 북을 만들어 치우의 군대를 패퇴시킨 것이 현녀(玄女)라고 기록되어 있는 책도 있지만 또 다른 책에는 광성자라고 씌어 있기도 하다. 유명한 인물들의 사적지가 여러 곳이듯 광성자의 자취도 여기저기서 눈에 띈다. 그가 은거하던 공동산(지금의 河南省 臨汝縣)도 그 중의 한 곳이다. 그 산꼭대기에는 기와로 된 통 모양의 동굴이 있었는데 날씨가 궂어 비바람

이라도 몰아칠 양이면 하얀 개 한 마리가 그 동굴에서 나오곤
했다고 한다. 그래서 산기슭에 사는 농부들은 그 개를 보고 날
씨를 알아맞췄으니, 그런 연유로 해서 그 산을 옥견봉(玉犬峰)
이라고도 불렀다 한다.

이 밖에 또 황제와 밀접한 관련이 있는 선인이 있는데 그는
영봉자(寧封子)라고 했다. 영봉자는 촉(蜀) 땅의 청성산(靑城山)
에 은거했는데 황제가 그곳까지 찾아가 〈용교비행(龍蹻飛行)〉의
도를 물은 적이 있었다. 〈용교비행〉이라는 것은 아마도 범속한
인물이 신선이 된다는 뜻인 듯하다. 청성산의 주봉은 장인봉(丈
人峰)인데 다섯 개의 산봉우리가 연이어져 이루어져 있다. 산기
슭엔 장인관(丈人觀)이라는 사원이 있었는데 지금은 건복궁(建
福宮)이라 불리며 영봉장인(寧封丈人)을 모시고 있다. 황제가
청성산을 〈오악장인(五嶽丈人)〉으로 봉하였기 때문에 그 산의
봉우리와 그곳의 사원에도 모두 〈장인(丈人)〉이라는 이름이 붙
었다고 한다. 또 다른 전설에 의하면 황제 때에 영봉은 〈도정
(陶正)〉이라는 직책을 맡아 도기를 굽는 일을 관장하고 있었다
고 한다. 어느 날 한 이인(異人)이 그곳을 지나다가 영봉자 대
신 화로의 불을 맡아보았는데 불 속에서 오색의 연기가 피어오
르게 하는 것이었다. 그 기인은 영봉자에게 불을 피우는 신기한
방법을 가르쳐주었고 그 방법을 터득한 영봉자는 어느 날 불을
피워 그 불 속에 뛰어들어 스스로를 태웠다. 오색 찬란한 연기
속에서 영봉사는 마치 불꽃 속을 오르락내리락하는 듯이 보였
는데 다 타고난 뒤에 재를 뒤적거려보니 아직 다 타지 않은 영
봉자의 뼈가 남아 있었다. 사람들이 그 뼈를 거두어 영북산(寧
北山)에 묻었으므로 그는 영봉자(寧封子)라는 이름을 얻게 되었
다. 〈봉(封)〉이라는 것은 〈묻힌다〉는 뜻이다. 이 외에 또 다른

민간전설이 전해지고 있는데 그 내용은 다음과 같다.

청성산 건복궁 뒤에 장인산(丈人山)이 있었는데 그곳은 헌원황제가 영봉에게 도를 물은 곳이라고 한다. 영봉은 영산(寧山)에 봉해졌기 때문에 영봉이라고 한다. 그 시절에 홍수가 범람하여 사람들은 모두 동굴 속에 살았는데 물을 구하려면 산기슭으로 내려가야 했다. 그러나 물을 길어올 만한 그릇이 없어 산기슭의 젖은 흙으로 그릇을 만드니 그 그릇이 튼튼할 리가 없었다. 그러던 어느 날 우연히 들짐승이 불에 탔는데 그 불길 속에서 남은 단단한 흙을 가지고 도기를 만드는 방법을 영봉자가 터득하게 되었다. 그래서 마침내는 황제의 도정(陶正) 일을 맡아보게 되었다. 그러던 중 불을 피워 도기를 굽다가 가마 위에 올라가 땔감을 더 얹을 일이 생겼다. 불길을 돋우려고 가마 위에 올라가는 순간 가마가 타서 무너져버리는 바람에 그는 그만 뜨거운 불길 속으로 떨어지고 말았다. 그러나 사람들은 영봉이 연기를 따라 서서히 하늘로 올라가는 모습을 보았다고 하는데 아마 신선이 되었을 것이라고들 하였다. 이 두 가지 이야기 중에 후자가 더욱 이채로우며 의미롭다. 영봉자가 인류 문화의 발전을 위해 스스로를 희생했으며 몸은 비록 불에 타 사라졌을지라도 인류를 위하던 그 정신만은 영원히 살아 있다는 점 때문에 그러하다.

이들 외에 마사황(馬師皇)이라는 신선이 있는데 그는 황제의 마의(馬醫)였다. 병든 말의 모습을 보기만 해도 그는 그 말을 살릴 수 있는지 없는지를 알아내었다. 그리고 병든 말은 그의 손을 거치기만 하면 즉시 완치되곤 했다. 어느 날 갑자기 하늘에서 용 한 마리가 구름 사이로 얼굴을 내밀었는데 귀를 늘어뜨리고 입만 벌린 채 마사황을 바라보고 있었다. 마사황은 〈이 용

은 병들었구나, 내가 이놈을 고칠 수 있지)라고 중얼거렸다. 그
는 용의 입에 침을 놓고 감초탕(甘草湯)을 먹였는데, 그것을 먹
고 나자 용은 과연 씻은 듯이 다 나았다. 그 후에도 여러 차례
병든 용들이 물 속에서 튀어나와 마사황에게 치료를 받곤 했다.
그러던 어느 날 마침내 신룡 한 마리가 구름 속에서 내려와 그
를 태우고 승천하였다.

이 밖에 황제와 교우했던 선인으로는 용성공(容成公)·부구공
(浮丘公)·운양선생(雲陽先生) 등이 있었다. 지금의 안휘성 황
산(黃山)은 황제와 용성공, 부구공 등이 함께 다니며 도를 이야
기했던 곳이라고 하여 황산이라는 이름을 갖게 되었다고 전해
진다. 그리고 지금의 산서성 익성현(翼城縣) 동남쪽에는 옛날에
양석산(陽石山)이라고 불렸던 산이 있는데 그곳에 신룡지(神龍
池)라는 연못이 있다. 바로 그 연못이 황제가 운양선생을 보내
용을 기르게 했던 곳이라고 한다. 옛날에는 제왕들이 모두 그곳
에서 용을 길렀다고 하는데 그 이유는 다른 것 때문이 아니었
다. 나라에 때없이 한발이 들면 제왕들은 바로 그 연못에서 신
룡들에게 비를 내리게 해달라고 기도를 했던 것이다.

일찍이 황제가 청성산에 가 영봉자에게 도를 물었던 적이 있
었다. 그때 청성산 골짜기에서 소녀(素女)라고 하는 신녀를 만
났는데 그녀는 후에 황제의 시녀가 되었다. 소녀는 음악을 좋아
하였고 그 중에서도 슬(瑟)을 연주하는 것을 가장 좋아하였다.
본래 복희시대에 만들어진 슬은 줄이 50개였는데 그 소리가 너
무 슬펐기 때문에 황제가 줄을 반으로 줄여 소녀에게 연주하게
하였다고 한다. 줄이 25개로 줄어드니 소리도 그런대로 들을 만
하였던 것이다. 소녀가 있던 곳은 청성산 부근으로 지금의 사천
성 서쪽 평원인데 옛날에는 도광의 들판[都廣之野]이라 하였고

하늘사다리인 건목(建木)이 그곳에서 자랐다. 그곳은 또 후직이
묻힌 곳으로 물자가 풍부했고 온갖 곡식들이 저절로 자라났는
데 쌀에 기름기가 자르르 흘렀다. 또한 난새가 노래하고 봉황이
춤을 추는 곳이었는데 이곳에 대해서는 「요순편」에서 다시 이야
기하기로 한다.

황제가 정호(鼎胡)에서 용을 타고 승천하였다는 이야기 때문
에 후대에 이르러서도 〈백일승천(白日昇天)〉에 관한 비슷한 이
야기들이 심심치 않게 나타났다. 다음에 보이는 것들이 그런 전
설들이다.

한(漢)나라 때 회남왕 유안(劉安)은 신선의 학문을 좋아하였
다. 그는 수염과 눈썹이 하얀, 〈팔공(八公)〉이라 하는 여덟 명
의 이상한 노인들에게서 이 학문을 배웠다. 후에 신선술에 정통
해진 그는 자신이 만든 단약을 먹고 그 여덟 노인을 따라 어느
산에선가 백일승천했다고 한다. 그런데 그의 집에 그가 먹다가
남긴 단약이 있었다. 그것을 뜰에 있는 그릇과 통 속에 넣어두
었는데 닭과 개들이 그것을 먹어버렸다. 그러자 금방 효과가 나
타났다. 삽시간에 뜰에서 그들의 모습이 사라져버리고 닭이 하
늘에서 꼬꼬 우는 소리, 개가 구름 속에서 왕왕 짖는 소리만이
들려왔다. 본래 미련했던 닭과 개가 이렇게 하여 하늘로 올라가
선구(仙狗)와 선계(仙雞)로 변했던 것이다. 그 조금 뒤인 왕망
(王莽)시대 때 당공방(唐公房)의 이야기도 이것과 매우 흡사하
다. 그도 역시 단약을 만들어 먹고 백일승천하였는데 집에서 기
르던 닭과 개도 단약 덕분에 모두 승천하여 〈닭은 하늘에서 울
고 개는 구름 속에서 짖었다〉고 한다. 이 부분은 회남왕 이야기
에 나오는 동물들의 그 득의에 찬 모습을 다시 한번 보는 듯하
다. 다만 당공방 이야기에서 좀 새로운 부분으로는 다음과 같은

내용이 있다. 즉 그 집의 쥐만이 단약을 먹지 못해(당공방은 쥐가 나쁜 동물이라고 여겨 단약을 감춰두고 먹여주지 않았다고 함) 하늘에 올라가지 못했다. 그 쥐는 어찌나 화가 나든지 생각하면 할수록 속이 상해 매달 그믐날 달이 뜨지 않는 어두운 밤이 되면 뱃속의 위장을 모조리 토해 내었다. 그러나 이 쥐의 위장은 다음달이면 또 새로 생겨났다고 한다. 당씨 집의 이 운 없는 쥐의 자손들도 모두 그러했는데, 사람들은 이런 이상한 쥐들을 〈당서(唐鼠)〉라고 불렀다.

이 두 가지 이야기보다 더 재미있는 것이 바로 오대(五代) 때의 왕로(王老)라는 사람의 이야기이다. 그는 시골에 살면서 신선의 도를 꿈꾸어 오던 사람이었는데 어느 날 떠돌아다니는 도사를 만나게 되어 그를 극진히 대접하였다. 그 도사는 자신의 몸에 돋은 부스럼을 닦아낸 술을 왕로에게 마시게 하였고 왕로의 가족 역시 그 술을 함께 마셨다. 그때 마침 마당에서는 보리타작을 하고 있었는데 갑자기 바람이 불어오고 구름이 스쳐가며 온 가족이 날렵하게 하늘로 올라갔다. 그 집에서 기르던 개와 닭들도 따라서 승천을 하였고 마당에서는 여전히 일꾼들이 보리 타작하는 소리가 들려오고 있었다.

이런 전설들은 흥미롭기는 하지만 그저 그뿐이다. 왜냐하면 회남왕 유안은 백일승천한 것이 아니라 그가 모반을 꾀한다고 어떤 자가 고발을 하자 죄를 입을까 두려워 스스로 목을 찔러 자살했다고 하는 기록이 보이기 때문이다. 이런 기록으로 인하여 회남왕의 백일승천에 관한 전설은 산산이 깨져버리고 말았으니 구름 위로 올라가다가 그만 떨어져버리는 것과 무엇이 다르랴.

제3부
요순편
堯舜篇

제1장
은 민족의 상제 제준

본편은 「요순편」이라고 제목을 정하였지만 대부분은 순(舜)에 관한 이야기이다. 제준(帝俊)이나 제곡(帝嚳)은 모두 순의 화신이다.

고대의 중국에는 아주 많은 여러 민족들이 살고 있었고 그 민족들은 각각 그들이 섬기는 상제와 귀신들에 관한 전설, 그리고 신화를 갖고 있었다. 그런데 시간의 흐름에 따라 각 민족 간의 종교와 문화는 끊임없이 서로 흡수되고 변화하여 상제와 귀신들의 숫자도 점차 많아지고 또 전설이나 신화도 차츰 역사화되어 상당히 복잡한 양상을 띠게 되었다. 즉 한 가지의 사건이 여러 사람에게서 일어난 것처럼 이야기되기도 하고 또 한 사람이 여러 사람으로 분화되기도 하였다. 제준과 제곡, 그리고 순은 본래 한 인물이었는데 여러 사람으로 분화되어 나타나는 구체적인 예가 될 것이다.

제준은 동방의 은(殷) 민족이 섬기던 상제이다(앞에서 이야기한 바 있는 동방 상제 복희와 그는 동일 인물이 아니다). 제준이라는 이름의 〈준〉은 본래 〈준(夋)〉이며, 갑골문에는 〈♌〉으로, 또는 〈♐〉으로 표기된다. 이 외에도 〈준〉을 나타내는 대동소이한 여러 가지 글자들이 있는데 모두 이 두 가지 형태의 범주를 벗어나지 않는다. 어떤 사람은 앞의 글자 모양에 근거하여 그것이 아마도 오랑우탄일 것이라고 주장하고, 또 어떤 사람은 뒤의 글자를 보건대 그것은 새의 머리에 사람의 몸을 한 괴물일 것이라고 주장한다. 우리는 이 두 가지를 절충하는 관점에서 이 문제를 생각해 볼 수 있다.

먼저 문자의 모양으로 보면 〈♐〉 글자는 확실히 새의 모습을 나타내고 있다. 그리고 새 모양의 뾰족한 부리가 특히 더 튀어나와 있다. 거기에 비하면 〈♌〉 글자는 그림이 비교적 간단하여 새의 부리가 확실히 표현되어 있지는 않으나 〈♐〉의 것과 같은 형태로 보인다. 즉 그림에 나타난 머리 모양은 새의 머리이지 동물의 머리라고는 보이지 않는다. 그러나 그 몸뚱이 부분은 사람의 몸 같지는 않다. 왜냐하면 이런 글자들의 아랫부분에 늘 짧은 꼬리가 하나씩 붙어 있기 때문이다. 예를 들어 〈♐〉자를 보면, 꼬부라지고 약간 위로 치솟은 짧은 꼬리의 모양이 확연히 드러난다. 사람에게는 이러한 꼬리가 없으므로 그 몸뚱이가 사람과 비슷하다는 주장보다는 원숭이와 흡사하다는 주장이 더 타당할 것 같다. 또 다른 도형을 보면 〈♐〉으로 그려진 것이 있다. 그것은 손에 지팡이를 짚은 모습이니, 일반적으로 말해지는 것처럼 제준은 다리가 하나뿐이었는지도 모른다. 그리고 그의 머리가 〈◁〉나 〈◘〉 모양으로 그려진 것은 머리 위에 두 개의 뿔이 돋아 있다는 의미인 것 같다.

이상의 것들을 종합해 보자면 동방(東方) 은(殷) 민족이 모시던 상제인 제준은 새 모양의 머리에 두 개의 뿔이 나 있으며 원숭이의 몸뚱이에 다리는 하나뿐이고, 또 손에는 늘 지팡이를 들고 있으며 등을 구부리고 절름거리며 길을 걷는 기괴한 생물인데, 이것이 바로 그들의 시조신인 제준의 모습인 것이다.

제준은 은 민족의 시조인 설(契)과 주 민족의 시조인 후직(后稷)을 낳은 제곡이며, 동시에 또한 역산(歷山) 기슭에서 코끼리를 이용하여 농사를 짓다가 황제가 된 순이다. 순임금이 요(堯) 임금의 사위라는 것은 모두가 아는 일이지만 제곡은 또 요임금의 아버지라고도 한다. 순과 제곡은 본래 동일인인데 이렇게 한 인물이 갑자기 아버지도 되고 또 사위가 되기도 하니, 고대의 신화와 전설이 역사로 변화할 때 생겨난 복잡함이 바로 이와 같았다. 여기서는 제준, 제곡과 순의 세 인물이 왜 동일인의 화신인가 하는 문제에 대한 여러 학자들의 복잡하고 재미없는 고증은 인용하지 않겠다. 다만 그들에 관한 신화들을 소개함으로써 독자들이 그 속에서 문제에 대한 해답을 내릴 수 있는 개략적 관념을 얻을 수 있게 될 것이다.

먼저 제준에 대하여 이야기해 보기로 하자. 제준은 앞에서도 언급했듯이 동방 은 민족이 모시던 상제이다. 이 상제의 위대함은 서방 주(周) 민족의 상제인 황제와 견줄 만하다. 그러나 주 민족은 후에 은 민족을 멸망시킨 민족이었기 때문에 황제에 관한 신화는 자연히 많이 보존되어 왔으며 또 더 위대해 보이기까지 한다. 그리고 그후에 역사화의 과정을 거쳐 황제는 상제에서 인간 세상의 왕으로 변하는데, 이렇게 변한 황제의 모습에 관하여 후에 나타난 전설들은 더욱 많다. 그리하여 황제는 마침내 인간과 신의 공통된 조상이 되며 제준보다도 더 위대한 모습으로 나타난다. 반면에 제준은 전쟁에 패한 민족의 상제였으므로 그 상황이 좋지 않을 수밖에 없었다. 즉 그에 관한 신화는

말곰[羆]

대부분 없어지고 다만 서로 연관성이 없는 몇 개의 단편적인 이야기들만이 남아 있을 뿐이다. 그러나 이렇게 남아 있는 단편적 이야기들만 보아도 당시 이 동방 상제의 위세가 얼마나 대단했는가를 추측해 볼 수 있다.

전설에 의하면 제준에게는 세 명의 아내가 있었다고 한다. 그 중의 하나가 아황(娥皇)이었다. 아황은 인간 세상에다가 삼신국(三身國)이라는 나라를 탄생시켰는데 이 나라의 사람들은 모두 머리가 하나에 몸뚱이가 세 개였다. 그들은 요(姚)씨 성(姓)을 갖고 있었으며 오곡을 먹었고 표범과 호랑이, 곰과 말곰[羆]등의 네 가지 야수들을 자신들의 하인으로 부렸다. 그러나 삼신국을 탄생시킨 아황은 그런대로 평범한 아내였다. 이에 비해 제준의 다른 두 아내는 상당히 뛰어난 여인들이었다. 태양의 여신인 희화(羲和)는 열 개의 태양을 아들로 낳았다. 그녀는 동남쪽 바다 밖에 있는 감연(甘淵)에서 그곳의 맑고 달콤한 샘물로 그녀가 낳은 태양들을 목욕시켰다. 그녀는 그 태양들을 깨끗

이 씻겨 그들이 차례로 일하러 나가서 세상을 밝게 비춰주는 직
책을 다할 수 있게 해주었다. 또 다른 아내는 달의 여신으로 상
희(常羲)라고 하였다. 그녀는 열두 개의 달을 딸로 낳았다. 그
녀도 회화처럼 서방의 황야에서 그녀의 딸인 달들을 씻겼는
데, 그 뜻은 아마 태양의 여신 희화가 그녀의 아들들을 씻겼던
것과 같은 데 있었으리라.

한편 동방의 황야에는 사람의 얼굴에 개의 귀, 그리고 짐승
의 몸을 한 사비시신(奢比尸神)이 있었는데, 그 근처에는 깃털
이 아름다운 오색조(五色鳥)들이 얼굴을 맞대고 빙글빙글 돌며
춤을 추고 있었다. 제준은 가끔 하늘에서 내려와 이 오색조들과
친구가 되었다. 그러다가 기분이 좋아지면 단 하나뿐인 다리로
지팡이를 짚고 오색조들 틈에 섞여 절름거리며 그들과 함께 춤
을 추었다. 제준은 인간 세상에 두 군데의 제단을 갖고 있었는
데 오색조들이 그것을 관리하였다.

제준은 왜 유독 이 오색조들과 친구가 되었을까? 얘기하자면
길어지지만 나름대로의 연유가 있었다. 오색조는 본래 세 가지
종류가 있었는데 황조(皇鳥)와 난조(鸞鳥), 그리고 봉조(鳳鳥)
가 그것이다. 즉 이 오색조는 고대전설에 나오는 봉황인 것이
다. 그 모습은 닭처럼 생겼으나 오색 깃털이 나 있었고 〈자연의
것들을 먹었으며, 늘 노래하고 춤을 추었다〉. 그들이 세상에 나
타나기만 하면 천하가 태평하였다고 한다. 어지러웠던 시절에
살던 공자(孔子)까지도 〈봉황이 오지 않는구나〉라고 탄식했다
하니까 그 오색조가 얼마나 귀하게 여겨졌는가를 알 수 있다.
이 귀한 새는 동방의 군자지국(君子之國)에 살았으며 사해(四
海)의 바깥을 날아다녔다. 기록에 의하면 존귀했던 황제까지도
봉황을 본 적이 없어 한번 그것을 보고 싶어했다고 한다. 그래

봉황(鳳凰)

서 황제는 자신의 신하인 천로(天老)에게 봉황의 생김새가 어떠한가를 물은 적이 있다. 천로도 아마 봉황을 보지 못했던 듯, 자신의 풍부한 상상력에 의거해 황제에게 아뢰는 수밖에 없었다.

「봉황의 앞쪽 부분은 기러기 같고 뒤쪽은 기린을 닮았으며 뱀의 목에 기러기의 꼬리, 용의 무늬에 거북의 등, 그리고 제비처럼 생긴 턱에 닭의 부리를 하고 있습니다」

이렇게 대충 대답을 했으니, 날짐승과 길짐승, 파충류와 물고기 등 온갖 동물들의 특징을 모두 합쳐 봉황의 형상을 만들어내었다. 이래서 봉황은 무척이나 신비로운 생물이 되고 말았는데, 사실 봉황은 그리 신비스런 동물은 아니다. 〈봉황〉의 〈봉〉이라는 글자는 갑골문에 〈🐓〉으로 표기되는데, 〈🐓〉에 대해서 따로 해석이 있는 것을 제외하면 전체 모양으로 보아 공작새를 나타내고 있다. 이것을 나타내는 또 다른 글자의 아래쪽에는 〈🐓〉로 표기되기도 하는데 꼬리 부분의 둥근 반점을 보면 그것이 더욱 확실해진다. 고대의 중국에는 황하(黃河)의 양쪽에 코끼리나 물소도 살았었는데, 그 시절에는 공작새와 흡사한 봉황도 존재했을 것이다. 다만 후에 기후의 변화로 인해 그 생물들이 점차 적어져서 결국엔 멸종에 이른 것이리라. 그러므로 제준이 하늘에서 내려와 사귀었다고 하는 오색조는 아마도 이 생물인 듯하다. 은 민족의 신화를 보면 간적(簡狄)이 현조(玄鳥, 즉 제비)의 알을 삼키고 나서 은 민족의 시조인 설(契)을 낳았다고 하는 전설이 있다. 그런데 그들의 시조신인 제준은 형태상 분명히 새의 머리를 하고 있다. 이 새 모양의 제준의 머리는 바로 현조의 머리일 것이니 달리 해석할 수가 없다고 여겨진다. 현조는 본래 동방 민족이 숭배하던 신조(神鳥)였는데 상상 속에서 미화되어 공작과 비슷한 모양의 봉황으로 변한 것이다. 그래서 동일한 작자가 기술한, 간적이 제비 알을 삼키고 설을 낳았다고 하는 동일한 이야기가 초사의 「천문(天問)」에서는 〈현조〉로, 「이소」에서는 〈봉조〉로 나타나는 것이다. 이러한 것으로 보아 봉황은 바로 현조, 즉 제비임이 분명하다. 그러므로 제비의 머리 모양을 하고 있는 동방 상제 제준은 동방의 황야에 사는 이 오색조들과 아주 오래전에 이미 동류였기 때문에, 그가 하늘에서 내려와 오색조들과 친구가 되었다는 것은 조금도 이상한 일이 아니다. 그리고 또 어쩌면 그 새들과 함께 춤을 추었을 수도 있는 일이다.

제준 자신에 관한 신화는 앞에서 이야기한 오색조와의 전설 이외에도 한 가지가 더 있다. 북방 황야에 위구(衛丘)라는 곳이 있었는데 그 둘레가 3백 리 넓이나 되었다.

그 언덕의 남쪽에 제준의 대나무숲이 있었는데 그곳의 대나무는 얼마나 큰지, 마디 하나만 잘라 쪼개도 두 척의 배를 만들 수 있을 정도였다. 이런 대나무는 남방의 황야에도 있었다고 하는데 〈체죽(涕竹)〉이라 불렀다. 이 대나무는 크기가 수백 길이

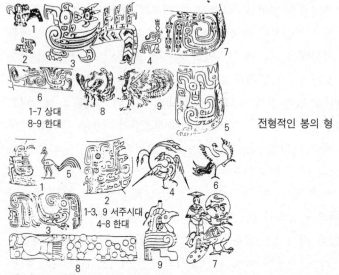

1-7 상대
8-9 한대

전형적인 봉의 형

1-3, 9 서주시대
4-8 한대

변형된 봉의 형상. 이 그림들은 임사내부(林巳奈夫)가 「봉황 형태의 계보(鳳凰形態の系譜)」(고고학잡지, 1966)에서 사용했던 것을 허진웅(許進雄)이 『중국고대사회』에서 인용한 것임.

1-2 상대
3-7 한대

변형된 봉의 형상 적(翟)

나 되었고 둘레가 세 길이나 되었으며 두께는 아홉 치나 되었
다. 이것 역시 잘라서 배를 만들었다고 하는데 이것도 아마 제
준의 대나무였을 것이다. 그리고 〈체죽〉이라는 이 이름은 이번
장의 마지막 절에서 이야기하게 될 아름다운 반죽(斑竹)의 전설
을 연상케 하는데 이것 역시 제준의 대나무임에 틀림이 없다.

　제준의 자손들에 관한 신화는 비교적 풍부한 편이다. 제준은
태양과 달을 낳았을 뿐 아니라 인간 세상의 여러 국가들도 생겨
나게 했으니, 제준의 자손들이 바로 그 국가들을 이룬 것이다.
예를 들어 대황의 동쪽 들판에 제준은 중용(中容)·사유(司
幽)·백민(白民)·흑치(黑齒) 등 네 개의 나라를 생겨나게 하였
다. 그 중에서 사유국이 가장 특이하다. 그 나라 사람들은 두
개의 집단으로 나뉘었는데 남자들의 집단은 사사(思士), 여자들
의 집단은 사녀(思女)였다. 사사들은 아내를 얻지 아니하였으며
사녀들 역시 남편을 필요로 하지 않았다. 다만 신기한 것은 그
들이 마치 흰 거위〔白鵝〕처럼 눈만 마주쳐도 감동을 받아 아이
를 낳을 수 있다는 점이었다.

　그리고 대황의 남쪽 들판에 삼신(三身)과 계리(季釐) 두 나라
가 있었는데 이들 역시 제준의 후손들이다. 삼신국에는 네모지
고 커다란 연못이 있었는데 순(舜)이 자주 이곳에 와 목욕을 하
였다. 여기서의 순은 아마 제준인 듯하다. 대황의 서쪽 들판에
는 서주국(西周國)이 있었는데 역시 제준의 후손들이 세운 나라
이다. 제준은 후직(后稷)과 대새(台璽)를 낳았고 대새는 숙균
(叔均)을 낳았다. 후직은 온갖 곡식의 종자들을 하늘에서 가져
왔고, 숙균은 그의 아버지와 후직을 대신하여 백곡을 심었다.
그리고 들소를 이용하여 농사를 지었다. 후에 숙균의 자손들이
국가를 이루니 그것이 바로 서주국이다.

제준의 자손들 중에는 총명하고 재주가 뛰어난 사람들이 있어 여러 가지 문명의 이기들을 만들어내었다. 번우(番禺)는 배를 만들었고 길광(吉光)은 나무로 수레를 만들었으며 안룡(晏龍)은 금슬(琴瑟)을, 그리고 여덟 명의 이름없는 아들들은 노래와 춤을 만들어내었다. 또 의균(義均)은 창의력과 기교가 뛰어나 각종 공예품들을 만들어내었는데, 상고 문명의 서광은 이렇게 제준시대 때부터 점차 비춰 나오기 시작했다.

제준의 자손들 중에서 특히 언급할 만한 사람이 바로 의균이다. 의균의 이름은 〈수(倕)〉라고도 하는데 그의 사고와 재주가 뛰어났으므로 사람들이 그를 〈교수(巧倕)〉라고 불렀다. 그는 요(堯)임금 시대의 유명한 장인(匠人)이었는데 유용한 많은 물건들을 만들어내어 사람들에게 큰 기쁨을 가져다주었다. 예를 들자면 컴퍼스와 수평, 먹줄 등의 공업용구, 가래와 쟁기, 보습, 괭이 등의 농업기구, 그리고 활 같은 무기, 또 북과 마상고[鼖]·종, 경쇠[磬]와 령(笭), 피리[管]와 지(篪), 질나팔[塤]과 땡땡이[鞀], 추종(椎鍾) 같은 악기들을 만들어내었다. 그러나 어찌된 일인지 주나라 때의 솥과 제기 등에 그려진 그림을 보면 그가 입에 손가락을 물고 있는 것 같은 문양이 있다. 그 문양은 사람들에게 뛰어난 재주와 기교란 아무 쓸모가 없고 다만 사악한 길로 이끌 뿐, 남들에게 어떤 이익도 줄 수 없는 것이라는 걸 보여주고 있다. 물론 이것도 사실인지 아닌지는 알 수가 없지만, 만일 그것이 사실이라면 그것은 바로 당시의 통치 계층에 있던 사람들이 그들의 통치 행위에 불리한 영향을 가져다줄 수 있었던 그 무엇, 즉 여러 가지 공예품을 만들어내는 노동의 과정에서 일반 민중들이 점차로 똑똑해져 가는 것을 두려워했던 것이 아닐까?

제2장
후직의 탄생

　제곡(帝嚳)의 신화는 여러 면에서 제준의 신화와 비슷하다고
할 만하다. 우리가 앞에서 이야기했듯이 그들은 동일한 인물의
화신이기 때문이다. 기록에 보이는 제곡은 이미 역사화되어 반
인반신(半人半神)의 모습으로 나타나고 있지만 몇 가지 점으로
보아 그는 본래 천신이며 또한 그가 바로 동방 상제인 제준이라
는 것을 알 수 있다.

　전해지는 바에 의하면 그는 태어나자마자 무척 이상스러웠다
고 한다. 즉 자신의 이름이 〈준(夋)〉이라고 말했다 하는데, 〈준〉
이라는 것은 새의 머리에 원숭이의 몸뚱이를 한 이상한 생물, 즉
제준인 것이다. 또 그는 황제의 자손이라는 기록도 있는데, 그
가 인간 세상에서 천자 노릇을 할 때 천상의 상제였던 전욱과
마찬가지로 음악을 무척 좋아했다고 한다. 전욱은 비룡(飛龍)을
시켜 팔방의 바람소리를 모방해 여덟 곡의 음악을 짓게 했으
며, 또 땅에서 잠만 자는 저파룡에게는 꼬리로 배를 두드려 북
소리를 내게 했다고 한다. 그리고 전욱은 악사인 함흑(咸黑)에

게 명해 「구초(九招)」·「육열(六列)」·「육영(六英)」 등의 여러 음악들을 지어내게 하였고, 악공 유수(有倕)를 시켜 말 위에서 치는 비고(鼙鼓)와 종(鍾)·경(磬)·령(筈)·관(管)·질나팔〔壎〕·지(篪)·땡땡이〔鞀〕·추종(椎鍾) 등의 각종 악기를 만들게 하였다. 그런 뒤에 사람들에게 이 악기들로 악보에 따라 음악을 연주하게 하였고, 또 곁에서 듣는 사람들에게는 박자에 맞추어 손뼉을 치게 하였다고 한다. 이런 음악과 박수소리 속에서 〈천적(天翟)〉이라는 봉황이 제곡의 명에 따라 아름다운 날개를 펼치고는 우아하고 기품있게 궁정에서 덩실덩실 춤을 추었다. 이러한 광경들은 전욱이 저파룡에게 배를 두드려 북소리를 내게 했던 것보다 한결 발전한 것이 아닐 수 없다. 여기에서 봉황인 천적의 춤은 동방 황야에서 제준과 사귀었던 그 오색조들의 춤을 생각나게 한다. 아마 이것 역시 동일한 사건이 두 가지 이야기로 발전되어 나온 한 예가 될 수 있으리라.

제곡시대에 발생했던 큰 사건으로는 방왕(房王), 또는 견융(犬戎)의 난이 있다. 이 이야기는 맨 앞부분에서 이미 언급한 바 있는데, 견융의 난보다는 방왕의 난이라고 하는 것이 더 믿을 만한 것 같다. 기록에 따르면 제곡도 성이 방(房)이기 때문이다. 그렇다면 그 사건은 곧 내분이 되는 것인데 제곡의 두 아들 사이의 다툼이나 우리가 곧 이야기하게 될 순과 그의 동생 간의 싸움과 같은 종류의 내분일 것이다. 우리가 이미 언급했듯이 동일한 전설이 다른 형식으로 자꾸 나타나는 현상은 그리 이상한 일이 아니다.

제곡에게는 알백(閼伯)과 실심(實沈)이라는 두 아들이 있었다. 그 형제는 황량한 산의 숲속에 살며 서로 잘난 체하고 또 조금도 양보하려 하지 않았다. 그래서 하루 종일 무기를 들고서

서로 다투고 싸웠다. 아버지인 제곡은 그들을 정말 어떻게 해볼
도리가 없었다. 그래서 결국은 알백을 상구(商邱)로 보내어 동
방의 반짝이는 삼성(三星)을 관리하게 했다. 삼성은 심숙(心宿)
이라고도 하며 상성(商星)이라고도 한다. 그것은 연인들의 별인
데 서로 사랑하는 마음이 견고함을 의미한다. 그리고 실심은 대
하(大夏)로 보내어 서방의 삼성(參星)을 관리하게 하였다. 이렇
게 두 형제가 멀리 떨어져서 다시는 서로 만날 수가 없게 되니
그때서야 풍파가 잦아들어 다시는 다툼이 일어나지 않게 되었
다. 그들이 관리하던 두 별자리는 한쪽이 떠오르면 한쪽이 지기
때문에 서로 만날 수가 없었던 것이다. 그래서 두보(杜甫)의 시
에 〈서로 만날 수 없음이 마치 삼(參) 상(商) 두 별과 같구나(人
生不相見, 動如參與商)〉라는 구절이 보인다. 즉 후세 사람들은
형제가 화목하지 못한 것을 비유하여 〈삼상〉이라고 했던 것이다.
　제곡에게는 왕비가 하나 있었는데 그녀는 추도씨(鄒屠氏)의
딸이었다. 황제가 치우를 죽인 뒤 선량한 사람들은 추도(鄒屠)
지방으로 옮겨 살게 했고 악한 사람들은 모조리 북방의 춥고 황
량한 곳으로 보내었다고 한다. 제곡의 왕비는 추도 지방으로 보
내졌던 그 선량한 사람들 중에서도 특히 뛰어난 인물이었다. 그
녀는 길을 걸을 때에도 발이 땅에 닿지 않았으며 바람과 구름을
타고 공중을 날아다녔다고 한다. 그녀는 화서국(華胥國) 사람들
처럼 인간과 신의 중간쯤에 속하는 특이한 인물이었던 것이다.
그녀는 늘 이렇게 표표히 왔다갔다하면서 이수(伊水)와 낙수(洛
水) 사이를 떠돌아다녔다. 제곡은 자유분방한 이 여인에게 이끌
려서 그녀를 아내로 맞아들였다. 제곡과 부부가 된 뒤 그녀는
태양을 삼키는 꿈을 자주 꾸었는데 태양을 한번 삼키는 꿈을 꿀
때마다 아들을 하나씩 낳았다. 그래서 이런 꿈을 여덟 번 꾸고

나니 아들이 여덟이 되었는데 사람들은 그들을 〈팔신(八神)〉이
라 불렀다. 이 이야기에는 그리 특별한 의미는 없다. 다만 이것
은 열 개의 태양을 낳았다고 하는 제준의 아내 회화와 또 노래
와 춤을 만들어내었다고 하는 제준의 여덟 아들을 연상케 한다.

그후 제곡이 〈인화(人化)〉되어 고대 제왕 중의 하나로 나타날
때, 그에게는 네 명의 아내가 있었다. 첫째 부인은 강원(姜嫄)
이라고 하는데 〈유태씨(有邰氏)〉의 딸이며 후직을 낳았다. 둘째
부인은 간적(簡狄)이라 한다. 그녀는 유융씨(有娀氏)의 딸이며
설(契)을 낳았다. 셋째 부인은 진풍씨(陣豐氏)의 딸인 경도(慶
都)이며 제요(帝堯)를 낳았다. 그리고 넷째 부인은 추자씨(娵訾
氏)의 딸인 상의(常儀)인데 제지(帝摯)를 낳았다고 한다. 〈상의〉
라는 이름은 달을 낳은 제준의 아내 상희와 비슷한 이름인 것으
로 보아 제곡이 곧 제준임을 알 수 있다. 이들 네 아내가 낳은
네 명의 아들들은 모두 보통사람과 달랐다. 그 중에는 한 민족
의 시조가 된 아들들이 있었으니, 설이 바로 은 민족의 시조가
되었고 후직은 주 민족의 시조가 되었다. 그런가 하면 직접 아
버지의 왕위를 계승하여 인간 세상의 제왕이 된 자들도 있었으
니 제지와 제요가 그러하였다.

그 중에서 제왕이 된 제지와 제요의 어머니에 대해서는 특별
히 이야기할 만한 것이 없지만, 한 민족의 시조가 된 설과 후직
의 어머니에 대해서는 〈시조 탄생〉이라는 흥미로운 신화가 전해
지고 있다. 먼저 은 민족의 시조인 설의 탄생신화에 대해 이야
기해 보기로 하자.

유융씨에게는 두 명의 딸이 있었다. 큰딸은 간적, 둘째 딸은
건자(建疵)라 하였는데 두 자매가 모두 무척 아름다웠다. 그녀
들은 하늘 높이 솟은 요대(瑤臺)라는 곳에 살고 있었는데 식사

를 할 때면 시종들이 옆에서 북을 치며 음악을 연주하곤 하였다. 어느 날 천제가 제비 한 마리를 보내어 그녀들을 보고 오도록 했다. 제비는 즉시 그녀들이 있는 곳으로 날아가 빙빙 돌며 지지배배 노래를 하였다. 그 노랫소리는 그녀들을 기쁘게 했다. 그래서 다투어 제비를 잡으려 하니 제비는 마침내 옥광주리 안에 잡혀 들어가게 되었다. 그러나 조금 후 궁금해진 그녀들이 광주리를 열어보는 순간, 제비는 훌쩍 날아올라 북쪽으로 가버리고 다시는 돌아오지 않았다. 그리고 그 광주리 안에는 자그마한 알 두 개만이 남겨져 있을 뿐이었다. 두 자매는 슬픔에 잠겨 노래했다.

제비가 날아가 버렸어,
제비가 날아가 버렸네.

전해지기로는 이것이 바로 북방 최초의 노래라고 한다.

간적은 제비가 남기고 간 그 두 개의 알을 먹고 임신을 하여 은 민족의 시조인 설을 낳았다고 한다. 또 다른 전설에 의하면 그녀가 다른 두 여인과 함께 강에서 목욕을 하는데 현조(玄鳥, 즉 제비)가 하늘에서 알을 떨어뜨리는 것을 보았다. 간적이 그것을 얼른 받아먹었는데 임신을 하게 되어 설을 낳았다고 하기도 한다. 전해지는 이야기의 형태는 조금 다르지만 내용은 마찬가지이니, 곧 은 민족은 천제가 현조를 보내어 퍼뜨린 자손들이라는 것이다. 그래서 시조인 설은 그의 자손들에 의해 현왕(玄王)으로 존칭된다. 설은 또 우임금을 도와 홍수를 다스렸으므로 순임금은 그를 사도(司徒)의 관직에 봉하였다.

그러나 주 민족의 시조인 후직의 탄생신화는 이렇게 단순하

지가 않다. 오히려 인간 세상의 온갖 비애와 고통의 빛깔을 드
러내 보이고 있다 하겠다.

전설에 의하면 유태씨에게는 강원이라는 딸이 있었다고 한
다. 어느 날 그녀가 교외에 나가 놀다가 돌아오는 길이었다. 그
녀는 땅 위에 거대한 거인의 발자국이 나 있는 것을 보게 되었
다. 그녀는 놀라면서도 한편으로는 재미있겠다는 생각이 들어
자신의 발을 그 거인의 발자국 위에 대어보았다. 거인의 발자국
과 자신의 발이 도대체 얼마나 차이가 나는지 궁금했던 것이다.
그 발자국은 얼마나 크던지 그녀의 발 정도로는 어림도 없었다.
그녀가 엄지발가락 부분을 막 밟는 순간이었다. 갑자기 어떤 감
동 같은 것을 받는 느낌이 들었다. 그러고 나서 돌아온 지 얼마
되지 않아 임신을 했고 시간이 지나자 뭔가 이상한 것을 낳았는
데 그것은 고양이도 개도 아닌 것이 그저 둥그런 살덩어리일 뿐
이었다. 그 모습이 하도 기이하여 두려운 마음이 든 그녀는 그
살덩어리를 마을의 좁은 골목길에 몰래 내다버렸다. 골목길에
는 소나 양들이 자주 지나다녔는데 참으로 이상한 것은 그 동물
들이 살덩어리를 밟을까봐 조심하며 옆으로 비켜 다니는 것이
었다. 그래서 그녀는 그 살덩어리를 다시 들고 숲속으로 가 그
곳에 버리려 했으나 마침 많은 사람들이 나무를 베느라고 떠들
썩하게 모여 있어 버리지도 못하고 그대로 돌아오고 말았다. 돌
아오는 길에 그녀는 들판의 연못가를 지나오게 되었고, 연못의
물이 꽁꽁 얼어 있는 것을 보자 마음을 독하게 먹은 그녀는 살
덩어리를 차디찬 연못의 얼음 위에 놓아두고 그대로 떠나려 했
다. 그때 참으로 회한한 일이 일어났다. 갑자기 아득한 하늘 저
편에서 거대한 새 한 마리가 날아오더니 두 개의 날개로 그 살
덩어리를 포근히 감싸는 것이었다. 그 모습은 마치 어머니가 아

기를 가슴에 품어 따스하게 해주는 것과 다를 바가 없었다. 깜짝 놀란 강원은 참지 못하고 가까이 다가가 그 모습을 더 자세히 보려 했다. 사람의 기척을 느끼자 그 새는 휘이 — 하는 이상한 소리를 내며 날아올랐다. 날개 사이에 품고 있던 살덩어리를 떨어뜨린 채 그 새는 머나먼 하늘 저편으로 사라져갔다. 그리고 그와 동시에 살덩어리 속에서 응애, 응애! 하는 아기의 울음소리가 들려왔다. 강원이 급히 달려가보니 달걀 껍질이 깨어지듯이 깨진 껍질 사이로 튼튼하게 생긴 발그레한 사내아이가 자그마한 손발을 휘저으며 울고 있는 모습이 보였다. 어떤 책에 보면 그때 그 아기는 활과 화살을 지니고 있었는데 자그마한 활에 화살을 메워 마치 하늘을 향해 쏠 듯한 자세를 취하고 있어서 높디높은 하늘에 앉아 있던 천제를 놀라게 했다고 하기도 한다. 그러나 그럼에도 불구하고 천제는 이 이상한 꼬마를 무척 아꼈던 것 같은데 훗날 그가 한 일이 잘되게 도와준 것이나 자손을 번성하게 해준 것만 보아도 알 수가 있다. 각설하고, 강원은 자기가 낳은 것이 무슨 이상한 괴물이 아니라 귀여운 아이였다는 사실을 알고서 놀랍기도 하고 기쁘기도 하여 두 뺨에 흐르는 눈물을 어찌할 수 없었다. 그녀는 얼음판 위에서 얼른 아이를 안아올려 자기 옷으로 따뜻하게 감싼 뒤 집으로 돌아와 아이를 기르기 시작했다. 그는 이렇게 여러 번 버려졌었기 때문에 〈기(棄)〉라고 불려지게 되었다. 기는 후에 주 민족의 시조가 되었다. 그는 어려서부터 농사짓는 것을 좋아하였는데 장성한 뒤에는 사람들에게 오곡을 심는 법을 가르쳤으므로 그의 자손들은 그를 〈후직(后稷)〉이라 존칭하였다.

어렸을 때 후직에게는 원대한 꿈이 있었다. 그는 놀 때에도 야생의 보리와 조 그리고 콩, 고량과 각종의 박과 과일들의 씨앗을 모아 고사리 같은 손으로 그것들을 땅에 심었다. 후에 오곡과 호박, 콩들은 모두 잘 자라서 열매가 살찌고 탐스러웠으며 달고 향기로워 야생의 것들보다 훨씬 좋았다. 커서 어른이 된 뒤 그는 농업 방면에 관한 경험을 쌓았다. 그리고 또 나무와 돌로 간단한 농기구 몇 가지를 만들어서 그의 고향 사람들에게 농사짓는 법을 가르쳤다. 수렵과 야생 과일의 채취만으로 살아가던 그 당시 사람들은 점차 인구가 늘어나 먹을 것이 모자라게 되자 생활이 무척 어려워지게 되었다. 그때, 사람들은 후직이 이루어놓은 농업의 성과를 보고서 점차 그를 믿게 되어 농사짓는 일을 시작하였다. 이렇게 새롭고 의미있는 노동은 후직 어머니의 고향인 유태 지방에도 전해지게 되었고, 당시의 국왕이던 요임금도 후직과 그 고향 사람들이 이룬 농업의 성과를 알게 되었다. 그래서 요임금은 후직을 농사(農師)로 칭했는데 그 직책은 바로 전국의 총농예사(總農藝師)였던 것이다. 그는 후직에게 전국 백성들을 위해 농사짓는 여러 가지 기술들을 지도해 주라고 하였다. 그리고 후에 요임금을 뒤이은 순임금은 후직을 태(邰) 지방에 봉하여 주고 그의 백성들의 농업 시험장으로 삼기도 했다.

전설에 따르면 신성(神性)을 지닌 이 영웅은 하늘나라에도 올라갔었는데 그곳에서 온갖 곡식의 씨앗들을 가지고 인간 세상으로 돌아와 대지 위에 그것들을 흩뿌려 수많은 농작물들이 들판을 가득 채우게 만들었다고 한다. 그때부터 사람들은 먹을 것과 입을 것을 걱정하지 않아도 되었고 그들의 생활은 한층 더 행복해졌다고 전해진다.

후직에게는 대새(臺璽)라는 동생이 있었다. 그는 숙균(叔均)이라는 이름의 아들을 낳았는데 그들 모두가 농업에 있어서는 뛰어난 기술자들이었다. 숙균은 인력을 대신하여 소의 힘으로 농사짓는 방법을 발견해 내어 농업에 큰 발전이 있게 하였다. 이것에 대해서는 제준의 신화에서 이미 이야기한 바 있다. 후직이 죽은 뒤 백성들은 그의 공로를 기념하기 위하여 그를 물 좋고 산 좋은, 경치가 빼어난 곳에 묻었다. 그곳이 바로 유명한 도광의 들판[都廣之野]인데, 신인들이 하늘과 인간 세상을 왕래하던 하늘사다리 건목이 그 부근에 있었다. 유명한 신녀인 소녀 (素女)도 그곳에서 살았다. 이곳은 그야말로 비옥한 들판이었다. 가지각색의 곡식들이 저절로 자라났는데 쌀은 하얗고도 윤기가 흘렀다. 또 그곳은 난조가 노래했고 봉황이 여러 가지 신기한 몸짓으로 춤을 추었던 곳이기도 했다. 이처럼 후직은 백성들의 가슴속에서 위대하게 빛나고 있었다. 후직에 관한 모든 전설들이 상상력이 가미된 데다가 좀 과장된 점이 있는 듯하기는 해도, 거기에서 우리는 노동을 즐겼고 또 그들을 행복한 생활로 이끌어주려고 힘썼던 선조에 대한 백성들의 진실된 사랑을 엿볼 수 있다.

제3장
요임금과 허유·소부

순에 관한 이야기를 하기 전에 우선 요임금에 대한 이야기를 먼저 해야겠다. 왜냐하면 순은 요의 사위이며 그의 뒤를 이어 임금이 되었기 때문에 두 사람 사이에는 밀접한 관계가 있다고 볼 수 있기 때문이다.

요에 대해 이야기하자면 누구라도 그가 근검하고 소박하며 또 백성을 생각하는 훌륭한 임금이었다는 것을 떠올리게 될 것이다. 그에 대한 이런 평가에 대해서는 아무도 이견이 있을 수가 없다. 전설에 의하면 그는 엉성하게 지은 초가에 살았다고 한다. 그 집의 기둥과 대들보는 모두 산에서 베어온 거친 나무를 엮어 세웠다고 하는데 나무는 산에서 잘라온 그대로를 사용했을 뿐 대패질조차 하지 않았다고 한다. 그리고 음식으로는 야채국과 거친 밥을 먹었으며 몸에 걸친 것도 거친 마옷이었고 날씨가 추워져야 비로소 사슴 가죽을 걸쳐 추위를 막았을 뿐이었다고 한다. 또 사용했던 그릇들은 흙으로 빚은 공기와 사발들이었다. 한 나라의 임금이었던 요가 이런 검소하고 고생스런 생활을 했다는 이야기를 듣고 후세 사람들은 감탄을 금치 못하여 이렇게 말했다고 한다.

「문지기 같은 하잘것없는 관리의 생활이라 해도 요임금의 생활보다는 나았을 거야」

그런 요임금이었지만 백성들에 대해서는 그 얼마나 지극했는지 모른다. 전해지는 이야기에 의하면 나라 안에 먹을 것이 없어 굶는 사람이 있다는 말을 들으면 〈내가 그의 배를 곯게 하는구나〉라고 했다 한다. 또 입을 것이 없어 헐벗은 이가 있을 때에는 〈내가 그에게 옷을 입혀주지 못하였구나〉라고 했고, 죄를 범한 자가 있을 때엔 〈내가 그를 죄악의 구렁텅이로 떨어지게 하였구나〉라고 하였다 한다. 그래서 그가 임금 자리에 있었던 1백여 년 동안에 무서운 가뭄이 들었고, 또 그 가뭄에 뒤이어 대홍수가 일어났지만 백성들은 이 어진 임금에 대해 마음속 깊은 곳에서 우러나오는 애정을 지녔을 뿐 아무도 원망하는 말을 하지 않았다. 그래서 그의 궁전——궁전이라고 해봐야 초가 몇 간이었지만——에는 하루에 열 가지의 길조가 갑자기 나타나기도 했다고 한다. 그 길조란 다름아니라 말에게 먹이려던 풀이 갑자기 벼로 변한다거나 봉황이 천정으로 날아오른다거나 하는 것들이었다. 이런 것을 모두 자세히 나열할 필요는 없고 그 중에서 상서로운 두 가지의 풀에 관한 이야기를 해보기로 한다.

그 하나는 〈명협(蓂莢)〉 또는 〈역협(曆莢)〉이라고 하는 풀인데 돌계단 틈새에 살았다. 이 풀은 무척이나 신기한 풀이었다. 매달 초하룻날이 되면 콩깍지가 하나 생겨났으며 그후로 매일 하나씩 다시 생겨나 보름이 지나면 열다섯 개가 되었다. 그리고 열엿새 이후로는 매일 하나씩 떨어져서 월말이 되면 그 콩깍지가 모조리 떨어져버리는 것이었다. 만일 그 달이 적은 달이어서

29일이면 한 개의 콩깍지가 매달린 채 떨어지지 않고 그대로 말라버렸다. 그리고 다음달이 되면 또 이런 현상이 반복되었으니, 사람들은 콩깍지가 자라나고 떨어지는 모습을 보아 날짜를 계산하였다고 한다. 이 상서로운 풀은 요임금의 활동을 돕는 달력의 역할을 하여 그가 일을 해나가는 데에 큰 도움을 주었다.

또 다른 풀 역시 매우 기이했다. 그 풀은 찬장에서 자라났으며 〈삽포(萐蒲)〉라고 하였다. 그 풀의 이파리는 부채와 같았으며 저절로 움직여서 시원한 바람을 일으켜 파리나 다른 벌레들을 쫓아버렸다. 뿐만 아니라 그 시원함 때문에 찬장 속의 음식물도 상하지 않았다고 한다. 이것은 절약과 근검을 실행했던 요임금에게 역시 큰 도움을 주었다.

이러한 풀 이외에도 시간의 흐름을 알게 해주는 뗏목이 있었다. 요가 임금의 자리에 오른 지 30년이 되던 해, 서해 바다에 거대한 뗏목이 나타났다. 그 뗏목은 환한 빛을 내뿜었기 때문에 밤이 되면 번쩍번쩍 빛났고 아침이 되면 빛이 사라졌다. 그 빛은 때로 커지기도 하고 작아지기도 하여 칠흑같이 어두운 밤에 보면 마치 반짝이는 달이 바다 위에 걸려 있는 듯했다. 이 뗏목은 사해(四海)를 떠돌다가 12년째 되는 해에 꼭 다시 돌아왔는데 사람들은 그것을 〈관월사(貫月査)〉라고 불렀다.

요는 그 자신이 훌륭한 임금이었을 뿐 아니라 그를 도와 일을 하던 신하들도 거의 모두가 현신(賢臣)들이었다. 그 신하들 중 후직은 농사(農師)였으며 수(倕)는 공사(工師)였고 고요(皐陶)는 법관이었다. 그리고 기(夔)는 악관(樂官)이었고 순은 사도(司徒)로서 교육을 담당하였으며 설(契)은 사마(司馬)였으니 군정(軍政)을 담당하였다. 이들 모두에 대해서 자세히 설명할 필요는 없고 여기에서는 법관이었던 고요와 악관 기에 관한 이야기를 해보기로 한다.

고요의 생김새는 몹시도 괴상했다. 얼굴빛은 푸르면서도 녹색이 감돌아서 마치 막 깎아놓은 호박 껍질 같았고 입은 툭 튀어나와서 말의 입처럼 생겼다. 그러나 그는 총명하고도 능력이 뛰어났으며 냉철하고도 이지적이었다. 그래서 그가 법관이 되자 어떤 의심스런 사건이라도 일단 그의 손 안에 들어오기만 하면 곧 확실하게 해결이 되었고, 조금도 모호한 점이 없이 사건을 처리하였다. 그는 어째서 이렇게 대단한 재주를 지니고 있었을까? 그는 뿔이 하나 달린 〈해채(解廌)〉라고 하는 산양을 기르고 있었는데 바로 그 양이 고요에게 많은 도움을 주었다고 한다. 이 양은 푸른 털이 나 있었으며 몸은 거대한 곰처럼 생겼다. 여름에는 늪가에 살았고 겨울이 되면 소나무숲 속에 살았으며 성품이 충직하고도 정직했다. 그런데 사람들이 다투는 것을 보면 그의 뿔은 언제나 그릇된 사람 쪽을 건드렸다. 말 모양의 입을 가진 고요는 바로 이런 산양을 기르고 있었기 때문에 그가 사건을 담당했을 때 다투는 두 편을 당상(堂上)으로 불러내 이 양을 시켜서 누가 옳고 그른지를 가려내게 할 수가 있었다. 그렇게 하면 모든 것이 곧 드러나게 되니 정말 간단하기 이를 데 없는 일이었다. 그래서 고요는 이렇게 자신을 도와주는 산양을 세상의 그 무엇보다도 귀하게 여겨서 드나들 때마다 늘 그의 양부터 살펴보곤 했다. 만일 양에게 무슨 일이라도 생긴다면 법관이라는 그의 자리도 유지하기가 힘든 일이었을 테니까. 이 산양과 비슷한 것으로 〈굴일초(屈佚草)〉라는 풀이 있었다. 그것은 요임금이 일을 보는 건물의 계단에 자라고 있었는데 간악한 인물이 입조를 하게 되면 줄기가 구부러져 그 끝이 간악한 인물을 가리키곤 했으므로 〈지영초(指佞草)〉라고도 했다. 이 풀은 신양

(神羊)이 못된 사람을 가리키는 것보다 훨씬 더 간편하게 사악한 인간을 가려낼 수 있었다.

악관이었던 기는 다리가 하나였다고 하는데 동해 유파산에 사는 외다리 기우(夔牛)와는 아마도 먼 친척 관계에 있지 않나 생각된다. 그가 요의 악관이 된 후 산천 계곡의 소리를 모방하여 「대장(大章)」이라고 하는 음악을 지어냈는데, 사람들이 그 음악을 들으면 마음이 평온해져서 쓸데없는 싸움들을 하지 않게 되었다고 한다. 또 돌멩이들을 가지고 두드려 소리를 내기도 하였는데 그가 두드리는 박자에 맞추어 온갖 동물들이 신나게 춤을 추었다고 한다.

요가 임금 자리에 오른 뒤 오랜 세월이 흘렀다. 재위 만년에 지지국(祇支國)에서 중명조(重明鳥)라는 새를 요에게 바쳤다. 이 새는 한쪽 눈에 눈동자가 두 개였으며 생김새는 닭을 닮았고 우는 소리는 봉황과 같았다. 때때로 깃털이 빠졌는데 그 털 빠진 몸뚱이로 하늘을 날아다니곤 했다. 이 새는 사악한 것들을 물리치는 능력이 있었고 또 늑대나 호랑이 등의 무서운 맹수들을 쫓아버릴 수도 있었다. 그리고 다른 것은 먹지 않고 오직 옥고(玉膏)만을 먹었다. 그런데 지지국에서 이 중명조를 요임금에게 바쳤지만 그 새는 자기 나라로 다시 날아가 버리곤 했다. 그리고 일 년에 겨우 몇 번만 다시 날아왔으며 어떤 때는 몇 년이 지나도록 돌아오지 않기도 했다. 사람들은 그 중명조가 날아오기를 몹시 기다렸는데 늘 문 앞을 깨끗이하여 그 새를 맞이하고자 하는 뜻을 나타내었다. 그래도 새가 돌아오지 않을 때면 나무나 금속으로 그 새의 모습을 새겨서 문 위에 달아두었는데, 이렇게 하면 요괴들이 그것을 보고 무서워하며 멀리 달아나버렸다고 한다.

한편 그 당시 괴산(槐山)에는 약초를 캐는 악전(偓佺)이라는
노인이 있었다. 그는 늘 선약을 먹었기 때문에 몸이 흰 털로 덮
여 있었으며 두 눈은 모두 네모꼴이었다. 나이는 많았지만 몸은
날렵하여 치달리는 말이라도 따라잡을 수 있을 정도였다. 그때
천자였던 요는 하루 온종일 나랏일을 걱정하느라고 힘이 들어
눈썹 모양이 팔자(八字)가 되었고 또 몸도 쇠약해졌다. 악전은
요의 그런 모습을 보고는 그를 가엾다고 생각해 산에서 캐온 잣
을 그에게 주며 먹는 방법을 일러주었다. 요는 약초 캐는 노인
의 호의를 받아들이기는 했으나 국사에 바빠 그 잣을 먹을 겨를
이 없었다. 전해지는 이야기에 따르면 그때 다른 사람이 그 잣
을 얻어먹고 2, 3백 살을 더 살았다고 하는데, 요는 겨우 백 살
을 살고 죽어버렸다고 한다.

요임금이 이렇게 노심초사하며 백성들을 위해 일을 했음에도
불구하고 그의 노고에 조금도 감사하지 않는 이상한 사람이 있
었다. 이 노인은 나이가 80여 세나 되었는데 어느 날 큰길에서
나무 토막 던지는 놀이를 하고 있었다. 〈격양(擊壤)〉이라 하는
이 놀이는 위를 뾰족하게 하고 아래를 넓게 깎은 신발 모양의
나무 토막 두 개를 하나는 땅 위에 놓고 하나는 손에 쥔 뒤에
30-40보 멀리 떨어진 곳에서 던져 땅 위에 놓인 것을 맞추면
이기는 놀이였다. 이것은 옛날 유럽인들의 〈구주희(九柱戲)〉라
는 놀이와 비슷한 것이었다. 노인이 마침 거기서 천진난만하게
이 놀이를 하며 한참 신나게 놀고 있을 때였다. 구경꾼들 틈에
서 갑자기 어떤 사람이 감탄스런 목소리로 외쳤다.

「아, 정말 위대하구나, 우리 요임금의 훌륭하신 덕이 저 노
인네에게까지 미치다니」

그 말을 듣고 난 노인은 그렇지 않다고 하면서 그 사람에게

말했다.

「당신이 그런 말을 하는 까닭을 도무지 모르겠구면. 매일 아침 해가 뜨면 일어나 일을 하고 저녁이 되어 해가 떨어지면 들어가 쉬며, 내 스스로 우물을 파 물을 마시고 또 내 손으로 밭을 갈아 밥을 먹는데 요임금이 대체 내게 무슨 은덕을 베풀었단 말이오?」

그렇게 물으니 그 사람은 아무 할 말이 없었다.

요임금도 이제 점점 나이가 들어갔다. 그런데 그의 아들 단주(丹朱)는 무척이나 불초한 자식이었다. 아들을 사랑한다고 해서 백성들에게 해를 끼칠 수는 없었기 때문에 그는 천하의 여러 현자(賢者)들을 마음속에 두고 그들 중 누구에겐가 왕위를 선양(禪讓)하려 생각하고 있었다. 요가 아직 순을 만나지 못했을 때 그는 양성(陽城)의 허유(許由)가 가장 현명하다고 들었다. 그래서 친히 허유를 방문하여 천하를 선양하려 하는 자신의 뜻을 전했다. 그러나 허유는 무척이나 고결한 사람이었기 때문에 요임금이 선양하려는 뜻을 받아들이지 않고 밤을 도와 기산(箕山) 기슭에 있는 영수(潁水) 가로 도망쳐 그곳에서 살았다. 요는 그가 천하를 받을 뜻이 없다는 것을 알고는 다시 사람을 보내어 구주(九州)의 장(長)이라도 되어주기를 청했다. 허유는 그 이야기를 듣고는 더욱 화를 내며 급히 영수가로 가서 물을 길어 자신의 귀를 닦아내었다. 그때 마침 그의 친구인 소부(巢父)가 송아지를 끌고 이곳에 와서 소에게 물을 먹이고 있다가 허유가 귀를 씻는 것을 보고는 이상하다고 여겨 연유를 물었다. 그러자 허유가 말했다.

「요가 나를 구주의 장으로 청하려 한다고 하네. 나는 그런 골치 아픈 말 듣는 걸 제일 싫어하지 않나. 그래서 내 귀를 씻어내고 있는 것일세」

소부는 그의 말을 듣고 가볍게 코웃음치며 말했다.

「그만두게나, 여보게. 자네가 만일 줄곧 깊은 산골짜기에 살면서 자네가 거기 사는 걸 아무도 모르게 했다면 누가 와서 자네를 괴롭혔겠나? 자네가 일부러 바깥 세상에서 이리저리 돌아다니며 이름을 나게 해서 그러한 것이니 지금 여기 와서 귀를 닦는다 한들 무슨 소용이 있겠나. 물 먹는 내 송아지의 입이나 더럽히지 말게」

그 말을 마치고 소부는 소를 끌고서 상류로 물을 먹이러 갔다. 전설에 따르면 지금의 기산——하남성 등봉현(登封縣)——에는 허유의 묘가 있고 산기슭에는 소부가 소를 몰던 견우허(牽牛墟)라는 곳이 있다 한다. 또 영수 부근에는 독천(犢泉)이라는 샘이 있는데 그곳의 바윗돌 위에는 아직도 송아지 발자국이 남아 있다고 한다. 이곳이 바로 그 옛날 소부가 소를 끌고 와 물을 먹였던 곳이다.

한편 단주에 관한 몇 가지 이야기들이 고서에 단편적으로 흩어진 채 기록되어 있는데 이제 그것들을 대충 모아 간략히 서술해 보기로 한다.

단주는 요임금의 큰아들이다. 요임금이 여황(女皇)이라는 산의씨(散宜氏)의 여인과 결혼하여 낳은 아들이 바로 단주이다. 그는 사람됨이 교만하고 포악하여 시종과 신하들을 이끌고 여기저기 놀러다니다가 자기 마음에 맞지 않으면 화를 내며 신하들을 못살게 굴곤 했다. 그때 세상에는 홍수 때문에 온 천지가 물로 가득했으므로 단주는 배를 타고 이리저리 놀러다녔다. 배를 타고 다니다보니 물 위에서의 생활에 익숙하여져 백성들의 고통 따위는 아랑곳하지 않은 채 그 생활을 즐기게 되었다. 그

러다가 우가 치수에 성공하여 물이 줄어들어 배가 다닐 수 없게
되자 방자한 단주는 사람들을 시켜 밤낮없이 배를 밀고 다니게
했으니 그것이 소위 〈육지에서 배가 다닌다(陸地行舟)〉라는 말
이다. 이런 짓 말고도 어떤 때는 몇몇 못된 친구들과 함께 아예
문을 걸어잠그고 들어앉아 집 안에서 온갖 되지 못한 행동들을
하곤 했다. 요임금은 단주의 행동이 이렇듯 괴팍하고 거칠어 그
의 가르침조차 아무 소용이 없는 것을 보고 슬그머니 초조해지
기 시작했다. 그래서 그는 바둑을 단주에게 가르치려 했다. 기
도(棋道)로써 단주의 성품을 순화시켜 개과천선하게 만들어보고
자 함이었다. 요가 단주에게 준 이 바둑판은 문상(文桑)으로 만
든 것이었고 바둑알은 물소뿔과 상아로 된 진귀한 것이었다. 물
론 처음에 단주는 이 신기한 장난감을 재미있어했다. 그래서 열심
히 그것에 몰두하기도 했다. 그러나 그것도 잠시, 곧 싫증을 느끼
게 된 그는 바둑판을 집어던진 채 다시 못된 친구들과 어울리기
시작했다. 요임금으로서는 더 이상 어찌 해볼 도리가 없었다.

그러다가 요임금은 순에게 왕위를 물려주기로 작정을 하게
되었다. 그러나 망나니 같은 아들 단주가 거기에 복종하지 않을
까봐 걱정이 되어 우선 단주를 남방의 단수(丹水)로 보내어 그
곳의 제후 노릇을 하도록 명령을 내렸다. 후직에게 그를 감독하
도록 하고 날짜를 정해 길을 떠나게 했다. 그때 남방에는 〈유묘
(有苗)〉 혹은 〈삼묘(三苗)〉라고 불리는 부족이 있었는데 단주와
친척 관계에 있어 그 사이가 무척 밀접하였다. 요임금이 순에게
양위를 하기로 했다는 소식을 듣고 그들 부족의 우두머리는 말
도 안 되는 소리라고 일축했고 그들 사이에서도 의견이 분분했
다. 그러던 중에 단주가 그곳에 오게 되니 이는 마치 마른 장작
더미에 불길을 당긴 격이 되어버렸다. 그들은 즉시 연합하여 반

기를 높이 들고 중원을 공격하여 요임금을 몰아내기로 하였다. 공평무사하고 지혜로웠을 뿐 아니라 용감하기도 했던 요임금(전설에 의하면 그는 예와 마찬가지로 열 개의 태양을 활로 쏜 일이 있다고 함)은 이런 일이 일어날 것을 일찌감치 짐작하고 있었다. 삼묘나 단주의 반대 때문에 자신의 정치적 의지를 굽힐 수는 없는 일이었다. 그는 우선 그들에 관한 확실한 정보를 얻어낸 뒤 결코 당황하지 않고 군사를 일으켜 친히 남방으로 출정을 하였다. 단주와 삼묘는 요임금의 군대가 그렇게 빨리 내려올 것이라고는 생각지도 못했으므로 정신없이 응전하는 수밖에 딴 도리가 없었다. 결국 단수의 전쟁터에서 아버지와 아들이 이끄는 군대는 한바탕 맞붙을 수밖에 없었고 민심을 등에 업은 요임금의 군대는 일격에 단주와 삼묘의 연합군을 궤멸시켜 버렸다. 전설에 따르면 그때 단주와 삼묘의 연합군은 단수에서 잡은 단어(丹魚)의 피를 발에 칠하고서 땅 위를 걷듯이 물 위를 걷는 따위의 사술(邪術)을 부리기도 했다고 하지만 패배하고 말 운명을 뒤바꾸기에는 역부족이었다. 이 전쟁에서 삼묘의 우두머리는 피살되었고 단주는 전사했다고 전해진다. 자신이 지은 죄 때문에 물 속에 뛰어들어 자살했다고도 하지만 어쨌든 그는 자신의 잘못에 대한 응분의 대가를 치른 셈이었다.

얼음이 녹아 없어지듯이, 기세등등하던 반란군은 이렇게 하여 흔적도 없이 사라지고 말았다. 전쟁에서 살아남은 삼묘의 부족들은 멀리 남해안으로 떠나 그곳에 〈삼묘국(三苗國)〉이라는 나라를 세웠다. 그 나라 사람들은 모두 날개를 갖고 있었는데 말이 날개이지 겨드랑이 밑에 그저 조그맣게 돋아 있을 뿐이어서 날아다닐 수는 없었다고 한다. 단주의 자손들은 삼묘국 근처에 환주국(驩朱國)이라고 하는 나라를 세웠는데 사실 그 나라는 단주국(丹朱國)이라고 하는 것이 옳다. 환두(驩頭)나 환주(驩朱), 그리고 단주(丹朱)는 발음이 서로 비슷하기 때문이다. 이 나라 사람들은 좀 유별나게 생겼다. 사람의 얼굴에 새의 부리를 하고 있으면서 그 부리로 바닷가에서 고기를 잡았다. 등에는 날개가 있었지만 날지는 못했고 그것을 지팡이 삼아 절룩절룩 걸었다.

　이상으로 단주에 관한 신화 전설을 대략 살펴보았는데 이 이야기들 속에서 단주는 상당히 부정적인 인물로 나타나고 있다. 그러나 또 다른 단편적 자료들 속에는 단주에 대한 사람들의 동정적인 태도가 나타나 있기도 하다. 『산해경』에는 고대의 제왕들을 모신 사당이나 묘소들이 몇 군데 기록되어 있는데 그 중에서 단주를 언급한 부분을 보면 〈제단주(帝丹朱)〉라고 호칭하고 있다. 그 호칭으로 보아 사람들이 그를 존경하고 있었음을 알 수 있다. 또한 남방의 거산(柜山)에 올빼미처럼 생긴 새가 살았는데 발톱은 사람의 손처럼 생겼고 이름은 주(鴸)라고 했다. 그 새는 온종일 〈주, 주―〉하고 울었는데 그 우는 소리가 마치 자기 이름을 부르는 것 같았다. 그 새가 바로 단주의 영혼이 변해서 된 것이라고 하는 이야기도 전해지고 있다. 그 새가 나타나는 곳에서는 선비(학문과 재주가 뛰어난 사람)들이 쫓겨나곤 했다고 한다. 한편 도연명의 『독산해경시』에 보면, 〈단주가 나타난 곳에서는 선비들이 많이 쫓겨났다(鴸鵝(鴸鵝)見城邑, 其國多放士)〉라고 하는 구절이 있다. 이것은 탄식하는 듯한 작자의 감정이 은연중에 표출된 것으로 단주가 남방으로 쫓겨간〔放〕 것이 조금은 무고한 일이었다는 의미가 내포되어 있다. 그러나 고신화의 본래 모습이 많이 소실되어 찾을 수가 없으니 자세한 내용이야 우리도 알 수 없다.

제4장
순임금의 모험

고수(瞽叟)라고 하는 눈 먼 사람이 있었다. 어느 날 저녁 그는 이상스런 꿈을 꾸었는데 그 꿈속에서 봉황 한 마리가 입에 쌀을 물고 와 그에게 먹이면서 말하는 것이었다.

「내 이름은 계(雞)라고 하는데 당신에게 자손을 주러 왔지요」

고수는 잠에서 깨어나 참으로 이상한 꿈이라고 생각했다. 그 후 그는 정말 아들을 하나 낳게 되었는데 그 이름을 순(舜)이라고 지었다. 순의 눈은 다른 사람들과는 달리 한쪽 눈에 눈동자가 두 개였으므로 그를 중화(重華)라고 불렀다고 한다. 이 이야기를 보면 우리는 앞에서 언급했던 바로 그 지지국 사람들이 요에게 바쳤다는 중명조의 이야기를 연상하게 된다. 그 중명조도 한쪽 눈의 눈동자가 두 개였으며 생김새는 새와 같았고 또 울음소리도 봉황과 같았다고 했으니, 이 두 이야기 사이에는 아마도 어떤 연관성이 있을 것 같다.

순이 태어난 지 얼마 되지 않아 그의 어머니가 세상을 떠났다. 그래서 고수는 다른 아내를 맞아들였는데 그녀는 상(象)이라는 아들을 낳았다.

고대신화라는 것의 본래 모습이 어떠한 것인지는 이미 아득한 세월이 흘렀기 때문에 확실히 알아내기가 어렵다. 순의 동생 상에 대해서 말해 보자면 그는 이름 그대로 〈상〉이라고 하는 인간이었을 수도 있고, 또는 글자의 뜻대로 한 마리의 코끼리였을 수도 있다. 즉, 코와 큰 귀와 거대한 발, 그리고 날카로운 이빨을 지닌 야성의 거대한 코끼리, 길들여지지 않은 사나운 맹수로서의 코끼리일 수도 있는 것이다. 여러 가지 자료들로 미루어보건대 이럴 가능성도 크다고 할 수 있다.

코끼리라는 이 동물은 본래 열대 지방의 동물이긴 하지만 고대 중국에서도 황하 양쪽에 살았었다. 『여씨춘추(呂氏春秋)』 「고악편(古樂篇)」에 보면 다음과 같은 기록이 나온다.

상(商) 민족은 야생의 사나운 코끼리들을 길들여서 동방 일대의 국가들에 큰 위용을 내보였다. 그래서 주공(周公)이 군대를 보내어 그들을 장강(長江) 이남까지 내쫓아버렸다.

이런 기록으로 보아 상(商) 민족이 이미 코끼리를 길들여서 전쟁에 이용했음을 알 수 있다. 갑골문에는 상(象)자를 〈ᘔ〉으로 표기했는데, 코끼리의 특징인 긴 코가 정확하게 묘사되어 있다. 복사(卜辭) 복전(卜田)에도 코끼리를 잡았다는 기록이 있는 것으로 보아 코끼리는 은대(殷代)에도 적지 않았음을 알 수 있다. 복사에 나타나는 그 글자는 〈ᘔ〉으로 표기되는데 그것은 사람이 코끼리를 끌고 가는 모습을 보여주고 있다. 이런 글자들의 의미로 미루어보건대 고대의 은 민족은 코끼리를 길들여서 사용했음을 알 수 있다. 소나 말을 길들여 이용하기 훨씬 이전의 일이 아닌가 여겨진다.

순은 상(商) 민족의 시조신이다. 그러므로 고대신화에도 그가 코끼리를 길들였다는 것에 관한 전설이 분명히 있을 것인데, 지금의 민간전설에 보이는, 순이 코끼리를 이용하여 농사를 지었다고 하는 이야기가 바로 그러한 고대신화의 흔적이 아닐까 여겨진다. 『초사(楚辭)』「천문」에 보면 다음과 같은 구절이 보인다.

순은 동생을 길들였지만 그 동생이란 놈은 이곳저곳 다니며 사람들을 괴롭혔지.

그러나 순은 개똥으로 목욕을 하여 아무런 재앙도 당하지 않았다네.

여기에서 순이 야생의 코끼리를 길들인 일은 이미 순이 그의 동생을 다스린 것으로 변해 있다. 바로 여기서 우리는 고대의 신화와 전설이 변화한 흔적을 살펴볼 수 있다. 그러나 설사 신화나 전설이 역사로 변화했다 해도 그 속에는 여전히 태고적 이야기의 본래 흔적이 남아 있을 수 있다. 예를 들어 『한서(漢書)』「무오자창읍애왕부전(武五子昌邑哀王髆傳)」에 보면, 〈순이 상(象)을 유비(有鼻)에 봉했다〉라고 하는 구절이 나온다. 여기 보이는 〈유비〉란 것은 지명이지만 또한 동시에 동물인 코끼리의 특징을 묘사해 주고 있기도 하다. 그러므로 고대신화에 나타나는 순의 동생 상은 어쩌면 정말로 사나운 야생의 코끼리였을 수도 있다는 이야기이다. 그 코끼리가 여러 차례 사람들에게 해를 끼치다가 마침내는 영웅이자 신인(神人)인 은 민족의 시조 순에

게 길들여지게 되는 것이다. 이 방면에 관한 원시자료는 찾을
수가 없기 때문에 조금 후에 나타난 전설에 근거해서 이야기해
볼 수밖에 없다.

순은 규수(嬀水: 지금의 山西省 永濟縣 남쪽, 〈嬀〉자는 〈爲〉에
서 나왔고 그것은 코끼리를 길들였다는 전설과 관계가 있다)에서
태어났으며, 한쪽 눈에 두 개의 눈동자가 있는 기이한 용모를
제외하면 다른 것은 모두 보통 사람들과 다름없이 평범하였다.
그는 중키에 거무스름한 피부를 갖고 있었고 얼굴에는 수염이
없었다. 젊었을 때에 마을에서는 부모님께 효도한다는 칭송이
자자하였는데, 천성이 성실하고 온후했던 순은 사실 그렇게 부
모님께 잘했다. 순의 아버지 고수는 머리가 좀 모자라고 어떤
일을 하더라도 제대로 해나갈 줄 모르는 사람이었다. 그렇게 바
보스러운 사람이었으므로 그는 후처와 후처의 자식만을 사랑하
였고 전처의 자식인 순은 눈의 가시로 여겼다. 계모 역시 속이
좁고 사납기 이를 데 없었으므로 어떻게 해볼 수 없는 고약한
성질을 가진 여자였다. 또 동생인 상의 성품도 그 어머니와 비
슷하였으니, 무척이나 거칠고 교만하여 동생다운 공손함을 조
금도 갖추고 있지 않았다. 다만 과수(敤手)라고 하는 여동생만
이——역시 계모가 낳은 딸이었는데——나쁜 습성을 좀 지니
고 있기는 했어도 인간성은 그런대로 괜찮아서, 천성적으로 악
했던 그녀의 오빠 상처럼 못되게 굴지는 않았다. 일찍이 어머니
를 잃었던 순이 이런 가정 환경 속에서 겪었던 마음의 고통과
환경의 어려움을 우리는 가히 상상해 볼 수 있다. 그래도 그는
마을에서 효성스럽기로 이름이 나 있었으니 실로 흔하지 않은
일이었다. 게다가 그의 효성은 거짓된 것이 아니라 정말로 지
극한 효도였으며 동생들에 대해서도 진심으로 우애스럽게 대

하였다.

전해지는 이야기로는 불쌍한 순이 부모에게 늘 매를 맞았다고 한다. 그런대로 견뎌낼 만한 회초리로 맞을 때에는 눈에 눈물이 그렁그렁한 채로 그냥 맞을 수밖에 없었지만, 감당하기 힘든 몽둥이로 맞을 때에는 들판으로 도망쳐서 푸른 하늘을 향해 슬피 울며 돌아가신 어머니를 부르는 것이었다. 그는 또 그 못되기 이를 데 없는 동생 상을 대할 때마다 그의 눈치를 보며 조심스레 행동해야 했다. 상이 좋아하면 그도 좋아했고 상이 고민하면 그도 걱정했다. 상이 기분이 나쁘면 곧 화를 낼 것이었고 화를 내면 그것이 자기에게 미칠 것이기 때문이었다. 그래서 그는 힘껏 동생에게 잘해 주어 계모의 환심을 사서 자신이 받는 학대를 줄여보는 수밖에 없었다. 그러나 악독한 계모는 순을 죽여야만 마음이 편할 것이라고 늘 생각했다. 아들 상과 바보스러운 남편 고수도 그녀를 도울 것이었다. 순은 이런 집에서 견디어낼 도리가 없어서 혼자 분가해 나가 규수 부근의 역산(歷山) 기슭에 초가를 한 칸 짓고 황무지를 개간하며 외롭고도 슬픈 생활을 하고 있었다. 그는 자주 뻐꾹새를 보았다. 그 새들은 새끼들을 데리고 즐겁게 하늘을 날아다녔는데 어미 새가 먹을 것을 물어다가 나무 위에 있는 새끼 새들에게 먹여주는 모습이 참으로 화목해 보였다. 그런데 자기는 어머니가 돌아가신 고아의 신세로 계모의 학대를 받고 있다는 걸 생각하자 자신도 모르게 감정이 복받쳐올랐다. 그래서 그는 늘 흥얼흥얼 노래를 불러 슬픈 감정을 풀고는 했다. 순이 역산에서 농사를 짓기 시작한 지 얼마 되지 않아서였다. 역산의 농사꾼들은 그의 덕행에 감화를 받아서 모두가 앞을 다투어 그들의 전답을 순에게 바쳤다. 또 순이 뇌택(雷澤)에 가서 고기를 잡으니 뇌택의 어부들 역시 앞다투어 자신들의 어장을 순에게 주었다. 순이 강가에 가서 도기(陶器)를 만들면 얼마 지나지 않아 그곳의 도공들이 만든 도기가 이상스럽게도 모두 아름답고도 튼튼하게 되었다. 그렇게 순이 살던 곳으로 사람들이 몰려와 그에게 의지해서 살았다. 그리하여 이곳은 1년 만에 작은 마을이 되었고 다시 일 년이 지나자 제법 큰 읍이 되었으며 3년째가 되자 번듯한 도시로 변하게 되었다. 이것은 참으로 이해하기 힘든 기이한 일이었다.

그때 마침 요임금은 천하의 현인들을 찾아다니면서 천자의 자리를 선양할 생각을 하던 참이었다. 대족장들은 모두가 순을 추천하였는데 그들은 순이 현명하고 효성스러우며 능력이 뛰어나기 때문에 그 후보자가 될 수 있다고 하였다. 그래서 요는 아황(娥皇)과 여영(女英)이라는 두 딸을 순에게 시집보냈고, 또 그의 아홉 아들들을 순과 함께 생활하게 하여 그가 정말 재능이 있는 사람인지를 알아보게 하였다. 그리고 가는 갈포 옷과 거문고를 순에게 하사하였고 또 사람들을 시켜서는 곡식 창고를 몇 칸 만들어주었다. 그리고 또 소와 양들도 내려주었다. 본래 평범한 농민이었던 순은 이렇게 하여 순식간에 천자(天子)의 사위가 되어 갑작스레 귀한 몸이 되었다. 눈 먼 고수네 식구들은 그들이 줄곧 미워해 오던 순이 갑자기 높은 자리로 올라가 부자가 되고 귀한 몸이 된 것을 보고는 모두 질투에 불타서 이를 갈며 참을 수 없어하였다.

그후의 사적들을 보자면 순은 그의 식구들에 대해서 결코 옛날의 원한을 그대로 품고 있지는 않았다. 그래서 순은 자기의 아내들을 데리고 부모와 형제를 만나러 갔다. 뿐만 아니라 그들에게 선물까지 주며 예전처럼 사이좋게 지내고 싶어했다. 순은 부모님께 여전히 효성을 다했고 형제들과는 우애 있게 지내려

하였다. 그가 부귀를 얻었다고 해서 교만스러워진 구석이라고
는 눈을 씻고 봐도 찾을 수 없었다. 그의 두 아내 역시 귀족의
태도를 조금도 내보이지 않고 부지런히 집안일을 하며 시부모
를 섬겼으니 정말로 훌륭한 며느리들이었다.

그러나 순이 이렇게 잘했어도 그 못된 식구들의 순에 대한
강렬한 질투심은 어찌해 볼 도리가 없는 것이었다. 오히려 순의
그 친절한 태도 때문에 못된 마음들이 더욱 독해졌다고 볼 수도
있겠다. 게다가 순의 동생 상은 순의 아름다운 두 아내를 보고
는 침을 질질 흘리며 그녀들을 빼앗아 자기의 것으로 삼아보려
는 생각에 골몰해 있었다. 그 당시의 습속에 의하면 형이나 동
생이 먼저 죽으면 그 아내를 자신의 아내로 삼을 수 있었던 것
이다. 이런 사회 관습의 유혹에 고무되어 음험하고 악독한 상은
무슨 함정이든 만들어 형을 죽이고 정정당당하게 자신의 소망
을 달성하고자 하였다. 상의 어머니 역시 아무 말 없이 아들의
계획에 완전히 동조하였다. 자신의 친아들이 아닌 그 얄미운 순
을 없애는 것은 자신이 늘 바라왔던 소망이었으니까. 그리고 바
보스러운 고수 역시 순에 대해서 좋은 감정이라고는 눈곱만큼
도 없었고 또 그의 재산이 탐났기 때문에 순을 없애버리고 재산
을 차지하자는 계획에 동의하였다. 이들은 마치 땅굴 속의 들쥐
들처럼 밤을 새워가며 집 안에서 속닥속닥 의논을 하여 순을 없
애버리려는 음모의 올가미를 만들어내었다. 그의 여동생 과수
는 이 피비린내 나는 음모에 직접 가담은 하지 않은 방관자였지
만 새언니들의 행복을 시기하고 있었기 때문에 어느 정도는 그
행복한 가정이 파괴되기를 바라는 비겁한 마음을 갖고 있었다
고 하겠다.

「형, 아버지가 내일 곡식창고 수리하는 걸 좀 도와달라고 하

시네요, 일찍 오세요!」

어느 날 오후, 상이 순의 집에 와서 이렇게 말했다.

「응, 알았다. 내일 일찍 가도록 하지」

문 앞에서 보리더미를 쌓아올리고 있던 순은 쾌활하게 대답했다. 상이 돌아가자 아황과 여영이 집에서 나와 무슨 일이냐고 물었다.

「아버지께서 내일 일찍 와서 곡식창고 수리하는 걸 좀 도와 달라고 하시는군」

「당신 가시면 안 돼요. 그들이 당신을 불러 불태워 죽이려는 거예요」

「그럼 어쩌지?」

순은 당황해했다.

「아버지께서 시키시는 일인데 안 가면 말이 안 되잖아」

아황과 여영은 궁리 끝에 말했다.

「걱정 마시고 가세요. 내일 당신이 입으셨던 옷은 벗어놓고 저희들이 드리는 새옷을 입고 가시면 아무 일도 없을 거예요」

귀족 집안의 이 두 여인은 어디서 배운 신기한 재주인지 미래를 미리 알 수 있었고 또 신묘한 법술을 부리는 보물들을 지니고 있었다. 어쨌든 그녀들은 자신들의 총명함과 지혜로움으로 그들이 사랑하는 사람을 보호할 수 있었다. 이튿날, 그녀들은 시집올 때 가지고 온 상자 속에서 새 그림이 그려진 오색찬란한 옷을 꺼내어 순에게 입으라고 했다. 그래서 순은 이 아름다운 옷을 입고는 아버지를 도와 곡식창고를 수리하러 갔다.

순의 그 악독한 가족들은 순이 그렇게 화려한 옷을 입고 죽으러 오는 것을 보고는 속으로 킬킬거리며 웃었다. 그러나 겉으로는 태연자약하게 기쁜 얼굴을 가장하여 순을 맞아들였다. 그리고 사다리를 놓고서 오래되어 낡아빠진 버섯 모양의 높다란 곡식창고 위로 순을 올라가게 하였다. 순은 사다리를 타고 창고 지붕 위로 올라가 순진하게도 거기서 일을 시작하였다. 그러자 이 악한 무리들은 일찌감치 짜놓은 계획에 따라 사다리를 치워 버리고는 곡식 창고 아래에 장작을 쌓아놓고 불을 질러 그들 모두의 공통된 적을 불태워 죽이려 했다.

「아버지, 아버지, 지금 뭐 하시는 겁니까?」

창고 지붕에 서서 오도가도 못하게 된 순이 이 모습을 보고 몹시 당황해 외쳤다.

「얘야!」

순의 계모가 잔인하게 대답했다.

「너를 천당으로 보내주려고 하는 거란다. 거기 가서 네 친 엄마와 함께 살렴, 호호호……」

「하하하, 하하……」

눈이 먼 아버지도 고개를 끄덕이며 무심하게 멍청한 웃음을 흘렸다. 상은 아래쪽에서 불을 붙이며 즐겁게 웃었다.

「하하, 이번에야말로 도망치지 못하겠지, 어디 한번 하늘로 날아가 보시지」

곡식창고의 사방은 맹렬하게 타오르는 불길로 휩싸였다. 순은 창고 꼭대기에 넘어져서는 놀라서 온몸이 땀으로 젖었다(그때 그는 자신이 입고 있던 새옷의 효능을 새까맣게 잊고 있었다). 그는 식구들을 향해 도와달라고 소리쳤다. 그러나 그것이 소용이 없음을 알게 되자 순은 팔을 벌리고 하늘을 향해 크게 소리쳤다.

「아, 하늘이시여!」

그러자 신기한 일이 일어났다. 팔을 벌려서 옷에 그려진 새 그림이 드러나는 순간, 순은 불꽃과 연기 속에서 한 마리 큰 새로 변하여 꽉꽉 소리치며 하늘로 날아오르는 것이었다. 생각지도 못했던 이 광경을 보고 고수의 무리들은 얼이 빠진 듯 한동안을 꼼짝도 못하고 우두커니 서 있었다.

이렇게 하여 첫번째 음모는 실패로 돌아갔다. 그러나 고수의 무리들은 이에 그만두지 않고 두번째의 계략을 짜내었다.

이번에는 눈 먼 아버지가 친히 나섰다.

「아들아, 지난번 일은 정말 미안하게 되었다. 우리를 용서해 주겠니……」

눈 먼 아버지는 순의 집 앞에서 손에 쥔 대나무 지팡이로 돌계단을 두드리며 수치를 무릅쓰고 말했다.

「네가 또다시 와서 우물 청소하는 걸 도와줘야겠다. 꼭 와야 하느니라. 이 늙은 아비의 마음을 상하게 하지 않으려면 말이다」

「아버지, 걱정 마세요, 내일 꼭 가겠습니다」

순은 부드럽게 대답했다.

아버지가 돌아가자 순은 아버지가 오셨던 이유를 두 아내에게 말했다. 그러나 두 아내는 말했다.

「이번에도 나쁜 일이 일어날 거예요, 하지만 걱정 말고 가세요」

이튿날, 그녀들은 용의 그림이 그려진 옷을 순에게 주며 본래 입고 있는 옷 안에 그것을 입으라고 하였다. 그리고 위험이 닥쳤을 때 겉옷을 벗어버리면 기적이 일어날 거라고 일러주었다.

순은 아내들의 부탁대로 용 무늬의 옷을 속에 입고서 눈 먼 아버지를 도와 우물을 청소해 주러 갔다. 고수의 무리들은 순이 전처럼 이상한 옷을 입고 오지 않은 것을 보고 마음속으로 이젠 되었다고 여겼다. 즉 이번에야말로 순이라는 재수없는 놈이 분

명히 죽을 것이라고 생각했던 것이다. 순은 도구를 챙겨들고 그
들에게 밧줄을 붙잡고 있으라고 말하고는 깊은 우물 속으로 들
어갔다. 그러나 뉘 알았으랴, 그가 우물 속으로 들어가자 곧 밧
줄이 끊기고 뒤이어 영문도 알 수 없이 돌이며 진흙덩어리들이
쏟아져 내리는 것이었다. 한번 당했던 적이 있는 순은 곧바로
민첩하게 대응하여 돌이며 진흙덩어리들이 다 쏟아져 내릴 때
까지 가만히 있지 않고 겉에 입었던 옷을 벗어버렸다. 그러자
그는 반짝반짝 빛나는 비늘로 뒤덮인 구불구불한 멋진 용으로
변하였다. 그는 지하의 황천(黃泉)을 뚫고 여유만만하게 헤엄쳐
서 다른 우물로 솟구쳐 나왔다.

악독한 고수의 무리들은 우물을 다 메우고 나서 우물 위를
발로 꽉꽉 밟았다. 그걸 밟으며 그들은 통쾌하게 웃어댔다. 원
수 같은 순이 드디어 죽었으니 뜻을 이룰 수 있게 되었다며 온
가족이 시끄럽게 떠들어대면서 순의 집으로 향했다. 가서 그의
아내들과 순의 재산을 빼앗을 작정이었다. 여동생 과수도 그것
을 구경하러 따라갔다.

순이 죽었다는 소식을 듣고 나자 참인지 거짓인지 두 형수는
얼굴을 가리고는 몸을 돌려 뒤꼍에 있는 집으로 들어가 대성통
곡을 하였다. 득의양양해진 상은 집 안에서 어머니 아버지와 함
께 죽은 순의 재산을 분배하는 문제를 의논했다.

「이 계략은 제가 꾸민 겁니다」

상은 추악한 두꺼비 모양의 입을 벌리고 손발을 흔들어대며
떠들었다.

「이치로 따져도 재산은 제가 좀더 가져야 됩니다. 그러나
저는 아무것도 원하지 않겠어요. 소와 양들은 두 분께 드리지
요, 전답과 집도 모두 드리겠어요. 저는 다만 형의 이 거문고와

활, 그리고 두 형수만을 원해요. 히히, 이젠 드디어 함께 잘 수 있게 되었구나!」

그러면서 상은 벽에서 순의 거문고를 꺼내어 딩딩당당 신나게 그것을 뜯어보았다. 그의 아버지와 어머니도 즐겁게 빙글빙글 돌며 집 안의 이 물건 저 물건들을 만져보았다. 뒤곁에 있는 두 과부들의 울음소리가 더욱 애통스러웠다. 사정이 이렇게 되자 여동생 과수의 여자로서의 마음이 움직이기 시작했다. 자기 집안 식구들이 하는 짓이 너무나 잔악하고 비열하였으며, 또 자신이 이걸 보고서도 가만히 있는다면 더욱 비겁한 짓이라는 생각이 들었다. 그래서 참회하는 고통스런 마음에 막 이를 깨물고 있을 때였다. 갑자기 순이 바깥에서 평상시와 다름없는 표정으로 들어왔다.

죽은 줄로만 알았던 순이 살아서 돌아오자 집 안에 있던 사람들은 모두 넋이 빠져 멍하니 앉아 있었다. 마침내 그가 귀신이 아닌 진짜 사람이라는 것을 알게 되자 비로소 정신들을 차리게 되었다. 순의 침대에 앉아 거문고를 뜯고 있던 상은 어쩔 줄 몰라하며 맥없이 말했다.

「형, 지금 형 생각을 하며 걱정하고 있었어요」

순이 말했다.

「그래, 나도 네가 나를 생각하고 있는 줄 알았다」

그리고 순은 더 이상 아무 말도 하지 않았다. 천성이 온후했던 순은 이 두 가지 죽을 뻔한 사건들을 겪고서도 부모와 동생을 대하는 것이 전과 마찬가지로 효성스럽고 우애스러웠으며 아무런 다른 점이 없었다. 오히려 본래 조금은 나쁜 습성이 있었던 여동생 과수가 이 두 사건을 겪은 뒤 잘못을 뉘우쳐서 오빠, 그리고 새언니들과 진심으로 친해지게 되었다.

제5장
순임금과 지혜로운 두 아내

그러면 우선 순의 여동생인 과수(敤手)에 대하여 이야기를 해 보기로 한다. 『세본(世本)』(張澍稡集補注本)에 〈과수작화(敤首作畵)〉라는 말이 나오는데, 〈과수(敤首)〉는 『한서(漢書)』「고금인표(古今人表)」에 〈과수(敤手)〉라고 되어 있고 주(注)에 의하면 〈순의 누이동생〔舜妹〕〉이라 하고 있다.

『설문(說文)』 十三(下)에 보면 〈敤, 研治也, 从支, 果聲: 舜女弟名敤首〉라는 구절이 나오는데 단옥재(段玉裁)의 주(注)에 의하면 〈수(首)와 수(手)는 옛날에 통용되었다(首, 手古同音通用)〉라고 되어 있다. 〈과(敤)〉가 〈연치(研治)〉의 뜻을 가지고 있다는 그런 점에서 본다면 〈과수(敤手)〉가 본래 이름이고 〈과수(敤首)〉는 같은 발음으로 인하여 생긴 이름으로 보인다. 『열녀전』에는 〈과수(敤首)〉라는 두 글자를 잘못 합하여 〈계(繫)〉라는 이름으로 기록되어 있는데 바로 〈과수〉라는 본래 이름에서 비롯된 오류이다(이 점에 대해서는 청대(淸代) 학자인 왕조원(王照圓)이 쓴 『열녀전보주(列女傳補注)』에 자세하게 고증되어 있다).

그 밖에도 과수(顆手: 『史記』, 正義의 기록), 과수(媒首: 『路史』 注의 기록)라는 이름이 보이는데 이것은 모두 가차자(假借字)로서 본래 뜻과 다르다. 〈과수작화〉라는 말에는 원시사회 수렵생활 시기의 회화(繪畵) 기원에 관한 내용이 담겨져 있다. 얼마 전 어떤 학자가 다음과 같이 말한 바 있다. 〈칼이나 붓 등이 아직 발명되기 이전에 그림을 그릴 수 있는 도구는 오직 사람의 두 손뿐이었다. 스페인 알타미라 동굴에서 발견된 구석기시대의 벽화에 붉은색의 손이 그려져 있는 것이 보이는데, 그것은 바로 당시의 회화예술이라는 것이 바로 두 손에 물감을 묻혀 칠하는 방법을 사용하고 있었다는 사실을 증명하고 있는 것이다. 그러므로 '과수작화'라는 그 말에는 초기의 중국 회화에 있어서도 도구가 없이 그저 두 손으로 그려냈다는 사실이 내포되어 있다고 볼 수 있는 것이다.〉 바로 이 말대로이다. 신화 전설 속에서 그림을 발명해 낸 원시시대의 여류화가 과수는 사냥꾼이었던 오빠 순과 아주 밀접하게 연관되어 있었다. 순과 다른 사냥꾼들이 숲속에서 들짐승들을 잡아오면 과수는 동굴 속에서 그 재주 좋은 두 손에 진흙을 묻혀 그들이 잡아온 들짐승들의 모습을 생생하게 벽에다 그려내었던 것이다. 그때 과수가 그린 것은 화조(花鳥) 따위가 아니었음은 물론이다. 그녀는 씨족 전체에게 먹거리가 되어주는 야생의 동물들을 그렸다. 이것은 또한 우순(虞舜)이라고 불려지는 순이 바로 〈사냥꾼 순〉이라는 뜻이라는 것을 증명해 주기도 한다. 이와 같이 과수와 순의 마음은 서로 긴밀하게 통하고 있었기 때문에 순이 가족들의 박해를 받을 때 과수만은 오빠인 순의 편에 서 있을 수 있었던 것이다. 그러면 이제 다시 본래의 이야기로 돌아가보기로 하자.

두 가지 사건들로 인하여 감동을 받은 과수는 지난날의 잘못

을 깨닫고 그때부터 집안 식구들의 행동을 유심히 관찰하기 시
작했다. 식구들에게 오빠와 새언니들을 해치려는 무슨 꿍꿍이
속이 있을까봐 걱정이 되었기 때문이다. 그런데 일은 걱정하던
대로 진행되고 있었다. 고수의 무리들은 순이 죽지 않은 것을
보고는 영 마음이 편치 않아 또다시 새로운 음모를 꾸며내었던
것이다. 이 음모란 다름이 아니라 거짓으로 순을 청해 술자리를
마련한 다음 그를 흠뻑 취하게 한 뒤에 죽여 없애려는 것이었
다. 이 음모를 알아챈 과수는 급히 두 새언니에게 달려가 그 사
실을 몰래 알려주었다. 새언니들은 그 말을 듣고 웃으며 말
했다.

「고마워요, 아가씨. 자 이제 돌아가 계세요, 그 사람들에게
대응할 수 있는 방법이 있으니까요」

그러고 나서 얼마 되지 않아 순에게 술 마시러 오라고 청하
려는지 상이 과연 건들거리며 나타났다. 그리고 순에게 자신이
온 이유를 설명하였다.

「일전에는 두 번씩이나 정말 형님께 죄송했습니다. 그런 뜻
에서 이번에는 아버님과 어머님께서 술자리를 마련하여 형님께
미안하다는 뜻을 표하고자 하십니다. 형님, 꼭 오셔서 자리를
빛내 주세요. 내일 일찍 오셔야 합니다」

상이 돌아가고 난 뒤 순은 또 고민에 빠졌다.

「어쩐담?」

그는 어린 두 아내에게 밀했다.

「가는 것이 좋을까, 아니면 안 가는 것이 좋을까? 이번엔 또
무슨 계책들을 부리려는지 알 수가 없으니」

「안 가시다니요?」

아내들이 말했다.

「안 가시면 아버님 어머님께서 또 당신을 밉게 보실걸요. 가세요, 걱정 마시고요」

그들은 이런 이야기를 하며 방으로 들어갔다. 그리고 시집올 때 가지고 온 상자에서 약을 한 봉지 꺼내어 순에게 주며 말했다.

「이 약을 가지고 가서 개똥이랑 섞으세요, 그리고 그걸로 목욕을 하시면 내일 가셔서 술을 마시게 되더라도 아무 일 없을 거예요. 부엌에 물도 다 데워놓았으니 가서 목욕하세요」

순은 아내들의 말을 듣고서 개똥과 약으로 열심히 목욕을 하였다. 그리고 다음날이 되자 깨끗한 옷을 입고는 부모님의 집에서 열리는 잔치에 참석하러 갔다.

고수의 무리들은 은근한 표정으로 기분 좋게 순을 맞아들였다. 그리고 얼마 지나지 않아 풍성한 잔칫상을 차려놓고 모두들 함께 술을 마시기 시작했다. 그들은 날카로운 도끼를 문 틈에 숨겨두고서 잔칫상에서는 〈건배, 건배!〉라고 떠들썩한 소리로 외쳐대고 있었다. 순은 큰 잔 작은 잔 안 가리고 자신의 손에 술잔이 오기만 하면 사양하지 않고 모조리 마셔버렸다. 한 잔 또 한 잔, 도대체 얼마나 마셨는지 모른다. 줄곧 술을 권해 대던 고수의 무리들이 모두 비틀거리며 혀꼬부라진 소리를 했지만 순은 여전히 똑바로 자리에 앉아 아무렇지도 않은 듯했다. 마침내 술단지 몇 개가 모두 바닥이 나고 안주도 동이 나 더 먹을 것이 없어져 버렸다. 그러자 순은 입을 닦으며 일어나 아버지와 어머니에게 공손히 인사를 올리고서 당당하게 돌아가는 것이었다. 고수의 무리들은 그 모습을 그냥 쳐다보고 있는 수밖에 없었으니, 문 틈에 숨겨두었던, 그 미처 사용하지 못한 도끼가 비웃는 듯한 찬 빛을 내뿜고 있을 뿐이었다.

아들과 딸들의 보고를 듣고서 요는 순이 정말 소문대로 지혜롭고 효성스러우며 또 재능 있는 청년이라고 여기게 되었다. 그러나 천자의 자리를 물려주기 전에 정치에 대한 학습과 단련이 필요했으므로 그를 조정으로 불러들여 벼슬을 하게 하였는데, 온갖 직책을 다 맡겨보아도 그는 모두 잘 해냈다. 그리하여 요는 천자의 자리를 이 능력 있는 청년에게 물려주고자 하였으나 신중을 기하기 위하여 한번 더 시험을 해보기로 했다.

그 시험이란 곧 큰비가 쏟아져 내리려 할 때 그를 깊은 산 속으로 들어가 있게 한 뒤, 폭우가 내리는 삼림 속에서 어떤 방법을 써서라도 탈출해 나오라는 것이었다. 이 시험에 대해서는 다음과 같은 기록이 전해진다. 순이 깊은 산 속을 걷는데 조금도 두렵지가 않았다. 독사들은 그를 보면 멀리 도망쳤고 호랑이나 표범 등의 맹수들도 그를 보곤 해치려 하지 않았다. 그런데 갑자기 폭풍우가 휘몰아쳤다. 삼림은 온통 칠흑 같은 어둠으로 뒤덮였다. 천둥과 번개, 그리고 억수같이 쏟아져 내리는 비, 사방엔 온통 머리를 풀어헤치고 팔을 벌린 정령들처럼 생긴 나무, 나무, 나무들……. 그야말로 동서남북을 분간할 수 없는 상황이었다. 그러나 용감하고 지혜로운 순은 폭풍우치는 이 변화무쌍한 삼림 속을 걷고 또 걸으며 조금도 흔들리지 않았다. 마침내 그는 올 때의 길을 따라 이 삼림을 벗어나게 되었다. 그러고는 삼림 밖에서 기다리고 있던, 그를 시험하려 했던 사람들을 만나게 되었다.

또 어떤 기록에 의하면 다음과 같은 이야기도 전해진다.

순은 요가 그를 시험하는 데 있어서 매번 새로운 시험에 부딪치게 될 때마다 먼저 그의 아내들과 의논을 하였다고 한다. 폭풍우치는 삼림의 그 일도 순은 사랑하는 두 아내와 미리 의논을 하였던 것이라고 하는데, 그녀들이 어떻게 그를 도와 난관을 극복하게 하였는가에 대해서는 고서 중에 기록이 없어 의문으로 남아 있다. 추측해 보건대 순이 그의 아내들이 그에게 준 어떤 부적 같은 걸 몸에 지니고 있었으므로 그 덕분에 사악한 것들을 물리치고 무사히 돌아올 수 있었던 것이 아닌가 여겨진다. 그러나 어쨌든 그가 혼자서 그 깊은 삼림에 들어가 시험을 겪어내었다는 용감한 정신은 실로 드문 것이었으니, 사람들은 그 일에 대하여 찬탄을 금치 못했다.

이 시험을 끝으로 하여 요는 천자의 자리를 순에게 물려주었다. 임금이 되자 순은 수레에 천자의 깃발을 달고 고향으로 돌아가 아버지인 고수를 만나뵈었다. 순은 예전과 마찬가지로 여전히 공손하고도 효성스러웠다. 눈 먼 아버지는 그제서야 비로소 자신의 아들이 정말로 착한 아들이라는 것을 알았다. 그리고 어리석었던 자신의 잘못을 진심으로 뉘우치고 아들과 화해하였다. 또 순은 그 오만하고 방자했던 동생 상을 유비라는 곳에 제후로 봉하였다. 상은 제후로 봉해진 후에야 형이 정말로 인자하고 관대하다는 것을 알고서 마음속으로 깊이 감동하여 점차 자신의 못된 습관들을 버리고 좋은 사람이 되어갔다.

순이 임금 자리에 있던 몇십 년간, 그는 요와 마찬가지로 백성들에게 이로운 많은 일을 하였다. 그리고 왕위를 물려주는 방법도 요와 같았다. 즉 노래부르고 춤추는 것만 아는 자기의 아들 상균(商均)에게 왕위를 물려주지 않고 홍수를 다스려 백성들을 위해 큰 공을 세운 우에게 물려주었다. 이것 역시 순의 공평 무사함을 보여주는 행동이라 하겠다.

순은 평소에 무척이나 음악을 좋아하였다. 그래서 요임금이 두 딸을 순에게 시집보낼 때 특별히 거문고를 내려준 일이 있었다. 순이 천자가 된 뒤에는 악사 연(延)을 시켜 그의 아버지 고수가 만들었던 열다섯 줄의 거문고에 여덟 줄을 더해 스물세 줄의 거문고를 만들게 하였다. 그리고 악사 질(質)에게는 제곡시대에 함흑이 지었던 「구초(九招)」·「육영(六英)」·「육열(六列)」 등의 음악을 정리하여 새 악곡으로 만들게 하였다. 그 중에서 「구초」는 「구소(九韶)」라고도 하는데, 퉁소나 생황 등의 악기를 배합시켜 연주한다고 하여 「소소(簫韶)」라고도 한다. 이 음악을 연주하면 그 소리가 부드럽고도 은근하여 마치 하늘나라의 온갖 새들이 노래하는 것 같았다. 전해지는 이야기로는 순이 「소소」의 노래를 연주하면 봉황도 날아와 그를 배알하였다고 한다. 후에 공자도 묘당에서 이 음악을 듣고서는 끊임없이 칭찬하며 다음과 같이 말했다 한다.

「「소(韶)」라는 이 음악은 그야말로 아름답고도 좋은 음악일세. 「무(武: 주나라의 무왕이 지은 음악)」라는 음악도 아름답기는 하지만 좋은 음악은 못 되니 「소」만큼 사람들을 감동시키지는 못하지」

순이 혼자 살던 시절에 오현금(五弦琴) 연주하는 것을 좋아했는데, 그 음률에 맞춰 자신이 지은 「남풍(南風)」이라는 노래를 불렀다.

남쪽에서 불어오는 맑고 시원한 바람,
사람들의 근심을 녹여주네.
남쪽에서 불어오는 때 맞춘 바람,
백성들의 재물을 늘려주네.

순은 만년에 남쪽 지방의 여러 곳을 순시하였는데 도중에 창

오의 들판〔蒼梧之野〕에서 죽고 말았다. 이런 슬픈 소식이 전해
지자 온 나라의 백성들은 자신의 부모가 돌아가신 것처럼 애통
해하였다. 그와 고락을 함께 했던 두 아내 역시 이 불행한 소식
을 듣고서는 간장이 끊어질 듯이 슬퍼하였다고 한다. 그래서 그
녀들은 수레와 배를 타고 즉시 남쪽으로 갔는데, 가는 도중에
보이는 각 지방의 수려한 경치가 더욱 마음을 슬프게 해 눈물이
샘물처럼 솟아나왔다. 이 상심의 눈물이 남쪽의 대나무숲에 흩
뿌려지자 그 대나무에는 온통 그녀들의 눈물 자국이 남겨지게
되었다. 이런 연유로 해서 후에 남방에는 상비죽(湘妃竹)이라는
무늬 있는 대나무가 생겨나게 되었다. 그녀들이 상수(湘水)에
도착하여 그 강을 건너는데 파도가 크게 일어 배가 뒤집어져서
그녀들은 그만 한을 품은 채 강물에 빠져 죽고 말았다. 강물에
빠진 그녀들은 상수의 신령이 되었다고 한다. 그녀들의 마음이
즐거울 때에는 가을바람이 솔솔 불고 낙엽이 흩날리는 야트막
한 물가에 나와 천천히 거닐었다고 하는데, 멀리서도 사람을
애타게 하는 그녀들의 아름다운 눈빛을 볼 수 있었다. 그러나
일단 심기가 불편해져서 이전의 그 한이 생각나면 그녀들이 강
물 속으로 드나들 때마다 맹렬한 바람이 일고 거센 비가 쏟아져
내렸다. 그리고 그 비바람 속에서 사람의 모양을 한 괴상한 신
들이 뱀을 밟고서, 또 왼손과 오른손에 뱀을 쥐고서 사납게 몰
아치는 파도 위를 넘나드는 것이었다. 그리고 괴이한 새의 무리
들 역시 그 틈을 타고서 몽롱하게 비 내리는 하늘을 어지럽게
날아다녔다고 하니, 그 광경이 얼마나 비참하고 겁나는 것이었
는지 가히 상상해 볼 수 있었다.

　순이 죽은 뒤 백성들은 순의 시체를 흙으로 만든 관에 넣어
창오(蒼梧)의 구의산(九疑山) 남쪽에 묻었다. 이 산에는 모두

제이녀(帝二女)

아홉 개의 시냇물이 흐르고 있었는데 시냇물마다 형태가 모두 비슷하여, 산에 들어간 사람들이 매번 그 비슷한 형태에 미혹되었기 때문에 그곳을 구의(九疑)라고 불렀다. 그 산에는 가지각색의 기이한 짐승들이 살고 있었는데 그 중에서도 위유(委維), 즉 연유(延維) 혹은 위사(委蛇)라 불리는 뱀이 가장 기이했다.

위사는 머리가 두 개 달린 뱀이었는데 이 뱀을 본 사람들은 모두 죽었다고 한다. 그런데 춘추시대 초나라의 손숙오(孫叔敖)라는 어린아이가 길을 가다가 머리가 둘 달린 이 뱀을 보게 되었다. 이 뱀을 본 사람은 죽게 된다고 하는 이야기를 들었기 때문에 손숙오는 자기도 분명히 죽게 될 것이라고 생각했다. 그러나 자기 다음에 이곳을 지나갈 사람들이 그 뱀을 보게 되면 그들 역시 죽게 될 것이 아닌가? 왜 이 뱀을 세상에 남겨두어 사람들이 해를 입게 한단 말인가? 이렇게 생각하고 나서 이 용감한 소년은 돌덩이를 들어 뱀에게 마구 던졌다. 결국 뱀은 돌에 맞아 죽게 되었고 소년은 땅에 구덩이를 파고서 뱀을 묻어 아무도 그 뱀을 보지 못하게 하였다. 그런데 이상하게도 이 소년은 죽지 않았을 뿐 아니라 오히려 초나라의 재상이 되었는데, 무척이나 현명하고 재주가 뛰어나 백성들의 사랑을 받았다고 한다. 설사 요괴라고 해도 정직하고 용감한 사람에게는 해를 입히지 못하는 모양이었다. 머리가 둘 달린 이 뱀은 어떤 때에는 머리에 붉은 모자를 쓰고 몸에는 자줏빛 도포를 입은 별난 모습으로 나타나기도 했는데 한 나라의 제왕이 그 모습을 보게 되면 천하를 휘어잡을 수가 있었다고 한다.

역시 춘추시대였다. 제(齊) 환공(桓公)이 사냥을 나갔다가 붉은 모자에 자줏빛 도포를 입은 이 뱀을 보게 되었다. 우릉우릉 소리를 내며 달리는 사냥 수레가 그 뱀의 옆을 지나갈 때 뱀은 두 개의 머리를 곧추세우고 일어났다고 한다. 환공은 이 모습을 보고 가슴이 섬찟해지도록 놀라 귀신이라고 외쳤다. 그러고는 수레를 몰고 있는 승상 관중(管仲)에게 뭔가 보지 못했느냐고 물었다.

「아무것도 보지 못했습니다」

관중은 그렇게 대답했다. 궁중으로 돌아온 환공은 생각할수록 두려워 고민하다가 그만 병이 나고 말았다. 그 뒤 제나라의 황자고오(皇子告敖)라는 지혜로운 선비가 환공을 뵈러 왔다. 그는 환공에게 귀신에 관한 여러 가지 이야기들을 해주었다. 그가 막 위사에 관하여 이야기를 하는데 환공은 〈뱀〉이라고 하는 말을 듣자 곧 위사의 모습이 어떠하냐고 물었다. 그러자 황자고오는 환공이 보았던 그 머리 둘 달린 괴상한 뱀의 모습을 조금도 다르지 않게 말하는 것이었다. 그리고 덧붙여 말했다.

「한 나라의 임금이 그 뱀을 보게 되면 천하를 제패할 수 있다고 합니다」

환공은 그 말을 듣고 기쁨을 금치 못하여 말했다.

「그것이 바로 내가 사냥 나갔을 때에 보았던 것이니라」

그러고 나서 흡족해하니 병은 어느새 씻은 듯이 다 나아버렸다. 인간에게 화와 복을 가져다주는 이 이상한 위사는 위대한 순이 묻힌 구의산 근처에 살았다.

구의산 기슭에는 봄과 여름 두 계절에 걸쳐 코가 길고 귀가 커다란 코끼리가 나타나 순의 제우답을 갈았다고 한다. 후에 유비에 봉해진 동생 상도 자신의 봉지(封地)에서 돌아와 형의 무덤에 성묘하였다. 상이 돌아간 후에 사람들은 묘 근처에 정자를 지어 비정(鼻亭)이라 하고 상의 신주를 모셨는데, 그것을 비정신(鼻亭神)이라 하였다. 이 이야기를 보면 동물인 코끼리〔象〕와 사람인 상이 이미 거의 하나가 되어버려 어느 것이 정말인지 분간할 수가 없게 되고 만다.

순의 아내로는 앞에서 말한 아황과 여영 외에 또 등비씨(登比氏)라는 여인이 있었다고 한다. 등비씨는 소명(宵明)과 촉광(燭光)이라고 하는 두 딸을 낳았는데 그녀들은 황하 근처의 큰 연못에 살았다. 저녁이 되면 그녀들의 몸에서 뿜어져 나오는 빛이 주위 백 리나 되는 곳을 밝게 비춰주었다고 한다. 이 이야기는 태양과 달을 낳았다는 제준의 두 아내를 연상케 하는데, 순의 두 딸은 바로 제준의 그 두 아내와 흡사하다고 할 수 있겠다. 이런 전설들로 보아 순의 신분이 인간 세상의 인왕(人王)이 아니라 천상의 상제라는 것을 알 수 있다. 그래서 어떤 사람들은 등비씨가 순의 본래 부인으로, 요가 그의 두 딸을 순에게 시집보내기 전에 이미 순과 함께 살고 있었다고 하는데, 이것은 두 가지의 다른 전설이 뒤섞인 것으로서 그리 믿을 만한 이야기는 아니다.

어떤 책에서는 순의 아들이 아홉 명이라 한다. 그러나 후에 상(商) 땅에 봉해져서 상균(商均)이라 불려진 의균(義均: 제준의 손자 균과 이름이 같다) 말고 나머지 여덟에 대해서는 이름조차 알 수가 없다. 다만 그들 모두가 상균처럼 노래와 춤을 좋아했다는 것만은 알 수가 있다. 풍류만 알던 이들 귀공자들은 당연히 천하를 다스리는 중책을 맡을 수가 없었다. 이들 이외에 순의 후손이라고 하는 변방의 두 나라가 있었는데 동방 황야의 요민국(搖民國)과 남방 황야의 질국(裁國: 秩로 발음함)이 바로 그것이다. 질국 사람들은 노란 피부를 갖고 있었고 활을 쏘아 뱀을 잡는 능력이 있었다. 그 나라는 천혜의 땅으로서 농사를 짓지 않아도 먹을 것이 풍부했으며 옷감을 짜지 않아도 입을 것이 저절로 생겨났다. 그리고 난새가 노래하고 봉황이 춤을 추었다고 하니, 질국 사람들이 살던 곳은 실로 지상의 낙원이었다.

제4부
예우편
羿禹篇

제1장
열 개의 태양

요임금이 다스리던 시절이었다. 어느 날 갑자기 열 개의 태양이 한꺼번에 하늘에 나타나서 엄청난 재앙을 가져왔으니, 성군(聖君)이었던 요는 깊은 근심과 걱정에 빠졌다.

그것은 그 얼마나 두려운 광경이었을까! 하늘은 온통 태양들의 세상이 되어버렸고 땅에는 손바닥만한 그림자조차 없었다. 모든 것이 그대로 강렬한 빛 속에 드러나 있었던 것이다. 태양의 열기는 땅을 메마르게 했고 벼 이삭을 말라 죽게 했으며 그 열기 때문에 무쇠며 돌덩이까지도 녹아내릴 지경이었다. 사람들은 너무나 더워서 숨도 제대로 못 쉴 정도였고 몸 속의 피까지도 끓는 듯했다. 또 그 더위 때문에 대지 위에는 먹을 것이 모조리 사라져서 사람들의 뱃속에서는 배고픔의 불덩이가 타고 있었으니 그야말로 모두가 미쳐버릴 것만 같았다.

앞에서도 언급했듯이 열 개의 태양은 동방 천제 제준의 아내 희화가 낳았다. 그들은 본래 동방 바다 밖 탕곡(湯谷)이라는 곳에서 살았는데, 그곳은 양곡(陽谷) 혹은 온원곡(溫源谷)이라고

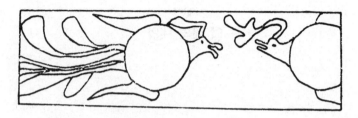

태양 하나가 도착하면 또 다른 하나가 나가는 모습, 한대화상석

도 하였다. 흑치국(黑齒國)의 북쪽에 있었으며 그곳의 바닷물은
늘 펄펄 끓는 듯이 뜨거웠는데 아마도 열 개의 태양들이 그곳에
서 목욕을 했기 때문일 것이다. 그 끓는 바닷물 한가운데에 부
상(扶桑)이라고 하는 큰 나무가 한 그루 자라고 있었다. 부상은
높이가 수천 길이나 되었고 둘레도 천 길이나 되었다고 하는
데, 이 거대한 나무가 바로 천제의 아들들인 열 개의 태양이 사
는 곳이었다. 열 개의 태양 중에서 아홉 개는 아래쪽에 있는 나
뭇가지에 머물렀고 한 개만이 위쪽 나뭇가지에 있었다. 그들은
돌아가면서 하늘에 떠올랐는데 하나가 부상수로 돌아오면 다른
하나가 나가는 식이었다. 그들이 하늘로 나아갈 때는 늘 어머니
인 희화가 수레로 데려다주었다. 그래서 태양은 열 개였지만 사
람들이 보게 되는 것은 언제나 한 개뿐이었다. 이것이 바로 그
들의 부모가 그들에게 지키도록 정해 놓은 규칙이었다.

태양이 떠오르는 광경은 정말 장엄하고도 아름다웠다. 전설
에 의하면 부상수의 꼭대기에는 일년 내내 옥계(玉鷄) 한 마리
가 앉아 있었는데 밤의 어둠이 점차 걷히고 희부유스름하게 동
이 터올 무렵이 되면 그 옥계는 날개를 퍼득이면서 꼬끼오 하고
울었다고 한다. 옥계가 울면 도도산(桃都山)의 큰 복숭아나무
위에 사는 금계(金鷄)가 따라 울고, 금계의 울음소리가 들리면

이곳 저곳 떠돌아다니던 귀신들이 황급히 도도산으로 돌아와 귀문(鬼門)에서 신도와 울루 형제의 검사를 받아야 했다. 그렇게 금계가 울면 각지의 명산 대천에 있는 석계(石鷄)들이 뒤따라 울고, 석계가 울면 온 세상의 닭들이 모두 울었다고 한다. 이때 닭 울음소리에 맞추어 해조음(海潮音)이 들려오고 그 해조와 새벽 노을빛으로 가득 찬 하늘 속에서 맑고도 붉은 태양이 둥실 떠올랐다.

태양이 막 떠오를 때면 그의 어머니인 희화는 여섯 마리 용이 끄는 수레에 아들을 태우고 질풍같이 달리기 시작했다. 태양이 탕곡에서 나와 함지(咸池)에서 목욕을 하고 부상수의 아래쪽에서 꼭대기로 올라올 때를 〈신명(晨明)〉이라 한다. 그리고 부상수 꼭대기로 올라온 태양이 어머니의 마차에 타고 떠날 준비를 하는 때를 〈굴명(眴明)〉이라고 한다. 〈곡아(曲阿)〉라는 곳에 도착했을 때를 〈단명(旦明)〉이라 하며, 이때부터 중요한 곳을 한 군데씩 지날 때마다 시간을 나타내주는 독특한 이름이 붙는다. 이렇게 아들을 태우고 온 희화가 비천(悲泉)에 도착하면 수레를 멈추고 아들을 내려놓은 뒤 다시 수레를 몰아 오던 길로 되돌아갔다. 이곳을 〈현거(縣車)〉라고 하는데 현거는 〈현거(懸車)〉, 즉 수레를 멈춘다는 의미이다. 거기서부터의 남은 짧은 여정은 아들 혼자서 가야만 했다. 그러나 어머니는 여전히 사랑하는 아들이 걱정이 되었다. 그래서 수레에서 기다리며 아들이 우연(虞淵)을 지나 몽곡(蒙谷)으로 들어가서 최후의 찬란한 금빛 햇살을 몽곡 물가의 뽕나무와 느릅나무에 흩뿌리는 모습을 보고서야 빈 수레를 달려 돌아가기 시작했다. 그녀는 시원한 밤바람을 맞으며 뭇 별들과 구름 사이를 달려 동방의 탕곡으로 가서는 두번째 아들을 내보낼 준비를 하였다. 새로운 하루의 여정

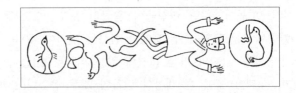

희화(義和)는 태양을, 상희(常義)는 달을 담당함, 한대화상석

이 곧 시작될 것이었다.

어머니가 매일 이렇게 데려다주었기 때문에 열 개의 태양들은 엄격하게 정해진 노선과 질서를 따라 순서대로 하늘로 나갔다. 이 제도는 처음에 실행이 잘 되었고 또 모두들 어머니의 따뜻한 사랑을 느끼기도 했다. 그러나 시간이 지날수록 사정이 달라졌다. 수천만 년 동안 늘 이렇게 순서에 따라 똑같은 여정을 되풀이해야 하는 것이 아들들에게는 너무나 재미가 없었던 것이다. 그러던 어느 날 저녁, 열 개의 태양들은 부상수의 나뭇가지 위에 모여앉아 머리를 맞대고 회의를 하였다. 그리고 한 가지 결정을 하였다. 어머니의 수레를 타지 않고 동시에 함께 하늘로 나가기로 한 것이다. 다음날 새벽이 되자 그들은 펑 하는 소리와 함께 동시에 뛰쳐나갔다. 그리고 어머니가 모는 그 재미없는 마차 따위는 거들떠보지도 않고 마음대로 팔짝팔짝 뛰면서 끝없이 넓은 하늘로 흩어져갔다. 다급해진 회화는 그 모습을 보고 수레 위에서 그들을 소리쳐 불렀다. 그러나 그 개구쟁이 악동들은 어머니의 외침에 전혀 개의치 않았다. 오히려 이렇게 떼를 지어 뛰쳐나와 말이 하늘을 치달리는 듯한 자유로움을 맛본 그들은 자기들 나름의 새로운 제도를 만들어내었다. 즉 매일 이렇게 함께 하늘로 나와 다시는 흩어지지 않는 것이었다. 열 개의 태양이 한꺼번에 떠올라 대지를 비추었으니 그 얼마나 찬

란했겠는가! 그들은 마음속으로 이 찬란한 대지가 그들을 향해 환영의 뜻을 나타내고 있다고 오해하고 있었다. 지상의 모든 생물들이 그들을 지독하게 원망하고 있을 줄은 꿈에도 몰랐던 것이다. 더위와 배고픔에 지친 인간들은 매일 하늘에 나타나는 열 개의 주홍빛 태양들에 대해서 더 이상 견딜 수가 없었다. 그러나 그들에게는 별 달리 뾰족한 방법이 없었다. 그저 당시의 풍습에 따라 여축(女丑)이라는 유명한 무당을 궁정 부근의 작은 산에 데려다놓고 햇볕을 쬐게 하는 수밖에 없었다. 그렇게 하면 비가 내린다고 하는 이야기가 전해졌기 때문이다.

여축이라는 이 무당에게는 대단한 신통력이 있었다. 그녀는 늘 뿔이 하나 달린 용어(龍魚)를 타고 구주(九州)의 들판을 순행(巡行)했다고 한다. 용어는 별어(鼈魚)라고도 하였는데 다리가 네 개였으며 도롱뇽(鯢魚)을 닮았다. 즉 그것은 사람들이 보통 얘기하는 아기고기(娃娃魚)였는데, 사실은 그것보다는 좀 컸고 좀더 사나웠다. 이 이상한 물고기는 바로『산해경』「해내북경」에 나오는 〈능어(陵魚)〉이며 또『초사』「천문」에 보이는 〈능어(鯪魚)〉였다. 그것은 바다에서 사는 큰 물고기인 동시에 땅에서도 사는 양서류의 동물이었다. 그놈은 어찌나 컸던지 배 한 척을 꿀꺽 삼켜버릴 수 있을 정도였다고 한다. 그리고 등과 배에는 삼각형 모양의 뾰족한 가시가 돋아 있었는데 적과 싸울 때 그것은 가장 훌륭한 무기가 되어주었다. 그놈이 바다 위로 떠오를 때에는 큰 바람과 파도가 일었다고 한다. 여축은 이런 괴이한 물고기를 타고 다닐 수 있었을 뿐 아니라 구름과 안개도 타고 하늘을 날아 구주의 들판을 돌아다녔다고 한다. 이 밖에도 그녀에게는 큰 게 한 마리가 있었는데, 이 게는 북해에 살았고 등 넓이가 천 리나 되게 넓었으며 늘 여축을 따라다니면서 심부름을 하였다고 한다.

더위에 지쳐 새까맣게 그을리고 바싹 마른 한 무리의 사람들이 강렬한 햇볕이 내려 쪼이는 들판에서 깃발을 높이 들고 종을 치며 나뭇가지와 덩쿨로 엮어 짠 가마를 둘러싼 채, 왕궁 근처의 낮은 산으로 몰려가고 있었다. 여축은 푸른 빛깔의 옷을 입고 한발(旱魃)의 차림새로 분장한 채 가마 안에 단정하게 앉아 있었다. 그녀는 땀이 구슬처럼 흐르는 누렇고 마른 얼굴을 들어 멀리 하늘을 바라다보며 입 속으로 중얼중얼 기도를 하였다. 덜덜 떨리는 목소리와 불안한 눈빛에서 그녀의 마음속에 경건한 희망과 의심스러운 두려움이 교차하고 있음을 알 수 있었다.

사람들이 낮은 산 위에 도착했다. 그들은 춤추고 떠들며 또 종을 두드려대면서 한바탕의 의식(儀式)을 치른 후 한발의 모습으로 분장한 여축을 산꼭대기로 데려가 돗자리 위에 앉혀놓았다. 그리고 그녀 혼자서 그 빛나는 태양의 열기를 받고 있게 하였다. 사람들은 사방으로 흩어져 근처의 동굴이나 나무에 뚫린 구멍 속으로 들어가 기적이 나타나기를 기다리고 있었다. 동시에 그들은 여축이 태양의 열기를 견디지 못하여 도망쳐 버리지나 않는지 감시하고 있었다. 한 시간이 지나고 두 시간이 지나도록 하늘에는 열 개의 기세 등등한 태양을 제외하고는 구름 한 점 보이지 않았다. 돗자리 위에 앉아 태양빛을 받고 있는 여축의 신통력은 어디로 가버렸는지 알 수가 없었다. 그래도 처음에는 그녀가 머리와 얼굴에 땀을 뻘뻘 흘리며 그곳에 꿇어앉아 기도하는 것이 보였다. 그러나 조금 지나자 그녀가 목을 길게 늘여 빼고 입을 벌린 채 헉헉 숨을 몰아쉬는 것이 보였다. 그리고 잠시 후에는 두 팔을 벌리고 그 넓다란 소매로 머리와 얼굴을 가리는 것이 보였다. 사람들이 그녀에게로 가서 그렇게 하면 기

우(祈雨)의 법도에 어긋나는 것이라고 제지하려 할 때였다. 그
녀는 술에 취한 것처럼 몸을 제대로 가누지 못하며 비틀거리다
가 그만 땅바닥에 쓰러져버렸고, 두어 번 경련을 일으키더니
곧 움직이지 않게 되었다. 사람들이 달려가 보니 유명한 무당
여축은 열 개의 흉악한 태양 때문에 이미 말라 죽은 뒤였다. 죽
을 때에도 그녀는 여전히 소매로 얼굴을 가리고 있었으니 그녀
가 태양의 그 뜨거운 열기를 견딜 수 없어했음을 나타내주고 있
었다.

여축의 죽음은 백성들을 절망 속에 빠지게 했다. 사람들은
하늘에 떠 있는 그 못된 태양들의 횡포를 그저 보고만 있는 수
밖에 별다른 방법을 찾아낼 수가 없었다. 백성들의 고난은 태양
때문에 생긴 가뭄만으로 그치지 않았다. 날씨가 불같이 뜨거운
것 말고도 알유(猰貐)·착치(鑿齒)·구영(九嬰)·대풍(大風)·봉
희(封豨)·수사(修蛇) 등의 맹수들이 불타는 듯한 삼림이나 펄
펄 끓는 듯한 강물 속에서 뛰쳐나와 각 지방에서 백성들을 괴롭
혔다. 더위만으로도 백성들에게는 살아가기 힘든 나날이었는데
맹수들마저 설쳐대니 더욱더 살아갈 방도가 없었다.

낡은 초가에 살며 매일 거친 밥에 야채국만 먹고 살았던 〈천
자(天子)〉요 역시 백성들과 마찬가지로 굶는 수밖에 없었다.
그가 받는 고통은 육체적인 것에 정신적인 것까지 겹쳐질 수밖
에 없었다. 즉 그가 자신의 자식들처럼 사랑하는 백성들이 이렇
게 무서운 재앙 속에 빠져 있으니 어떻게 해야 그들의 고통을
없애줄 수 있을 것인가 하는 문제가 지도자인 요의 두 어깨를
내리누르고 있었다. 그러나 그 역시 하늘에 나타난 열 개의 태
양에 대해서는 상제에게 기도하고 호소하는 것 외에 다른 방법
이 없었다. 게다가 여축의 죽음은 그의 정신적 부담을 가중시켰

다. 그래서 그는 더욱 고민스럽고 괴로웠다.

물론 요임금의 기도는 매일 천제인 제준의 귀에 들어갔다. 자식들의 심술궂은 장난을 제준 역시 말려보았으리라! 그러나 대단한 신통력을 지닌 데다가 짓궂기까지 했던 그들이 아버지가 몇 마디 말리는 말을 한다고 어디 자신들이 하던 짓을 그만두었으랴! 그런데다가 신국(神國)의 법으로 다스리자니 아버지로서의 제준의 마음이 아팠고 그렇다고 그들이 장난을 계속하도록 자유롭게 내버려두기에는(이런 장난은 신들의 나라에는 아무 영향을 끼치지 않았지만) 인간 세상 백성들의 호소가 마음에 걸렸다. 천제의 자리에 있는 제준으로서는 이 일에 대해 무척이나 고민을 할 수밖에 없었다.

그러나 이 사건으로 인해 신들의 나라까지 시끄러워지자 제준은 자식들을 더 이상 그대로 놓아둘 수 없다고 생각했다. 그래서 활을 잘 쏘는 예(羿)라는 천신을 인간 세상으로 보내어 이 나쁜 녀석들을 혼내주고 또 요임금을 도와 나라 안의 여러 가지 어려운 일들을 해결해 주도록 하였다. 예는 활 솜씨가 무척 뛰어났는데, 앞으로 이야기하게 될 여러 가지 사건들로 인해 그는 후에 끝없는 찬양과 존경을 받게 된다. 예라는 이름을 말하면 누구라도 그의 뛰어난 활 솜씨를 생각해 낼 정도였다. 전해지는 이야기로는 작은 참새 한 마리라도 그의 눈앞을 지나 날아가면 쏘아서 떨어뜨릴 수 있었다고 한다. 또는 그가 시위를 당겨 활을 쏘려고 하면 바닷가에 살아 활을 쏠 줄 모르는 월(越)나라 사람들까지도 그를 위해 다투어 과녁을 잡아주려 하였다고 한다. 이런 칭송의 말들로 미루어보건대 우리는 예의 활 솜씨가 얼마나 신묘했는지 알 수가 있다. 예가 하늘나라를 떠나 인간 세상으로 가는 날, 제준은 예에게 붉은색의 활과 하얀 화살 한 통을 주었다. 그것들은 아름다웠을 뿐 아니라 튼튼하고 날카로웠다. 고서의 기록이 간략하여 이때 제준이 예에게 무슨 부탁을 하였는지는 알 수가 없다. 그러나 추측해 보건대 아마 자신의 그 말썽꾸러기 아이들을 혼내주되 좀 봐달라고 부탁했을 것이다. 되도록이면 그놈들을 놀라게만 할 것이며 혹시 무력을 쓰게 되더라도 한두 놈만 조금 다치게 할 정도로 하여 모두에게 경고를 하기만 하면 될 것이라고 했던 것 같다. 제준은 예가 정말로 그의 자식들에게 무력을 사용하기를 원치 않았을 것이기 때문이다.

제2장

열 개의 태양을 쏜 영웅 예

예는 제준의 명령을 받고서 아내인 항아를 데리고 인간 세상으로 내려갔다. 항아(嫦娥)는 항아(姮娥)라고도 쓰는데 본래는 하늘나라의 여신이다. 그녀는 앞장에서 이야기한 여신 상회(常義)와도 관련이 있다. 그녀를 인간 세상의 여인이라고 하는 사람도 있으나 그것은 타당하지가 않다. 예는 아내를 데리고 인간 세상으로 내려와 견디기 힘든 더위에 휩싸인 초가에서 수심에 차 있는 요를 만났다. 요는 예가 바로 상제가 보낸 천신이라는 것을 알게 되자 희망에 차서 기뻐하며 예와 항아를 데리고 밖으로 나가 백성들의 모습을 살펴보게 하였다. 가엾은 백성들은 열 개의 태양이 내뿜는 뜨거운 열기 때문에 이미 혼절해 죽은 자도 있었고 또 죽지는 않았다고 해도 검게 그을은 데다가 뼈만 앙상하게 남아 거의 다 죽어가고 있었다. 그들은 천신인 예가 인간 세상에 내려왔다는 소식을 듣자 곧 기운을 되찾게 되었다. 백성들은 멀리서 가까이서 모두 왕궁이 있는 곳으로 몰려와 광장에 모여 서서 환호하였으니 예가 그들을 위하여 못된 태양과 사나

후예(后羿)가 태양을 쏘는 모습,   후예사일(后羿射日), 산해경교주
한대화상석

운 동물들을 모조리 없애주기를 열망하였다.

　마치 열두 가지의 힘든 일들을 해내었던 그리스 신화의 영웅 헤라클레스처럼 대신(大神) 예는 천제의 명령과 백성들의 부탁을 받아들여 자신이 해내야 할 어려운 일들을 시작해 나갔다.

　무엇보다도 우선 처리해야 할 것은 바로 하늘에 나타난 열 개의 태양을 제거하는 일이었다. 백성들은 일찌감치 광장에 모여서 기다리는 것조차 지루하다는 듯 끊임없이 외치고 환호하면서 예가 빨리 요임금을 따라 광장으로 들어올 것을 재촉하였다. 이런 상황하에서 예는 활 쏘는 시늉만 하고 있을 수는 없었다. 재앙을 당한 백성들의 소원이 어떠한 것인지를 예는 잘 알고 있었기 때문이다. 예는 백성들이 가엾었다. 동시에 태양들의 짓거리가 너무도 미웠다. 그래서 그는 천제의 부탁도 아랑곳없이 이 철부지 도련님들을 모조리 없애버려 다시는 그런 못된 장난을 하지 못하게 해야겠다고 마음 먹었다.

그는 천천히 광장의 한가운데로 걸어 들어갔다. 그리고 어깨에 멘 활을 꺼내 들고 화살통에서 흰색의 화살을 꺼내어 활 시위를 팽팽하게 당긴 뒤 활을 메워 하늘에서 불타고 있는 그 붉은 해를 향해 핑 쏘았다. 처음엔 아무 소리도 나지 않았다. 그러나 잠시 후 하늘의 둥그런 그 불덩이가 소리없이 터지고 불꽃이 사방으로 튀며 금빛 깃털들이 이리저리 흩날리는 것이 보였다. 그리고 픽! 하는 소리와 함께 붉고 빛나는 무엇인가가 땅 위에 떨어졌다. 사람들이 급히 달려가 보니 그것은 화살에 맞은 채 떨어져 있는 거대한 황금빛의 세 발 까마귀〔三足烏〕였다. 그것은 바로 태양의 정령이었던 것이다. 다시 하늘을 보니 과연 태양은 아홉 개가 남아 있었고 날씨도 조금은 시원해진 것 같았다. 사람들은 모두 자신도 모르게 박수를 쳤다.

일은 이미 벌어진 것, 예는 아예 끝장을 보아야겠다고 생각했다. 그래서 얼른 다시 활 시위를 당겨 어쩔 줄 모르며 도망치려 하는 하늘의 태양들을 향해 쏘아대기 시작했다. 화살이 나는 새처럼 활 시위를 떠났다. 그리고 피융 하고 화살 날아가는 소리만이 들렸다. 하늘의 불덩어리들은 소리없이 차례대로 터져서 온 하늘이 불꽃투성이였고 헤아릴 수 없이 많은 금빛 깃털들이 흩날렸으며 세 발 달린 까마귀들도 한 마리 한 마리씩 떨어져 내렸다. 그러자 백성들의 환희에 찬 목소리가 대지를 뒤흔들었고 예는 활 쏘는 데 몰입하여 신이 나 있었다.

한편 흙으로 쌓은 단(壇) 위에서 예가 활 쏘는 광경을 보고 있던 요임금은 태양이 인간에게 이익도 준다는 것에 갑자기 생

태양 속에 산다는 발 세 개 달린 까마귀, 하남 남양 당하침직창 출토,
한대화상석

장사(長沙) 출토 마왕퇴(馬王堆) 백화(帛畵), 태양 속에 까마귀가 보이고 달
속에는 두꺼비가 보임, 고궁문물 제1권 10기에서 인용

각이 미쳤다. 그래서 태양 열 개를 모조리 떨어뜨려버리면 안 된다는 생각이 들어 급히 사람을 보내어 예의 화살통에 꽂힌 열 개의 화살 중 하나를 몰래 뽑아오게 하였다. 그래서 하늘에는 결국 하나의 태양만이 남게 되었다. 짓궂었던 이 불쌍한 태양은 놀라서 얼굴색이 창백해졌고 땅 위의 사람들은 시원해졌다고 야단들이었다.

태양으로 인한 재앙은 이제 사라졌으나 여러 가지 맹수들로 인한 피해는 아직 해결하지 못하였다. 이제부터 예의 임무는 백성들을 위해 이 갖가지 짐승들이 일으키는 재난을 없애주는 일이었다.

그 당시 중원(中原) 일대에는 알유(猰貐)로 인한 피해가 가장 심했다. 알유는 어떤 책에는 알유(窫窳)로 기록되어 있기도 하다. 그 모습은 소와 비슷하고 붉은빛의 몸뚱이에 사람의 얼굴과 말의 발을 하고 있었으며 우는 소리가 마치 어린아이 울음소리와 같았던 괴상한 동물인데 늘 사람을 먹이로 삼아 잡아먹곤 했다. 그래서 백성들의 피해는 무척이나 컸고 모두들 그놈의 이름만 들어도 간담이 서늘해졌다고 한다. 알유에 관한 전설도 여러 가지가 있다. 알유가 사람의 얼굴에 뱀의 몸을 하고 있다고 하는 사람도 있고 또는 용의 머리 혹은 호랑이의 발톱을 갖고 있다고 하는 사람도 있는데, 이것들은 모두가 그놈을 본 사람들이 놀라서 신경이 곤두서 있는 상태였기 때문에 그렇게 보인 것이리라.

알유는 본래 천상의 신들 중 하나였다. 그런데 어떤 연유에선지 이부(貳負)신과 위(危)라고 하는 그의 신하에 의해 살해되었다. 후에 곤륜산의 무사(巫師)들에 의해 되살아났으나 약수(弱水)에 뛰어들어 용 머리에 호랑이의 발톱, 소의 몸에 말의

발을 한 괴상한 짐승으로 변하였다고 하는데 이것에 대해서는
「황염편」에서 이미 언급한 바 있다. 만일 이 전설이 믿을 만한
것이라면 불쌍한 알유는 이미 한번 살해당했던 것인데 지금 또
예라는 적수를 만났으니 참으로 불행하다 아니할 수 없다.

예와 알유가 싸운 경과에 대해서는 고서의 기록이 간략하여
상세한 것은 알 수가 없다. 태양을 쏘았던 영웅적 기개를 지닌
예가 이런 어리석은 짐승을 대적했으니 필시 그리 큰 힘은 들이
지 않았으리라 여겨진다. 그리하여 얼마 지나지 않아 예가 알유
를 죽이자 백성들의 큰 재앙 하나를 덜어준 셈이 되었다. 알유
를 죽이고 난 다음의 임무는 주화(疇華)의 들판에 가서 착치(鑿
齒)라고 하는 괴물을 처치하는 일이었다. 주화는 남방에 있는
호수의 이름이다. 착치라는 놈은 사람이라고도 하고 짐승이라
고도 하는데 아마 짐승의 머리에 사람의 몸을 한 괴물이 아닌가
한다. 그의 입에 나 있는 대여섯 자의 길다란 끌 모양의 이빨은
그의 가장 큰 무기였다. 그 날카로움에는 아무도 당해 낼 자가
없었다. 그래서 착치는 그 야만적인 포악함으로 이 일대 사람들
을 괴롭혔다. 예는 천제가 그에게 내려준 활을 들고 가 조금도
두려워하지 않고 착치와 싸웠다. 착치는 처음에 창을 가지고 예
를 공격하였다. 그러나 예의 활 솜씨가 대단하다는 것을 알고
나자 마음이 급해져서는 방패로 자신을 보호하기에 급급했다.
예는 그 뛰어난 용맹함과 신묘한 활 솜씨로 착치를 자기에게
접근도 못하게 하고서 방패로 몸을 가리고 있는 착치를 쏘아
죽였다.

그런 다음에 예는 북방의 흉수(凶水)로 가서 구영(九嬰)을 없
앴다. 구영은 머리가 아홉 개 달린 물과 불의 괴물이었다. 그놈
은 물도 뿜어내고 불도 토해 낼 수 있었는데 백성들이 그놈에게

얼마나 많이 당했는지 모른다.

예는 이곳에 와서 괴물과 한바탕 격전을 벌였다. 그 괴물은 흉악하고 용맹스러웠지만 결국엔 천신인 예의 적수가 되지 못했으므로 파도가 넘실거리는 홍수에서 화살에 맞아 죽고 말았다.

예가 구영을 죽이고 돌아오는 길이었다. 북방의 해록산(奚祿山)을 지나는데 갑자기 산이 무너져내렸다. 예는 무너진 그 산에서 하늘이 내려준 견고하고도 아름다운 옥반지[玉玦]를 얻었다. 반지라는 것은 활을 쏘는 사람들이 오른손 엄지에 끼워서 활시위를 당길 때 쓰는 것으로 코끼리 뼈로 만드는 것이 보통이었다. 그런데 예가 해록산에서 얻은 이 반지는 다듬지 않은 자연 그대로의 옥반지였으므로 코끼리 뼈로 만든 보통 반지보다는 당연히 귀하기 이를 데 없는 것이었다. 하늘이 내려준 이 옥반지를 얻자 예는 더욱더 용감해졌다.

돌아오는 도중 동방에 있는 청구(靑丘)의 연못을 지나다가 예는 그곳에서 백성들을 괴롭히던 대풍(大風)이라는 사나운 새를 만났다. 대풍이라는 것은 사실 대봉(大鳳)이다. 옛날에는 〈풍(風)〉과 〈봉(鳳)〉이 같은 글자였기 때문이다. 그리고 봉은 또한 공작이니 여기에서 이야기하게 될 대풍은 바로 거대한 공작새이다. 옛날 중원 일대에는 공작이라는 새가 많이 있었다. 당시 백성들은 이 거대한 공작의 성질이 몹시 포악하여 사람이나 가축들에게 해를 입힌다고 상상하고 있었다. 그놈이 날개를 펴고 지나간 곳은 마치 큰 태풍이 지나간 것 같았기 때문에 그것은 바람의 상징이었다. 이런 까닭으로 해서 그가 사람들의 집을 허물어뜨릴 수 있었다고 전해지는 것이다. 그러므로 옛 사람들이 글자를 만들 때에 바로 이 봉(鳳)을 풍(風)으로 썼던 것이어서, 여기에 나오는 대풍이 바로 대봉이며 또 한 마리의 거대한 공작임을 알 수 있을 것이다.

예는 이 새가 힘이 세고 잘 날 수 있다는 것을 알았기 때문에 화살 하나만 갖고는 그놈의 목숨을 빼앗기가 쉽지 않겠다고 생각했다. 만일 화살을 맞은 채로 도망쳐서 어딘가에 숨어서는 상처를 치료하고 다시 백성들에게 해를 입힌다면 실로 골치 아픈 일이 아닐 수 없었다. 그래서 예는 생각 끝에 푸른 실을 화살 끝에 매달았다. 그리고 숲속에 숨어서 그 새가 낮게 날아 가까이 다가오기를 기다리고 있었다. 드디어 새가 날아오는 것을 보고 화살을 쏘니 화살은 과연 새의 가슴에 정통으로 맞았다. 그 화살 끝에 실이 매어져 있었으므로 새는 도망치지 못하고 예에게 끌려 내려왔다. 예가 그놈을 칼로 쳐죽이니, 백성들을 위해서 또 하나의 재앙을 없애준 것이었다.

그리고 나서 예는 남방의 동정호(洞庭湖)로 갔다. 동정호에는 큰 구렁이〔蟒蛇〕한 마리가 있었는데 그놈은 파도를 일으켜서 어부들이 탄 배를 뒤집히게 한 다음 그들을 꿀꺽꿀꺽 삼켜버리곤 했다. 물에 의지해서 살아가야 하는 백성들에게 그것은 얼마나 큰 고통이었는지 모른다. 이 거대한 구렁이는 어느 곳에나 많이 살고 있었다. 예를 들어 대함산(大咸山)의 긴 뱀은 그 길이가 무려 백 길이나 되었고 등에는 돼지털처럼 뻣뻣한 털이 돋아 있었으며 우는 소리는 마치 야경꾼들이 두드리는 딱딱이 소리 같았다. 또 순우무봉산(錞于毋逢山)의 큰 뱀은 붉은 머리에 흰 몸뚱이를 하고 있었고 소가 우는 것 같은 소리를 내었으며 어디서든지 그가 보이면 그곳엔 큰 가뭄이 들었다고 한다. 동정호에 사는 이 큰 뱀은 〈파사(巴蛇)〉라 하였는데 검은 몸뚱이에 푸른 머리를 하고 있었고 큰 코끼리 한 마리를 통째로 삼켜버릴 수 있었다. 그리고 그것을 소화시키는 데 3년이나 걸렸으며 3년

파사(巴蛇)

이 지난 뒤에는 코끼리의 뼈를 뱉어내었다. 이 파사가 뱉어낸 코끼리의 뼈를 사람들이 먹으면 심장병과 복통을 치료할 수 있었다고 한다.

예는 이런 적수를 만나게 되자 정말이지 골치가 아팠다. 그러나 그는 천제의 명령을 받고 백성들을 위해 재앙을 없애주려고 왔기 때문에 두려워해야 할 이유가 없었다. 그래서 혼자서 작은 배를 타고 동정호의 파도를 헤치며 그 거대한 뱀의 자취를 찾아다녔다. 한 나절쯤 그놈을 찾아다녔을 때였다. 마침내 예는 머리를 쳐들고 배고픔에 지쳐서 불꽃 같은 혓바닥을 날름거리고 있는 파사를 발견하였다. 그놈은 산더미 같은 흰 파도를 일으키며 예의 배를 향하여 헤엄쳐 왔다. 예는 급히 활을 들어 뱀을 겨냥하여 몇 차례 쏘았다. 화살은 모두 급소를 맞혔으나 뱀은 죽지 않고 계속 예의 배를 향하여 달려왔다. 예는 하는 수 없이 칼을 뽑아들고 그 뱀과 맹렬한 전투를 벌였다. 하늘까지 닿을 듯한 흰 파도 속에서 몇 번이나 그 뱀을 베었는지, 비릿한 피가 호수를 온통 붉게 물들였다. 호숫가의 어민들은 이 모습을 보고 천지를 진동시킬 듯한 환호성으로 예를 맞이하였다.

그 뒤 사람들은 이 거대한 파사의 시체를 건져올렸다. 그 뼈는 산을 하나 쌓을 수 있을 정도로 많았는데 그것이 바로 후세의 파릉(巴陵), 즉 파구(巴丘)이다. 그곳은 지금의 호남성(湖南省) 악양현(岳陽縣) 성안의 서남쪽에 있는데, 그 아래에 동정호가 있다.

마지막으로 어려운 일 하나가 남아 있었다. 그것은 다름아니라 상림(桑林)으로 가서 거대한 산돼지를 잡는 일이었다. 상림이라는 곳은 고서에 나오지 않으므로 어딘지 자세히 알 수가 없다. 그러나 7년 가뭄을 당했던 탕(湯)임금이 이곳에서 기우제를 지냈다고 하는 것으로 보아 중원의 범위를 벗어나지는 않는 것으로 보인다. 어쨌든 이 거대한 산돼지는 〈봉희(封豨)〉라고 했는데 긴 이빨에 날카로운 발톱을 지닌, 소보다도 힘이 센 맹수였다. 그놈은 농사를 망쳐놓을 뿐 아니라 사람과 가축들을 잡아먹었기 때문에 부근에 사는 사람들은 그놈에 관한 말만 하면 모두가 치를 떨었다. 그런데 이제 예가 왔으니 그 못된 돼지는 틀림없이 예에게 혼이 나게 될 것이었다. 예의 화살이 어디 산돼지 따위가 당해 낼 수 있는 것이었으랴. 예가 몇 번 계속해서 활을 쏘니 그것이 모두 산돼지의 다리에 맞았다. 다리에 화살을 맞은 이 미련한 짐승은 죽지는 않았지만 도망치지도 않아 예는 드디어 그놈을 사로잡았고 사람들은 뛸 듯이 기뻐하였다.

이렇게 예가 백성들을 위하여 일곱 가지 재앙을 없애주자 천하의 백성들은 모두가 그의 공덕에 감동하였다. 그를 칭송하는 소리가 사방으로 퍼져나갔고, 예는 백성들의 마음속에서 가장 위대한 영웅의 자리를 차지하게 되었다. 요임금 역시 예에게 감격해 마지않았다. 예 자신도 천제의 명령을 거역하지 않고 모든 일을 다 수행했다고 생각했기 때문에 흥분하며 즐거워하였다. 그는 상림에서 잡은 산돼지를 잘게 다져 그것을 쪄서 천제께 바쳤다. 예는 천제가 그것을 기뻐하시며 받아들이고 그를 칭찬하

시리라 여겼으나 천제는 조금도 기뻐하지 않았다. 그것은 예로
서는 전혀 뜻밖의 일이었다.

천제는 왜 기뻐하지 않았을까? 이것은 아마 예가 태양을 쏜
일과 관계가 있는 것 같다. 천제의 아들들인 열 개의 태양을 쏘
아 그 중 아홉 개를 떨어뜨렸으니, 그것은 백성들에게는 공을
세운 것이 되지만 천제에게는 너무나 큰 죄를 지었던 것이다.
아들을 잃은 천제의 비통함은 점차 원한으로 변해 가고 있었으
니, 그가 이 영웅에게 만족해하지 않는 것을 탓할 수만도 없는
일이었다.

이후의 예의 사적에 대해서는 고서에 나타나 있지 않다. 그
래서 신화를 연구하는 우리들로서는 그 기간에 대해 상당한 연
구를 하지 않으면 안 된다. 대략 추측해 보건대 아마 이때부터
예는 지상에 살며 다시는 하늘로 돌아가지 않은 것 같다. 어쩌
면 그가 태양을 쏘아버린 실수 때문에 천제가 예의 신으로서의
자격을 박탈했는지도 모른다. 또한 그와 함께 인간 세상에 내려
온 아내 항아 역시 연루되어 신들의 족보에서 탈락되었으니
이후로 예에 관한 이야기는 비교적 인화(人話)의 색채를 띠게
된다.

그리고 그 후의 사실들로 미루어보면 예와 그의 아내 항아의
감정은 이때에 이미 틈이 생기기 시작했던 것 같다. 왜냐하면
항아는 본래 하늘나라의 여신인데 지금 남편인 예 때문에 다시
는 하늘로 돌아갈 수 없게 되었으니 모두가 예의 모자란 생각
탓으로 그렇게 된 것이었기 때문이다. 인간과 신의 거리는 그
얼마나 먼 것인가. 신에서 인간으로 전락하였으니 이 엄청난 원
한을 무엇으로 보상할 것인지! 부인네의 좁은 가슴으로 이런 비
탄과 번뇌를 어찌 다 감당해 낼 수 있었을까. 그리하여 예는 늘

아내로부터 원망과 책망을 들어야 했으니 그것은 차라리 당연한 일이었다고 할 수 있겠다. 그러나 심적으로 이미 우울한 상태였던 예는 아내의 그 끝없는 잔소리를 견디어낼 수가 없었다. 그래서 그는 마침내 집에서 뛰쳐나와 유랑생활을 시작하게 되었다.

그의 심정이 얼마나 고통스럽고 우울했는지는 우리도 짐작할수 있다. 생명의 위험을 무릅쓰고 인간들을 위해 나쁜 것들을 물리쳐주고 큰 공을 세웠는데 도리어 천제에게서 소외되고 냉담한 반응을 받게 되었으며 가정에서도 아무런 위안을 얻지 못한 채 아내의 잔소리만을 들어야 했으니 말이다. 그때는 아마아직 술이 발명되기 이전이었던 듯하다. 만일 그때 술이 있었다면 그는 술로 수심을 달래려고 매일 술에 절어 있었을 것이다. 그러나 그때의 그가 스트레스를 풀 수 있었던 유일한 방법은 큰소리를 내며 달리는 수레를 타고 가신(家臣)들을 데리고서 들판으로 나가거나 산 속으로 들어가 사냥을 하는 일뿐이었다. 귓가를 스치는 바람이 어쩌면 그의 수심을 풀어주었을 것이고 짐승들을 사냥할 때의 흥분은 잠시라도 그의 고통을 잊게 해주었을 것이다. 이렇게 그는 매일매일 유랑하며 별달리 정해진 일을 하지 않았으니, 보통사람들의 눈으로 보면 영웅 예는 확실히 좀 타락한 것으로 보였을 것이다.

제3장
하백과 서문표

행(幸)일까 불행(不幸)일까? 이곳저곳 떠돌아다니던 예는 어느 우연한 기회에 낙수(洛水)의 여신 낙빈(雒嬪)을 만나게 되었다. 낙빈은 바로 복비(宓妃)이다. 전설에 의하면 그녀는 복희의 딸인데 낙수를 건너다가 물에 빠져죽어 낙수의 여신이 되었다고 한다. 그녀는 빼어나게 아름다워서 시인들은 그녀에게 최고의 찬사와 칭송을 보냈다. 굴원(屈原)은 그의 유명한 시편 「이소(離騷)」에서 이렇게 노래했다.

구름의 신 풍륭(豐隆)을 시켜 구름수레를 끌고 가
복비(宓妃)라는 절세의 미인을 찾아보게 했지.
나의 장신구를 풀어 그녀에게로 향한 나의 사랑을 표시하고
복희의 신하 건수(蹇脩)에게 중매를 부탁했네.
그러나 그녀는 마음을 정하지 못해 나의 진실한 마음을 거절하네.
저녁이면 그녀는 서방의 궁석(窮石)으로 돌아가지.

그곳은 곤륜산 기슭의 약수(弱水)가 흐름을 시작하는 곳.
아침이 오면 그녀는 유반강(洧盤江) 가에서 아리따운 머리를
감고,
찬란한 아침 햇살은 깊이 잠든 엄자산(崦嵫山)을 깨우네.
오만한 그녀는 숲속에 숨어 살아
빼어난 미모를 지니고서 홀로 떠다니네.
아, 그녀는 너무도 무정해.
그녀를 떠나 다른 데로나 찾아가 볼밖에.

그리고 또 조식(曹植)은 「낙신부(洛神賦)」에서 다음과 같이
노래했다.

그녀의 자태는 놀라 날아가는 기러기처럼 날렵하고,
구름을 타고 오르는 구불구불한 용과도 같아.
멀리서 바라보면 태양이 떠오르는 새벽 하늘처럼 빛나고,
가까이서 보면 흰 연꽃이 녹빛 물 위에 피어난 것 같네.
몸매는 날씬하고 키도 알맞아.
어깨는 칼로 깎은 듯 반듯하고 허리는 빛나는 비단으로 묶은
것 같아.
아름답고 긴 목과 희게 드러난 윤기 흐르는 피부,
분칠하지 않아도 예쁘기 이를 데 없네.
높게 빗어올린 검은 머리, 가늘고 길게 굽은 두 눈썹,
불그레한 입술은 또렷이 아름답고 하얀 치아가 빛을 발하네.
반짝이는 두 눈은 볼수록 아름다워.
게다가 두 뺨에는 사람을 미혹시키는 보조개……

예가 복비를 만났을 때, 그녀는 마침 선녀들과 함께 낙수의 물가에서 놀고 있었다. 어떤 선녀는 물이 급하게 흐르는 강변에서 검은색 영지를 따고 있었고 어떤 선녀는 물가 소나무숲 속에서 파랑새의 깃털을 줍고 있었으며, 또 깊은 물 속에서 찾아낸 진주를 손에 들고 녹빛 물 위를 날듯이 걷는 선녀도 있었다. 그녀들의 오고가는 자취는 그리도 홀연하여 행적을 추측하기가 어려웠다. 그때 물고기는 강물에서 뛰어오르고 물새는 파도 위를 날았으니, 마치 선녀들의 놀이에 기뻐서 함께 흥이 난 것 같았다. 하늘 높고 날씨 좋은 이런 가을날, 다른 선녀들은 모두가 천진난만하고도 즐겁게 보였는데, 유독 복비만은 즐거운 놀이에 열중해 있는 선녀들 틈에서 벗어나 홀로 바윗돌 옆에 서서, 곧게 서 있는 소나무와 눈부시게 아름다운 가을 국화들을 바라보고 있었다. 그런 그녀의 모습이 어둡고 또 그녀의 미소도 처량하다는 것을 우리는 단번에 알아볼 수 있었다. 그것은 마치 고요한 밤, 달이 빛나는 때에 그 달을 스쳐 지나가는 한줄기 잿빛의 뜬구름 같은 것이었다. 이 아름다운 여신은 왜 이렇게 혼자서 우울해하며 슬퍼하는 것이었을까? 여기에는 숨겨진 사정이 있었다.

복비는 수신(水神) 하백(河伯)의 아내였다. 하백은 빙이(氷夷) 혹은 풍이(馮夷)라고도 하였다. 어떤 전설에서는 그가 강을 건너다가 물에 빠져죽어 수신이 되었다고 하고, 또는 그가 어떤 약인가를 먹고 물을 만나 신선이 된 것이라고 하기도 한다. 하백은 풍류를 알고 흰 얼굴에 큰 키를 지닌 멋진 미남이었다. 그러나 그가 본래의 모습으로 나타날 때에는 북해의 능어(陵魚)처럼 하반신이 물고기의 형태였다. 그는 늘 연잎으로 뚜껑을 씌운 수레를 타고 나타났는데 용 같은 종류의 동물이 수레를 끌었

하백(河伯)

다. 그러고는 여자들과 함께 구하(九河)를 돌아다녔다. 굴원은
그의 시편인 「구가(九歌)」의 「하백(河伯)」편에서 그의 풍류 생
활을 생동감 있게 묘사했다.

    고기 비늘로 지은 집 지붕과 용 무늬의 궁전,
    자줏빛 조개로 만든 문과 기둥, 그리고 진주로 만들어진 방,
    하신(河神)의 집은 물 속에 있지.
    그는 흰 자라를 타고 다녔고, 아름다운 물고기들이 그 뒤를
    따랐어.
    여인들과 함께 하주(河州)를 다니며 즐겼네.

    이런 풍류생활을 즐기던 하백이었으니, 후세의 민간전설에
그가 해마다 신부를 새로 맞아들여 놓았다고 하는 이야기가 있
음도 과언이 아니다.

전국시대의 위(魏)나라 업(鄴: 지금의 河南 臨漳縣) 지방에는 하백이 아내를 맞이하는 풍속이 있었다. 그곳에서 지도자적 위치에 있던 삼로(三老)와 정연(廷掾)들이 이 일을 주관했다. 그들은 해마다 백성들의 재물을 수백만 원씩이나 긁어모아서는 그 중의 20~30만 원만으로 이 결혼식을 거행했고, 나머지는 모두 자기들의 호주머니에 집어넣었다. 하백이 아내를 맞아들일 때가 되면 무녀(巫女)가 집집마다 돌아다니면서 마음에 드는 아가씨를 고른다. 그리고 그녀에게 하백의 신부로 정해졌다고 이야기해 주고 나서 돈을 조금 주고는 그녀를 데려온다. 그런 후에 목욕을 시키고 비단으로 지은 새옷을 입혀서 강가에 임시로 지어놓은 〈재궁(齋宮)〉이라는 곳에 데려다놓는다. 그리고 술과 고기를 열흘 동안 먹인다. 하백이 아내를 맞아들이는 그날이 되면 사람들은 이 가엾은 아가씨를 예쁘게 단장시켜 그녀의 부모들과 함께 강가의 오솔길에서 제사를 지내게 한다. 거기서 어머니와 자식은 서로 껴안고서 가슴 아픈 울음을 운다. 그러고 나면 몇 명의 사내들이 대나무 껍질로 만든 돗자리를 깐 꽃가마에 그녀를 태워서는 그 꽃가마를 강물 속으로 던져넣었다. 아름다운 꽃가마는 물 위에 떠서 물결을 따라 흘러가다가 점차 가라앉았고, 그때 강가에서는 시끄러운 제사 음악과 강물도 무심하다고 원망하는 슬픈 울음소리가 뒤범벅이 된다. 이제 그녀는 그녀의 무정한 남편을 찾아가게 되고 다시는 집으로 돌아갈 수 없게 되고 마는 것이다. 그래서 예쁜 딸이 있는 집들은 무녀가 와서 자신들의 딸을 하백의 신부로 데려갈까봐 겁이 나서 딸들을 데리고 멀리 도망갔다. 이렇게 딸을 둔 성 안의 사람들이 모두 떠나버리자 백성들의 생활은 더욱 견디기 어렵고 힘들게 되어갔다. 사람을 해치는 이런 풍습에 대해 모두들 반대하고 싶어했으

나 하백이 화를 내어 무고한 백성들을 물 속으로 쓸어넣어 버릴
까봐 두려웠다. 그래서 어쩔 수 없이 그대로 따르는 수밖에 없
었다.

이러한 때에 서문표(西門豹)가 이곳의 현령으로 오게 되었다.
그는 백성들의 고통을 알고서 이런 추악한 풍습을 없애버리기
로 결심했다. 그래서 그는 삼로와 정연들에게 말했다.

「하백이 신부를 맞아들일 때가 되면 내게 알려주시오. 나도
가서 신부를 배웅하고 싶소」

그러자 모두들 즐거워하며 「그러시지요」라고 했다. 드디어
그날이 되었다. 서문표는 과연 먼저 와 있었다. 삼로와 정연 등
그 지방의 유지들도 모두 왔다. 백성들은 현령의 행동이 의외라
고 여기고 있었기 때문에 구경하러 온 사람들 역시 다른 해보다
많았다. 하백을 위해 신부를 뽑으러 다니는 사람은 늙은 무당이
었는데 나이가 이미 70여 세나 되었다. 그녀 뒤에는 십여 명의
젊은 무당들이 따라왔는데 모두 그녀의 여제자들이었다. 서문
표가 말했다.

「하백의 신부를 오라고 해라. 어디 예쁜가 좀 보자」

무당들은 울어서 엉망이 된 아가씨를 장막 안에서 나오라 하
여 서문표 앞으로 데려왔다. 서문표는 그녀를 보고 나서 머리를
설레설레 저으며 말했다.

「안 되겠어, 이 아가씨는 너무 못생겼잖아, 미안하지만 무당
할멈께서 하백에게 좀 이야기해 주시지, 이 다음에 더 아름다
운 아가씨를 골라 보내드리겠다고」

그 말을 마치자 서문표는 싫다고 펄펄 뛰는 늙은 무당을 강
물 속으로 던져넣었다. 그리고 잠시 후 눈살을 찌푸리며 또 말
했다.

「무당 할멈이 간 지 한나절이 되어도 돌아오지 않는군. 제자들을 보내어 알아보게 하라」

그리하여 무당 할멈을 따르던 젊은 무녀 역시 강물 속으로 던져졌고, 세 명의 무녀들도 연이어 강물 속으로 들어가야 했다. 서문표는 또 말했다.

「무당 할멈의 제자들도 다 부녀자들이라서 아마 아직 말을 꺼내지 못한 모양이지, 아무래도 삼로께서 가셔서 좀 말씀을 해주셔야겠소」

그러고는 삼로를 강물 속으로 들어가게 했다. 기슭에 서서 구경하던 사람들은 모두 멍하니 그 모습을 바라보고 있었다. 서문표는 아주 공손한 자세로 허리를 굽힌 채 강가에 서서 기다리고 있었다. 그러나 그 지방의 유지들은 모두들 나무로 깎은 닭처럼 꼼짝않고 서문표의 뒤에 서서는 눈을 크게 뜬 채 이번에는 누구의 차례가 될까 하며 두려워하고 있었다. 강가의 음악은 일찌감치 끊어졌고 2, 3천 명이 모인 이 성대한 잔치에는 정적만이 흐르고 있었다. 그저 바람에 깃발이 펄럭이는 소리만이 들려올 뿐이었다. 서문표는 계속해서 말했다.

「무당 할멈과 삼로께서 모두 돌아오시지 않으니 어찌된 일일까? 아무래도 정연들과 호족들께서 가셔서 어찌된 일인지 좀 알아봐 주셔야겠습니다」

그들은 이 말을 듣는 순간 깜짝 놀랐다. 그 누구도 하백의 손님으로 가고 싶지 않았기 때문이다. 그들은 땅 위에 엎드려 서문표에게 머리를 조아리며 연거푸 절을 하였다. 하도 절을 많이 해서 이마가 빨갛게 되고 피가 흐를 지경이었으며 얼굴색은 잿빛으로 변하였다. 서문표는 생각 끝에 말했다.

「당신들이 모두 하백을 만나러 가고 싶지 않다면 이런 잔치는 중지하고 집으로들 돌아가도록 하시오」

이때부터는 그 누구도 하백의 신부를 맞아들이는 일을 입에 올리지 않았고, 또 이런 추악한 풍습 역시 사라지게 되었다.

하백이 신부를 맞아들였다는 이 이야기가 사실인지 아닌지는 알 수 없으나 그의 방탕했던 생활로 미루어보아 얼마든지 있을 수 있는 이야기라고 하겠다. 그리고 또 기록들에 나타난 것을 보면 그는 다른 사람들의 약점을 잡아 이익을 취하고 또 약한 자에게 강하며 강한 자에게는 약한 비열한 성격을 지니고 있었던 것 같다. 그래서 그가 한참 즐겁게 결혼식을 올리려 할 때 서문표라는 강한 적수가 나타나게 되니까 어떻게 해볼 수가 없었던 것이다. 하백이라고 해서 파도를 일으켜 모두들에게 한번 본때를 보여주고 싶은 마음이 없었을까마는 서문표는 하백보다 한 수 위였다. 즉 하백이 그렇게 해보기도 전에 서문표는 이미 온 마을의 사람들을 동원해서 열두 개의 수로(水路)를 만들어 강물을 끌어들여서 관개를 했던 것이다. 본래 인간에게 해만 끼치던 하백의 못된 점을 거꾸로 이용하여 쓸모있는 것으로 만든 것이니, 그것이 바로 하백의 김을 뺐던 것이다. 결국 사람의 능력이 신보다 월등한 것이라고나 할까. 이제 이야기할 하백에 관한 또 다른 전설도 이런 점을 설명해 주고 있을 뿐만 아니라 하백의 비열한 성격도 적나라하게 내보여주고 있다.

춘추시대 노(魯)나라의 무성(武城: 지금의 山東省 費縣 서남쪽) 지방에 담대멸명(澹臺滅明)이라는 용사가 있었다. 그의 자(字)는 자우(子羽)이며 무척이나 못생겼으나 덕행이 뛰어난, 공자의 제자였다. 그의 생김새가 하도 추하였으므로 공자는 처음에 이 제자에게 재주가 있으리라고는 생각지도 못했다. 그러나 후에 보니 그는 모든 방면에 있어서 재주가 뛰어났고 각국의 제후들이 모두들 그를 존경하였다. 그래서 공자는 무척이나 감탄하여 말했다.

「말하는 것만으로 판단하다가 재여(宰予)에게 실수했고(재여 역시 공자의 제자인데 매끄럽게 말을 잘했으나 행실은 그리 훌륭하지가 못했음), 생김새로 사람을 판단하다가 자우(子羽)에게 실수했구나!」

이 말은 지금까지도 우리가 자주 입에 올리는 구절이 되고 있다.

한번은 자우가 천금의 값어치를 지닌 귀한 흰 옥(白璧)을 가지고 연진(延津: 지금의 河南省 延澤縣 북쪽)에서 황하를 건너게 되었다. 그런데 어찌된 일인지 이 사실이 하백의 귀에까지 들어갔다. 하백은 그 옥을 빼앗고 싶었다. 그래서 자우의 배가 강의 중간쯤에 도달했을 때 파도의 신 양후(陽侯)를 보내어 거대한 파도를 일으키게 하고 또 교룡 두 마리를 시켜 배를 뒤집도록 하여, 그의 흰 옥을 빼앗으려 했다. 자우는 하백의 못된 마음을 이미 알고 있었기 때문에 조금도 두려워하지 않았다. 오히려 거센 바람과 높은 파도, 그리고 교룡이 못된 짓을 하는 뱃머리에 서서 큰소리로 외쳤다.

「이 옥을 갖고 싶은 자는 누구든지 정당한 방법으로 와서 요구하라! 그러면 줄 수도 있다. 그러나 무력으로 빼앗으려 하는 자는 용서치 않으리라!」

이렇게 말을 마치고는 허리춤에서 보검을 빼내어 좌우로 휘두르며 힘을 다해 교룡과 싸웠다. 두 마리 교룡은 자우의 칼에 죽임을 당해 강으로 떨어졌다. 파도의 신 양후도 그 광경을 보고는 안 되겠다 싶었는지 얼른 파도를 거두고는 어디론지 숨어버렸다. 그러자 바람과 파도가 잔잔해지고 배는 무사히 황하를 건널 수 있었다. 배가 강을 다 건너가자 자우는 천금의 가치를 지닌 그 흰 옥을 꺼내어 더럽다는 듯이 강물에 내던지며 말했다.

「갖고 싶으면 가져가라!」

그러자 이상하게도 그 옥은 강물 속에서 튀어나와 자우의 손 안으로 들어왔다. 자우는 또 말했다.

「가져가라니까!」

그러면서 옥을 강에다 내던졌는데 이번에도 또다시 튀어나왔다. 이렇게 세 번을 던졌으나 세 번 모두 다시 튀어나왔다. 아마 하백도 그런 수모를 겪고서는 그 옥을 가질 염치가 없었던 모양이다. 자우는 하백이 이제 그 옥을 갖고 싶어하지 않는다는 것을 알고는 그것을 바위에 던져 부숴버린 뒤 의기양양하게 떠나버렸다. 자우는 자신이 그까짓 옥 한 개 때문에 싸운 것이 아니라 또 다른, 옥보다 더 귀한 그 무엇인가 때문에 싸운 것이라는 걸 보여주려 했던 것이다.

이렇게 방탕한 생활을 했던 하백, 성격상으로도 좀 비열한 점이 있었던 하백이었으므로 자신의 아내에 대해서도 당연히 진실된 감정을 지닐 수 없었다. 분명히 가정에는 자주 풍파가 일었을 것이고, 복비 역시 하백의 달콤한 거짓말을 지겹도록 들었을 것이며, 또 하백의 화난 얼굴과 하늘을 두고 맹세하는 거짓된 얼굴도 숱하게 보아왔을 것이다. 사람을 잘못 만났다는 그러한 생각이 늘상 그녀의 가슴속에 뱀처럼 똬리를 틀고 있어 그녀는 항상 고통스러웠다. 이것이 바로 복비가 물가에서 노는 선녀들을 떠나 혼자 바위 옆에 서서 슬퍼하던 이유이다. 예와 복비의 만남은 일대의 영웅과 절세 미인의 만남이었다. 그들은 둘 다 가정에서의 편안함을 얻지 못하는 비슷한 처지에 있었는데, 그런 그들이 서로 불쌍해하며 사랑하게 된 것은 자연스러운 일이라 하겠다.

예와 복비에게 있어서 이것은 무척이나 위로가 되는 일이었다. 궁지에 빠져 있던 예도 어느 정도는 그 수렁에서 헤어날 수 있었다. 그러나 이러한 두 사람의 연정은 두 집안에 가정 분란을 초래할 수밖에 없었다. 하백은 남편의 자격으로 복비의 부정을 질책하였고(하백은 자신의 방탕함은 예외라고 여겼다), 항아도 보통의 아내들이 그러하듯이 습관적인 눈물과 바가지로 남편의 무정함을 원망하였다. 이렇게 예와 복비에게 있어서 사랑은 질투의 쓴 술과 함께 삼킬 수밖에 없는 것이었다.

강의 왕인 하백은 그 수하에 수많은 관원들과 군사를 거느리고 있었다. 새우나 게와 같은 보통 부하들은 치지 않더라도 그 중에는 꽤 특별난 부하들이 있었다. 사람들이 〈하백사자(河伯使者)〉라고 부르는 저파룡(상제 앞에서 음악을 연주했던 바로 그 동물)과 〈하백종사(河伯從事)〉인 자라, 그리고 하백의 〈도사소리(度事小吏)〉였던 오징어 등이 바로 그들이다. 이들은 아마 하백의 친위대였던 것 같다. 그들은 늘 물 위를 드나들며 순찰을 하였고, 또 거기서 듣고 온 소식들을 하백에게 알려주었는데 정치나 애정문제에 관한 소식들이 모두 그들의 보고 범위에 들어 있었다. 하백의 사자는 물 위로 나올 때 그 모습이 더 대단했다. 사람으로 변할 수 있었던 그는 붉은 갈기가 달린 백마를 타고서 흰 옷을 입었으며 검은 모자를 쓴 위풍당당한 모습이었는데, 그 뒤에는 열두 명의 어린아이들이 따라왔다. 그 아이들도 말을 타고서 질풍처럼 물 위를 내달렸다. 어떤 때는 강기슭에까지 올라왔는데 그들이 탄 말이 달려가는 곳까지 물이 차올랐으며 그들이 가는 곳에는 졸지에 큰비가 쏟아져 내리곤 했다. 그

러다가 황혼 무렵이 되면 나와서 순시를 하던 하백사자가 다시
작은 물고기나 새우들이 변한 아이들을 데리고 강으로 돌아왔
다. 물의 나라 하백 부하들의 이런 부지런함은 예와 복비의 애
정에 대해 무척이나 불리한 것이었다. 하백은 그런 보고를 듣고
서 격노하여 친히 물 위로 나가 살펴보기로 하였다. 그러나 태
양을 쏘아 떨어뜨렸던 대신(大神) 예의 용맹스러움이 두려워 직
접 나가지는 못하고 그저 흰 용으로 변하여 강 위를 헤엄치고
있었다. 이렇게 용으로 변하여 물 위로 나와 몰래 살펴보려는
그의 의도는 별 것이 아니었으나 그의 그런 행동은 엄청난 홍수
를 일으키게 되었다. 강물이 양쪽 기슭에까지 넘쳐흘러 무고한
백성들이 숱하게 빠져죽었던 것이다. 결국 하백의 그런 모습이
예의 눈에 띄게 되었다. 수신이 응당히 지녀야 할 품격을 저버
린 하백의 저질스런 행동에 대해서 예는 몹시도 화가 났다. 그
래서 그를 혼내주려고 흰 용으로 변한 하백을 향해 활을 쏘았는
데 그 화살은 하백의 왼쪽 눈에 바로 맞았다. 〈뜻도 이루지 못
하고 돌아와야 했던〉 하백은 엉엉 울며 남은 눈 하나를 크게 뜨
고 천제를 찾아가 하소연했다.

「천제여, 예란 놈이 사람을 너무 못살게 굽니다. 그놈을 좀
죽여주십시오」

「왜 예가 너의 눈을 쏘았느냐?」

천제가 물었다.

「저요, 저는……」

하백이 우물거렸다.

「저는 그때 흰 용으로 변해 강 위로 나가 돌아다니고 있었습
니다」

신통력을 지닌 천제는 사건의 발생과 진행 과정에 대해 일찌

감치 다 알고 있었다. 천제는 행실을 바로 하지 못했던 이 수신에게 사실 별로 호감을 갖고 있지 않았기 때문에 지루한 듯이 그의 말을 가로막았다.

「여러 말 할 것 없다. 물의 신이면 물 속에나 가만히 있을 것이지, 누가 너보고 용으로 변하라고 했더냐? 용은 물 속에 사는 동물이니 사람들이 쏘는 게 당연하지, 예에게 무슨 죄가 있단 말이냐!」

혹 떼려다 혹 붙인 격이 되어 돌아온 하백은 그의 아내와 한바탕 싸우지 않을 수 없었다. 아마 복비는 자기 때문에 눈 하나를 잃게 된 남편에게 좀 미안해했던 것 같다. 비록 예를 사랑하긴 했지만 두 집안의 평안함을 위하여 예와의 만남을 끝내는 수밖에 없었다. 그들의 애정이 비극적인 파국을 맞아서는 안 되었기 때문이다. 『초사』의 「천문편」에 다음과 같은 내용이 있다.

천제가 예를 인간 세상으로 보낸 것은 백성들의 고통을 없애 주기 위함인데,
왜 전설에서는 그가 하백을 죽이고 낙빈을 아내로 맞았다 하는가?

즉 예가 낙빈을 차지하여 아내로 삼았다는 전설은 그리 믿을 만하지 못하므로 시인 굴원도 이런 질문을 했던 것이다. 신중을 기하기 위해 우리는 예와 낙빈(즉 복비) 간에 한 차례의 애정관계가 있었을 뿐, 예가 하백의 왼쪽 눈을 쏘아 맞춘 뒤에는 그 관계도 형식상 중지되었다고 해두자.

제4장
항아와 불사약

예는 가정으로 돌아왔다. 그리고 그와 항아의 사이도 잠시 좋아졌으나 감정상의 갈등은 여전히 존재하고 있었다. 그 갈등의 가장 크고 또 근본적인 원인은 다른 게 아니었다. 앞에서도 이미 이야기했듯이, 예가 천제에게 죄를 지어 하늘로 올라가지 못하게 되자 그것이 아내인 항아에게까지 연루되었다는 바로 그것이었다. 항아로서는 본래 하늘나라의 여신인 자기가 생각지도 못하게 이런 결과를 당해야 한다는 사실이 영 마음에 들지 않았다. 그러나 두려운 것은 하늘로 올라갈 수 없다는 사실이 아니었다. 그녀가 진정으로 두려워했던 것은 죽은 뒤에 지하의 유도(幽都)에서 그곳의 시커먼 귀신들과 함께 살며 비참하고 끔찍한 생활을 해야 한다는 바로 그 사실이었다. 물론 예도 그들이 그런 지경에까지 이르는 것은 원치 않았다. 그것은 두려운 일인 동시에 수치스러운 일이었기 때문이다. 천신의 신분인 그가 어찌 유도의 귀신 따위와 함께 지낼 수 있단 말인가? 그러나 죽음의 신은 점차 가까이 다가오고 있었다. 용감무쌍한 예도 가끔 두려워지곤 하였다. 그 자신이 이러했으므로 그는 아내의 원망에도 일리가 있다고 생각하게 되었다. 그러므로 이제 문제는 단 하나, 죽음의 신의 위협에서 벗어날 수 있는 방법을 강구해 내는 일이었다. 만일 그들이 죽음의 공포에서 벗어날 수만 있다면, 항아와의 애정도 회복되어 그들의 생명처럼 영원할 수 있을 것이었다. 그러던 중 그는 곤륜산 서쪽에 서왕모라는 신인(神人)이 살고 있고 그 신인이 불사약을 갖고 있으며 그 약을 먹으면 영원히 살 수 있다는 말을 듣게 되었다. 예는 그 길이 그 얼마나 멀고 험한 길이든 상관않고 서왕모를 찾아가 불사의 명약을 구해 오리라고 결심했다.

후대의 사람들은 모두 글자의 뜻만 보고는 서왕모가 나이가 많고 자상한 서방의 한 왕모라고 추측들을 한다. 게다가 도사들은 갖가지 황당한 이야기들을 덧붙여서 그 추측이 정확한 것임을 증명하고 싶어한다. 그러나 그들의 추측은 모두 틀렸다. 서왕모는 본래 표범의 꼬리에 호랑이의 이빨을 갖고 있으며 봉두난발에 옥비녀를 꽂았다. 또 휘파람을 잘 불었으며 전염병과 형벌을 관장하는 괴신이었던 것이다. 그리고 그의 성별이 남자인지 여자인지도 확실히 단정지어 말할 수 없다. 〈비녀〉는 부인들의 장식품이기는 하지만 원시시대에는 남자도 그것을 꽂을 수 있었다. 그 당시에 그것은 귀걸이와 마찬가지로 남녀를 불문하고 장신구로 지니고 다니던 것이었다. 그러나 전설에 의하면 동굴 속에서 단순한 생활을 하던 서왕모에게는 세 마리의 파랑새가 있어 순서대로 돌아가며 먹을 것을 찾아주었다고 한다.

이렇게 왕모라든가 옥비녀, 그리고 파랑새가 모두 여성적 분위기를 지니기 때문에 서왕모는 점차 여성화되고 또 온화한 분위기를 지니게 되었던 것이지만 사실은 결코 그렇지가 않았다.

예를 들어 그를 위해 음식물을 가져다주었다는 세 마리의 파랑새에 대해 말해 보자. 그들은 곤륜산 서쪽의 삼위산(三危山)에 살았는데 이 산은 세 개의 봉우리가 하늘로 치솟아 있었으므로 삼위(三危)라고 하였다. 이 파랑새들은 각각 대려(大鵹), 소려(少鵹), 청조(靑鳥)라고 하였다. 이 새들은 모두 몸뚱이가 푸르고 머리는 붉으며 눈이 검은 힘세고 사나운 새들이었지, 결코 자그마하고 귀여운 새들이 아니었다. 그들은 삼위산에서 날개를 펼치고 솟아올라 천리를 날아 서왕모가 살고 있는 옥산의 동굴에까지 왔다. 그리고 하늘과 들판에서 갓 잡은 피투성이의 날짐승과 길짐승들을 날카로운 발톱으로 차고 와 동굴에 떨어뜨려놓곤 했다. 그렇게 그들은 호랑이 이빨을 하고 있는 주인에게 맛있는 음식을 제공했던 것이다. 서왕모가 식사를 마치고 나면 세 개의 발이 달린 또 다른 신조가 절룩거리며 다가와서 땅바닥에 흩어진 껍데기와 뼈들을 주워갔다. 발이 세 개 달린 이 새는 서왕모를 따라다니며 갖가지 잔일들을 했다. 서왕모는 기분이 좋아지면 동굴 속에서 나와 깎아지른 절벽 위에 서서는 목을 길게 빼고 하늘을 바라보면서 길게 휘파람을 불었다. 그 무섭고도 처연한 휘파람소리가 깊은 산골짜기에 울려퍼지면 사나운 매들까지도 놀라서 하늘을 어지러이 날아다녔으며 호랑이나 표범들도 숲속에서 꼬리를 감추고는 날 살려라 하며 도망쳐 숨었다고 한다. 이것이 대략 기록에 전해지는 바 〈호랑이나 표범과 무리를 짓고 새들과 함께 살아가던〉 서왕모의 실제 모습이었다. 서왕모는 이처럼 본래 그렇게 자상하고 온화한 모습은 아니었다.

그러면 전염병과 형벌을 관장하는 괴신 서왕모가 왜 불사약을 가지고 있다고 전해지는 것일까? 이것은 아마도 전염병과 형벌이 모두 인간의 생명과 관계가 있기 때문일 것이다. 그는 인간의 생명을 앗아갈 수 있었으므로 당연히 또 인간에게 생명을 줄 수도 있었다. 바로 그리스 신화의 태양신 아폴로가 전염병을 퍼뜨리는 동시에 또한 의료의 신이었던 것처럼! 그래서 일반인들은 서왕모가 불사약을 가지고 있다고 믿었으며 다행히 이 약을 구할 수 있다면 그것을 먹고 장생할 수 있을 것이라고 믿었다.

사실 서왕모는 불사약을 갖고 있었다. 곤륜산 위에 불사수(不死樹)가 있고 그 나무에 열리는 과일을 먹으면 장생불사할 수 있다고 했던 그 이야기를 우리가 생각해 낸다면, 서왕모가 불사약을 갖고 있을 것이라는 사실도 알 수 있을 것이다. 서왕모의 불사약은 바로 불사수의 열매를 따서 만든 것이기 때문이다. 서왕모에 관한 한(漢)나라 때의 각종 그림들을 보면 시종이 손에 나무처럼 생긴 것을 들고 있는 것이 보인다. 어떤 사람들은 그것을 선화(善禾)라고 하고 또 삼주수(三珠樹)라고 하는 사람도 있지만 그것은 아마도 불사수가 아닌가 한다. 이 나무 역시 비슷한 종류의 다른 나무들처럼 몇천 년에 한번 꽃이 피고 또 몇천 년이 지나서야 열매가 열리며 그 열매 또한 많지가 않았을 것이다. 그래서 불사약은 신기하고 진귀한 것이었고, 그것을 다 써버리고 나면 얼마 동안 다시는 만들 수가 없었다.

그러나 이렇긴 했지만, 누구라서 오래 사는 것을 바라지 않았으랴. 또 그 진귀한 불사약을 누구라서 얻고 싶지 않았을까! 다만 서왕모가 살고 있던 곳이 보통 사람으로서는 갈 수가 없는 곳이라는 점이 문제였다. 서왕모는 어떤 때에는 곤륜산 꼭대기의 요지(瑤池) 근처에 살았고 또 어떤 때에는 좋은 옥이 많이 난다고 하는 곤륜산 서쪽의 옥산에 살았다. 그리고 또 때로는 대지의 서쪽 끝, 태양이 지는 엄자산(崦嵫山) 위에서도 살았다. 이렇게 그에게는 정해진 거처가 없었기 때문에 그를 만난다는 것은 무척이나 골치 아픈 일이었다. 곤륜산 꼭대기만 해도 보통 사람으로서는 도저히 오를 수가 없는 곳이었다. 왜냐하면 곤륜산 아래에는 약수(弱水)의 깊은 물이 휘돌아 흐르고 있었는데, 이 약수는 가벼운 새의 깃털조차도 가라앉아버리는 곳이었으므로 배를 타고 건너는 사람이야 두말할 나위도 없었다. 그리고 곤륜산의 바깥쪽에는 불꽃이 타오르는 거대한 산이 있었는데 그 불꽃은 밤낮으로 꺼지지 않았으며 어떤 물체라도 닿기만 하면 그 즉시 타버렸으니, 누가 감히 이런 물과 불의 난관을 헤쳐나갈 수 있었으랴. 그래서 서왕모가 불사약을 갖고 있다고 하는 전설은 있어도 이 귀한 물건을 갖고자 하는 사람은 아무도 없었다.

예는 그에게 아직 남아 있는 신으로서의 위력과 불굴의 의지로 물과 불의 난관을 뚫고 곤륜산 위에 올라갔다. 그곳에서 그는 높이가 네 길에 다섯 아름이나 되는 큰 벽, 그리고 머리가 아홉 개 달린 위풍당당한 문지기 개명수(開明獸)를 보았다. 이곳의 높이가 1만 1천 리 1백14보 두 자 여섯 치라고 하니 예가 아니면 그 누구도 올라갈 수가 없었다.

무척 공교롭게도 그때 서왕모는 다른 데로 가질 않고 요지 근처의 동굴 속에 있었다. 예가 자신이 온 뜻을 서왕모에게 말하자 서왕모는 인간들에게 큰 공을 세운 영웅 예의 불행한 처지에 대해 깊은 동정심을 표했다. 그리고 그의 곁에 있는 발 세 개 달린 신조에게 불사약이 담겨져 있는 호리병을 물고 오라고 했다. 발 세 개 달린 신조는 어두컴컴한 굴 속 깊은 곳에서 그 호리병을 물고 왔다. 서왕모가 그것을 받아 예에게 주며 정중하게 말했다.

「이 약은 당신 부부가 함께 먹어도 영원히 죽지 않을 만큼의 충분한 양입니다. 만일 한 사람이 혼자서 다 먹는다면 하늘로 올라가 신이 될 수 있는 희망이 있지요」

그리고 헤어질 때가 되자 더욱 친절하게 예에게 당부했다.

「약은 반드시 잘 보관하도록 하시오. 이것이 마지막 남은 것이기 때문에 더 이상은 없으니까」

예는 기쁨에 넘쳐 집으로 돌아와 아내에게 그것을 보관하게 하고는 날을 받아 함께 먹기로 했다. 예는 결코 하늘로 다시 돌아가고 싶지는 않았다. 하늘도 인간 세상과 비슷했기 때문이다. 그래서 그는 지옥에만 가지 않을 수 있으면 좋겠다고 생각했다. 그러나 아내 항아는 그와 생각이 달랐다. 그녀는 자신이 본래 하늘나라의 여신이었는데 지금 하늘로 돌아갈 수 없게 된 것은 모두 남편 때문이니, 이치대로 하자면 예는 그녀에게 여신의 신분을 되돌려주어야 옳다고 생각했다. 그런데 이 영약은 먹으면 영원히 죽지 않게 될 뿐 아니라 승천까지 할 수 있는 신묘한 것이라 하니, 좀 이기적이긴 하지만 만일 자신이 남편의 것까지 모두 먹는다 해도 뭐 그리 잘못은 아니라고 여겨졌다. 그래서 그녀는 마음속으로 몰래 결심을 했다. 길일이고 뭐고 잡을 것도 없이 예가 집에 없는 틈을 타 몰래 혼자서 약을 먹기로 한 것이다. 그러나 그녀는 아직은 담이 크지 못했기 때문에 그렇게 하는 것이 큰 재앙을 불러일으켜 수습할 수 없게 되면 어쩌나 걱정이 되었다. 그래서 신중을 기하기 위해 유황(有黃)이라는 무당을 찾아가 길흉을 점쳐 보기로 했다.

유황은 왕성 부근의 낮은 산 굴 속에 살았다. 그는 신당을 차려놓은 곳에서 검은 거북 껍질을 꺼내었는데 그것은 1천 년을 살았던 거북의 껍질이라 했다. 그리고 또 누렇게 마른 풀 수

십 개를 꺼냈는데 그것은 바로 1천 년을 살았던 그 거북이 배 밑에 깔고 보호했던 시초(蓍草)였다. 시초는 한 군데에서 돋아났는데 백 개의 뿌리가 생겨났고 그 뿌리들이 각각 한 길이나 되었다고 한다. 그리고 푸른 구름이 그 위를 뒤덮고 있는 신령스런 풀이었다. 이 거북 껍질과 시초로 점을 치면 백발백중, 영험하게 들어맞는다고 한다. 유황이 그것들을 가져와 시초를 거북 껍질 안에 놓았다. 그리고 땅 위에 무릎을 꿇고는 두 손으로 거북 껍질을 잡고 흔들며 입 속으로 중얼중얼 주문을 외우고는 거북 껍질 속의 시초를 바로 앞의 작은 돌 탁자 위에 흩어놓았다. 그러고는 누런 손톱을 한 가는 손가락으로 그것들을 헤치며 눈을 반쯤 감고 노래를 부르듯이 웅얼거렸다.

부인, 축하합니다, 길하고 길합니다.
──어느 총명하고 귀여운 여인,
그녀가 혼자서 멀고 먼 서방으로 가게 되네.
세상은 이리도 어지러우나,
가시오, 두려워 말고 걱정도 말아요.
운명은 이미 정해져 있는걸, 이후로 크게 홍하리라──

항아는 무당의 말을 듣고 결심하였다. 그래서 예가 집에 없는 어느 날 저녁, 호리병 속의 약을 쏟아내어 몽땅 삼켜버렸다.
그러자 이상한 일이 일어났다. 항아는 점점 자신의 몸이 가벼워지는 것을 느꼈다. 다리가 땅 위에서 떨어지더니 저절로 창밖으로 날아갔다. 바깥은 마침 밤이어서 푸르스름한 하늘에 회백색의 들판이 보였으며 하늘엔 동그랗게 빛나는 달이 떠 있었고 금빛의 작은 별들이 그 달을 에워싸고 있었다. 항아는 계속

항아가 달로 도망치는 모습, 남양 한화관, 한대화상석

날아 올라갔다.

　그러나 어디로 가야 하나? 그녀는 생각했다. 만일 하늘나라에 닿게 되면 하늘의 뭇신들이 그녀더러 남편을 배반한 아내라고 비웃을 것이었다. 그리고 만일 남편인 예가 또 다른 방법을 찾아내 하늘나라로 자신을 찾아온다면 그것 또한 해결하기 어려운 노릇일 것이었다. 이러한 상황으로 보건대 월궁(月宮)으로 가 잠시 숨어 있는 것이 안전하리라 생각되었다. 그렇게 결정하고 나서 그녀는 월궁을 향하여 날아갔다.

　그러나 뉘 알았으랴, 그녀가 월궁에 막 도착해 채 숨도 돌리지 않았는데 자신의 몸에 변화가 생기기 시작하는 걸 느꼈다. 등이 아래로 오그라들고 배와 허리는 팽팽하게 부풀었으며 입은 넓게 되었고 눈도 커졌다. 목과 어깨는 한데 붙어버렸으며 몸의 피부에도 동전 모양의 울퉁불퉁한 흠집이 생겼다. 그녀는 놀라서 비명을 질렀으나 이미 목소리도 나오지 않았고, 구원을 요청하려 했으나 땅 위에 쪼그리고 앉아 팔짝팔짝 뛰는 꼴밖에 안 되었다. 그녀는 생각했다. 이게 어찌된 일이람? 도대체 이게 어찌된 일이람? 본래 뛰어난 미인이었던 항아는 순간의 이기심 때문에 가장 못생기고 보기 흉한 두꺼비로 변해 버렸던 것이다. 이것이 바로 그 사기꾼 무당이 예언했던 〈이후에는 크게 흥하리라〉는 구절의 〈흥한다〔昌盛〕〉는 것의 뜻이었다.

〈항아가 달로 도망쳤다〉는 전설의 원래 내용은 바로 이상과 같다. 그러나 좀 뒤에 나온 전설은 항아에 대해 비교적 관대했다. 월궁으로 들어간 항아는 다른 이상한 생물로 변하지 않고 본래의 아름다움을 그대로 지니고 있었다고 하는 것이다. 그러나 월궁 안의 쓸쓸함은 그녀가 미처 생각지 못했던 것이었다. 그곳에는 일년 내내 약을 찧는 흰 토끼와 계수나무 한 그루 외에는 아무것도 없었다. 오랜 세월이 흐른 뒤 그곳에는 선도(仙道)를 배우다가 잘못을 저지른 오강(吳剛)이라는 자가 오게 되었다. 그는 그곳으로 쫓겨와 계수나무를 베는 벌을 받았다. 계수나무와 그는 서로 사이가 틀어져서 오강이 나무를 찍으면 그 자리가 금방 아물어 아무리 베어도 나무는 쓰러지지 않았다.

이런 광경들은 그녀를 무척이나 실망하게 만들었다. 그러나 이미 왔으니 참고 계속 사는 수밖에 없었다. 그렇지만 살아갈수록 그녀는 점점 더 쓸쓸해졌다. 그래서 그때서야 가정의 즐거움과 남편의 소중함을 깨닫게 되었다. 만일 자기가 그때 그렇게 이기적이 아니어서 불사약을 같이 나누어 먹고 함께 세상에서 영생을 누렸다면, 비록 작은 고민들은 있을지라도 행복하고 즐거운 날들을 보내고 있을 것이었다. 그것이 어디 이렇게 쓸쓸하게 월궁에서 신선 생활을 하는 것 따위와 비길 만한 것이랴? 그녀는 후회했다. 그녀는 인간 세상으로 내려가 남편에게 자신의 잘못을 인정하고 용서를 구한 뒤, 전처럼 그녀를 사랑해 달라고 하고 싶었다. 그러나 이런 소원은 이미 소용없는 것이었다.

그녀는 이제 영원히 월궁에 사는 수밖에 없었으며, 다시는 지
상으로 돌아갈 수 없었다.

　　항아가 월궁에서 후회하네.
　　푸른 하늘에서 밤마다.

　이 구절은 그녀에게 대한 시인의 연민과 조롱이다. 이때부터
는 끝없는 고독만이 그녀를 따라다녔으니 그것은 지독한 형벌
이 되어 남편을 배반한 불충한 아내를 질책하였다.
　항아가 떠난 날 저녁, 예는 밖에서 돌아와 아내가 보이지 않
고 땅바닥에 빈 호리병만이 뒹구는 것을 보았다. 어떤 일이 일
어났는지 예는 금방 알아차릴 수 있었다. 분노와 실망, 그리고
슬픔이 뱀처럼 그의 몸을 휘감았다. 그는 입을 굳게 다문 채 멍
하니 창 밖을 내다보았다. 별과 달이 차가운 빛을 내뿜고 있는
하늘, 그의 아내는 이미 그를 떠나 혼자서 그녀만의 행복한 낙
원을 찾아간 것이었다.

제5장
영웅 예의 죽음

이때부터 예의 성격은 정말 크게 변하였다. 그는 하늘은 불공평하고 인간 세상도 자신을 속였다고 생각했다. 그러므로 지옥에 아무리 나쁜 것이 있다고 해도 머릿속으로 상상하는 것보다 그렇게 더 두렵지는 않을 것이라고 여기게 되었다. 그는 극도로 실망했다. 전에는 그래도 죽는 것이 두려웠으나 지금은 죽음을 기다리는 것이 마치 친한 친구를 기다리는 것같이 느껴졌다. 그는 더 이상 영원히 살려고 하지 않았다. 그리고 매일 바깥에서 방랑하고 사냥하며 자신의 늙어가는 남은 생명을 소모하고 있었다.

항아가 도망쳐 버린 이 사건이 그에게 끼친 영향은 확실하게 밖으로 나타났다. 즉 성질이 못되게 변하여 조금만 자기 뜻대로 되지 않아도 불같이 화를 내었다. 하인들은 주인의 성질이 그렇게 변하게 된 확실한 이유를 알고 있었다. 상심, 인간의 상심이라는 것은 일종의 병으로, 이 병을 치료할 수 있는 특효약은 없었다. 게다가 더 문제인 것은 이 병이 노여움이 되어 나타나면 무고한 제3자가 그 화를 입게 된다는 점이었다. 하인들은 주인의 불행한 처지를 동정했으나 그의 미친 듯한 욕설과 휘두르는 가죽 채찍으로 인한 육체적 고통은 참을 수가 없었다. 그래서 몰래 도망치는 자들이 생겨났고, 도망치지 않았거나 또 도망칠 곳이 마땅치 않은 하인들도 점차 그들의 운 나쁜 주인을 슬슬 원망하게 되었다. 예는 하인들이 자신에게 두 마음을 품고 있다는 것을 알고는(그는 다른 사람이 그에게 두 마음을 품을 수 있으리라고는 생각지도 못했기 때문에), 더욱 상심하고 노하여 화를 내자 수습할 도리가 없었다.

그의 가신(家臣) 중에 봉몽(逢蒙)이라는 자가 있었다. 그는 영민하고 용감한 인물이었으므로 예는 줄곧 그를 아꼈고 또 그에게 활쏘는 법도 가르쳤다. 봉몽이 활쏘는 것을 막 배우기 시작했을 무렵, 예는 그에게 말했다.

「활쏘는 것을 배우기 전에 우선 눈을 깜박이지 않는 것부터 익히거라. 그것이 되거든 다시 내게 와 이야기하라」

봉몽은 집으로 돌아와 하루 종일 아내의 베틀 아래 누워서 눈으로 베틀의 발판을 바라다보기 시작했다. 그리하여 발판은 계속 움직여도 그의 눈은 조금도 움직이지 않게 되었다. 그렇게 얼마가 지나니 뾰족한 쇳덩이가 눈앞으로 다가와도 조금도 눈을 깜박거리지 않을 수 있게 되었다. 봉몽은 신이 나서 자신이 해낸 것을 예에게 이야기했다. 그러나 예는 다시 말했다.

「아직 안 돼. 두번째 단계는 무언가를 보는 방법을 습득하는 것이야. 조그만 물체가 큰 것으로 보이도록, 또 보이지 않는 것도 잘 보이게 되도록 연습한 뒤에 다시 오거라」

봉몽은 집으로 돌아와 소 꼬리의 털 한 오라기로 이[蝨] 한 마리를 묶어 그것을 남쪽 창문 아래에 매달아놓고 매일 그 이를

보는 연습을 하였다. 10여 일이 지나자 이가 점점 크게 느껴졌
다. 그렇게 오랜 기간이 지나니 그 이는 드디어 수레바퀴만하게
보였고 그러고 나서 다른 걸 보니 모든 것이 크고 작은 산만하
게 보였다. 그래서 봉몽은 즐거워하며 예에게 가서 그 사실을
이야기하였다. 예는 이번엔 정말로 기뻐하며 말했다.

「이제야말로 네가 궁술을 배울 수 있게 되었구나!」

그래서 예는 자기가 가지고 있는 재주를 거의 모두 봉몽에게
가르쳐주었다. 그리하여 봉몽의 활쏘는 솜씨는 예와 비슷해지
고 천하에 그 이름을 날릴 수 있게 되었다. 그래서 사람들은 활
이라 하면 누구나 예와 봉몽의 이름을 함께 떠올렸다. 예는 자
신에게 이렇게 재주가 뛰어난 제자가 있다는 것이 자랑스러웠
다. 그러나 도량이 넓지 못했던 봉몽은 자기보다 재주가 뛰어난
스승이 있다는 것이 영 불쾌했다. 전해지는 이야기에 의하면 한
번은 예가 봉몽에게 농담삼아 활쏘기 시합을 해보자고 하였다
한다. 마침 하늘에 기러기들이 줄지어 날아가고 있었다. 예가
봉몽에게 먼저 쏘라고 하였다. 봉몽이 세 발을 연달아 쏘니 앞
에 날아가던 세 마리의 기러기가 활소리와 함께 떨어져 내렸는
데, 세 개의 화살이 모두 기러기의 머리를 맞추었다. 이때, 놀
란 기러기들이 사방으로 흩어졌다. 예는 그것들을 향해 아무렇
게나 세 발의 화살을 쏘았다. 그러자 기러기 세 마리가 땅에 떨
어졌으며, 세 개의 화살 역시 모두 기러기의 머리를 맞추었다.
이래서 봉몽은 스승의 재주가 정말 자신보다 뛰어나다는 것을
알았고, 아무래도 쉽게 그를 따라잡을 수 있을 것 같지가 않았
다. 그래서 봉몽의 예에 대한 질투심은 날로 늘어만 갔다. 그리
고 결국엔 몰래 예를 없애려는 생각이 그의 마음속에서 맴돌기
시작했다.

어느 날 오후, 예가 말을 타고 사냥을 하고서 막 돌아오는 길이었다. 집에 거의 다 왔을 때 숲속에 사람의 그림자가 스쳐 지나가는 순간, 그를 향해 날아오는 화살이 보였다. 예는 눈이 밝고 손이 빨랐으므로 급히 활시위에 활을 메워 달리는 말 위에서 그 날아오는 화살을 향해 쏘았다. 핑 하는 소리와 함께 화살은 앞에서 날아오는 화살촉을 맞혔고, 공중에서 불꽃을 튀기면서 두 개의 화살이 〈인(人)〉자의 모습으로 땅 위에 떨어졌다. 첫번째 화살이 이렇게 막 부딪쳐 땅에 떨어졌는데 저쪽에서는 즉시 두번째 화살이 날아왔으며 예도 역시 아까와 똑같이 하여 화살들은 또 공중에서 부딪치게 되었다. 그렇게 아홉 번이 계속되었고 드디어 예의 화살이 떨어져버렸다. 이때서야 그는 비로소 똑똑히 보았다. 봉몽이 득의만만하게 그의 앞에 서서 화살을 시위에 얹어 그의 목을 겨냥하는 것을.

예가 막을 틈도 없이 봉몽의 화살은 쉭 하는 소리와 함께 이미 예의 목을 향하여 날아왔다. 그러나 조준이 좀 잘못되었던지 화살은 예의 입에 맞았다. 예는 화살을 맞은 채 몸을 뒤집으며 말에서 떨어졌고, 달리던 말도 멈추어 섰다.

봉몽은 예가 이미 죽은 줄 알고 천천히 앞으로 다가와 미소를 지으며 그의 죽은 얼굴을 바라다보았다. 좀더 자세히 보려 하는데 예가 갑자기 눈을 크게 뜨고 벌떡 일어나 앉는 것이었다.

「이놈, 그렇게 오래 배웠어도 헛배웠구나!」

예는 화살을 뱉어내고 웃으면서 말했다.

「너 설마 나의 그 설족법(囓鏃法: 화살을 입에 무는 법)도 모르는 건 아니겠지? 그것도 몰라서야 되겠느냐, 앞으로 더 열심히 연습하도록 해라!」

「용서해 주십시오……」

봉몽은 활을 떨어뜨리고 땅바닥에 엎드려 예의 다리를 붙들고는 울음 섞인 목소리로 껵껵거리며 애원했다.

「가거라, 그리고 다시는 절대 이런 짓을 하지 말거라!」

예는 가소롭다는 듯 손을 내저으며 말을 타고 가버렸다.

봉몽이 이렇게 예를 몰래 해치려 했음에도 불구하고 예는 이 일을 전혀 마음에 두지 않았다. 본래 성품이 너그럽기도 했거니와 그 자신이 뛰어난 활솜씨와 용맹성을 지니고 있기 때문이었다. 그래서 사냥을 갈 때에 봉몽은 여전히 그를 따라다닐 수 있었다. 물론 그 사건이 있은 후로 봉몽은 예 앞에서 더욱 공손하게 행동했으므로 예는 봉몽이 잘못을 깨달은 것이라고 여겨 조금도 의심을 하지 않았다.

그러나 사실은 그렇지 않았다. 봉몽은 늘 복숭아나무로 큼지막한 몽둥이를 만들어 들고 다녔다. 그것으로 들짐승을 잡기도 하고 또 잡은 동물들을 매달아 들고 올 수 있다는 명분이었다. 예가 보기에도 그 몽둥이는 제법 쓸모가 있었기 때문에 봉몽이 무슨 생각을 하고 있는지에 대해서는 조금도 개의치 않았다.

그러던 어느 날이었다. 예가 사냥에서 막 돌아와 말을 세우고는 숲 근처에서 날아가는 기러기를 쏘고 있었다. 한 마리가 떨어졌고 막 두 마리째를 향하여 활시위를 당기고 있을 때였다. 곁에서 사냥해 온 것들을 챙기느라 허리를 굽히고 있던 봉몽이 갑자기 벌떡 일어나더니 나무 옆에 세워놓았던 복숭아나무 몽둥이로 예의 머리를 힘껏 내리치는 것이었다.

예가 그것을 알아차리고서 봉몽을 향하여 활을 쏘려고 했지만 때는 이미 늦었다. 복숭아나무로 만든 그 몽둥이는 태산 같은 무게로 예의 뒷머리를 후려쳤던 것이다.

붉은 피가 예의 귀를 타고 천천히 흘러내렸고 예는 두 손을 힘없이 늘어뜨린 채 쥐고 있던 활과 화살을 땅바닥에 떨구었다. 그러고는 머리를 돌려 이미 흐릿해져 가는 눈빛으로, 그러나 여전히 분노와 경멸을 담은 눈빛으로 봉몽을 노려보았다. 그리고 그는 산이 무너지듯이 그렇게 쓰러져버렸다…….

그는 죽었다. 그는 조용하고도 소리없이 죽었다. 그의 일생은 불행했고 또 이렇게 억울하게 죽어갔으나, 백성들은 그의 공덕을 기려 그를 〈종포신(宗布神)〉으로 섬겼다. 종포는 〈영포(禜酺)〉라고도 하는데 본래 고대의 두 가지 제례를 일컫는 말이다. 〈영(禜)〉제(祭)는 홍수와 가뭄의 신에게 제사를 지내는 것이고, 〈포(酺)〉제는 사람과 짐승들에게 해를 끼치는 신령에게 제사지내는 것이다. 이 두 가지 제례는 모두 사악한 재앙을 없애려는 데 목적이 있었다. 예가 생전에 백성들을 위해 여러 가지 재앙을 없애주었기 때문에 사람들은 〈영〉과 〈포〉의 두 가지 제례를 거행할 때 예도 역시 함께 모셨다. 그리고 후에는 아예 사악한 것들을 물리쳐주는 종포신으로 집집마다 받들어 모셨다.

이 종포신은 귀신들의 우두머리라 할 수 있었으며 천하의 온갖 귀신들을 통괄하였으니, 사악한 귀신들이 사람을 해치지 못하게 하였다. 그리고 이 종포신은 후세의 전설에 나오는 척곽(尺郭)이나 종규(鍾馗)와 비슷하다.

척곽은 동남쪽의 거인으로 키가 일곱 길이나 되며 배의 높이가 몸 길이와 같았다고 한다. 머리에는 〈계부기두(鷄父魋頭)〉를 쓰고 있었는데 〈계부〉라는 것은 무엇인지 알 수 없으나 〈기두〉는 커다란 가면으로, 갑골문에서는 〈기〉자를 〈𩵋〉로 표시하니 바로 사람이 커다란 가면을 쓰고 있는 모습을 나타낸다. 그것은 궁전에서 한떼의 아이들을 이끌고 귀신을 쫓는 방상씨(方相氏:

「개벽편」제7장 참조)가 쓴 것과 같은 것인데, 방상씨가 쓴 것은 눈이 네 개 달렸으나 척곽이 쓴 것은 눈이 두 개뿐이다. 그 밖에도 그는 붉은 옷을 입고 허리에는 흰 띠를 매었으며 이마에는 붉은 뱀을 감고 있었는데 뱀의 꼬리와 머리가 맞물려 있었다. 이 괴인은 다른 건 먹지 않고 귀신만 잡아먹었으며 이슬로 목마름을 달랬는데, 새벽에 악귀 3천 마리를 먹고 저녁에는 3백 마리를 먹었으므로 〈식사(食邪)〉라고도 하며 또 〈탄사귀(呑邪鬼)〉혹은 〈황보귀(黃父鬼)〉라고도 불린다.

종규(鍾馗)에 관한 이야기는 다음과 같다. 당(唐) 명황(明皇)이 악성 학질에 걸린 적이 있었다. 그는 고열이 나는 혼수상태에서 괴상한 꿈을 꾸었다. 꿈속에서 큰 귀신이 작은 귀신을 뒤쫓고 있었는데 작은 귀신은 붉은색 옷을 입고 짧은 바지를 입었으며 한쪽 발에는 신발을 신고 한쪽은 맨발이었다. 그는 양귀비의 자향(紫香)주머니와 명황의 옥피리를 훔쳐 복도를 돌아 도망치고 있었다. 큰 귀신은 모자를 썼으며 남색 도포를 입었고 발에는 짧은 목의 가죽신을 신었는데, 두 팔을 드러내고는 그 작은 귀신을 쫓아가 잡아 두 눈을 빼내고 산 채로 꿀꺽 삼켜버리는 것이었다. 명황은 참을 수 없어 큰 귀신에게 물었다.

「당신은 누구요?」

그러자 큰 귀신이 대답했다.

「저는 무과에 급제하지 못하여 자살한 종규입니다. 폐하를 위하여 천하의 사악한 것들을 모조리 없애드리기로 이미 맹세를 했지요」

명황이 깨어나 보니 악성 학질은 어느새 씻은 듯이 나았다. 그래서 그는 이 이상한 꿈을 당시의 유명한 화가인 오도자(吳道子)에게 이야기하고, 오도자에게 그가 꿈에서 본 모습대로 「종

종규(鍾馗), 삼교원류수신대전

규착귀도(鍾馗捉鬼圖)」를 그리게 했다. 오도자는 한참을 생각하
다가 붓을 들어 당 명황이 말한 대로 그림을 그렸는데 그 그림
이 무척이나 생동적이어서 마치 자신이 직접 본 것과도 같았다.
후에 이 이야기가 전해지자 천하의 백성들은 해마다 연말이면
종규가 귀신 잡는 그림을 그려 집에 붙여놓아 사악한 것들을 쫓
아내고자 하였다.

　그러나 어떤 사람들은 이 전설을 믿지 않는다. 〈종규〉는 〈종
규(鍾葵)〉라고 쓰는데 그것은 바로 『고공기(考工記)』에 나오는
〈종규(終葵)〉이다. 이 두 글자의 음을 합치면 〈추(椎)〉자가 된
다. 〈추〉라는 것은 곧 몽둥이를 가리키는데, 옛날 제(齊)나라

사람들이 이 나무 몽둥이를 〈종규(終葵)〉라고 했던 것이다. 그리고 바로 이 종규를 귀신이나 요괴들을 잡을 때에 사용했던 것인데, 이것이 인화(人化)되어 후세의 〈종규착귀〉라는 희극적인 전설이 생겨나게 되었다고 보는 것이다.

이런 주장은 상당히 정확한 것이라고 생각된다. 종규의 전설을 보면 영웅 예를 죽게 했던 복숭아나무 몽둥이가 생각난다. 전설에 의하면 예가 복숭아나무 몽둥이에 맞아 죽었기 때문에 후에 천하의 귀신들이 다 복숭아나무를 두려워하였다고 한다. 이것이 바로 예가 천하 모든 귀신들의 우두머리라는 것을 암시한다. 귀신들의 우두머리까지 복숭아나무 몽둥이에 맞아 죽었으니 그 나머지 조무래기 귀신들이야 말할 것도 없이 복숭아나무를 무서워하였을 것이다. 이것과 〈종규착귀〉의 전설에는 무척이나 큰 유사점이 있다. 하나는 복숭아나무 몽둥이에 맞아 죽어 뭇 귀신들의 우두머리가 되었고 또 하나는 그 자신이 바로 큰 몽둥이의 화신이다. 그래서 어떤 사람은 예가 어쩌면 종규의 전신(前身)이라고도 하는데 이런 주장 역시 꽤 믿을 만한 것이라 하겠다. 척곽은 바로 이 〈종규(終葵)〉나 〈종규(鍾馗)〉의 음이 바뀐 것으로 예나 종규의 신화와 상당한 관계가 있다.

이렇게 예는 살아 있을 때에는 백성들을 위해 재앙을 물리쳐 주었고 죽어서도 계속 그들을 위한 일을 했다. 그래서 백성들이 그를 종포신으로 받들었던 것이니, 순박한 백성들의 가슴속에 그가 어떤 모습으로 남아 있었는지를 짐작해 볼 수 있다 하겠다. 〈백성들에게는 눈이 있다〉라는 말이 있는데 참으로 일리 있는 말이다. 한편 위대한 시인 굴원은 「구가(九歌)」「국상(國殤)」편에서 〈몸은 죽었어도 그 영혼은 위대하고, 혼백은 여전히 의연하여 귀신들의 영웅일세(身旣死兮神以靈, 魂魄毅兮爲鬼雄)〉

라고 노래한 적이 있다. 그것이 물론 예를 두고 읊은 노래는 아니지만 용맹스러우면서도 불행한 죽음을 당했던 예를 애도하는 노래로 그 구절을 빌려와도 괜찮지 않을까.

제6장
대홍수와 곤

요(堯)는 정말로 불행한 왕이었다. 큰 가뭄을 겪고 난 뒤에 또 큰 홍수가 밀어닥쳤던 것이다.

역사적 기록에 의하면 요임금 때에 기나긴 대홍수가 있었는데 자그마치 22년간이나 계속되었다고 한다.

그 당시 중국 땅은 온통 다 홍수의 피해를 입어 그 상황이 참으로 비참했다. 대지는 물로 가득 차 백성들은 살 곳을 잃어버렸고, 살 곳을 잃은 그들은 노인네와 어린아이들을 이끌고 이리저리 떠돌아다니는 수밖에 없었다. 어떤 사람들은 산 위로 올라가 동굴 속에 들어가서 지내기도 했으며 또 어떤 사람들은 나뭇가지 위에 새처럼 둥우리를 짓고 살아가기도 했다. 논과 밭은 홍수의 거센 물길에 휩쓸려가 버렸고 오곡도 모조리 물에 잠겨 못 먹게 되었다. 지상에는 초목만이 무성하게 자라나 새와 짐승들이 나날이 번식해 가서 나중에는 인간이 동물들과 대지의 자리를 다투어야 하게 되었다. 가엾은 인간들은 추위나 배고픔과 싸워야 했을 뿐 아니라 또 무섭게 번식해 가는 동물들과 대항해야 했으니 그들이 어디 동물들의 적수가 되었겠는가? 인간들은 배고픔과 추위 때문에 죽어갔고, 또 다행히 살아남게 되어도 동물들의 횡포에 죽어가야 했다. 사람들의 숫자는 나날이 줄어들어 갔고, 홍수가 잠시 물러간 땅과 또 아직 물에 잠기지 않은 중국 땅의 곳곳에는 맹수들이 지나간 자취만이 남아 있었다.

천자인 요는 당연히 큰 고민에 빠지게 되었으나 백성들의 고통을 해결해 낼 뾰족한 방법이 없었다. 그래서 사악(四嶽)과 조정의 제후들을 불러모아 그들에게 물었다.

「그대들에게 묻겠소. 지금 홍수가 하늘에까지 닿을 듯하여 그 기세가 산과 언덕을 뒤덮고 있어 백성들이 모두 근심 속에서 날을 보내고 있는데, 누가 그 홍수를 다스려 백성들의 고통을 해결해 줄 수 없겠소?」

사악과 조정의 제후들이 모두 말했다.

「아, 그거라면 곤을 보내시면 될 것입니다」

그러자 요가 머리를 가로 저으며 말했다.

「그 사람은 안 될 것 같아, 그는 자기의 고집대로만 할 뿐 남의 의견은 듣지 않는걸!」

사악이 말했다.

「곤 말고는 다른 적임자를 찾을 수가 없사옵니다. 한번 시험해 보시지요」

「좋아, 그럼 그를 한번 시켜보도록 하지!」

요는 그렇게 대답하는 수밖에 없었다.

그래서 요임금은 곤을 보내어 홍수를 다스리게 했으나, 9년간 치수를 하였어도 아무런 성과가 없었다.

왜 곤은 홍수를 다스릴 수가 없었던 것일까? 고서에 의하면 그의 성질이 좋지 못해 자기 멋대로 하였으니, 그가 치수를 하는 데 사용했던 방법은 〈막고[堙]〉〈쌓는[障]〉 방법이었다. 〈막고 쌓는〉 방법이란 바로 진흙으로 홍수를 막는 것이었다. 진흙으로 큰 물을 막으려 하면 그것이 막아지지 않을 뿐 아니라 오히려 더 거세어져 결국엔 실패하게 되고 마는 것이다. 이렇게 실패를 거듭하자 요임금은(혹은 순임금이라고도 함) 마침내 우산(羽山)에서 그를 죽였다.

그후 순(舜)이 임금이 되자 그는 곤의 아들인 우(禹)에게 홍수를 다스리도록 하였다. 우는 자기의 아버지인 곤의 실패를 거울삼아 막고 쌓던 방법을 바꾸어 물길을 트는 방법을 사용했다. 그 방법이 성공을 거두어 홍수가 다스려지고 백성들의 고통을 해결해 주게 되니, 우는 백성들의 사랑과 순의 신임을 받게 되었다. 그리하여 순은 드디어 우에게 왕위를 선양해 주었고, 우는 하(夏)나라의 개국 군주가 되었다.

이상에서 서술한 것은 역사상의 〈인화(人話)〉이고, 우리가 이제부터 이야기하려 하는 것은 곤과 우의 치수에 관한 〈신화(神話)〉이다. 신화와 인화는 그 내용이 무척이나 다르다.

상고시대에 한 차례의 무시무시한 홍수가 있었던 것은 아마도 사실인 것 같다. 갑골문을 보면 옛날이라는 의미의 〈석(昔)〉자를 〈𦰩〉으로 쓰거나 〈𣇷〉으로 표시하는데, 그것은 태양의 위나 아래에 물결이 굽이치는 모습을 나타내고 있다. 그 뜻은 아마도 예전에 아주 무서운 홍수가 범람한 때가 있었으니 모두들 그날을 잊지 말라는 의미인 것 같다. 또 기록에 의하면 세계의 많은 민족들이 홍수에 관계된 전설을 갖고 있는데 그것으로 보아 고대에는 자연계의 변화로 인한 홍수가 전세계에 범람했던 적이 있는 것 같다. 그래서 인류는 그 대홍수로 인한 참담했던 기억을 지금까지도 간직하고 있는 것이다. 그러나 홍수가 범람했던 시기가 언제인지는 확실히 추정할 수가 없다. 중국 역사에 있어서는 4천 몇백 년 전의 요순시대라고 하기도 하지만 정말 그러했는지는 단언할 수가 없다.

그러나 이런 대홍수의 시기 문제에 그리 얽매일 필요는 없다. 다만 곤과 우에 관한 신화가 어떠했는지나 알아보도록 하자.

곤은 누구인가? 역사적인 기록에 의하면 요임금 때 숭(崇: 지금의 陝西省 祁縣 동쪽) 지방에 봉해졌던 〈백(伯)〉이라고 하는데, 그래서 그를 〈숭백곤(崇伯鯀)〉 혹은 〈유숭백곤(有崇伯鯀)〉이라고도 한다. 그러나 신화에 나타난 그의 모습을 보면 이것과는 다르다. 곤은 본래 흰 말이며, 황제의 손자라고 한다. 그의 아버지는 낙명(駱明)이라 하였는데 낙명의 아버지가 바로 황제였던 것이다. 황제가 천제라는 것을 우리는 알고 있으므로 곤 역시 하늘나라의 위대한 천신임에 틀림없을 것이었다.

물길이 하늘에 닿을 듯한 대홍수가 어떻게 일어났는지는 신화에도 확실히 언급되어 있지 않다. 추측해 보건대 인간 세상의 사람들이 바른 길을 걷지 않고 갖가지 나쁜 짓을 일삼으니 천제가 노하여 홍수를 일으켜서 세상 사람들에게 경고하려 하였던 것이 아니었나 한다. 이것은 마치 구약 창세기에서 여호와가 세상 사람들의 못된 행동에 노하여 대지에 홍수를 일으켜서 인류를 없애버리려 했던 것과도 같다.

그러나 인간들이 그 어떤 잘못을 저질렀든 간에 홍수의 재해를 입은 백성들은 몹시도 가련하였다. 그들은 홍수와 기아의 고통 속에서 먹을 것과 살 곳을 잃었으며 또 수시로 독사나 맹수들의 침입을 받아야 했다. 그리고 쇠약해진 몸으로 질병과 싸워야 했다. 대홍수 시절의 비참하고 절망적인 날들은 그들에게 있어서 그 얼마나 두려운 것이었으랴!

그러나 하늘나라에 있는 수많은 신들 중에서 진정으로 백성들의 고통을 가엾어했던 것은 대신(大神) 곤뿐이었다. 그는 홍수로부터 인간들을 구해 내어 그들이 다시 평안하고 즐거운 생활을 해나갈 수 있기를 바랐다. 그는 할아버지의 그런 엄한 조치에 대하여 조금도 동조할 수 없었다. 그는 아마 처음에는 할아버지께 몇 번이나 부탁도 하고 권고도 하여 할아버지가 은덕을 베풀어서 백성들의 죄악을 사하여주고 홍수를 다시 하늘로 거두어들이기를 바랐을 것이다. 그러나 분노에 휩싸인 상제는 손자인 곤의 말을 들은 척도 하지 않았을 뿐 아니라 오히려 쓸데없이 가슴 아파한다고 그를 꾸짖었다. 동방 상제이든 서방 상제이든 상제들은 대체로 고집이 세었다는 것을 우리는 알고 있는데, 중앙 상제인 황제의 고집 역시 대단하여 곤은 그의 고집을 꺾는 데 실패하였다.

간청과 권고가 소용이 없게 되자, 대신 곤은 자신의 힘으로 홍수를 막아 백성들의 고통을 없애주기로 결심을 하였다. 그러나 하늘까지 닿은 홍수는 온 세계에 범람해 있었으니 무슨 수로 그 홍수를 멈추게 할 것인가? 이것이 그를 고민하게 하였다. 아무리 생각해도 그것은 그의 신력으로는 불가능한 일이었기 때문이다.

그렇게 막 고민에 휩싸여 있을 때였다. 마침 올빼미와 자라가 서로 이끌며 다가와 왜 그렇게 고민하고 있느냐고 곤에게 물었다. 곤은 자신이 괴로워하고 있는 이유를 그들에게 일러주었다.

「홍수를 멈추게 하는 건 그리 어려운 일이 아니야」

올빼미와 자라가 동시에 말했다.

「그럼 어떻게 하면 된다는 말이니?」

곤이 급히 물었다.

「너 하늘나라에 식양(息壤)이라고 하는 보물이 있다는 걸 아니?」

「듣긴 했어. 그러나 그게 무엇인지는 아직 몰라」

「식양이라는 건 말이야, 끊임없이 불어나는 흙이야. 뭐 그리 큰 덩어리는 아니지만 조금만 떼어서 대지에 던지면 곧 크게 불어나 산이 되고 제방이 될거야. 그러니까 그 보물로 홍수를 막는다면 제 아무리 큰물이라 한들 막히지 않겠니?」

「아, 그럼 그 보물이 어디 있지? 너희들은 알고 있니?」

「그건 상제의 보물이야, 그것이 숨겨진 곳을 우리가 어떻게 알겠니? 그런데 너 설마 그걸 훔치려는 건 아니겠지?」

「그래」

곤이 말했다.

「난 그걸 훔칠거야!」

「할아버지가 아시면 호된 벌을 내리실 텐데 두렵지 않아?」

「할아버지 마음대로 하시라지」

곤이 말했다. 그러고는 담담하고도 우울하게 웃었다.

상제가 지극한 보물로 여기는 식양은 아주 비밀스러운 곳에 감추어져 있었고 또 용맹스러운 신령이 그것을 지키고 있었다. 그러나 어찌된 일인지 결국엔 일구월심으로 백성들을 구해 내려 했던 대신 곤의 손 안에 그것이 들어오게 되었다.

곤은 식양을 얻게 되자 곧바로 지상으로 내려가서 백성들을 위해 홍수를 막아가기 시작했다. 식양은 과연 신기한 것이어서 조금만 떼어 던지면 산이 되고 둑이 되어 거친 물길을 막아주었고, 그 둑 속에 갇힌 물은 그대로 진흙 속에서 말라버렸다. 대

곤(鯀)이 하늘나라에서 식양(食壤)을 훔쳐오는 모습

지에는 점차 홍수가 사라져갔고 새로운 초록의 들판이 나타나기 시작했다. 나무 꼭대기에서 살던 백성들은 둥우리에서 기어 나왔고, 산꼭대기의 백성들도 동굴 속에서 나왔다. 그들의 메마른 얼굴에는 다시 미소가 피어났고, 그들의 가슴속에는 대신 곤에 대한 감사와 환호가 물결쳤다. 그들은 또 모두 이 고난의 대지 위에 다시 새로운 삶의 터전을 마련할 준비를 하였다. 그러나 불행한 일이 일어났다. 홍수가 거의 다스려질 무렵, 상제는 그의 보물인 식양이 없어진 것을 알게 되었다. 전우주를 통치하는 그 위엄에 찬 상제가 얼마나 화를 내었을지 우리는 짐작해 볼 수 있다. 그는 하늘나라에 이런 반역자가 있다는 것에 분노했고 더군다나 집안에서 이런 반역적인 자손이 나왔다는 것을 참을 수 없어했다. 그는 조금도 주저하지 않고 즉시 불의 신인 축융(祝融)을 보내어 곤을 우산(羽山)에서 죽이고 남은 식양을 빼앗아오게 하였다. 그야말로 〈공든 탑이 무너져버렸던〉 것이다. 그래서 홍수는 다시 범람하게 되었고 대지에는 온통 물이 넘쳐흘러 백성들의 희망은 헛된 것이 되어버렸으며 또다시 추위와 배고픔의 나락으로 떨어져내려야 했다. 그들은 대신 곤의 죽음을 슬퍼하였고 또 자신들의 불행을 서러워하였다.

곤의 신화에 비길 만한 흡사한 이야기로는 그리스 신화에 나오는 프로메테우스 이야기를 들 수 있다. 그는 신들의 나라에만 있는 불씨를 훔쳐다가 인류에게 전해 주었고, 그 사실을 알게 된 천제가 그를 코카서스 산꼭대기에 묶어놓아 사나운 독수리가 그의 간을 빼먹게 하고 또 바람과 눈이 그의 몸을 상하게 하도록 했다. 오랜 시간이 지난 뒤에야 그는 인간 세상의 영웅 헤라클레스에 의해 풀려난다.

대신 곤이 죽임을 당한 우산이라는 곳은 아마 위우지산(委羽

之山)인 것 같은데 그 산은 북쪽 끝의 어두운 곳에 있으며 일년 내내 태양이 비치지 않는 곳이다. 산의 남쪽은 안문(雁門)이라는 곳인데 촉룡(燭龍)이라는 신룡이 늘 이곳을 지키고 있다. 촉룡은 입에 촛불 하나를 물고 햇빛이 비치지 않는 북쪽 끝 지방의 어둠을 밝혀주고 있다. 세간의 전설에 나오는 무서운 유도(幽都)는 인류의 영혼이 마지막으로 돌아가는 곳인데 그곳 역시 이 우산 근처에 있는 것 같다. 이런 것들로 보아 이곳의 처량함과 황량함을 대충 상상할 수 있는데, 바로 여기가 대신 곤이 인간들을 위해 자신의 생명을 희생한 곳이다.

그는 그렇게 살해당했는데, 그에게 여한이 없었을까. 그에게는 분명히 여한이 있었고, 그것은 크고도 깊은 것이었다. 그러나 그는 본래 자신의 생명을 희생할 결심을 하고 있었기 때문에 자신이 피살당한 것에 대해서는 그리 억울해하지 않았다. 다만 그는 그가 죽음으로 해서 자신이 이루고자 했던 것을 완성시키지 못하는 것이 억울했다. 그리고 그의 뜻이 이루어지지 못했기 때문에 추위와 배고픔에 지친 백성들은 여전히 물에 젖은 채로 살아가야 했고, 상제는 식양을 하늘나라로 가지고 가버렸다. 그러니 곤이 어찌 마음놓고 편안하게 긴 잠을 잘 수 있었겠는가? 바로 이런 깊고도 강렬한 사랑의 마음 때문에 대신 곤의 영혼은 죽지 않았고 그의 시체 역시 삼 년이 지나도 썩지 않았다. 또한 그의 뱃속에는 점차 새로운 생명이 잉태되어 가고 있었으니 그가 바로 아들인 우(禹)였다. 그는 자신의 피와 영혼으로 이 어린 생명을 키워 자기가 다하지 못한 일을 계속 잇게 하고 싶었다. 우는 그의 아버지의 뱃속에서 자라고 변화하여 3년 동안 갖가지의 신통력을 갖추게 되었으니, 어떤 면에서는 오히려 그의 아버지를 앞지른다고 할 만했다.

곤의 시체가 3년 동안이나 썩지 않고 있다는 이 이상한 소식
은 상제의 귀에도 들어가게 되었다. 상제는 곤이 앞으로 요괴가
되어 자기에게 찾아와 말썽을 부릴까봐 걱정이 되었다. 그래서
상제는 천신에게 〈오도(吳刀)〉라는 보검을 가지고 가 곤의 시체
를 베어버리라고 명령했다.

천신은 상제의 명령에 따라 우산으로 가 오도로 곤의 시체를
갈랐다. 그러나 이때 더욱 이상한 일이 일어났다. 갈라진 곤의
뱃속에서 갑자기 규룡(虬龍) 한 마리가 튀어나왔는데 그 용이
바로 우였다. 규룡의 머리에는 단단하고 날카로운 뿔이 돋아 있
었으며 구불구불 용틀임을 하며 하늘로 올라갔다. 규룡 우가 하
늘로 올라간 뒤, 곤의 갈라진 시체는 다른 생물로 변화하여 우
산 옆의 우연(羽淵)으로 뛰어들어갔다.

이때 곤이 무슨 생물로 변했는가에 대해서는 여러 가지 설
(說)이 있다. 어떤 설에 의하면 곤이 누런 곰[黃熊]으로 변화하
였다고 하는데, 곰은 길짐승이므로 우연에 들어갈 수가 없을
것이니 이러한 주장은 타당하지 못한 것 같다. 어떤 기록에는
〈웅(熊)〉을 〈능(能)〉이라고도 쓰고 있는데, 그것은 바로 〈내
(熊)〉이며, 발이 세 개 달린 자라를 의미한다. 〈능(能)〉자의 아
래에 붙은 점 세 개(灬)는 발이 세 개라는 뜻이다. 이런 주장은
얼핏 맞는 것 같기도 하지만, 천제의 식양을 훔쳐 백성들을 구
해 주려 했던 대신 곤이 어디 그렇게 연약하고 무능한 자라 종
류로 변하려 했겠는가? 이것은 아마도 일부러 곤을 비방하려 했
던 무리들의 주장 같은데, 바로 이런 이유로 해서 우리는 이 설
을 믿을 수 없다. 또 하나의 주장은 곤이 치수에 공을 세우지
못하자 스스로 우연으로 뛰어들어 현어(玄魚)가 되었다고 하는
설이다. 현어가 어떤 물고기인지는 알 수가 없다. 고서에 〈곤

(鯀)〉이 〈곤(鮌)〉으로도 표기되는 것으로 보아 어떤 사람은 그
가 현어라고 한다. 또 현어가 〈수염을 휘날리고 비늘을 번득이
며 파도 위를 가로지른다〉거나 혹은 〈교룡과 함께 뛰어오른다〉
라고 하는 구절들이 자주 보이는 것으로 보아 교룡 종류의 생물
이 아닌가 하는 견해도 있다. 끝으로 『산해경(山海經)』 주(注)
에 인용된 『개서(開筮)』라는 책의 기록을 보면 〈곤이 죽은 지
3년이 되어도 썩지 않았는데, 오도로 그의 배를 가르니 황룡으
로 변하였다〉라고 되어 있다. 우리는 이 설이 오히려 정확한 것
이라고 본다. 왜냐하면 본래 천마(天馬)였던 곤이 용으로 변했
다고 하는 것은 상당히 자연스러운 것으로, 옛날 사람들은 일
찍이 이런 관념을 갖고 있었던 것 같기 때문이다. 더구나 그의
아들인 우도 역시 규룡이 아니었던가.

이 밖에 더 특이한 이야기로는 『초사』 「천문(天問)」에 보이는
것이 있는데 그 내용은 이러하다.

곤의 시체가 누런 곰으로 변하여 궁산(窮山)의 험한 절벽을
넘어서 서방으로 가 무당에게 그를 다시 살아나게 해달라고 하
였다 한다. 그곳은 본래 무당이 많은 곳이었다. 갖가지 진귀한
약초가 있는 영산(靈山)에는 무함(巫咸)·무즉(巫卽)·무반(巫
肦)·무팽(巫彭)·무고(巫姑)·무진(巫眞)·무례(巫禮)·무저(巫
抵)·무사(巫謝)·무라(巫羅) 등 열 명의 무당들이 오르내리며
약초를 캐고 있었다. 또 곤륜산의 개명수(開明獸)가 있는 동쪽
에는 무팽(巫彭)·무저(巫抵)·무양(巫陽)·무리(巫履)·무범(巫
凡)·무상(巫相) 등 몇 명의 무당들이 근처에 있는 불사수에서
불사약을 얻어내어 이부(貳負)신에게 피살당한 불쌍한 알유(猰
貐)를 치료하였다. 그러므로 곤의 시체가 누런 곰으로 변하여
서방으로 가 무당들에게 그를 살려달라고 했다는 것은 상당히

이치에 맞는 이야기이다. 그러나 무당들이 그를 살려내었는지 아닌지, 또 살아났다면 그 뒤에 그가 어디로 갔는지에 관해서는 알 수가 없다. 다만 알 수 있는 것은 그가 무당들을 찾아가는 도중에 인간들을 위하여 또 한 가지의 일을 하였다는 것이다. 즉 그는 홍수의 재앙을 당한 인간들이 살 곳을 잃고 먹을 것과 입을 것이 부족해하는 모습을 보고는 가슴이 아팠다. 그래서 그들에게 검은 기장을 심게 하고 억새풀 등의 잡초를 없애게 하여 그들이 당면한 생활의 문제를 해결할 수 있게 해주었다. 곤이 비록 죽어 이미 다른 생물로 변하였어도 이렇게 백성들을 잊지 못해했으므로, 대시인 굴원은 그의 시편에서 동정적이고도 가슴 아파하는 어조로 다음과 같이 노래하였다.

곤은 인간들에 대한 그의 깊은 애정으로 인해 생명을 잃었지.
결국엔 우산의 황량한 들판에서 죽임을 당했네.
바로 그 곧고도 타협하지 않는 성품 때문에
곤의 치수는 헛된 것이 되고 말았지.

시인은 이 시편의 곳곳에서 자신의 처지를 곤에다 비유하고 있다.

여기서 우리는 대신 곤이 누런 용으로 변하여 우연으로 들어갔다고 하는 신화를 믿어보기로 하자. 그러면 이 용은 아마도 그 자신의 모든 신통력을 아들인 우에게 전해 주었기 때문에 이미 별 신통력이 없는 그저 한 마리의 보통 용에 지나지 않았을 것이다. 그래서 그가 우연으로 들어간 뒤에 다시는 그에 관한 별다른 이야기가 전해지지 않게 된 것이 아닌가 한다. 그가 살아 있는 유일한 이유는 다만 그의 아들이 계속해서 노력하여 인

간들을 고통 속에서 구해 내는 것을 보고자 하는 데 있을 뿐이
었다.

제7장
우임금의 치수

그의 아들은 결코 그를 실망시키지 않았다. 새로 태어난 규룡 우는 큰 신통력을 지녀 그의 소망대로 계속하여 아버지의 뜻을 이어갔다.

그런데 이런 사실을 상제가 알게 되었다. 우리는 그 높은 옥좌에 앉아 있던 상제의 놀라움을 짐작해 볼 수 있을 것이다. 갈라진 곤의 배에서 우가 나왔으니 다시 우의 배를 갈라버린다고 해도 그 뱃속에서 또 다른 생물이 나올지 누가 알겠는가? 반역자에게도 그가 반역하는 나름대로의 이유가 있는 것이고 그 이유는 또한 자자손손 이어져 끊어지지 않을 것이었다. 그래서 당황하고 놀란 상제는 홍수를 내려 백성을 처벌하려 했던 것이 어쩌면 너무 지나쳤는지도 모른다고 후회하기 시작했던 것 같다. 그리고 한 사람의 연민에 찬 착한 마음이 때로는 돌덩이처럼 단단할 수도 있어 그것을 막는다는 것은 어려운 일이라고 생각하게 되었다. 그래서 우가 상제를 찾아와 식양을 달라고 부탁하였을 때, 곤의 일을 경험했던 상제는 즉시 그의 요구에 응하여 식

양을 내려주었을 뿐 아니라 아예 그를 시켜 인간 세상에 가서
치수를 하도록 하였다. 그리고 일이 잘 되어가게 하기 위하여
일찍이 치우(蚩尤)를 죽이는 데 큰 공을 세웠던 응룡(應龍)을
시켜서 그를 돕도록 하였다(물론 응룡에게 다른 임무가 있었는지
는 모르나). 우에게 있어서 이런 결과들은 전혀 예측 밖의 일
이었다.

우는 상제의 명령을 받고서 응룡과 다른 여러 용들을 이끌고
인간 세상으로 가 홍수를 다스리는 일을 하기 시작했다. 용들의
임무는 물길을 트는 일이었다. 응룡이 큰 물줄기를 트면 나머지
용들은 작은 물줄기를 텄다.

그러나 이 일은 수신(水神)인 공공(共工)을 화나게 했다. 왜
냐하면 홍수는 본래 상제가 그에게 명하여 인간의 죄악을 징벌
하기 위해서 내리도록 했던 것인데, 그것은 그가 자신의 신통
력을 드러내 보일 수 있는 좋은 기회였다. 그런데 그 신통력을
다 내보이기도 전에 갑자기 홍수를 거두어들이려 하다니, 안
될 말이었다. 우라는 그 어린 놈이 도대체 무얼 안단 말인가?
게다가 상제까지 그의 요구에 그렇게 순순히 응하다니, 공공은
무척이나 심술이 났다. 그래서 그는 우의 일을 방해하기로 작정
을 했다. 그는 홍수를 더 심하게 일으켜서 공상(空桑)까지 물에
잠겨버리게 했다. 공상은 지금의 산동성(山東省) 곡부(曲阜) 땅
인데 중국의 가장 동쪽이라고 할 만한 곳이었다. 이곳까지 물에
잠겨버렸으니 당시의 중원(中原) 일대가 온통 물바다가 되었었
음을 알 수 있다. 수신의 진노 때문에 불쌍한 많은 인간들이 물
속에 빠져 고기밥이 되어버려야 했다.

우는 공공의 이러한 횡포를 보고 말로써 그를 설복시키는 것
은 도저히 불가능하며 무력으로 대응하는 것밖에는 딴 방법이

없다고 여겼다. 홍수를 빨리 다스리고자 한다면 홍수를 일으켜 백성들을 재앙에 빠뜨리는 괴수를 없애야만 한다고 생각했다. 그래서 우는 공공과 한바탕 싸우기로 결심을 하였다.

그러면 이 전쟁의 경과는 어떠했으며 또 어느 정도까지 맹렬했던가? 고서에는 기록이 없기 때문에 그것을 고찰해 볼 수는 없다. 그러나 다음과 같은 이야기가 전해지고는 있다. 우가 회계산(會稽山)에서 여러 신들을 모이게 하니 모두들 도착했는데 방풍씨(防風氏)만이 늦게 왔다고 한다. 우는 그가 약속을 지키지 않았다고 하여 그를 죽였다. 그로부터 1-2천 년이 지난 춘추시대, 오(吳)왕 부차(夫差)가 월(越)나라를 칠 때, 부차는 월나라의 왕 구천(句踐)이 사는 회계산을 포위했다. 전쟁이 치열하게 진행되어서 산까지 모두 무너질 정도였다. 그때 무너진 산속에서 뼈가 하나 나왔다. 그것은 인류나 짐승의 뼈가 아니었으나 그 크기가 얼마나 큰지 수레 하나에 가득 찼다. 그래서 당시의 박학했던 공자(孔子)에게 가서 물으니 공자가 회계산의 모임 이야기를 들려주었다. 그때서야 사람들은 그것이 바로 방풍씨의 뼈임을 알게 되었다. 우가 그때 천하의 여러 신들을 모이게 한 것은 아마도 공공에게 대항하기 위함이었던 것 같은데, 바로 여기에서 우리는 우의 신통력과 권위가 얼마나 대단했는지를 알 수 있다. 공공은 우의 적수가 되지 못했고, 결국 얼마 되지 않아 우에게 쫓겨나고 말았다.

회계산은 원래 〈모산(茅山)〉이라고 불렀다 하는데, 우가 거기에서 천하의 뭇 신들을 모이게 하여 치수를 의논하고 공공에 대항하려 하였으므로 회계산이라고 고쳐진 것이라 한다. 〈회계(會稽)〉는 바로 〈회계(會計)〉이니, 〈모여서 의논을 한다〉는 의미이다. 그때 뜻하지 않게 방풍씨가 교만하게 약속을 지키지 않아

헛되이 목숨을 잃었던 것이다. 방풍씨를 죽일 때 세 길이 넘는
그의 키가 너무나 컸기 때문에 망나니의 칼날이 그의 목에 닿을
수가 없었다. 그래서 형을 집행하기 전에 특이한 과정이 필요했
으니 곧 높다란 축대를 쌓는 일이었다. 높은 축대 아래에 방풍
씨를 세워놓고 그 위에 망나니가 올라갔다. 미리 만들어두었던
묵직하고도 날카로운 칼을 든 힘센 무사는 이렇게 해서야 비로
소 리우(犛牛)처럼 거대한 방풍씨의 목을 칠 수 있었다. 방풍씨
가 죽은 뒤에도 이 축대는 오랜 기간 동안 그대로 있었는데 그
것을 〈형당(刑塘)〉이라고 불렀다. 〈당〉이란 바로 〈축대〉라는 뜻
이다. 목을 치는 광경이야 사람들이 한두 번 보아온 것이 아니
었지만 산처럼 거대한 사나이의 목이 잘리는 모습이야말로 신
기한 것이었으니 이런 것은 신화 전설 속에서나 볼 수 있는 드
문 일이었을 것이다.

　방풍씨라는 거인에 대해 이야기하다 보면 치우나 공공, 과
보, 그리고 형천과 같은 〈초대형 거인[巨無覇]〉들을 연상하지
않을 수 없다. 그들은 모두 염제의 후예들로 황제의 반대파라는
공통점을 지니고 있는데 남방 거인족의 우두머리였던 방풍씨는
이들과 혹시 무슨 혈연관계라도 있는 것이 아니었을까? 만일 아
무런 관계도 없었다면 왜 하필 우임금이 치수의 방법과 공공에
게 대항하기 위한 방법을 논의하는 자리에 그렇게 게으름을 부
리며 늦게 가 죽임을 당한 것일까. 설혹 관계가 있었다 해도 고
서에서는 아직 그 증거를 찾아낼 수가 없어 그저 하나의 의문으
로 남겨두는 수밖에 없다. 후에 와서도 월(越: 지금의 浙江省)
지방 사람들에게는 아주 오래된 풍속이 전해지고 있었는데 그
것은 바로 해마다 일정한 때에 방풍씨의 신령에게 제사를 지내
는 일이다. 제사가 진행되는 도중 방풍씨의 고악(古樂)을 연주

하는데, 석 자나 되는 긴 대나무 통을 웅웅거리며 불었다. 그러면 긴 머리를 풀어헤친 사람 셋이 그 구슬픈 소리를 따라 사당의 대전(大展)에서 박자에 맞춰 춤을 추기 시작했다.

방풍씨의 이 사당은 지금의 절강성(浙江省) 덕청현(德靑縣)의 막간산(莫干山) 기슭에 있으며 그곳에는 또한 방풍국(防風國)·방풍산(防風山)·방풍동(防風洞) 등의 지명이 남아 있다. 이런 것으로 보아 신화 속의 이 거인에 대해 사람들이 얼마나 깊은 애정을 갖고 있는지를 알 수 있다.

이렇게 우는 공공을 쫓아낸 뒤에야 비로소 진지하게 작업을 시작했다. 그는 그의 아버지보다 훨씬 총명했다. 우선 그는 식양(息壤)으로 홍수를 막기 시작했는데 큰 거북에게 식양을 등에 지고서 그의 뒤를 따라오게 했다. 이렇게 식양을 사용하여 그는 그리도 심했던 홍수를 막았고 인류가 살 만한 땅을 높이 북돋워 주었다. 그 중 특히 높이 쌓아올린 곳이 바로 지금 사방에 있는 명산들이 되었다. 식양을 사용하는 한편 그는 또 물줄기를 트는 방법도 이용했다. 응룡(應龍)을 앞서서 가게 하고 그 꼬리로 땅에 금을 긋게 하여 금이 생겨난 곳으로 우가 뚫은 물줄기를 흐르게 하였다. 그리하여 그 물줄기들은 동쪽의 넓디넓은 바다로 흘러들어갔는데 그것이 지금의 큰 강들이 되었다.

우가 치수를 시작한 뒤 황하에까지 이르게 되었다. 그가 높은 절벽 위에 서서 물길을 관찰하고 있을 때였다. 갑자기 키가 크고 얼굴이 희며 물고기의 몸뚱이를 한 자가 넘실거리는 물결 속에서 튀어나오는 것이 보였다. 그는 스스로를 물의 정령이라 하였는데, 바로 하백(河伯)이었다. 그는 우에게 물이 뚝뚝 흐르는 커다랗고 푸른 돌덩이를 건네주고는 몸을 돌려 물 속으로 사라졌다. 우가 그 푸른 돌을 자세히 보니 그 위에는 저절로 생겨난 듯한 구불구불한 곡선 모양의 무늬가 있었다. 총명한 우는 다른 사람들에게 물어볼 필요도 없이 그것이 무엇인지를 즉시 알아차렸다. 그것은 바로 치수의 지도였던 것이다. 응룡이 꼬리로 물길을 트고 이제 또 지도가 생겨 전체적인 작업에 큰 도움을 받게 되니, 우는 치수에 대하여 더욱 충분한 믿음과 자신감을 갖게 되었다.

우는 치수를 하면서 하도(河圖)——하백이 그에게 전해 준, 하천의 물길이 그려진 바로 그 푸른빛의 큰 돌——뿐 아니라 옥간(玉簡)이라고 하는 귀중한 물건도 얻었다고 한다.

우가 용문산(龍門山)을 뚫고 있을 때였다. 어느 날 우연히 그는 커다란 동굴 속으로 들어가게 되었다. 동굴은 몹시도 깊어서 들어갈수록 어두워졌다. 그러다가 마침내는 한 치 앞을 분간하기가 어려울 정도로 어두워져 불을 켜들고 안으로 들어갔다. 그런데 갑자기 안쪽에서 빛을 발하는 무엇인가가 나타났고, 빛을 뿜는 그 물건은 동굴 속을 온통 대낮처럼 환하게 밝혀주고 있었다. 자세히 보니 그것은 크고 검은 뱀이었다. 열 길이나 되는 긴 뱀의 머리에는 뿔이 돋아 있었으며 입에는 야광주를 물고 앞에서 우의 길을 밝혀주고 있었다. 우는 횃불을 버리고 그 뱀을 따라갔다. 한참을 가니 마침내 밝은 곳에 도착하게 되었다. 그곳은 아마도 전당(殿堂)인 것 같았는데, 검은 옷을 입은 사람들이 뱀의 몸뚱이에 사람의 얼굴을 하고 있는 신을 둘러싸고 모여 있었다. 우가 그 신의 모습을 보고 마음속으로 대충 짚이는 것이 있어 물었다.

「그대는 화서씨(華胥氏)의 아들 복희(伏羲)가 아닌?」

「그렇소」

사람의 얼굴에 뱀의 몸뚱이를 하고 있는 신이 대답했다.

「내가 바로 구하신녀(九河神女)인 화서씨의 아들 복희요!」

그들이 함께 앉아 이야기를 하다보니 서로가 무척이나 친밀감을 느끼게 되었다. 복희는 어렸을 때 홍수 때문에 혼난 경험이 있었다. 그래서 치수의 위대한 작업을 하고 있는 우에 대하여 평소부터 존경심을 품어오고 있던 터라 자신의 힘을 다해 조금이라도 우를 돕고 싶어했다. 그래서 그는 품 속에서 옥간(玉簡)을 꺼내어 우에게 주었다. 그것은 대나무 조각처럼 생긴 것이었는데 길이가 한 자 두 치쯤 되었으며 그것으로 천지를 측량할 수 있다고 하였다. 후에 우는 그것을 몸에 지니고서 과연 홍수를 다스릴 수 있었다.

용문산은 대단히 큰 산이라고 한다. 그 산은 여량산(呂梁山)의 산맥과 이어져 있었고 위치는 지금의 산서(山西)와 섬서(陝西) 두 성의 경계에 있었다. 그런데 그 산이 황하의 물길을 가로막고 있어서 황하의 물이 이곳에 이르면 계속 흘러가지 못하고 다시 상류로 돌아갔는데, 수신(水神)이 그 틈을 타 더욱 거센 파도를 일게 하고 큰 홍수를 일으켜 상류의 맹문산(孟門山)까지 물에 잠겨버리게 되었다고 한다. 우는 그때 적석산(積石山)에서부터 황하의 물길을 트기 시작하여 이곳에까지 오게 되었다. 그런데 그만 용문산에 부딪치게 되었으니 그는 그의 신통력을 이용하여 용문산을 둘로 갈라버렸다. 두 조각이 난 용문산은 황하의 동서 양쪽 기슭에 마치 대문처럼 걸쳐져 있게 되었고 황하의 물줄기는 그 깎아지른 듯한 절벽 사이로 흘러가게 되었다. 이 산이 용문이라는 이름을 얻게 된 연유는 다음과 같다. 강과 바다에 살고 있던 물고기들이 어느 일정한 시기가 되면 모두 이 산의 절벽 아래로 모여들어 높이뛰기 시합을 했다고 한다. 그때 그 절벽을 뛰어오른 물고기는 용이 되어 승천할 수 있었고 뛰어넘지 못한 물고기들은 실망한 채로 다시 돌아가 여전히 물고기로 남아 있어야 했다고 한다. 또 다른 전설에 의하면 용문 부근에 이어간(鯉魚澗)이라고 하는 시내가 있었다고 하는데 그 시내에는 잉어가 많이 살고 있었다. 이 잉어들이 동굴 속에서 나와 석 달을 거슬러올라가 용문강으로 들어가게 되는데, 재주가 있어 용문을 지나 올라간 것은 용이 되었고, 그렇지 못한 것은 머리에 멍만 든 채 돌아와야 했다고 한다. 이백(李白)은 「증최시어(贈崔侍御)」라는 시에서 〈황하의 잉어는 본래 맹진에 살거늘, 용이 되지 못하면 돌아와 보통 물고기로 사는 수밖에(黃河三尺鯉, 本在孟津居 : 點額不成龍, 歸來伴凡魚)〉라고 하였는데 그것이 바로 이 이야기에서 소재를 취한 것이다.

　용문에서 하류 쪽으로 수백 리 되는 곳에 그 유명한 삼문협(三門峽)이 있었다. 전설에 의하면 그곳 역시 우가 뚫어놓은 곳이라고 한다. 우는 물길을 가로막는 산을 몇 토막으로 나누어 물이 갈라져서 흘러가게 했는데, 그 토막난 산 사이를 흘러가는 물이 마치 세 개의 문을 지나가는 것과도 같아 삼문(三門)이라 불리게 되었다. 삼문에는 각각 〈귀문(鬼門)〉, 〈신문(神門)〉, 〈인문(人門)〉이라고 하는 이름이 있었다. 〈황하 양쪽 기슭의 절벽에 서서 골짜기를 내려다보면 도도한 물줄기가 상류로부터 넓디넓게 쏟아져 내려오는 것이 보인다. 동쪽으로 갈수록 물은 더욱 급하게 흐르고, 막 삼문협으로 흘러들어오면 양쪽에 서 있는 돌섬에 부딪쳐 가슴을 서늘하게 만드는 세 줄기의 급류가 된다. 이 세 줄기 급류는 또 양쪽에서 튀어나온 암석에 부딪쳐 순식간에 한 줄기로 변하고 그 물줄기는 120미터 넓이의 좁은 출구로 흘러나가는데 우레 같은 소리만이 온통 협곡을 진동시킨다.〉

이것이 바로 요즈음 중국 정부가 거대한 수력발전소를 세우고 있는 바로 그곳, 삼문협의 모습이다.

이 삼문협에는 지금도 우왕이 치수했던 흔적이 남아 있다. 삼문협 부근에는 일곱 개의 돌우물이 있는데 전설에 의하면 우임금이 삼문협을 뚫을 때 판 우물이라고 한다. 그래서 삼문협은 〈칠정삼문(七井三門)〉이라 하기도 한다. 그리고 삼문 중의 하나인 귀문도(鬼門島)의 절벽 꼭대기에는 둥글게 패인 흔적이 두 군데 있는데 그 모양은 마치 한 쌍의 말 발자국과도 같으나 우물의 입구보다는 조금 커서 〈마제와(馬蹄窩)〉라 불려진다. 전설에 따르면 그것은 우왕이 지주산(砥柱山)을 뚫을 때 말을 타고 삼문을 뛰어넘다가 말의 앞발굽이 미끄러지면서 찍힌 발자국이라 한다.

삼문협의 상류에는 우왕의 사당이 있다. 예전에는 삼문을 지나가는 사공들이 모두 여기에서 쉬어갔는데 그때 그들은 향을 피우고 소원을 빌며 폭죽을 터뜨렸다고 한다. 그리고 실컷 배불리 먹고 나서 다시 나무배를 저어 급한 물살을 가르고 바위 사이를 화살처럼 뚫고 지나갔는데, 삼문을 무사히 지나가는 것과 바위에 부딪쳐 엉망이 되는 것은 모두가 눈깜짝할 사이에 판가름나는 일이었다. 그래서 그곳 사람들 사이에는 〈점두가(店頭街) —— 즉 모진도(茅津渡) —— 에는 불러도 대답 없는 사공, 끝없이 울고 있는 과부들!〉이라는 말이 전해지고 있는데 이 말에는 대대손손 용감했던 중국인들의 피눈물이 스며 있다.

우가 홍수를 다스릴 때 세 번 동백산(桐柏山: 何南省 桐柏縣 서남쪽)에 간 적이 있다. 그곳에는 늘 천둥이 쳤고 거센 바람이 불었으며 그 바람에 돌들이 웅웅거리고 나무들도 우우 소리를 내어서 치수의 작업을 제대로 해나갈 수가 없었다. 그것이 모두

요물의 조화 때문이라는 것을 알아챈 우는 몹시 화가 났다. 그래서 천하의 여러 신들을 모아놓고 요물을 없앨 수 있는 방법을 생각해 보라고 하였다. 그러나 그것을 별로 달가워하지 않는 신들도 있었다. 우가 그런 신들을 몽땅 잡아들이자 그때서야 신들은 힘을 합쳐 회수(淮水)와 와수(渦水) 사이에서 무지기(無支祈)라는 물의 요괴를 생포했다. 이 요괴는 말을 잘했고 원숭이처럼 생겼다. 이마는 높고 코는 낮았으며 머리가 하얗고 몸은 푸른색이었다. 이빨은 눈처럼 희게 빛났으며 눈은 금빛으로 반짝거렸고 힘은 코끼리 아홉 마리를 합친 것보다도 더 세었다. 그리고 목을 길게 빼 늘이면 그 길이가 백 자는 되었다. 그러나 그의 동작은 날렵하기 이를 데 없어 생포되었으면서도 이리저리 날뛰는 것이 잠시도 가만히 있을 줄을 몰랐다. 그놈을 어떻게 할수가 없어 우는 천신 동률(童律)을 시켜 좀 조용히 있게 만들어 보라고 하였다. 그러나 동률도 별 방법이 없었다. 오목유(烏木由)를 시켜보았으나 오목유도 마찬가지, 마지막으로 경진(庚辰)에게 맡겨보았다. 경진이 일을 시작하자 산과 물의 정령과 요괴들이 모여들어 소리지르며 날뛰는데, 그것이 수천이나 되었다. 그러나 경진이 커다란 창으로 무지기를 내리치니 상처를 입은 괴물은 비로소 조용해졌다. 경진은 무지기의 목에 커다란 자물쇠를 채우고 콧구멍에는 금방울을 달아 강소성(江蘇省) 회음현(淮陰縣) 구산(龜山) 기슭에서 마침내 그를 항복시켰다. 이때부터 우의 치수 작업은 순조롭게 진행되었으며 회수(淮水)는 안전하게 바다로 흘러들어갔다.

우가 치수를 하여 무산(巫山) 삼협(三峽)에 도착했을 때였다. 물길을 열어가던 여러 용들 중의 한 마리가 물길을 잘못 인도하는 바람에 그곳에서의 시공이 잘못되어 그만 협곡을 뚫게 되었다. 나중에 그 협곡을 뚫은 것이 전혀 불필요한 일이었다는 사실을 알게 된 우는 몹시 화가 나서 이 바보스런 용을 어느 절벽 위에선가 베어버렸다. 그렇게 함으로써 다른 용들이 게으름을 부리는 것을 막고자 함이었다. 지금까지도 무산현(巫山縣)에는 〈잘못 뚫은 협곡〔錯開峽〕〉과 〈용을 벤 대〔斬龍臺〕〉라는 고적이 남아 있다.

무산은 운우산(雲雨山), 혹은 영산(靈山)이라고도 한다. 전설에 의하면 천제가 소유하고 있던 신약(神藥)이 여덟 개의 약장에 들어 있었다고 하는데 그것이 모두 이 산에 있었다. 그런데 그 근처에 사슴을 통제로 삼키는 거대한 검은 뱀이 살고 있어 늘 그 신약을 훔치려고 기회를 엿보고 있었다. 천제는 그래서 봉황새처럼 생긴 노란 새를 보내어 그 검은 뱀이 약을 훔쳐먹지 못하도록 지키게 하였다. 또한 그곳에는 무함(巫咸)·무즉(巫卽)·무반(巫肦)·무고(巫姑)·무진(巫眞)·무례(巫禮)·무저(巫抵)·무사(巫謝)·무라(巫羅) 등 열 명의 무사(巫師)가 살면서 신과 인간 사이를 연결시켜 주는 역할을 하고 있었다. 그들은 무산에서 자라나는 온갖 진귀한 약초들을 캐어 신약을 제조하기도 했다. 우가 치수를 하면서 이곳에 이르렀을 때였다. 그는 사람들에게 나무를 베어내고 물길을 트는 일을 시키고 있었다. 그때 무슨 조화인지 붉은 민둥머리산의 절벽 위에 그 귀한 난목 (欒木)이 한 그루 갑작스레 자라나는 것이었다. 그 나무는 굉장히 큰 데다가 줄기가 노랗고 가지는 붉으며 잎은 푸르러 비범한 기개가 엿보이는 그런 나무였다. 그 중에서도 더욱 귀한 것은 꽃과 열매였는데 그것들은 아주 중요한 약재로서 신약을 제조하는 데 꼭 필요한 재료였다. 사방의 천제들이 그 사실을 알고서는 앞다투어 사람을 보내어 그 꽃과 열매를 가져오게 해 신약을 만들었다고 한다. 이 이야기는 우와 직접적인 관련은 없는 이야기이지만 우가 치수하는 과정에서 일어난 짤막한 삽화 정도로 여겨져 여기에 기록한다.

홍수를 다스린다는 것은 사실 어렵고도 대단한 작업이었다. 그래서 많은 사람들과 천신들이 우를 도우러 왔다. 그 중에서도 백익(伯益) 혹은 백예(柏翳)라는 이름의 천신은 우가 치수 작업을 하는 데 가장 큰 도움을 주었다. 그는 하늘나라의 신조(神鳥)인 제비의 자손이라고도 하고 그 자신이 바로 제비였다고도 한다. 그는 늘 사람들을 이끌고서 횃불을 켜들고 산림과 호수로 갔다. 그리고 홍수로 인하여 지나치게 무성해진 초목들을 태워 버렸다. 사람을 해치던 동물들은 숨을 곳이 없어지자 멀리 도망쳐 버렸고 인간들은 안식을 얻을 수 있었다. 그는 또 여러 가지 새와 짐승들의 성질과 언어를 알았다. 그래서 치수가 끝난 뒤에는 순을 도와 새나 짐승들을 길들였는데 많은 동물들이 그에게 고분고분 복종하였다. 순도 기뻐서 요성(姚姓: 순의 종족)의 아가씨를 그에게 시집보내고 영성(嬴姓)을 내려주었다. 전설에 의하면 그는 그 뒤 진(秦)나라 왕족의 선조가 되었다고 한다. 그는 아들 둘을 낳았는데 하나는 대렴(大廉)이라 하였고 다른 하나는 약목(若木)이라 하였다. 대렴은 조속씨(鳥俗氏)라고도 하였으며 그의 현손인 맹희(孟戲)와 중연(中衍)은 새의 몸을 하고 있었으나 사람의 말도 할 줄 알았다고 한다. 어쨌든 그들은 분명히 천신의 후손들이었다. 백익은 백충장군(白蟲將軍)이라고도 하였다. 옛날에는 하남(河南)의 숭고산(崇高山)에 백충장군의 사당이 있었다고 한다. 한대(漢代)에 그 사당이 이미 있었으며 진대(晋代) 원강(元康) 5년(295년)에 대규모의 증축 사업이 있었다. 그리고 명대(明代) 말엽 동사장(董斯張)이 『광박물지(廣博物

志)』를 쓸 무렵에도 이 사당은 여전히 존재했던 것 같다. 또한 절강(浙江) 소흥현(紹興縣) 서쪽 15리 되는 곳에 있는 앵무산(鸚鵡山) 북쪽에도 백익의 사당이 있었다고 전해진다. 옛 사람들이 기록해 놓은 이런 자료들에서 우리는 백익에 대한 사람들의 존경심을 읽어낼 수 있다. 그러나 그 사당은 이미 이 세상에 존재하지 않아 그저 옛 기록에 의거해 그 유적지나 찾아볼 도리밖에 없다.

제8장
우와 도산씨 여자의 결혼

우는 홍수를 다스리느라 30세가 되도록 결혼을 못하였다. 그가 도산(塗山: 지금의 浙江省 紹興縣 서쪽)에 가 그곳에서 치수작업을 하고 있을 때였다. 그는 마음속으로 생각했다.

〈내 나이도 이제 들 만큼 들었지. 앞으로 무엇으로 나를 드러내 보일 수 있을까?〉

그때 아홉 개의 꼬리가 달린 흰 여우 한 마리가 그의 앞에 나타나 털이 북실북실한, 빗자루같이 생긴 꼬리를 흔들어대는 것이었다. 이런 종류의 여우는 동방의 군자국(君子國) 근처에 있는 청구국(青邱國)에서만 사는데 용과 봉, 기린과 같이 상서로운 동물에 속했다. 우는 꼬리가 아홉 개 달린 이 흰 여우를 보자 도산에서 유행하고 있는 민간가요를 떠올렸다. 그것은 대충 이런 것이었다.

꼬리 아홉 달린 백여우를 보게 되는 사람은 국왕이 되지.
도산의 여인과 결혼하는 사람은 집안을 흥성하게 하지.

우는 생각했다.

〈여우의 출현과 민간가요의 유행이라……. 혹시 내가 앞으로 이곳 도산에서 결혼하게 되리라는 것을 예언하는 건 아닐까?〉

도산에는 여교(女嬌)라는 아가씨가 있었는데 자태가 우아하고 용모가 아름다웠다. 우는 이 아가씨를 보고는 그만 반하여 그녀를 아내로 맞아들이기로 결심했다. 그러나 치수 작업이 급하고 바빴으므로 그녀에게 자신의 마음을 조금이라도 고백해 볼 틈이 없이 남방으로 홍수의 피해를 살피러 가게 되었다. 여교도 곁에서 우가 자기를 사랑하는 것을 알고는 있었다. 또한 그녀 역시 만인이 칭송하는 영웅 우에 대한 애모의 정을 간직하고 있었다. 그래서 그녀는 시녀를 도산의 남쪽으로 보내어 우가 돌아오는 것을 기다리게 하였다. 그러나 아무리 기다려도 우는 돌아오지 않았다. 여교는 우를 기다리느라고 초조하고 걱정이 되어 이런 노래를 지어 불렀다.

　　기다림이란 그 얼마나 기나긴 것인가!

이것이 바로 남방 최초의 노래라고 하는데 후에 『시경』 「국풍(國風)」에 나오는 그 〈낙이불음(樂而不淫)〉의 시가들은 모두가 이 노래에서 전해 내려온 것이라고 한다. 물론 이것은 그냥 전해지는 이야기일 뿐 꼭 사실이라고는 말할 수 없다.

재해의 상황을 순시하러 떠났던 우가 마침내 남방에서 돌아왔고, 여교의 시녀는 도산의 남쪽 산록에서 우를 영접하며 그녀의 젊은 여주인의 우에 대한 애정을 전해 주었다. 그녀가 전해 준 그 숱한 말들은 모두가 바로 자신이 시녀를 시켜 여교에게 들려주고 싶은 말들이었다. 두 사람은 이미 이렇게 서로 마

음이 맞았고 보자마자 서로에게 마음이 기울게 되니 무슨 복잡
한 의식이나 절차도 필요 없이 대상(臺桑)이라는 곳에서 간단하
게 결혼식을 올리게 되었다.

결혼한 지 겨우 나흘째 되던 날, 우는 신혼의 아내를 두고
치수를 위해 다시 바쁘게 다른 곳으로 떠났다. 그리고 여교는
우의 도성인 안읍(安邑: 지금의 山西省 解縣 동북쪽)으로 보내졌
는데 그곳에서의 생활이 익숙하지 않아 늘 고향을 그리워하였
다. 우는 아내의 그런 마음을 알고 있었으나 신혼의 아내를 위
로해 줄 방법이 없었다. 그래서 안읍성 남쪽에 그녀를 위해서
누각을 지어 그녀가 쓸쓸하고 적막할 때면 그 누각에 올라가 멀
리 몇천 리 밖의 고향을 바라보게 하였다. 지금도 성 남쪽의 문
밖에는 여교가 고향을 바라보던 누각의 터가 남아 있다고 한다.

그러나 낯익은 고향을 떠나온 데다가 또 사랑하는 남편과 헤
어져 있어야 하는 나날이 그녀에게는 너무나 처량하고 고달프
게 느껴졌다. 그래서 남편이 그녀를 보러 어쩌다 집에 돌아온
때에 그를 따라 함께 가겠다고 고집스럽게 주장하였다. 우는 그
러는 그녀를 어떻게 할 수가 없어 허락하는 수밖에 별 도리가
없었다.

어느 날 우가 치수를 하며 환원산(轘轅山: 河南省 偃師縣 동남
쪽)에 이르렀을 때였다. 이 산은 산세가 험준하여 산길이 마치
수레바퀴처럼 둥그렇고 구불구불하게 나 있었으므로 〈환원〉이
라 하였는데, 이 산을 뚫어야만 물이 흘러 지나갈 수가 있었다.
우는 그의 아내에게 말했다.

「이 일은 정말 쉬운 일이 아니오. 그러나 그래도 힘껏 해야
만 하지요. 내가 이 절벽 위에 북을 매달아놓고 칠 테니 북소리
가 들리거든 밥을 가져다 주시오」

아내는 대답했다.

「그렇게 하겠습니다」

우는 아내가 돌아간 뒤 계속해서 산을 뚫을 수 있는 방법을 생각해 보았으나 아무리 해도 묘책이 떠오르지 않았다. 그래서 몸을 한바퀴 휙 돌려서는 털북숭이 검은 곰으로 변하였다. 그러고는 자신의 힘을 다해 산을 뚫기 시작했다. 우가 그렇게 입으로 들어올리고 네 발로 옮기고 하며 한참 바쁘게 일을 하고 있을 때였다. 뒷발로 돌 하나를 집는다는 것이 흙먼지가 흩날리는 바람에 그만 실수를 하고 말았다. 〈퉁〉 하는 소리와 함께 그 돌은 절벽 위에 매달아놓은 북의 한가운데를 정확하게 맞추었다. 북소리가 들려오자 우의 아내는 급히 바구니를 챙겨 남편에게 줄 밥을 담아가지고 왔다. 그러나 우는 주위에서 일어난 그 일을 눈치채지 못하고 여전히 힘껏 들어올리고 옮기며 일을 하고 있었다. 그러다가 그는 뜻하지 않게도 못생긴 곰으로 변신한 자신의 모습을 아내에게 들키고 말았다. 그녀는 그 곰이 자신의 남편이라고는 꿈에도 생각지 못했기 때문에 놀랍기도 하고 창피스럽기도 하여 비명을 지르면서 밥바구니를 떨어뜨리고 말았다. 그리고 몸을 돌려 그대로 도망치기 시작했다. 우는 아내의 비명소리를 듣고서야 긴장되게 계속하고 있던 작업을 중지했다. 그리고 그녀의 뒤를 따라가 그녀에게 오해하지 말라고 이야기하려 하였다. 그러나 워낙 다급했던 우는 본래 모습으로 변하는 것을 잊었으니, 우의 아내는 자신을 뒤쫓아오는 것이 곰인 것을 알고는 더욱 창피하고 두려워 더 빨리 도망쳤다. 이렇게 도망치고 쫓고 하며 두 사람은 숭고산(崇高山: 즉 崇山, 河南省 登對縣 북쪽에 있음) 기슭에까지 이르렀다. 우의 아내는 다급한 김에 몸을 돌려 돌덩어리로 변하고 말았다. 우는 아내가 바윗돌

로 변하여 자신을 상대하려 하지 않는 것을 보고는 급하고도 화
가 나 소리를 질렀다.

「내 아들을 돌려다오!」

그러자 바윗돌이 북쪽을 향해 갈라지더니 그 틈새에서 〈계
(啓)〉라고 하는 이름의 아들이 튀어나왔다. 〈계〉란 바로 〈갈라
져 열린다〉는 의미이다.

우는 홍수를 다스리느라고 구주의 땅과 천하의 온갖 나라들
을 다 돌아다녔다. 동쪽으로는 부목(榑木)에까지 갔는데 부목은
바로 부상(扶桑)으로 태양이 나오는 곳이다. 또 구진(九津)과
청강의 들판〔靑羌之野〕에도 갔으며 찬란하게 떠오르는 태양빛에
목욕도 하였다. 또 찬수소(攢樹所)에도 갔었는데 그곳에는 온갖
나무들이 구름처럼 모여 있었다. 문천산(捫天山)의 산꼭대기에
오르니 하늘까지도 손으로 만져볼 수 있었으며 흑치국(黑齒國)
과 조곡향(鳥谷鄕), 그리고 구미호(九尾狐)가 사는 청구향(靑邱
鄕)에도 갔다. 남쪽으로는 교지(交趾)에까지 갔었는데 교지는
바로 지금의 월남이다. 손박국(孫樸國)과 속만국(續樠國)에도
갔으며 단속(丹粟)과 칠수(漆樹), 비수표표(沸水漂漂), 구양지
산(九陽之山)에도 갔었는데, 이름들만 보아도 그곳이 무척 더운
곳이라는 것을 알 수 있다. 또 우인국(羽人國)과 나민국(裸民
國), 그리고 불사국(不死國)에도 갔었다. 전설에 의하면 나민국
에 도착하자 옷을 다 벗어버리고 벌거숭이인 채로 그 나라에 들
어갔으며 그곳을 떠날 때에야 비로소 다시 옷을 입었다고 하는
데, 그것은 바로 다른 나라의 풍습을 존중하기 위함이었던 것
이다. 서쪽으로는 서왕모와 세 마리 푸른 새가 사는 삼위산(三
危山), 그리고 적금산(積金山)에 갔었는데 적금산 위에는 누런
금덩어리가 잔뜩 쌓여 있었다고 한다. 또 염제의 딸인 요희(瑤

姬)의 영혼이 구름을 일으키고 비를 뿌리는 무산(巫山)에도 갔었다. 기굉국(奇肱國)과 일비삼면국(一臂三面國), 그리고 아무 것도 먹지 않고 오직 이슬만 먹고 공기만 마셔도 되는 선향에도 가보았다. 북쪽으로는 인정국(人正國)과 견융국(犬戎國), 과보국(夸父國)과 적수산(積水山), 적석산(積石山)에 갔었으며 하해(夏海)와 형산(衡山)에도 갔는데 이곳은 이미 고찰해 볼 수는 없으나 아마 북극의 황야가 아닌가 한다. 또 사람의 얼굴에 새의 몸을 한 북해의 바람의 신이자 바다의 신인 우강(禺强)도 만났다고 한다.

우가 북해에서 우강을 만나고 남방으로 돌아오려 하는데 뜻밖에도 눈 쌓인 그 북방의 황야에서 길을 잃어버려 더욱더 북쪽으로 가게 되었다. 가면 갈수록 보이는 풍경이 이상스러웠다. 그러다가 갑자기 길고 매끄러운 산이 눈앞을 가로막는데, 그 산에는 나무 한 그루 풀 한 포기 없었으며 새나 짐승들은 더 더욱 보이지 않았다. 우는 이상하다고 생각하며 산 위로 기어올라가 도대체 이곳이 어딘가 살펴보았다. 산 아래에는 평평한 들판이 펼쳐져 있었는데 역시 아무것도 없었다. 다만 꼬불꼬불한 작은 시냇물들만이 거미줄처럼 얽혀 흐르고 있었다. 그리고 그 시냇물 가에는 남녀노소가 앉거나 누워서 노래를 부르고 또 춤을 추고 있었으며 두 손으로 시냇물을 떠 마시기도 했다. 어떤 남자는 시냇물에 들어가 몇 번이나 물을 떠 마시더니 취한 듯이 비틀거리며 걸어나가 하늘을 향해 드러눕는 것이었다. 그러고는 죽은 사람처럼 깊은 잠에 빠져 인사불성이 되는 듯한 모습이 보였다. 그러나 그 곁에서 노래부르고 춤을 추며 이야기하고 노는 사람들은 각자 자기들 일에만 몰두해 있을 뿐 누구도 그 취한에게 신경을 쓰지 않았다.

호기심에 가득 찬 우는 산을 내려가 그곳의 풍토와 습속이 도대체 어떤 것인지 알아보았다. 그곳은 바로 종북국(終北國)이었으며 북방에서도 가장 먼 곳에 있는 나라였다. 이 나라의 지형은 마치 맷돌과도 같았는데 사방을 둘러싼 작은 산이 바로 맷돌의 가장자리에 해당되었으며 또한 다른 지역과 천연의 경계선을 이루고 있었다. 가운데에는 호령(壺嶺)이라는 산이 솟아 있었는데 그 산은 가장자리가 없는 김칫독처럼 생겼으며, 그 김칫독의 입구에서는 늘 물이 콸콸 흘러나와 산 아래 평원의 각지로 흘러갔다. 이 물은 신분(神濆)이라 하였는데 달콤하고도 향기로웠다. 무엇보다 그것을 마시면 배가 불렀다. 조금만 마셔도 배가 불렀으며 좀 많이 마시면 배부르고 술에 취한 듯한 느낌이 들어 열흘쯤 자고 나야 비로소 깨어날 수 있었다. 그 나라는 날씨가 참으로 온화했다. 덥지도 춥지도 않았으며 바람도 불지 않고 비도 내리지 않았다. 서리나 눈도 내리지 않았으며 일년 내내 낮이나 밤도 없이 그저 봄날과도 같았다. 사람들은 먹고 입는 것에 대한 걱정이 없었으니 당연히 농사를 짓거나 옷감을 짜는, 그들이 보기에는 어리석은 그런 짓을 할 필요가 없었다. 그들은 즐겁게 생활했고 아무런 근심이 없었다. 먹고 나면 놀았고 놀고 나면 잤으며 깨어나면 또 먹었다. 모두들 1백 세까지 살았고 두 다리를 쭉 뻗으면 하늘나라로 올라갈 수 있었다. 우가 온 것을 보자 사람들은 모두들 우에게 신분을 먹어보라고 권하며 친근하게 대해 주었다. 우가 그 유명하고 귀한 신분을 마셔보니 과연 그 맛이 기가 막혔다. 그러나 그는 아직 치수의 작업을 끝내지 못하고 있었다. 홍수의 고통에 빠져 있는 백성들을 늘 생각하고 있는 우로서는 그곳이 아무리 즐거운 선향(仙鄕)이라 한들 오래 머물 수는 없는 노릇이었다. 채 이틀도 되지 않아 그는 그곳의 순박한 사람들과 헤어져 귀로에 올라 중원으로 되돌아왔다.

숱한 고난과 역경 끝에 홍수는 마침내 우에 의해 평정되었다. 그러나 홍수가 다스려졌어도 아직 재난이 끝난 것은 아니었다. 우에게 쫓겨났던 공공에게는 상류(相柳)라고 하는 신하가 있었다. 그는 뱀의 몸에 머리가 아홉 개 달린 괴물이었는데 포악한 데다가 먹는 것을 지극히 탐하여 아홉 개의 머리로 아홉 군데의 산에 있는 먹이들을 한꺼번에 먹어치울 정도였다. 그리고 무엇보다 가증스러운 것은 어느 곳이든지 그놈이 한번 건드리는 곳은 바로 호수로 변해 버린다는 점이었다. 게다가 그 호수의 물은 맵고도 쓴 이상한 맛이어서 사람이 마시면 목숨을 잃었고 새나 짐승들조차 그 부근에서는 살지 못했다. 우는 홍수를 다스린 뒤 자신의 신통력을 이용해 상류를 죽여서 백성들의 재앙을 없애주었다. 그러나 머리가 아홉 개 달린 이 괴물의 몸에서 폭포같이 흘러나온 피의 비린내는 무척이나 고약했다. 그리고 피가 흘러든 곳에는 곡식이 자라지 못하고 물이 많이 고였는

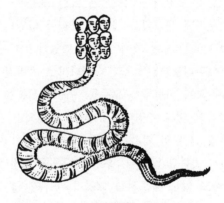

상류(相柳)

데 그 물 역시 맵고 쓴 고약한 맛이라서 사람이 살 수가 없었다. 우는 그런 곳들을 찾아 진흙으로 메웠는데 세 번씩이나 메워도 자꾸 바닥이 가라앉아버렸다. 그래서 우는 그런 곳들을 아예 연못으로 만들어버렸으며 각처의 상제들은 그곳에 누각을 지어 요괴들을 다스렸다. 그 누각은 곤륜산의 북쪽에 있었다고 한다.

치수는 성공리에 끝났다. 이제 우는 대지의 면적을 측량해 보고 싶었다. 그래서 우 자신의 신하인 천신 태장(太章)과 수해(竪亥)를 시켜 그것을 재어보게 하였다. 둘 중 하나에게는 동쪽 끝에서 서쪽 끝까지 재어보게 하였고 다른 하나에게는 북쪽 끝에서 남쪽 끝까지 재어보라 하였는데 그 길이는 둘 다 2억 3만 3천5백 리 75보로, 한 걸음도 차이가 나지 않게 꼭 같았다. 즉 지금 우리가 살고 있는 이 땅은 우의 시대에는 네모 반듯한 두부 한 모와도 같았다. 그리고 홍수로 인해 생겨난 깊이 3백 길 이상의 연못만 해도 무려 2억 3만 3천5백59개였는데 우는 식양을 사용하여 일찌감치 그것들을 메워버렸다. 그 중 비교적 높게 메워진 곳이 사방의 명산(名山)들이 되었다. 『산해경』에는 천신 수해에 관한 몇 가지 기록이 있다. 우가 수해에게 대지를 측량하라고 하니까 수해가 산(算)이라고 하는 여섯 치쯤 되는 대나무 조각을 갖고 숫자를 계산하였다고 하는 기록이 그 하나이다. 또 수해의 왼손은 청구국의 북쪽을 가리키고 있었다고 하는데 그것은 아마도 여행을 떠날 준비를 하는 모습이 아니었나 여겨진다.

제□장
우임금이 주조한 구정

우가 홍수를 다스리는 데 성공하고 나니 사람들은 다시금 즐겁게 일하며 행복한 생활을 해나갈 수 있게 되었다. 사람들은 그의 공덕에 감격해하였고 여러 나라의 제후들도 모두 그를 존경하여 그를 천자로 옹립하려 하였다. 순임금 역시 우가 치수에 큰 공을 세우자 천자의 자리를 기꺼이 그에게 물려주려 하였다. 그리고 또 양위하기 전에 그에게 〈원규(元珪)〉라고 하는 검은 빛의 옥을 내려주었다. 그것은 위는 네모지고 아래는 동그란 옥이었는데 우의 부지런함에 대한 대가였다. 그러나 또 다른 전설에 따르면 이 검은색의 옥은 천제가 우에게 직접 내려준 것이라고도 한다. 우가 치수를 하며 서방의 조수(洮水) 가에 이르렀을 때 어떤 키 큰 사람이 검은색의 이 옥을 그에게 주었다. 키가 큰 사람은 유사(流沙) 근처 라모지산(嬴母之山)의 산신 장승(長乘)이라고 했다. 그 신의 모습은 사람과 비슷했으나 표범의 꼬리가 달려 있었고 하늘나라 구덕의 기운〔九德之氣〕이 변하여 생겨난 신이었다. 그래서 그가 천제를 대신하여 원규라고 하는 검은 옥을 우에게 내려준 것이라고 한다. 서로 다른 이 두 가지 전설을 합쳐보건대 순임금이 바로 천제였다고 할 수도 있겠다.

일설에 의하면 치수에 성공한 우는 비토(飛兔)라고 하는 신마 (神馬)를 타고 하루에 3만 리를 달릴 수 있었다고 한다. 비토는 우의 덕행에 감동하여 우의 궁정에 찾아와 자청하여 그의 말이 되었다고 한다. 또 결제(駃騠)라는 이름의, 말을 할 줄 아는 짐 승이 한 마리 있었다. 결제는 본래 후토(后土)의 가축이었는데 역시 말 종류였던 것 같으며 그도 또한 스스로 찾아와 우의 탈 것이 되어주었다. 비토와 결제는 후에 준마의 일반적인 호칭이 되었다. 이 두 필의 준마가 부르지도 않았는데 스스로 왔다는 것은 어쩌면 우의 공로에 대한 천제와 지신〔皇天后土〕의 위로의 표시였는지도 모른다. 왜냐하면 우는 처음부터 모든 어려움을 감수해 가면서 전심전력으로 홍수를 막아 마침내는 성공했기 때문이다. 바로 그랬기 때문에 이러한 상을 받게 된 것인지도 모른다. 심지어 어떤 전설에 의하면 천제가 그에게 성고(聖姑) 라고 하는 신녀를 내려주어 그의 만년의 적막함을 위로해 주었 다고도 한다. 그러나 천제가 여인을 내려주었다는 이런 이야기 는 모두 호사가들이 머릿속으로 상상해 낸 것일 뿐 결코 우 자 신이 필요로 했던 것은 아니었을 것 같다.

우는 천자가 된 뒤에 구주(九州)의 주목(州牧)들이 바쳐온 구 리나 철 등의 금속을 모아 그 옛날 황제가 정(鼎)을 만들었던 형산(荊山) 기슭에서 아홉 개의 거대한 보정(寶鼎)을 만들었다. 전설에 의하면 9만 명이 함께 들어야 보정 하나를 겨우 움직일 수 있었다고 하니 그것들이 얼마나 크고 무거웠는지 짐작할 수 가 있다. 정의 표면에는 구주 여러 나라의 사나운 동물들과 귀 신, 요괴들의 그림을 그려놓아 사람들이 그 그림을 보고 미리

방비할 수 있게 하였다. 그래서 집을 떠나 여행을 할 때 산림이
나 늪지대에 들어가 나무나 돌의 정령, 사악한 잡귀들을 만나
게 되더라도 재앙을 당하지 않을 수 있게 하였다. 우는 이 아홉
개의 보정을 궁정 문 밖에 진열해 놓고 사람들이 마음대로 와서
보게 하였는데 그것은 사람들에게 무척이나 유용한 여행 지침
이 되었다. 평생의 정력을 모두 치수에 쏟으며 바쁘게 다녔던
우가 본 요괴들은 결코 적지 않았을 것이니 그런 경험으로 해서
그는 여행의 어려움을 잘 알고 있었다. 그는 천신이었기 때문에
그런 요괴들에게 대항하는 것이 어렵지 않았으나 이 방면에 아
무런 지식이 없는 인간들이 만약 여행중에 갑작스레 요괴들을
만난다면 재앙을 당해 크게 고생할 것은 뻔한 노릇이었다. 인간
들을 사랑했던 우는 바로 그런 연유로 해서 보정에 그림을 그려
넣을 생각을 했던 것이다. 즉 귀신과 정령들의 모습을 모두 보
정 위에 새겨놓아 어느 곳에 어떤 요괴가 있는가를 사람들이 보
기만 하면 바로 알 수 있게 하였다. 그리하여 그들이 후에 여행
을 떠나게 될 때 마음속으로 미리 준비를 하고 또 재앙을 물리
칠 수 있는 부적 등을 가지고 갈 수 있게 하였다. 그러므로 우
가 그 당시에 보정을 주조했던 뜻은 인간들로 하여금 사악한 것
들을 구별해 낼 수 있게 하려 함이었지 결코 궁정의 문을 치장
하고자 함은 아니었다. 그러나 그러한 보정이 하(夏)에서 은
(殷)으로, 은에서 주(周)로 전해 내려오면서부터는 여행 지침으
로서의 실제 효용은 없어져 버리고 말았다. 역대의 제왕들이 그
것을 사당 안에 모셔두면서부터 점차 전래의 국보가 되어버리
는 바람에 보정은 군주의 체면을 지켜주는 구실밖에 못하는 물
건이 되고 말았다. 그러나 정치적 야심가들은 이 아홉 개의 보
정에 대하여 줄곧 흥미를 느끼고 있었다. 춘추시대에 초(楚) 장

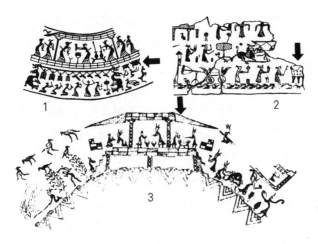

정(鼎)의 쓰임새

왕(莊王)이 군사를 이끌고 육혼융(陸渾戎)을 칠 때 주(周) 천자의 도성인 낙읍(洛邑)에 이르렀다. 주의 정왕(定王)은 왕손만(王孫滿)을 사신으로 보내어 장왕을 위문케 했다. 한창 잔치가 벌어졌을 때 장왕이 왕손만에게 구정의 크기와 무게 등을 물었다. 말을 잘하는 왕손만은 장왕의 물음에 대해 매섭게 쏘아붙였다.

「군왕의 무게는 덕에 있는 것이지 정의 무게에 있지 않습니다」

야심만만했던 초 장왕은 왕손만의 그 말을 듣고는 쑥스러워서 그대로 돌아갈 수밖에 없었다.

전국시대 말기에 이르러 진(秦)의 소양왕(昭襄王)이 서주(西周)를 공격하였는데 초 장왕이 전에 갖고 싶어했으나 얻지 못했던 그 아홉 개의 보정을 빼앗아 진나라로 가지고 갔다. 수많은 사람들이 메고 지고 끙끙거리며 보정을 운반하고 있던 중이었다. 보정이 갑자기 토라졌는지 그 중 하나가 공중으로 날아올라

멀리 동방의 사수(泗手: 지금의 山東省과 江蘇省에 위치)까지 가
서는 풍덩 빠져버려 다시는 나타나지 않았다. 그래서 손 안에
들어왔던 구정 중에서 팔정만이 덩그러니 남게 되었다. 그 뒤
소양왕의 증손인 진시황이 6국을 통일해 황제가 되었다. 시황
이 동해로 신선을 찾으러 갔다가 찾지 못하고 돌아오는 길이었
다. 그는 막 팽성(彭城)을 지나고 있었는데 사수 속에 빠졌던
보정이 생각나 마음이 영 편치 않았다. 그래서 사수에 수천 명
의 사람을 보내어 보정을 건져오게 하였으나 결국엔 건져내지
못했고 나중에는 나머지 여덟 개조차도 행방이 묘연해졌다. 우
리는 산동성(山東省) 가상현(嘉祥縣) 무량사(武梁祠)의 화상석
(畵象石)에서 진시황이 사수로 사람들을 보내어 보정을 건지게
하는 장면이 매우 생동적으로 묘사되어 있는 것을 볼 수 있다.
그 그림은 많은 사람들이 사수교(泗水橋)의 아래 위에서 보정을
건지고 있는 바쁜 모습을 묘사하고 있다. 보정은 이미 밧줄에
묶여 수면에 떠올랐으나 보정 안에서 갑자기 신룡 한 마리가 튀
어나와 머리를 쑥 빼어 노끈을 물어뜯었다. 그러자 보정을 잡아
당기던 사람들은 모두 뒤로 넘어져버리고 정은 다시 물 속으로
가라앉아버리는데, 그림에 묘사된 것이 바로 용이 밧줄을 끊는
순간의 모습이다. 이것은 진시황에 대한 한(漢)대 사람들의 신
랄한 풍자로서 그가 왕권을 얻으려다가 오히려 왕권을 잃고 만
다는 것을 비유한 것이다. 이렇게 보정은 왕권의 상징이 되고
말았는데, 이것은 정을 주조해 인간들로 하여금 사악한 요괴들
이 어떤 것인가를 알게 하려 했던 우로서는 전혀 생각지도 못했
던 일이었던 것이다.

우에 대해서 사람들은 또한 이렇게 전하고 있다. 그가 홍수
를 다스릴 때에는 몸소 삽과 삼태기를 들고 폭풍우를 무릅쓰며

사수에서 정을 건지는 모습(泗水取鼎石刻畫),
산동 가상(嘉祥) 무씨사(武氏祠), 한대화상석

늘 앞장섰다. 그는 구주 여러 나라의 사람들을 이끌고서 강물의
물줄기를 터 마침내는 사람들에게 엄청난 재해를 가져다주었던
홍수를 이겨냈다. 치수를 하는 동안 그는 무려 13년간을 밖에서
지냈는데 몇 차례나 자기 집 앞을 지나가며 집 안에서 들려오는
아이 울음소리를 듣고서도 들어가볼 틈이 없었다고 한다. 손과
발에는 굳은살이 박혔고 손톱은 닳아서 반질반질했으며 다리와
가슴에는 털도 나지 않았다고 한다. 그리고 습기와 태양의 열기
때문에 아직 늙지도 않았는데 반신불수의 증세를 얻고 말았다.
억지로 걷기는 했지만 절룩거리기 때문에 걷는 모습이 마치 뛰
는 것 같았고 또 무당이 굿을 하고 있는 것 같기도 했다. 또 오
랫동안 바깥에서 바람을 쐬고 햇볕을 쬐었기 때문에 피부는 일
찌감치 검게 그을렸다. 그리고 몹시 수척해져서 머리와 목이 유
난히 길어 보였고 입은 더 튀어나와 보였으므로 그 모습이 그리
당당하지는 못했다. 그러나 후세 사람들은 누구라도 우의 이름
을 들으면 칭찬해 마지않았으며 심지어는 이렇게 말하는 사람

까지 있었다.

「만일 우가 없었다면 우리들은 일찌감치 물고기밥이 되어버렸을 거야!」

이런 것들로 보아 우가 사람들의 가슴속에 얼마나 위대한 인물로 남아 있었는가 하는 것을 알 수 있다. 더구나 그 존경심이라는 것이 어찌 그 몇 근의 구리가 상징하는 〈왕권〉이라는 것으로 설명될 수 있는 것이랴. 정(鼎)을 얻었다는 것과 잃었다는 신화 전설은 그야말로 몇몇 독재자들의 시끌벅적한 헛된 짓거리에 불과할 뿐, 만인의 존경을 받는 우임금과는 근본적으로 아무 상관도 없는 얘기일 뿐이다.

우는 천자로 재위하고 있을 때에도 사람들을 위하여 좋은 일을 많이 하였다. 그리고 후에 남방에 순시하러 갔다가 회계(會稽: 그가 이전에 치수 작업을 할 때 여러 신들을 모이게 했고 또 도산씨의 딸과 결혼했던 바로 그곳)에 이르러 병이 나서 그만 죽고 말았다. 여러 신하들은 그를 그곳에 묻어주었다. 일설에 의하면 우는 결코 죽은 것이 아니라고도 한다. 시체만을 남겨둔 채 하늘로 올라가 신이 되었다는 것이다. 물론 그것이 확실한 것은 아니지만 어쨌든 후세에 회계산에는 우혈(禹穴)이라고 하는 굴이 있었다고 하고 민간에 전해지기로는 우가 그 굴 속으로 들어갔다고 한다. 또 우의 무덤이 있는 곳에는 늘 새가 날아와서 풀을 정리했는데 봄에는 잡초를 뽑아내고 가을에는 더럽게 자라난 것들을 쪼아버렸다고 한다. 더욱 신기한 것은 우의 무덤 근처에서 풀을 다듬는 새들이 〈크고 작은 것에 차이가 있었고 진퇴에 서열이 있었으며 강한 것이 있으면 약한 것이 있고 오고 감에 법도가 있었다〉고 하니 마치 군사 훈련을 하는 것 같았다고 한다.

전설에 따르면 곤과 우 부자가 홍수를 막는 데 사용했던 식양(息壤)이 조금 남았었다고 한다. 그 남은 식양은 중국 각지에 뿌려졌다고 하는데 호북(湖北)과 호남(湖南), 안휘(安徽)와 사천(四川) 등지에 그것들이 있었다고 한다. 그러나 대부분이 그저 기이하게 전해져 내려오는 이야기들일 뿐, 그 이야기들이 점차 진짜 〈신화〉가 되어 미신과 연결되므로 더 이상 기술할 필요가 없겠다. 그러나 약재들 중에 〈우여량(禹餘糧)〉이라고 하는 것이 있었다는 것은 상당히 흥미롭다. 전설에 의하면 우가 치수할 때 먹다 남은 양식을 강물에 버렸다고 하는데 후에 그 양식이 모두 약재로 변했다고 한다. 이 약재는 밀가루처럼 고운 노란색 가루였는데 연못이나 산골짜기 바위틈에서 자랐고 〈태을여량(太乙餘糧)〉이라고도 하였으며 지혈제로 쓰였다. 또 해변가 모래밭에서 자라는 〈싸락풀〔瘦草〕〉이라는 식물이 있었는데 거기에 열린 과실을 먹으면 마치 보리를 먹는 맛을 느낄 수가 있었다. 해마다 7월이면 익었고 사람들은 그것을 〈자연곡(自然谷)〉 또는 〈우여량(禹餘糧)〉이라고 불렀다.

제1ㅁ장
우임금이 다녔던 이상한 나라들

앞장에서 이미 언급했듯이 우는 홍수를 다스리고 난 뒤 구주 (九州)의 각지를 돌아다니며 기이한 사람들과 신기한 일들을 많이 보고 왔다. 그는 그의 조수인 백익(伯益)과 함께 자신의 경험을 기초로 하여 『산해경』을 썼는데, 그가 보고 왔던 갖가지 것들을 모두 거기에 기록했다고 한다. 이것은 물론 믿을 만한 전설은 못 된다. 그러나 우리는 우가 정말로 긴 여행을 했으며 그 여행을 통해 『산해경』에 기록된 흥미로운 여러 나라들에 가보았다고 가정할 수는 있다. 그러므로 우리도 이제 우의 발자취를 따라 『산해경』에 보이는 그 나라들로 가보기로 한다.

18세기 영국의 작가 스위프트는 『걸리버 여행기』라고 하는 상당히 흥미로운 기행문 형태의 소설을 지어냈다. 걸리버는 바다를 건너는 모험적인 여행을 하며 여러 신기한 나라에 가보았다. 그 중에서도 가장 재미있는 곳이 바로 거인국과 소인국인데 중국의 고대신화와 전설에도 거인과 소인들에 관한 전설이 있는 것이 특히 흥미롭다. 그래서 먼저 거인국과 소인국에 관한 전설을 이야기해 보기로 한다.

전설에 의하면 동해에는 태양과 달이 떠오르는 대언산(大言山)이 있었고 그 근처에 파곡산(波谷山)이라고 하는 산이 있었다고 한다. 대인국(大人國)의 거인들은 바로 이 산 위에 살았다. 산 위에는 거인들이 회의를 하는 대인지당(大人之堂)이라는 장소가 있었고, 그 위에는 거인 한 사람이 버티고 앉아 길고도 큰 두 팔을 벌리고 있었다고 한다. 산기슭의 파도치는 바다에는 또 한 사람의 거인이 작은 뗏목을 타고 있었는데 비록 작은 배였다고는 하나 옛날에 우리 조상들이 적들과 싸울 때 썼던 전함보다 훨씬 더 큰 것이었다. 이 거인들은 어머니의 뱃속에서 36년을 보내다가 비로소 태어났는데 태어나면서부터 이미 머리가 하얗게 세어 있었다고 한다. 그리고 막 태어난 아기도 거대하게 큰 거인이었고 걷는 것을 배우기도 전에 벌써 구름을 부릴 줄 알았다. 그들은 본래 용의 자손들이었던 것이다.

이러한 대인(大人)들은 고서의 기록에 자주 나타난다. 「개벽편」의 공공촉산(共工觸山) 이야기에 용백국 대인에 관한 이야기가 나왔었다. 산을 등에 지고 있던 배고픈 거북 여섯 마리를 그가 단 한번의 낚싯줄로 건져올렸다는 이야기는 앞에서 이미 서술한 바 있거니와 어쩌면 그가 바로 모든 대인들의 선조였는지도 모르겠다. 그런 일이 있은 후 천제가 노하여 그들의 몸을 작게 줄였다고 하는데 기록에 의하면 줄일 만큼 줄였어도 그들의 키는 여전히 30길이나 되었다고 한다. 당시로서 그들과 견줄 만큼 큰 것은 동방의 요인국(佻人國) 사람들뿐이었다. 또 회계산에서 우에게 죽음을 당했던 방풍씨도 뼈의 마디 하나가 수레에 가득 찰 정도인 천신이었는데 그 역시 후대 거인족의 선조였다고 할 수 있다. 공자(孔子)는 〈방풍씨는 우(虞)·하(夏)·상(商)

삼대에 걸쳐 왕망(汪芒)이라 불렸고 주(周)대에는 장적(長翟)이라 하였으며 지금은 대인(大人)이라 한다〉고 하였다. 그러면 장적은 도대체 얼마나 컸을까? 그가 누웠을 때 9무(畝)가 되는 넓이의 땅을 차지할 정도였다고 한다. 그리고 죽은 자의 머리를 잘라 수레에 싣고 가면 그 눈썹이 수레 앞의 횡목(橫木)에까지 튀어나왔다고 한다.

이런 대인은 하늘나라에도 있어서 그곳의 대문을 지켰다. 그에게는 무섭게 생긴 머리가 아홉 개나 달려 있었고 큰 나무를 마치 풀 한 포기 뽑듯이 뽑아버릴 수 있었으니, 거목 수천 그루도 그가 한번 노하기만 하면 순식간에 모조리 뽑혀버리고 말았다. 지옥에도 대인이 있었다. 유도(幽都)의 문을 지키는 토백(土伯)이 바로 그였다. 머리에는 뾰족한 뿔 한 쌍이 달려 있었고 몸은 아홉 굽이로 구불구불했으며 피투성이인 큰 손을 벌리고서 유도의 검은 귀신들을 쫓아다녔다. 이렇게 볼 때 대인은 천당과 지옥, 그리고 인간 세상 할것없이 모든 곳에 존재했다고 할 수 있겠다.

그런데 소인은 좀 달랐다. 소인은 다만 인간 세상에서만 활동했던 것 같으며 지옥이나 천당에는 존재했다는 기록이 없다. 그러나 생각해 보면 그곳에도 소인이 분명히 있었을 것 같기는 하다.

남방 바다 밖에 초요국(僬僥國)이라는 소인국이 있었다. 이나라 사람들은 태어나면서부터 모두가 무척이나 왜소해서 석 자만 되어도 큰 키에 속했고 작은 사람들은 불과 몇 치밖에 안되기도 했다. 그러나 그들은 우리와 마찬가지로 옷을 입었고 모자를 썼으며 아주 예의바르고 점잖았다. 그들은 굴 속에서 살았으며 매우 총명해서 여러 가지 기발한 물건들을 만들어내었다.

소인국인(小人國人)

전설에 의하면 요(堯)가 임금 자리에 있을 때 그들이 〈몰우(沒羽)〉라고 하는 화살 몇 개를 바쳤다고 하는데, 그것이 바로 그들이 총명하고 재주가 있다는 증거가 된다. 평소에 그들은 농사를 지으며 살았다. 농사 지을 때 가장 곤란했던 점은 바로 흉악한 백학이 날아와 그들을 잡아먹는 것이었다. 그러나 마침 그들 근처에 대진국(大秦國) 사람들이 살고 있어서 그들을 도와주었다. 대진국 사람들은 키가 열 길이나 되었으므로 자주 와서 백학을 쫓아주곤 했으며 그들 덕분에 초요국 사람들은 편안히 일을 해나갈 수 있었다.

초요국은 주요국(周饒國)이라고도 한다. 〈주요〉나 〈초요〉는 모두 〈주유(侏儒)〉의 음이 바뀐 것인데 〈주유〉는 난쟁이라는 뜻이다. 이 밖에도 『산해경』에는 〈균인(菌人)〉과 〈정인(靖人)〉이라는 소인들이 나오는데 이들 역시 〈주유〉의 음이 변하여 된 말인 것 같다. 균인에 대해서는 특이한 이야기 하나가 전해지고 있다. 은산(銀山)에 여수(女樹)라고 하는 나무가 있었다고 한다. 하늘이 희미하게 밝아올 무렵이면 이 나뭇가지 위에 벌거숭이 어린 아기가 나타났다. 다른 전설에 의하면 대식왕국(大食王國)이라고 하는 나라가 있었는데 이 나라의 어느 절벽 위엔가 푸른 가지에 붉은 이파리를 가진 나무가 자라고 있었다. 그 나무에는 많은 아이들이 생겨나 매달려 있었다. 아이들은 대개 여섯 치

정도의 길이에 머리가 나뭇가지에 붙은 채로 자라났는데 사람들을 보면 웃었고 손과 발이 모두 움직였다. 그러나 나무에서 떨어지면 곧 죽어버렸다고 한다. 이런 소인들을 〈균인〉이라 했는데 먹으면 장생불사하는 〈육지(肉芝)〉의 일종인 것 같다. 오승은(吳承恩)의 『서유기(西遊記)』에서는 이런 것을 〈인삼과(人參果)〉라 했으며 저팔계(豬八戒)가 인삼과를 먹는 모습이 재미있게 묘사되어 있어 참고로 볼 만하다.

소인에 대해서는 또 『장자(莊子)』에도 재미있는 우언 한 편이 기록되어 있다. 달팽이의 왼쪽 더듬이 위에 〈촉씨(觸氏)〉라고 하는 나라가 있었고 오른쪽 더듬이 위에는 〈만씨(蠻氏)〉라는 나라가 있었다고 한다. 두 나라의 왕은 늘 서로의 구역을 차지하기 위하여 치열한 전쟁을 하였는데 전쟁이 일어나자 전쟁터에서 죽은 병사들이 수천 수만을 헤아렸다. 또 이긴 쪽이 진 쪽을 추격해 가는 데도 반 달이나 걸렸고 그렇게 쫓아가 상대방을 하나도 남김없이, 마치 꽃잎이 스러져내리듯 그렇게 다 죽여 없애고서야 비로소 개선해 돌아왔다. 우리가 앞에서 이야기한 초요국의 소인이나 균인 등은 『장자』의 우언에 나오는 이 소인들과 비교해 볼 때 모두가 〈초대형 거인〉들이라고 하겠다.

대인과 소인 전설에 나오는 신체 발육이 유별난 이 인류는 장수의 관념과도 관계가 있는 것 같다. 전설에 의하면 서방 바다 밖에 곡국(鵠國)이라고 하는 나라가 있었다고 한다. 이 나라의 남녀는 보통 키가 일곱 치 정도였는데 무척이나 예절이 바르고 수명이 3백 세나 되었다. 그들이 길을 걸으면 바람처럼 빨라서 하루에 무려 천 리를 갈 수 있었다고 한다. 이들은 두려운 것이 아무것도 없었으나 오직 하나, 바다고니만은 무서워했다. 바다고니가 그들을 한 입에 삼켜버릴 수 있었기 때문이다. 그러

나 이 소인들은 설령 바다고니 뱃속으로 들어가게 된다 해도 여
전히 살아갈 수가 있었다. 그리고 그 바다고니 역시 한번 날아
오르면 천 리를 갈 수 있었고 3백 년이나 살 수 있었다고 한다.
3백 살까지 산다는 것은 보통 오래 사는 것이 아니다. 그러나
앞에서 이야기했던 용백국 대인은 1만 8천 세까지 살았으며 원
교산(員山) 부근의 지이국(池移國) 소인들도 1만 세까지 살았다
고 하니, 이 정도까지 살아야 가히 〈천수(天壽)〉를 누렸다고 말
할 수 있을 것이다.

　이 밖에 바다 밖에 있는 여러 나라들 중에도 장수와 불사에
관계된 나라들이 있다.

　동방의 군자국(君子國)은 장수국 중의 하나인데 이 나라 사람
들은 모두가 수명이 매우 길었다. 그들은 가축과 들짐승을 잡아
먹었으며 그 나라에서 많이 생산되는 무궁화[木槿花]를 쪄서 일
상 식품으로 먹기도 했다. 무궁화는 관목(灌木)에 속하는 나무
에 피는 꽃인데 붉은색과 보라색, 그리고 흰색의 여러 가지가
있었다. 고대의 시인들은 그들의 시 속에서 무궁화를 이렇게 묘
사했다.

　　어떤 아가씨가 나와 같은 수레에 탔네.
　　그녀의 얼굴은 활짝 핀 무궁화와도 같아.

　이런 시의 구절로 보아 무궁화가 무척 아름다운 꽃이있음을
미루어 짐작해 볼 수 있을 것이다. 그러나 이 아름다운 꽃은 그
리 오래 피어 있지는 않았으니, 새벽에 피어나면 저녁이 안 되
어 시들어버렸다. 그것은 마치 일찍 스러져버린 소녀의 청춘과
도 같았다. 군자국 사람들은 수명이 이렇게 짧은 무궁화를 먹었

는데, 수명이 짧은 꽃을 먹는 그들이 장수할 수 있었다는 것은 참 이상한 일이긴 했다. 그러나 그들의 장수는 어쩌면 꽃 때문이 아니라 그들의 군자로서의 품덕이나 자애로운 마음씨 때문이었는지도 모른다. 인자한 성격을 가진 사람들은 대체로 오래 살았다고 하니까.

군자국 사람들은 정말 이상했다. 그들은 옷과 모자를 모두 격식에 맞추어 차려입었고 허리에는 보검을 찼으며 모든 사람들이 각자 호랑이 두 마리를 하인으로 부렸다. 모두들 겸양의 미덕이 있었으며 조금도 서로 다투지 않았다. 호랑이 또한 집에서 기르는 고양이처럼 온순하였다. 군자국의 거리에 가보면 사람과 호랑이가 서로 오가는 모습을 볼 수 있었지만 아무런 혼란도 일어나지 않았다. 그래서 공자는 이렇게 개탄하여 말한 적이 있다.

「나의 도(道)가 중국에서는 행해지지 않으니 뗏목이나 타고 바다 건너 구이(九夷)의 지방에나 가볼까」

군자국은 구이의 범위에 속했던 나라였으니 공자의 뜻은 아마도 군자국에 가서 자신의 도를 펼쳐보고 싶었던 것 같다.

서방에도 장수하는 사람들이 사는 나라가 몇 있었다. 궁산(窮山)에 있는 헌원국(軒轅國) 사람들은 모두가 장수하였고 단명하여 죽는 사람도 8백 년은 살았다. 그들은 모두 황제의 자손

헌원국인(軒轅國人)

이었고 사람의 얼굴에 뱀의 몸을 하였으며 꼬리가 머리를 휘감고 있었다. 이런 모습은 어쩌면 신의 형상과 비슷하다고도 할수 있을 것이다. 그 근처에는 〈헌원의 언덕〔軒轅之丘〕〉이라고하는 구릉이 있었는데 네 마리의 뱀이 그곳에 똬리를 틀고 지키고 있었다. 이렇게 서방에 황제(皇帝)의 위령이 있는 〈헌원의언덕〉이 있었기 때문에 활을 쏘는 사람들은 누구도 감히 서쪽을향해 쏘지를 못했다.

서방에는 이 밖에도 두 개의 장수국이 더 있었는데 그 나라에는 진귀한 동물들이 살고 있었다. 이 동물들을 타면 사람들의수명이 상당히 길어졌다고 한다.

그 중 한 나라는 백민국(白民國)이라 하였다. 백민국 사람들은 온몸이 흰색이었는데 머리카락까지도 하얀색이었다. 그 나라에는 〈승황(承黃)〉이라고 하는 길짐승이 살고 있었는데 여우처럼 생겼으며 등에 뿔이 두 개 돋아 있었다. 승황은 마치 나는듯이 빠르게 달렸으므로 〈비황(飛黃)〉이라고도 하였다. 후에 사람들의 입에 자주 오르내리는 〈비황등달(飛黃騰達)〉이라는 고사

승황(承黃)

성어는 바로 여기에서 유래된 것이다. 어느 누구든지 복이 있
어 그 짐승을 타게 되면 그 사람은 2천 년을 끄떡없이 살 수
있었다.

다른 하나는 기굉국(奇肱國)이라고 하는 나라였다. 그 나라는
옥문관(玉門關)에서 4만 리나 떨어진 서쪽 끝에 있었으며 기고
국(奇股國)이라고도 하였다. 〈기굉〉은 손이 하나만 있다는 뜻
이고 〈기고〉는 다리가 하나만 있다는 것인데 어느 것이 맞는 것
인지는 알 수가 없다. 이 나라 사람들은 갖가지 신기한 기계를
만들어 새를 잡았다고 하며 또 비거(飛車)라는 것을 만들 수도
있었다고 한다. 은(殷)의 탕왕 때 처음으로 시험 비행을 하여
예주(豫州) 지방에까지 갔었다고 하는데 물질 문명을 반대하던
당시의 중국에서 그것을 못쓰게 만들어버렸다고 한다. 그러나
10년이 지난 뒤 동풍이 불자 원래 모습과 똑같이 비거를 만들어
다시 그들에게 돌려주니 그들은 그것을 타고 돌아올 수 있었다
고 한다. 이렇게 볼 때 그들은 틀림없이 다리가 하나였던 것 같

기굉국인(奇肱國人)

다. 다리가 하나뿐이었기 때문에 불편했던 그들은 이런 여러 가지 기계들을 만들어 자신들의 결함을 보충하려 하였던 것이다. 만일 손이 하나뿐이었다고 한다면 그 하나의 손으로는 신기한 여러 가지 기계들을 만들어낼 수 없었을 것이다. 그래서 우리는 그 나라가 〈기굉국〉이 아닌 〈기고국〉일 것이라고 생각한다. 또 그들에게는 눈이 세 개씩 있었다고 한다. 물론 이 세 개의 눈은 기계를 만드는 데 쓸모가 있었을 것이다. 늘 〈길량(吉良)〉이라고 하는 말을 타고 다녔는데 이 말은 흰색에 무늬가 있었으며 붉은색 갈기에 닭 꼬리처럼 생긴 목을 하고 있었다. 또 눈은 황금과도 같았으므로 〈계사지승(鷄斯之乘)〉이라고도 불렸다. 이것을 한번 타면 1천 년을 살 수 있었다고 한다. 이 나라에는 또 머리가 두 개 달렸고 깃털에 노랑색이 섞인 붉은빛이 도는 이상한 새도 살았다고 한다.

이렇게 장수하는 사람들이 사는 나라뿐 아니라 아예 영원히 죽지 않는 사람들이 사는 나라도 있었다.

예를 들어 남방의 황야에 불사민(不死民)이라는 부족이 있었다. 이곳 사람들은 모두 피부가 검었다. 부근에 원구산(員邱山)이라고 하는 산이 있었는데 산 위에는 〈감목(甘木)〉이라는 불사수가 있었다. 그 불사수에 열린 열매를 먹으면 장생불사할 수 있었다고 한다. 또 산기슭에는 〈적천(赤泉)〉이라는 샘이 있었는데 이 샘물을 마셔도 역시 장생할 수 있었다. 이러한 것들 덕분에 이곳 사람들은 모두가 죽지 않고 오래 살았다고 한다.

이 밖에도 서방의 황야에는 삼면일비국(三面一臂國)이 있었다. 그들은 전욱의 자손으로 역시 장생불사했다고 한다. 또 하늘을 마음대로 오르내릴 수 있었던 호인국(互人國) 사람들은 인간의 얼굴에 물고기의 몸을 하고 있었는데 염제의 후손들이었

삼면인(三面人)

다. 그들은 모두가 죽지 않았던 것은 아니지만 적어도 수명만은 무척이나 길었던 것 같다.

장생불사의 나라들 중 가장 흥미로운 것으로는 대황 서북의 무계국(無膂國)을 들 수 있다. 〈무계〉란 바로 〈무계(無啓)〉인데 어떤 책에는 〈무계(無繼)〉라고도 기록되어 있다. 즉 후손이 없다는 뜻이다. 후손이 없는데 어떻게 국가를 유지해 갈 수 있었을까? 그들은 본래 동굴 속에 살았으므로 생활이 단순했다. 어떤 때에는 그저 공기만 마시기도 했고 또 때로는 강가에 나가서 고기를 잡아먹기도 했다. 아예 진흙을 밥으로 삼아 먹기도 했고 남녀의 구별도 없었다. 죽으면 땅 속에 묻혔는데 땅 속에서도 그들의 심장은 멈추지 않고 뛰었다. 그렇게 천이백 년이 지나면 부활해서 진흙 땅에서 기어나와 새로운 인생의 즐거움을 만끽하며 살아갔다고 한다. 이렇게 살다가는 죽고 죽었다가는 다시 살아났으니, 한번 죽는 것이 마치 긴 잠을 자고 일어나는 것과

무계국인(無脣國人)

다름이 없었다. 그러므로 그들은 장생불사하는 것이나 마찬가
지였으며 또한 그랬기 때문에 후손이 없어도 국가가 여전히 흥
성할 수 있었던 것이다.

　장생불사는 인간이 추구하는 행복 중에서도 으뜸가는 것이라
하겠다. 고대의 인간들은 이 목표에 도달하기 위하여 여러 가지
방법들을 생각해 보았다. 이슬을 먹고 공기를 마시며 매일 일정
한 시각에 태양이나 하늘을 향해 심호흡을 하기도 하였고 또는
청결을 상징하는 어떤 식물이나 광물들, 즉 국화나 술(術), 옥
이나 황금, 단사(丹砂) 등을 먹었다. 몸을 가볍게 하기 위하여
오곡을 입에 대지 않고 그저 공기만 마시며 선약을 먹기도 했고
또는 그 선약을 먹으며 방중술(房中術)을 연구하기도 했다. 성
질이 좀 급한 사람들은 〈돈(頓)〉이라고 하는 방법을 사용하기도
했다. 그것은 스스로 불 속에 뛰어들거나 칼로 베어 자신의 영
혼을 하늘나라로 보내는 것인데 그들은 그렇게 함으로써 천국
의 낙원 안에서 영생불사할 수 있을 것이라고 여겼다. 사람들은

이러한 여러 가지 방법을 사용하며 장생을 갈구했는데, 이런 것들은 신체의 단련에 어느 정도 도움은 되었는지 몰라도(특히 심호흡 같은 것) 스스로를 사악한 도에 빠져들게 하여 결과적으로는 단명을 재촉하게 하곤 했다. 물론 장생불사의 가장 간단한 방법으로는 선약을 먹는 것이 최고였다. 그런 신묘한 선약이 있어서 쉽게 얻을 수 있거나 만들 수 있었다면 그것은 모든 인류에게 복음이 되었을 것이다. 그러나 애석하게도 고서에 선약을 만드는 많은 비방이 적혀 있었지만 재료를 손에 넣기가 무척 어려웠고, 또 어떤 선약은 만드는 절차가 너무나 복잡했기 때문에 지금까지도 그 선약의 효과를 보았다는 이야기를 들은 적이 없다.

예를 들어 『포박자(抱朴子)』「선약편(仙藥篇)」에는 숱하게 많은 선약의 비방이 적혀 있다. 깊은 산 속을 걷다가 7-8치 정도의 소인이 말과 수레를 타고 지나가는 것을 보게 되는 일이 생길 것이다. 그것이 바로 〈육지(肉芝)〉인데 그것을 만나게 되면 절대로 기회를 놓치지 말 일이다. 즉 무당에게 법술을 부리게 하거나 혹은 우(禹)가 치수를 할 때의 발걸음처럼 날렵하게 다가가 단숨에 그것을 잡아 통째로 삼키면 얼마 지나지 않아 한낮에 승천할 수 있게 되었다고 한다. 또는 1만 년을 산 두꺼비와 1천 년을 넘긴 박쥐 한 마리씩을 사로잡아 그늘에 말린 뒤 가루로 만들어 시간 맞춰 먹으면 4만 세까지 살 수 있을 것이라 하였다. 또 〈풍생수(風生獸)〉라고 하는 짐승이 있었는데 표범처럼 생겼고 온몸이 푸른색이었다. 크기는 살쾡이만한데 남해의 대삼림 안에 서식했다. 그물을 쳐서 그놈을 잡아 몇 수레의 땔감으로 불태우면 땔감이 다 타버려도 그놈은 털끝 하나 타지 않은 채 그대로 있다. 그때 칼로 그놈을 찌르면 칼이 들어가지 않았고 쇠망치로 그놈을 때리되 가죽 부대를 치듯이 머리를 정조준하여 수천 번 내리쳐야 비로소 죽었다. 그러나 그놈은 죽어서도 입을 벌려 입 속으로 바람이 들어오게 하였는데, 바람이 입 안에 가득 차면 금방 다시 살아나서 도망치곤 하였다. 이때 돌 위에 돋아난 창포(菖蒲)로 얼른 그놈의 코를 막아야만 비로소 진짜로 죽는다고 했다. 이렇게 한 뒤에 그놈의 뇌수를 꺼내어 국화와 함께 일정한 시각에 복용하여 열 근 정도를 계속 먹으면 5백 세까지 살 수 있었다고 한다.

이렇듯 진지하게 전적에 기록되어 있는 장생의 〈선약〉들에 대해 읽으면 배를 움켜잡고 웃지 않을 수 없게 된다. 그러나 어느 날엔가 정말로 명실상부한 장생의 〈선약〉이나 〈선방(仙方)〉이 발명되어 보급된다면 옛날부터 지금까지 인류의 마음 깊은 곳에 존재해 온 생명에 대한 애착이라는 소박한 소망을 만족시켜 주게 될 것이다.

제11장
이형국

우가 치수를 하며 지나갔던 구주(九州)의 여러 나라들 중에는 앞에서 이야기한 대인국, 소인국, 장수국 들 외에도 많은 재미있는 나라들이 있다. 그리고 그 나라들 근처에서 사는 신기한 동물들도 꽤 있는데 이제 그것들에 대해 서술해 보기로 한다. 서술의 편리를 위하여 그 나라들을 우선 〈이형(異形)〉과 〈이품(異稟)〉으로 나누어보자. 〈형(形)〉이란 바로 생김새이며 〈품(稟)〉이란 품성이다. 물론 이것은 개략적인 구별일 뿐, 이품에 속하는 국가들 중에도 이형을 겸하는 것이 있으며 이형의 국가들 중에도 가끔씩은 이품을 겸하는 나라들이 있다. 그러므로 이형과 이품이라는 분류의 타당성에 대해서는 그리 개의치 않아도 무방할 것 같다. 이제 먼저 이형에 속하는 나라들에 대하여 이야기해 보기로 하자.

남방 해외의 서남에서 동남에 이르는 지역 중 가장 먼저 만나게 되는 나라가 바로 결흉국(結胸國)이다. 결흉국 사람들의 특징은 그들의 가슴 앞뼈가 툭 튀어나와 있었다는 것인데 그것은 마치 남자들의 목울대에 있는 뼈와도 같았다. 그리고 그 근방에는 〈비익조(比翼鳥)〉라는 새가 살고 있었다. 비익조는 들오리처럼 생겼고 깃털의 빛깔은 푸른데 붉은 기가 섞여 있었으며 날개와 눈이 모두 하나씩이었다. 그러므로 반드시 두 마리가 합쳐져야만 날개를 나란히 하여 하늘을 자유롭게 날아다닐 수가 있었으며, 혼자서는 한 걸음도 움직일 수가 없었다. 이 새들은 이렇게 짝을 지어 늘 함께 날고 함께 살며 영원히 떨어지지 않았다. 그래서 사람들은 비익조를 사이 좋은 부부의 상징으로 삼았는데 백거이(白居易)가 「장한가(長恨歌)」에서 〈원하건대 하늘에서 비익조가 되었으면〉이라고 말한 대목이 바로 그 예가 될 수 있다.

결흉국에서 동쪽으로 몇 나라를 지나가면 교경국(交脛國)에 도착하게 된다. 교경국 사람들은 키가 그리 크지 않아 대개 4척 정도가 되었다. 그런데 다리가 구부러진 데다가 서로 얽혀 있어 한번 누우면 일어나지 못했으니, 누군가가 곁에서 부축해 주어야만 일어날 수 있었다. 그리고 길을 걸을 때도 바로 걷지 못하고 절름거리며 걸어가 그 모습이 보기에 좋지 않았는데 그들은 습관이 되었는지 아무렇지도 않게 생각했다. 오히려 다른 나라에서 똑바로 길을 걷는 사람들이 오면 그것을 이상하다고 여기곤 했다.

교경국 부근에는 효양국(梟陽國)이라고 하는 나라가 있었다. 그 나라 사람들은 인간과 동물 사이에 속하는 야인(野人)들이었는데 키가 한 길은 되었고 〈바보 거인〉이라고도 하였다. 그들은 사람의 얼굴에 칠흑빛의 몸을 하고 있었으며 온몸엔 털이 나 있었고 발은 거꾸로 달려 있었으나 바람처럼 빨리 걸었다고 한다. 성질이 몹시 사납고 거칠었으며 사람 잡아먹는 것을 좋아했다.

교경국인(交脛國人)

그들은 산에서 혼자 지나가는 길손을 잡아먹곤 했는데 길손을
잡으면 개처럼 생긴 입을 쩍 벌리고서 그 커다란 입술을 말아
올려 이마에 붙이고는 낄낄거리며 실컷 웃었다. 다 웃고 나면
비로소 사람을 먹기 시작했다. 그래서 총명한 사람들은 그 괴물
을 퇴치할 수 있는 방법을 고안해 내었는데 그것은 바로 다음과
같은 것이었다. 즉 두 개의 대나무 통을 손에 끼우고 있다가 그
괴물이 자신을 잡은 뒤 입을 크게 벌리고 낄낄거리며 웃고 있을
때 잽싸게 대나무 통에서 손을 뽑아 비수를 꺼내어 횡하니 그
괴물의 이마를 향해 내리꽂는다. 그러면 괴물의 붉은 입술이 이
마 위에 박히게 되는데 바로 그 틈을 타서 코와 눈이 큰 입술
뒤에 가리워진 그 괴물을 손쉽게 잡을 수 있게 된다. 그런데 그
놈은 그렇게 완전히 사로잡힐 때까지도 대나무 통만을 꽉 잡고
있었다고 하니, 효양국의 그 괴물들이 〈바보 거인〉이라고 불리
우는 것은 다 그런 이유 때문이었다. 또 효양국의 그 괴물들 중

암놈은 무슨 즙 같은 것을 내뿜었다고 하는데 사람들이 그 즙을 뒤집어쓰게 되면 병에 걸리게 되었다고 한다.

효양국 근처에는 또 성성(猩猩)이라고 하는 재미있는 동물이 살고 있었다. 성성이는 개와 비슷하였으나 사람의 얼굴을 하고 있었고 눈과 코가 모두 단정하게 생겼다. 무척이나 총명하였고 사람의 말을 할 줄 알았으며, 사람을 보면 몸을 돌려 가버리면서 그 사람의 이름을 부를 줄도 알았다. 이런 성성이를 잡으려고 사람들은 술 몇 동이를 들고서 깊은 산 속으로 들어갔다. 그들은 산 속에 술동이와 국자, 그리고 나막신 몇 쌍을 곁에 놓아두고서 몰래 숨어 동정을 살폈다. 그러면 얼마가 지난 뒤 성성이가 나타나는데, 성성이는 술동이와 잔들을 보고서 그것이 다름아닌 사람들이 만들어놓은 덫임을 알아차린다. 성성이는 그 덫을 만들어놓은 사람들의 이름을 부르며 막 욕을 해대었는데 그들의 조상까지도 모조리 욕을 먹어야 했다. 그러나 그렇게 욕을 하다가 보면 목을 축일 음료수가 사실 필요했고, 마침 때맞

성성(猩猩)

취 향긋한 술 냄새가 성성이의 코를 간지럽혔다. 물론 성성이는 처음에 이렇게 생각하긴 한다.

〈안 되지, 속아 넘어가면 안 돼!〉

그러나 계속 생각한다.

〈조금만 맛을 볼까, 조금 맛만 보는 거야 뭐 어떨려고…….〉

점차 대담해진 성성이는 이윽고 발걸음을 술독 곁으로 옮겨 가고, 손을 내밀어 손가락으로 찍어 술맛을 본다. 이어 손가락이 국자가 되고 국자는 사발이 된다. 이렇게 되면 나머지 성성이들도 모두 달려들어 국자와 사발을 들고 앞을 다투어 술을 퍼마시는데 그것이 어찌 즐겁지 않으랴! 얼마 지나지 않아 이 총명한 동물들 덕분에 술 몇 동이는 모조리 바닥을 드러내고 만다. 이렇게 거나하게 취한 그들은 또 그곳에 놓여 있는 나막신을 보게 되는데, 기분이 한껏 좋아진 그들은 나막신을 발에 꿰고서 사람들이 걷는 흉내를 내게 된다. 그러나 서너 걸음도 못 가서 금방 땅 위에 고꾸라지게 되는데 바로 그때 부근에 숨어 있던 사람들이 튀어나와 밧줄로 그들을 꽁꽁 묶어버린다.

효양국에서 동쪽으로 가면 기설국(岐舌國)이다. 기설국은 반설국(反舌國)이라고도 하는데 이 나라 사람들의 혀는 목구멍을 향해 거꾸로 달려 있다고 한다. 그래서 그들의 말은 그들만 알아들을 뿐, 다른 지방 사람들이 그들의 말을 들으면 괴상하다고 여기기만 했다.

반설국에서 다시 동쪽으로 가면 시훼국(豕喙國)에 이르게 된다. 이 나라 사람들의 입은 모두 돼지처럼 생겼다. 시훼국 근처에는 착치국(鑿齒國)이 있다. 착치국 사람들은 입에서 길이가 3척이나 되는 치아를 뱉어내곤 하였는데 그것이 꼭 끌처럼 생겼다. 그 사람들은 성질이 포악하고도 사나웠다. 그들은 아마 요

삼수국인(三首國人)

임금 때 천신인 예(羿)가 남방 수화의 들판〔壽華之野〕에서 죽였던 괴물 착치(鑿齒)의 후손이 아닌가 한다.

그곳에서 동쪽으로 조금 더 가면 삼수국(三首國)에 이르게 된다. 삼수국 사람들은 몸이 하나에 머리가 세 개였는데 그 생김새가 괴이하고 무서웠다.

삼수국에서 동쪽으로 조금 더 가면 장비국(長臂國)에 도착하게 된다. 이 나라 사람들의 생김새는 평범했으나 다만 팔이 땅에 닿을 정도로 길었다고 하는데 무려 세 길이나 되었다고 하는 이야기도 있다. 그들은 늘 바닷가에서 물고기를 잡았는데 길다란 그들의 팔은 물고기를 잡기에 아주 유용했다. 그래서 그들이 바닷가에 서서 두 팔로 피득거리는 물고기를 잡는 모습을 자주 볼 수 있었다.

여기까지 오면 남방에 있는 이형국은 끝이 난다. 이제 동방에는 어떤 이형국들이 있는가 살펴보기로 하자. 동방에는 세 개의 이형국이 있는데 첫번째가 바로 흑치국(黑齒國)이다.

장비국인(長臂國人)

흑치국 사람들은 치아가 온통 옻칠을 한 듯이 검었는데 그들
은 제준(帝俊)의 후손이었다. 부근에는 탕곡(湯谷)이 있었으며
열 개의 태양이 늘 그곳에 머물렀다. 그들은 우리와 마찬가지로
쌀을 주식으로 먹었으나 좀 다른 점이라면 뱀을 반찬으로 먹었
다는 것이다. 흑치국은 군자국 근처에 있었는데, 아마 이런 연
유 때문인지 이여진(李汝珍)의 『경화연(鏡花緣)』에 보면 그들이
무척이나 예절바르고 학식도 꽤 있었다고 한다. 그래서 흑치국
의 두 여학생과 시서를 논할 때 당(唐)나라의 수재인 주인공을
그녀들이 오히려 능가할 정도였다고 하고 있다.

흑치국에서 북쪽으로 탕곡을 지나가면 현고국(玄股國)에 이르
게 된다. 이 나라 사람들은 생긴 것이 참으로 기괴했는데 허리
아랫부분이 온통 검은색이었다. 그들은 바닷가에 살았기 때문
에 물고기 껍질로 옷을 해 입었고 갈매기를 먹었다. 부근에는
우사첩(雨師妾)이라고 하는 부족이 있었는데 그들은 인간과 신
의 중간에 속하는, 뱀을 정복했던 괴인(怪人)들이었다. 이 부족

우사첩(雨師妾)

사람들은 온몸이 검은색이었고 두 손에는 뱀을 한 마리씩 들고 있었다. 어떤 때는 손에 뱀 대신에 자라를 들고 있기도 했다. 왼쪽 귀에는 푸른 뱀을 걸고 있었고 오른쪽 귀에는 붉은 뱀을 걸고 있었다.

거기서 조금 더 북쪽으로 가면 모민국(毛民國)이 나온다. 모민국 사람들의 얼굴과 몸에는 온통 화살촉처럼 단단한 털이 돋아 있었는데 체구는 작았다. 그들은 동굴 속에서 살았으며 일년 내내 옷을 입지 않았다.

이렇게 하여 동방 바다 밖의 이형국들을 살펴보았다. 이제 북방 바다 밖으로 가보기로 하자.

동북방에 처음으로 나타나는 나라는 기종국(跂踵國)이다. 이 나라 사람들은 키도 크고 발도 컸는데 가장 유별난 것은 길을 걸을 때 발가락 끝으로만 걷는다는 점이었다. 이렇게 발꿈치를 땅에 붙이지 않고 발가락으로만 걸었기 때문에 〈기종(跂踵)〉이라고 불렸다. 또 다른 전설에 의하면 그들의 발이 거꾸로 붙어

모민국인(毛民國人)

있었다고 한다. 그래서 남쪽을 향해 걸으면 발자국이 북쪽을 향해 찍혀 있게 되었는데 그런 연유로 해서 그들을 〈반종(反踵)〉이라고 부르기도 했다고 한다. 물론 정말 어떻게 생겼는가는 우리가 직접 가서 보아야만 알 일이지만.

거기서 서쪽으로 가면 구영국(拘纓國)이 나온다. 그곳 사람들은 수시로 턱 밑의 〈갓끈〔纓〕〉을 매만졌다고 하는데 그것은 바람에 갓이 날아갈까봐 걱정이 되어서 그러는 것처럼 보였다. 그 모습은 참으로 우스꽝스러운 것이었다. 그러나 우리가 생각하기로는 〈구영〉이라는 것은 〈구영(拘癭)〉이라고 씌어야 맞을 것 같다. 〈영(癭)〉이란 일종의 혹으로 대부분이 목에 나는데 큰 것은 설탕 항아리만큼이나 크다. 쓸데없이 붙어 있는 이 혹이 목 위에서 왔다갔다 흔들리니 몹시 불편했을 것이고, 그래서 그들은 수시로 손을 들어올려 그것을 받쳐주고 있어야 했을 것이다. 이렇게 해석하는 것이 〈갓끈〉으로 해석하는 것보다 좀 합리적이지 않을까 여겨진다. 구영국 남쪽에는 심목(尋木)이라고 하는 아주 커다란 나무가 자라고 있었는데 길이가 천 리나 되어 구름을 뚫고 하늘 높이 솟아 있었다고 한다.

거기서 다시 서쪽으로 가면 박보국(博父國)에 다다르게 된다. 〈박보〉는 바로 〈과보(夸父)〉이니, 이 나라 사람들은 예전에 태양과 달리기 시합을 했던 거인 과보의 후손들이었다. 그들은 체구가 무척 컸고 오른손에는 푸른 뱀을, 왼손에는 누런 뱀을 쥐고 있었다. 이 나라의 동쪽에는 푸른 잎이 우거지고 과일이 주렁주렁 매달린 도림(桃林)이 있었다. 도림은 바로 등림(鄧林)으로 옛날 태양을 뒤쫓아 달렸던 과보가 죽기 전에 던진 지팡이가 변하여 이루어진 곳이다. 본래 겨우 두 그루였던 것이 자라서 얽히고 설켜 광대무변한 삼림을 이루었다.

박보국의 바로 앞은 섭이국(聶耳國)이다. 〈섭이〉는 〈담이(儋耳)〉라고도 하는데, 이곳 사람들은 모두가 길고 긴 귀들을 가지고 있어서 귀가 어깨까지 축 늘어져 있었다. 그래서 길을 걸을 때면 언제나 두 손으로 귀를 붙잡고 걸어야 했는데, 그 모습은 구영국 사람들이 목에 붙은 혹을 받치고 다니는 모습을 연상케

섭이국인(聶耳國人)

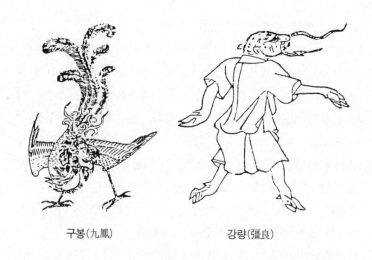

구봉(九鳳)   강량(彊良)

했다. 그들은 각자가 무늬 있는 호랑이 두 마리씩을 하인 삼아 부렸다.

섭이국 부근에는 그 유명한 북해가 있었고 그곳에는 세 명의 신인(神人)이 살았다. 사람의 얼굴에 새의 몸을 한 북해의 해신이자 풍신 우강(禺強)에 대해서는 앞에서 이미 말한 적이 있다. 다른 하나는 구봉(九鳳)이라고 하였는데 사람의 얼굴을 하고 있었다. 나머지 하나는 강량(彊良)이라고 하였다. 강량은 사람의 몸에 호랑이의 머리를 하고 있었고 다리가 네 개였다. 팔뚝이 유난히 길었으며 입에는 뱀을 물고 있었고 앞발에도 뱀을 걸치고 있었다. 그들은 모두가 북극천궤(北極天樻)라는 산에 살았다.

북해 일대에는 아주 기묘한 것들이 많았다. 사산(蛇山)이라고 하는 산의 꼭대기에는 봉황처럼 오색찬란한 아름다운 새들이 많았는데 그 새의 이름은 〈예조(鷖鳥)〉라고 했다. 그 새들이 무리를 지어 날아오르면 셀 수도 없이 많은 새들이 온통 하늘을 뒤덮는 것이 그야말로 장관이었다. 또 유도(幽都)의 대문이라

일목국인(一目國人)

정령국인(釘靈國人)

할 수 있는 유도지산(幽都之國)이 그곳에 있었는데 산 위에는 검은 새와 검은 뱀, 검은 표범과 호랑이, 이리 등 온갖 검은색의 생물들이 살고 있었다. 유도지산을 지나면 기암괴석이 우뚝우뚝 솟아 있는 대흑산(大黑山)이 눈앞에 나타나는데 산꼭대기에는 역시 검은빛의 사람들이 오가고 있었다. 이 밖에도 대유지국(大幽之國)이라는 곳이 있었는데 이곳 사람들은 모두가 벌거숭이인 채로 일년 내내 햇볕이 들지 않는 어두운 바위 동굴 속에 살았다. 또 다리가 붉은 사람들도 볼 수 있었는데 그들은 무릎 아랫부분이 온통 붉은색이어서 마치 빨간 장화를 신은 것 같았다. 그리고 또 정령국(釘靈國) 사람들도 볼 수 있었다. 그들은 사람의 몸에 말의 다리를 갖고 있었는데 그 다리는 긴 털로 뒤덮여 있었다. 그들은 채찍으로 자신들의 말 모양의 다리를 내리쳐 들판을 질풍처럼 내달리곤 했는데, 그럴 때면 그들의 목구멍에서는 가을날의 기러기가 우는 듯한 소리가 흘러나오곤 했다.

북해에서 다시 서쪽으로 가면 무장국(無腸國)이다. 무장국 사람들은 체구가 컸으나 뱃속에 창자가 없어서 음식을 먹으면 소화도 되지 않은 채 곧바로 배설되곤 했다. 후대의 소설가들은 그들이 배설한 그것을 어쩌면 다시 먹을 수도 있었으리라는 가정하에 무장국 사람들을 몇 등급으로 분류했다. 즉 등급이 낮은 사람들이 바로 윗 등급의 사람들이 배설한 것을 먹고 맨 나중 등급의 사람들이 배설한 것은 개가 먹는다는 추측이었다. 그러나 이러한 것은 일종의 풍자이긴 해도 너무 지나친 감이 없지 않다.

다시 서쪽으로 계속 가면 심목국(深目國)에 이르게 된다. 심목국 사람들은 눈자위가 움푹 패여 있었고 물고기를 주식으로 먹었다. 한쪽 손을 치켜들면 그 손에 물고기가 쥐어져 있곤 했다.

심목국의 서쪽은 유리국(柔利國)이다. 〈유리〉는 〈우려(牛黎)〉 또는 〈유리(留利)〉라고도 하는데 그 나라 사람들은 모두 뼈가 없었다. 또 손과 발이 모두 하나씩밖에 없는 데다가 그것마저 뼈가 없어 모두 위쪽을 향해 부드럽게 구부러져 있었다. 그들은

유리국인(柔利國人)

섭이국(聶耳國) 사람들의 후손이라고 한다.

거기서 서쪽으로 조금 더 가면 일목국이다. 일목국(一目國) 사람들은 눈이 하나뿐이었는데 얼굴의 한복판에 눈이 달려 있었다. 그들은 위(威)라는 성을 갖고 있었는데 소호(少昊)의 후손들이었다고 한다. 생김새가 고약한 데다가 성도 위(威)였기 때문에 사람들은 이 나라를 귀국(鬼國)이라고 잘못 부르곤 했다. 그러나 사실 이 귀국 근처에는 온갖 요괴들이 많이 살고 있어서 사람들의 간담을 서늘하게 만들어주곤 했다고 한다.

전설에 의하면 도견(蜪犬)이라고 하는 들짐승이 있었다고 하는데 개처럼 생겼으며 온몸이 푸른색이었다. 사람을 잡아먹었는데 늘 머리부터 먹기 시작했다. 또 궁기(窮奇)라는 짐승도 있었다. 생김새는 호랑이를 닮았으나 날개가 한 쌍 달려 있었고 몸에는 고슴도치처럼 딱딱한 가시가 가득 돋아 있었다. 궁기 역시 사람을 잡아먹었으며 머리부터 먹었는데 때로는 다리부터 먹을 때도 있었다. 그때 잡아먹히는 사람은 긴 머리를 풀어헤치고 있었다고 한다. 또 차 마실 물을 끓이는 주전자만큼이나 커다란 검은 벌과 코끼리보다 더 큰 붉은 누에도 있었다. 그리고 교(蹻)라고 하는 야인(野人)이 있었는데 몸에는 호랑이 무늬가 있었으며 종아리 부분이 특히 굵고 튼튼했다. 또 사람의 얼굴에 들짐승의 몸을 가졌으며 온몸이 푸른색인 〈탑비(闒非)〉라고 하는 요괴도 있었다. 그리고 사람의 몸뚱이에 머리는 검으며 눈이 세로로 달린 〈말(袜)〉이라고 하는 괴물도 있었는데 그것은 도깨비〔魑魅〕라고 할 때의 〈매(魅)〉와 같은 것이었다. 〈융(戎)〉이라고 하는 괴인(怪人)은 사람의 머리를 하고 있었지만 머리에는 뿔이 세 개나 달려 있었다. 이 밖에도 〈거비지시(據比之尸)〉라는 괴신(怪神)이 있었는데 목이 부러져 머리가 가슴 있는 곳까지

장고국인(長股國人)

꺾여 있었으며 흐트러진 머리카락 역시 아래로 늘어져 있었다. 두 팔은 잘려진 채 나무 등걸 같은 몸뚱이만 남아 있었는데, 그 모습으로 추측해 보건대 아마 다른 천신(天神)과 한바탕 싸우다가 져서 그런 비참한 몰골을 하고 있는 것 같다.

이곳까지 오면 북방에 있는 이형국은 다 돌아본 셈이 된다. 서방의 이형국 중에서 처음으로 가게 되는 곳은 장고국(長股國)이다. 장고국은 장각국(長脚國)이라고도 하는데 이 나라 사람들은 다리가 상당히 길어서 무려 세 길이나 되었다고 한다. 전설에 의하면 장각국 사람들이 장비국 사람들을 등에 업고 바닷속에 들어가 물고기를 잡는 모습을 본 사람들도 있다고 한다. 그것이 사실이었든 아니든 간에 다리가 긴 사람들이 팔 긴 사람을 업고 바다에서 물고기를 잡는 모습은 상상만 해도 재미있고 부러운 모습이 아니겠는가. 후대의 민간에서 연희되곤 했던 잡기(雜技) 중의 하나인 〈채고교(踩高蹺: 높은 나무 다리를 타는 춤)〉

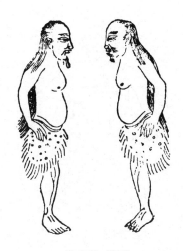

일비민(一臂民)

가 바로 이 장각국 사람들의 다리를 모방하여 만들어진 것이라
고도 한다. 이 나라 부근에는 깃털이 오색찬란하고 화려한 〈광
조(狂鳥)〉라는 새가 사는데 그 새는 〈광몽조(狂夢鳥)〉라고도 하
며 머리에 벼슬이 있다.

　이곳에서 다시 남쪽으로 몇 나라를 지나가면 일비국(一臂國)
에 이르게 된다. 이 나라 사람들은 모두 팔이 하나이며 눈과 콧
구멍까지도 하나씩이다. 이 나라에는 호랑이 무늬가 있는 황마
(黃馬)가 사는데 그놈 역시 눈이 하나이고 앞발도 하나뿐이다.

　조금 더 남쪽으로 내려가면 삼신국(三身國)이 나온다. 삼신국
사람들은 머리가 하나에 몸에 세 개인데 제준(帝俊)의 후손들이
다. 부근의 형산(滎山)에는 사나운 검은 구렁이가 사는데 어찌
나 큰지 커다란 사슴까지도 통째로 꿀꺽 삼킬 정도이다. 또 근
처에는 무산(巫山)이 있는데 그 산의 비밀 동굴에는 천제의 선
약(仙藥) 여덟 가지가 숨겨져 있다. 노란색의 작은 새 한 마리

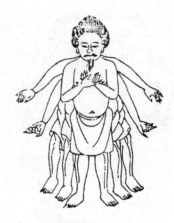

삼신국인(三身國人)

가 그 산의 서쪽에 사는데, 산 위를 오가면서 천제 대신 그 선
약을 지키고 또 형산의 검은 구렁이가 기어나와 못된 짓을 하는
가도 살피고 있다.

제12장
이품국

이품국도 이형국만큼이나 많은데 우선 남방 바다 밖부터 살펴보기로 하자. 서남방의 첫번째 국가는 우민국(羽民國)이다. 이 나라 사람들은 모두 머리가 길었으며 머리카락은 흰색이었고 눈은 붉었다. 입은 새의 부리처럼 뾰족했고 등에는 날개가 달렸으나 멀리 날지는 못했다. 그들은 또 새와 마찬가지로 알에서 태어났다. 그 나라에는 난새[鸞鳥]가 많았는데 난새는 봉황의 일종으로 오색찬란한 깃털이 무척이나 눈부셨다. 우민국 사람들은 난새의 알을 주식으로 먹었기 때문에 모두가 신선처럼 생겼다고 한다.

우민국 근처에는 난민국(卵民國)이라고 하는 나라가 있었는데 이곳 사람들도 우민국 사람들처럼 알에서 태어났고 또 알을 낳기도 했다. 다만 그들의 모습에 관해서는 기록된 것이 없어 알 수가 없는데 어쨌든 우민국 사람들과는 어딘가 좀 달랐을 것만은 확실하다. 그랬기 때문에 따로 나라를 세웠을 것이니까.

이 두 나라에서 동남쪽으로 가면 환두국(讙頭國)에 이르게 된

우민국인(羽民國人)   환두국인(讙頭國人)

다. 환두국은 환주국(讙朱國)이라고도 하는데 이 나라 사람들은
입이 새의 부리와 같았고 등에는 날개가 달린 것이 우민국 사람
들과 흡사했다. 그러나 그들의 날개로는 날 수가 없었고 그것은
다만 지팡이 대신으로만 쓰였다. 그들은 그런 날개에 의지하여
절룩거리며 무리를 지어 바닷가로 가서 새처럼 뾰족하게 생긴
입으로 물고기를 잡아먹었다. 환두는 원래 요임금의 신하였다
고 하는데 죄를 지어 남해(南海)에 뛰어들어 자살했다고 한다.
요임금은 그를 불쌍히 여겨 그의 아들을 남해로 보내어 제사를
지내주게 했다. 그 이후 그의 자손들은 물고기를 잡으며 생활해
야 했던 까닭으로 입 모양까지도 새의 부리처럼 변해 갔던 것
같다. 또 다른 전설에 따르면 환두는 본래 대신 곤(鯀)의 손자
라고 하는데 무슨 연유에서였는지는 몰라도 남해로 가서 새로
운 국가를 이루었다고 한다. 어쩌면 그것은 곤이 천제의 노여움
을 사 죽임을 당하게 되었던 사실과 관련이 있을지도 모른다.
그들은 물고기 이외에도 몇 가지 곡식을 주식으로 먹기도 했는

데 그 중에는 기장도 포함되어 있었다. 대신 곤이 죽어서 누런 곰으로 변한 뒤 서방으로 갈 때 백성들에게 기르라고 권했던 곡식이 바로 기장이었다.

환두국에서 남쪽으로 조금 더 가면 염화국(厭火國)에 이르게 된다. 염화국 사람들은 피부가 검어서 원숭이와 흡사했는데 입에서 불을 내뿜었다. 그들이 입에서 불을 내뿜을 수 있는 것은 그들이 먹는 것이 숯이기 때문이라고 한다. 그 나라에는 개처럼 생긴 화두(禍頭)라는 짐승이 있었는데 입에서 불을 내뿜었다고 전해진다. 후대의 민간전설에 의하면 백라천녀(白螺天女)가 그녀의 남편인 오감(吳堪)에게 개를 끌고 가 탐관오리인 현감의 가족을 불태워 죽이게 하는 이야기가 나오는데 그 개가 바로 화두라는 짐승이다.

염화국 근처에는 나국(裸國)이 있다. 나국 사람들은 온통 벌거벗은 채 살고 있었는데 일년 내내 옷을 입지 않았다. 우임금이 치수를 하다가 이 나라에 오게 되었을 때 이곳의 풍습을 존중하여 자신도 옷을 벗은 채 들어왔다고 하는 이야기는 제3장에서 이미 언급한 바 있다.

그곳에서 동북쪽으로 조금 더 가면 삼묘국(三苗國)에 도착하

염화국인(厭火國人)

게 된다. 삼묘국은 삼모국(三毛國), 혹은 묘민국(苗民國)이라고
도 한다. 삼묘라는 것은 본래 제홍씨(帝鴻氏)의 후손인 혼돈(渾
敦)과 소호씨(少昊氏)의 후손인 궁기(窮奇), 그리고 진운씨(縉雲
氏)의 후손인 도철(饕餮)을 일컫는다. 이들 세 민족은 요임금이
순(舜)에게 왕위를 선양하는 것을 반대했다. 그러자 요임금은
그들 민족의 우두머리를 죽였고, 그들은 남해로 도망가 함께
나라를 세웠으니 그것이 바로 삼묘국이다. 이 나라 사람들의 생
김새는 보통사람들과 다를 바가 없었으나 다만 발 밑에 날지는
못하는 작은 날개가 달려 있는 것이 특이했다.

다시 동쪽으로 조금 더 가면 질국(裁國)이 나온다. 이곳 사람
들은 본래 순(舜)의 후손들이다. 순이 무음(無淫)을 낳았는데
무음이 바로 이곳 질 땅에 와서 정착하니 그의 자손들이 질국을
이루었다. 이곳 사람들은 피부가 누런색이었고 활로 뱀을 잘 잡
았다.

질국 근처에는 역민국(蜮民國)이 있다. 역민국 사람들은 좁쌀
과 또 〈역(蜮)〉이라고 하는 이상한 생물을 주로 먹었다. 역은 〈단
호(短弧)〉 또는 〈사공충(射工蟲)〉이라고도 하는데 남방 산골짜
기 계곡에 사는 독충의 일종이었다. 생김새는 자라 같았고 길이
는 두세 치쯤 되었는데 모래를 머금고 있다가 사람들에게 뿜어
대곤 했다. 또 입을 활처럼 오므려서는 독한 기운을 내뿜기도
했다고 하는데 그것에 쏘이면 발이 오그라들며 경련을 일으키
고 두통에다 열이 났으며 또 그 쏘인 자리에는 부스럼까지 생겨
났다고 한다. 그래서 가벼우면 한바탕 앓고 일어날 수 있었지만
증세가 위중하면 목숨까지 잃을 정도였다. 『시경(詩經)』에서는
〈위귀위역(爲鬼爲蜮)〉이라고 하여 역을 귀신에다가 비겼는데 그
것을 보아도 역이란 놈이 얼마나 지독한 것이었는지를 알 수가

있다. 그러나 역민국 사람들은 이런 역을 무서워하지 않았을 뿐
아니라 오히려 주식으로 삼았다고 하니 그들 역시 괴상한 사람
들이었다고 하지 않을 수 없다. 그들은 이렇게 역을 잘 잡았지
만 뱀 역시 잘 잡았다. 역민국 사람 중의 누군가가 활시위를 팽
팽하게 당겨 뱀을 쏘아 잡았다면, 그는 뱀을 들고 집으로 돌아
가 껍질을 벗긴 뒤 먹어치웠을 것이다.

  역민국에서 동쪽으로 가면 관흥국(貫胸國)에 이르게 된다. 이
나라 사람들의 앞가슴에는 커다랗고 둥근 구멍이 뚫려 있는데
그 구멍은 도대체 어떻게 해서 생겨난 것일까? 전설에 따르면
우임금이 홍수를 다스릴 때 회계산(會稽山)에서 천하의 여러 신
들을 모이게 한 적이 있다. 그때 방풍씨(防風氏)가 늦게 도착하
여 우에 의해 죽임을 당하고 말았다. 후에 치수가 끝나자 하늘
에서 용 두 마리가 내려왔는데 우는 범성광(范成光)이라고 하는
사신에게 그 용을 타고 바다 밖의 여러 나라를 순시하라고 일렀
다. 그가 남해에 이르러 방풍씨 부족들의 나라를 지나가게 되었
을 때였다. 우가 자신들의 왕을 죽인 것에 대한 한(恨)이 아직
풀리지도 않았는데 우의 신하가 용을 타고 와 위세를 과시하려
하는 것을 보자 방풍씨의 두 신하는 화가 머리끝까지 치밀어올
랐으니, 그야말로 불난 집에 부채질하는 형국이었다. 그래서
그들은 그 귀빈이 땅 위로 내려오기도 전에 미리 활을 당겨 우
의 사신을 둘러싸고 있는 구름을 향해 화살을 쏘아대기 시작했
다. 그러자 천둥소리처럼 엄청나게 큰소리가 들리더니 갑자기
광풍이 휘몰아치고 억수같이 비가 쏟아져 내리면서 사신을 태
운 두 마리의 용은 하늘 높이 솟아올라 순식간에 그림자도 보이
지 않게 되었다. 방풍씨의 두 신하는 멍하니 하늘을 바라보다가
얼굴색이 새파랗게 질리다 못해 검게 변할 지경이 되고 말았다.

관흉국인(貫胸國人)

자신들이 엄청난 짓을 저질렀으며 그 죄는 용서받기가 어려울
것이라고 짐작한 그들은 남에게 당하느니 스스로 죽는 게 낫다
고 여겨 허리춤에서 칼을 빼어서는 가슴에 큰 구멍을 내고 죽어
버렸다. 이 소식을 전해 들은 우는 그들의 의리와 충직함에 감
동을 받았다. 그래서 사람을 보내어 그들의 가슴에 꽂힌 칼을
빼내고 불사초 가루를 상처에 발라주게 했다. 그러자 참으로 신
기하게도 그들은 유유히 다시 살아났다. 그러나 그들의 가슴에
뚫린 그 밥공기만한 크기의 구멍은 다시 메워지지 않았으니, 이
런 연유로 해서 그들의 후손 역시 뚫린 가슴을 갖게 되었고 나
라 이름도 관흉국이 되었다. 관흉국 사람들의 가슴에 뚫린 그
구멍은 등에까지 뚫려 있어 보기에는 그다지 아름답지가 못했
으나 그런대로 실제적인 용도는 있었다. 즉 그들이 외출하느라
가마를 타야 할 때 대막대기 하나만 있으면 되었으니, 막대기
를 가슴의 구멍에 끼우고 두 사람이 양쪽에서 들면 편리하고도
안전해 참으로 그럴듯했다.
　이렇게 하여 남방의 이품국을 다 둘러보았다. 이제 동방으로
가보기로 하자. 동방 바다 밖의 첫번째 이품국은 사유국(司幽

國)이다. 사유국 사람들은 제준(帝俊)의 후손들로 좁쌀과 들짐
승을 먹었다. 이 나라 사람들은 남자와 여자의 두 집단으로 나
뉘어져 있었는데 남자는 사사(思士)라 하였고 아내를 취하지 않
았으며 여자는 사녀(思女)라 하여 역시 남편을 필요로 하지 않
았다. 그러나 기묘한 것은 마치 백예(白鶃)처럼 서로 바라보기
만 하여도 감동을 받아 아이를 낳을 수 있었다는 점이었다.

그곳에서 북쪽으로 조금 가면 청구국(靑邱國)이다. 청구국 사
람들은 오곡을 먹었고 비단옷을 입는 것이 우리들과 다를 바가
없었다. 다만 그곳에는 발이 네 개에 꼬리가 아홉 개 달린 여우
가 사는데, 천하가 태평할 때면 세상에 나타나 상서로움을 예
고하는 것이 참으로 기이했다.

다시 북쪽으로 몇 나라를 지나 가면 노민국(勞民國)에 이르게
된다. 노민국 사람들은 손과 발, 얼굴이 몽땅 검은데 그 모습들
이 몹시도 바빠보인다. 그래서인지 걷거나 서 있거나, 앉아 있
거나 누워 있거나 간에 모두들 불안정한 태도였다. 아무 일도
하지 않으면서 이렇게 바쁜 모습들을 하고 있었기 때문에 사람
들은 그들을 〈노민(勞民)〉이라 불렀던 모양이다. 그리고 사람들
이 그렇게 부르니까 그것이 그대로 나라 이름으로 굳어졌다. 그

구미호(九尾狐)

들은 풀과 나무에 매달린 과일들을 먹었으며 머리가 둘 달린 새가 그곳에 살았다.

북방 바다 밖의 이품국은 둘밖에 없는데 그 하나가 고야국(姑射國)이다. 고야국은 열고야도(列姑射島)에 있었다. 열고야도는 바다 위에 떠 있는 선도(仙島)였는데 봉래도(蓬萊島)와 가까웠다. 망망하게 펼쳐진 바다가 그 섬의 동북쪽에 자리하고 있었고 서남쪽에는 높은 산이 둘러쳐져 있었다. 고야국은 이렇게 물과 산으로 둘러싸이고 풍경이 아름다운 섬에 자리하고 있었으니 그 나라 사람들은 모두가 선인(仙人)이었다. 그들은 오곡을 입에 대지 않고 신선한 공기만을 들이마시거나 이슬을 마시면서 살았다. 그래서 그들의 마음은 마치 깊은 샘물처럼 평온하고 잔잔했으며 생긴 것도 규중의 처녀처럼 반듯하고 얌전했다. 그러나 그 무엇도 그들을 해치지는 못했으니 경치가 빼어나게 아름다운 그 섬에서 그들은 별다른 사건 없이 유유자적하게 바닷 속의 큰 게나 능어(陵魚) 등을 바라보며 장생불사했다. 물론 우리가 보기에는 아무 사건도 일어나지 않는 그들의 기나긴 날

능어(陵魚)

들이 너무나 단조롭고 적막할 것 같지만 고야국의 선인들은 결코 그렇게 생각하지 않았다.

　고야국에서 서쪽으로 가면 서북쪽의 끝인 견융국(犬戎國)에 이르게 된다. 견융국은 견봉국(犬封國)이라고도 하는데 이 나라 사람들은 모두 개의 머리에 사람의 몸뚱이를 하고 있다. 전설에 의하면 그들은 황제(皇帝)의 후손이라고 한다. 황제의 현손인 농명(弄明)이 암수 한 쌍의 흰 개를 낳았는데 그 두 마리의 개가 결합하여 자손을 퍼뜨려 견융국을 이루게 되었다고 한다. 견융국 사람들은 고기를 먹었고 융선왕시(戎宣王尸)라고 하는 신을 모셨는데 그는 말처럼 생겼으나 머리가 없었고 온몸이 붉은 색이었다. 또 다른 전설에 의하면 그들은 고신왕(高辛王) 시절에 방왕(房王)을 죽이는 데 공을 세웠고, 그래서 고신왕이 자신의 딸을 주어 사위로 삼은 용구(龍狗) 반호(盤瓠)의 후손이라고도 한다. 그래서 그후에 태어난 남자아이들은 모두가 개의 머리에 사람의 몸을 한 괴상한 모양을 하고 있고 여자아이들은 모두가 아름다운 자태를 지니게 되었다고 한다. 그래서 그곳에서는 아가씨가 술과 요리 접시를 받쳐들고서 얌전히 꿇어앉아 개의 머리를 한 자신의 남편에게 그것을 올리는 모습을 볼 수가 있다. 이 나라에는 또 흰색에 무늬가 있는 〈길량(吉量)〉이라는 말이 있었는데 그 말은 〈길량(吉良)〉이라고도 하였다. 황금색 눈에 갈기는 불꽃처럼 붉었으며 그 말을 타면 천년은 능히 살 수 있었다고 한다. 그런데 어떻게 해서 이 말을 서방 바다 밖의 기고국(奇股國) 사람들이 타게 되었는지 모르겠는데 그것에 대해서는 제10장에서 이미 서술한 바 있다.

　북방에서 서방으로 내려오면 첫번째 나타나는 나라가 숙신국(肅慎國)이다. 이 나라 사람들은 동굴 속에 살며 옷을 입지 않았는데 돼지 가죽을 몸에 걸치고 있을 뿐이었다. 겨울이 오면 들짐승의 기름을 온몸에 두껍게 발라 그것으로 추위를 막았다. 그 나라에는 웅상(雄常)이라고 하는 아주 이상한 나무가 있었는데 중국 땅에 현명한 천자(天子)가 나타나게 되면 그 나무에는 저절로 부드럽고도 질긴 껍질이 자라났다고 한다. 그러면 그들은 그 나무의 껍질을 벗겨 옷을 지어 입었는데 그것은 돼지 가죽보다 질기고 따뜻했다. 물론 나무에 그런 껍질이 생겨나지 않을 때에는 여전히 돼지 가죽을 걸치고 있는 수밖에 없었다. 그들의 생활은 이렇게도 가난했지만 모두들 활 쏘는 솜씨가 뛰어났고 무술 실력이 높았는데, 그들이 사용하던 활만 해도 길이가 4척이나 되었다고 한다.

숙신국에서 남쪽으로 두어 나라쯤 지나가면 옥민국(沃民國)에 이르게 된다. 이곳은 참으로 비옥하고도 풍요로운 땅이었다. 난새가 그곳에서 노래했으며 봉황이 춤을 추었고 온갖 날짐승과 길짐승들이 모여들어 사이 좋게 살고 있었다. 옥민국 사람들은 사방에 지천으로 널려 있는 봉황의 알을 먹었으며 하늘에서 내려오는 감로를 마셨다. 감로와 봉황의 알은 인간이 먹어보고 싶어하는 갖가지 맛을 지니고 있었다.

옥민국에서 다시 남쪽으로 가면 여자국(女子國)이다. 여자국에는 여자만 있을 뿐 남자는 없었다. 소녀가 자라서 어른이 되면 황지(黃池)에 가서 목욕을 했고 그러면 바로 임신을 하게 되었다. 그리고 남자아이가 태어나면 삼 년 안에 모두 죽여버렸고 여자아이들만이 자라 어른이 되었다.

그곳에서 남쪽으로 조금만 가면 무함국(巫咸國)이다. 무함국은 무사(巫師)들이 모여 만든 나라인데 그 중 유명한 것이 무함(巫咸)·무즉(巫卽)·무반(巫肦)·무팽(巫彭)·무고(巫姑)·무진

병봉(幷封)

(巫眞)·무례(巫禮)·무저(巫抵)·무사(巫謝)·무라(巫羅) 등 열
명의 무사들이다. 그들은 오른손에는 푸른 뱀을, 왼손에는 붉
은 뱀을 쥐고서 등보산(登葆山)을 오르내리며 약초를 찾아다녔
다. 이 나라 근처에는 병봉(幷封)이라고 하는 괴상한 동물이 살
았는데 생긴 것은 검은 돼지 같았고 앞뒤에 머리가 하나씩 달려
있었다.

  다시 남쪽으로 더 가면 장부국(丈夫國)이 나온다. 이 나라에
는 온통 남자뿐, 여자가 없었다. 그들은 모두가 옷을 깔끔하게
차려입었고 허리춤에는 보검을 차고 있어서 그 모습이 상당히
위풍당당했고 예의가 있어 보였다. 그러면 이 나라에는 왜 남자
만 있고 여자는 없는 것일까? 전설에 의하면 은(殷)나라 때에
태무(太戊)라고 하는 왕이 있었다고 한다. 그는 왕맹(王孟)이라
는 신하에게 사람들을 거느리고서 서왕모를 찾아가 불사약을
구해 오라고 하였다. 왕맹이 명령을 받고 가다가 이곳에 이르러
양식이 떨어지니 더 이상 갈 수가 없었다. 그래서 온통 황량한
산뿐인 이곳에 눌러앉아 나무 열매를 따먹고 나무 껍질로 옷을
해 입으며 나라를 이루었는데 그것이 바로 장부국이다. 그들은
모두가 평생을 홀로 지냈는데 그래도 모두들 아들을 둘씩 낳을
수 있었다. 아이들은 그들의 몸에서 생겨났는데 처음 태어나면

아이들은 그저 그림자의 모습을 하고 있었고, 그 그림자가 사람의 형체를 갖추게 되면 그들은 죽어갔다. 일설에 의하면 아이들은 그들의 겨드랑이 밑에 있는 갈비뼈에서 태어났다고도 한다.

장부국 부근에는 수마국(壽麻國)이라고 하는 나라가 있었는데 대신(大神) 남악(南嶽)의 후손들이다. 이 나라 사람들은 햇빛 아래 서 있어도 그림자가 생기지 않았으며 아무리 크게 소리를 질러도 듣지 못했다. 그곳은 어찌나 날씨가 더웠던지 아무도 가까이 가려 하지 않았다. 그 근처에는 여제(女祭)와 여척(女戚)이라는 두 명의 여무(女巫)가 있었는데 여척은 물고기와 선어(鱔魚)를, 여제는 제사지낼 때 쓰는 도마를 받쳐들고 있었다.

수마국에서 남쪽으로 가면 서방의 마지막 나라인 맹조국(孟鳥國)에 이르게 된다. 맹조국은 맹서국(孟舒國)이라고도 하는데 그 나라 사람들은 사람의 머리에 새의 몸뚱이를 하고 있었으며 사람의 말을 할 줄 알았고 깃털의 색깔은 붉은색과 노란색, 푸른색의 세 가지 종류였다. 그들은 우임금을 도와 치수에 공을 세웠던 대신 백익(伯益) 혹은 백예(柏翳)의 후손들이다. 전설에 의하면 백예의 현손인 맹회(孟戲)——그도 역시 새의 몸뚱이에 사람의 말을 할 줄 알았다——가 이곳에 와 나라를 세울 때 봉황도 그를 따라왔다고 한다. 맹조국의 산에는 대나무가 많았고 그 길이는 천 길이나 되었는데 봉황은 바로 그 대나무숲 속에 둥지를 틀었고 또 그 열매를 먹으며 살았다. 맹회도 역시 나무 열매를 찾아 먹으며 지냈다. 이렇게 하여 후에 나라가 이루어졌는데 그 나라는 맹서국 또는 맹조국이라 하였지만 정확하게 말하자면 맹회국이 맞는다고 할 수 있겠다.

제13장
두견새와 이랑신

곤과 우가 치수작업을 했던 것과 비슷한 이야기가 고대의 촉(蜀) 땅에도 있었다. 이제 촉나라, 혹은 촉군(蜀郡)에서 일어 났던 두 가지 이야기, 즉 망제(望帝)가 새로 변한 이야기와 이 빙(李氷) 부자(父子)가 치수에 힘썼던 이야기를 서술해 보고자 한다.

상고시대의 촉나라에서 최초로 왕이라 칭한 자는 잠총(蠶叢) 이었는데 그는 일찍이 사람들에게 양잠의 기술을 가르쳤다. 〈촉 (蜀)〉자는 갑골문으로 〈𝕰〉 혹은 〈𝕾〉으로 표기된다. 그것이 묘 사하고 있는 것은 바로 누에의 모습이니 고대 사천(四川) 지방 에 양잠이 발달했었음을 알 수가 있다. 그때 사람들은 생활이 단순하여 일정한 거주지가 없이 국왕인 잠총을 따라 이리저리 옮겨다니며 살았는데, 잠총이 가는 곳에는 곧바로 시끌벅적한 잠시(蠶市)가 생겨나곤 했다. 잠총 일족의 사람들은 눈이 상당 히 유별나게 생겼으니, 눈이 가로가 아닌 세로로 열려 있었다. 그리고 잠총이 죽은 뒤에 석관(石棺)을 써서 매장하는 방법을

사용하였기 때문에 백성들도 그 방법을 따라 죽은 뒤에는 모두
들 석관을 사용하였다. 후세 사람들은 석관으로 묻은 이런 무덤
을 〈종목인총(縱目人冢)〉이라 불렀다. 잠총 다음의 왕은 백관
(柏灌)이라 하였고 그 다음 왕은 어부(魚鳧)였다. 어부는 구상
(瞿上: 지금의 四川省 雙流縣)에 도읍을 세웠다가 후에 비(郫:
四川省 郫縣)로 천도하였으며 전산(湔山: 四川省 灌縣)에서 사냥
을 하다가 득도하여 신선이 되었다고 한다. 그후 세월은 하염없
이 흘러갔다. 어부왕이 신선이 되어 떠난 지 얼마나 되었는지
짐작조차 할 수 없던 어느 날, 갑자기 두우(杜宇)라는 남자가
하늘에서부터 주제(朱提: 四川省 宜賓縣 서남쪽) 지방으로 내려
왔다. 그때 또한 이(利)라고 하는 여자가 강가의 우물에서 솟아
올라왔다. 하늘과 땅이 만들어낸 것 같은 이 이상한 두 사람은
결혼을 하여 부부가 되었다. 그리고 두우는 스스로 촉왕이 되어
망제(望帝)라 칭하였고 비(郫) 지방을 계속 도읍으로 삼았다.

　망제는 나라를 다스리면서 백성들의 생활에 관심이 많았다.
그는 백성들에게 농사짓는 법을 가르쳤고 또 절기를 잘 맞추어
농사지을 시기를 놓치지 말라고 수시로 당부하였다. 그 당시 촉
나라에는 수재(水災)가 자주 발생했다. 망제는 백성들이 재해를
입을까봐 걱정이 되었지만 그것을 다스릴 수 있는 묘안이 그리
갑작스레 떠오르지는 않았다.

　그러던 어느 해였다. 강물이 역류하여 올라오며 한 남자의
시체가 나타났다. 상식대로 하자면 시체는 물줄기를 타고 아래
로 흘러내려가야 하는 것인데 오히려 물길을 타고 거슬러 올라
왔으니 참으로 신기한 노릇이었다. 사람들은 기이하게 생각하
며 그 사내를 건져올렸다. 그런데 더욱 신기한 것은 시체를 막
건져올리자 그 즉시 부활하여 말을 하는 것이었다. 그는 자기가

초나라 지방 사람이며 이름은 별령(鱉靈)이라 한다고 하였다.
잘못하여 발을 헛디뎌 물에 빠졌을 뿐인데 어찌하여 여기까지
흘러오게 되었는지 참으로 알 수 없는 노릇이라며 고향의 친척
과 친구들이 자신을 찾고 있을 것이라고 말했다. 망제는 강물을
따라 그런 이상한 사람이 흘러왔다는 말을 듣고 참으로 신기한
일이라고 생각했다. 그래서 그를 불러다가 만나보았는데 두 사
람은 만난 지 얼마 되지 않아 서로 뜻이 맞았다. 망제는 그 남
자가 지혜롭고 총명할 뿐 아니라 물의 성질을 잘 파악하고 있다
는 것을 알았다. 그래서 수재가 자주 발생하는 곳에서는 그런
인재가 필요하다고 여겨 그를 촉나라의 재상으로 삼았다.

　별령이 재상이 된 지 얼마 지나지 않아 촉나라에는 큰 홍수
가 일어났다. 옥루산(玉壘山: 즉 玉山, 四川省 灌縣에 있음)이
물길을 가로막고 있어서 물이 흘러가지 못해 홍수가 일어났던
것이다. 이 홍수는 얼마나 엄청났던지 요임금 때의 대홍수에 견
줄 만했다. 물 때문에 고립된 사람들의 고통이 어떠했는지는 굳
이 묘사하지 않더라도 가히 상상할 만했다. 망제는 재상인 별령
을 보내어 홍수를 다스리게 했는데 과연 별령은 치수에 있어서
자신이 지닌 천부적 재능을 유감없이 발휘했다. 그는 우선 사람
들을 이끌고 옥루산으로 갔다. 그리고 그곳에 통로를 뚫어 막힌
물이 순조롭게 민강(岷江)으로 흘러들어가 평원의 여러 지류로
나갈 수 있게 하였다. 그러자 수환(水患)은 해결되었고 백성들
도 다시 편안히 살아갈 수 있게 되있다. 또 다른 전설에 의하면
별령이 뚫은 것은 옥루산이 아니라 무산(巫山)이라고도 한다.
즉 무산의 협곡이 너무 좁아 장강(長江)의 물이 흐르다가 막혀
촉나라 전체에 대홍수가 일어났다고 하는데, 그때 별령이 무산
을 뚫어 홍수의 환난을 없애주었다는 그런 이야기이다. 어쨌든

이렇게 별령이 치수의 임무를 완수하고 돌아오자 망제는 그가 치수에 공을 세웠다고 하여 왕위를 그에게 선양해 주었다. 별령은 왕위를 물려받고서 개명제(開明帝)라 칭하였는데 총제(叢帝)라고 부르기도 한다. 망제는 왕위를 물려주고서 서산(西山)으로 가 은거를 시작했다. 이때가 바로 춘삼월로 두견새가 울 때였으니 백성들은 두견이 우는 소리를 들으면 옛 임금을 생각하며 슬퍼했다고 한다.

백성들은 두견이 우는 소리를 들으면 왜 슬퍼했을까? 여기에는 두 가지의 서로 다른 이야기가 전해지는데 그 하나는 다음과 같다.

별령이 치수를 하러 떠난 뒤 망제는 집에서 별령의 아내와 사통을 하였다. 별령이 치수를 마치고 돌아오게 되니 망제는 너무나 부끄러워서 깊은 산 속으로 들어가 은거하였는데 후에 그가 죽어 영혼이 변해서 두견새가 되었다고 한다. 그러므로 두견새는 비록 사생활에 결점을 좀 있었을망정 늘 백성들에게 관심을 가졌고 또 백성들을 사랑했던 임금 망제의 화신이었던 것이다. 그래서 사람들은 두견새가 우는 소리를 들으면 망제가 생전에 베풀었던 좋은 정치를 생각해 내었고 그런 연유로 해서 모두들 자신도 모르는 사이에 저절로 슬픈 마음이 들곤 했던 것이다. 이것 말고 다른 전설로는 다음과 같은 이야기가 있다.

옛날에 두견새는 자주 우는 새가 아니라 가끔씩만 우는 새였다고 하며 또 우는 소리도 지금처럼 그렇게 처량하거나 사람들을 감동시킬 정도는 아니었다고 한다. 두우가 왕위를 별령에게 물려주고 나서 서산에 은거할 때 별령이 기회를 틈타 그만 두우의 아내를 범했다. 두우는 서산에서 이 사실을 알고 있었으나 별령을 어떻게 해볼 수가 없어 하루 종일 슬피 울기만 했다. 그러다가 두우가 죽게 되었을 때 그는 서산의 두견새에게 이런 부탁을 했다.

「두견아, 네가 울어라. 네가 이 두우의 심정을 백성들에게 전해 주어라!」

이에 두견은 촉나라로 들어가 밤낮으로 슬피 울어댔으며 부리에서 피가 흐를 때까지도 멈추지 않았다고 하는데 백성들이 두견새의 울음소리를 듣고 슬픈 느낌을 받게 되는 직접적인 원인이 바로 이것 때문이라고 한다.

앞의 두 가지 이야기는 그 내용과 성질이 완전히 다르다. 앞의 전설이 비교적 오래된 것이라면 뒤의 전설은 이상은(李商隱)의 시 「망제가 춘심을 두견에 기탁하다(望帝春心托杜鵑)」에서 비롯된 것이라고 볼 수 있다. 그러나 어느 전설이든지 모두 두우와 별령 사이에 분명히 애정상의 갈등이 있었으며 또한 별령이 최후의 승자였다는 것을 말해 주고 있다(도덕적으로든 사실적으로든). 그래서 불행했고 또 결국엔 패배하고 말았던 망제를 사람들은 동정하게 되었고 그런 동정심에서 두견새의 이야기가 전해지게 된 것으로 보인다.

그러나 실제로 농촌에서 전해지고 있는 망제의 이야기는 위에서 서술한 두 가지 이야기보다 훨씬 더 건전하다.

비현(郫縣) 두견촌(杜鵑村)의 늙은 농민은 〈두견새는 두견왕이 변한 것이고 만년력(萬年曆)은 두견왕이 만든 것〉이라고 한다. 그들이 가리키는 두견왕은 바로 두우를 일컫는다. 그들은 다음과 같이 이야기한다.

망제는 생전에 백성들을 사랑하여 그들에게 농사짓는 법을 가르쳤다. 그리고 죽은 뒤에도 여전히 백성들의 생활을 염려하였으니, 그의 영혼은 두견새로 변하여 해마다 청명이나 곡우, 소만 등 농가에서 바쁜 절기가 되면 날아와 논둑에 앉아 계속 울었다고 한다. 사람들은 그 소리를 들으면 모두가 〈우리의 망제 두우께서 오셨다!〉라고 하며 서로 권하여 말했다.

「때가 되었네, 빨리 씨를 뿌려야지」

「때가 왔네, 어서 모를 심읍시다」

사람들은 그래서 그 새를 두우 혹은 망제, 또는 최경조(催耕鳥)나 최공조(催工鳥)라고 불렀다.

두우가 별령에게 제위를 선양한 뒤 별령은 자신의 자손들에게 왕위를 물려주었다. 개명제(開明帝) 12세에 이르러 제호를 바꾸어 왕이라 칭하고 도성도 비에서 성도(成都)로 옮겼다. 그 당시 강대했던 진(秦)나라는 촉나라를 범하려고 호시탐탐 기회를 노리고 있었다. 그러나 촉나라의 지세가 험준하여 군대가 쉽사리 들어갈 수가 없었으므로 교활했던 진의 혜왕(惠王)은 꾀를 내었다. 그는 사람들을 시켜 돌로 소를 다섯 마리 만들게 했다. 그리고 돌로 만든 소의 꽁무니에 매일 금을 한 무더기씩 쌓아 놓고는 그 소가 금소이며 매일 금을 한 무더기씩 누는 소라고 소문을 내었다. 그 소문은 마침내 촉왕의 귀에까지 들어가게 되었다. 재물을 무척이나 탐하였던 촉왕은 그 소를 얻고 싶어 안달이 났다. 그래서 진 혜왕에게 사신을 보내어 그 소를 갖고 싶다고 부탁을 하게 했다. 진 혜왕은 자신이 뜻하던 바대로 일이 진행되어 갔으므로 조금도 인색하지 않고 얼른 허락하였다. 그러나 문제는 이 다섯 마리의 소가 너무나 크고 무거웠으므로 산이 많은 촉나라까지 어떻게 옮기느냐 하는 것이었다. 그때 마침 촉나라에는 다섯 명의 장사가 있었다. 그들은 오정역사(五丁力士)라 불렸는데 힘이 무척 센 다섯 형제였던 것 같다. 촉왕이 그들을 시켜 산길을 닦게 하여 마침내 금우로(金牛路)라고 하는 길이 뚫리게 되었다. 길이 뚫리니 이제 금소로 위장한 돌로 만들어진 소 다섯 마리를 운반해 올 수 있었다. 그러나 어찌된 일인지 촉땅으로 옮겨진 그 소들은 결코 금덩이를 누지 않았다. 촉왕은 화가 치밀어올랐으나 어쩔 수가 없었다. 그저 그 돌로 만든 소들을 돌려보내며 욕설이나 한마디 내뱉을 수밖에.

「동방의 소치기 같은 놈들!」

그러나 진나라 사람들은 이 말을 전해 듣고 웃으며 말했다.

「그래, 우리가 비록 동방의 소치기에 불과하나 우리 진나라는 너희 촉나라를 손 안에 넣고서야 비로소 직성이 풀릴 것이다!」

진 혜왕은 촉왕이 재물을 탐할 뿐 아니라 여자도 좋아한다는 것을 알았다. 지금 금우로가 뚫리긴 했지만 촉나라는 아직 그리 쉽게 공격해 들어갈 수는 없는 곳이었다. 그래서 미녀를 이용해 촉왕을 유혹하게 한 다음 다시 틈을 살필 작정이었다. 혜왕은 촉왕에게 사신을 보내어 진나라에 미녀 다섯 명이 있는데 촉왕에게 바치고 싶다고 말하게 했다. 촉왕은 미녀를 보낸다는 말에 귀가 번쩍 뜨여 이전의 원한을 단숨에 잊어버리고 또다시 적의 올가미에 걸려들고 말았다. 그는 이번에도 다섯 명의 장사를 진나라로 보내어 미녀들을 영접해 오게 했다. 오정역사는 왕의 명을 받고 진나라로 가 미녀들을 호위해 돌아오게 되었다. 그런데 재동(梓潼)이란 곳에 이르렀을 때였다. 갑자기 큰 구렁이 한 마리가 동굴 속으로 들어가는 것이었다. 장사들 중의 하나가 얼른 달려가 뱀의 꼬리를 잡아 힘껏 바깥쪽으로 당겼다. 그놈을 꺼내어 죽여서 백성들의 재앙을 없애주려 함이었다. 그러나 뱀은 힘이 무척 세었기 때문에 혼자서는 그것을 잡아당길 수가 없었다. 그래서 형제 다섯이 달려들어 있는 힘을 다해 뱀을 잡아당기며 소리를 질렀는데 그 소리가 산골짜기를 찌렁찌렁 울리게 했다. 구렁이는 조금씩 조금씩 굴 속에서 끌려나왔고 형제들은 신이 났다. 그러나 그 요사스런 구렁이가 요술을 부렸다. 우르릉 하는 굉음과 함께 산이 무너져 내리면서 흙먼지가 자욱하게 앞을 가렸다. 백성을 위해 재앙을 없애려던 다섯 장사와 진나라에서 바친 다섯 미녀는 순식간에 깔려 죽어버리고 큰 산은 다섯 개의 고개로 변하고 말았다. 그 고개 위에는 각각 평평하고 네모진 돌이 놓여 있었는데 그것은 그들에게 바쳐진 묘비와도 같았다. 촉왕은 이 소식을 듣고 너무나 가슴이 아팠다. 그러나 그가 가슴 아파했던 것은 장사들의 죽음이 아니라 그의 손 안에 넣고 노리개로 삼아보려 했던 미녀들의 죽음이었던 것 같다. 그는 얼굴 두껍게도 그 산에 올라가 미녀들에게 제사를 올리고 그 다섯 개의 산을 〈오부총(五婦塚)〉이라 이름하였다. 그리고 그 위에 무슨 〈망부후(望婦堠)〉며 〈사처대(思妻臺)〉 같은 것들을 지었고 평소에 그가 자랑하였던 다섯 장사는 완전히 잊어버렸다. 그러나 백성들은 그들을 잊지 않아 그 산을 〈오정총(五丁塚)〉이라고 불렀다.

진 혜왕은 큰 산이 무너져 다섯 장사가 죽었고 촉왕이 미녀들 때문에 상심해하고 있다는 전갈을 받고서 여간 기쁜 게 아니었다. 이제 촉나라 따위는 두려워할 것이 없다고 여긴 혜왕은 금우도를 통해 대군을 보내어 촉을 쳤다. 촉나라는 금방 풍비박산이 났고 촉왕은 죽음을 당하고 말았다.

이때 망제의 영혼이 변하여 된 새 두견은 더욱더 속이 상하였다. 자기 나라가 멸망하는 것을 보면서도 아무런 방도가 없었기 때문이다. 그래서 두견새는 복숭아꽃이 피는 춘삼월이 되면 봄바람에 밝은 달을 바라보며 더욱 비통하게 울었다고 한다.

「돌아가리라, 돌아가리라!」

촉나라 사람들은 그 울음소리를 들으면 그들의 옛 임금인 망제가 고국을 그리워하여 울고 있는 것임을 알았다.

이렇게 촉나라가 망해 버리긴 했으나 다행스럽게도 백성들은 그리 심한 고초를 당하지는 않았다. 왜냐하면 얼마 지나지 않아 진 소왕(昭王) 때가 되어 이빙(李氷)이라고 하는 사람이 군수로 파견되어 왔기 때문이다. 그는 망제처럼 백성들에게 관심을 갖고 그들을 사랑하는 좋은 사람이었기 때문에 촉군에 도착하자마자 곧 백성들을 위해 좋은 일을 하기 시작했다. 그 중에서도 백성들이 가장 잊을 수 없어하는 것은 홍수의 재난을 다스린 일이었다. 그리고 또 강물을 이용하여 수많은 농토를 관개할 수 있게 하였으니 대대손손이 모두 이빙의 덕을 보았다.

전설은 다음과 같다. 이빙이 촉나라에 막 군수로 왔을 때였다. 강수(江水)의 수신도 호색가였던 황하의 신 하백처럼 해마다 나이 어린 아가씨를 신부로 삼아왔다고 한다. 그러다가 자기 뜻에 맞지 않으면 사나운 파도를 일으켜 하늘까지 닿을 듯한 홍수로 백성들에게 해를 끼쳤다. 백성들은 이 때문에 너무나 고통스러웠지만 그래도 해마다 돈을 내어 결혼식을 준비하고 아가씨들을 골라 그 음탕한 강신에게 바치는 수밖에 별다른 도리가 없었다. 이빙이 부임해 와 강신의 그 못된 행위를 알고는 결혼식을 준비하는 사람에게 말했다.

「올해는 사람들에게 돈을 내라고 할 필요가 없소. 내 딸을 강신에게 보낼 테니까」

딸을 시집보내게 된 그날, 이빙은 과연 자신의 두 딸을 예쁘게 꾸며서 강물에 던져넣어 강신에게 바치려 하였다. 강가의 신단에는 강신의 자리가 마련되었고 향과 꽃, 촛불과 술, 그리고

과실 등의 제물이 차려졌으며 신단 아래에는 현란한 빛깔의 옷
을 입은 악사들이 시끄럽게 악기를 연주하고 있었다. 이빙은 술
을 가득 부은 잔을 들고 신의 자리로 올라가 강신에게 술을 권
하며 말했다.

「제가 이제 구족(九族)의 자리에 올라가게 되었으니 참으로
영광이옵니다. 강군대신(江君大神)이시여, 존귀하신 그 얼굴을
내보이시어 저의 이 술잔을 받아주시옵소서!」

그러나 신의 자리는 고요할 뿐 아무런 움직임이 없었다. 이
빙은 잠시 가만히 있다가 다시 말을 하였다.

「좋습니다. 그럼 건배하시지요!」

그러고는 술잔을 들어 단숨에 다 마시고 나서 술잔을 거꾸로
들어보이니 과연 한 방울도 남아 있지 않았다. 그러나 신의 자
리에 놓인 몇 개의 술잔에는 맑고 빛나는 술이 그대로 채워진
채 한 방울도 없어지지 않았다. 이빙은 화가 머리끝까지 치밀어
올라 벽력같이 소리를 질렀다.

「이렇게 사람을 무시할 수가 있나, 정 그렇다면 사생결단을
내는 수밖에 없겠구나!」

그 말을 마치자 그는 허리춤에서 칼을 빼들었는데 그 순간
그의 모습이 사라졌다. 순식간에 음악도 멈추었고 구경하러 왔
던 사람들도 경악을 금치 못하였다. 그런데 잠시 후 건너편 기
슭의 절벽 위에서 청회색 소 두 마리가 죽기를 각오하고 싸우는
모습이 보였다. 그들은 뿔을 맞대고 한참을 싸웠는데 갑자기 두
마리의 소가 모두 자취를 감추었다. 그러더니 이빙이 숨을 헐떡
이고 얼굴에 땀을 흘리며 달려와 그의 부하들에게 말했다.

「내가 싸우느라 너무 힘이 드니 나를 좀 도와주어야겠다. 자
세히 보거라. 남쪽을 바라보고 있으며 허리에 흰 끈을 매달고

있는 것이 바로 나이니라!」

이 말을 마치자 이빙은 다시 청회색의 소로 변하여 역시 청회색 소로 변한 강신과 절벽 위에서 사력을 다해 싸우기 시작했다. 이번에는 그의 몸에 표시가 되어 있었기 때문에 부하들은 표시가 없는 소를 칼과 창으로 찌를 수 있었다. 결국 소로 변한 강신은 어느 주부(主簿)에겐가 찔려 죽었고 백성들은 그때부터 홍수의 고통에서 해방될 수 있었다.

이것이 바로 이빙이 요괴를 없앴다는 것에 관한 최초의 전설이다. 이것보다 조금 후대의 전설에 의하면 이빙이 물에 들어가 교룡(蛟龍)과 싸웠다고 한다. 이빙은 소로 변하고 강신은 교룡으로 변해 싸웠는데 처음에는 이빙이 한번 졌다. 그래서 그는 강기슭으로 올라와 건장한 부하들을 몇백 명 뽑아서 큰 활을 들고 있게 한 뒤 이렇게 약속했다.

「아까는 내가 소로 변하여 강신과 싸웠는데 이번에는 강신도 분명히 소로 변해 나와 싸우게 될 것이다. 내가 길고 흰 천을 몸에 감아 표시를 해둘 터이니 너희는 표시가 없는 그놈을 쏘면 되느니라」

말을 끝내자 이빙은 몸을 돌려 소리를 지르며 물 속으로 뛰어들었다. 잠시 후 뇌성이 울리고 큰 바람이 휘몰아치며 하늘과 땅이 같은 빛깔로 변하였다. 그러다가 바람과 천둥이 잠시 멈추었는데 그 순간 두 마리의 소가 물 위에서 맹렬하게 싸우는 모습이 보였다. 그 중의 한 마리가 과연 허리춤에 희고 긴 천을 매달고 있었다. 그래서 손에 활을 쥐고 있던 무사들은 천을 감지 않은 소를 향하여 일제히 활 시위를 당겼고, 나쁜 짓을 일삼았던 강신은 화살을 맞고 죽어버렸다.

지금도 관현(灌縣) 서문(西門)성 밖에는 투계대(鬪鷄臺)라고

하는 곳이 있다. 그곳은 투서대(鬪犀臺)라고도 하는데 투계대보
다는 투서대가 정확한 이름일 것 같다. 그곳의 전설에 의하면
옛날에 이빙이 그곳에서 전사들과 백성들로 하여금 활을 들고
얼룡(孽龍)을 쏘아 죽이게 하였다고 한다. 이와 같이 강수의 수
신은 후세의 전설 속에서 얼룡으로도 변하고 있음을 알 수 있다.

어떤 전설에 의하면 이 얼룡은 산 채로 사로잡혔다고도 한
다. 그를 사로잡은 이빙은 그가 또 무슨 요사스런 짓을 저지를
까 두려워 큰 자물쇠를 채워서 그가 치수할 때 파놓은 이퇴(離
堆)라는 곳에 가두었다. 이퇴 아래에는 상당히 깊은 연못이 있
었는데 그곳은 일년 내내 물이 마르지 않았다고 하며 얼룡을 그
곳에 가둔 뒤부터 복룡담(伏龍潭)이라 불렸다고 한다.

이렇게 요괴를 없애는 일을 해낸 인물이 또 있는데 그는 바
로 어린아이들까지도 다 알고 있는 그 유명한 이랑신(二郎神)이
다. 이랑신은 관구이랑(灌口二郎)이라고도 한다. 그는 이빙의
둘째 아들이며 사냥을 좋아하였고 무척 용감했다고 한다. 이빙
이 자기의 두 딸에게 화장을 시켜 강신에게 바치려 하였었는
데, 그 두 딸 중의 하나가 바로 딸로 변장한 이랑신이었다고 한
다. 그는 나중에 그의 일곱 친구들과 함께 강물 속으로 들어가
교룡을 베어 죽였다. 이랑신의 일곱 친구는 〈매산칠성(梅山七
聖)〉이라고 하였는데 아쉽게도 그들의 이름은 전해지지 않고 있
다. 일설에 의하면 숲속에 살던 한 무리의 용감한 사냥꾼들이었
다고도 한다.

이상에서 서술한 것이 바로 이랑신 신화의 단편적인 기록들
이다. 이빙의 신화와 비교해 보면 당연히 후에 나타난 것임을
알 수 있지만 적어도 송(宋)대에 이르면 이랑신과 이빙의 부자
관계는 확실해진다.

이빙이 강신을 잡고 나서, 혹은 그 얼룡을 잡아 가두고 나서 그는 성 서쪽의 옥녀방(玉女房) 아래 백사우(白沙郵)에서 돌로 세 개의 사람 모양을 만들었다. 그리고 그것을 강 가운데에 세워놓고 강신과 약조를 하였다. 즉 강의 물이 마르더라도 돌로 만든 사람의 발등까지는 물이 차 있어야 하며 또 물이 불더라도 어깨까지 잠기게 할 정도가 되어서는 안 된다는 것이었다. 이빙은 또 백성들을 이끌고 대나무 조각으로 짠 바구니에 돌멩이를 담아 강을 가로질러서 백 길이나 되는 긴 제방을 쌓았다. 그것을 전언(湔堰)이라 하였는데 금제(金堤)라고도 하였다. 그 제방의 양쪽에는 구멍을 뚫어서 강수(江水)가 두 줄기로 흘러들게 하였다고 한다. 이처럼 천 리에 달하는 풍요롭고 비옥한 옛날 촉군의 평원에는 거미줄처럼 작은 지류들이 퍼져 있었는데 백성들은 그 물을 이용하여 관개를 하였다. 그리고 그때부터는 수재와 가뭄의 위협이 없어졌고 백성들도 배고픈 고통을 겪지 않아도 좋게 되었다. 또한 그후로 그곳은 〈육해(陸海)〉 또는 〈천부(天府)〉라고 불리우게 되었다.

이빙 부자가 치수한 공적을 기념하기 위하여 사람들은 강가의 산 위에 사당을 짓고 숭덕묘(崇德廟)라 이름하였다. 해마다 모내기를 마치고 난 뒤면 각 현(縣)의 백성들이 줄을 지어 그곳을 찾아와 향과 꽃등불을 밝히고 이왕(李王)에게 제사를 지냈다. 그때에는 양을 바쳐 제사를 지냈는데 많을 때는 일 년에 5만 마리나 되는 양이 바쳐졌다고 한다. 그리하여 사당 앞 강가에는 양을 잡는 사람들이 들끓었다고 하니 그 제사가 얼마나 성황을 이루었었는지를 알 수가 있다. 사람들은 또한 자신의 건장한 아들들에게 〈빙아(氷兒)〉라는 이름을 붙여주곤 하였다. 신화나 전설 속에서 교룡을 베어버리는 이빙의 그 용맹스러움을 무척이나 흠모했던 까닭이다. 이것은 백성들을 위하여 공을 쌓은 사람들이 그 얼마나 숭앙을 받는가를 보여주고 있는 한 가지 예가 될 수 있다.

제5부

하은편

夏殷篇

제1장
유궁국의 후예

하나라의 개국 군주는 우(禹)이며, 그의 뒤를 이어 임금이 된 인물은 우의 아들인 계(啓)이다. 그는 숭산(嵩山) 기슭에서 돌로 변해 버린 어머니의 뱃속에서 튀어나온 바로 그 계인데, 『산해경』에서도 그는 무척이나 유명한 인물로 묘사되고 있다. 계는 본래 신과 인간의 여자 사이에서 태어난 인물이었기 때문에 비록 완전한 신이라고 할 수는 없었지만 그래도 신성(神性)을 지닌 영웅이라고 할 수는 있었다. 이제 그의 차림새를 살펴보기로 하자. 그는 귀에 두 마리의 푸른 뱀을 걸쳤고 용 두 마리를 타고 다녔는데, 세 겹의 구름이 그를 감싸고 있었다. 왼손에는 깃털 양산을, 오른손에는 옥환(玉環)을 들고 있었으며 몸에는 옥황(玉璜)을 차고 있었는데, 이러한 그의 모습은 그 얼마나 위대해 보였을까! 전설에 의하면 그는 용을 타고 세 번이나 하늘나라에 올라가서 그곳의 손님 노릇을 하였다고 하는데, 그곳에서 하늘나라의 음악인 「구변(九辨)」과 「구가(九歌)」를 몰래 베껴서는 인간 세상으로 가져와 약간 개작을 하여 「구초(九招)」라고 이름지었다 한다. 「구초」는 바로 「구소(九韶)」인데, 1만 6천 자나 되는 높이에 위치한 〈대목의 들판[大穆之野]〉에서 악사들을 시켜 그것을 처음으로 연주해 보도록 하였다. 음악이 그런대로 괜찮으니 그 곡에 의거해 가무극 형식의 곡을 다시 써냈다. 그러고는 어린아이들에게 소 꼬리를 들고서 노래부르며 무희들과 함께 대운산(大運山) 북쪽 〈대악의 들판[大樂之野]〉에서 그 곡을 연주하게 하였다고 한다. 그리고 자신은 용과 구름을 타고 양산을 펼쳐든 채 옥환을 쥐고서는 자신이 만든 음악이 안개가 자욱하게 낀 산의 나무들 사이에 흐르는 것을 여유 있게 지켜보았다고 한다. 어쩌면 그는 자신도 모르는 사이에 손에 들고 있는 옥환을 매만지고 몸에 찬 옥황을 두드리며 박자를 맞추고 있었을지도 모르는 일이다. 이렇게 하여 인간 세상에는 새롭고 복잡한 음악이 생겨나게 되었다. 낡고 단조롭기만 했던 여와의 생황 같은 것은 이제 더 이상 좋아하는 사람이 없게 되었다.

계에게는 맹도(孟涂)라고 하는 반인반수의 괴상한 신하가 있었다. 그가 파(巴) 지방——지금의 천동(川東) 일대——에서 관직에 있을 때에 백성들이 그를 찾아가 소송을 해결해 달라고 말하곤 하였다. 그러면 그는 피고와 원고가 서로 얼굴을 붉히며 다투는 것에는 전혀 신경 쓰지 않고 법술을 부렸다. 즉 그가 눈을 들어 쳐다보아 옷자락에 핏자국이 나타나는 자가 있게 되면 바로 그자를 잡아다가 유죄 판결을 내렸다. 옷에 핏자국이 나타난다는 것은 신의 계시이므로 그의 범죄사실을 충분히 증명해 주고 있는 것이라고 보았던 것이다. 이러한 맹도의 판결은 다른 어리석은 관리들이 백성들의 생명을 하찮게 여기며 내리는 판결에 비해 훨씬 인간적인 덕(德)이 있는 것이었다고 할 수 있다. 그러한 맹도가 훗날 죽게 되자 백성들은 그를 무산(巫山)에

장사지내고, 무산 기슭에 〈맹도사(孟涂詞)〉라는 사당을 지어 그
의 공덕을 추모하였다.

「구변」과 「구가」라는 하늘나라의 음악을 얻은 후로 계는 스
스로 비범한 인물이 되었다고 자처하며 분수를 잊은 채 방탕한
생활에 빠져들어갔다. 국가를 다스려야 한다는 국왕으로서의
의무를 게을리하고서 계는 자기 개인의 즐거움만을 추구했다.
늘 교외에서 성대한 잔치를 베풀고서 손님들을 초대했으니 피
리소리, 징소리가 귀를 따갑게 할 정도로 울려퍼졌고 사람들의
웃고 떠드는 소리까지 뒤범벅이 되어 시끄럽기가 이루 말할 수
없을 정도였다. 그러나 계는 달콤한 술과 아름다운 여인들에 둘
러싸여 술에 취한 몽롱한 눈으로 만무(萬舞)——외발로 전갈의
모습을 흉내내어 추는 춤——를 추는 어린아이들을 바라보고
있을 뿐이었다. 그에게는 그 시끄러운 소리들이 전혀 듣기 싫지
않았을 뿐 아니라 오히려 그 소리들이 야외에서의 잔치를 더 흥
겹게 해주는 것이라고 생각되었다. 야외에서의 잔치란 정말로
신나고 즐거운 것이 아닐 수 없었다.

이렇게 음악소리, 떠드는 소리가 지나치게 시끄러워지니 자
연히 천제의 귀에까지 들어가지 않을 수가 없었다. 처음에 천제
는 신의 아들, 계의 어긋한 행동을 어느 정도 묵인해 주고 있었
다. 그러나 그 행동이 갈수록 방자해지자 더 이상 참을 수가 없
어져 그를 벌하기로 결정했다. 계가 죽은 뒤 그의 다섯 아들이
싸움을 일으켜 유궁국(有窮國) 국왕인 후예(后羿)에게 나라를
빼앗기게 되는데 그것이 바로 천제가 내린 처벌이었다. 이로 인
하여 하나라는 수백 년간 왕조의 단절을 감수해야 했던 것이다.

유궁국의 국왕인 후예는 원래 평범한 농민의 아들이었다. 그

는 자신이 활쏘기를 좋아하는 데다가 사람들을 위해 많은 재앙을 물리쳐주었던 천신 예(羿)를 흠모하여 스스로를 〈예〉라고 불렀다. 나중에 그가 국왕이 되자 사람들이 그를 〈후예〉라고 높여 부르게 된 것이다. 〈후(后)〉는 왕이라는 뜻이다.

그는 태어나면서부터 활쏘기의 천재였다. 그가 아직 갓난아기였을 때 요람에서 잠을 자고 있는데 파리들이 날아와 얼굴에 앉아 자꾸 귀찮게 구는 것이었다. 그는 아빠 엄마에게 부탁하여 필초(蓽草)로 활과 화살을 좀 만들어달라고 하였다. 그러고는 왼손으로 활을 당기고 화살을 매겨 공중에 날아다니는 파리를 향해 쏘았다. 잠깐 사이에 파리들은 바닥으로 떨어졌고 겁이 난 파리들은 감히 그의 곁으로 다가오지 못했다.

다섯 살이 되던 해였다. 어느 날 그는 산에 약초를 캐러 가는 아빠, 엄마를 따라가게 되었다. 때는 마침 여름이어서 온 산이 매미 울음소리로 떠나갈 듯했다. 한나절을 걷다가 어느 커다란 나무 밑에 이르게 되었는데 그는 너무나 피곤해서 움직일 수가 없어 그곳에서 잠을 자고 싶어했다. 이때 그 산에서 오직 그 나무에만 매미가 있어 〈찌르르 찌르르〉 울고 있었다. 아빠와 엄마는 아이를 그 나무 밑에 재우기로 결정을 했다. 나중에 돌아올 때 매미가 우는 큰 나무를 찾아오면 될 일이었기 때문이다. 아이를 재우고 난 뒤 부부는 약초를 캐러 길을 떠났다.

저녁이 되었다. 약초를 다 캔 부부는 아들을 찾아 돌아왔다. 그러나 이를 어쩌랴, 온 산에 가득 들리는 매미 울음소리, 모든 나무에 매미가 숨어 있는 듯 여기저기서 〈찌르르 찌르르〉 하는 소리가 들렸다. 매미가 울고 있는 나무를 찾으면 되리라는 생각은 이미 쓸데없는 것이 되어버리고 말았다.

어둠이 점점 짙어져 갔다. 부부는 아이를 찾지 못한 채 눈물을 줄줄 흘리며 집으로 돌아왔다. 다음날부터 부부는 몇 차례나 산으로 아이를 찾으러 갔지만 그림자도 볼 수 없었다.

그러면 후예는 어떻게 되었을까. 나무 밑에서 자다가 깨어보니 온 산에 매미 울음소리가 울려퍼지고 있었다. 처음에 그는 무섭다는 생각이 조금도 안 들어 이리 뛰고 저리 뛰며 재미있게 놀았다. 이곳저곳으로 마음대로 돌아다니다 보니 어느새 어둠이 내리고 있었고 그는 문득 불안해지기 시작했다. 그래서 길모퉁이 바위 위에 웅크리고 앉아 소리내어 엉엉 울고 있었다.

그렇게 울고 있는데 초호보(楚狐父)라고 하는 산 속의 사냥꾼이 지나가다가 그를 보았다. 울고 있는 아이가 불쌍하다는 생각이 들어 그는 아이에게 물었다.

「꼬마야, 너 어디에 사니?」

「네 이름이 뭐니?」

「왜 여기서 혼자 울고 있니?」

그러나 아이는 머리만 가로 저을 뿐 아무것도 제대로 대답하지 못했다. 말도 제대로 못하는 이 아이가 그러나 어딘가 기개가 있어보여 초호보는 그를 자신의 아들로 삼기로 했다.

초호보는 활을 잘 쏘는 사람이었다. 후예는 커가면서 양아버지에게 활쏘는 법을 배웠다. 어떤 때는 양아버지보다 더 나을 때도 있었다. 그리고 원래부터 그랬던 것인지 아니면 활을 많이 쏘아서 그런 것인지 그의 왼쪽 팔은 오른쪽보다 길었다. 그래서 활을 잡아당기면 활이 훨씬 더 둥글게 굽어 튀어나가는 화살이 힘이 있었다.

후예가 스무 살이 되었을 때 양아버지가 병이 나서 갑자기 세상을 떠나고 말았다. 원대한 뜻을 가슴속에 품고 있던 후예에게 산 속에서 혼자 사는 생활은 너무나 적막하고 외로운 것이었다. 그는 친부모에게 가고 싶었지만 자신의 집이 어디인지 알 도리가 없었다.

어느 날 그는 산의 절벽 위에 서서 하늘을 향하여 활시위를 당긴 채 축원을 했다.

「앞으로 내가 만일 이 활을 가지고 세상의 사악한 것들을 없애고 천하를 평정하게 될 것이라면 내가 쏜 이 화살이 나의 집 문 앞에 떨어지게 되기를!」

축원을 마치고 그는 활을 쏘았다. 정말 기이하게도 화살이 땅 위에 떨어지더니 뱀처럼 구불거리며 땅 위를 달려가는 것이었다. 풀숲을 지나고 나무 사이를 헤치며 화살은 땅 위에 구불거리는 줄을 그으면서 산을 벗어났다.

후예는 마음속으로 신기해하면서 화살의 자취를 따라갔다. 산을 떠나 수십 리를 갔을 때였다. 길가에 다 쓰러져가는 초가 한 채가 보였는데 자신이 쏜 화살이 바로 그 집의 문지방에 꽂혀 있었다.

집 안으로 들어가보니 그 집엔 오랫동안 사람이 살지 않은 흔적이 역력했다. 도처에 깨진 기와 조각이 깔려 있었고 거미줄 투성이였으며 부엌의 부뚜막에도 깨진 사발 몇 개가 놓여 있을 뿐이었고 한쪽 구석엔 다리가 부러진 침대가 눈에 띄었다. 그는 이웃집으로 가 그 집에 대해서 물어보았다. 그 집은 원래 산에서 아들을 잃어버린 노부부가 살던 집인데 그 부부는 삼 년 전 앞서거니 뒤서거니 세상을 떠나버렸다는 대답이었다.

후예는 그곳이 바로 자기가 찾던 자신의 집이라는 것을 알았다. 그러나 부모님은 이미 이 세상 사람이 아니라는 것이었다. 그는 슬픔에 겨워하며 집을 정리하고 그곳에서 살기 시작했다.

활쏘는 데는 고수였던 후예였지만 농사짓는 일에는 문외한이라 고향에서의 생활이 어려울 수밖에 없었다. 그래서 늘 죽에다가 시래기국으로 연명하며 살아갔다. 그러나 그 와중에도 그는 죽 한 그릇이라도 꼭 부뚜막에 올려놓고서 세상을 떠난 부모님께 자신의 효심을 보이고 싶어했다.

그런 생활을 계속하자니 후예는 견딜 수가 없었다. 그래서 그는 활을 짊어지고 고향을 떠나 유랑생활을 시작했다.

떠돌아다니던 길에 그는 역시 활쏘기의 명인이었던 오하(吳賀)라는 청년을 만났다. 두 젊은이는 만나자마자 서로를 알아보며 의기투합하였다. 뿐만 아니라 후예는 오하를 스승으로 삼아 그로부터 활쏘는 법을 더 배웠다.

「저 참새를 쏘아봐!」

「산 채로? 아니면 죽일까?」

후예가 물었다.

「쏘아봐!」

오하가 말했다.

「참새의 왼쪽 눈을 맞춰보라고!」

후예가 하늘을 향해 활을 쏘아 참새를 명중시켰다. 참새를 맞춘 화살이 땅에 떨어졌고 두 사람은 달려가 참새를 주워들었다. 과연 참새의 눈에 화살이 박혀 있었는데 아쉽게도 왼쪽이 아니라 오른쪽이었다.

「그런대로 괜찮은 솜씨야!」

오하가 후예를 격려하며 신나는 목소리로 말했다.

그러나 후예는 부끄러움으로 귀뿌리까지 붉게 물들어 하늘을 바라다보며 한나절이나 말을 하지 않았다.

이때부터 그는 더욱더 힘을 기울여 활쏘는 연습을 하였으며 드디어는 백발백중, 한 발도 헛되이 쏘는 일이 없게 되었다. 그

후 자신의 그 활과 화살로 사람들을 못살게 구는 모든 것들을 제거해 나가니 사람들이 모두 그를 존경하였고, 얼마 되지 않아서 마침내 유궁국의 국왕이 되었다.

당시 천하의 제후들이 모두 그에게 머리를 조아리고 그의 명령을 들었는데 오직 백봉(伯封)이라는 자만이 후예에게 복종하지 않았다. 백봉은 본래 요임금의 악관 노릇을 했던 기(夔)의 아들이었다. 생김새가 시커먼 돼지 같은 데다가 못생겼으며 성격마저 거칠고 탐욕스러워 사람들은 그를 산돼지라는 별명으로 불렀다. 그러나 이렇게 못생긴 아들에게도 절세미인인 어머니가 있었으니 그녀는 유영씨(有仍氏)의 딸, 현처(玄妻)였다. 사람의 모습까지 비칠 정도로 검고 길며 빛나는 머리카락을 지닌 그녀는 나이가 적지 않았음에도 불구하고 여전히 아름다웠다. 그래서 사람들은 그녀를 〈검은 여우〉라고 불렀다. 백봉이 말을 듣지 않고 멋대로 권력을 휘두른다는 것을 알게 된 후예는 군사를 이끌고 그를 치러 갔다. 전쟁터에서 마주치게 된 그들은 서로 힘껏 싸웠다. 그러나 백봉의 무예가 뛰어나다고 한들 신궁 후예의 솜씨를 당해 낼 수는 없는 일이었다. 후예는 백봉의 허를 찔러 한 발의 화살로 그를 쏘아 죽였다.

산돼지처럼 거칠고 사나운 폭군을 제거하자 사람들은 모두 환호했다. 그러나 그의 어머니 현처만은 슬픔에 빠지지 않을 수 없었다.

후예는 현처의 빼어난 미모를 보는 순간 한눈에 반해 버렸다. 그래서 주위의 사람들이 만류하는 것도 뿌리치고 그녀를 아내로 맞아들였다. 후예 때문에 집안이 풍비박산난 그녀였지만 아들의 원수에게 드러내놓고 반항할 상황이 아니었다. 그녀는 이를 악물고 눈물을 삼키며 그에게 순종하는 척하면서 속으로는 아들의 원수를 갚을 계획을 세웠다.

백봉을 없앤 후, 후예는 개선의 노래를 부르며 자신의 총애하는 왕비 현처를 앞세우고 득의만면한 표정으로 서울로 향했다.

서울로 가는 도중 그는 한착(寒浞)이라는 젊은이를 만나게 되었다. 한착은 멀고 먼 한국(寒國)에서 후예를 찾아온 것이었다. 본래 그는 한국의 귀공자였는데 사람됨이 교활하고 간특했다. 정직한 성품의 한국 국왕은 그의 그런 비열한 성격을 일찌감치 파악했기 때문에 그를 중용하지 않았고 견디다 못한 한착은 멀리 후예를 찾아와 그의 신하가 되려 했다.

후예를 만나게 되자 한착은 자신의 귀공자다운 모습과 달변으로 후예를 사로잡았다. 겉으로는 스스로를 낮추지도 높이지도 않았지만 사실상 후예에게 아부를 다한 그를 후예는 조금도 의심해 보지 않고 완전히 믿어 자신의 심복으로 삼았다.

돌아오는 길에 그들은 점점 더 뜻이 맞는다고 느꼈다. 그래서 서울에 돌아오자마자 후예는 아예 한착을 재상으로 임명했다. 물론 본래 그의 곁에 있었던 어진 재상들——무라(武羅)·백인(伯因)·웅곤(熊髡)·방어(龐圉)——은 모조리 내쫓아버렸다. 후예는 자신의 그 뛰어난 궁술만으로도 세상을 다스릴 수 있다고 믿었다. 정치 따위는 아무 필요도 없는 것이었다. 그래서 그는 매일 시종들을 데리고 야외로 나가 매와 개를 풀어놓고서 사냥에 열중했다.

한착이 일단 권력을 잡게 되자 그의 속에서 잠자고 있던 야심에 불이 붙기 시작했다. 입으로는 달콤한 말을 하지만 속에는 칼을 품고 있었던 이 음험한 소인배는 후예가 밖에서 사냥에 열중해 있는 틈을 타 슬그머니 궁으로 들어가 후예의 총비인 현처와 수작을 주고받았다. 시간이 얼마 지나지도 않아 그들 둘은 서로 뜻이 맞았다. 현처는 아들의 복수를 하고자 했으며 한착은 제왕의 자리에 오르고 싶어했다. 그들에게는 서로 다른 목표가 있었지만 후예를 없애고자 하는 뜻만은 서로 일치했다.

현처가 한착에게 말했다.

「당신이 큰일을 도모하자면 우선 날개가 필요해요, 그래야 날 수 있잖아요. 당신이 날아오르게 되는 날, 나는 바람을 일으켜주겠어요」

한착은 그 말의 의미가 무엇인지 즉시 깨달았다. 그날부터 그는 이리저리 다니며 자신의 세력과 지지기반을 넓혀갔다. 또한 곳곳에 뇌물을 뿌려 인심을 얻었다. 스스로를 좋은 사람으로 위장하고서 자신이 저지른 모든 못된 일과 비리들을 후예에게 떠넘겼다.

후예가 사냥을 하고 싶어하면 계속 하고 싶은 대로 하라고 권했다. 한편으로는 현처에게 후예의 마음에 안 드는 일을 계속 하게 해 후예의 화를 돋구게 했다. 이렇게 되자 후예의 성격은 날이 갈수록 나쁘게 변해 갔다. 화를 풀자니 무고한 시종들만 욕을 먹고 매를 맞아야 했다. 이유도 없이 후예에게서 매를 맞게 된 시종들의 마음속에는 자연히 분노와 미움의 감정이 쌓여 갔다. 한착은 이런 기회를 틈타 그들을 구슬리기 시작했고 마침내 대부분의 사람들이 한착의 꼬임에 넘어갔다. 오직 후예만이 그 모든 변화를 모르고 있었다. 한착과 현처의 계획에 의해 모든 것은 착착 진행되어 가고 있었고 암살의 음모는 드디어 실현 단계에 이르게 되었다.

어느 날 저녁 무렵이었다. 후예는 야외에서의 사냥을 마치고 말을 탄 채 시종들을 거느리고 흥겹게 돌아오고 있었다. 그때 숲속에서 활시위를 당기는 소리가 들려왔다. 후예가 머리를 돌려 그쪽을 바라보는 순간 〈쉭!〉 하는 소리와 함께 화살 한 발이 후예의 왼쪽 목덜미에 꽂혔다. 뒤이어 연달아 날아오는 몇 발의 화살이 후예의 어깨와 등, 허리 등을 연이어 맞췄다. 후예는 더 이상 버티지 못하고 분노에 찬 눈썹을 몇 번 찌푸린 뒤 말에서 떨어지고 말았다.

한착은 자신의 심복들과 이미 자기편으로 끌어들인 후예의 시종들을 이끌고 숲에서 나왔다. 그리고 부상을 입고 쓰러져 있는 후예에게 다가가 잔혹하게 그의 생명에 종지부를 찍었다. 후예를 따라오던 시종들도 대부분 일찌감치 한착과 내통을 하고 있었기 때문에 얼른 무기를 내려놓았다. 다만 몇몇 충직한 시종들만이 한착에게 맞서 싸웠지만 중과부적이라 모두 한착의 손에 죽임을 당하고 말았다.

무사들은 후예의 시체를 둘러메고 횃불을 높이 쳐들고서 기세등등하게 왕궁으로 돌아왔다. 마침내 한착이 국왕으로 옹립되고 현처는 한착의 황후가 되었다. 그때만 해도 아직 반(半)야만의 시대라, 그들은 후예의 시체를 솥에 넣고 삶아 고깃국을 끓였다. 그리고 왕궁 근처에서 후예 본부인의 아들을 찾아내어 그에게 그 고깃국을 먹이려 하였다. 후예의 아들이 먹지 않으려 하자 그들은 그를 왕궁 문 밖으로 끌고 가 살해해 버렸다.

한착이 후예의 뒤를 이어 국왕이 되었지만 나라 이름은 여전히 유궁이라고 불렀다. 현처는 교(澆)와 희(豷)라고 하는 아들 둘을 낳았는데 그들 역시 힘이 천하장사인 용사들이었다. 교는 늘 몸에 갑옷을 두르고 다녔는데 그것은 바로 그의 발명품이었다고 한다. 그는 땅 위에서도 배를 끌고 다닐 수 있었다고 하니 그 힘이 얼마나 장사였는지 짐작할 만하다. 그의 동생인 희 역시 형과 막상막하였다. 이렇게 되니 삼 부자가 자신들의 권세와 무력, 그리고 교활한 성품으로 약한 제후들을 못살게 구는 상황에 이르게 되었다. 그때서야 사람들은 그들이 후예에 비해 더욱 악독한 강도라는 것을 깨달았다. 그래서 다른 곳으로 도망쳤던 계(啓)의 손자 소강(少康)을 옹립하기로 결정을 하고 세력을 규합하기 시작했다. 소강이 막 군사를 일으킬 무렵, 그들에게는 사방 십 리밖에 안 되는 땅과 오백의 병마밖엔 없었다고 한다. 그러나 한착 부자는 각각 병마를 거느리고 요지에서 군사를 주둔시키고 있었다. 부흥의 기치를 높이 든 소강에게는 힘든 전쟁이었지만 기지를 발휘하여 싸우니 한착 부자는 몇 년 안 되어 소강의 군대에게 궤멸당했고 유궁국도 마침내 멸망하게 되었다. 이렇게 되어 소강은 하왕조를 부흥시켰던 것이다.

제2장
공갑과 용

소강이 하왕조를 다스리다가 왕위를 물려주게 된 후 7, 8대가 지났다. 하왕조는 공갑(孔甲)이라고 하는 왕의 수중에 들어오게 되었다. 공갑은 나라의 일은 돌보지도 않은 채 귀신을 섬기거나 먹고 마시는 일, 그리고 사냥과 여자에만 정신이 팔려 있었다. 하왕조의 덕망과 명성은 날이 갈수록 쇠퇴해 갔으며 사방의 제후들도 점차 복종하지 않는 듯한 징후를 보이기 시작했다. 그러나 어리석은 왕 공갑은 그런 것에 전혀 개의치 않고 그저 하루 종일 노는 데에만 열중하고 있었다.

그는 사냥을 무척이나 좋아하였다. 어느 날 그는 시종과 호위병들을 잔뜩 이끌고서 말을 타고 수레를 몰며 사냥개와 매들을 데리고 동양부산(東陽萯山)으로 사냥을 하러 갔다. 동양부산은 길신(吉神)인 태봉(泰逢)이 살고 있는 산이었는데, 태봉은 어리석은 왕 공갑이 그곳에 와서 소란을 피우는 것이 무척 싫었다. 그래서 폭풍을 일으켜서 돌과 모래를 흩날리게 하여 천지가 온통 어둠에 휩싸이게 하니, 공갑과 그의 무리들은 폭풍 속에서 길을 잃고 흩어져버리게 되었다.

공갑은 겨우 시종 몇 명만 데리고서 계곡의 민가로 폭풍을 피해 들어갔다. 그 집에는 마침 사내아이가 태어나서 이웃사람들과 친구들이 몰려와 집주인을 축하해 주고 있는 참이었다. 그들은 국왕인 공갑이 들어오는 것을 보고 모두들 그에게 경의를 표하였다. 그러자 그 중 어떤 사람이 말했다.

「이 꼬마는 오늘 날 맞춰 잘 태어났구먼, 태어나자마자 임금님을 뵙다니. 앞으로 모든 일이 잘 풀리고 무척이나 운이 좋을걸세」

그러나 또 다른 한 사람이 그렇지 않다고 머리를 가로 저으며 말했다.

「날이야 좋지, 다만 감당할 수가 없어. 내 말은 앞으로 무슨 재앙을 당하게 될지도 모르니까 미리 대비를 해두는 것이 좋을 거라는 얘기야」

그 말을 듣고 공갑은 화를 벌컥 내며 소리를 질렀다.

「헛소리 말거라! 내가 이 아이를 아들로 삼으리라, 어느 놈이 감히 이 아이에게 재앙을 내릴 수 있는지 두고 보리라!」

잠시 후 바람이 멈추었다. 공갑은 시종과 호위병들을 데리고 말에 올라 궁전으로 돌아왔다. 그 뒤 그는 사람을 보내어 그 아이를 데려오게 해서 자기가 길렀다. 아이는 점점 자라 어른이 되어갔다. 공갑은 그에게 관직을 내려주려고 했다. 그렇게 함으로써 그는 자신이 누군가의 행복과 불행을 자신의 마음대로 움직일 수 있는 그런 위대한 권력을 지녔다는 것을 보여주고 싶었다. 그러나 의외의 사건이 일어나는 바람에 공갑의 이러한 의도는 헛된 것이 되고 말았다.

어느 날이었다. 자라서 어른이 된 이 소년은 궁정의 연무청

(演武廳)에서 놀고 있었다. 그때 그곳에 육중하게 드리워진 장막이 갑작스레 몰아치는 바람에 흔들리면서 서까래가 그것을 지탱하지 못해 위에서 쿵 떨어졌다. 그 떨어지던 서까래가 무기 선반을 둔중하게 내려치니, 선반 위에 놓여 있던 도끼 하나가 튕겨져 날아왔다. 소년이 놀라서 달아나려는데 마침 도끼가 떨어지며 소년의 발뒤꿈치를 내려쳐서 그의 발을 자르고 말았으니, 소년은 이때부터 불구가 되고 말았다. 그에게 관직을 내려주어 자신의 권력을 과시해 보려던 국왕 공갑은 별 도리가 없었다. 왜냐하면 그는 소년을 데려다가 어른이 되도록 기르면서도 그 소년에게 학문과 재능은 가르치지 않았기 때문이다. 두 발이라도 성한 관리라면 그런대로 백성들 앞에 나서 거짓으로라도 위엄을 부리는 것이 가능했으나, 다리가 하나뿐인 관리로서는 그것마저도 불가능했던 것이다. 그는 행동이 불편한 그 소년에게 문지기를 시킬 수밖에 없었다. 그리고 그는 탄식하며 말했다.

「아무렇지도 않던 아이가 저 모양이 될 수 있다니, 운명이란 정말 묘한 것이로구나!」

그래서 노래를 한 곡 지었는데 그것이 바로 「파부지가(破斧之歌)」였고, 동방에 나타난 첫번째의 노래라고 전해진다.

공갑은 또 용을 기르는 것을 좋아하였다. 용은 신기한 성질을 지닌 동물이다. 하왕조의 개국 군주인 우는 본래 용이었다고도 하는데, 그가 치수를 하는 데에는 용의 도움이 컸다고 한다. 그리고 치수에 성공한 뒤에는 신룡 두 마리가 하늘에서 내려와 그를 축하해 주었다고 한다. 전설에 의하면 순(舜)임금 때 남심국(南潯國)에서는 땅 속 깊은 곳에서 암수 한 쌍의 모룡(毛龍)을 끄집어내어 순에게 바쳤다고 한다. 순은 그것들을 환룡궁(豢

龍宮)에 머물게 하고서 전문적으로 용을 사육하는 사람에게 기르게 하였다. 그리고 훗날 우에게 왕위를 선양할 때 그 용도 함께 우에게 주었다고 한다. 이상 여러 가지 전설로 보아 용과 하왕조와의 관계는 상당히 밀접했던 것 같다. 공갑도 역시 용 기르는 것을 좋아하여 어디서인지는 모르나 암수 두 마리의 용을 구해 왔다고 한다. 그러나 용은 구해 왔어도 공갑은 용의 습성에 대해 전혀 아는 바가 없었다. 어떻게 해야 용을 순하게 만들 수 있는지, 또 어떻게 먹여야 잘 자라는지 도대체 알 수가 없었다. 그래서 용을 사육하는 사람을 구하려 했으나 그 또한 갑자기 구하기가 쉽지 않았다. 유루(劉累)라는 인물을 찾아내어 그를 고용하였는데 환룡씨(豢龍氏)에게서 용 기르는 기술을 배웠지만 그리 정통하지는 못했다.

유루는 본래 요임금의 후손이었다. 그러나 가세가 몰락한 데다가 그 자신도 적당한 직업이 없어, 환룡씨에게로 가서는 시류를 따르는 이 재주를 배웠다. 환룡씨의 조상은 동보(董父)라 하였는데 순임금 밑에서 용을 기르는 관직을 맡았던 사람이다. 그래서 그의 후손들도 환룡씨라 하였다. 유루는 용을 기르는 방법을 환룡씨에게서 며칠 동안 배웠으나 아직 그리 잘 하지는 못하였다. 그러나 공갑이 용을 기르는 사람을 구한다고 하자 황급히 공갑을 찾아가 아부를 하며 자화자찬을 늘어놓았다. 어리석은 공갑이 그의 말을 듣고는 진짜로 여기고서 그를 용 기르는 관리로 채용하여 〈어룡씨(御龍氏)〉라는 이름을 내려주었다. 몰락했던 귀족 가문의 자손은 이렇게 하여 다시 일어날 수 있었다.

그러나 용을 기른다는 이 일에 대해서 그는 정말 전문적 지식을 갖추고 있지 못했다. 그래서 두 마리의 용을 기르다가 그만 암룡을 죽게 하고 말았다. 이런 큰 죄를 지었으니 당연히 두려워해야 마땅한데 전혀 그렇지가 않았다. 오히려 그 죽은 용을 연못에서 끌어내어 비늘을 긁고 푹 삶아 공갑에게 바쳤다. 그러고는 자신이 잡은 야생동물이라고 하며 국왕에게 맛을 보라고 하였다. 공갑은 자신이 총애하는 신하가 바친 〈야생동물〉을 먹어보았다. 맛이 그런대로 괜찮아서 공갑은 그것을 계속 먹으며 무척이나 칭찬을 하였다. 그러나 용을 불러내어 놀이를 할 때 보니 조금도 즐거운 표정이 아닌 수룡만이 억지로 나와 있는 것이었다. 암룡은 왜 안 데리고 나왔느냐고 물으니 유루는 이리저리 둘러대기만 하는 것이었다. 한두 번은 그냥 지나쳤지만 세 번 네 번 물어도 자꾸 그러하니 더 이상은 그냥 넘어갈 수가 없었다. 공갑이 어리석기는 했으나 갈수록 뭔가 이상하다는 것을 느끼게 되었던 것이다. 어느 날 공갑은 화가 치밀어올라 반드시 암룡을 데리고 나오라고 일렀다. 암룡은 이미 공갑의 뱃속에 들어가 있는데 다시 암룡이 나타날 수는 없는 노릇이었다. 유루는 이제 더 이상 둘러댈 말도 없었고 해서 더럭 겁이 났다. 그래서 그는 밤을 도와 식구들을 거느리고 노현(魯縣)——지금의 하남 (河南) 노산현(魯山縣)——으로 도망가 숨어서 다시는 나타나지 않았다.

암룡은 죽고 유루는 도망쳐 버려 병든 수룡만 남았으나 그래도 어쨌든 누군가가 그 용을 길러야만 했다. 공갑은 할수없이 사방으로 용을 기르는 사람을 수소문했고, 마침내는 용을 사육하는 데 뛰어난 재주를 지닌 사문(師門)이라고 하는 자를 찾아내었다. 그는 기이한 인물이었던 소보(嘯父)의 제자였는데 늘 복숭아꽃과 오얏꽃을 먹었다. 그리고 또 고대의 적송자(赤松子)나 영봉자(寧封子)처럼 불을 피워서 자신을 태운 뒤에 그 연기를 타고 하늘로 올라갈 수가 있었다. 물론 소보도 역시 그런 재주를 지니고 있었음은 더 말할 필요도 없었다. 소보는 본래 서주(西周)의 시장에서 신기료장수를 했다고 하는데 몇십 년이 지나도록 아무도 그를 몰라보았다. 후에 그는 자신의 재주를 제자인 양모(梁母)에게 전해 주었다. 그리고 훗날 삼량산(三亮山)에 올라가 양모와 헤어지게 되었을 때, 산 위에다가 한꺼번에 수십 개의 불을 피운 뒤 그 아름다운 불꽃을 타고 서서히 하늘로 올라갔다고 한다. 스승의 이러한 행적으로 보아 그 제자인 사문의 재주도 능히 짐작해 볼 수 있을 것이다. 과연 사문이 온지 얼마 되지 않아 병들었던 수룡은 건강을 되찾아 이전의 아름다운 모습으로 돌아가게 되었다. 그리고 놀이를 할 때에도 구불구불한 수룡의 힘 있는 자태는 보는 사람을 즐겁게 해주었다. 공갑은 자신이 구해 온 이 용 사육의 고수에 대하여 상당히 만족해서 별다른 불만이 없었다.

그러나 사문은 용 다루는 기술이 좋은 대신 성질이 몹시 고약했다. 용을 사육하는 그 일에 있어서 그는 모든 것을 자신의 주장대로 해나갔으니, 누구라도 그의 뜻을 따라야만 했다. 그는 전쟁을 지휘하는 병영 중의 대장군처럼 흔들림이 없었다. 그는 또한 유루처럼 웃으며 임금의 명령을 따르는 그런 인물도 아니었다. 그래서 그는 용 한 마리의 사육을 위하여 지고무상의 권위를 지닌 국왕과 자주 의견 충돌을 일으켰다. 알지도 못하면서 아는 체하는 것을 싫어했고, 고귀한 사람의 입에서 나오기는 했지만 무지한 자가 하는 말과 다름이 없는 그런 말투를 견딜 수 없어했다. 공갑과의 관계에서 그런 상황에 부딪치게 되면 그는 조금도 거리낌없이 반박을 하였는데, 그러한 그의 태도는 유아독존식의 자세를 지니고 있는 국왕을 몹시 당황하게 만들곤 하였다.

용을 기른다는 것은 본래 즐거운 취미여야 하는데 늘 이렇게
불쾌하기만 하니 공갑은 영 기분이 좋지 않았다. 그러던 중 어
느 날 또 사문이 공갑의 말에 대하여 가소로운 듯이 비판을 하
자 공갑은 치밀어오르는 화를 더 이상 참지 못했다. 그래서 벽
력같이 소리를 지르며 즉시 사문을 끌어내어 머리를 베어버리
라고 명령하였다. 그러나 사문은 공갑을 돌아보고 웃으며 말했다.

「머리를 베어버려도 소용이 없지, 당신은 진거야, 완전히 진
거라구!」

말을 마치고는 의기양양하게 군사들을 따라 밖으로 나갔다.
조금 후에 피가 뚝뚝 흐르는 사문의 머리가 공갑에게 바쳐졌다.
공갑은 그의 귀신이 궁 안에서 소란을 피울까봐 걱정이 되어 시
체를 성 밖으로 내다가 멀고 먼 들판에 묻어버리라고 지시하였다.

그러나 어떻게 된 일인지 그의 시체를 막 묻고 나자 바람이
세차게 불며 비가 내리기 시작했다. 그리고 비바람이 멈추면서
부근의 산에 있는 나무들이 모두 불타오르기 시작했다. 맹렬한
기세로 타오르는 그 불은 하늘을 찌를 정도였다. 많은 사람들이
달려가 불을 끄려 했으나 불은 꺼지지 않았다. 공갑은 왕궁에서
성 밖의 큰 불을 보고 겁이 더럭 났다. 억울하게 죽음을 당한
사문의 귀신이 또 무슨 짓을 저지를지 알 수 없는 노릇이었다.
그래서 공갑은 수레를 타고 친히 성 밖으로 나가 사문에게 기도
를 하여 더 이상 소란스런 일을 일으키지 말아달라고 부탁을 하
였다. 기도가 끝나자 불의 기세는 확실히 좀 사그라들었고 곧
꺼질 것도 같았다. 그때서야 공갑은 마음을 놓고 수레에 올라
시종과 호위병들을 거느리고 왕궁으로 돌아갔다. 수레가 왕궁
의 문 앞에 이르자 호위대장이 다가가 수레의 문을 열고 왕이
내리기를 기다렸다. 그러나 누가 알았으랴, 왕은 수레에 앉은

채 말도 하지 않고 움직이지도 않았으며 눈을 똑바로 뜬 채 앞을 바라다보고 있었다. 그는 이미 빳빳하게 굳은 채 죽어 있었던 것이다.

제3장
하걸과 이윤

공갑이 죽고 얼마 지나지 않아 그의 증손(또는 아들이라고도
함)인 이규(履癸)가 왕위를 계승하여 국왕이 되었는데 그가 바
로 역사적으로 유명한 하의 걸왕(桀王)이다.

걸왕은 몸집이 크고 당당했으며 힘도 세어 단단한 뿔을 한
손으로 부러뜨릴 수도 있었고 또 구부러진 쇠갈고리를 가뿐하
게 바로 펼 수도 있었다. 물 속에 들어가 교룡(蛟龍)을 죽일 만
한 담력이 있었고 땅 위에서는 승냥이나 이리, 호랑이 등 맹수
들과 격투를 벌일 수도 있었다. 이러한 외모만으로 보면 그는
확실히 영웅호걸의 기개를 지니고 있었다고 말할 수 있다. 그러
나 그런 당당한 외모 속에는 썩어빠진 마음만이 들어 있었다.

그는 백성들의 고통에는 아랑곳하지 않고 자신의 향락만을
위하여 돈을 긁어모으고 그들의 고혈을 짜내었다. 그리고 그것
으로 요대(瑤臺)라고 하는 화려하고 거대한 궁전을 지었다. 궁
전 안은 천하의 온갖 진귀한 보물들로 채워졌으며 미녀들도 잔
뜩 데려다놓았다. 또한 재주를 부리는 난쟁이나 임금과 함께 쓸

데없는 농짓거리나 하는 광대들도 데려왔으며, 숱하게 많은 음
란한 노래를 짓게 하여 그것에 맞춰 음탕한 춤을 추게 하기도
했다. 그는 제대로 된 일은 하루도 하지 않고 후궁이나 미녀, 그
리고 다른 여러 잡인들과 어울려 술 마시고 놀기만 했다. 또 궁
안에 큰 연못을 파놓고 그 연못에 술을 가득 채우고는 작은 배
를 타고 연못 위를 떠다니면서 조금도 거리낌이 없었다. 북을
한번 울리면 3천 명이나 되는 사람들이 땅 위를 기어 목을 늘
여서는 소가 물을 마시듯 연못의 술을 마셔야 했다. 어떤 사람
은 마시다가 풍덩! 하는 소리와 함께 연못에 빠져 죽기도 했는
데, 걸왕과 그의 총애를 받던 말희(妹喜)는 그 모습을 보고서도
깔깔거리고 웃으며 조금도 대단한 일로 여기지 않았다.

걸왕의 궁 안에는 그 유명한 요대를 제외하고도 여러 행궁
(行宮)과 별원(別苑)들이 있었다. 그 중에서도 깊은 산골짜기에
지어놓은 장야궁(長夜宮)이라는 행궁이 있었는데, 걸은 부끄러
운 줄도 모르는 귀족 남녀들과 함께 그곳에서 밤을 새워 놀았
다. 때로는 몇 달을 내리 놀면서 국사를 돌보지 않기도 했다고
한다. 그러던 어느 날 저녁이었다. 갑자기 큰 바람이 불면서 불
빛 찬란하고 음악소리 요란한 장야궁으로 부연 먼지가 휘몰아
쳐 왔다. 운이 좋았다고나 할까. 마침 걸은 그곳에 없었는데 무
정한 모랫더미는 눈 깜짝할 사이에 장야궁과 산골짜기를 덮어
버리고 말았다. 이것은 어쩌면 상제가 걸에게 내리는 징벌일 수
도 있었는데 걸은 그것을 전혀 깨닫지 못하였다.

이런 일이 일어난 뒤에도 그는 여전히 즐기며 살 뿐, 모든
것을 자기 멋대로 했다. 그의 총애하는 비(妃) 말희는 비단이
찢기는 소리를 듣기 좋아했다. 그래서 그는 나라의 곳간에 쌓여
있는 온갖 아름다운 비단을 가져다가 한 필 한 필 찢으며 말희

에게 그 소리를 들려주었다. 그렇게 해서 그녀의 환심을 사려
함이었다.

한번은 그의 후궁의 궁녀 중 하나가 갑자기 용으로 변하여
이빨과 발톱을 날카롭게 세우고는 아무도 가까이 오지 못하게
하였다. 그러다가 잠시 후 다시 아름답기 이를 데 없는 여인으
로 변하는 것이었다. 모두들 그녀를 두려워하고 있었는데 걸만
은 조금도 개의치 않고 무척이나 그녀를 사랑하였다. 이 여인은
매일 사람을 잡아먹었는데 걸은 그녀에게 매일 먹을 사람을 대
주었으며 그녀를 〈교첩(蛟妾)〉이라고 불렀다. 전설에 의하면 그
녀는 걸의 길흉화복을 점쳐 주었다고 한다.

걸에게는 관용봉(關龍逢)이라고 하는 지혜로운 신하가 있었는
데 황음무도한 군주를 위하여 자주 직언을 하곤 했다. 그러다가
이 어리석은 왕을 화나게 하여 그만 잡혀서 죽임을 당하고 말았
다. 그에게는 또 이윤(伊尹)이라고 하는 신하가 있었다. 그는
본래 은(殷)나라 탕왕(湯王)의 신하였는데 중용되지 못하자 걸
에게로 와 주방의 요리사가 되었다. 한번은 걸이 요대에서 환락
에 빠져 있을 때 이윤이 술잔을 들어 그에게 간했다.

「군왕께서 저의 말을 듣지 아니하시면 곧 나라가 망하는 꼴
을 보게 되실 것이옵니다」

걸은 이 말을 듣는 순간 탁자를 내리치며 화를 내었다. 그러
나 조금 있다가 생각해 보니 그의 말에도 일리가 있다고 여겨져
슬쩍 웃으며 반쯤 취한 목소리로 이윤을 질책해 말했다.

「네 이놈, 헛소리로 사람을 현혹시키지 말거라. 내게는 천하
가 있다. 그것은 하늘에 태양이 있는 것과 마찬가지인데, 하늘
의 태양이 없어지는 것을 누가 본 적이 있다더냐! 물론 태양이
없어져 버린다면 나 역시 멸망할 것이지만. 하하, 그러니 헛소

리 하지 말거라! 그야말로 헛소리지, 암!」

걸은 과대망상증이 있어서 자신을 늘 천부(天父)라 칭했다. 그래서 그는 자신의 나라를 하늘의 태양에 비유하였고 또 자기 자신을 하늘의 태양이라 여겼던 것이다. 그는 자기가 못살게 구는 백성들이 원한에 사무쳐서 매일 태양을 바라보며 이렇게 저주하는 것을 알지 못했다.

「이 못된 태양아. 왜 빨리 없어져 버리지 않니? 네가 없어지기만 한다면 나 역시 너와 함께 죽는다 해도 좋을 텐데!」

이윤은 어리석은 왕이 혼미함에 빠져 조금도 깨달을 기미가 없는 것을 보고 우울하게 집으로 돌아가고 있었다. 큰길을 지나가다가 그는 거나하게 술에 취한 몇몇 사람들이 달빛 아래에서 비틀거리며 걸어가는 것을 보았다. 그런데 술 냄새 풍기는 그들의 입에서 짧지만 이상한 노래가 흘러나왔다.

왜 박(亳)으로 가지 않는가?
왜 박으로 가지 않는가?
박은 크기만 한데!

그러자 어두컴컴한 처마 밑에서도 똑같은 노래가 흘러나왔다. 그러고보니 큰길이며 작은 골목 할것없이 곳곳에서 이 노래가 들려오는 것이었다. 이윤은 이 노래를 듣고 깜짝 놀라 가만히 생각해 보았다. 박은 탕왕의 도성이거늘, 왜 이곳 백성들이 모두 〈박으로 가라〉는 노래를 부른단 말인가? 성탕(成湯)은 정말 소문처럼 그렇게 백성들의 마음을 깊이 사로잡고 있는 현명한 왕일까? 그래서 하나라의 백성들까지도 모두 그에게로 향해 있는 것일까? 이윤은 집으로 돌아와 글 읽는 누각에 올랐으나 여전히 의혹이 풀리지 않았다. 그때 부근의 길에서 또 누군가가 비장한 목소리로 부르는 노랫소리가 들려왔다.

깨어나라! 깨어나라!
나의 운명은 정해졌네!
어둠을 버리고 빛으로 나아가라!
어디 걱정과 근심이 있으랴!

이윤은 그 노랫소리를 듣고 마음속이 트여오는 것을 느꼈다. 그 노래는 바로 그를 위한 노래였던 것이다. 그가 전에 탕왕을 떠나 하 걸왕에게로 와 그의 신하가 된 것은 정말 어리석은 짓이었던 것이다. 이전에는 그가 중용되지 못하였으나 탕임금은 여전히 어진 왕이니 어찌 앞으로도 중용되지 못할 것이라고 할 수 있으랴. 그는 마음을 정하고 밤새 간단한 짐을 꾸렸다. 그리고 날이 밝아오자마자 수레를 불러 타고 하걸의 도성인 추성(鄒城)을 떠나 탕왕의 도읍지인 박(亳)으로 돌아갔다.

하걸에게는 또 비창(費昌)이라는 총애하는 신하가 있었다. 한 번은 그가 황하(黃河) 가에 가서 노닐다가 갑자기 하늘에 두 개의 태양이 떠오르는 것을 보게 되었다. 동쪽의 태양은 빛을 내뿜으며 떠올랐는데 아름다운 오색 구름이 감싸고 있었고 그 모습이 웅장하고도 힘이 있었다. 그에 반해 서쪽의 태양은 붉었지만 빛이 없었고 회색빛 구름에 둘러싸여 있는 것이 힘이 하나도 없어 곧 떨어져버릴 것만 같았다. 이때 하늘에서는 우르릉거리는 소리가 크게 들렸다. 이런 기이한 광경을 보고 비창은 〈하늘에 두 개의 태양이 있을 수 없듯이 땅에도 두 사람의 군주가 있을 수 없네〉라는 민간의 속담을 떠올리고서 흠칫 놀랐다. 그래서 수신(水神) 하백에게 물었다.

「이 두 개의 태양 중 어느 것이 은(殷)이고 어느 것이 하(夏)입니까?」

수신 하백이 대답했다.

「서쪽의 태양이 하라면 동쪽의 태양은 은일세」

그래서 하걸의 심복이었던 비창조차 하왕조가 이미 기울었으며 그 나라를 지킨다는 것이 불가능한 것임을 깨닫고는 대세의 흐름에 따라 가족들을 이끌고 탕왕에게로 가고 말았다.

그런데 이윤은 탕왕을 섬기고 있던 시절에 왜 탕왕에게 발탁되어 쓰이지 않았던 것일까? 거기에는 참으로 기이한 내력이 있었다.

전설에 의하면 동방 어느 곳에 신국(莘國)이라고 하는 작은 나라가 있었다고 한다. 그곳의 한 아가씨가 어느 날 바구니를 들고 뽕나무 밭에 가 뽕을 따는데, 갑자기 아이 우는 소리가 들려왔다. 아가씨는 울음소리가 들리는 곳으로 가보았다. 그랬더니 속이 텅 빈 오래된 뽕나무 안에서 통통하고 작은 아기가 벌거벗은 채 손발을 휘저으며 울어대고 있는 것이 보였다. 아가씨는 이상하다고 생각하며 아기를 안고 돌아와 왕에게 바쳤다. 왕은 주방의 요리사에게 그 아이를 기르게 하는 한편 사람을 보내어 아이의 내력을 알아보게 하였다. 얼마 지나지 않아 조사하러 갔던 사람들이 돌아왔고 그들은 다음과 같이 보고하였다.

아이의 어머니는 이수(伊水) 가에 사는 여자였는데 그녀가 임신을 하였을 때였다. 어느 날 밤 꿈속에 신인(神人)이 나타나 이렇게 말했다고 한다.

「절구에서 물이 나오거든 동쪽으로 가거라, 절대로 뒤를 돌아다보아서는 안 되느니라!」

다음날 절구에서는 정말로 물이 나오기 시작했고, 그녀는 꿈 속에서 신이 했던 말을 급히 이웃사람들에게 해주었다. 그리고 신의 분부대로 동쪽을 향해 떠났다. 이웃 중에 그녀의 말을 믿는 사람들은 그녀를 따라나섰고, 헛소리를 한다고 여기는 사람들은 그대로 남았다. 그녀가 동쪽으로 십 리쯤 갔을 때였다. 두고 온 집과 이웃사람들이 어떻게 되었는지 궁금하여 그녀는 자신도 모르는 사이에 고개를 돌려 뒤를 바라다보게 되었다. 그녀의 눈에는 자신의 집이 이미 넘실거리는 물 속에 잠겨버린 광경이 비치게 되었고, 또 이리의 이빨처럼 사나운 홍수의 물길이 그녀와 그녀의 이웃들을 향해 밀려오고 있는 것이 보였다. 그녀는 놀라서 두 손을 쳐들고는 미친 듯이 소리를 지르려 하였으나 도대체 목소리가 나오지 않았다. 그녀의 몸은 이미 속이 텅 빈 뽕나무로 변해 있었고, 뽕나무로 변한 그녀가 밀려오는 격류의 가운데에 버티고 서서 그 물길을 막으니 홍수는 그녀의 발치에서 물러가고 말았다. 며칠이 지난 뒤 뽕 따는 아가씨가 이곳에 와 뽕을 따게 되었고 그 아가씨가 바로 속이 빈 뽕나무 안에서 어린 아기를 발견하게 되었다. 아기의 엄마를 따라 함께 도망쳤던 이웃들이 모두 그것이 사실이라고 증언하였으니, 그 아기는 속이 빈 늙은 뽕나무의 아기임에 틀림없었던 것이다. 아기의 어머니가 본래 이수 가에 살았었으므로 그 아기를 이윤(伊尹)이라고 부르게 되었다.

주방 요리사가 돌보아주어 이윤은 섬섬 어른이 되어갔다. 그리고 그 역시 요리사가 되어 맛있는 요리들을 만들어내는 한편 열심히 노력하여 공부를 해서 상당한 학문을 갖추게 되었다. 그래서 그는 궁중의 교사를 겸하게 되었고 신왕(莘王)의 딸에게 공부도 가르쳤다. 그후 어느 날 성탕이 동방으로 순수를 나왔다

가 신국에 이르게 되었다. 성탕은 신왕의 딸이 아름답고 현숙하
다는 이야기를 듣고는 그녀를 자신의 아내로 취하고 싶다고 하
였다. 유신왕(有莘王)은 성탕이 현명한 인물이라는 것을 알고
있었기 때문에 이 결혼을 쾌히 승낙하였고, 당시의 혼례 방식
에 따라 딸을 시집보냈다. 이윤은 탕왕 곁에 가서 일을 하며 자
신의 재능을 발휘하고 싶어했으나 길을 찾지 못하고 있었는
데, 마침 유신왕의 딸이 탕왕에게 시집을 가게 되자 그녀를 따
라가는 신하를 자청하였다. 물가의 뽕나무에서 태어났고 얼굴
에 수염도 나지 않는, 그 이상한 아이를 유신왕은 그다지 중요
하게 생각하지 않았기 때문에 그의 요구를 들어주었고, 그래서
주방 요리사이자 궁정의 교사인 그는 유신왕의 딸과 함께 성탕
에게로 보내졌다.

이윤은 자신의 학생인 유신왕의 딸과 함께 성탕에게로 갔으
나 교사로서의 재능은 쓸모가 없었고 요리사의 재주만을 결혼
식에서 내보일 수 있었다. 검은 피부의 이 키 작은 청년은 솥과
도마를 지고 안고 다니며 주방에서 즐겁게 요리를 하여 자신의
재주를 마음껏 발휘했다. 과연 그가 만든 음식들은 탕왕과 손님
들의 구미에 맞았고 사람들은 그의 솜씨를 칭찬하였다. 마음이
즐거워진 탕왕은 포부가 비범한 이 청년 요리사를 불렀고, 탕
왕을 대하게 된 이윤은 온갖 산해진미의 요리법부터 시작하여
나라를 다스리는 일에 이르기까지 쉬임없는 열변을 토해 내었
다. 탕왕은 이 청년이 매우 능력이 있고 재기가 뛰어나다는 것
을 알고서 다른 요리사와는 다르게 대우를 해주었으나 그래도
그를 중용하지는 않았다. 오랜 세월이 그렇게 흘러갔다. 이윤은
탕왕에게 중용되지 못한 채 그냥 시간을 흘려보낸 것이 무척이
나 억울하여 더 이상 견딜 수가 없었고, 그래서 하걸에게로 갔

던 것이다. 하걸에게로 가서도 그는 일개 미미한 요리사 노릇을
하게 되었는데 그 어리석은 왕의 여러 황당무계한 행위들은 그
의 머리를 아프게 했다. 백성들은 모두가 걸왕을 원망했고 동방
의 은나라는 하루가 다르게 흥성해 가니, 그들의 마음은 자연
히 지혜로운 탕왕에게로 향했다. 이윤 역시 천하의 대세와 개인
의 출세라는 두 가지 길에 대해 자세히 생각해 본 결과 의연히
하걸을 떠나 탕왕에게로 돌아가게 되었다.

제4장

은 민족의 선조 왕해와 왕항

    은 민족의 선조인 설(契)은 제비의 알을 삼키고 임신을 했던 유융씨(有娀氏)의 딸인 간적(簡狄)의 아들이다. 전설에 의하면 그는 우임금을 도와 치수를 하는 데 공을 세워, 순임금이 그에게 교육을 담당하는 관직을 내려주고 상(商) 지방에 봉하였다고 하는데 그곳이 바로 지금의 섬서(陝西) 상현(商縣)이다. 그 뒤 성탕이 하나라를 멸망시키고 박(亳) 지방에 도읍을 정하였는데 박은 박(薄)이라고 쓰기도 한다. 그곳은 지금의 하남(河南) 상구현(商邱縣)의 서남쪽으로 당시의 국호는 상(商)이라고 하였다. 그후 성탕의 십여 대 후손인 반경(盤庚)에 이르기까지 은민족은 몇 차례에 걸쳐 천도를 하다가 마침내는 은(殷) 지방에 도읍을 정하게 된다. 그곳은 지금의 하남 언사현(偃師縣) 서쪽에 있었으며 그곳에 도읍하면서 나라 이름을 은이라고 바꾸었다. 그러므로 〈은〉이 바로 〈상〉인 셈이다.

    탕왕 이전 6, 7대까지만 해도 은 민족은 동방의 초원에서 이리저리 옮겨다니는 유목생활을 하던 민족이었다. 당시 그들에

게는 해(亥)라고 하는 뛰어난 왕이 있었는데 그는 많은 수의 소
나 양을 몰고 서방으로 가 그곳의 유역(有易) 또는 유호(有扈)
라는 부족과 장사를 하곤 했다. 해는 은 민족의 왕이었기 때문
에 왕해(王亥)라고 하였다. 그는 가축을 기르는 데 있어서 독특
하고도 깊은 지식을 지니고 있었기 때문에 그가 기른 소나 양은
모두 살이 찌고 튼튼했으며 번식력도 왕성했다. 백성들은 그가
가르쳐주는 방법대로 가축들을 먹였으므로 그가 왕이 된 지 얼
마 지나지 않아 그 나라의 소와 양은 떼를 이룰 정도로 늘어나
온 들판을 가득 채웠다. 왕해는 나라 안의 가축들이 늘어나고
따라서 백성들의 생활도 지낼 만하게 된 것을 보고는 그의 동생
인 왕항(王恒)과 의논을 하게 되었다. 즉 자신의 나라에 남아도
는 소나 양들 중에서 일부를 골라내어 서방으로 몰고 가 소나
양이 부족하여 그것들을 몹시 필요로 하는 유역(有易)족과 물물
교환을 하자는 것이었다. 가축들을 주는 대신 그곳에서 나오는
곡식이나 금속용품, 아름다운 비단들을 받아온다면 백성들의
생활은 더욱 윤택해질 것이었다. 왕항은 형의 계획에 찬성했다.
백성들도 그들의 지도자가 세운 이 계획에 모두 동의하였다. 그
리하여 나라 안에서 튼튼하고 살찐 소와 양을 골라내고 또 능력
있고 건강한 젊은이들을 목동으로 뽑아, 왕해와 왕항 형제는
호탕하게 유역을 향하여 출발하였다.

　유역은 지금의 하북 역현(易縣) 일대에 위치하고 있었는데 은
과 유역 사이에는 황하가 흐르고 있었다. 황하의 수신인 하백은
양쪽의 국왕과 모두 친하였기 때문에 왕해와 왕항이 소와 양을
이끌고 서쪽으로 장사하러 가는 것을 보고는 은과 유호의 국왕
들이 서로 친하게 되기를 진심으로 바랐다. 그래서 형제가 거느
린 목동들과 가축들은 하백의 도움 덕분에 파도가 거친 황하를

기적적으로 무사히 건널 수 있었다.

유역의 국왕은 면신(綿臣)이라 하였다. 그는 동방에서 귀한 손님이 소와 양떼를 몰고 온다는 소식을 듣고는 서둘러 친히 많은 사람들을 이끌고 멀리까지 나가 그들을 맞아들였다. 그러고는 장사에 관한 이야기는 뒤로 미룬 채 우선 그들을 편히 쉬게 하며 멀리서 오느라고 지친 여장을 풀게 해주었다. 유역은 비록 산 속에 있는 나라였지만 맛있는 음식이 적지 않았고 집에서 빚은 좋은 술과 귀를 즐겁게 하는 음악, 그리고 무척이나 매혹적인 춤이 있었다. 왕해와 왕항 형제는 그곳에서 몇 개월을 보냈다. 이국의 편안한 생활과 맛있는 음식은 그들을 살찌게 해 가슴 양쪽의 갈비뼈까지도 살 속에 묻혀 찾을 수 없을 지경이 되었다.

먹는 것에 대해 얘기하자면 왕해는 그야말로 천부적인 식욕을 지니고 있었다고 할 수 있다. 정식의 연회이든 야외에서 벌어지는 간단한 잔치이든 그는 조금도 마다하지 않고 먹어댔다. 왕해가 식사를 하는 정경을 그린 그림이 한 장 있는데 그 그림을 보면 그의 식욕이 어떠했는지 짐작해 볼 수 있다. 그림 속에서 그는 반쯤밖에 익지 않은 거대한 새를 두 손으로 들고 막 새의 머리 부분을 먹고 있는 중이었는데, 우리는 왕해의 튼튼한 이빨 사이에서 새어 나오는, 맛있게 음식을 씹는 그 소리를 들을 수 있을 것만 같다. 왕항 역시 먹는 것을 좋아하기는 했지만 형보다는 마음 씀씀이가 더 치밀해서 자신의 모든 정력을 온통 먹는 데에만 쏟아붓지는 않았다.

그에게는 맛있는 음식보다 더 중요한 것이 있었으니 바로 아름다운 여인을 찾는 일이었다. 그는 굶주린 듯한 눈으로 도처를 살폈으며 마침내는 미녀 중의 미녀를 찾아내게 되었다. 그녀는 국왕인 면신의 아내였는데 미모뿐 아니라 풍류까지 갖추고 있었다. 본래 고향에서도 연애라면 이골이 나 있던 그인지라 그녀를 향해 온갖 수단을 다 동원했고, 본래 바람기가 좀 있었던 그녀는 왕항의 수단에 말려들어 손쉽게 허물어지고 말았다.

그러나 너무 달콤한 사탕은 금방 먹기 싫어지는 법, 왕항에 대한 그녀의 마음 역시 그랬다. 꽃을 보고 윙윙거리며 달려드는 벌 같은 그런 남자들을 그녀는 지겹도록 보아왔던 것이다. 그녀는 왕항보다는 오히려 성실한 왕해에게 더 흥미를 느끼고 있었다. 거친 눈썹에 커다란 눈, 과묵한 성격의 그는 앉아 있으면 마치 거대한 한 그루의 나무처럼 보였다. 그런가 하면 술자리에서는 이리나 호랑이처럼 방약무인의 태도로 진탕 먹어대었다. 반면 한가할 때에는 소나 양들을 세심하게 보살펴주었고 들판의 풀들을 채집하며 이리저리 두리번거리곤 하였는데 그러한 모습이 그녀의 관심을 끌었다. 그녀는 왕해에게 접근하기 시작했고 보통의 다른 여자들보다 그 기교가 뛰어났기 때문에 왕해는 얼마 지나지 않아 사랑의 포로가 되고 말았다.

왕해는 사랑에 대해서도 음식을 먹는 것과 마찬가지로 포만감을 느껴야만 직성이 풀리는 듯했다. 일단 연애를 시작하게 되자 그는 마치 우리를 벗어난 호랑이처럼 맹렬하고 저돌적으로 변하니 아무도 그를 말릴 수가 없었다. 또 사랑의 불꽃에 휩싸인 그녀 역시 냉정한 이성을 잃고 혼미함에 빠졌다. 두 사람이 이렇게 서로간의 감정에 무분별하게 빠져들어가게 되자 주위의 사람들은 점차 그들의 추악한 관계를 알게 되었다. 오직 한 사람, 국왕인 면신만이 그 사실을 모르고 있었다.

가장 먼저 그 낌새를 눈치챈 것은 당연히 왕항이었다. 질투의 불길이 그의 가슴속에서 활활 타올랐다. 그는 그의 형인 왕

해가 말 한마디 없이 자신의 사랑하는 여인을 빼앗아가리라고
는 생각지도 못했다. 또한 그는 그와 그녀 사이의 일을 왕해가
전혀 알고 있지 못하리라고는 생각지도 않았다. 그래서 형이 자
기에게 그녀와의 사이에서 일어났던 일을 들려줄 때 그는 너무
나 괴로웠고, 또 형이 은근히 자기에게 그녀를 포기하라고 암
시하는 것이라고 여기게 되었다. 형의 위력과 권세가 두려워 겉
으로는 억지로 웃을 수밖에 없었지만 속으로는 분노를 삭이느
라 이를 악물고 있었다.

이 애정 문제에 있어서 또 하나의 중요한 인물이 있었는데
그는 바로 유역왕의 청년 근위병이었다. 그는 왕해와 왕항 형제
가 오기 전에 그의 여주인과 모종의 애정 관계에 빠져 있었는데
그들 형제가 나타남으로 해서 모든 것이 끝나 버렸던 것이다.
이 젊은 근위병은 자신의 마음에 상처를 입었을 뿐 아니라 자기
네 민족의 자존심 또한 상처를 입었다고 생각했다. 그래서 그는
그들이 통정하고 있음을 국왕에게 고해 바치려 했으나 확실한
증거를 제시할 수 없었기 때문에 〈호랑이를 잡으려다가 오히려
호랑이에게 물리는〉 격이 될까 저어하여 이러지도 저러지도 못
하고 있었다. 그는 다만 연적(戀敵)들만이 지닐 수 있는 특유의
날카로운 눈빛으로 늘 그들을 감시하였고 틈만 나면 무기를 감
추고 그들이 사는 곳을 배회하면서 적당한 기회를 틈타 복수를
하려 하고 있었다.

실연의 쓴 맛을 본 두 사람, 즉 왕항과 청년 근위병은 그들
의 예민한 촉각으로 서로가 풍기고 있는 씁쓸한 분위기를 알아
챘다. 그래서 그들은 잠시나마 친구가 되어 그들 공동의 적에게
어떻게 대처할 것인가를 의논하게 되었다. 왕항은 다른 사람의
손을 빌려 왕해를 없애 눈앞의 장애물을 제거하려 하였고, 청

년 근위병은 또 나름대로 분을 풀어 약소 민족이라고 해서 마음 대로 할 수 없다는 것을 외국인들에게 보여주고 싶어했다. 두 사람은 이렇게 서로 이용하며 함께 힘을 합쳐서 점차 피비린내 나는 모험 속으로 빠져들어가게 되었다.

왕항은 형의 행적에 대해 비교적 자세히 알고 있었기 때문에 동정을 살피는 일을 맡았다. 그리고 청년 근위병은 죽음을 두려 워하지 않는 용기로 왕해를 없애는 일을 담당하게 되었다. 달빛 이 몽롱하던 어느 날 밤, 왕항은 드디어 사람을 보내어 청년을 불렀다.

「기회가 드디어 왔네! 왕해와 다른 사람들이 사냥에서 돌아 왔는데 모두가 술에 취해서 비틀거리며 왕궁의 뒷문으로 들어 갔네, 바로 지금이 해치울 때야!」

청년은 고개를 끄덕이며 더 이상 아무 말도 하지 않았다. 그 는 날카로운 도끼를 몸에 지니고 왕궁의 뒷문으로 들어갔다. 평 소에 낯익은 길을 따라 넘기 쉬운 궁정의 담장을 넘어 그는 곧 장 왕후의 침실로 갔다. 창을 통해 들여다보았더니 어둑한 촛불 의 불빛 아래 커다란 사내가 왕후의 침대 위에 누워 자고 있는 것이 보였다. 그는 옷과 신발도 벗지 않은 채 깊은 잠에 빠져 있었는데 우레와 같은 코고는 소리가 들려왔다. 청년은 이 모습 을 보자 노기충천하여 방문을 밀치고 내실로 들어갔다. 그러고 는 두 손으로 도끼를 치켜들고 기름이 번질거리는 왕해의 살찐 목덜미를 향하여 힘껏 내리쳤다. 검붉은 핏줄기가 목에서 흘리 내렸고, 그는 다시 한번 도끼를 들어 그 살찐 머리통을 잘라내 었다. 그러나 피바다 속에 누워 있는 왕해의 모습은 여전히 위 엄이 있고 풍채가 좋았다. 머리가 잘려 가늘게 눈을 뜨고 있음 에도 불구하고 그의 몸에서는 광채가 뿜어져 나오는 것 같았고, 초원의 분위기와 떼를 이룬 소나 양들의 모습도 어른거리는 것 같았다. 질투에 눈이 먼 청년은 다시 도끼를 들어 머리를 향해 내리쳤고 왕해의 머리는 두 쪽으로 갈라지고 말았다. 그는 연이어 도끼를 휘둘러 왕해의 두 팔과 다리를 잘라내었으니, 시신은 일곱 토막이 난 채 이리저리 흩어져 있게 되었다. 왕해가 누웠던 침대는 그리하여 그만 비극적인 사랑의 제단이 되고 말았다. 왕해를 죽인 청년은 황급히 침대보로 도끼와 손, 그리고 몸에 묻은 피를 닦아내고 왕후의 침실에서 뛰쳐나와 왕궁 밖으로 도망치려고 달리기 시작했다. 그러나 침실에서 나와 얼마 가지도 않았는데 뒤에서 〈살인이야!〉 하는 궁녀의 비명소리가 들려왔다. 그리고 뒤어어 숲속에서 완전무장을 한 근위병들이 뛰쳐나왔다. 그들은 별 힘도 들이지 않고서 청년을 체포했고 흉기를 빼앗은 뒤 그를 국왕에게 데리고 갔다. 국왕 면신은 그때 왕후와 함께 침대에 누워 있다가 놀라서 일어났다. 왕후는 연인의 곁을 막 떠나서 임금의 명령을 받고 그곳에 와 있던 터였다.

조목조목 신문을 하자 사건의 진상은 백일하게 드러났다. 국왕 면신은 분노에 몸을 떨었다. 그는 우선 왕해가 데리고 온 목동들과 소, 양들을 모조리 몰수하라고 명령을 내렸다. 그리고 별로 좋은 인물이 아닐 것임이 분명한 왕항은 국경 밖으로 쫓아내 버리라고 하였다. 또한 감히 궁전 안에서 살인사건을 일으킨 청년 근위병은 본래 죽여야 마땅하나 주인에게 충성하려 했던 그의 마음을 참작하여 죄를 사해 주기로 했다. 이제 남은 것은 왕후를 어떻게 처리할 것인가 하는 문제였는데 이것은 정말 골치아픈 일이었다. 왕후는 며칠을 두고 울면서 변명을 하고 애걸하였으니, 국왕은 마침내 모든 책임이 그 외국인들에게 있지 왕후에게 있는 것이 아니라고 하고는 점차 노여움을 풀어갔다.

한편 유역국에서 쫓겨난 왕항은 혈혈단신, 낭패한 심정으로
자기 나라로 돌아갔다. 그리고 사건의 자초지종을 마음대로 윤
색하여 초원에서 살고 있는 자기 민족에게 퍼뜨렸다. 사람들은
그 말을 듣자 모두들 흥분하였다. 소나 양을 빼앗긴 것은 차치
하고라도 자기 나라의 왕이 살해당하다니, 이것은 민족의 크나
큰 치욕이 아닐 수 없었다. 그래서 그들은 즉시 왕항을 새 국왕
으로 옹립하고 장수들을 선발하여 군사를 훈련시켰다. 유역에
게 복수를 하려는 것이었다.

왕항은 백성들의 분노를 부채질하여 왕의 자리에까지 올랐으
나 마음속으로는 은근히 걱정이 되었다. 만일 진짜 북쪽으로 쳐
들어갔다가 형을 음해하여 죽게까지 한 사건의 내막을 누군가
가 파헤치기라도 한다면 자신의 왕위는 물론 생명까지 위태로
워질 것이었기 때문이다. 그래서 그는 듣기 좋은 말로 백성들을
설득하기 시작했다. 지금 당장 그렇게 급히 쳐들어갈 필요는 없
다, 먼저 내가 가서 유역왕과 접촉을 하여 소와 양들을 돌려받
을 것이다, 소와 양들을 돌려받게 되면 목적을 달성한 것이니
그걸로 끝낼 것이고, 만일 돌려받지 못하게 된다면 그때 가서
군사를 일으켜 그들을 쳐도 늦지 않을 것이다라고 하였다. 백성
들은 이렇게 온건한 외교정책을 그리 찬성하지는 않았지만 새
국왕의 주장이 워낙 강경했기 때문에 억지로라도 따르는 수밖
에 없었다.

왕항은 이제 국왕의 신분으로 몇 명의 시종을 거느리고 다시
유역국에 오게 되었다. 강대한 은 민족을 건드려 좋을 것이 없
다는 점을 알고 있는 유역왕으로서는 국왕이 되어 다시 오고 있
는 왕항을 맞이할 준비를 충분히 해둘 수밖에 없었다. 그는 귀
빈을 맞이하여서 지난번보다 더욱 예절을 갖추어 깍듯이 대접

하였다. 그리고 왕항이 입을 열기가 무섭게 지난번에 몰수했던 소와 양, 그리고 목동들을 고스란히 다시 바쳤다. 왕항은 이 막대한 재물을 손에 넣게 되자 갑자기 호탕해지기 시작했다. 그리고 밤잠을 못 이루며 고민한 결과 생각을 바꾸기로 하였다. 소와 양은 본래 은나라 백성들의 것이므로 돌아가면 그대로 임자에게 돌려주어야 한다. 초원의 천막 속에서 가난한 임금 노릇을 하느니 산으로 둘러싸인 이 나라에서 그대로 살며 부자 노릇을 하는 것이 훨씬 낫다는 계산을 하였던 것이다. 게다가 이곳에는 온갖 맛있는 음식들이 그득하고 아름다운 노래와 춤이 있으며 또 지난날의 연인도 있지 아니한가. 이곳에서 살면 그야말로 아무 일 없이 평안한 나날을 보낼 수 있을 터였다. 방탕한 한 사내에게 있어서 이보다 더 좋은 곳이 어디 있으랴. 그래서 왕항은 이 나라에서 유유자적하게 노닐며 돌아갈 생각을 아예 하지 않고 있었다. 유역왕도 그러한 왕항의 행동에 대해 뭐라고 해볼 도리 없이 그저 두고 보기만 했다. 어쨌든 왕항의 재산은 자기 나라에 있는 것이고 왕항은 그 재물을 또한 자기 나라에서 쓰고 있는 것이니까 뭐 별로 해로울 것도 없었던 것이다. 이렇게 왕항은 그곳에서 몇 년간을 눌러 살게 되었다.

한편 은나라 백성들은 왕항이 오래도록 돌아오지 않자 또 무슨 변고가 생긴 것이라고 여겼다. 그래서 서둘러 왕항의 아들인 상갑미(上甲微)를 국왕에 옹립하여 나라가 위기에 처하는 것을 막으려 하였다. 상갑미는 나이가 어렸으나 총명하고 재주가 있는 지혜로운 왕이었다. 그는 유역족이 큰아버지를 살해하고 소와 양들을 빼앗았을 뿐 아니라 이제 그의 아버지까지 억류하는 것을 보고는 그들의 횡포를 더 이상 그냥 둘 수가 없다고 생각했다. 그래서 그는 군사들을 이끌고 야만스러운 유역족을 치러

가기로 결심했다.

은의 대군은 기세등등하게 황하 기슭에 이르렀다. 그들은 먼저 수신 하백을 찾아 수천 수만의 자기네 군사와 말들이 황하를 무사히 건널 수 있게 해달라고 부탁했다. 이런 부탁을 받게 되자 하백은 무척이나 고민스러웠다. 유역국 사람들은 은나라 사람들과 마찬가지로 자신의 친한 친구들인데 차마 그들이 은의 침략을 당하는 것을 보고 있을 수가 없었던 까닭이었다. 그러나 그에게 부탁을 하고 있는 은나라 사람들 역시 그의 친구들인 데다가, 그들이 유역족에게 당하였기 때문에 당연히 유역을 치러 가는 것이라고 당당히 말하는 데 안 들어줄 도리가 없었다. 결국 하백은 상갑미가 이끄는 군사들이 무사히 황하를 건널 수 있도록 도와주었다.

상갑미가 대군을 이끌고 유역국을 향해 오고 있다는 말을 들은 유역왕은 마음이 조급해졌다. 상갑미가 쳐들어오는 것은 아마도 왕항이 오랫동안 돌아가지 않고 있기 때문이라고 생각한 유역왕은 급히 사신을 보내어 일의 자초지종을 설명하였다. 그러나 상갑미는 반신반의하였다. 게다가 대군을 이끌고 이미 이곳까지 온 터, 상황은 이미 활시위를 떠난 화살처럼 다시 거두어들일 수가 없게 되어 있었다. 그리고 이를 구실로 하여 영토를 넓히고 재물도 잔뜩 빼앗아갈 수 있는 그런 좋은 기회였기 때문에, 사신의 말이 설사 사실이었을지라도 그는 거짓이라고 하여야 할 처지였다. 그래서 상갑미는 사신의 말에 상관없이 그의 목을 베고 대군을 지휘하여 계속 전진하였다.

늙은 유역왕은 가련하게도 평소 전쟁에 대해 아무런 준비도 해두지 않았기 때문에 적이 쳐들어오자 황급히 대응할 수밖에 없었다. 그러나 오합지졸이 어찌 초원을 주름잡는 용맹스러운 군사들을 당해 낼 수 있었으랴. 몇 차례 싸우지도 않아 유역족의 군사들은 무너져내리기 시작했고, 마침내는 조그마했던 왕궁마저 공격을 당하게 되었다. 그리고 왕궁이 함락당하게 되는 그 전쟁에서 늙은 왕 면신은 피살되고 말았다. 은나라의 대군이 성 안으로 들어가게 되자 상갑미는 급히 사람들을 시켜 아버지인 왕항을 찾아보게 했다. 그러나 어디에서도 왕항의 자취를 찾을 수가 없었으니, 남의 나라를 망하게 만들고 만 그 방탕한 사내는 전쟁의 와중에서 흥분한 유역족 사람들에 의해 살해된 것이 분명했다. 아버지를 찾지 못한 상갑미는 비통함과 분노에 빠졌다. 그리고 아버지가 유역족 사람들에게 억류되었던 것이 분명하다고 믿게 되었다. 그래서 그는 군사들을 풀어 성의 안팎에서 숱한 학살과 강간, 노략질을 자행하도록 하였다. 그리하여 그 작은 나라에는 거의 살아 있는 사람이 없게 되었고, 나뭇가지나 가시덤불 속에서는 흉측하게 생긴 새들만이 죽어 있는 사람들을 내려다보다가 날개를 펼친 채 울어대고 있었다.

유역국을 멸망시킨 젊은 왕 상갑미는 의기양양하게 대군을 거느리고 개선하였다. 수신 하백은 이렇게 기세가 올라 있는 친구를 함부로 할 수 없어서 그가 거느린 대군과 포로들, 그리고 전리품을 모두 무사히 황하 건너편에 도달하도록 해주었다. 그리고 상갑미의 대군이 모두 떠나간 뒤 수신 하백은 전쟁에 패한 자신의 친구, 유역국의 왕을 보러갔다. 그의 눈앞에 펼쳐진 광경은 정말 사람의 마음을 아프게 하는 것이었다. 들판에는 잡초와 가시덤불만 무성했고 화려했던 왕성은 이미 폐허가 되었으며, 그나마 운 좋게 살아남은 노약자와 부녀자들이 그 폐허에서 어려운 생활을 이어가고 있었다. 유역국은 이제 나라 이름만 남아 있었지 완전히 멸망한 것이나 다름없었다. 하백은 자신의 옛 친구를 애도한 나머지 더 이상 참고 볼 수가 없어 유역족의 유민들을 몰래 집합시켜서는 새로운 민족으로 변하게 했다. 그리고 그들을 다른 장소로 옮겨 살아가게 했다. 이 새로운 민족이 바로 요민(搖民)이며 영민(嬴民)이라고도 한다. 전설에 의하면 그들은 모두가 새의 다리를 하고 있었다고 하는데 후에 진(秦)나라 사람들의 조상이 되었다고 한다. 한편 유역족과의 전쟁에서 이긴 은 민족은 점차 강성해지기 시작했다. 상갑미로부터 6, 7대를 거쳐 성탕에 이르러서는 도읍을 박(亳)에 정하고 드디어 동방의 대국이 되었다. 훗날 은 민족이 하나라를 멸망시키고 천하를 얻게 되었을 때, 그들 조상의 공덕을 기념하기 위하여 왕해와 왕항, 그리고 상갑미에 대해 성대한 제사를 지냈다. 그중에서도 특히 성대했던 것은 목축 사업에 있어서 공이 컸지만 종국에는 이국에서 비참하게 죽은 왕해에 대한 제사였다. 복사(卜辭)에서는 심지어 그를 고조(高祖) 왕해라고까지 칭하고 있는데 그에게 제사를 올릴 때는 최고 3백 마리의 소를 바치기도 했다고 한다. 한편 은나라 사람들은 유역족과의 전쟁에서 그들을 도와주었던 하백을 잊지 않고 그에게도 자주 제사를 지내주어 맛있는 술과 양고기를 바치곤 했다.

제5장
탕왕의 기도

성탕은 은나라의 왕 주규(主癸)의 아들이다. 키가 9척이나 되었고 얼굴빛이 회었으며 얼굴형도 위가 좁고 아래가 넓었다. 머리숱도 많았고 양쪽 뺨에는 아름다운 구레나룻이 자라 있는 등, 누가 보아도 당당한 모습의 그는 기개가 비범하였다. 그리고 이렇게 외모만 뛰어났던 것이 아니라 마음씨 또한 자애로웠다. 한번은 그가 교외로 사냥을 가게 되었다. 그곳에서 그는 사면에 그물을 치고 새를 잡으려 하는 사내가 흥얼거리는 소리를 들었다. 그 사내는 이렇게 웅얼거리고 있었다.

하늘에서 떨어진 놈,
땅에서 솟아 나오는 놈,
사면 팔방에서 오는 모든 놈들이
내 그물에 걸려들어라!

그것을 듣고 탕왕이 말했다.

「여보게, 그건 안 되겠네. 자네 말대로 된다면 날아다니는 새라는 새들은 모조리 자네 그물에 걸려들게 될 텐데 그거야말로 하걸(夏桀) 같은 인물이나 할 짓이 아니겠나!」

그러면서 탕왕은 사내가 쳐놓은 그물에서 세 쪽을 떼어내고 한 쪽만을 남겨두었다. 그러고는 그에게 다른 축수하는 말을 가르쳐주었다.

예전에 거미가 줄을 치니
이제 사람들이 그것을 본받아 그물을 치는구나.
자유로운 새들아,
왼쪽으로 날고 싶거든 왼쪽으로
오른쪽으로 날고 싶거든 오른쪽으로 가려므나.
높이 날아오르고 싶거든 높이,
낮게 날고 싶거든 낮게 날아라.
절대로 내 그물에 걸려
죽지는 말렴!

탕왕의 자애로움이 이렇듯 하찮은 미물에까지 미치니, 그 이야기를 들은 한수(漢水) 이남의 작은 나라들이 감동하여 앞다투어서 탕왕에게 귀의했고 그 수효는 단번에 40여 국이나 되었다.

그러나 이렇듯 가까이에 위험한 존재가 있음을 깨닫지 못하는 걸왕은 여전히 정신을 못 차리고 자신이 하고 싶은 대로 황당무계한 놀음에 빠져 있었다. 그는 심지어 궁 안에서 기르는 호랑이를 시장에 풀어놓아 사람들이 놀라 달아나는 모습을 보고는 즐거워하기도 했다. 이러한 무도한 행위에 대해 간하는 신하가 있으면 그는 즉시 그 신하에게 죄를 뒤집어씌웠고 심한 경우에는 목을 베어버리기도 했다. 그리하여 죄를 뒤집어쓰거나 죽임을 당하는 자가 갈수록 늘어만 갔고, 그 소식을 접한 탕왕은 마음이 몹시 아팠다. 그래서 그는 사람을 보내어 이 무고한 사람들에게 조의를 표하였다. 하걸은 탕왕의 이런 행위가 백성들의 환심을 사서 자신에게 모반을 꾀하려는 의도가 있는 것이라고 여겨 노발대발하였다. 게다가 간신인 조량(趙梁)이 옆에서 부추기니, 걸왕은 조서를 내려 듣기 좋은 말로 꾸며서 탕왕을 서울로 오게 하였다. 아무것도 모르는 탕왕이 서울에 당도하자 걸왕은 불문곡직하고 그를 잡아 하대(夏臺)의 중천(重泉)에 가두었다. 하대란 하왕조 때에 중죄인들을 가두기 위해 특별히 만든 감옥인데 균대(鈞臺)라고도 하였으며 지금의 하남성 우현(禹縣) 남쪽에 있었다고 한다. 중천은 종천(種泉)이라고도 하였는데 아마도 지하에 물을 채워 만든 감옥이 아니었나 여겨진다.

바로 이러한 감옥에 탕왕은 갇히고 말았다. 늘 윗사람을 공경하고 좋은 일만 해온 탕왕 같은 귀한 인물이 그런 고약한 감옥에 갇히게 되었으니 그가 겪은 고통이야 이루 말할 것이 없었고 하마터면 죽을 뻔하기까지 하였다. 다행히도 후에 탕왕의 나라에서 재물과 보화를 잔뜩 가진 신하가 와 선심 공세를 펴니, 본래 재물에 눈이 어두웠던 걸인지라 그 재물을 보고는 눈이 멀었다. 그래서 그는 후환도 생각해 보지 않고 가볍게 탕왕을 풀어주고 말았다.

탕왕을 석방한 후 하걸은 대장군 편(扁)에게 군사를 거느리고 가 민산(岷山)을 공격하라고 하였다. 민산은 서남방에 있던 작은 나라로서 강대한 하나라의 공격에 견디지 못하고 곧 패하고 말았다. 그래서 그들은 미녀 두 명을 바치고는 항복하는 수밖에 없었다. 이 미녀들의 이름은 완(琬)과 염(琰)이었는데 하걸은 무척이나 그들을 총애하였다. 하다못해 그는 최고로 좋은 옥에다가 두 미녀의 이름을 새겨서 늘 차고 다녔으니 그녀들의 곁을 잠시도 떠나지 않았던 것이다. 이렇게 되니 본래 걸의 총비였던 말희는 냉대를 받게 될 수밖에 없었다. 그녀는 이제 나이가 들어 예전과 같은 아름다움을 간직하지 못하였고 걸은 헌 옷가지를 내팽개치듯이 낙수(洛水) 가의 냉궁(冷宮)에 그녀를 머물게 하였다. 말희는 걸의 이런 냉혹한 대우를 견딜 수가 없었다. 그때 그녀는 이전에 궁중에서 요리사 노릇을 하였고 그녀와 친분이 좀 있었던 이윤(伊尹)을 생각해 내었고, 그를 이용하여 밉살스런 하걸에게 복수를 하고 싶었다. 그래서 그녀는 몰래 사람을 보내어 이윤과 연락을 취하였고, 그녀가 알고 있는 국가기밀에 관한 정보를 모조리 이윤에게 알려주었다. 이때 이윤은 이미 탕왕에게 중용되어 은나라의 재상이 되어 야심에 차 있었다. 탕왕이 천하를 제패하는 것을 도우려 하고 있던 차에 이러한 정보를 얻게 되자 그는 뛸 듯이 기뻤다. 그래서 그도 말희에게 자주 사람을 보내어 그녀의 안부를 묻거나 선물을 전하곤 하였으니 두 사람 사이에는 그렇게 계속 소식이 오고갔다.

가을날 곡식의 낱알이 익으면 고개를 숙이고 농부가 베어갈 날을 기다리듯이 하걸의 음란한 행동과 포악스런 행위도 못된 열매를 맺어 그것을 잘라버려야 할 날이 다가오고 있었다. 탕왕은 하늘의 명을 받은 군사들을 일으키고 천하의 제후들을 이끌고서 걸을 토벌하리 나섰다. 탕왕은 군기를 높이 꽂은 수레를 탔는데, 전에 귀순해 온 비창(費昌)이 그의 수레를 몰았다. 탕왕은 두 손에 거대한 도끼를 들고 있었다. 또 이윤도 수레를 타고 그의 뒤를 따랐으니, 그들은 장엄하고도 위풍당당하게 하걸을 정벌하러 나섰다. 당시 걸에게는 위(韋)와 고(顧), 그리고 곤오(昆吾)라는 제후가 있었는데 이윤과 탕왕은 우선 그들을 먼저 치기로 했다. 순서대로 그들을 하나하나 멸망시킨 다음 하걸에게로 향하려는 계획이었다.

이렇게 되자 하걸은 당황하지 않을 수 없었다. 그는 우선 이길 가능성이 희박한 장수 몇 명을 내보내어 적에게 대항하게 하였다. 그리고 한편으로는 〈급하면 부처님 다리라도 붙잡는다〉는 속담대로 홍곡(鴻鵠)으로 만든 탕과 옥으로 만든 솥을 사용하여 천제에게 제사를 지냈다. 신의 도움을 받아서라도 적을 물리치고 나라를 지켜보려는 생각에서였다. 그러나 몇 번 싸워보지도 못하고 장수인 하경(夏耕)이 험난한 요새에서 목숨을 잃고 말았다.

하경은 본래 장산(章山)을 수비하는 장수였는데 오른손에는 창을, 왼손에는 방패를 들고 위풍당당하게 그곳을 지키고 있었다. 그러나 그는 탕왕의 군사가 쳐들어오자 단칼에 목이 잘리고 말았다. 머리가 잘린 하경은 쓰러졌다가 일어나 자신의 머리가 없어진 것을 알고는 몸을 돌려 도망치기 시작했다. 무산(巫山)에까지 이르러서야 발걸음을 멈추고 조용한 곳을 찾아 숨어들어가 다시는 나오지 않았다.

탕왕의 군대는 파죽지세로 전진해 하걸의 도성에 가까이 갔다. 그때 천제의 명령을 받은 대신(大神) 하나가 탕왕에게 와 말했다.

「상제께서 저를 보내시어 당신을 도와 싸우라고 하셨습니다. 지금 하걸의 도성 안은 극도로 혼란하니 이 틈을 타서 군사를 이끌고 쳐들어가십시오, 제가 당신이 승리를 할 수 있도록 도와드릴 것입니다. 성의 서북쪽에서 큰 불길이 일어나거든 그곳으로 쳐들어가십시오!」

말을 마치자 그의 모습은 순식간에 사라졌다. 탕왕이 가만히 생각해 보니 사람의 얼굴에 짐승의 몸을 하고 있는 그 모습이 화신(火神) 축융(祝融)인 것 같기도 했다. 그러나 그가 누구인지 확실히 알 수가 없어 생각에 잠겨 있을 때 갑자기 누군가가 뛰어들어와 보고했다.

「성의 서북쪽에 큰 불길이 일어나고 있습니다!」

탕왕이 막사에서 나와보니 과연 성 위로 큰 불길이 솟아오르고 있었다. 거대한 불꽃은 칠흑같이 어두운 밤하늘을 온통 붉게 물들이고 있었으니, 탕왕은 그 불길이 바로 화신 축융이 일으킨 것임을 믿어 의심치 않았다. 그래서 탕왕은 서둘러 성을 공격하라는 명령을 내렸고, 투항해 온 걸의 군사들까지 동원해 쳐들어가니 평소에 그렇게 단단해 보였던 하걸의 도성은 얼마 지나지 않아 탕왕의 군사들에게 함락당하고 말았다.

하걸은 황망중에도 말희까지 포함한 몇 명의 총비들을 거느리고 혼란한 도성을 빠져나가 곧바로 명조(鳴條)를 향하여 달려갔다. 명조는 지금의 산서(山西) 안읍현(安邑縣)에 있었는데 걸의 도성──지금의 하남 공현(鞏縣)──에서 수백 리 떨어진 곳에 위치하고 있었다. 탕왕은 전차 중에서 가장 좋은 것을 70대 골라내고 필사의 신념을 지닌 군사 6천여 명을 데리고서 주야로 달려 하걸이 도망친 명조로 추격해 갔다. 양쪽 군사가 마주치게 되니 하걸의 병사들은 제대로 싸워보지도 못한 채 무너져 내렸고, 사람과 군마가 서로 밟히는 와중에서 대부분이 도망치거나 죽고 다쳐 남은 자가 얼마 되지 않았다. 하걸은 남은 병사들과 말희, 그리고 총애하던 비첩(妃妾)들을 데리고 다 헐어빠진 몇 척의 배에 올랐다. 배는 신비로운 어느 강줄기를 따라 남쪽으로 흘러갔고 마침내는 남소(南巢)에까지 이르렀다. 남소는 지금의 안휘(安徽) 소현(巢縣)으로 그 근처에는 소호(巢湖)라고 하는 큰 호수가 있었다. 하걸과 그의 무리들이 도대체 어떻게 해서 산서(山西)로부터 배를 타고 이곳에까지 오게 되었는지는 알 수가 없다. 그러나 어쨌든 이곳에까지 도망쳐 온 하걸은 나이도 많이 든 데다가 정신까지 혼미해져 얼마 지나지 않아서 울분에 가득 찬 채 죽어갔다. 임종시에 그는 한맺힌 어투로 이렇게 말했다고 한다.

「성탕이라는 그놈을 그때 하대(夏臺)에서 죽이지 않은 것이 잘못이었지, 그때 죽였더라면 내가 지금 이 꼴이 되지 않았을 텐데!」

그러나 그는 성탕 말고도 그에게 박해를 받았던 수많은 백성들이 그에게 원한을 품고 있었다는 사실을 그때까지도 알지 못하고 있었다.

탕왕이 하나라를 멸망시키고 천하를 얻어 천자의 자리에 오른 지 얼마 되지 않았을 때였다. 연이어 7년 동안이나 가뭄이 들어 강물은 마르고 돌이며 모래까지도 모조리 녹아버릴 지경이었다. 백성들은 연일 고통을 호소하였고, 기우제를 지냈지만 비는 여전히 내리지 않았다. 그때 사관(史官)이 점을 쳐보더니 이렇게 말했다.

「사람을 제물로 바쳐야만 비가 내릴 희망이 있을 것 같습니다」

그러자 탕왕이 말했다.

「비를 기원하는 것은 모두가 백성을 위해서이다. 이제 산 사람을 제물로 바쳐야만 한다면 나 자신을 바치리라」

기우제를 올리기로 한 날이 되었다. 탕왕은 허름한 옷을 입고 머리를 풀어헤쳤으며 몸에는 불이 잘 붙는 하얀 띠풀을 묶은 채 흰색의 수레에 올랐다. 백마가 끄는 그 수레는 은(殷) 민족의 사당이 있는 상림(桑林)을 향해 떠났다. 세 발 달린 솥을 짊어지고 깃발을 든 사람들이 앞장서서 걸었으며 탕왕이 탄 수레는 그 뒤를 느릿느릿 따라갔다. 무사(巫師)들은 목청을 돋구어 비가 내리기를 기원하는 축원문을 낭송하며 함께 상림으로 향했다.

얼마 되지 않아 탕왕 일행은 상림에 도착했다. 그곳은 이미 인산인해를 이루고 있었다. 신단 앞에는 장작이 산더미같이 쌓여 있었고 화로에는 붉은 불꽃이 타오르고 있었다. 무사들 몇몇이 신단 앞에서 비를 바라는 제사를 올리고 있었다. 탕왕은 수레에서 내려 묵묵히 신단 앞으로 나아갔다. 그리고 무릎을 꿇고 엎드린 채 경건하게 빌었다.

「신이여, 제게 죄가 있다면 그 죄로 인하여 백성들을 고통스럽게 하지 마시고, 백성들에게 죄가 있다면 그것을 모두 저 한 사람에게로 돌리소서!」

제사장이 탕왕에게 다가왔다. 그는 소매에서 가위를 꺼내어 탕왕의 머리카락과 손톱을 잘랐다. 그리고 그것을 신단 곁의 화로에 넣어 태웠다. 두 사람의 무사가 탕왕을 부축하여 장작더미 위로 올라가게 했다. 탕왕은 엄숙한 모습으로 고개를 숙이고서 장작 위에 서서 무사들이 장작더미의 사방에 불을 붙일 때를 기다리고 있었다.

엄숙하고도 두려운 순간이었다. 하늘에는 여전히 뜨거운 태양이 걸려 있었고 구름 한점 없었다. 상림에 모인 모든 사람들은 어진 임금 탕왕의 안위를 걱정하지 않을 수 없었다. 마침내 때가 되었다. 처량한 나팔소리가 길게 울렸고 무사들은 신단 앞 화로에 타오르는 불꽃으로 횃불에 불을 당겼다. 그리고 장작더미 주위를 몇 바퀴 돌며 너울너울 춤을 춘 뒤 횃불을 장작더미 위에 던졌다. 불꽃은 메마른 나무를 핥으며 타올랐다. 순식간에 불길은 퍼져 비 오듯 땀을 흘리며 서 있는 탕왕을 에워쌌다. 탕왕의 몸에 묶은 띠풀에 금방이라도 불이 붙게 될 긴박한 상황이었다.

바로 그때였다. 우연이랄까, 아니면 〈지성이면 감천〉이라는 속담대로였을까, 신의 자손인 탕왕의 운명에 천제가 감동을 한 것인지 기이한 일이 일어났다. 동북쪽에서 한줄기 바람이 불어오며 먹구름이 몰려와 하늘을 뒤덮더니 콩알만한 빗방울이 후두둑후두둑 떨어지기 시작했다. 곧이어 천둥과 번개가 치며 빗줄기는 점점 굵어졌다. 기쁨에 겨운 사람들이 그 비를 맞으며 춤을 추고 소리를 질렀다. 입을 벌리고 비를 받아 마시기도 했고 손바닥으로 빗물을 받아 자신의 이마와 가슴을 적시기도 했다. 장작더미 위에 서 있던 탕왕도 고개를 들고 하늘을 바라보며 찌푸렸던 눈썹을 활짝 폈다. 세상 모든 구름이 몰려온 듯, 사방 천리에 이르는 지역에 시원스레 비가 내렸고 7년 동안의 큰 가뭄은 드디어 해소되었다.

장작더미에 붙었던 불과 화로 안에 타오르고 있던 불꽃은 일찌감치 꺼졌고 몇 줄기 푸르스름한 연기만 피어오르고 있을 뿐이었다. 눈앞에서 벌어진 일에 놀란 사람들은 쏟아지는 빗속에서 경건하게 탕왕을 찬양하는 노래를 불렀다. 장작더미 위에서 백성들을 위해 희생을 감수하며 상제에게 간절한 기도를 올렸던 자애로운 탕왕을 무사들이 부축해 내려오고 있었다……

제6장
은나라의 멸망과 주 문왕

탕왕 이후 20여 대가 지나자 왕위는 무정(武丁)에게로 이어졌다. 당시 은나라의 국운은 점차 쇠퇴기로 접어들고 있었다. 무정은 지혜로운 왕이었다. 그가 아직 왕자였을 때에도 그는 국가의 정치와 백성들의 생활에 관심이 많았다. 그래서 그가 왕위에 올랐을 때 은나라를 부흥시키겠다는 결심을 했다. 그는 은나라가 예전처럼 번영되고 강한 나라가 되기를 바랐다. 그러나 그것이 마음처럼 그렇게 쉬운 일은 아니었다. 무엇보다도 자신을 보좌할 총명한 신하를 찾을 수가 없었다. 바로 그것 때문에 그는 무척 답답했다. 그래서 아버지인 소을(小乙)이 세상을 떠나서 상을 치르는 3년 동안에도 벙어리처럼 아무 말도 하지 않은 채 지냈다. 힐말이 있을 때에는 글로 써서 신하들에게 자신의 의사를 전달했다. 사람들은 무정이 벙어리되는 병에 걸렸다고 수군거렸지만 정작 무정은 웃고 말 뿐, 전혀 개의치 않았다.

어느 날 밤이었다. 무정은 참으로 이상한 꿈을 꾸었다. 죄수처럼 생긴 어떤 사람을 보았는데 물고기의 등에 달린 지느러미처럼 등이 굽어져 있었다. 몸에는 보잘것없는 베옷을 걸치고 있었고 팔은 밧줄로 묶인 채 허리를 굽히고 고개를 숙인 자세로 힘들게 일을 하고 있었다. 무정은 그 죄인을 보는 순간 자신도 모르게 다가가 말을 걸었다. 죄인이 고개를 들자 무정은 총명하게 빛나는 두 눈과 얼굴을 볼 수 있었다. 무척 낯익은 얼굴이었다. 어디선가 본 듯했지만 갑자기 생각이 나지 않았다. 그렇게도 몽롱한 분위기 속에서 그 죄인은 무정에게 천하의 일을 논했는데 그 말 한마디 한마디가 모두 무정의 가슴을 흔들어놓았다.

그래서 그 죄인의 이름을 묻는 순간, 울려오는 새벽 종소리에 잠이 깨고 말았다.

조정에서 무정은 꿈속에서 보았던 죄인의 모습을 나무 판자에 새겨 만조백관에게 보여주었다. 그리고 또 글을 써서 명령을 내리기를 그가 바로 무정이 밤낮으로 찾고자 했던 현자(賢者)이니 그림처럼 생긴 바로 그 사람을 반드시 찾아내라는 것이었다. 누구의 명령이라고 감히 거절하겠는가, 신하들은 그 그림을 복제하여 들고 다니며 왕이 찾고 있는 그 현자를 찾아헤맸다.

한참 동안을 찾아다니던 끝에 북해의 부암(傅岩)이라는 곳에서 열(說)이란 이름의 죄수를 찾아내었다. 그는 거친 베옷을 입고 팔은 밧줄에 묶인 채 역시 밧줄에 묶인 다른 죄수들과 함께 계곡물에 무너져내린 길을 보수하고 있었다. 그의 등은 조금 굽었고 총명하고도 지혜로워 보이는 얼굴이 그림 그대로였다. 그를 발견한 사람은 마치 보물을 찾아낸 것처럼 기뻐하며 그가 바로 현자임에 틀림없다고 확신했다. 그러고는 열이라는 이름의 죄인을 태우고서 급히 수레를 몰아 무정을 알현하러 갔다.

무정은 열을 보자마자 그가 바로 꿈속에서 보았던 사람임을 알아챘다. 뛸 듯이 기뻐하며 무정은 열에게 말을 걸었다. 3년이라는 기간 동안 고민 속에 빠져 있던 그가 처음으로 입을 여는 순간이었다. 왕을 배알하게 된 열은 침착하고 점잖은 자세로 시원스레 말을 해나갔다. 포용력이 있고 지식이 풍부하며 학문이 깊은 사람의 모습이었다. 열의 재능이 무정의 마음에 꼭 들었기 때문에 무정은 그를 은나라의 재상으로 임명하였다. 그리고 그를 부암에서 찾아내었다 하여 부열이라고 불렀다. 부열이 살았던 부암의 동굴을 후세 사람들은 〈성인굴(聖人窟)〉이라고 하였는데 지금의 산서성(山西省) 평육현(平陸縣) 동쪽 25리 되는 곳에 있다.

무정은 부열에게 자주 이렇게 말했다.

「낮이고 밤이고 그대는 언제나 나를 깨우쳐달라. 그대의 가르침으로 나의 잘못된 행동을 고칠 것이니. 내가 칼이라면 그대는 그 칼을 가는 숫돌이요, 내가 강을 건너가려 한다면 그대는 내가 타고 갈 배이며 또한 그 배를 젓는 노라고 할 수 있네. 만일 큰 가뭄을 만나게 된다면 그대에게 비를 내리게 할 것이며 그대의 가슴을 열어 그대 가슴속의 감로(甘露)로 나의 가슴을 씻어낼 것이네. 중병을 앓는 사람이 약을 너무 많이 먹으면 머리가 어지럽기만 할 뿐 병은 낫지 않을 것일세. 또한 빨리 걸어가고자 하는 사람이 발바닥을 땅에 붙이지 않고 대충 가려 한다면 그는 반드시 넘어지고 발을 삐게 될 걸세. 내 말의 의미를 그대는 알겠는가?」

무정의 질문에 부열은 공손히 대답하곤 했다.

「왕께서 하시는 말씀이 훌륭하옵니다. 제가 듣기로는 나무가 좀 구부러졌다 하더라도 뛰어난 목수가 줄을 가지고 누르며 매만지면 바르게 된다고 하였습니다. 그처럼 한 나라의 군주에게 어떤 잘못이 있다 하더라도 신하의 간언을 받아들이기만 한다면 그 군주는 지혜롭게 될 것이옵니다. 군주가 지혜롭고 아무런 잘못도 저지르지 않으면 설사 명확한 지시를 내리지 않더라도 신하들이 알아서 일을 하게 마련입니다. 또한 확실한 지시를 내린다 하더라도 그 누구라서 훌륭하신 군주의 명령을 따르지 않겠습니까?」

부열이 은나라의 재상이 된 후 그는 나라의 기강을 바로잡아 모든 일을 꼼꼼하게 처리해 나갔다. 무정은 은나라를 부흥시키고자 했던 소망을 마침내 달성할 수 있었다.

기층민중이었으며 천애고아였던 부열은 살아서는 이처럼 기이한 만남을 가졌고 죽은 뒤에는 하늘로 올라가 별이 되었다고 한다. 동쪽 하늘 기성(箕星)과 미성(尾星) 사이에서 찬란하게 빛을 발하는 작은 별이 바로 그의 화신이라고 하는데 그 별의 이름은 〈부열성(傅說星)〉이다.

무정 이후 7, 8대가 지나자 은왕조는 마지막 임금인 주(紂)에게로 넘어갔다. 걸과 마찬가지로 주도 이름난 폭군이었다. 참으로 희한하게도 하왕조 말엽에 어리석은 임금 걸이 있었듯이 은왕조의 말기에도 주라고 하는 우둔한 군주가 있었다. 주에 관한 이야기는 얼핏 듣기만 해도 걸의 복사판임을 알 수가 있는데, 이야기만 비슷한 것이 아니라 등장인물도 비슷하다. 즉 걸에게 말희가 있었듯이 주에게도 달기(妲己)라고 하는 여인이 있었는데, 전설에 의하면 걸과 주임금을 방탕에 빠지게 해 나라까지 망하게 만든 것은 바로 이 〈못된〉 두 여인이었다고 한다. 또 걸의 적으로는 성탕이, 주의 적으로는 주(周) 문왕(文王)이 있었는데, 성탕이 걸을 칠 때 지혜로운 재상 이윤이 보좌했듯이 문왕과 무왕이 주를 토벌할 때에는 여망(呂望), 즉 강태공(姜太公)이 그들을 도왔다. 더욱 묘하게 흡사한 것은 걸이 성탕

을 하대에 가두었다가 풀어주었듯이, 주도 문왕을 유리(羑里)에
가두었다가 나중에 풀어주었던 일이다. 이러한 여러 유사점들
로 보아 걸과 주의 이야기는 동일한 전설이 분화된 것이 아닌가
여겨지는데, 비교적 역사적 사실에 접근되어 있는 주의 이야기
를 아득한 옛날의 걸에게 끌어다 붙였을 가능성이 큰 것으로 보
인다.

그러나 이 두 가지 이야기는 대체적인 윤곽에 있어서는 비슷
하지만 세부적인 내용에서는 상당히 큰 차이가 있다. 그래서 걸
의 이야기에 이어 주에 관한 이야기를 해보기로 한다.

주는 걸과 마찬가지로 키가 컸으며 생김새가 당당하여 용맹
스러운 모습을 하고 있었다. 그는 맨손으로도 능히 맹수와 싸울
수 있었으며 몇 마리의 소가 끄는 수레를 거꾸로 끌고 달릴 수
있었다. 또 거대한 들보를 들어올릴 수 있었으며 썩은 기둥을
뽑아내고 새 기둥으로 바꾸어 박을 수도 있었다. 뿐만 아니라
뛰어나게 총명했으며 물 흐르듯이 술술 말을 잘하는 달변가여
서 그의 말재간을 당해 낼 사람은 아무도 없었다. 그의 지식은
신하들이 간하는 말을 막아낼 수 있을 정도로 풍부했고 학문 또
한 자신의 잘못을 은폐하는 데 쓰였다. 게다가 그는 그렇게도
존귀한 군왕의 자리에 있었으니 당연히 안하무인, 오만이 극에
달해 있을 수밖에 없었다. 만조백관 따위는 그의 눈에 들어오지
도 않았으니 어떤 면에서 비교해 보아도 그자들은 자신에 견줄
바가 못 되었다. 주는 득의만면한 나머지 자기자신을 〈천왕(天
王)〉에 봉하였다.

〈천왕〉은 자신의 생활을 즐기기 위하여 끝없는 사치를 부리
기 시작했다. 조금도 꺼려하는 마음 없이 백성들의 고혈을 짜내
었고 수없이 많은 노예들을 동원하여서 자신의 도성인 조가(朝

歌)에다가 7년간의 세월을 들여 녹대(鹿臺)라는 궁전을 지었다. 녹대는 그 넓이가 3리(里)에 달했으며 높이는 1천 자나 되었는데 그 안에는 누각과 정자가 첩첩이 들어차 있었다. 그 높은 정자 위에 올라 사방을 굽어보면 구름조차 발 아래로 내려다보이는 듯했다. 나중에는 경궁(傾宮)과 경실(瓊室)이라는 궁전을 지었는데 규모가 더욱 엄청났을 뿐 아니라 내부를 온통 옥으로 장식했다. 그리고 훌륭한 말과 혈통이 좋은 개들, 그리고 민간에서 강제로 데려온 미녀들로 궁전을 가득 채웠다. 뜨락을 넓히고 누각을 더 지어 온갖 진기한 동물들을 끌어다 기르기도 했다. 그러고 나서 주는 염치도 모르는 망나니 같은 귀족들과 함께 그곳에서 놀아나기 시작했다. 연못에는 술을 가득 채우고 나뭇가지에는 고기를 매달아놓고서는 벌거벗은 남녀들에게 히히덕거리며 주지육림(酒池肉林)을 뛰어다니게 했다. 악사(樂師)인 사연(師涓)에게는 음탕한 음악을 짓게 했고 그 음악에 맞추어 음란한 춤을 추게 했으니, 주와 그의 무리들은 하루종일 배불리 먹고 아무런 생각도 없이 즐기기만 했다. 뼛속까지 썩어빠진 주와 그의 추종자들은 그런 춤과 음악으로 나날이 향락에 젖어들었다.

주는 자기에 대해 좋지 않은 말을 하는 사람들이 생길까봐 〈포격(炮格)〉이라고 하는 아주 잔인한 형벌을 특별히 만들어냈다. 자신을 원망하는 백성들이나 자기에게 간언을 하는 신하들이 있으면 그는 바로 이 형벌로 그들을 다스렸다. 〈포격〉이라는 것은 우선 길다란 구리기둥에 기름을 바른 다음 그것을 이글거리는 숯불 위에 가로 걸어놓는다. 그리고 죄인에게 그 위를 걷게 하는 것인데, 기름을 발라놓은 구리기둥은 뜨겁고도 미끄럽기 때문에 몇 걸음 걷지도 않아 타오르는 불길 속으로 떨어져버리게 된다. 그러면 죄인은 불에 타죽게 되고 마는데, 주와 그의 애첩들은 그 광경을 보고 깔깔거리고 웃으며 즐거워했다고 한다. 〈포격〉이라는 형벌이 본래 이런 것이었음을 사람들이 잘 모르고 〈포락(炮烙)〉이라고 하였는데, 구리기둥을 끌어안는, 그런 종류의 형벌인 것으로 추측했었다. 그러나 사실 주가 고안해 내었던 것은 구리기둥 위를 걷는 〈포격〉의 형벌이었다.

주는 천성이 무척이나 잔혹하였다. 자신의 기분이 좋고 나쁨에 따라 마음대로 사람을 죽이곤 했던 것이다. 한번은 주의 요리사가 그를 위해 곰발바닥 요리를 해왔는데 불에 익힌 시간이 적당하지 못하다고 하여 그 자리에서 그를 죽였다고 한다. 또 이런 이야기도 전해진다. 어느 날 이른 아침, 주는 녹대 위에 서서 아래를 내려다보았다. 마침 조가성(朝歌城) 밖의 기수(淇水) 가에서 한 노인이 맨발로 강을 건너려다가 멈추고 그곳을 배회하는 모습이 보였는데 뭔가 곤란한 일이 있는 것 같았다. 주는 옆에 있던 시종에게 그 이유를 물어보았다. 그러자 시종이 대답했다.

「나이가 든 사람들은 뼛속이 영 시원치가 못하지요, 맨발로 강을 건너자니 이른 아침이라서 발이 시려울까봐 저러고 있는 것입니다」

그 말을 듣고 주는 호기심이 발동했다. 그래서 그는 용맹스럽고 사나운 호위병들에게 그 노인을 잡아오라고 하였다. 그러고는 다짜고짜로 노인의 발을 도끼로 내리쳐 피가 흐르는 그 발의 뼛속이 시원치 않은가 어떤가를 살피는 것이었다.

그의 친척 형제들 중에 비간(比干)이라고 하는, 아주 충성스럽고 정직한 왕자가 있었다. 그는 주가 그렇게도 잔인무도하게 구는 것을 볼 때마다 좋은 말로 그에게 간했다. 늘 그렇게 간언을 해대니 마침내 주는 화가 치밀어올랐다. 그래서 비간에게 말하기를, 〈듣자하니 성인(聖人)의 심장에는 구멍이 일곱 개가 뚫려 있다고 하는데 어디 정말 그런가 좀 보아야겠다〉.

그러고는 사람을 시켜 그를 끌고 나가 심장을 끄집어 내오라고 하였다. 일곱 개의 구멍이 정말 뚫려 있는지를 보고 싶었던 것이다.

구후(九侯)라고 하는 사람에게는 아름답고도 정숙한 딸이 하나 있었는데 주는 그녀를 데려다가 자신의 비(妃)로 삼았다. 그러나 본디 정숙했던 구후의 딸은 음탕한 행동을 좋아하지 않았다. 주는 화가 난 나머지 그녀를 죽이고 그녀의 아버지까지 죽여서는 그의 육신으로 젓을 담가버렸다. 주가 구후 부녀를 죽이려고 했을 때 구후의 동료인 악후(鄂侯)가 나타나 주에게 그들을 살려줄 것을 청했다. 악후는 비간만큼이나 정직하고 용감한 사람이었는데 그는 주에게 아무 죄도 없는 구후 부녀를 풀어주어야 한다고 적극 주장했다. 이렇게 되자 폭군 주는 더욱더 노기충천하여 구후 부녀를 죽여버렸을 뿐 아니라 감히 자기에게 대든 악후까지도 죽이고 말았다. 그리고 악후의 살을 한 겹 한 겹 베어내어 육포를 만들었다.

한편 서백(西伯) 창(昌), 즉 주(周) 문왕(文王)은 폭군 주가 잔악무도하게 구후와 악후를 죽였다는 소식을 듣고는 다시 간언을 해도 아무 소용이 없을 것이라는 것을 알았다. 걱정은 되었지만 그저 탄식만 하고 있을 수밖에 없었다. 그런데 뜻밖에도 간신 숭후호(崇侯虎)가 그 탄식소리를 몰래 듣고서 주에게 일러바쳤다.

「군왕께서는 서백이라는 놈을 조심하셔야 합니다. 그자는 평소에 사람이 좋은 척 가장하여 인심을 얻고 있는데 많은 제후들이 그자를 따르고 있습니다. 이번에 군왕께서 구후와 악후를 죽이셨다는 소식을 듣고 한숨을 내쉬고 있는 꼴을 보니 앞으로 조심하셔야 할 것 같습니다. 좋지 않은 일이 있을 것 같군요」

주는 숭후호가 일러바친 이 말을 듣자마자 사람을 보내어 서백을 잡아들이게 해서 유리(羑里)에 가두었다. 유리라는 곳은 지금의 하남성 탕음현(湯陰縣) 북쪽에 있는 곳인데 은왕조 최대의 감옥이 있었다. 감옥 둘레에는 흙으로 쌓은 높고도 두꺼운 담이 둘러쳐져 있어서 날개가 있어도 넘어가기 힘든 그런 곳이었다. 전설에 의하면 문왕이 갇혔던 이 유리라는 감옥은 사실 유리성(羑里城)이라고 하는 작은 성이었다고 한다. 이 성은 주위가 대략 3백 보쯤 되는 성이었는데 성 안의 지면이 성 밖보다 한 길은 더 높았다. 성을 쌓는 데 쓰인 진흙은 모두 문왕이 짊어져 온 것이라 하는데 문왕이 그것을 지고 오느라 얼마나 힘이 들었을지 우리는 능히 상상해 볼 수 있다. 이 성은 방성(防城)이라고도 불리는데 바로 〈문왕을 지킨다[防]〉라는 의미가 내포되어 있다.

문왕에게는 〈문왕사우(文王四友)〉라 하는 네 명의 충신들이 있었는데 그들의 이름은 태전(太顚) · 굉요(閎夭) · 산의생(散宜生) · 남궁괄(南宮括)이라 했다. 그들은 문왕이 유리에 갇혔다는 불행한 소식에 접하게 되자 몹시도 조급하여져 급히 유리로 가서 문왕을 만나보려 하였다. 여러 어려운 과정을 거쳐 그들은 마침내 음산하고 어두운 감옥에서 문왕을 면회할 수 있게 되었다. 그러나 사나운 옥리가 옆에서 삼엄하게 감시하는 바람에 나누고 싶은 말은 해보지도 못한 채 별 중요하지도 않은 말들만 주고 받을 수밖에 없었다. 예정된 면회시간이 거의 끝나가는 데도 그들은 제대로 이야기를 하지 못하고 있었다. 그러자 총명했던 문왕은 급히 친구들에게 신호를 보냈다. 우선 오른쪽 눈을 찡긋거렸는데 그것은 주가 색을 밝히니까 미녀들을 주에게 바치라는 신호였다. 그리고 활로 자신의 배를 두드렸으니 그것은 주가 얻고자 하는 것이 재물이므로 빨리 그것들을 주에게 바치라는 뜻이었다. 마지막으로 두 발로 땅을 쾅쾅 굴렀는데 그 의미는 급히 서두르라는 것으로 만일 늦으면 생명을 부지하기가 힘들 것이라는 표시였다. 친구들은 문왕이 보낸 이 신호를 모두 알아차렸고 해결 방법이 생긴 그들은 기뻐하며 돌아와 문왕이 시킨 대로 모든 것을 준비해 두었다.

　그때 문왕의 큰아들 백읍고(伯邑考)는 은나라에 인질로 잡혀가 있었는데 주의 수레를 모는 일을 하고 있었다. 인질이라는 것은 사람을 저당잡힌다는 뜻이니 인질을 보낸 나라는 그로 해서 신임을 얻을 수가 있었다. 옛날에는 천자들이 제후의 모반을 두려워하여 제후의 아들들을 데려다가 자신의 곁에 두어 그들의 모반을 막곤 했다. 백읍고도 그런 연유로 해서 은나라에 가 주임금의 곁에 있게 되었다. 주는 문왕에게 모반의 기미가 있다는 이유 때문에 그를 유리에 가두었다. 그러나 잔인했던 주는 문왕을 가둔 것만으로는 부족했던지 그의 아들인 백읍고마저도 끓는 물 속에 넣어 죽이고 말았다. 주의 곁에서 주의 수레를 끌었고 평소에 음악을 좋아했던 이 성실한 청년은 그렇게 죽임을 당했고 주는 백읍고를 넣고 끓인 국을 문왕에게 보내어 먹게 했다. 그러면서 주는 재미있다는 듯이 주위의 신하들에게 말했다.

　「성인이라면 제 아들을 넣고 끓인 국을 먹지 않을 테지」

　그런데 사신이 돌아와 보고했다.

　「문왕이 국을 먹었습니다. 아무것도 의심하지 않고 아주 깨끗이 먹더군요」

이 일은 어리석은 임금 주를 무척이나 신나게 했다. 그는 주위 사람들을 둘러보며 말했다.

「누가 서백이란 놈을 성인이라 했느냐, 자기 아들을 넣고 끓인 국도 모르고 마시는 놈을! 홍, 성인 좋아하시네!」

이후로 주는 문왕을 바보 같은 인간이라고 여겼고 문왕에 대해서 조금 마음을 놓게 되었다.

한편 굉요와 산의생 등 〈문왕사우〉는 본국에 돌아오자마자 급히 돈을 모아 미녀와 진기한 보물들을 구하기 시작했다. 미녀는 유신국(有莘國)에서 구했다. 옛날에 성탕(成湯)이 동방을 순시하다가 유신국에서 미녀를 얻었고 또 지혜로운 신하 이윤을 만나 은 민족이 강성해져 결국엔 하나의 왕조를 이루었었다. 이번에도 역시 유신국에서 미녀를 구해 어리석은 왕 주에게 바쳤는데 결과는 성탕 때와 사뭇 달랐다. 미녀 말고도 그들은 〈계사지승(鷄斯之乘)〉이라고 하는 견융(犬戎)의 문마(文馬)를 구했는데, 그 말은 오색찬란한 몸뚱이에 불꽃처럼 붉은 갈기, 황금처럼 빛나는 눈을 가지고 있었고 목이 마치 닭의 꼬리같이 생겼다. 그 말을 타고 나서 횡사하지만 않으면 1천 살까지도 살 수 있었다고 한다. 또 임씨국(林氏國)에서는 〈추오(騶吾)〉 또는 〈추우(騶虞)〉라고 하는 희한한 짐승을 구했다. 그것은 호랑이만큼 큰 데다가 생김새도 호랑이를 닮았는데 꼬리가 몸 길이의 세 배는 되었다. 역시 오색찬란했으며 그것을 타면 하루에 1천 리를 갈 수 있었다고 한다. 이 밖에도 그들은 각지에서 온갖 진기한 짐승들과 검은 옥, 커다란 조개껍질, 그리고 가지각색의 동물 가죽을 구해다가 모조리 주에게 바쳤다.

주에게는 비중(費仲)이라고 하는 신하가 있었는데 주가 무척이나 그를 신임했기 때문에 이번에 뇌물을 바치는 데도 우선 비

추우(騶虞)

중부터 매수했다. 비중이 말을 해주어야 비로소 뇌물을 바치러
갈 수 있었기 때문이다. 재물을 탐내는 데다가 미녀까지 좋아했
던 주는 대전(大殿)의 한가운데에 앉아서 아래쪽에 늘어놓은 그
숱한 물건들을 보았다. 미녀에다가 온갖 진귀한 보물들, 주는
매우 흡족했다. 유신국에서 데려온 그 미녀는 이리 보고 저리
보아도 흠잡을 데 없이 아름다운 여인이었으니 주는 저절로 입
이 벌어져 빙긋거리며 말했다.

「이 여인 하나만으로도 족하거늘 뭐 이렇게 많은 물건들을
가져왔소, 하하하……」

그리고 또 그 일과는 전혀 무관한 듯한 표정으로 산의생 등
에게 말했다.

「본래 서백(西伯)을 괴롭히고자 하는 마음은 없었소. 다만 코
가 크고 귀가 없는 그자가 내게 서백이 나쁘다는 말을 자꾸 하
여 본의 아니게 잠시 괴로움을 끼쳤을 뿐이오」

주임금이 말한 그 〈코가 크고 귀가 없는〉 작자가 누구인지
산의생 등은 대충 알아차릴 수 있었다. 그는 바로 숭후호(崇侯
虎)임에 틀림이 없었다. 문왕을 모시러 유리로 간 산의생 등은
이 일을 문왕에게 이야기했다. 또 백읍고를 죽여 국으로 끓여

문왕에게 마시도록 했었다는 일도 알려주었다. 문왕은 그 이야기를 듣고 비통하고도 분노에 찬 심정으로 말에 올라 유리성을 빠져나왔다.

유리성을 떠나 십여 리쯤 왔을 때였다. 문왕은 가슴속에 무엇인가가 막혀 있는 듯한 느낌이 들었다. 토하고 싶어진 문왕은 목구멍 속에 손가락을 넣어 〈우엑!〉하고 토하기 시작했다. 무엇인가 붉은 덩어리가 땅바닥에 떨어졌다. 계속 토할수록 붉은 덩어리는 점점 많아져 어느새 한 무더기가 되었다. 자세히 보니 그 덩어리들은 꼼지락꼼지락 움직이고 있었는데 그것들은 모두 갓 태어나 눈도 못 뜨는 토끼 새끼들로 변했다. 문왕은 자신의 사랑하는 아들이 무고하게 죽임을 당한 것을 생각해 내고는 가슴이 미어질 듯이 아파 그 자리에서 대성통곡을 했다. 그리고 자신의 아들의 살점이 변해서 된 그 토끼 새끼들을 잘 묻어주게 했다. 그래서 그곳은 훗날 〈토해 낸 아들의 무덤[吐子塚]〉이라 불리게 되었는데 지금의 하남성 탕음현(湯陰縣) 부근에 있다. 주나라의 도성인 기(崎) 땅으로 돌아온 문왕은 즉시 군대를 정비하여 훈련을 시키고 힘써 나라를 다스렸다. 4, 5년이 지난 후 그는 부근의 작은 나라들을 연달아 공격해 점령했고 친히 군대를 이끌고 숭국(崇國)을 정벌하여 숭후호(崇侯虎)를 죽였다. 그리고 그곳에 주나라의 왕도인 풍읍(豊邑)을 세웠다. 이 정도 하고 나서야 그는 자신이 유리성에 갇혔던 것과 사랑하는 아들을 잃은 원수를 어느 정도 갚았다고 여겼다. 또한 주나라의 세력 범위는 동쪽으로 크게 확장되었다. 숭후호라는 자는 비록 간신이기는 했지만 전설에 의하면 5백 석 무게의 모래도 들 수 있는 24용사 중의 하나로서 상대하기에 만만치 않은 인물이었다고 한다.

제7장
주 문왕과 강태공

주 문왕은 차가운 얼음 위에 버려졌던 바로 그 후직(后稷)의 후손이다. 후직의 어머니는 강원(姜源)인데 교외의 들판에서 노닐다가 거인의 발자국을 밟고서 후직을 낳았다고 한다. 문왕은 키가 훤칠하게 컸고 피부는 검은빛이었는데 좀 특이한 근시안을 하고 있었기 때문에 당당해 보이는 외모에 지식인의 우울함이 감돌았다. 그는 유리에서 석방되어 돌아온 뒤로 아들 백읍고의 비참한 죽음과 주의 잔인무도함, 그리고 백성들의 고통을 생각하면서 밥을 먹을 때나 잠을 잘 때나 한시도 마음이 편한 때가 없었다. 그는 우선 자신의 나라를 잘 다스리고 나서 제후들과 암암리에 연합하여 때가 오기만 하면 군사를 일으켜 주를 토벌하기로 결심하였다. 그렇게 함으로 해서 백성들의 고통을 덜어주고 아들의 원수를 갚을 수 있으며 또 자신의 원대한 이상을 실현할 수 있을 것이었다.

그에게는 굉요·태전·남궁괄·산의생 등 지혜로운 신하들이 있었으나 능력이 뛰어나고 문무를 겸비한 그런 비범한 인물은

없었다. 그래서 그는 늘 자신을 보좌해 줄 그런 인물을 찾아다
녔는데 때때로 꿈속에서 그 인물이 자신을 향해 미소도 짓고 손
짓도 하곤 하는 것이었다. 그러다가 한번은 꿈속에 천제가 나타
났다. 천제는 검은 옷을 입고 영호진(令狐津)의 나루터에 서 있
었는데 천제의 뒤에는 수염과 눈썹이 하얀 노인이 서 있었다.
천제는 문왕의 이름을 부르며 말했다.

「창(昌)아, 너에게 스승이자 보좌역을 할 수 있는 인물을 보
내주겠다, 그의 이름은 망(望)이라고 한다」

이에 문왕이 급히 몸을 굽혀 인사를 하니 그 노인도 역시 자
기에게 인사를 했다. 그리고 꿈에서 깨어났다. 참으로 이상한
꿈이었다. 그러고보니 그는 어디선가 현인(賢人)이 자신의 나라
안 어디에서 살고 있다는 이야기를 들은 것 같기도 했다. 그러
나 그의 이름이 도대체 무엇이며 어느 곳에 살고 있단 말인가?
그래서 그는 시종들을 이끌고 이곳저곳으로 사냥을 다녔다. 그
렇게 이리저리 다님으로 해서 자신이 늘 마음속으로 만나고 싶
어하는 현인과 우연히 부닥치게 될지도 모를 일이었기 때문이다.

어느 날 그는 또 사냥을 가게 되었다. 떠나기 전에 그는 태
사(太史) 편(編)에게 점을 쳐보라고 하였다. 태사 편은 노래하
듯이 그에게 일러주었다.

위수(渭水) 가에 가서 사냥을 하시면
큰 수확이 있으리니.
교룡도 아니고 용도 아니며
호랑이나 곰은 더 더욱 아니지요.
당신이 만나게 될 현인(賢人)은 공후(公侯),
하늘이 당신께 보내주시는 훌륭한 신하랍니다.

  문왕은 뛸 듯이 기뻤다. 그는 태사 편의 지시대로 많은 인마(人馬)를 거느리고 사냥개와 매까지 데리고서 위수 가의 반계(蟠溪)에까지 이르렀다. 우거진 수풀 깊은 곳에 푸르른 연못이 있었고 그 물가에서 수염이 하얀 노인이 흰 띠풀 위에 앉아 낚시질을 하고 있는 모습이 보였다. 노인은 대나무로 짠 삿갓을 쓰고 푸른 옷을 입었는데 그곳에서 조용히 낚시질에 열중해 있었다. 문왕이 끌고 온 수레와 사람들의 시끌벅적한 소리도 그에게는 들리지 않는지 꼼짝않고 앉아 있는 모습이 마치 다른 세계의 사람 같았다. 약간 근시였던 문왕은 수레 위에 앉아 미간을 좁히고 눈을 가느스름하게 뜬 채 그를 열심히 바라다보았다. 그러자 그의 모습이 똑똑히 들어왔는데 그 모습과 풍모는 자신이 꿈에서 보았던 바로 그 노인, 천제 뒤에 서 있었던 그 노인임에 틀림이 없었다. 문왕은 얼른 수레에서 내려와 공손하게 노인의 곁으로 다가가 노인과 이야기를 주고받기 시작했다. 노인은 조금도 당황해하지 않고 점잖게 대답을 하는데 그 자세가 아까와 조금도 다름이 없었다. 문왕은 노인과 대화를 나누기 시작한 지 얼마 안 되어 아주 기분이 좋아졌고, 그 노인이 바로 자신이 그토록 찾아다니던 식견이 높고 학문이 깊은 현인임을 알았다. 그래서 그는 아주 진지하게 진심어린 태도로 말했다.

  「어르신, 작고하신 저의 아버님 태공(太公)께서 이전에 이런 말씀을 자주 하셨습니다. 얼마 지나지 않아서 우리에게 성인이 나타나실 것이며 그 성인 덕분에 우리 주(周) 민족이 흥성할 것이라고 말입니다. 어르신이 바로 그 성인이 아니십니까? 저의 아버님 태공께서는 어르신을 기다리신 지가 너무도 오래되었습니다」

  문왕은 말을 마치고 자신이 준비해 온 수레에 그를 오르게 했다. 그리고 자신이 수레를 몰아 함께 기산(岐山)의 도성으로 돌아왔다. 돌아온 즉시 문왕은 그를 국사(國師)로 모시고 〈태공망(太公望)〉이라 불렀다.

사람들은 그의 성이 본래 강(姜)이었던 연유로 해서 강태공(姜太公)이라 부르기도 했다. 또 그의 조상이 우임금을 도와 치수에 공이 있었기 때문에 여(呂) 지방에 봉해지기도 했다고 하는데 바로 그래서 그를 여상(呂尙) 혹은 여망(呂望)이라고도 불렀다. 그러나 사실 그는 시골 구석에서 살며 자신의 뜻을 펼치지 못했던 일개 시골뜨기에 불과했다. 물론 재능과 학식을 겸비했었기 때문에 자신의 재주와 학문을 세상에 펼쳐보이고 싶어했지만 기회가 오지 않아 그저 묵묵히 지내고 있는 수밖에 없었다. 전설에 의하면 그는 조가(朝歌)에서 백정 노릇도 했고 맹진(孟津)에서는 밥장사도 했으며 그 밖에 그와 비슷한 종류의 별볼일없는 일들을 하며 살았다고 한다. 그러다가 나이가 들어 기력이 눈에 띄게 쇠해지니 할 수 없이 위수(渭水) 가로 와서 물가에 오두막집을 한 채 지어놓고 낚시질을 하여 입에 풀칠을 하고 있던 것이었다. 그러나 그의 마음 깊은 곳에는 여전히 은밀한 희망이 하나 자리하고 있었으니 그것은 바로 어느 날엔가 갑자기 주 문왕(周文王) 같은 지혜로운 왕을 만나는 일이었다. 그런 임금이라면 진흙탕 속에 빠져 있는 자신을 건져내어 자신이 가지고 있는 이상과 경륜을 마음껏 펼칠 수 있게 해줄 것이라고 믿었기 때문이다. 그러나 세월은 하루하루 덧없이 흘러갔고 위수 가에서 낚시질을 한 지도 오랜 시간이 지나갔다. 본래 반백이었던 그의 머리는 어느새 온통 희게 변하였고 앉아서 낚싯줄을 드리우던 돌 위에는 깊은 자국이 패이게 되었다. 그러나 그가 기다리는 지혜로운 왕의 발자국소리는 들릴 줄을 몰랐다. 마침내 그는 조금이나마 남아 있던 희망을 미련없이 집어던지고 하고 싶지 않은 낚시질이긴 하지만 고기나 잡으며 여생을 마치기로 결심하였다. 그런데 바로 그때였다. 〈몸은 마른 등걸같이 시들어가고 마음도 모든 것을 포기한 상태〉였던 바로 그때, 숲도 깊은 이 고요한 곳을 울리는 말과 개 울음소리, 그리고 사람들의 떠드는 소리가 들려왔던 것이다. 그는 그가 수십 년 동안을 기다려오던 바로 그 순간이 다가오고 있음을 직감할 수 있었다. 이미 꺼져가던 작은 불꽃은 순식간에 그의 가슴속에서 활활 타오르는 불길이 되어가고 있었다. 검고도 키가 큰, 왕의 풍도가 서린 인물이 자신을 향해 다가오고 있는 걸 보았을 때 그의 가슴은 그 얼마나 맹렬하게 두근거렸던가! 그러나 그는 자신의 그런 당황하는 모습을 내보이게 된다면 그리 좋은 결과가 생기지 않을 것이라는 점을 알고 있었다. 그래서 그는 몇십 년에 걸친 수련의 자세로 억지로나마 격렬한 감정을 억제하고 평소와 다름없는 점잖은 태도를 내보일 수 있었다. 현신(賢臣)을 찾아낼 수 있기를 갈망해 온 데다가 눈까지 좀 나쁜 문왕으로서는 그 점잖은 태도 뒤에 감추어진 어떤 인위적인 자세를 간파해 낼 수는 없었다. 극적인 만남은 마침내 끝나고, 문왕은 여상(呂尙)과의 대화에서 자신의 정치적인 식견으로 보건대 자신이 찾아다니던 현신이 바로 그라는 것을 확신하게 되었다. 그래서 인마를 거느리고 궁중으로 돌아가게 되었을 때, 그 당시 현신들을 대우하던 최고의 방법대로 자신이 수레의 앞에 앉아 말을 몰았다. 그러나 그때 문왕은 몰랐을 것이다. 뒤에 앉아 있는 그 노인이 더 이상 감정을 억제하지 못하여 흘리는 뜨거운 눈물이 그의 두 빰과 수염을 온통 적시고 있는 것을……
　이 밖에도 태공(太公)이 문왕을 만나게 된 경위에 대해서는 여러 가지 다른 전설들이 전해지고 있다. 어떤 전설에서는 태공이 너무 가난해서 살아갈 방도가 없게 되자 마누라에 의해 내쫓겼다고 한다. 그래서 그는 조가(朝歌)에서 고기를 팔게 되었는데 도마 위의 고기가 썩어 냄새가 날 지경이 되어도 사가는 사람이 없었다. 후에 문왕을 만나게 되어서야 그 불행했던 생활에서 빠져나올 수 있었다고 한다. 또 다른 전설에 의하면 문왕이 유리에 갇혀 있을 때 산의생과 굉요 등이 태공을 찾아가 해결 방법을 물었다고 한다. 그때 그들은 서로 의논하여 각지로 돌아다니며 미녀와 보물들을 구해다가 주에게 바쳤고 그 결과 문왕이 풀려나게 되었다. 문왕은 친구들에게서 태공의 지혜로움을 전해 듣고 차차 그를 중용하기 시작했다고 한다. 또 그가 위수가에서 낚시질을 했다는 것에 대해서도 몇 가지 기이한 전설이 전해지고 있다. 한번은 그가 사흘간을 꼬박 낚싯대를 드리우고 있었지만 고기를 한 마리도 낚지 못했다. 화가 치밀어오른 그는 옷이며 모자를 벗어 땅바닥에 집어던졌다. 그때 한 농부가 그에게 고기를 낚는 방법을 가르쳐주었다. 낚싯줄은 반드시 가는 것을 써야 하며 낚싯밥은 물고기들이 좋아하는 것으로 택하고 낚시를 드리울 때에는 인내심을 가지고 침착하게 서서히 하여 물고기들이 놀라지 않도록 하라는 것이었다. 그는 농부가 가르쳐준 방법대로 낚시를 드리웠다. 그랬더니 과연 얼마 지나지 않아 붕어 한 마리가 잡혔다. 그리고 또 잉어가 잡혔는데 잉어의 배를 갈라보니 안에 헝겊으로 된 두루마리가 있었고 거기에는 이렇게 씌어 있었다.

여망(呂望)이 제(齊)에 봉해질 것이다.

또 다른 전설에 의하면 그는 낚싯밥도 걸지 않고 낚시를 했는데 56년간을 계속했어도 한마리도 낚지 못했다. 그러다가 마침내 커다란 잉어를 낚게 되었는데 그 잉어의 뱃속에 병인(兵印)이 들어 있었다고 한다. 그리고 또 그는 낚시질할 때 구부러진 낚시바늘이 아니라 곧게 펴진 바늘을 사용했다고 하는데〈물고기를 낚기 위해 낚시질하는 것이 아니라 왕(王)과 후(侯)의 자리를 낚으려 함이라〉, 즉 취옹의 뜻이 술에만 있는 것이 아니니 그가 낚시질하는 것은 그저 모양만 갖추려 했던 것이라고도 한다. 이런 여러 가지 전설들이 있는 것은 모두가 태공망이 문왕을 만나게 된 것 때문이니 그들의 만남이야말로 사람들이 가장 이야기하기 좋아하는 소재 중의 하나였던 것이다.

태공이 문왕을 만나게 된 후에도 이상한 전설 하나가 전해지고 있는데 그 이야기를 해보자면 대강 이러하다. 문왕은 처음에 태공을 관단(灌壇)이라고 하는 작은 지방에 보내어 그곳을 관리하는 직책을 맡아보게 하였다. 일 년이 지나자 그는 그곳을 잘 다스려 별다른 사건이 일어나지 않는 조용한 곳으로 만들었다. 또한 그의 다스림이 바람에까지 미쳤는지 나뭇가지를 흔들어낼 만한 바람조차 불지 않았다. 어느 날 밤 문왕은 꿈속에서 한 아름다운 여인이 자신의 앞길을 가로막으며 우는 모습을 보게 되었다. 그녀는 울면서 이렇게 말했다.

「저는 태산(泰山) 산신의 딸입니다. 동해의 해신에게 시집을 갔는데 지금 친정으로 가는 길이지요. 그런데 그만 관단 지방의 현령 때문에 길이 막히고 말았습니다. 본래 제가 지나가려면 폭풍우가 반드시 저를 따르게 되어 있답니다. 만일 제가 그곳을 지남으로 해서 폭풍우가 몰아치게 된다면 그 현령의 좋은 평판에 금이 가게 하는 일이 되고 맙니다. 그런 잘못을 저질렀다가 천제의 징벌을 받을까 두렵습니다. 그러나 또한 폭풍우 없이는 제가 지나갈 도리가 없으니 진퇴양난이지요」

문왕은 꿈에서 깨어나 참으로 이상한 꿈이라고 생각하고는 태공을 불러다가 그 까닭을 물었다. 태공이 뭐라고 대답해야 좋을지 몰라 난처해하고 있을 때 마침 문왕에게 달려와 보고하는 자가 있었는데 그의 보고는 이러했다.

「아주 센 바람과 큰 비가 지금 막 태공께서 관할하는 지방을 스쳐 지나갔습니다」

문왕은 그때서야 그 꿈의 의미를 깨닫고 태공에게 대사마(大司馬)의 직책을 맡겼다.

제8장
주 무왕과 백이 · 숙제

주 문왕은 강태공을 얻은 뒤로 근처에 있는 작은 나라들을 병합하고서 도읍을 기(岐: 지금의 陝西 岐山縣 북쪽)에서 풍(豊: 지금의 陝西 鄠縣 동쪽)으로 옮겼다. 이렇게 함으로써 주 민족은 그 세력을 동쪽으로 수백 리나 넓히게 되었으며 주(紂)왕의 도성인 조가(朝歌)를 향하여 좀더 가까이 다가가게 되었다. 물론 이런 상황을 주임금에게 보고하는 자가 있었지만 어리석은 주는 여전히 이렇게 말하는 것이었다.

「내가 천자가 된 것은 다 천명(天命)이 있어서가 아니더냐? 그놈이 감히 나를 어떻게 하겠다는 거냐」

그리고 그는 계속해서 음란한 생활에 빠져들었다.

한편 주 문왕은 천도한 지 얼마 안 되어 세상을 떠나고 그의 아들인 발(發)이 뒤를 이어 왕이 되었는데 그가 바로 주 무왕(周武王)이다. 그가 왕위에 오른 뒤에도 강태공은 여전히 국사(國師)의 자리에 있었다.

무왕은 그의 아버지와 마찬가지로 눈이 약간 근시였으며 치아가 겹으로 나 있었다. 본래 있는 치아의 안쪽으로 또 한 줄의 치아가 나 있었는데 그것은 아주 강한 성격을 나타내주는 것이라고 한다. 무왕이 태자였을 때 그는 냄새가 지독하게 풍기는 절인 고기 먹기를 좋아했다. 그러나 그의 스승인 태공은 절인 고기라는 것은 본디 제사상에도 올리지 못하는 천한 음식이므로 태자처럼 고귀한 사람이 입에 대는 것이 아니라고 하며 그것을 먹지 못하게 했다. 아무리 성격이 강한 무왕이라도 스승의 말을 거역할 수는 없었기 때문에 몰래 사람을 시켜 그것을 가져오게 하여 먹곤 하였다고 한다.

그런 무왕이 즉위한 지 얼마 안 되어 군사를 일으켜 주(紂)를 치려 했고 태공 역시 그것에 적극 찬성의 뜻을 표하였다. 무왕은 출병하기 전에 평소에 하던 대로 태사(太史)를 시켜 점을 쳐보게 하였는데 뜻밖에도 결과가 대흉(大凶)으로 나왔다. 문무백관들이 그 뜻밖의 점괘에 주저하고 있는데 과감하게 결단을 잘 내리는 태공이 사람들 틈에서 불쑥 나타났다. 그는 소매를 걷어부치더니 점을 칠 때 사용했던 거북 껍질과 시초(蓍草) 등을 신탁에서 걷어내어 발로 짓밟으면서 외쳤다.

「말라빠진 뼈다귀와 죽어버린 이따위 풀이 무슨 길흉을 알리오! 출병하시오! 이런 쓸데없는 물건들이 우리들의 중요한 일을 방해할 수는 없는 일이외다」

태공의 이러한 용기는 무왕의 마음에 딱 들어맞았다. 기분이 좋아진 무왕은 즉시 삼군(三軍)에게 출발할 것을 명하였다. 임금과 태사가 조금도 두려워하지 않는 것을 본 문관과 무관들은 순간적으로 힘이 솟아 두말하지 않고 각각 자신들의 병영으로 돌아가 모든 준비를 갖추었다.

그때는 문왕이 죽었지만 아직 시신을 안장하지 않은 때였다.

그래서 무왕은 사람을 하나 뽑아내어 문왕의 모습으로 변장시켜서는 전차 위에 모셔놓고 그 문왕의 이름으로 천하의 제후들을 불러모아 주(紂)를 토벌하려 하였다. 천하의 제후들이 모두 그 뜻을 따랐는데 유독 고죽군(孤竹君)의 두 아들인 백이(伯夷)와 숙제(叔齊)만이 무왕의 뜻을 따르지 않았다.

그들 둘은 본래 형제인데 서로 왕이 되기 싫어 왕위를 양보하다가 아예 둘이 함께 도망쳐 나왔다. 그들은 주 문왕이 노인들을 공경한다는 말을 듣고 문왕을 찾아왔던 참이었다. 그러나 뜻밖에도 문왕은 이미 죽었고 그 아들인 무왕은 아버지 장례식도 치르지 않은 채 군사를 일으켜 주(紂)를 치러가는 것이었다. 서로 왕위를 양보하던 이 두 현인(賢人)은 무왕의 그런 행동이 무척 마음에 들지 않았다. 그래서 무왕이 출병하는 바로 그날 말머리를 가로막고서 무왕의 불인(不仁)과 불효(不孝)를 책망했다. 무왕의 옆에 있던 호위병들이 화가 나서 무기를 쳐들고 두 사람을 찌르려 하였다. 그때 태공이 그들을 가로막으며 말했다.

「그분들을 돌아가시도록 해드려라, 모두 좋은 분들이니까!」

그러고는 몇 사람을 불러 백이와 숙제를 부축해 가도록 하였다.

무왕의 군대는 곧바로 동쪽을 향해 쳐들어갔고 거의 저항도 받지 않은 채 낙읍, 즉 지금의 하남성 낙양시 서쪽에 다다랐다. 막 맹진(孟津)을 건너려 하는데 갑자기 날씨가 변하더니 며칠을 두고 음산하며 추운 날씨가 계속되었다. 그러더니 눈과 비가 쏟아져 내렸고 행군하기가 어려워진 무왕의 군대는 낙읍(洛邑) 근처에 잠시 머무는 수밖에 없게 되었다. 비와 눈이 십여 일을 계속 내리니 들판은 온통 은빛 세계가 되었고 눈이 한 길이나 되게 쌓였다.

그러던 어느 날 아침이었다. 어디서 온 것인지 알 수 없는 다섯 대의 마차가 나타났다. 안에는 대부(大夫)의 차림새를 한 사람들 다섯이 앉아 있었고 마차 뒤에는 높다란 말 위에 걸터앉은 기사 두 명이 보였다. 그들은 병영의 문 밖에 멈춰 서더니 무왕을 알현하기 위하여 일부러 왔다고 말하는 것이었다. 무왕은 그들이 참전을 원하는 어느 소국(小國)의 제후들이 보낸 사신들일 것이라고 여기고는 그들을 만나지 않으려고 하였다. 그런데 태공이 문 밖을 한번 내다보더니 말했다.

「안 됩니다. 반드시 만나보도록 하십시오. 밖에 눈이 저렇게 한 길이 넘도록 쌓였는데 마차가 지나온 흔적조차 보이지 않는 것을 보니 저 사람들이 보통 사람들은 아닌 것 같습니다」

무왕이 힐끗 내다보니 과연 태공이 말한 대로였다. 그는 무척이나 이상하다는 생각이 들었다. 그러나 그들을 만나보자니 그들이 도대체 어디서 온 누구인지도 모르는 판국에 만일 만나서 말이라도 잘못했다가는 오히려 낭패일 터였다. 그래서 주저하고 있는데 태공이 갑자기 묘책을 생각해 내었다.

그는 즉시 사신을 보내어 뜨끈뜨끈한 죽 한 사발을 들고 문밖의 손님들에게 가 말하게 했다.

「왕께서는 지금 급한 공무가 있으셔서 당장 나오실 수가 없습니다. 그래서 날씨도 추운데 죽이라도 한 그릇 드시며 몸이라도 좀 녹이고 계시라고 하시는군요. 어느 분께 먼저 드려야 할는지요……」

그러자 말을 타고 있던 두 기사가 앞으로 나와 하나하나 소개하는 것이었다.

「먼저 이분께 드리십시오. 이분은 남해군(南海君)이십니다. 그 다음엔 동해군(東海君)께 드리고 그 다음에 서해군, 북해군

오방대신(五方大神)

께 드리세요. 그리고 맨 나중에 저희들을 주십시오, 저희들은 하백(河伯)과 우사(雨師)입니다」

사신은 뜨거운 죽을 순서대로 한 그릇씩 돌리고 나서 돌아와 태공에게 보고하였다. 태공은 즉시 무왕에게 가서 말했다.

「이제 가셔서 그들을 만나보십시오. 알고 보니 그들은 사해 (四海)의 해신과 하백, 그리고 우사였습니다. 남해의 해신은 축융(祝融)이라 하고 동해의 해신은 구망(句芒)이라 합니다. 북해의 해신은 현명(玄冥), 서해의 해신은 욕수(蓐收)라 하는데 이제 문관(門官)에게 그들의 이름을 순서대로 부르라고 하시어 만나보도록 하십시오」

그래서 무왕은 군중의 막사에서 그들을 접견하게 되었는데 문관이 순서대로 이름을 불러 축융과 구망 등을 들어오게 하였

다. 신들은 문관이 그들의 이름을 부르는 것을 듣고 깜짝 놀랐
다. 왕이. 그 얼마나 영민하기에 자기들을 보지도 않고 이름을
다 아는 것일까 하고 서로 감탄하였다. 그리하여 그들은 급히
무왕에게 절을 하였고 무왕은 그들에게 답례를 하였다. 인사가
끝난 뒤 무왕이 물었다.

「여러 대신(大神)들께서 좋지 않은 날씨를 무릅쓰고 여기까지
오시다니 무슨 고견이라도 있으신지요?」

그러자 신들이 말했다.

「하늘의 뜻이 주(周)를 도와 은(殷)을 멸망케 하라는 데 있으
십니다. 지금 하늘의 명을 받고 이곳에 왔는데 풍백(風伯)과 우
사(雨師)에게 일을 맡겨주시면 최선을 다하여 전쟁에 조금이나
마 도움이 되도록 해드릴 작정입니다」

무왕과 강태공은 그 말을 듣고서 너무나 기뻤다. 그 즉시 무
왕은 그들을 병영에 머물게 하여 명령을 기다리도록 하라고 하
였다.

날씨가 맑아지자 무왕은 대군을 이끌고 밤을 도와 맹진(孟津)
을 건너갔다. 강물은 잔잔해 파도도 일지 않았고 흰 구름에 달
빛이 비쳐 마치 대낮처럼 밝았다. 8백 제후의 군사들은 배 위에
앉아 함께 노래를 불렀는데 이미 적과 싸워 이긴 듯한 그런 분
위기였다. 배가 강의 중간쯤에 이르렀을 때였다. 붉은 새처럼
생긴 큰 벌들이 갑자기 떼를 지어 무왕의 배 위로 날아와 모여
있는 것이었다. 무왕은 그 붉은 왕벌들이 참으로 예쁘고 귀엽다
고 생각되었다. 그래서 그 벌의 모습을 군기에다 그려 아주 독
특한 모양의 깃발을 만들었다. 후에 전쟁에서 이기고 난 뒤 그
날 밤의 그 정경을 기념하기 위하여 자신이 탔던 배를 〈봉주(蜂
舟)〉라고 이름지었다.

맹진을 건넌 뒤에도 군대의 사기는 하늘을 찌를 듯 솟아 있었다. 이제 얼마 안 있으면 주(紂)의 도성인 조가(朝歌)에 이르게 될 터였다. 그들은 조가의 남쪽 30리쯤 되는 곳에 있는 목야(牧野)에 병영을 만들었다. 그리고 이튿날 동이 트자마자 무왕은 그곳에서 8백 제후들을 향해 맹세를 했다.

한편 무왕의 군사들이 쳐들어오고 있다는 소식을 들은 주(紂)는 친히 병마를 이끌고 적을 맞아 싸우러 나갔다. 목야의 전쟁터에 양측 군사와 전차들이 첩첩이 도열해 있으니 칼날은 번쩍였고 곳곳에 살기가 넘쳐흘렀다. 전쟁은 아직 시작되지도 않았는데 하늘에는 수없이 많은 매와 수리 등 사나운 새들이 빙빙 돌고 있었다. 굶주린 새들의 목구멍에서 흘러나오는 소름끼치는 울음소리는 그곳에 이제 피비린내 나는 처참한 전투가 벌어질 것임을 예고하는 듯했다. 무왕의 군대는 정의의 군대였다. 병사들은 폭군을 없애고 백성들을 편안하게 해주기 위해서라면 기꺼이 목숨을 버릴 각오가 되어 있었기 때문에 조금도 두려워하지 않았다. 그들 중에서도 파촉(巴蜀)의 군대가 가장 용감하였는데 그들은 전쟁을 할 때 악기를 연주하며 그 음악에 맞추어 노래하고 춤을 추었으니 그들의 얼굴에는 즐거움이 넘쳐흘렀다. 그들은 또한 마치 잔칫집에 가는 듯한 태도로 적진을 향해 전진했으며 적군 따위는 안중에도 없는 듯했다. 반면 주(紂)의 군대는 그렇지가 못했다. 그들은 대부분이 불쌍한 노예로서 병력이 부족해서 끌려온 자들에 불과했다. 그렇게 억지로 끌려와 방패막이 노릇을 하자니 어리석은 왕 주(紂)의 말로가 뻔히 눈앞에 보이는데 어디 그를 위해 목숨을 걸 사람이 있었겠는가.

무왕은 왼손에 황금색 도끼를, 오른손에는 흰색의 소꼬리를 매단 대나무 막대기를 들고 군사들을 지휘했고, 군사들은 사기

충천하여 노도와 같이 적을 향해 진군하니 주의 군대는 순식간
에 무너져내리고 말았다.

주(紂)는 여전히 언덕 위에서 큰 북을 두드리며 병사들을 독
려했지만 노예들이 그렇게 무너져내리는 것을 막을 수는 없었
다. 오히려 그들 중에는 창끝을 주에게 돌리는 자들이 생겨났
다. 평소에 온갖 잔혹한 수단으로 자신들을 학대해 온 폭군 주
를 죽여 없애야만 그들의 마음이 편해질 것 같았다. 이 전쟁은
이제 풍백이나 우사의 도움을 빌릴 것도 없이 승패가 이미 분명
하게 가름이 나 있었다.

주는 대세가 이미 기울어버렸음을 감지하고 도성으로 돌아가
녹대(鹿臺)에 올랐다. 그리고 미리 준비해 두었던 옥이 주렁주
렁 달린 옷을 입고 그 옷에 불을 당겨 타죽고 말았다. 그가 분
신자살을 할 때 그의 내의 속에는 〈천지옥염(天智玉琰)〉이라고
하는 엄청난 가치를 지닌 옥 다섯 개가 들어 있었다. 그가 타죽
을 때 몸에 지녔던 다른 옥들은 모두 녹아 없어지고 말았는데
이 〈천지옥염〉만은 타지 않은 채 고스란히 남아 있었고 또 주
(紂)의 시체를 보호해 주고 있었으니, 그 덕분에 주(紂)의 시체
는 아주 새까맣게 타버리지는 않았다. 이것이 주(紂)의 죽음에
관해 전해지는 가장 일반적인 이야기이다.

다른 전설에 의하면 주(紂)는 녹대의 잣나무숲에서 목을 매
어 죽었다고도 하는데 그가 총애하던 비(妃) 두 명도 함께 목을
매었다고 한다. 또 다른 전설로는 도성이 함락된 뒤에도 주가
혼자 남아 저항을 했는데, 아무도 도와주지 않자 몇 차례 싸우
다가 기력이 다했고 결국엔 죽임을 당하게 되었다고 한다. 어쨌
든 백성들을 괴롭혀 그들의 증오의 대상이 되었던 폭군 주는 마
침내 비참하게 죽었고, 무왕은 도끼로 그의 목을 잘라 백기의

꼭대기에 매달아서 백성들에게 보여주었다고 한다.

이야기가 여기까지 진행되니 이제 독자들에게는 한 가지 의 문점이 생겨나게 될 것이다. 혹시 중요한 인물 하나가 아직까지 등장하지 않은 것은 아닐까? 그렇다. 전설에 나오는 주가 총애 하던 비 달기에 관한 이야기를 아직 하지 않았다. 그것은 저자 가 일부러 그렇게 한 것이니 달기의 이야기를 먼저 함으로 해서 독자들의 시선을 다른 곳으로 돌리고 싶지 않았기 때문이다. 전 설에 의하면 그녀는 제후 유소씨(有蘇氏)의 딸이었다고 한다. 유소씨가 주의 폭정에 반대하자 주는 유소를 정벌했고 그의 딸 인 달기를 노예로 끌고 왔다. 그런데 그녀는 총명하고도 아름다 웠으므로 주의 총애를 받았고 주는 또한 그녀의 환심을 사기 위 하여 백성들의 고혈을 짜내어 그녀에게 사치스런 생활을 누릴 수 있게 해주었다. 바로 이 점 때문에 그녀가 망국의 근원이었 다고 말하는 사람들이 있지만 그것은 불공평한 판단이다. 심지 어는 그녀가 꿩의 정령이라거나 혹은 천 년 묵은 여우가 변한 것이라고도 하지만, 모두가 황당한 이야기들이다. 은나라의 멸 망이라는 그 비극에는 그녀의 영향이 아주 없던 바는 아니었겠 지만 그래도 그녀가 그렇게 결정적인 역할을 한 것은 아니다. 설사 그녀가 없었다고 해도 그 비극은 여전히 일어났을 것이기 때문이다. 바로 이 점 때문에 앞에서 미리 그녀에 관한 이야기 를 하지 않았다. 그녀는 주와 마찬가지로 비참한 최후를 마쳤는 데 무왕은 그녀의 머리도 베어 작은 백기 위에 걸어놓았다. 전 설에 의하면 그녀는 주(紂)의 또 다른 애첩——어쩌면 주 문왕 이 바쳤던 유신국(有莘國)의 여자였는지도 모르는——과 함께 궁성의 숲속에서 목을 매달아 죽었다고도 한다. 이렇게 하여 노 예의 신분에서 주의 총애를 받아 비(妃)의 위치에까지 올랐던 달기는 죽고 말았는데 이러한 죽음을 통해 그녀는 자신의 죄닦음을 했는지도 모를 일이다.

은나라의 멸망이라는 이 비극에서 맨 마지막으로 나올 이야기는 백이와 숙제 두 노인의 죽음이다. 주 무왕이 은나라를 멸망시키고 천하를 통일하자 이들 두 노인은 주나라의 양식을 먹는 것이 부끄러운 일이라 하여 수양산(首陽山)에 은거하고 말았다. 그들은 그곳에서 고사리〔薇〕를 캐어먹으며 살았고 그것을 소재로 노래를 지어 자신들의 뜻을 나타내기도 하였다. 그러던 어느 날이었다. 고사리를 캐고 있던 그들이 한 부인네를 만나게 되었는데 그 부인이 그들에게 물었다.

「저는 두 분이 모두 현인(賢人)이라는 말을 들었습니다. 의로움을 위하여 주나라의 양식을 잡수시지 않겠다고 했다던데 이 고사리는 주나라의 것이 아닙니까? 왜 그것은 잡수시는 것인지요?」

그 말을 듣고 두 노인은 할 말이 없었다. 자존심이 무척 상하기는 했으나 일개 산골 아낙네의 무식한 말이라 여기고 그리 개의치 않았다. 그리고 여전히 계속 고사리를 캐어 허기진 배를 채우면서 목숨을 이어갔다.

그런데 얼마 지나지 않아 산 아래에서 왕마자(王摩子)라고 하는 사람이 올라왔다. 그는 무식한 아녀자가 아닌 학식을 갖춘 사대부였는데 그도 역시 지난번의 그 부인네와 같은 질문으로 그들을 난처하게 만들었다. 그는 물었다.

「두 분께서는 주나라의 양식을 잡수시지 않겠다고 하셨습니다. 그런데 지금 주나라의 산에 은거하시며 주나라의 산나물을 잡수시고 계시니 이를 어떻게 변명하실 것입니까?」

빠져나갈 틈도 없이 이렇게 두 노인을 몰아부치니 그들은 몹시도 마음이 아팠다. 그래서 결국엔 그 고사리조차도 먹지 않고 굶어죽기로 결심을 하였다.

그러나 일이란 늘 뜻하지 않은 쪽으로 발전해 나갈 수 있는 법, 두 노인이 이레째 굶고 있을 때 천제께서 그들의 의기가 굳음을 보시고 연민의 정이 일어 흰 사슴 한 마리를 보내주어 두 노인에게 젖을 먹이도록 하였다. 죽음에 직면해 있던 두 노인은 사슴의 젖을 먹고 나자 몸과 마음이 점차 회복되어 갔다. 이렇게 며칠이 지났다. 어느 날 그들이 땅 위에 꿇어앉아 사슴의 젖을 맛있게 먹고 있을 때였다. 약속이나 한 듯이 두 사람의 머릿속을 번득 스쳐가는 생각이 있었다.

〈이 사슴은 정말 살이 통통하게 쪘는걸, 잡아먹으면 정말 맛있을 것 같아.〉

그들이 이렇게 생각하는 순간 천제가 보낸 신록(神鹿)은 이미 그들의 마음을 알아차렸다. 오랫동안 고기 맛을 보지 못했던 그들인지라 눈앞에 어른거리는 이 야생동물을 보자 그만 식욕이 동했던 것이다. 사슴은 그들이 자신을 죽일까봐 겁이 덜컥 나서 젖을 먹이고 나더니 도망쳐 다시는 돌아오지 않았다. 사실 사슴을 죽이려고 했던 그 생각은 숙제 혼자서 마음먹었던 것이며, 또 그는 사슴을 직접 죽이려고 생각했다고도 한다. 어쨌든 두 노인은 주나라의 양식을 먹으려 하지 않았고 그렇다고 또 다른 먹을 것이 있었던 것도 아니었기 때문에 그대로 굶어죽고 말았다.

작품 해설

1 중국 신화의 세계

제1권의 내용은 우리가 일반적으로 알고 있는 신화의 범주에서 그리 벗어나 있지 않다. 우선 세계의 시작과 대홍수, 인류의 기원에 관한 신화가 등장한다. 그중 홍수 신화는 이른바 자연 신화에 포함시킬 수도 있을 것이고 또한 인류의 탄생이라는 중요한 신화 모티프와도 연관된다. 인류의 탄생과 죽음은 최초의 인간들에게 감당하기 어려운 크나큰 사건이었을 것이다. 그래서 그들은 나름대로 그 현상을 이해하기 위해 애썼으며 거기에서 생겨난 것이 여와(女媧)가 진흙으로 인간을 빚었다든가 복희(伏羲)와 여와 남매가 부부가 되어 인류의 조상이 되었다든가하는 이야기였다. 또한 죽음을 자연 현상과 관련지어 변신을 통한 재생을 꿈꾸기도 했는데, 그것은 중국 고대 신화에 나타나는 여러 가지 형태의 변신 신화를 통해서도 알 수가 있다. 죽음은 또한 명계(冥界) 신화라는 지엽적인 분류와도 연관될 수 있는데, 유감스럽게도 중국 고대의 신화, 즉 원시형태에 가까운 고대 신화에는 몇 가지 기록은 있어도 명계 신화를 따로 분류해 설명할 만큼 충분한 문헌 자료가 발견되지는 않았다. 어쩌면 그것은 변신을 통해 재생을 꿈꾸었던 고대 중국인의 생사관(生死觀)과도 관련이 있지 않을까 여겨진다.

그 다음으로 중요한 것이 영웅들에 관한 신화이다. 이것은 신화의 역사화 문제와도 연관지어져 중국 고대 신화의 핵심 부분을 이루고 있다. 세계 각국의 신화에서도 창세와 홍수에 뒤이어 각각 그들의 대표적인 영웅 이야기가 전해지고 있는데 중국 신화도 예외는 아니어서 영웅 신화가 상당히 많은 부분을 차지하고 있다. 중국의 여러 학자들은 고대 신화에 등장하는 이 영웅들을 역사상의 실존 인물들로 취급해 왔는데 그들의 신화성과 역사성에 대해서는 현재까지도 이견이 분분하다. 복희(伏羲)와 여와(女媧), 신농(神農)과 후직(后稷), 황제(黃帝)·요(堯)·순(舜)·우(禹)와 곤(鯀)·예(羿)에 관한 신화가 순서대로 등장하는데, 위앤커를 비롯한 중국 대륙의 학자들은 이들 고대의 영웅들을 일종의 〈노동 영웅〉이라고 파악해 왔다. 그러나 그것은 1940년대 이래 마르크스주의 시각에서 바라본 결과였을 뿐, 우리의 시각으로 볼 때 삼황(三皇)과 오제(五帝)는 중국 고대의 〈문화 영웅cultural hero〉들이었다. 인간을 위해 불을 발견했고 그물을 엮어 고기 잡는 법을 가르쳐주었으며, 오곡의 씨앗을 가져다가 농사 짓는 법을 알려주었다. 또한 문자를 만들었고 여러 가지 수공예품들을 만들어내어 기술의 발전을 이룩하는 등, 그들은 모두 고대의 문화적인 영웅들이었다. 그들의 창조적 작업을 통해 우리는 고대 사회의 발전과정을 살펴볼 수 있다. 그물을 만들어 고기 잡는 법을 가르친 복희의 시대는 수렵채집 생활을 대표하고 있다거나, 황제의 부인 유조(嫘祖)가 누에치는 법을 가르쳤다는 것은 여자들이 직조의 기술을 익히기 시작했다는 표시이고, 후직(后稷)이 농사 짓는 법을 가르쳤다는 것은 농경 사회의 시작을 알리는 표시라는 것 등이다. 신화가 인간 상상력의 산물이고 민족의 집단 무의식을 반영하는 것이면서 동시에 인간 사회생활의 현실적인 반영이라는 것을 알게 해주는 실제적인 예가 되는 이야기들이다.

이러한 것들은 또한 사회 현상의 기원과 관련된 신화로 파악해 볼 수도 있는데, 일종의 인문(人文) 신화라고 부를 수 있다. 여기에는 고대인들이 생활하면서 접하게 되는 여러 가지 사건들이 포함된다. 불의 발견이라든가 중국에서 아주 오래 전에 시작된 것으로 믿어지는 양잠의 습속에 관한 이야기, 그리고 멀고 이상한 여러 나라들에 대한 이야기 등은 인문 신화의 주된 내용을 이룬다. 고대인들이 궁금하게 여겼던 여러 사회 현상의 기원과 그것에 관련된 이야기들이 중국 신화의 한 부분을 차지하게 되는 것이다.

한편 홍수를 막아낸 곤이나 인간을 위해 열 개의 태양을 쏜 예 역시 인간 중심의 정신을 표출해 내고 있는 비극적인 영웅이었다. 특히 예에 관한 신화는 영웅의 모험과 비극적 결말을 기승전결을 갖춘 구조로 보여주고 있다는 점에서 중국 영웅 신화의 백미라고 할 만하다(물론 이 책에서 예에 관한 이야기가 탄탄한 서사적 구조를 지니게 된 것에는 저자인 위앤커의 의도적 배열에 힘입은 바 크다). 뒤이어 나타나는 순에 관한 신화나 우에 관한 이야기들 역시 영웅적인 모험과 그들을 도와주는 조력자(지혜로운 여인)의 등장이라는 구조를 지닌 전형적인 영웅담의 면모를 보여주고 있다. 하(夏) 왕조의 실재 여부가 현재까지도 확실하게 드러나지는 않고 있으나 고고학적 발굴 성과에 힘입어 그 실존성이 강력하게 대두되고 있는 지금, 「하은편(夏殷篇)」에 나오는 인물들에 관한 이야기는 주로 사서(史書)에 등장하는 역

사고사(歷史故事)들이 주된 기둥을 이루고 있다. 그 중에서도
은(殷)왕조의 조상이라고 여겨지는 왕항(王恒)과 왕해(王亥)에
관한 신화는 사건의 구성이 다양하고 등장 인물들의 성격이 뚜
렷한 점으로 보아 짜임새 있는 이야기의 구조를 지닌 은 민족
초기의 민족 서사시로 파악해 볼 수 있다.

　　제2권에서는 「하은편」에 뒤이어 「주진편(周秦篇)」이 시작된
다. 본래 원서에는 제1권에 「주진편」의 일부가 포함되어 있다.
주나라 소왕(昭王) 때부터 유왕(幽王)이 여산(驪山)에서 피살당
할 때까지의 이야기가 제1권의 말미에서 다루어지고 있다. 저
자는 유왕이 포사(褒姒)와 함께 도망치다가 죽음을 당하고 평왕
(平王)이 동쪽으로 천도하는 부분에서 제1권을 끝맺고 있다. 저
자는 동천(東遷)을 기점으로 주나라는 이름만 남아있을 뿐 멸망
한 것이나 다름없다고 파악하였으며 이로써 신화(저자의 표현방
식을 따르면 〈좁은 의미의 신화〉)의 시대는 끝나고 역사 전설의
시대로 들어갔다고 여겼다. (그러나 역서에서는 편의상 제1권을
「하은편」에서 끝맺고 제2권을 「주진편」에서 시작하고 있다.)

2 중국 신화의 역사화 문제

　　저자가 본래 『중국고대신화』에서 언급하고 있는 시대는 천지
만물의 창조에서부터 서주(西周) 말기인 유왕 때까지이다. 천지
만물이 생성된 시기는 그 누구도 확실한 연대를 알 수 없는 신
화의 시대이지만 유왕이 견융(犬戎)의 침입을 받아 죽임을 당하
고 서주가 끝난 B.C.770년은 분명한 역사 시대이다. 1898년 하
남성(河南省) 안양현(安陽縣) 소둔촌(小屯村)에서 발굴된 갑골문

(甲骨文)은 그때까지 전설의 시대로만 알려져 왔던 상(商)왕조가 실제로 존재했던 고대의 국가임을 알 수 있게 해주었고, 중국의 역사 시대는 상으로부터 시작되게 되었다. 그러면 위앤커가 『중국고대신화』에서 서술한 서주 역시 역사 시대임에는 틀림이 없으니, 역사적으로 존재했던 실존 인물들의 사적을 신화의 범위에 넣어 서술한 관점에 대해 주의해 볼 필요가 있다.

고전적 삼분법에 의하면 신화와 전설을 구분 짓는 일반적인 기준은 인물의 역사성 여부이며 또한 사건이 발생한 지점이 구체적인 장소인가 아닌가 하는 데에 있다. 그렇다면 역사 시대인 상 이후의 인물들, 특히 탕(湯)이라든가 주(紂), 문왕이나 무왕 같은 영웅들은 실존 인물로 추정되므로 이들에 관한 이야기는 신화라기보다는 전설에 가깝다고 보아야 할 것이다. 그래서 위앤커는 1984년에 출판된 『중국신화전설』에서 중국 신화의 범위를 상당히 확대시켜 〈광의의 신화〉라는 개념으로 역사 시대의 전설까지도 넓은 의미의 신화에 포함시키고 있다. 그런데 신화 연구에서 문제가 되는 것은 오랜 세월을 문자가 없는 상태에서 구전되어 내려오던 신화가——여기서 말하는 것은 본래의 옛 모습에 가까운 신화——도대체 언제부터 역사화되기 시작했는가 하는 점이다.

원래 구전 문학의 하나인 신화가 문자로 기록되기 시작할 때에는 당시의 사회 상황이나 기록자의 시각 등 주관이 개입되기 쉽고, 그런 것으로 인하여 신화의 역사화나 철학화가 이루어지게 된다. 중국에는 이미 은주 시대부터 왕실에 사관(史官)이 있었다. 사관들이 역사를 기록할 때 아주 오래전부터 전해 내려온 신화 속의 영웅들에게 관심을 기울였을 것은 당연한 일이고, 사관들은 또한 그 영웅들을 현실 세계 속의 실존 인물들로 각색하여 그들의 성스러운 조상으로 삼았을 가능성이 있다. 그래서 중국의 정통파 경학자들은 삼황오제를 모두 고대의 제왕으로 여겨왔지만, 그들의 실존성 여부는 아직 아무도 확실하게 알 수 없다. 물론 현재는 하 왕조의 존재까지도 긍정적으로 추측해 볼 수 있는 단계에까지 이르러 있으므로 하 이전에 삼황오제의 시대가 없었다고 분명히 단정지을 수는 없다. 그러나 신화 속에서 그들은 다만 신화적인 인물들일 뿐이다. 그것도 인간 세계의 범속한 인물들이 아니라 천제이기도 하고 천제의 자손들이기도 한 비범한 인물들이었으며, 그들에 관한 온갖 신비로운 이야기들은 사람들의 입을 통해 오랜 세월을 두고 전해져 내려왔을 것이다.

그런데 언제부터인지 확실히 알 수 없지만 그들은 인간 세계의 제왕으로 변화하기 시작했다. 짱꽝즈(張光直)는 동주(東周)의 사가(史家)들이 공자의 괴력난신(怪力亂神)을 피해 의도적으로 신화를 합리적으로 해석했으며 그것은 전국 시대에 발달한 인문주의(人文主義)로 인한 필연적 추세였다고 하였는데[1] 이 설명은 상당한 설득력을 지니고 있다. 일찍이 루쉰(魯迅)은 그의 『중국소설사략』에서 중국에 신화가 발달하지 못한 이유로 두 가지를 들었는데, 첫째는 고대 중국인들의 자연 환경이었다. 그들의 주된 활동 영역은 황하 유역이었는데 자주 범람하는 황하의 피해를 극복하며 살아야 했기 때문에 자연히 환상적인 것보다는 실제적인 것을 더 중시하게 되었고 그러다 보니 신화가 생겨날 만한 정신적인 여유가 없었다는 이야기이다. 둘째로 공자이래로 〈수신제가치국평천하(修身齊家治國平天下)〉의 실용적인 이념을 숭상하였기 때문에 유가(儒家)들이 신화에 대한 언급을

---

1) 張光直, 「商周神話之分類」, 『中國靑銅時代』, 臺北聯經出版社, 1983, 321쪽.

회피했다는 것이다.[2]

이처럼 루쉰은 중국이 위치해 있는 지리적 여건과 유가라는 사상적 배경이 중국을 신화의 빈국(貧國)으로 만들었다고 했으나, 사실 상고 시대의 중국인들이 황하 유역에 살았기 때문에 신화가 생겨나지 못했다는 설명은 그리 설득력이 없다. 일반적으로 기후나 거친 자연 환경이 신화를 생겨나지 못하게 하는 직접적인 원인이 되지는 않는다. 기후가 나쁜 북유럽이나 아프리카에도 그들 고유의 신화는 존재하기 때문이다. 다만 유가가 중국 신화의 집대성을 방해하고 그것의 역사화를 초래하게 한 상당히 중요한 사상적 요인이 되었음은 분명하다.

신화가 역사화된 것인가, 역사가 신화화된 것인가 하는 문제에 대해서는 지금까지도 이견이 분분하여 정설이 없지만 어쨌든 전국 시대를 전후한 시기에 중국 고대 신화가 원형을 잃고 변화하기 시작했다는 데에는 많은 학자들이 의견을 같이하고 있다. 남방 초(楚)나라의 시인 굴원(屈原)이 지었다고 전해지는 「천문(天問)」을 보아도 과거부터 전해져 내려오는 많은 신화들에 대해 저자는 의문을 표시하고 있다. 그것만 보더라도 전국 시대에 이미 신화의 원형에 대해 많은 의문들이 제기되고 있었음을 알 수 있으며, 이렇게 신화의 변질을 가져온 주요 원인이 바로 유가였을 것이라는 점도 많은 학자들의 공통된 견해이다. 실질을 숭상하던 유가로서는 그 이전 시대의 많은 신들이, 특히 뛰어난 능력을 지닌 신화 속의 훌륭한 인물들이 모두 고대의 성왕이어야 했다. 그래야 그들은 보통 사람들의 가슴속에서 이상적인 인물이 될 수 있었으며 그렇게 변화된 그들은 도덕상의

2) 魯迅, 『中國小說史略』, 조관희 옮김, 살림, 1998.

534

최고 전형, 위대한 영웅이 되곤 했던 것이다.[3]

이렇게 신화의 역사화는 신화 속의 천제(天帝)나 천신(天神) 들을 역사상의 제왕이나 영웅들로 바뀌게 했으며, 그것은 결국 그때까지 구전되었던 풍부한 신화의 본래 모습을 잃게 하고 말 았다.[4] 량치차오(梁啓超)는, 역사학자의 입장에서 보면 신화가 역사 속에 끼어들어 역사의 진실을 왜곡하였다고 말할 수 있지 만, 신화학의 입장에서 본다면 역사가들의 신화에 대한 증식이 나 수정 등이 신화의 원형을 잃게 했다는 비판을 받을 수도 있 다고 했는데,[5] 이것은 신화와 역사의 관계가 그만큼 밀접하다 는 것을 나타내주고 있는 말이며 또한 상당히 공평한 시각에서 나온 견해라고 할 수 있다.

역사 시대의 인물임이 분명한 탕이나 이윤(伊尹), 주(紂)나 문왕, 무왕이나 강태공 같은 인물들에 관한 이야기는 대부분이 역사이지만 그 가운데에는 신화적 요소가 다분히 들어 있다. 탕 이 하나라의 걸(桀)과 싸울 때 화신(火神)인 축융(祝融)이 도와 주었다든가 무왕이 주를 칠 때 풍백, 우사 등이 도왔다든가 하 는 이야기가 그러하고, 탕을 보필했던 이윤의 기이한 출생 또 한 영웅 탄생 설화의 한 전형이기도 한다. 물론 전설 속에 등장 하는 역사적 인물들에 대해서는 어느 정도의 기이한 사적들이 덧 붙여지는 것이 상례이다. 그들의 영웅적 행위는 사람들에게 늘 확대되어 전해지게 마련이며 그것이 구전되어 내려오는 동안 그들의 비범함을 돋보이게 하기 위하여 신화 속의 천신들까지 끌어오는 것은 어쩌면 당연한 일이기까지 하다. 그러나 비록 이

3) 徐炳昶, 『中國古史的傳說時代』, 臺北地平線出版社, 1977, 28쪽.
4) 烏丙安, 『民間文學槪論』, 春風文藝出版社, 1980, 102쪽.
5) 梁啓超, 『中國歷史研究法補編』, 臺北商務印書館, 1976, 194쪽.

렇게 신화적 요소가 들어 있긴 하지만 역사 시대의 인물들과 삼황오제의 통치 행위에 관한 이야기는 내용상 그 차원이 다르다. 황제나 요순의 집권 과정과 문왕과 무왕의 주나라 건국 과정은 신화와 역사의 차이를 보여주는 좋은 예가 되고 있다.

역사 시대 이전의 많은 영웅들, 즉 황제와 싸운 치우(蚩尤)라든지 천제의 흙을 훔쳐다가 지상의 홍수를 막은 곤, 그리고 공공(共公)이나 예 같은 인물들은 위대한 천신들이었거나 혹은 한 부족의 훌륭한 지도자였을 가능성이 크지만, 후대의 문헌 속에서 그들은 하나같이 포악하고 못된 인물들로만 그려져 있다. 이것은 통치의 정통성을 지니게 된 사람들이 고의적으로 고쳤을 가능성이 크다. 그리고 그들이 숭상하던 유가의 현실 감각은 많은 신화의 내용들을 역사에 맞게 합리적으로 바꿔놓게 되었다. 그래서 유가적 전통은 하나의 생활 규범으로서 중국인들의 정신 세계를 지탱해 주는 굳건한 축이기는 했지만, 고대 신화의 원형을 찾아 모든 신화 속의 인물들에게 정당한 평가를 내려주고 싶어하는 신화학자들에게는 신화의 변질, 신화의 역사화를 초래하게 한 사상적 요인으로 인식되기도 한다. 그러나 어쨌든 신화는 역사의 시작일 수도 있다. 신화 속에는 그 민족의 아득한 옛날의 기억이 생생하게 살아있으며 그들이 오랜 세월 동안 영웅으로 믿어왔던 인물들이 여러 가지 형상으로 생명력을 지닌 채 여전히 활동하고 있다.

3 1980년대 중국 신화학과 위앤커의 역할

중국인들에게 1980년대는 여러 가지로 새로운 의미를 지닌 개혁과 개방의 시대였는데, 중국 신화 연구 방면에 있어서도 예외는 아니었다. 20세기 초에 비로소 시작되어 잠시 활발한 연구가 진행되다가 답보 상태에 빠져 있던 중국 신화 연구가 문화대혁명이라는 긴 휴면기를 거친 뒤 갑자기 폭발적으로 연구되기 시작했던 것이다. 그래서 80년대를 〈신화열(神話熱)〉이 지배하던 시기라고까지 부르고 있다. 많은 연구방법론이 제시되었고 다양한 시각의 저서들이 출간되어 지난 2천여 년 간의 중국 신화 관련 서적들보다 훨씬 많은 연구 성과가 쏟아져 나왔던 것이다. 이러한 현상은 21세기를 바라보는 현재까지도 지속되고 있으며, 최근 우리나라에까지 번지고 있는 신화에 대한 관심에 견주어볼 때 〈문화의 세기〉가 될 것이라는 21세기에는 더욱 활발하게 진행될 것임에 틀림없다.

그러한 80년대, 중국의 신화학계에서 쟁점이 되었던 문제들이 몇 가지 있었는데, 그중에서 가장 중요한 것이 바로 〈좁은 의미의 신화(俠義的神話)〉와 〈넓은 의미의 신화(廣義的神話)〉에 관한 것이었다. 이 문제는 바로 이 책의 저자인 위앤커(袁珂)가 제기한 것으로 중국의 신화를 연구할 때에는 기존의 서구적 신화 개념을 그대로 적용시켜서는 안 되며, 넓은 의미의 신화 개념을 채용하여야 한다는 것이었다. 각각의 시대마다 늘 새로운 신화가 생겨나기 때문에 우리가 보통 이야기하는 전설들, 그리고 중국적 특색을 지닌 설화라고 할 수 있는 선화(仙話)까지도 모두 넓은 의미의 신화에 포함시켜야 한다는 주장이었는데, 이 주장에 대해 찬성하는 학자들과 반대하는 학자들의 논쟁이 80년대 내내 끊이지 않았다. 특히 저자인 위앤커 자신도 1950년대에는 일반적인 신화, 즉 〈좁은 의미의 신화〉 개념에 의거하여 『중국고대신화(中國古代神話)』라는 책을 출판하였으나, 그 책을 증보하여 1980년대에 와서 다시 출간할 때에는 〈넓은 의미의 신화〉 개념을 채용해서 『중국신화전설(中國神話傳說)』이라는 포괄적인 제목을 붙였는데, 제목만 보더라도 신화에 대한 저자의 관점이 바뀌었음을 알 수 있다.

　본래 중국에서의 신화 연구는 다른 분야와 비교해 볼 때 일천하기 그지없었다. 20세기 초까지만 해도 〈신화〉라는 단어조차 그들에게는 낯선 것이었는데, 그것은 어쩌면 쫑징원(鍾敬文)의 지적대로 기층 민중들의 〈구전문학〉을 경시하고 상류 계층의 소위 〈서체문학〉만을 중시해 왔기 때문인지도 모르지만 유가적(儒家的)인 전통 관념이 강하게 작용했기 때문임은 틀림없는 것 같다. 그러나 1919년 5·4운동이 일어난 이후 지식인들이 민중의 구두전승(口頭傳承)에 관심을 기울이면서부터 신화 연구가 활기를 띠기 시작했는데, 20년대와 30년대를 거치면서 많은 자료들이 수집되었고 당시 유행하던 서구의 신화 이론을 도입하여 중국의 신화를 분류하고 연구하려는 기풍이 일어났다. 그러나 아직 본격적으로 중국의 신화를 체계적으로 수집하여 정리하고 연구하는 분위기는 조성되지 않고 있었다. 그러던 중 1950년, 위앤커가 상해상무인서관(上海商務印書館)에서 『중국고대신화(中國古代神話)』라는 제목으로 중국의 신화를 집대성한 책자를 출간하였다. 처음에는 많지 않은 분량이었지만 해를 거듭하면서 내용이 많아져 1955년에 출판된 제6판에는 이미 15−16만 자가 수록되었다. 1960년부터는 중회서국(中華書局)에서 계속 출판되었다. 그러나 중국 대륙에서 문화대혁명이 시작되면서부터 모든 연구활동은 중단되었고 신화 연구 역시 마찬가지였다.

　문화대혁명의 열풍이 중국 대륙을 휩쓸던 시기, 위앤커는 사천성(四川省)의 성도(成都)에 머물면서 세심한 자료 수집 작업을 계속하였다. 수많은 고대의 문헌들 속에 기록되어 있는 신화 자료를 찾아내는 데 그는 오랜 세월을 보냈으며, 그 뽑아낸 자료들로 여러 가지 저서들을 출판하였다. 문화대혁명이 끝난 직후인 1979년에는 『중국신화선(中國神話選)』과 『고신화선석(古神話選釋)』을 차례로 펴내었다. 이 책에는 각 단락마다 쉬운 백화(白話)체의 주석을 달고 해설을 곁들였는데 이전의 『중국고대신화』와는 약간 다른 견해도 눈에 띠고 또 사천 지방에서 새롭게 채록한 민간 전설들도 수록되어 있다. 1980년에는 『산해경교주(山海經校注)』와 『신화선석백제(神話選釋百題)』가 출간되었다. 이후 그는 『중국고대신화』의 증보 작업에 착수해 주진(周秦) 부분을 새로 보강하고 또 새롭게 찾아낸 자료들을 덧붙여 1984년, 드디어 60여만 자에 이르는 『중국신화전설』을 펴내게 된다. 이 책은 50년대의 『중국고대신화』에 비해 하(夏) 이후의 전설, 특히 주진 시대의 전설 부분이 보강되어 있는 대저작이다. 1950년에 출판된 자신의 저서를 끊임없는 자료 발굴 등을 통해 증보하여 30년 세월이 흐른 뒤에 완결본으로 만들어낸 저자의 학문적 태도가 가히 존경스럽다고 하겠다. 그는 또한 1985년에 『중국신화전설사전(中國神話傳說詞典)』을 편찬하였는데, 중국 신화와 전설에 나오는 인명과 지명, 동식물명 등이 망라된 이 사전은 중국 신화를 연구하는 사람들에게는 필수적이다. 이 사전 역시 최근에 다시 소수 민족 신화 부분이 덧붙여져 『중국신화대사전』(1998)이라는 제목으로 출간되었다. 한편 『신화논문집(神話論文集)』(1982), 『신화통론(神話通論)』(1991), 『원가신화론집(袁珂神話論集)』(1996) 등의 저서는 저자의 신화관을 폭넓게 보여주고 있다. 또한 『중국신화사(中國神話史)』(1998)는 최초의 중국신화사로서 『중국신화전설』과 중복되는 부분이 많이 있기는 하지만 어디에도 실려있지 않은 많은 원시 자료들을 포함하고 있어 80년대의 신화학 동향을 소개하고 있는 치앤밍쯔(潛明玆)의『중국신화학(中國神話學)』과 함께 보면 고대부터 80년대까지의 중국 신화 연구 동향을 개괄적으로 파악할 수 있다.

　신화를 바라보는 위앤커의 시각에 대한 많은 논쟁이 지금까지도 계속되고는 있고, 또 본래 단편적인 중국의 신화를 모아두루 연결해 서사구조를 갖춘 이야기체계로 정리해 낸 그의 작업에 대한 비판의 시각도 있지만, 수많은 고대의 문헌들 속에서 신화와 관련된 자료들을 꼼꼼하게 뽑아내어 신화 연구에 원시 자료를 제공한 위앤커의 노력에 대해서는 모두들 찬사를 아끼지 않고 있다. 그가 찾아낸 많은 자료들은 소장학자들에게 신화학 이론을 적용시킬 수 있는 기본적 자료를 제공했고, 그의 신화론으로 인하여 촉발된 논쟁은 침체되었던 중국의 신화학계에 불을 붙여주는 계기가 되었다. 그리하여 그의 저서들이 출판된 이후 대륙에서는 신화 관련 서적들이 쏟아져 나왔고, 대만과 일본의 학자들은 신화학 연구에 관한 한 그들의 자리를 대륙의 학자들에게 내주어야 하게 되었다. 40여 년 간 중국의 학술계를 지배해왔던 마르크스주의적 관점에서 벗어난 책들이 나타나기 시작했고 다양한 방법론을 채용한 서적들이 등장했다. 허신(何新)과 샤오삥(蕭兵) 등으로 대표되는 비교신화학적 방법에서 시작하여 예수시앤(葉舒憲)의 신화철학, 천지앤시앤(陳建憲)이 채용한 고전적인 모티프 분석법, 구조주의적 방법 등이 소개되었고, 중국신화학의 역사를 통시적, 공시적으로 조명하는 신화학 관련 서적도 출판되었다. 무엇보다 한족(漢族)과 소수민족들의 방대한 신화 전설 자료들을 수집해 놓은 사전류(『중국 각 민족 종교와 신화 대사전(中國各民族宗敎與神話大詞典)』(學苑

出版社, 1993) 『중국전설고사대사전(中國傳說故事大詞典)』(中國文聯出版公司, 1991))가 많이 출판되어 신화학 연구자들에게 큰 도움을 주었고, 한족 중심의 일원론적(一元論的) 문화발생론에서 탈피한 다원론(多元論)적인 문화론에 발맞추어 소수 민족 신화에 관련된 현지 연구조사가 활발하게 진행되고 있으며 그들의 창세사시(創世史詩)나 영웅사시(英雄史詩) 등이 다양하게 소개되었다.

한편 90년대에 들어서면서 대륙과 대만의 학자들이 공동으로 학술회의 등을 개최하면서 그 성과물들이 논문집으로 속속 출판되어 신화 연구자들에게 새로운 자료들을 제공해 주고 있다. 『중국신화학논문선췌(中國神話學論文選萃)』(中國廣播電視出版社, 1994), 『중국 신화와 전설 학술토론회 논문집(中國神話與傳說學術硏討會論文集)』(臺北漢學硏究中心, 1996) 등이 바로 그러한 것들이다.

작가 연보

1916년   중국 사천성(四川省) 성도(成都) 출생.

청소년 시절부터 성도의 문예잡지에 〈삥성(丙生)〉〈위앤짠(袁展)〉이라는 필명으로 잡문을 기고함. 사천대학 재학 중에 필화로 인하여 성도 화서대학(華西大學)으로 전학.

1941년   쉬소우창(許壽裳)선생의 지도로 졸업논문 작성(「중국소설명저4종연구(中國小說名著四種硏究)」), 사천 각지의 중등학교에서 교편을 잡고 있다가 스승인 쉬소우창이 대만(臺灣) 편역관(編譯館) 관장으로 가게 되자 스승을 따라 대만으로 가 편역관 일에 종사하며 신화 연구 시작.

1948년   『중국고대신화(中國古代神話)』초고 완성.

1949년   첫번째 신화 논문「산해경의 여러 신들(山海經裏的諸神)」을 《대만문화(臺灣文化)》에 발표함(3만여 자).

성도로 돌아옴.

1950년   『중국고대신화』 출판, 상무인서관(商務印書館). 중경(重慶) 서남인민예술대학(西南人民藝術學院)에서 교편 잡음.

1953년   작가협회(作家協會) 사천분회(四川分會)로 보내져 그곳에서 문학 창작에 종사했으나 적성에 맞지 않음을 알고 다시 『중국고대신화』에 대한 자료 보충 작업 시작.

1956년 모교인 사천대학(四川大學)에 반년 간 머물며 도서관
        자료를 이용해 자료 보충, 30여만 자로 늘어남. 『중국
        고대신화』 중판.

1960년 중화서국(中華書局)에서 초판본 『중국고대신화』 출판.
        문화혁명이 일어나기 전에 『고신화선석(古神話選釋)』의
        초고를 완성했고 10여 편 이상의 신화 논문을 썼으며
        『산해경(山海經)』의 「해경(海經)」 부분 교주작업을 끝냄.

1963년 중국청년출판사(中國靑年出版社)에서 『신화고사신편(神
        話故事新編)』을 출판(1979년 재판).

1972년 중국신화사전을 만들고자 하는 생각을 가지고 자료 수
        집을 시작, 그러나 환경이 여의치 않았음. 집안도 어려
        웠고 주위의 오해와 편견도 많았음.

1980년 사인방(四人幇)이 제거되고 문화혁명이 끝남.
        『고신화선석』이 인민문학출판사(人民文學出版社)에서
        출판됨.
        상해고적출판사(上海古籍出版社)에서는 『산해경해경신
        석(山海經海經新釋)』에 「산경(山經)」을 보충하여 『산해
        경교주(山海經校注)』를 출판.
        『신화선석백제(神話選釋百題)』를 상해고적출판사에서
        출판.

1982년 『신화논문집(神話論文集)』 출판(상해고적출판사).

1984년 『산해경교주』로 사천성 철학사회과학연구성과 일등상
        받음. 중국 학술계에 큰 영향.
        문화혁명 기간 동안 수집했던 자료들을 보충하여 『중국
        신화전설(中國神話傳說)』을 출판, 60여만 자, 중국민간
        문예출판사(中國民間文藝出版社)에서 출판. 1986년의

재판까지 합치면 17만 5천 부 인쇄.

1984년 5월 중국민간문예가협회의 주관 하에 아미산(峨眉山)에서 〈중국신화학회〉 성립, 主席이 됨. 《중국신화》라는 잡지를 출판하기로 결의했으나 내부간행물인 《신화학소식(神話學信息)》만 세 번 내고 1987년 하반기에 정주(鄭州)에서 학술토론회를 개최한 후 여러 원인으로 실현되지 못함.

1985년 『산해경교역(山海經校譯)』 출판(상해고적출판사).

『중국신화전설사전(中國神話傳說詞典)』 출판, 상해사서출판사(上海辭書出版社), 초판본 50만 부를 인쇄.

조수인 조우밍(周明)과 함께 신화 자료 정리, 『중국신화자료췌편(中國神話資料萃編)』 출판, 사천사회과학원출판사(四川社會科學院出版社).

1988년 상해문예출판사에서 최초의 중국신화사인 『중국신화사(中國神話史)』 출판.

1989년 『중국민족신화사전(中國民族神話詞典)』 출판, 사천사회과학원출판사.

1991년 『중국신화통론(中國神話通論)』을 출판, 파촉서사(巴蜀書社).

1996년 『원가신화론집(袁珂神話論集)』 출판, 사천대학출판사. 〈경축원가선생팔십탄신과 신화연구오십주년(慶祝袁珂先生八十誕辰神話研究五十周年)〉이라는 부제가 붙어 있음.

1998년 20여 년의 세월을 투자하여 수집한 자료를 〈고적기재(古籍記載)〉와 〈민족전문(民族傳聞)〉으로 분류, 백여만 자에 달하는 대저작인 『중국신화대사전(中國神話大詞典)』을 출판, 사천사서출판사(四川辭書出版社).

세계문학전집 **16**

중국신화전설 1

1판 1쇄 펴냄 1999년 2월 15일
1판 49쇄 펴냄 2023년 10월 17일

지은이 위앤커
옮긴이 전인초, 김선자
발행인 박근섭, 박상준
펴낸곳 (주)민음사

출판등록 1966. 5. 19. (제 16-490호)
서울특별시 강남구 도산대로1길 62(신사동) 강남출판문화센터 5층 (우편번호 06027)
대표전화 02-515-2000 팩시밀리 02-515-2007
www.minumsa.com

한국어 판 ⓒ (주)민음사, 1999. Printed in Seoul, Korea

ISBN 978-89-374-6016-6 04800
ISBN 978-89-374-6000-5 (세트)

세계문학전집 목록

세계문학전집은 계속 간행됩니다.